모든 인간은 죽는다

Cet ouvrage, publié dans le cadre du Programme d'aide à la publication Sejong, a bénéficié du soutien de l'Institut Français de République de Corée.
이 책은 주한 프랑스문화원의 세종 출판 번역 지원 프로그램의 도움으로 출간되었습니다.

모든 인간은 죽는다
Tous les Hommes Sont Mortels

2014년 10월 28일 초판 1쇄 펴냄
2015년 10월 28일 초판 2쇄 펴냄

펴낸곳 (주)도서출판 **삼인**

글쓴이 시몬 드 보부아르
옮긴이 변광배
펴낸이 신길순
부사장 홍승권
편집 김종진 김하얀
미술제작 강미혜
총무 정상희 함윤경

등록 1996.9.16 제10-1338호
주소 120-828 서울시 서대문구 성산로 312 북산빌딩 1층
전화 (02) 322-1845
팩스 (02) 322-1846
전자우편 saminbooks@naver.com

제판 문형사
인쇄 수이북스
제책 에스엠북

ISBN 978-89-6436-086-6 03860
값 25,000원

모든 인간은 죽는다

시몬 드 보부아르 지음
변광배 옮김

삼인

장폴 사르트르에게

차례

* 이 작품은 1946년에 갈리마르Gallimard 출판사에서 폴리오Folio 총서로 간행한 시몬 드 보부아르Simone de Beauvoir의 *Tous les Hommes Sont Mortels*을 우리말로 옮긴 것이다.

프롤로그

1장

무대의 막이 다시 올라갔다. 레진은 허리를 굽혀 인사하고 미소 지었다. 밝게 빛나는 샹들리에 아래 색색의 드레스와 거무스름한 양복저고리들 위에 장밋빛 점들이 아른거렸다. 정면에 관객들의 시선이 있었고, 그들 모두의 시선 속에는 거듭 인사하며 웃음 짓는 레진의 모습이 들어 있었다. 오래된 극장 안은 폭포수가 쏟아지고 눈사태가 일어난 듯한 소리로 가득했다. 아주 강한 힘이 그녀를 땅에서 하늘로 들어 올리는 것 같았다. 그녀는 다시 한 번 인사를 했다. 무대의 막이 내리자 그녀는 플로랑스의 손이 자기 손을 잡고 있음을 느꼈다. 그녀는 그 손을 급히 뿌리치고 출구로 향했다.

"커튼콜을 다섯 번이나 받았어요. 훌륭해요."

무대감독이 말했다.

"지방 극장치고는 괜찮네요."

레진은 대기실로 이어지는 계단을 내려왔다. 사람들이 꽃다발을 들고 그녀를 기다리고 있었다. 그녀는 갑자기 땅에 내동댕이쳐지는 기분을 느꼈다. 사람들이 어둠 속에서 알아볼 수도 없이 앉아 있는 동안에는 그들이 누구인지 알 수 없어, 마치 한데 모여 있는 여러 신神들 앞에 서 있는 듯이 생각할 수 있었다. 하지만 그들을 한 명씩 보기 시작하자마자, 보잘것없고 미천한 사람들과 마주하게 되는 것이었다. 그들은 의례적인 말을 해댔다. '멋졌어요! 감동적이었어요!' 그들의 눈은 열광적으로 빛났다. 그것은 적당한 정도로 일어났다가 더 이상 필요 없어지면 아끼려는 듯이 꺼져버리는 작은 불꽃이었다. 그들은 플로랑스 주위로도 몰려들어 꽃다발을 건넸고, 플로랑스와 이야기하는 동안 그들의 눈에서 다시 불꽃이 일어났다. '우리 두 사람을 한꺼번에 좋아할 수 있다니!' 레진은 화를 내면서 생각했다. '한 명은 갈색 머리이고, 다른 한 명은 금발인데! 또 우리 각자는 서로 다른 세계에 살고 있는데!' 플로랑스는 웃고 있었다. 플로랑스로 하여금 자신이 레진만큼 재능 있고, 또 레진처럼 예쁘다고 생각하지 못하도록 할 만한 것은 아무것도 없었다.

로제는 의상실에서 레진을 기다리고 있었다. 그는 그녀를 포옹하며 말했다.

"오늘 저녁만큼 연기가 훌륭했던 적은 없을 거야!"

"이런 관객들을 대상으로는 너무 잘한 거라고."

레진이 말했다.

"관객들의 박수가 대단했어요."

아니Annie가 말했다.

"오! 그들은 플로랑스한테도 나한테만큼이나 박수를 쳐줬어."

레진은 거울 앞에 앉아, 아니가 드레스의 단추를 끌러주는 동안 머리를 빗기 시작했다. 그녀는 생각했다. '플로랑스는 나한테 신경 쓰지 않아. 나도 신경 쓰지 말자.' 하지만 그녀는 플로랑스에 대한 생각을 하고 있었고, 목 깊숙한 곳에서 시큰한 맛이 돌았다.

"사니에가 여기 있다는 게 사실이야?"

레진이 물어보았다.

"응. 여덟 시 기차로 파리에서 도착했어. 플로랑스와 주말을 함께 보내려고 왔대."

"그 사람 정말 푹 빠졌나 봐."

"그렇다고 해야겠지."

레진이 일어서자 드레스가 발 아래로 흘러내렸다. 그녀는 사니에에게 관심도 없었고, 심지어 그가 약간 우스꽝스럽다고 생각하고 있었다. 하지만 그녀는 로제의 말 때문에 언짢았다.

"모스코가 뭐라 할지 궁금해."

"그 사람은 플로랑스의 사정을 많이 봐주잖아."

로제가 대답했다.

"그럼, 사니에는 모스코를 인정했대?"

"내 짐작엔 그 친구는 아직 상황 파악을 못 한 것 같은데."

로제가 대답했다.

"내가 보기에도 그래."

레진이 말했다.

"사람들이 한잔하자고 루아얄에서 기다리는데, 거기로 갈까?"

"물론이지, 가자고."

서늘한 강바람이 톱니처럼 생긴 망루를 인 탑이 보이는 성당 쪽으로 올라왔다. 레진은 몸을 떨었다.

"〈로잘린드[1]〉 공연이 성공을 거두면 이제 지방 순회공연은 절대 안 할래."

"성공할 거야."

로제가 말하며 레진의 팔을 잡았다.

"당신은 훌륭한 배우가 될 거야."

"레진은 이미 훌륭한 배우예요."

아니도 말했다.

"두 사람이 그렇게 생각해주니 고마워."

1. 셰익스피어의 낭만 희극 〈뜻대로 하세요〉의 여주인공 이름. 여기서는 이 작품의 제목으로 사용된 것으로 보인다._옮긴이

"당신은 그렇게 생각하지 않아?"

로제가 말했다.

"그걸 뭐로 증명해?"

그녀가 말하면서 목 주위의 스카프를 조였다.

"어떤 징표가 있어야 해. 예컨대 머리가 후광으로 둘러싸인다든가 하면 라셸[2]이나 라 뒤즈[3] 같은 배우가 되었다는 것을 알게 되려나……."

"곧 여러 징표가 나타날 거야."

로제가 유쾌하게 말했다.

"그건 누구도 장담할 수 없는 거야. 운 좋게도 당신은 야망이란 게 별로 없지."

로제가 웃었다.

"누가 당신한테 나를 닮지 말라고 했어?"

그녀 역시 웃었지만 기분은 썩 유쾌하지 않았다.

"나 자신이 그랬지."

그녀가 말했다.

어두컴컴한 길 후미진 곳에 붉은 동굴이 입을 벌리고 있었다. 거기가 루아얄이었다. 그들은 안으로 들어갔다. 레진은 나머지 단원들과 함께 탁자에 앉아 있는 이들을 즉시 알아보았다. 사니에는 플로랑스의 어깨에 팔을 두르고, 멋진 영국산 모직 신사복을 입고서 아주 경직된 자세로 플로랑스를 보고 있었다. 로제의 눈에서 자주

2. 마드무아젤 라셸Rachel(1820-1858). 19세기 후반 코메디프랑세즈(프랑스 국립극장)에서 활약한 대표적인 여배우._옮긴이
3. 엘레오노라 두세Eleonora Duse(1858-1924). 이탈리아 출신으로 유럽과 미국에서 활약한 여배우._옮긴이

보았기에 레진에게는 익숙한 그런 시선으로 말이다. 플로랑스는 어린애 같은 아름다운 이를 드러내면서 웃고 있었다. 플로랑스는 사니에가 방금 했던 말, 또 이제 막 하려는 말을 되새겼다. '당신은 대단한 배우가 될 거야. 당신은 다른 여자들과는 달라.' 레진은 로제 곁에 앉았다. '사니에는 착각하고 있어.' 그녀는 이렇게 생각했다. '플로랑스 역시 착각하는 거야. 저 애는 재능도 없는 하찮은 여자일 뿐이고, 그 어떤 여자도 나와는 비교가 안 돼. 그런데 그걸 어떻게 증명하지? 저 애도 나와 같은 확신을 가지고 있어. 그리고 저 애는 나 때문에 속을 태우지 않는 반면, 나한테 저 애는 마음속의 아린 상처야. 내가 더 낫다는 걸 꼭 증명해 보이겠어.' 그녀는 열정적으로 다짐했다.

그녀는 가방에서 작은 거울을 꺼내 보면서 입술의 선을 고치는 척했다. 자기 자신을 들여다볼 필요가 있었던 것이다. 그녀는 자기 얼굴을 소중히 여겼다. 생동감 넘치는 금발의 색조, 넓고 도도한 이마와 오뚝한 코, 정열에 불타는 입술, 도전적인 파란 눈도 역시 좋아했다. 그녀의 거울 속 모습은 아름다웠다. 다만 너무 매섭고 또 너무 고독한 아름다움이어서 그녀 자신도 처음엔 놀랐다. 그녀는 이렇게 생각했다. '아! 내가 두 사람일 수 있다면! 한 사람은 말하고 다른 한 사람은 듣고, 한 사람은 활동하고 다른 한 사람은 지켜볼 수 있다면! 그러면 나는 나 자신을 얼마나 사랑할까! 그러면 난 누구도 부러워하지 않을 텐데.' 그녀는 핸드백을 닫았다. 지금 이 순간에도 수천 명은 되는 여자들이 자기 자신의 모습을 보며 웃고 있다.

로제가 말했다.

"춤출까?"

"아니, 추고 싶지 않은데."

그들은 자리에서 일어나 춤을 추었다. 서툰 춤이었지만 그들은 그걸 알지 못했고, 행복했다. 그들의 눈에 사랑이 자리 잡고 있었다. 사랑 전체가. 그들 사이에서 인생의 위대한 드라마가 펼쳐지고 있었다. 마치 누구도 이 지상에서 사랑해본 적이 없다는 듯이, 레진조차 결코 그 누구를 사랑해본 일이 없었다는 듯이 말이다. 불안과 애정 속에서 한 남자가 처음으로 한 여자를 갈망했고, 또 한 여자가 처음으로 한 남자의 팔 안에서 살아 있는 우상이 되고 있다고 느꼈다. 새로운 봄이, 어느 봄이나 그렇듯이 하나뿐인 봄이 꽃을 피우고 있었다. 하지만 레진은 이미 죽어 있었다. 그녀는 자기 손바닥을 뾰족한 손톱으로 찔렀다. 어떻게도 부정할 수 없었다. 그 어떤 성공도, 그 어떤 승리도 이 순간에 사니에의 마음속에서 플로랑스가 지고한 영광의 광채를 발하지 못하게 막을 수는 없었다. '난 이건 못 견뎌. 이건 견딜 수가 없어.'

"숙소로 돌아가고 싶지 않아?"

로제가 물었다.

"아니."

그녀는 그곳에 남아 그들을 보고 싶었다. 그녀는 그들을 보며 생각하고 있었다. '플로랑스는 사니에에게 거짓말을 하고 있고, 사니에는 플로랑스에 대해 착각하고 있어. 그들의 사랑은 오해야.' 만일 그들 둘만 함께 있도록 내버려두면, 그들의 사랑과 참되고 위대한 사랑이 전혀 분간되지 않을 터이다. 사니에는 플로랑스의 이중성을 모르고, 또 플로랑스는 애써 그 생각을 피하려 하기 때문이다. '대체 나는 왜 이렇게 생겨먹었지?' 레진은 생각했다. '내 주위에서 사람들이 살아가고 사랑하며 행복할 때면, 그들이 나를 죽

이는 것 같아.'

"오늘 저녁은 좀 우울해 보입니다."

사니에가 말했다.

레진은 깜짝 놀랐다. 그들은 웃고 춤추며 술을 여러 병 마시고 있었는데, 벌써 댄스홀이 거의 비어 있었다. 그녀는 시간이 흘러가는 것을 느끼지 못했던 것이다.

"공연을 마치고 나면 항상 우울해요."

그녀는 말하고 애써 웃음 지었다.

"당신은 운 좋게도 작가죠. 책은 남기 마련이에요. 우리 같은 사람들의 목소리는 오래 남지 못해요."

"그게 뭐 중요합니까? 자기가 하는 일에 성공을 거두는 게 중요하지요."

사니에가 말했다.

"무엇을 위해서죠? 누구를 위해서요?"

그녀는 말했다.

사니에는 약간 취해 있었다. 그의 얼굴은 나무로 만든 듯 무표정했다. 하지만 이마에는 핏줄이 서 있었다. 그는 다감하게 말했다.

"확신컨대, 두 사람 모두 비범한 연기 경력을 갖게 될 겁니다."

"비범한 연기 경력을 가진 사람은 많죠!"

레진이 말했다.

사니에는 웃었다.

"당신은 너무 완벽주의자예요."

"그래요. 그게 내 결점이죠."

"그건 여러 미덕 가운데 으뜸입니다."

사니에는 그녀를 우정 어린 태도로 바라보았다. 이것은 그녀를 전혀 거들떠보지도 않는 것보다 더 나빴다. 그녀를 보고 칭찬하고 있지만 그가 사랑하는 것은 플로랑스였다. 사실 그는 로제의 친구이고, 또 레진은 결코 그를 유혹하려 한 적이 없었다. 하지만 사니에에게 레진은 아는 여자이고, 플로랑스는 사랑하는 여자였다.

"나 졸려."

플로랑스가 말했다.

악사들은 벌써 악기를 덮고 밖으로 나가고 있었다. 플로랑스가 사니에의 팔을 잡고 멀어져갔다. 레진은 로제의 팔을 잡았다. 그들은 새로 칠한 벽에 스테인드글라스처럼 장식된 '물랭 베르Moulin Vert(초록 방앗간)', '생주 블뢰Singe Bleu(파란 원숭이)', '샤 누아르Chat Noir(검은 고양이)'와 같은 간판들이 늘어서 있는 작은 길을 따라갔다. 건물들 앞에 나앉은 나이 든 여자들이 지나가는 그들을 소리쳐 불렀다. 이어서 그들은 덧창문에 하트 무늬가 뚫려 있는, 부르주아들의 주택가로 들어섰다. 벌써 날이 샜지만 도시 전체는 아직 잠들어 있었다. 호텔도 잠들어 있었다. 로제는 기지개를 켜고 하품을 했다.

"굉장히 졸린데."

레진은 호텔의 작은 정원 쪽으로 난 창으로 다가가서 덧창문을 당겼다.

"저 사람! 벌써 일어나 있어. 왜 이렇게 일찍 일어났지?"

그녀가 말했다.

한 남자가 접이식 긴 의자 위에 누워 고행자처럼 움직이지 않고 있었다. 그 남자는 매일 아침 거기에 있었다. 책을 읽지도, 잠을 자지도, 누구와 이야기하지도 않았다. 새벽부터 밤중까지 잔디밭 가운데 드러누운 채, 눈을 크게 뜨고 하늘을 응시하고 있었다.

"안 잘 거야?"

로제가 말했다.

그녀는 덧창문을 마저 당겨 창문을 닫았다. 로제가 그녀에게 미소 짓고 있었다. 그녀가 침대 시트 안으로 미끄러져 들어가 봉긋한 베개에 머리를 놓으면 그는 그녀를 두 팔로 안을 것이다. 그러면 그녀와 로제 외의 다른 사람은 이 세계에 존재하지 않게 되리라. 다른 침대에서는 플로랑스와 사니에가……. 그녀는 문 쪽으로 걸어갔다.

"아니. 바람 쐬러 갈래."

레진은 층계참을 가로질러 조용히 계단을 내려왔다. 계단에는 구리로 된 난방기가 빛나고 있었다. 그녀는 잠드는 것이 무서웠다. 사람들이 잠자는 동안 항상 깨어 있는 자들이 있게 마련이고, 잠자는 동안에는 그녀가 그들에게 아무런 영향력도 행사할 수 없기 때문이었다. 그녀는 정원으로 나가는 문을 밀었다. 자갈이 깔린 통로가 둘러쳐진 가운데 푸른 잔디밭이 사방의 담장으로 둘러싸여 있고, 그 담장 위로 열매가 달리지 않은 가느다란 포도 덩굴이 기어오르고 있었다. 그녀는 의자 위에 누웠다. 정원의 남자는 눈도 깜박이지 않았다. 그는 아무것도 보지 않고 아무 소리도 듣지 않는 것 같았다. '저 사람이 부러워. 그는 지구가 아주 넓고 인생이 아주 짧다는 것도, 다른 사람들이 존재한다는 것도 몰라. 그는 자기 머리 바로 위에 있는 네모진 하늘로 만족하고 있어. 그런데 나는 그 무엇이든 마치 내가 이 세상에서 오직 그것만을 좋아하는 것처럼 내 소유가 되었으면 하지. 게다가 난 모든 것을 다 원해. 그래서 내 손은 늘 비어 있어. 저 사람이 부러워. 저 사람은 분명 권태가 무엇인지 모를 거야.'

그녀는 머리를 뒤로 젖혀 하늘을 보았다. 그녀는 생각해보려 했다. '나는 여기 있고, 내 머리 위에는 저 하늘이 있어. 이게 전부이고, 그걸로 충분해.' 그러나 그것은 가식이었다. 레진은 지금 사니에의 팔에 안겨 자면서 사기 때문에 속을 태우고 있지 않는 플로랑스에 대해 생각하지 않을 수가 없었다. 그녀는 잔디밭을 바라보았다. 아주 해묵은 괴로움이 떠올랐다. 그녀가 이와 비슷한 잔디밭에서 뺨을 땅에 대고 누워 있으면, 벌레들이 풀 그늘 아래로 기어 다니던 잔디밭은 수많은 칼날 같은 작은 초록 풀잎들이 일제히 곧추서면서 모두 비슷한 모양으로 서로 세상을 가리는 거대하고 단조로운 숲이 되어버렸다. 그럴 때 그녀는 불안스레 생각하곤 했다. '난 한 줄기 풀잎이 되고 싶진 않아.' 그녀는 머리를 돌렸다. 그 남자 역시 그녀에 대해 신경 쓰지 않고 있었다. 그 남자는 잔디밭에 흩어져 서 있는 나무나 안락의자들과 그녀를 겨우 구별할 정도였고, 그녀는 그저 배경의 일부에 지나지 않았다. 그가 그녀의 신경에 거슬렸다. 그녀는 갑자기 그의 휴식을 방해하고, 그에게 자신의 존재를 알리고 싶은 충동을 느꼈다. 그냥 말을 걸기만 하면 되는 일이었다. 그것은 항상 너무나 쉬운 일이었다. 말을 걸면 보통 사람들은 대답했고, 그러면 신비가 걷히고 그들의 속은 다 비쳐 드러나버렸고, 결국 말을 건 사람은 그들을 무관심하게 자기에게서 멀리 내동댕이치게 마련이었다. 이것은 너무도 쉬운 일이어서 이제 그녀는 이 놀이가 즐겁지도 않을 지경이었다. 그녀는 자기가 이길 거라고 미리 확신할 수 있었다. 하지만 이 조용한 남자는 그녀의 호기심을 끌었다. 그녀는 그를 자세히 뜯어보았다. 그는 구부러진 큰 코에 준수했고, 키가 아주 커 보였으며, 운동선수처럼 체격이 좋았다. 그는 젊었다. 적어도 피부, 특히 얼굴빛은 젊은 남자의 것이었다. 그는 자기 곁의 어떤 존재도 느끼지 않는 듯 보였다. 그의 얼굴은 죽은 사람처럼 잔잔했고, 시선은 비어 있었다. 그를 바라보자 그녀는 일종의 두려움에 사로잡혔다. 그녀는 말없이 일어섰다.

그 남자는 틀림없이 무슨 소리를 들었을 것이다. 그가 그녀를 쳐다보았다. 어쨌거나 그의 시선이 그녀에게 놓였기에 그녀는 살짝 미소 지었다. 그 남자는 무례해 보일 정도로 집요하게 그녀를 응시했다. 그러나 그는 그녀를 보고 있는 것이 아니었다. 그녀는 그가 뭘 보는지를 알지 못했고, 잠깐 동안 생각했다. '내가 존재하지 않나? 이건 내가 아닌가?' 그녀는 언젠가 한 번 이런 눈을 본 적이 있었다. 아버지가 침대에 누운 채 목 깊숙한 곳에서 숨을 헐떡이며 그녀의 손을 잡고 있었을 때였다. 아버지가 자신의 손을 잡고 있는 동안 그녀는 자기에게 더 이상 손이 없다고 느꼈던 것이다. 그녀는 목소리도, 얼굴도, 생명도 없이 자리에 박혀 있었다. 그것은 사술詐術이었다. 그녀는 문득 정신을 차리고 한 발 내디뎠다. 그 남자는 눈을 감았다. 그녀의 생각으로는 만일 그녀 자신이 움직이지 않았다면 그들은 영원토록 서로 마주 보고 있었을 것만 같았다.

♦

"참 이상한 사람이에요! 아침 식사를 하러 들어가지도 않아요."

아니가 말했다.

"그래, 이상한 사람이야."

레진이 말했다.

그녀는 사니에에게 커피잔을 건넸다. 베란다의 유리창을 통해 정원, 비를 머금은 하늘, 흰 셔츠와 플란넬 바지를 입고 긴 의자에 누워 있는 검은 머리의 그 남자가 보였다. 그는 여전히 아무것도 보지 않는 듯한 시선으로 같은 하늘 모퉁이를 보고 있었다. 레진은 그 시선을 잊지 않고 있었다. 또한 그녀는 그런 눈으로 세상을 응시한다면 세상이 어떻게 보일지 알고 싶었다.

"저 사람 신경쇠약 환자야."

로제가 말했다.

"그걸로 설명이 안 돼."

레진이 말했다.

"전, 저 사람이 사랑의 슬픔을 맛봤던 사람 같아 보여요. 그렇게 생각하지 않아요, 여왕님?"

아니가 말했다.

"아마도."

레진이 말했다.

어쩌면 어떤 여자의 영상이 그의 눈에 고정되어 막처럼 뿌옇게 덮고 있을지도 모른다. 그렇다면 그녀는 어떤 얼굴일까? 어째서 그녀는 그런 행운을 얻게 되었을까? 레진은 손으로 이마를 짚었다. 머리가 무거웠다. 공기가 관자놀이를 무겁게 누르는 느낌이었다.

"커피 더 드실래요?"

"아닙니다. 세 시에 플로랑스와 다시 만나기로 약속했어요."

사니에가 말했다.

그가 자리에서 일어나자 레진은 생각했다. '바로 지금 아니면 기회가 없어.'

레진이 말했다.

"이번 역할이 맞지 않는다고 플로랑스를 설득해봐요. 그녀는 이득도 없이 손해만 볼 거예요."

"노력해보겠습니다. 하지만 그녀는 고집쟁이예요."

레진은 기침이 났다. 목에 사레가 들렸다. 지금 아니면 없을 기회. 로제를 쳐다봐서도, 후일을 생각해서도 안 되고, 아무것도 생각하지 말고 그 속에 빠져버려야 했다. 그녀는 잔받침에 커피잔을 내려놓았다.

"그녀를 모스코의 영향권에서 벗어나게 해야 할지 몰라요. 그 사람이 그녀한테 아주 나쁜 충고를 하고 있어요. 더 오래 그와 관계를 유지한다면 그녀는 배우 경력을 망치게 될 거예요."

"모스코요?"

사니에의 윗입술 아래로 이가 드러났다. 그가 웃을 때는 그렇게 되었다. 하지만 그는 얼굴이 빨개지고 이마엔 핏줄이 부풀어 올랐다.

"어떻게 된 거죠? 모르고 있었어요?"

레진이 물었다.

"예."

"다들 아는 사실이에요. 그들이 함께 다닌 지 벌써 2년 됐어요."

그녀는 덧붙였다.

"그는 플로랑스에게 아주 유익한 사람이었죠."

사니에는 양복 앞깃을 잡아당겼다.

"몰랐어요."

그는 멍하니 대답하고는 레진에게 손을 내밀었다.

"다음에 또 뵙죠."

사니에의 손은 뜨거웠다. 그는 문을 향해 침착하고도 어색하게 걸어갔다. 화가 나서 매우 당황한 것 같았다. 무거운 침묵이 흘렀다. 이미 일은 저질러졌다. 다시 돌이킬 수 없는 노릇이었다. 레진은 잔받침에 잔이 부딪히는 소리의 여운과 노란 도자기 잔에 담긴 검은 커피의 둥근 모양을 결코 잊지 못하리라는 것을 알았다.

"레진! 어떻게 그럴 수 있지?"

로제가 말했다.

그의 목소리는 떨렸다. 낯익은 다정함과 쾌활함이 그의 시선에서 사라졌다. 로제는 낯선 사람, 법정의 판사와도 같았고, 이제 레진은 이 세상에 혼자였다. 그녀는 얼굴이 빨개졌고, 얼굴이 빨개진 자신이 싫었다.

"내 마음씨가 착하지 않다는 걸 잘 알잖아."

그녀가 천천히 말했다.

"하지만 이번에 당신이 한 일은 저급해."

"그런 걸 저급하다고 하지."

그녀가 말했다.

"왜 플로랑스를 해코지하려 하지? 당신 플로랑스하고 무슨 일이 있었어?"

"아무 일도 없었어."

로제는 괴로운 듯이 그녀의 얼굴을 뚫어지게 보았다.

"이해할 수가 없어."

"이해할 것 없어."

"설명이라도 좀 해봐. 괜한 심술 때문에 그렇게 행동했다는 생각이 들지 않게 해줘."

"좋을 대로 생각해."

그녀가 거칠게 말했다.

그녀는 어리벙벙한 모습으로 자신을 보고 있던 아니의 손목을 잡았다.

"너, 넌 날 비판하면 가만 안 둬."

그녀는 문 밖으로 나왔다. 밖에서는 불투명한 하늘이 도시를 짓누르고 있었고, 바람 한 점 없었다. 레진의 눈에 눈물이 괴었다. 괜한 심술 때문이었던 것 같다고! 자기 즐거움만을 위해 심술을 부렸던 것 같다고! 그들은 결코 이해하지 못할 거야. 로제조차 이해하지 못했으니까. 그들은 무관심하고 경솔하고, 가슴속에 얼얼하도록 뜨거운 느낌이 없어. 나는 그들과 같은 부류의 인간이 아니야. 그녀는 더 빨리 걸었다. 도랑이 흐르는 좁은 길을 따라가고 있었다. 두 소년이 공중변소 안에서 웃으면서 서로를 쫓아다녔고, 짧은 곱슬머리 소녀가 벽에 공치기를 하면서 놀고 있었다. 아무도 그녀에 대해 신경 쓰지 않았다. 그녀는 지나가는 한 여자일 뿐이었다. '그들은 어떻게 체념할 수 있는 걸까?' 그녀는 생각했다. '나는 체념하지 않을 거야.' 그녀의 얼굴이 불끈 달아올랐다. '이제 플로랑스가 알게 되었으니, 오늘 저녁 극장에서 모두가 알게 될 테지.' 그녀는 그들의 눈 깊숙한 곳에서 자신의 모습을 보게 되리라. 시기심이 많고, 신의가 없으며, 비열한 모습을 말이다. '내가 스스로 얘깃거리를 제공해준 셈이니 그들은 나를 미워하면서 아주 즐거워할 거야.' 심지어 로제에게서조차 그녀는 어떤 도움도 받을 수 없었다. 그는 실망한 눈으로 신의가 없고, 시기심이 많으며, 비열한 그녀를 응시했으니까 말이다.

그녀는 도랑 가의 난간에 앉았다. 누추한 집들 중 어느 한 집에서 바이올린 소리가 깽깽거렸다. 그녀는 이대로 잠들었다가 한참 후에 멀리 떨어진 곳에서 깨어나고 싶었다. 그녀는 한동안 움직이지 않고 있었다. 그런데 갑자기 이마에 물방울이 느껴졌다. 비가 내려 도랑에 잔물결이 일었다. 그녀는 다시 걷기 시작했다. 그녀는 빨개진 눈으로 카페에 들어가고 싶지 않았고, 호텔로 돌아가고 싶지도 않았다.

길은 차가운 느낌을 주는 고딕풍 교회가 서 있는 광장으로 이어졌다. 어렸을 때 교회를 좋아했고, 또 어린 시절의 기억을 소중히 여기는 그녀는 교회 안으로 들어갔다. 그녀는 제단 앞에 무릎을 꿇고 머리를 두 손에 묻었다. '저의 마음속을 보시는 하느님…….' 예전에 그녀는 가끔 비탄에 젖을 때 이렇게 기도했다. 그러면 하느님은 그녀의 마음속을 읽고, 늘 그녀가 옳다고 해줬다. 당시에 그녀는 성녀가 되기를 꿈꾸었기 때문에 자신을 채찍질했고, 맨바닥에서 잠을 자기도 했다. 하지만 하늘에는 선택받은 사람이 너무 많았고, 성녀도 너무 많았다. 하느님은 모든 인간을 사랑하셨기 때문에, 그녀는 이 무차별한 온정에 만족할 수 없었다. 그래서 그녀는 신을 믿기를 그만뒀다. '나는 하느님이 필요 없어.' 그녀는 머리를 들면서 생각했다. '설령 비난받고, 멸시당하고, 버려진다 해도, 내가 나 자신에 충실하다면 뭐가 대수겠어? 나는 나 자신에 충실할 거고, 결점이 없게 할 거야. 그들이 나를 경배하지 않을 수 없게 할 거라고. 나를 너무나 경배해서 내 몸짓 하나하나가 성스러워 보일 정도로 말이야. 언젠가 나는 내 머리 위에서 후광을 느끼게 될 거야.'

그녀는 교회 밖으로 나와 택시를 불렀다. 비는 여전히 내리고, 그녀의 마음은 아주 평온하고 상쾌했다. 그녀는 수치심을 극복했던 것이다. 그녀는 생각했다. '나는 혼자지만 강해. 난 내가 하고 싶은 것을 했어. 나는 그들의 사랑이 거짓에 불과하다는 것을 증명했고, 플로랑스에게는 내가 존재한다는 것을 증명했어. 그들이 아무리 나를 미워하고, 아무리 나를 멸시한다 해도, 내가 이긴 거야.'

그녀가 호텔 로비에 들어섰을 때는 거의 밤이 되었다. 젖은 흙이 묻은 신발을 깔개에 문지르면서 그녀는 힐끗 유리창 너머를 보았다. 비스듬히 내리는 빗줄기가 잔디밭과 자갈이 깔린 통로를 후

려치고 있었다. 그 남자는 여전히 긴 의자에 누워 움직이지 않았다. 레진은 접시들을 첩첩이 쌓아 식당으로 나르고 있던 객실 담당 여종업원에게 물어보았다.

"블랑슈, 당신 봤어요?"

"뭘요?"

"손님 중에 비를 맞으며 잠들어 있는 사람이 있어요. 폐렴에 걸리겠어요. 그를 들어오게 해야 할 것 같은데요."

"아! 그럼, 그 사람한테 말을 걸어보세요."

블랑슈가 말했다.

"귀가 먹었나 봐요. 이 비에 의자가 젖을까 봐 그를 깨워보려 했죠. 저를 쳐다보지도 않더라고요."

그녀는 적갈색 머리를 흔들면서 말했다.

"별일이에요……."

그녀는 이야기를 하고 싶어했지만, 레진은 그녀의 이야기를 들어줄 기분이 아니었다. 레진은 정원 문을 밀고 그 남자에게 다가갔다.

그녀는 부드럽게 말했다.

"들어가셔야 해요. 비가 내리는 게 안 느껴지세요?"

그는 머리를 돌려 그녀를 쳐다보았고, 이번에는 그가 자기를 보고 있다는 것을 그녀는 알았다.

그녀는 되풀이했다.

"들어가셔야 해요."

그는 하늘을 쳐다보고 다시 레진을 보았다. 그의 눈꺼풀은 아직 땅 위에서 어물거리던 마지막 햇살에 눈이 부신 듯 깜박였다. 그는 괴로워하는 것 같았다. 그녀가 말했다.

"들어가세요. 병에 걸리겠어요!"

그는 꼼짝하지 않았다. 그녀가 말을 그쳤는데도 그는 여전히 듣고 있었다. 마치 그 말이 아주 멀리서 들려오는 것처럼, 그래서 그 말을 알아듣기 위해 대단히 애쓰는 것처럼 말이다. 그의 입술이 달싹였다.

"오! 위험할 거 없습니다."

그가 말했다.

♦

레진은 오른쪽으로 돌아누웠다. 더 자고 싶지는 않았지만, 일어날 마음이 없었다. 겨우 열한 시여서, 지금부터 저녁까지 긴 하루를 어떻게 보내야 할지 몰랐던 것이다. 창문을 통해 청명하게 빛나는 하늘이 조금 보였다. 폭우가 그친 뒤의 좋은 날씨였다. 플로랑스는 레진을 비난하지 않았다. 그녀는 소동을 좋아하지 않는 여자였다. 로제도 다시 웃기 시작했다. 아무 일도 없었다고 생각할 만했다. 사실 아무 일도 안 일어났던 것이다. 레진은 움찔했다.

"누가 문을 두드리지?"

"식사 쟁반을 가지러 온 종업원이에요."

아니가 말했다.

객실 담당 여종업원은 방에 들어와 둥근 탁자에 놓인 쟁반을 집어 들고는 거친 목소리로 말했다.

"오늘 아침은 날씨가 좋아요."

"그런 것 같네요."

레진이 대답했다.

"아세요? 52호실의 그 미친 사람 있잖아요, 그 사람 오밤중까지 정원에 있었어요. 오늘 아침엔 다 젖은 옷을 갈아입지도 않고서 그대로 다시 정원으로 나왔지 뭐예요."

종업원이 말했다.

아니는 창문으로 다가가 밖을 바라보았다.

"저 사람 언제부터 이 호텔에 묵었어요?"

"한 달 됐죠. 해가 뜨면 정원으로 나와서 밤이 되어야만 들어가요. 자려고 이부자리조차 안 펴요."

"식사는 어떻게 해요? 방으로 음식을 갖다 주세요?"

아니가 물었다.

"웬걸요. 한 달 내내 호텔 밖에 발을 디딘 적도 없고, 만나러 찾아온 사람 하나 없었어요. 내 생각에는 먹지도 않는 것 같아요."

"고행자인가 봐요."

아니가 말했다.

"분명 방에다 비상식량을 두고 있겠지."

레진이 말했다.

"그런 건 본 적이 없어요."

종업원이 말했다.

"숨겨두고……."

"어쩌면 그럴지도."

종업원은 웃고는 문으로 갔다. 아니는 잠깐 창문에 기대어 있다가 몸을 돌렸다.

"그 사람 방에 정말로 비상식량이 있는지 알고 싶어지네요."

"분명 그럴걸."

"꼭 알고 싶어요."

아니는 이렇게 말하고 급히 방에서 나갔고, 레진은 하품을 하면서 기지개를 켰다. 그녀는 촌티 나는 가구와 벽에 바른 옅은 색 벽지를 기분 나쁘다는 듯이 쳐다보았다. 그녀는 많은 사람들이 흔적도 없이 묵었고, 자신도 아무런 흔적을 남기지 않을 이런 이름 없는 호텔 방을 아주 싫어했다. 이 방의 모든 것은 지금 이대로일 거고, 나는 더 이상 여기 없게 될 게다. '바로 그게 죽음이야.' 그녀는 생각했다. '어쨌거나 사람들이 이 대기 속에 바람이 구슬픈 소리를 내며 휘몰아칠 어떤 흔적이라도 남겨뒀을지도 모르지. 하지만 아니야. 이 방엔 주름 하나, 금 하나라도 남아 있지 않아. 또 다른 어떤 여자가 이 침대에서 자게 될 테고…….' 그녀는 이불을 치웠다. 그녀가 살 날들은 너무도 박정하게 계산되고 있어서 단 1분도 낭비해서는 안 될 일이다. 이제까지 그녀는 시간을 죽이는 것밖에 할 수 없었던 이 서글픈 시골에 갇혀 있었다. 그렇게나 빠르게 죽어가는 시간에 말이다. '요 며칠은 계산에 넣어서는 안 되겠지.' 그녀는 생각했다. '이날들은 내가 살지 않았던 날로 간주되어야 해. 그러면 24시간에다 8을 곱한 시간, 192시간의 여분이 내게 생겨. 그것은 나중에 하루하루가 너무 짧게 지나가는 시절에 보태자고…….'

"레진."

아니가 불렀다.

아니는 묘한 표정으로 문턱에 서 있었다.

"무슨 일이니?"

"열쇠를 방에 두고 나왔으니 만능열쇠를 달라고 호텔 사무실에 말했어요. 그 고행자의 방으로 함께 가봐요. 비상식량을 갖고 있는지 알아보게."

"너같이 호기심 많은 애가 또 있겠어!"

레진이 말했다.

"이제 궁금하지 않은 거예요?"

아니가 말했다.

레진은 창문으로 다가가서, 움직이지 않는 그 남자가 있는 쪽으로 몸을 수그렸다. 그녀에게는 그가 밥을 먹는지 그렇지 않는지는 별로 중요한 일이 아니었다. 그녀가 알고 싶은 것이 있다면 그의 시선의 비밀이었다.

아니가 말했다.

"오세요. 우리가 로제 읍에서 작은 집을 털었을 때 얼마나 재미있었는지 기억나지 않아요?"

"갈게."

레진이 말했다.

"52호실이에요."

아니가 말했다.

레진은 아니의 뒤를 따라 텅 빈 복도를 지나갔다.

아니는 열쇠구멍에 열쇠를 넣고 문을 열었다. 그들은 촌스러운 가구들이 있고, 옅은 색 커튼이 쳐진 방으로 들어갔다. 덧창은 닫혀 있고 블라인드가 내려져 있었다.

"이곳이 그 남자의 방이라는 게 확실하니? 사람이 살고 있다고 할 수 없을 것 같은데."

레진이 말했다.

"52호실, 확실해요."

아니가 말했다.

레진은 지리에 서서 천천히 돌아보았다. 전혀 사람 흔적이 없었다. 책 한 권, 종이 한 장, 담배꽁초 하나 없었다. 아니가 열어본 노르망디식 장롱도 비어 있었다.

"비상식량을 어디에 뒀을까요?"

"어쩌면 욕실에."

레진이 말했다.

그곳은 분명 그가 묵는 방이었다. 세면대 위에 면도기, 면도솔, 칫솔, 비누가 있었던 것이다. 면도기는 여느 면도기와 비슷했고, 비누는 진짜 비누였다. 모두 마음이 놓이는 물건들이었다. 레진은 벽장문을 당겼다. 선반 위에 깨끗한 속옷이 놓여 있고, 옷걸이엔 플란넬 양복저고리가 걸려 있었다. 그녀는 저고리 주머니에 손을 넣었다.

"재미있겠는걸."

그녀가 말했다.

손을 빼보니 손에 금화가 가득했다.

"어머나!"

아니가 말했다.

다른 주머니에는 종이 한 장이 들어 있었다. 센앵페리외르 정신병원에서 발행된 증명서였다. 그 사람은 기억상실증 환자였다. 그는 이름이 '레몽 포스카'라고 주장했다. 그의 출생지와 나이는 알 수 없고, 그는 정확하게 명시되지 않은 기간 동안 정신병원에 머물다가 한 달 전에 퇴원 처리되었다.

"아! 로제 씨의 말이 맞았네요. 이 사람 미친 사람이에요."

아니는 실망한 투로 말했다.

"당연히, 미친 사람이지."

레진이 말하고는 증명서를 다시 제자리에 넣었다.

"난 그가 왜 수용되어 있었는지 정말 알고 싶어."

"아무튼 비상식량은 어디에도 없어요. 안 먹나 봐요."
아니는 난감한 표정으로 주위를 둘러보았다.
"아마 진짜 고행자인가 봐요. 고행자는 미칠 수도 있죠."

♦

레진은 꼼짝도 않는 그 남자 옆의 버들가지 안락의자에 앉아 이름을 불렀다.
"레몽 포스카!"
그는 몸을 일으켜 세우더니 레진을 바라보았다.
"어떻게 내 이름을 압니까?"
"아! 제가 마법을 조금 알아요. 당신 역시 마법사니까 놀라실 건 없죠. 먹지도 않고 사시잖아요."
레진이 말했다.
"그것도 압니까?"
"많은 걸 알고 있죠."
그는 다시 몸을 뒤로 젖혔다.
"나를 내버려두고 그냥 가세요. 누구도 나를 여기까지 뒤쫓을 권리는 없습니다."
"당신을 뒤쫓는 사람은 없어요. 저는 이 호텔에 묵고 있어요. 며칠 전부터 당신을 관찰했죠. 당신의 비밀을 알려주셨으면 해요."
"무슨 비밀요? 나한테는 비밀이 없습니다."
"당신이 권태를 느끼지 않으려고 어떻게 하는지 저한테 알려주셨으면 해요."
그는 대답 없이 눈을 감고 있었다. 그녀는 부드럽게 다시 그를 불렀다.

"레몽 포스카! 제 말 들리세요?"

"예."

그가 대답했다.

"전 아주 권태로워요."

그녀가 말했다.

"몇 살입니까?"

포스카가 물었다.

"스물여덟 살인데요."

"당신에겐 기껏해야 50년 남아 있군요. 그건 빨리 지나갑니다."

그녀는 그의 어깨에 손을 얹고 그를 격렬하게 흔들었다.

"무슨 말이에요, 당신은 젊고 건강한데 죽은 사람처럼 살려고 하는군요!"

"난 이보다 더 나은 일을 찾지 못했습니다."

"찾아보세요. 우리 함께 찾아보지 않을래요?"

"아니요."

"날 쳐다보지도 않고 아니라고 말하는군요. 날 보세요."

"그럴 필요 없어요. 당신을 백 번은 봤습니다."

"아주 멀리서죠……."

"멀리서, 또 가까이에서요!"

"언제 그랬죠?"

"항상, 또 어디에서도."

"그러나 그건 내가 아니잖아요."

그녀는 그에게 몸을 기울였다.

"나를 보세요. 말해보세요. 여하튼 날 본 적이 있어요?"

"아마 본 적 없을 겁니다."

"분명 그럴 줄 알았어요."

"부탁입니다. 그만 가주십시오. 안 그러면 모든 게 다시 시작될 거예요."

"모든 게 다시 시작되면 뭐 어때요?"

그녀가 말했다.

♦

"당신 정말 그 미친 사람을 파리로 데려갈 거야?"

로제가 물었다.

"응. 난 그를 치료해주고 싶어."

레진이 대답했다.

그녀는 검정 우단 드레스를 정성껏 가방에 넣었다.

"왜 그러는 거야?"

"흥미로워서."

그녀가 말했다.

"나흘 동안 그가 얼마나 나아졌는지 상상도 못 할 거야. 이제는 내가 뭐라고 말하면, 비록 대답은 않더라도 그가 내 얘길 듣는다는 걸 난 알아. 그리고 자주 대답도 해."

"그리고 완쾌되면?"

"그러면 그 사람에 대한 관심이 사라지겠지."

그녀가 쾌활하게 말했다.

로제는 연필을 놓고 레진을 쳐다보았다.

"난 당신이 무서워. 당신은 진짜 흡혈귀야."

그녀는 몸을 기울여 팔로 그의 목을 안았다.

"당신한테는 해로운 일을 하지 않는 흡혈귀야."

"오! 아직 마지막 말만 안 했을 뿐이지."

그가 미심쩍은 듯 말했다.

"나를 두려워할 이유가 전혀 없다는 걸 잘 알잖아."

그녀가 자신의 뺨을 그의 뺨에 대면서 말했다.

그녀는 사려 깊은 그의 애정과 분별력 있는 헌신을 좋아했다. 그의 몸과 마음은 모두 그녀의 것이었다. 그녀는 자기 외의 다른 사람을 아낄 수 있는 만큼은 그를 아꼈다.

"일은 잘되어가?"

"무대 배경 숲에 대해 좋은 생각이 떠올랐어."

"그럼 혼자 있게 둘게. 난 내 환자를 보러 갈래."

그녀는 복도를 지나 52호실 문을 두드렸다.

"들어오세요."

그녀가 문을 열자 그는 방구석에서 그녀 쪽으로 다가왔다.

"불 켜도 되죠?"

그녀가 물었다.

"켜십시오."

그녀는 스위치를 눌렀다. 침대 머리맡 탁자 위에 놓인, 담배꽁초 수북한 재떨이와 담배 한 갑이 눈에 들어왔다.

"저런, 담배 피우세요?"

"오늘 아침에 샀습니다."

그는 그녀에게 담뱃갑을 내밀었다.

"당신, 만족해야 합니다."

"제가요? 왜죠?"

“시간이 다시 흐르기 시작했습니다.”

그녀는 의자에 앉아 담배에 불을 붙였다.

“우리 내일 아침 떠나는 거 아시죠.”

그녀가 말했다.

그는 창가에 선 채 별이 빛나는 하늘을 보았다.

“항상 같은 별인데.”

그가 말했다.

그녀가 다시 말했다.

“우리 내일 아침에 떠나요. 준비되셨나요?”

그는 레진 앞에 앉았다.

“왜 나한테 신경 쓰는 거죠?”

“전 당신을 치료하기로 결심했어요.”

“난 아프지 않습니다.”

“살아가기를 거부하시잖아요.”

그는 조심스러우면서도 차가운 태도로 그녀를 자세히 살폈다.

“말씀해주십시오. 절 사랑하십니까?”

그녀는 웃기 시작했다.

“그건 제 소관이에요.”

그녀가 애매한 투로 말했다.

“그래서는 안 되기 때문입니다.”

“충고는 필요 없어요.”

“특수한 상황이라서 그러는 겁니다.”

그녀는 큰소리로 말했다.

“알아요.”

“뭘 아십니까?”

그가 천천히 말했다.

그녀는 그의 시선을 맞받았다.

"당신이 정신병원에서 나왔고, 또 당신이 기억상실증 환자라는 걸 알아요."

그가 미소 지었다.

"하아!"

"왜 그러시죠?"

"운 좋게 내가 기억상실증 환자라면……."

"그게 운이라고요!"

그녀가 말했다.

"사람은 자신의 과거를 거부해서는 안 돼요."

"만일 내가 기억상실증 환자라면, 난 다른 사람들과 거의 비슷한 사람이 될 겁니다. 어쩌면 당신을 사랑할 수도 있을 테죠."

"걱정을 덜어드리죠. 안심하세요. 전 당신을 사랑하지 않아요."

그녀가 말했다.

"당신은 아름답군요. 내가 얼마나 빠르게 변화하고 있는지 당신도 알 겁니다. 이제 당신이 아름답다는 걸 알게 됐어요."

그녀는 그에게 몸을 기울여 그의 손목 위에 손을 얹었다.

"저와 함께 파리로 가요."

그는 주저했다.

"안 갈 이유가 있겠습니까?"

그가 슬프게 말했다.

"어찌 되었든 간에 이제 삶이 다시 작동하기 시작해버렸습니다."

"정말로 그걸 후회하세요?"

"오! 당신을 탓하지 않습니다. 당신이 아니었다 해도 어느 날인가에는 일어났을 일이에요. 딱 한 번 60년 동안 숨을 죽이는 데 성공했어요. 하지만 그들이 내 어깨에 손을 대자마자……."

"60년?"

그가 미소 지었다.

"60초라고 해두죠. 대수로울 게 있습니까? 시간이 멈추는 순간들이 있는 법입니다."

그는 한참 자신의 두 손을 보았다.

"우리가 인생의 피안彼岸에 있는 순간들, 우리가 뭔가를 보는 순간들 말입니다. 그런 후에 시간은 또다시 흐르고, 심장은 뛰고, 손을 내밀고, 발을 내딛게 되지요. 우리는 여전히 알고 있지만, 더 이상 보고 있지는 않죠."

"그래요. 자기 방에서 머리를 빗는 자신을 다시 보게 되죠."

그녀가 말했다.

"머리를 빗을 수밖에 없습니다."

그가 말했다.

"매일요."

그가 고개를 떨구자 그의 얼굴 전체가 아래로 처졌다. 한동안 그녀는 침묵 속에서 그를 보았다.

"말씀해주세요, 정신병원에 오래 계셨어요?"

"30년 동안요."

"30년? 그럼 대체 몇 살이에요?"

그는 대답하지 않았다.

2장

"레진 씨의 고행자는 어찌 되었습니까?"

라포레가 물었다.

레진은 웃으면서 잔에 포르토[4]를 가득 채웠다.

"그 사람 하루에 두 번 식당에 가고, 기성품 정장을 입고, 사무원처럼 권태롭게 되었어요. 제가 너무 잘 치료했나 봐요."

로제는 뒬락에게로 몸을 기울였다.

"우린 루앙에서 자기를 고행자로 여기는 가련한 몽상가를 만났습니다. 레진이 그의 정신을 되돌리려고 애썼죠."

"성공했습니까?"

뒬락이 물었다.

"레진은 자기가 하는 일에서 늘 성공을 거둡니다. 무서운 여자예요."

로제가 말했다.

레진이 미소 짓고는 말했다.

"잠깐 실례할게요. 저녁 식사 준비가 어떻게 되고 있는지 봐야겠어요."

그녀는 살롱을 가로질러 가며 목덜미에 뒬락의 시선을 느꼈다. 브로커인 그는 각선미, 허리의 둘레, 걸음걸이의 맵시를 전문가적인 안목으로 평가하고 있었다. 그녀는 부엌문을 열었다.

"다 잘되지?"

"다 잘되고 있어요. 수플레[5]는 어떡하죠?"

4. 포르투갈산 포도주._옮긴이

아니가 말했다.

"라포레 부인이 도착하면 곧장 오븐에 넣어. 분명 곧 올 거야."

레진은 오렌지를 곁들인 오리고기용 소스를 손가락으로 찍어보았다. 어느 때보다 더 잘 되었다.

"나 오늘 저녁 예쁘지 않니?"

아니는 뜯어보는 시선으로 그녀를 살펴보았다.

"저는 머리를 땋은 모습이 더 좋아요."

"나도 알아. 하지만 로제가 특이한 차림은 하지 말라고 당부했어. 그 사람들은 평범한 아름다움만 좋아한대."

"유감인데요."

"걱정 마. 영화를 두세 편 찍고 나면 그 사람들한테 내 진짜 모습을 인정하도록 할 테니까."

"뒬락이 마음에 들어 하는 것 같아요?"

"그 사람들을 사로잡는 건 그리 쉽지 않은 일이야."

레진은 들릴 듯 말 듯 말했다.

"난 브로커들이 싫어."

"절대로 세게 나가진 마요."

아니가 걱정되는 듯이 말했다.

"술도 너무 많이 마시지 말고, 초조해하지도 말고요."

"천사처럼 참고 기다릴게. 뒬락이 무슨 농담을 해도 웃을 거고. 만일 그 사람이랑 자야 한다면, 그렇게 하려고."

아니가 웃기 시작했다.

"그렇게까지 요구하진 않을 거예요!"

5. 달걀흰자를 거품 내어 우유, 치즈나 감자 따위를 섞고, 오븐으로 부풀려 구워 만든 과자._옮긴이

"별로 안 중요해. 도매든 소매든 이 몸을 팔 테니까."

그녀는 개수대 위에 걸린 조그만 거울을 힐끗 보았다.

"더 이상 기다릴 시간이 없어."

그녀가 말했다.

초인종이 울렸다. 아니는 문으로 뛰어갔고, 레진은 계속 자기 얼굴을 응시했다. 그녀는 스타가 하는 이런 화장과 머리형을 몹시 싫어했다. 자기 입술에 느껴지는 미소와 자기 목소리의 세속적인 억양도 아주 싫었다. '이건 품위가 떨어지는 짓이야.' 그녀는 화가 나서 생각했다. 그리고 다시 생각했다. '나중에 복수하겠어.'

"라포레 부인이 아니에요."

아니가 말했다.

"누군데?"

"그 고행자예요."

"포스카? 여기 뭐하러 왔지? 어쨌거나 그를 들이진 않았겠지?"

"아니요. 문간에서 기다려요."

레진은 뒤로 부엌문을 닫았다.

"사랑하는 포스카, 유감이에요. 지금은 절대 당신을 만날 수 없어요. 우리 집에 오지 말아달라고 부탁했죠."

그녀는 차가운 목소리로 말했다.

"당신이 아프지 않은지 알고 싶었어요. 당신을 못 본 지 벌써 사흘이나 되었어요."

그녀는 시큰둥하게 그를 바라보았다. 그는 손에 모자를 들고, 개버딘 코트를 입고 있었다. 꼭 변장한 것 같았다.

"전화를 걸 수도 있었잖아요."

그녀는 냉담하게 말했다.

"난 '알고' 싶었어요."

그가 말했다.

"그럼, 이젠 알았으니 용서해줘요. 오늘 사람들한테 저녁을 대접하는데, 아주 중요한 일이에요. 틈이 나면 당신 집에 들를게요."

그가 웃었다.

"저녁 대접, 그건 아주 중요한 일이 아녜요."

"내 경력에 관계되는 일이에요. 영화에 멋있게 데뷔할 기회가 생겼어요."

그녀가 말했다.

"영화도 역시 중요하지 않아요."

"그럼 당신이 나랑 얘기해야만 한다는 것, 그게 제일 중요하단 말이에요?"

그녀가 화를 내며 말했다.

"아! 그러기를 바란 건 당신이에요. 그전엔 아무것도 나한테 중요하게 보이지 않았어요."

초인종이 다시 울렸다.

"저기로 들어가요."

레진은 그를 부엌으로 밀어 넣었다.

"나 곧 간다고 해, 아니."

포스카는 미소 지었다.

"냄새가 좋군요!"

그는 굽 달린 접시에서 작은 연보라색 과자 하나를 집어 입에 넣었다.

"나한테 뭔가 말해야만 한다면, 해봐요. 하지만 빨리해요."

그녀가 말했다.

그는 그녀를 점잖게 바라보았다.

"당신이 나를 파리로 오게 했어요. 다시 살게끔 하려고 나를 성가시게 했죠. 그러면 이제 내 삶을 견딜 수 있게 해줘야 하잖아요. 나를 보지 않고서 사흘을 지내선 안 돼요."

"사흘은 그렇게 긴 시간이 아니에요."

"나한테는 길어요. 당신을 기다리는 것 외에 다른 할 일이 아무것도 없다는 걸 생각해봐요."

"그건 당신 잘못이에요. 난 할 일이 아주 많은데……. 아침부터 저녁까지 당신을 보살필 순 없어요."

"당신이 그걸 원했어요. 내가 당신을 보길 당신이 원했어요. 나머지 전부는 어둠 속에 묻혀 있죠. 당신은 존재하고, 내 안에는 공허가 있어요."

"수플레를 오븐에 넣을까요?"

아니가 물었다.

레진이 말했다.

"이제 저녁 식사를 해야 해요. 자, 나중에 다 얘기해요. 곧 당신을 보러 갈게요."

"내일요."

그가 말했다.

"그래요, 내일."

"몇 시에요?"

"세 시쯤에요."

그녀는 부드럽게 그를 문 쪽으로 밀었다.

그가 말했다.

"지금 당신을 볼 수 있으면 했어요. 갈게요."

그는 미소를 지었다.

"하지만 꼭 와야 해요."

"갈게요."

그녀는 그의 뒤로 거칠게 문을 닫았다.

"웬 철면피야! 하염없이 기다리라고 해! 다시 오더라도 들여보내지 마."

"불쌍한 사람, 저 사람은 미쳤어요."

아니가 말했다.

"이젠 그런 것 같지 않아."

"눈빛이 아주 이상해요."

"난 병자를 간호하는 수녀가 아냐."

레진이 말했다.

그녀는 살롱으로 들어가 웃으면서 라포레 부인에게 다가갔다.

"죄송해요. 제 고행자가 저를 붙잡고 있었을 걸 상상해보세요."

"그를 초대했으면 좋았을 걸 그랬습니다."

뒬락이 말하자 모두 웃음을 터뜨렸다.

♦

"마르크[6]를 조금 더 드시겠어요?"

아니가 말했다.

"좋지."

레진은 술을 한 모금 마시고는 장작불 앞에 몸을 동그랗게 말고

6. 포도를 눌러 만든 술._옮긴이

있었다. 따뜻하고 기분이 좋았다. 라디오 방송에서 부드러운 재즈곡이 연주되었고, 아니는 작은 전등을 켜고 혼자 트럼프 놀이를 하고 있었다. 레진은 아무것도 하지 않고 있었다. 그저 불꽃을 바라보면서, 그림자가 기다랗게 너울거리는 벽을 보며 레진은 행복을 느꼈다. 연극 연습은 잘 진행되었다. 칭찬에 아주 인색한 라포레도 그녀를 열렬히 칭찬했다. 〈로잘린드〉는 성공을 거둘 것이고, 〈로잘린드〉 이후에는 큰 희망을 가질 수 있었다. '목표에 거의 도달했어' 하고 그녀는 생각하고 있었다. 그녀는 미소 지었다. 로제의 집 벽난로 앞에 누워서 그녀는 자주 자신에게 맹세했었다. '난 사랑받을 거야. 난 유명해질래.' 그녀는 그 작고 열렬한 소녀의 손을 잡고 이 방으로 데려와 말해주고 싶은지도 모른다. '난 너와 약속을 지켰어. 자, 네가 이렇게 되었어.'

"초인종이 울려요."

아니가 말했다.

"누군지 가봐."

아니가 부엌 쪽으로 달려갔다. 의자 위로 올라가서 보면 작은 사각창 너머로 층계를 볼 수 있었다.

"그 고행자예요."

"그럴 줄 알았어. 열어주지 마."

레진이 말했다.

초인종이 두 번째 울렸다.

"밤새도록 초인종을 누를 거예요."

"지치면 그만두겠지."

침묵이 흘렀다. 이어서 급박하고 긴 초인종 소리가 울렸고, 다시 침묵이 흘렀다.

"거봐, 갔잖아."

레진이 말했다.

그녀는 실내복 끝자락을 접어 올리고는 양탄자 위에서 몸을 다시 움츠렸다. 하지만 초인종 소리는 이 순간의 완벽함을 퇴색게 하기에 충분했다. 나머지 다른 세계가 대문 바깥에 존재하는 지금, 레진은 이제 더 이상 혼자가 아니었다. 그녀는 양피지로 된 전등갓, 일본 탈들을 바라보았다. 모두 그녀가 직접 하나하나 골랐고, 그녀에게 소중했던 순간들을 회상하게 해주는 장식품이었다. 그것들은 말이 없었다. 그 순간들은 이미 퇴색해버렸던 것이다. 이 순간 역시 다른 순간들처럼 시들어갈 것이다. 열렬했던 그 소녀는 죽었고, 탐욕스러운 그 처녀도 죽을 것이며, 그녀가 그토록 열망했던 위대한 여배우 역시 죽으리라. 어쩌면 그녀의 이름은 사람들에게 한동안 기억될지 모른다. 하지만 그녀의 입술에 닿은 삶의 독특한 맛, 그녀의 심장을 불사르던 정열, 빨간 불꽃의 아름다움과 그 환상적인 비밀, 누구도 이것들을 기억할 수는 없을 터이다.

"들어봐요."

아니가 말하고는 놀라서 고개를 들었다.

"당신 방에서 소리가 났어요."

레진은 문을 쳐다보았다. 문의 손잡이가 돌아가고 있었다.

"겁내지 말아요."

포스카가 말했다.

"미안해요. 그러나 초인종 소리를 듣지 못하는 것 같아서요."

"아! 악마가 따로 없군요."

아니가 말했다.

"아닙니다. 그저 창문으로 들어왔을 뿐입니다."

포스카가 말했다.
레진이 일어섰다.
"창문이 닫혀 있지 않았던 것이 유감이군요."
그녀가 말했다.
"창이 부서졌을 거예요."
포스카가 말하고 미소 지었다. 그녀도 웃었다.
"당신은 겁이 없네요."
"예. 전혀 없어요. 게다가 나는 겁먹을 이유가 조금도 없어요."
그녀는 안락의자를 가리키고 술 두 잔을 채웠다.
"앉아요."
그는 앉았다. 그는 목이 부러질 위험을 무릅쓰고 4층까지 기어 올라와, 옅은 장밋빛 플란넬 실내복을 입고 머리가 헝클어진 채 빰이 빛나고 있는 그녀를 기습했던 것이다. 분명 그가 더 우세했다.
"가서 자도 돼, 아니."
그녀가 말했다.
아니는 레진에게 몸을 숙여 빰에 입을 맞추었다.
"필요하면 불러요."
아니가 말했다.
"그래. 악몽은 꾸지 말고."
레진이 말했다.
방문이 다시 닫히자, 그녀는 포스카의 얼굴을 훑어보았다.
"그래서요?"
"알아둬요, 당신은 그리 쉽게 피할 수 없을 거예요. 당신이 나를 보러 오지 않는다면 내가 올 거예요. 문을 봉쇄하면 창문으로 들어올 거고요."

그가 말했다.

"당신은 창문을 철책으로 막을 수밖에 없게 하는군요."

그녀가 쌀쌀하게 말했다.

"문에서 당신을 기다리다가, 길에서 뒤를 따라갈 거예요……."

"그래서 뭘 얻게 되죠?"

"당신을 보게 되고 당신의 목소리를 듣게 되죠."

그는 일어나서 그녀의 의자 곁으로 다가갔다.

"당신을 내 손으로 잡을 거예요."

그녀의 어깨를 잡으며 그가 말했다.

"그렇게 세게 잡을 필요 없어요. 자신이 혐오스러워져도 상관없어요?"

"그런 게 나한테 무슨 상관이겠소?"

그는 그녀를 가엾다는 듯이 쳐다보았다.

"당신은 곧 죽을 거고, 당신의 모든 생각도 당신과 함께 죽을 거예요."

그녀는 일어나서 조금 뒤로 물러났다.

"이 순간에는 살아 있어요."

"그래요. 내가 당신을 보고 있으니까요."

"당신이 나를 괴롭히고 있다는 건 안 보여요?"

"보고 있죠. 화가 나면 당신의 눈은 아름다워요."

"그래서, 당신한테 내 감정은 중요하지 않단 말이에요?"

"당신이 먼저 그걸 잊어버릴 거예요."

"아!"

그녀는 부아가 치밀었다.

"당신은 늘 내가 죽는 순간을 입에 올리는군요! 그러나 설사 당신이 당장 나를 죽인다 해도 바뀌는 건 없어요. 지금 난 당신이 여기 있는 것이 불쾌해요."

그는 웃기 시작했다.

"난 당신을 죽이고 싶지 않아요."

"정말 그러길 바라요."

그녀는 다시 자리에 앉았으나, 아주 안심되지는 않았다.

그가 말했다.

"왜 나를 버려두는 거죠? 왜 저런 조무래기들은 보살피고 난 보살펴주지 않는 거죠?"

"어떤 조무래기들이요?"

"이 하루살이 같은 사람들이요. 당신은 그들과 함께 웃잖아요."

"내가 당신과 함께 웃을 수 있을까요?"

화가 나서 그녀가 말했다.

"당신은 아무 말 없이 나를 쳐다보는 것밖에 몰라요. 당신은 사는 걸 거부하고요. 난, 인생이 좋아요. 이해돼요?"

"아주 유감스럽군요!"

그가 말했다.

"왜죠?"

"그 인생은 곧 끝날 테니까요."

"또 그 얘기예요?"

"예, 항상."

"다른 얘기는 할 수 없나요?"

"어떻게 당신은 다른 것을 생각할 수 있나요? 어떻게 당신은 이 세상에 자리를 잡았다고 믿을 수 있죠? 이곳에 방금 도착해서 몇 년 후에 이곳을 떠나야 하는데 말이에요?"

"내가 죽는다면, 최소한 나는요, 그때까지 살았던 거예요. 하지만 당신은요, 죽은 사람이에요."

그녀가 밀했다.

그는 고개를 숙여 손을 보았다.

"베아트리체도 같은 말을 했어요. 죽은 사람이라고요."

그는 다시 고개를 들었다.

"결국, 당신이 옳아요. 당신은 죽을 텐데 왜 죽음을 생각하겠어요? 아주 간단한 일이죠. 그건 당신에게 아랑곳하지 않고 올 거예요. 당신이 그걸 걱정할 필요는 없죠."

"그럼 당신은?"

"나요?"

그는 그녀를 바라보았다. 그의 시선이 너무나 절망적이어서 그녀는 그가 말하려는 것에 겁이 났다. 그러나 그는 이렇게만 말했다.

"그건 달라요."

"왜죠?"

그녀가 물었다.

"당신한테 설명할 수 없어요."

"당신이 원한다면 할 수 있어요."

"원하지 않아요."

"흥미로울지 모르잖아요."

"안 돼요. 그럼 우리 사이에 모든 게 바뀔 거예요."

"바로 그거예요. 아마 내 눈에 당신이 덜 지겨워 보일 거예요."

그는 불을 바라보았다. 그의 두 눈이 큰 매부리코 위에서 빛나고 있었다. 그러더니 그의 시선이 꺼져갔다.

"안 돼요."

그녀가 일어섰다.

"그렇다면! 나한테 들려줄 재미있는 얘기가 없다면 집으로 돌아가요."

그 역시 일어섰다.

"언제 나를 보러 오겠어요?"

"당신이 비밀을 얘기해주기로 할 때요."

그녀가 말했다.

포스카의 얼굴이 굳어졌다.

"좋아요. 내일 와요."

그가 말했다.

♦

그녀는 철제 침대 위에 몸을 쭉 뻗고 누워 있었다. 칠이 벗겨진 흉측한 철제 침대였다. 그녀는 노란 침대보 자락, 인조 대리석으로 된 머리맡 탁자, 먼지 낀 바닥 타일을 보았다. 하지만 암모니아 냄새도, 벽 저쪽에서 아이들이 외치는 소리도 그녀의 마음에 와 닿지 않았다. 이 모든 것은 그리 멀지도 가깝지도 않은 곳에서 그저 무심하게 존재하고 있었다. 저녁 아홉 시를 알리는 시계 소리가 들렸다. 그녀는 움직이지 않았다. 시각이나 날짜, 시간이나 장소는 더 이상 존재하지 않았다. 저기 어딘가에 양의 넓적다리 고기 소스가 굳어 있고, 저기 어딘가 사람들이 무대 위에서 〈로잘린드〉를 연습하고 있었지만 누구도 로잘린드가 어디에 숨어 있는지는 모르고 있었다. 저기 어딘가에서, 한 남자가 성곽 위에 서서 붉고 커다란 태양을 향해 의기양양하게 두 손을 내밀고 있었다.

"당신은 정말 이 모든 것을 믿나요?"

그녀가 물었다.

"이 얘기는 진실이에요."

그가 말하고는 어깨를 으쓱했다.

"과거에는 그게 대단히 이상하게 여겨지지 않았어요."

"사람들이 당신에 대해 기억하고들 있겠죠."

"아직도 그 얘기를 하는 곳들이 있어요. 그러나 오랜 전설처럼 얘기해요."

"당신 이 창문으로 몸을 던질 수 있어요?"

그는 고개를 돌려 그 창문을 보았다.

"중상을 입을 위험이 있겠는데요. 내가 상처를 입지 않는 사람은 아녜요. 하지만 내 몸은 항상 원래대로 되돌아와요."

그녀는 몸을 일으켜 세우고 그를 응시했다.

"정말 당신이 절대 죽지 않을 거라고 생각해요?"

"죽고 싶을 때조차 죽을 수가 없어요."

그가 말했다.

"아! 내가 나 자신을 불멸이라고 믿는다면!"

그녀가 말했다.

"그렇다면?"

"이 세상은 내 것이 되겠죠."

"나 역시 그런 생각을 했어요. 아주 오래 전에요."

"이제는 왜 그렇게 생각하지 않죠?"

"당신은 상상할 수 없을 거예요. 나는 여전히 있고, 영원히 있으리라는 것을."

그는 머리를 손에 묻었다. 그녀는 천장을 응시하면서 속으로 되새겼다. '나는 여전히 있고, 영원히 있을 거라고.' 감히 이런 생각을 하는 남자가 있었던 것이다. 그 남자는 스스로를 불멸이라고 생각할 만큼 자존심이 강하고 고독했다. '나는 혼자라고 말하곤 했어. 나는 나만큼 가치가 있는 남자나 여자를 결코 만나본 적이 없다고 말하곤 했어. 그러나 감히 나는 불멸한다고 말하진 않았지.'

"아! 나는 절대 흙 속에서 썩지 않을 거라고 믿고 싶어요."

그녀가 말했다.

"그건 굉장한 저주예요."

그는 그녀를 바라보았다.

"나는 살아 있지만, 내겐 생명이 없어요. 나는 절대 죽지 않을 테고, 따라서 나한테는 다가올 날들이 없어요. 난 그 누구도 아녜요. 내게는 역사도 얼굴도 없어요."

"아니죠. 내가 당신을 보고 있잖아요."

그녀가 부드럽게 말했다.

"당신이 나를 보고 있죠."

그는 손으로 이마를 짚었다.

"어쨌거나 절대 존재하지 않는 듯이 지낼 수 있을지 모르죠. 하지만 지상에는 늘 다른 사람들이 있고, 그들은 나를 봐요. 그들은 얘기하고, 나는 그들의 말을 듣지 않을 수 없어요. 해서 나는 그들한테 대답하게 되고, 존재하지 않는 줄 알면서도 다시 살기 시작하게 돼요. 끝없이."

"하지만 당신은 존재하잖아요."

그녀가 말했다.

"나는 당신에겐 존재해요, 이 순간에는. 하지만 당신은 존재하나요?"

"물론이죠. 그리고 당신도요."

그녀는 그의 팔을 잡았다.

"팔에서 내 손을 못 느껴요?"

그는 손을 보았다.

"이 손, 느껴요. 하지만 이게 뭘 의미하죠?"

"그건 내 손이에요."

레진이 말했다.

"당신의 손."

그는 멈칫했다.

"당신이 나를 사랑해야 해요. 나는 당신을 사랑해야 하고요. 그러면 당신은 거기에 존재하게 되고, 또 당신이 있는 곳에 내가 존재하게 돼요."

"불쌍한 포스카."

그녀가 말했다. 그녀는 덧붙였다.

"난 당신을 사랑하지 않아요."

그는 그녀를 보고는 집중해서 천천히 말했다.

"당신이 나를 사랑하지 않는다."

그는 머리를 흔들었다.

"아니에요. 그건 소용없어요. 당신은 이렇게 말해야 해요. '나는 당신을 사랑한다.'"

"그러나 당신은 나를 사랑하지 않죠."

그녀가 말했다.

"모르겠어요."

그가 말했다. 그는 그녀에게 몸을 기울였다.

"당신의 입이 존재한다는 것을 알아요."

그가 불쑥 말했다.

그의 입술이 레진의 입술을 짓눌렀다. 그녀는 눈을 감았다. 밤이 빛나고 있었다. 그 밤은 수 세기 전에 이미 시작되어서 결코 끝나지 않게끔 되어 있었다. 세월의 바닥으로부터 타오르는 야생의 욕망이 그녀의 입술 위에 놓이자 그녀는 이 입맞춤에 자신을 내맡겼다. 암모니아 냄새가 나는 방에서 미치광이가 하는 입맞춤이었다.

"놔줘요."

그녀가 일어서면서 말했다.

"가야 해요!"

그는 그녀를 붙잡으려는 아무런 동작도 하지 않았다.

그녀가 문을 넘어서자마자, 로제와 아니가 거실에서 황급히 나타났다.

"당신 어디서 오는 거야? 왜 저녁 식사 하러 오지 않았어? 연극 연습은 왜 빼먹었고?"

로제가 물었다.

"시간을 깜빡했어."

레진이 말했다.

"시간을 깜빡했다고? 누구와 함께 있었는데?"

"계속 시계만 보고 있을 수는 없잖아."

그녀가 짜증스레 말했다.

"마치 모든 시간이 정확히 똑같은 것처럼 말이야! 마치 시간을 재는 것이 무슨 의미가 있다는 듯이 말이야!"

"대체 무슨 일이야? 어디에서 오는 거야?"

로제가 물었다.

"아주 맛있는 저녁 식사를 준비해뒀어요. 치즈 튀김이에요."

아니가 말했다.

"튀김이라……."

레진이 말했다. 그녀는 웃기 시작했다. 7시에는 튀김, 8시에는 셰익스피어 작품. 각각의 물건은 제자리에, 순간순간이 제자리에, 그것들을 낭비하지 말자, 곧 다 바닥날 테니까. 그녀는 앉아서 천천히 장갑을 벗었다. 저기, 먼지가 수북한 방에 자신이 불멸한다고 생각하는 남자가 있다.

"누구와 함께 있었지?"

로제가 다시 물었다.

"포스카랑."

"포스카를 위해 연극 연습을 빼먹었어?"

로제가 믿을 수 없다는 듯 말했다.

"연극 연습이 그렇게 중요한 건 아니잖아."

그녀가 말했다.

"레진, 사실을 말해줘."

로제는 그녀의 눈을 똑바로 들여다보며 곧은 목소리로 말했다.

"무슨 일 있었어?"

"포스카와 함께 있다가, 시간을 잊어버렸어."

"그러면, 당신도 미친 거로군."

로제가 말했다.

"정말 그러고 싶어."

그녀가 말했다.

그녀는 주위를 둘러보았다. '나의 거실. 장식품들. 그는 내가 더 이상 없는 그 자리, 노란 침대보 위에 누워서, 뒤러[7]의 미소, 카를 5세[8]의 눈을 보았다고 믿고 있어. 그는 감히 그것을 믿고 있다

고…….'

"그 사람 아주 특이한 사람이야."

그녀가 말했다.

"미친 사람이지."

로제가 말했다.

"아니. 그렇다기보다는 더 기묘해. 나한테 자신이 불멸한다고 가르쳐줬어."

그녀는 멸시하는 태도로 그들을 살폈다. 그들은 어안이 벙벙한 표정을 짓고 있었다.

"불멸한다고요?"

아니가 말했다.

"그는 13세기에 태어났어. 1848년에 숲에서 잠들었고, 거기서 60년을 보냈어. 그 후 30년 동안 정신병원에 있었고."

레진이 책을 읽듯이 말했다.

"장난 그만해."

로제가 말했다.

"왜 그가 불멸하지 않는다는 거지?"

그녀는 도전적으로 물어보았다.

"내가 보기에 그것이 태어나고 죽는 것보다 더 신비한 일은 아니야."

"어휴! 제발 그만해."

로제가 말했다.

"설령 그가 불멸하지 않는다 해도, 그 자신은 불멸한다고 믿고

7. 알브레히트 뒤러(1471-1528). 독일의 화가._옮긴이

8. 신성로마제국 황제(재위 1519-1556)._옮긴이

있어."

"전형적인 과대망상이야. 자신을 샤를마뉴 대제[9]라고 믿는 사람보다 더 흥미로운 건 없잖아."

"자기를 샤를마뉴 대제라고 믿는 사람이 흥미롭지 않다고 누가 말했어?"

레진이 말했다. 갑자기 그녀의 얼굴에 분노가 치밀었다.

"두 사람은 자기들이 그렇게 흥미로운 사람이라고 생각해?"

"당신, 그건 무례해요."

아니가 화난 어조로 말했다.

"그리고 내가 당신들을 닮길 원하는 거지. 나는 벌써 당신들을 닮기 시작했고!"

레진이 말했다. 그녀는 일어서 자기 방으로 가서 뒤로 문을 쾅 닫았다. '내가 저들을 닮았다니.' 그녀는 화가 나서 중얼거렸다. '시시한 사람들. 시시한 인생들. 왜 나는 그 침대에 더 머무르지 못했지? 왜 겁이 났을까? 나는 비겁한 사람인가? 그는 펠트 모자를 점잖게 쓰고, 개버딘 코트를 입고 길거리를 걸으며 「난 불멸한다」라고 생각하고 있어. 이 세계는 그의 것이고, 시간도 그의 것이야. 나는 한갓 조무래기에 불과할 뿐이고.' 그녀는 손가락 끝으로 탁자 위에 놓인 수선화를 가볍게 건드렸다. '나 역시 내가 불멸한다고 생각할 수 있겠지. 수선화 향기는 불멸하고, 내 입술을 부풀게 하는 이 열기도 불멸하지. 나는 불멸해.' 그녀는 수선화를 손으로 짓이겼다. 소용없는 일이었다. 죽음은 그녀 안에 있었다. 그녀는 그

9. 프랑스의 전신인 프랑크 왕국의 왕(재위 768~814)으로, 서유럽을 제패하여 신성로마제국의 초석을 놓았다._옮긴이

것을 알고 있었고, 또 이미 그것을 받아들였다. 아직도 10년은 아름다울 것이고, 파이드라[10] 역이나 클레오파트라 역을 맡아, 죽음을 면할 수 없는 사람들의 가슴속에 점차 티끌로 사라져버릴 희미한 기억을 남길 수는 있을 터이다. 그녀는 예전에는 이러한 조촐한 야망에 만족할 수 있었다. 그녀가 머리를 고정한 핀을 빼버리자 무겁게 땋아 올린 머리가 어깨로 흘러내렸다. '언젠가 나는 늙을 거고, 언젠가 죽을 거고, 언젠가 잊힐 거야. 내가 이런 것을 생각하는 동안에도, 「나는 거기 영원히 있을 것이다」라고 생각하는 남자가 있어.'

♦

"대성공입니다."

륄락이 말했다.

"당신이 연기하니까 남자 복장을 한 로잘린드가 교태와 모호한 우아함이 그득하군요. 정말 좋습니다."

프레노가 말했다.

"로잘린드 얘기는 이제 그만해요. 그녀는 죽었어요."

레진이 말했다.

무대의 막이 내렸다. 로잘린드는 죽었고, 그녀는 매일 저녁 죽을 테고, 언젠가 다시 태어나지 않는 날이 오리라. 레진은 샴페인잔을 들어 비웠다. 그녀의 손은 떨리고 있었다. 무대에서 내려온 이후 그녀는 끊임없이 떨고 있었다.

10. 프랑스 고전주의 극작가 장 바티스트 라신(1639-1699)의 비극 작품 〈파이드라〉의 여주인공._옮긴이

"재밌게 놀고 싶어."

그녀가 애원하듯 말했다.

"우리 둘이 춘춰요."

아니가 말했다.

"아냐. 난 실비와 춤출래."

실비는 주위 자리에 앉아 있는 점잖은 손님들을 힐끗 보았다.

"우리가 너무 눈에 튀지 않을까 걱정되지 않아요?"

"연기를 하는 건 눈에 튀는 거 아닌가?"

레진이 말했다.

그녀는 실비를 안았다. 그녀는 제대로 서 있을 수가 없었다. 그러나 이보다 더 걷기 힘들 때에도 레진은 춤을 출 수 있었다. 오케스트라가 룸바 곡을 연주하자 그녀는 흑인들이 하듯이 외설적인 동작으로 춤을 추기 시작했다. 실비는 매우 난처한 듯, 몸을 어떻게 해야 할지 몰라 레진 앞에서 제자리걸음을 하고 있었으나, 싹싹한 웃음을 짓고 있었다. 모두가 얼굴에 이와 똑같은 웃음을 띠고 있었다. 오늘 저녁에 레진은 마음 내키는 대로 어떤 행동이든 할 수 있고, 그녀가 어떤 행동을 하든 세상 모든 사람이 갈채를 보내 줄 것 같았다. 그녀는 갑자기 멈춰 섰다.

"넌 절대로 춤을 못 추겠다. 넌 지나치게 이성적이야."

레진이 말하고는 다시 의자에 앉았다.

"시가 한 대 줘."

레진이 로제에게 말했다.

"속이 매슥거릴걸."

로제가 말했다.

"그렇다면! 토하지 뭐. 그러면 되겠지."

로제는 그녀에게 시가를 내밀었다. 그녀는 정성스레 불을 붙여 첫 번째 연기를 내뿜었다. 아린 맛이 입에 가득했다. 이것은 적어도 실재적이고, 농후하고, 만질 수 있는 것이었다. 음악, 음성들, 웃음들, 카바레의 거울에 끝없이 반사되는 아는 얼굴과 모르는 얼굴들, 이 모든 나머지 것들은 아주 멀리 있는 듯했다.

"지치셨나 봅니다."

메를랭이 말했다.

"무엇보다 목이 말라요."

그녀는 술 한 잔을 더 비웠다. 마시고 또 마셨다. 그런데도 그녀의 마음속은 추웠다. 조금 전 그녀의 몸은 불타올랐고, 그들 모두가 일어서서 손뼉을 치면서 환호했다. 이제 그들은 졸거나 잡담을 나누고 있었고, 그녀는 추웠다. 그 남자도 역시 졸고 있을까? 그는 박수를 치지 않고, 앉아서 바라보고만 있었다. 영원의 바닥으로부터 그는 나를 보고 있었고, 로잘린드는 불멸이 되고 있었다. '내가 그걸 믿는다면?' 그녀는 생각했다. '내가 그것을 믿을 수 있다면?' 그녀는 딸꾹질을 했다. 입안이 끈적끈적해졌다.

"왜 아무도 노래를 하지 않는 거죠? ……즐거울 땐 노래를 하는 거예요. 여러분 즐겁죠, 안 그래요?"

그녀가 말했다.

"우리는 당신이 대성공을 거둬 기쁩니다."

사니에가 친근하고도 침착한 태도로 말했다.

"그럼 노래해봐요."

그는 웃으면서 낮은 목소리로 미국 노래를 부르기 시작했다.

"더 크게."

그녀가 말했다.

사니에는 목소리를 높이지 않았다. 그녀는 그의 입을 손으로 막고는 화가 나서 말했다.

"사니에, 입 다물어. 내가 노래할래."

"소란 피우지 마."

로제가 말했다.

"노래하는 건 소란 피우는 게 아니잖아."

그녀는 목소리를 높여 노래하기 시작했다.

카바레의 처녀들은
순결하다고 말하네

원하는 대로 목소리가 나오지 않자, 그녀는 기침을 하고 다시 시작했다.

카바레의 처녀들은
순결하다고 말하네……
그러나 침대에 있을 때는……

딸꾹질이 나오자 그녀는 얼굴에서 핏기가 가시는 것을 느꼈다.

"죄송해요. 먼저 토하러 가야겠어요."

그녀가 세파에 찌든 어투로 말했다.

그녀는 약간 비틀거리면서 홀의 구석으로 갔다. 친구들, 모르는 사람들, 종업원들, 지배인, 모두가 그녀를 보고 있었지만, 그녀는 유령이 벽을 뚫고 지나가는 것처럼 쉽게 그들의 시선을 통과해서 지나갔다. 그녀는 세면대의 거울에서 자신의 얼굴을 보았다. 그녀의 얼굴은 창백했고, 콧날은 집힌 듯이 빨갰고, 두 뺨에는 분 자국이 있었다.

"이게 로잘린드가 남긴 전부야."

그녀는 변기에 몸을 굽히고 토했다.

'자, 이제는?'

그녀는 변기의 물을 내리고, 입을 닦고, 변기에 앉았다. 바닥에는 타일이 깔려 있고, 벽에는 아무 장식도 없었다. 수술실 같기도 하고, 수도승이나 미친 사람의 독방 같기도 했다. 그녀는 사람들 곁으로 다시 올라가고 싶은 생각이 없었다. 그들은 그녀를 위해 아무것도 할 수 없었고, 심지어 하루 저녁 동안 그녀의 기분을 풀어주지도 못했다. 차라리 이곳에서 밤새도록, 평생토록 하얀색에 둘러싸여, 고독 속에서 벽에 에워싸여 파묻히고 잊혀가는 게 나을지도 모른다. 그녀는 일어섰다. 그녀는 한순간도 그에 대한 생각을 멈추지 않았다. 박수를 치지 않으며 나이를 초월한 눈으로 그녀를 삼킬 듯이 바라보았던 그를 말이다. '이건 기회야, 내게 유일한 기회라고.'

그녀는 휴대품 보관소에서 외투를 찾아 들고 나가면서 그들에게 소리쳤다.

"난 바람 쐬러 가요."

그녀는 밖으로 나와 택시를 불렀다.

"생탕드레데자르 가街, 라 아바나 호텔이요."

그녀는 눈을 감고 한동안 속에서 침묵을 되찾을 수 있었다. 그러고는 맥이 빠져 생각했다. '이건 분명 연극이야. 난 그걸 믿지 않아.' 그녀는 망설였다. 차창을 두드려 술집 '천일야화'로 다시 자기를 데려다 달라고 할 수도 있었다. 그래서 뭐가 어떻다는 건가? 믿거나 말거나? 그 말들이 무슨 뜻이 있는가? 그녀는 그가 필요했다.

그녀는 곰팡이가 낀 뜰을 지나 계단을 올라갔다. 문을 두드렸다. 아무 대답이 없었다. 그녀는 차가운 계단에 앉았다. 이 순간에 그는 어디에 있을까? 대체 어떤 환상이기에 그의 내부에 자리 잡고서 결코 사라지지 않는 것일까? 그녀는 머리를 두 손에 묻었다. '그를 믿어보라고. 공연하면서 내가 만들어낸 로잘린드가 불멸이라고 믿어보고, 그의 마음속에서 불멸이 되어보라고.'

"레진!"

그가 불렀다.

"당신을 기다리고 있었어요. 오랫동안 기다렸어요."

그녀는 일어섰다.

"날 데려가줘요."

"어디로요?"

"아무 데나요. 오늘 밤을 당신과 함께 보내고 싶어요."

그는 방문을 열었다.

"들어와요."

그녀는 들어갔다. 그래. 여기 금 간 벽들 사이에서는 안 될 이유가 무엇이겠는가? 그의 시선 아래에서, 그녀는 공간과 시간을 벗어나 있었다. 배경은 전혀 중요하지 않았다.

"어디서 오는 길이죠?"

그녀가 물었다.

"밤길을 걸었어요."

그는 레진의 어깨를 만졌다.

"당신이 나를 기다리고 있었다니! 당신이 여기 있군요."

그녀는 살짝 웃었다.

"당신은 나한테 박수를 안 쳐줬죠."

"난 울고 싶을 정도였어요. 어쩌면 다음번에는 울지도 몰라요."

"포스카, 대답해봐요. 오늘 밤 당신은 나한테 거짓말을 해서는 안 돼요. 모든 게 사실인가요?"

"난 당신한테 결코 거짓말하지 않았어요."

"이게 꿈이 아니죠, 당신 확실해요?"

"내가 미친 사람 같아요?"

그는 레진의 어깨 위에 손을 올려놓았다.

"과감하게 나를 믿어봐요, 과감하게."

"나한테 증거를 보여줄 수 없나요?"

"가능해요."

그는 세면대로 다가갔다. 돌아올 때 그의 손에는 면도기가 들려 있었다.

"겁내지 마요."

그가 말했다.

그녀가 어떻게 해보기도 전에 포스카의 목에서 피가 철철 흘러나왔다.

"포스카!"

그녀가 외쳤다.

그는 비틀거리다가, 죽은 사람처럼 창백해져서 눈을 감은 채 침대에 쓰러졌다. 칼에 베인 목에서 흐르는 피가 셔츠와 침대 시트를 적시고 타일 바닥으로 떨어졌다. 그의 몸의 모든 피가 입을 딱 벌린 깊은 상처에서 흘러나오고 있었다. 레진은 수건을 들어 물에 적셔 상처에 댔다. 그녀는 온몸을 떨었다. 공포에 질려 그녀는 주름도 없고 젊음도 없는, 어쩌면 죽은 자의 것인 얼굴을 응시했다. 거품이 약간 그의 입가에 방울져 있었고, 그는 이제 숨을 쉬지 않는 것 같았다. 그녀는 그의 이름을 불렀다.

"포스카! 포스카!"

그는 눈을 가늘게 뜨더니 깊게 숨을 내쉬었다.

"겁내지 마요."

그는 부드럽게 손을 들어 피 묻은 수건을 밀어냈다. 출혈은 멈췄고 상처는 아물어 있었다. 검붉게 물든 셔츠 위로 보이는 목에 큰 장밋빛 흉터만이 남아 있을 뿐이었다.

"이건 불가능해요."

그녀가 말했다.

그녀는 얼굴을 손으로 가리고 울기 시작했다.

"레진! 레진! 이제 날 믿나요?"

그는 일어서서 그녀를 안았다. 그녀는 그의 목에서 축축하고 끈적거리는 셔츠를 느꼈다.

"믿어요."

그녀는 한참 동안 이 가깝고도 신비한 몸, 시간이 새겨지지 않는 살아 있는 몸에 자신을 맡기고 가만히 있었다. 그리고 눈을 들어 두렵고도 희망에 찬 눈으로 그를 보았다.

"나를 구해줘요. 나를 죽음에서 구해줘요."

"아!"

그가 정열적으로 말했다.

"당신이 나를 구해줘야 해요!"

그는 두 손으로 레진의 얼굴을 감쌌다. 그가 그녀를 어찌나 강렬하게 쏘아보는지 그녀의 영혼을 앗아가려 한다고 생각될 정도였다.

"나를 밤으로부터, 무관심으로부터 구해줘요. 내가 당신을 사랑하도록, 또 당신이 모든 여자들 가운데서 존재할 수 있도록 해줘요. 그러면 세계는 본래의 모습을 되찾을 거예요. 눈물, 웃음, 기다림, 두려움이 있을 거고, 나는 살아 있는 사람이 될 거예요."

그가 말했다.

"당신은 살아 있는 사람이에요."

그녀가 그에게 입술을 내밀면서 말했다.

♦

포스카의 손이 미끈하게 칠해진 탁자 위에 놓이자 레진은 그것을 쳐다보았다. '나를 애무했던 손. 이 손의 나이는 얼마나 될까? 어쩌면 순식간에 살이 썩어 백골이 드러날지도 몰라…….' 그녀는 고개를 들었다. '로제가 옳은 걸까? 내가 미쳐가는 건가?' 정오의 햇빛은 신비하지 않은 사람들이 가죽 안락의자에 편안히 앉아 아페리티프를 마시고 있는 조용한 술집을 비추고 있었다. 이곳은 파리이고, 때는 20세기다. 다시 레진은 그 손을 보았다. 손가락은 가늘고 단단했으며, 손톱은 약간 지나치게 길었다. '이 사람의 손톱이 자라고 있어. 머리카락도.' 레진의 시선은 목으로, 아무런 상처 자국도 없는 깨끗한 목으로 올라갔다. '설명 가능한 일이야.' 그녀는 생각했다. '이 사람은 정말 고행자일 수도 있어. 비법을 아는…….' 그녀는 페리에 탄산수 잔을 입술로 가져갔다. 그녀의 머리는 둔기로 맞은 듯했고, 입안이 텁텁했다. '찬물로 목욕하고 낮잠을 잘 필요가 있어. 그러면 상황을 바로 볼 수 있겠지.'

그녀가 말했다.

"집에 돌아갈래요."

"아! 그래야죠."

그는 화가 나서 덧붙였다.

"낮이 가면 밤이 오고, 밤이 가면 낮이 오지요. 결코 예외가 없어요."

침묵이 흘렀다. 그녀가 손가방을 챙겨도 그는 아무 말 하지 않았고, 그녀가 장갑을 챙겨도 그는 여전히 아무 말도 하지 않고 있었다. 마침내 그녀가 물어보았다.

"언제 다시 보죠?"

"우리가 다시 보게 될까요?"

그가 말했다.

그는 어느 젊은 여자의 연한 금발을 무심한 태도로 보고 있었다. 그녀는 문득 생각했다. '이 사람은 순식간에 흔적도 없이 사라져버릴 수 있어.' 그녀는 짙은 안개 속을 지나 깊은 구렁으로 현기증을 느끼면서 떨어지는 것 같았고, 심연의 바닥에 닿으면 겨울에 영원히 시들어버릴 한 줄기 풀잎으로 돌아가 버릴 것 같았다.

"나를 버리진 않겠죠."

그녀가 불안스레 말했다.

"내가요? 떠나는 건 당신 아닌가요……."

"다시 올 거예요. 화내지 마요. 로제와 아니를 안심시켜야 해요. 두 사람이 걱정할 거예요."

그녀는 자기 손을 포스카의 손 위에 얹었다.

"난 계속 있고 싶어요."

"계속 있어요."

그가 말했다.

그녀는 장갑을 탁자에 던지고 손가방을 놓았다. 그녀는 자기 몸에 그의 시선을 느낄 필요가 있었다. '과감하게 나를 믿어봐요……, 과감하게.' 그녀는 무엇을 믿고 있을까? 그는 사기꾼 같지도, 미치광이 같지도 않았다.

"왜 나를 그렇게 봐요? 내가 당신을 무섭게 하나요?"

그가 물었다.

"아니요."

그녀가 말했다.

"내 모습이 다른 사람들과 다른가요?"

그녀는 주저했다.

"이 순간은 아녜요."

"레진!"

그가 말했다(그의 목소리는 간청하는 투였다).

"나를 사랑할 수 있다고 생각하나요?"

"시간을 좀 주세요."

그녀가 말하고는, 잠자코 그를 뚫어지게 보았다.

"난 당신에 대해 거의 몰라요. 당신에 대해 얘기해줘야 해요."

"재미없어요."

"그렇지 않아요."

그녀가 물었다.

"많은 여자를 사랑했나요?"

"몇 명."

"그 여자들은 어땠죠?"

"과거는 그냥 두죠, 레진."

그가 퉁명스럽게 말했다.

"사람들 사이에서 다시 한 사람이 되기를 원한다면, 난 과거를 잊어야 해요. 내 인생은 오늘, 여기, 당신 곁에서 시작되는 거예요."

"그래요. 당신이 옳아요."

그녀가 말했다.

연한 금발인 젊은 여자가 술집의 문으로 걸어갔고, 한 중년 남자가 그 여자의 뒤를 따라가고 있었다. 그들은 점심 식사를 하러 가는 것이었다. 조용히 자연의 법칙에 따르는 세계에서 일상생활이 이어지고 있었다. '내가 여기서 뭘 하는 거지?' 레진은 생각했다. 그녀는 포스카에게 더 할 말을 찾지 못했다. 그는 주먹으로 턱을 괴고, 고집스러운 자세로 생각하고 있었다.

"당신이 나한테 뭔가 할 일을 줘야 하지 않을까요?"

그가 말했다.

"할 일요?"

"그래요. 정상적인 사람들은 다 할 일이 있잖아요."

"당신이 어떤 일에 흥미를 가질 수 있을까요?"

그녀가 물었다.

"이해를 못 하는군요. 당신이 흥미를 가지는 것, 내가 당신을 도울 수 있는 것을 말해줘야 해요."

그가 말했다.

"당신은 나를 도울 수 없어요. 당신이 나를 대신해 내 역할을 할 수는 없죠."

"그건 그래요."

그는 다시 생각했다.

"그러면, 직업을 갖겠어요."

"좋은 생각이에요. 어떤 일을 할 줄 아나요?"

레진이 물었다.

"쓸모 있는 일은 별로 없어요."

그가 미소 지으면서 말했다.

"지금 가지고 있는 돈이 있어요?"

"거의 없어요."

"그리고 한 번도 일을 해본 적이 없나요?"

"나는 염색공이었어요."

"그럼 대단한 일은 못 하겠네요."

레진이 말했다.

"오! 난 대단한 일이 필요치 않아요."

그가 실망한 태도로 덧붙였다.

"나는 당신을 위해 뭔가 할 수 있으면 좋겠어요."

그녀는 그의 손을 잡았다.

"내 곁에 있어줘요, 포스카. 나를 봐요. 그리고 아무것도 잊어버리지 말아요."

그는 미소를 지었다.

"그건 쉬워요. 난 기억력이 좋아요."

그의 얼굴이 침울해졌다.

"기억이 너무 많아요."

그녀는 그의 손을 꽉 쥐었다. 그는 계속 말을 했고, 그녀는 마치 모든 것이 사실인 듯 답했다. '이것이 사실이라면, 그는 영원히 나를 기억할 거야. 이것이 사실이라면, 나는 그야말로 불멸하는 인간한테 사랑받는 거지!' 그녀는 술집을 한 바퀴 둘러보았다. 그것은 일상의 세계였고, 거기에는 신비함이 없는 사람들이 있었다. 하지만 그녀는 자기가 다른 사람들과 다르다는 사실을 항상 알지 않았던가? 그들과는 다른 운명을 타고난 그녀는 늘 그들 가운데서 낯설다고 느끼지 않았던가? 어린 시절부터 그녀의 머리에는 어떤 징표가 있었다. 그녀는 포스카를 바라보았다. '바로 이 남자야. 이게 내 운명이야. 수 세기의 바닥으로부터 그가 나한테 왔고, 그는 자기의 기억 속에서 수 세기가 끝날 때까지 나를 데려갈 거야.' 그녀의 심장이 심하게 고동쳤다. '모든 것이 거짓이라면?' 그녀는 포스카의 손, 목, 얼굴을 자세히 살펴보았다. 그리고 분연히 다시 생각했다. '내가 그들과 비슷하단 말이야? 확실한 증거를 필요로 한단 말이야?' 그는 말한 적이 있었다. '과감하게! 과감하게!' 그녀는 과감히 믿어보고 싶었다. 이것이 환상이고 망상인지 모르지만, 그들의 모든 지혜보다 이 광기 속에 더 큰 위대함이 있었다. 그녀는 포스카에게 웃어 보였다.

"당신이 뭘 해야 하는지 아세요? 당신의 회상록을 써보세요. 굉장한 책이 될 거예요."

"책은 충분히 많잖아요."

그가 말했다.

"하지만 당신의 책은 다른 책들과 다를 거예요."

"책들은 모두 다르죠."

그녀는 그에게 몸을 기울였다.

"당신은 글을 쓰고 싶었던 적이 전혀 없나요?"

그가 미소 지었다.

"정신병원에서 글을 썼어요. 20년 동안 썼죠."

"나한테 보여줘야 해요."

"다 찢어버렸어요."

"왜요? 훌륭했을 것 같은데요."

그는 웃기 시작했다.

"난 20년 동안 글을 썼어요. 그런데 어느 날 그것이 다 똑같은 글이라는 것을 알게 되었어요."

"하지만 당신은 지금 다른 사람이에요. 새로운 작품을 시작해야 해요."

"다른 사람이요?"

"나를 사랑하고, 이 세기 속에서 살고 있는 사람이에요. 다시 글을 쓰려고 노력해봐요."

그는 그녀를 쳐다보더니 얼굴이 밝아졌다.

"당신이 그걸 원하니까, 해볼게요."

그가 열렬히 말했다.

그가 그녀를 바라보자, 그녀는 생각했다. '그는 나를 사랑해. 나는 불멸하는 인간의 사랑을 받고 있어.' 그녀는 웃음 지었지만, 웃고 싶지가 않았다. 그녀는 겁이 났다. 그녀는 벽을 한번 둘러보았다. 그녀는 자기를 에워싼 이 세계에서 이제 어떤 구원도 기다려서는 안 되었다. 그녀는 미지의 남자와 단둘이 있게 되는 기이한 세상에 발을 들여놓은 것이었다. 그녀는 생각했다. '이제 무슨 일이 일어날까?'

♦

"시간이 됐어요."

레진이 말했다.

"무슨 시간요?"

"떠날 시간이요."

의상실 창문 너머로 가로등 주위에 눈송이가 떨어지는 것이 보였다. 눈이 하얗게 덮인 침묵 속의 보도步道를 예감할 수 있었다. 로잘린드 의상이 의자 위에 놓여 있었다.

"시간이 멈췄다고 상상해봐요."

포스카가 말했다.

"저기서는 시간이 흘러요."

그는 일어섰다. 매번 그녀는 그의 큰 키에 놀랐다. 다른 시대에 속한 사람이었다.

"당신은 왜 그곳에 가야 하죠?"

그가 물었다.

"필요하니까요."

"누구한테 필요하죠?"

"내 경력에 필요해요. 여배우는 많은 사람을 만나야 하고, 어디든지 모습을 보여야만 하죠. 그렇지 않으면 곧바로 매장당해요."

그녀는 미소를 지었다.

"나는 유명해지고 싶어요. 내가 유명해지면, 당신은 나를 자랑스럽게 생각하지 않겠어요?"

그는 조금 잦아드는 목소리로 말했다.

"난 그런 당신이 마음에 들어요."

그는 그녀를 끌어당겨서 오랫동안 입을 맞추었다.

"오늘 저녁 당신은 아주 아름다워요!"

그는 그녀를 바라보았다. 그의 시선 아래서 그녀는 몸이 뜨거워졌다. 그녀는 그의 눈이 자신에게서 떨어진다는 생각이 들면 참을 수가 없었다. 또 자기 삶의 위대한 순간이 무관심과 망각 속에 사라지리라는 생각이 드는 것 역시 참을 수 없었다. 그녀는 망설였다.

"원한다면 나와 동행해도 돼요."

그녀가 말했다.

"내가 원한다는 걸 당신이 잘 알잖아요."

그가 말했다.

플로랑스의 응접실은 사람들로 가득 찼다. 레진은 문턱에서 잠깐 멈춰 섰다. 매번 그녀는 가슴이 뜯기는 아픔을 느끼곤 했다. 여기 여자들 각자는 다른 여자보다 자기 자신을 더 좋아하고, 각각의 여자에게는 모든 다른 여자보다 그녀를 더 좋아하는 남자가 적어도 한 명은 있었다. 어떻게 나 혼자만이 나를 더 좋아하는 것이 옳다고 감히 장담할 수 있는가? 그녀는 포스카에게 몸을 돌렸다.

"여기에는 예쁜 여자가 많네요."

"그래요."

그가 말했다.

"아! 당신도 그런 건 보고 있군요."

그녀가 말했다.

"당신을 많이 바라보면서, 나는 보는 법을 배웠어요."

"누가 가장 예쁜지 말해봐요."

"어떤 관점에서요?"

"기발한 질문이군요."

"더 좋아하기 위해서는 관점이 필요해요."

"그러면 당신에게는 관점이 없죠?"

그는 주저했다. 그러더니 미소로 얼굴이 밝아졌다.

"있어요. 난 당신을 사랑하는 남자예요."

"그래서요?"

"그래서 당신이 가장 예뻐요. 누가 당신 자신보다 더 당신을 닮을 수 있겠어요?"

그녀는 약간 의심스러운 눈으로 그를 보았다.

"당신은 정말 내가 가장 예쁘다고 생각해요?"

"당신만이 존재할 뿐이에요."

그가 열정적으로 말했다.

그녀는 플로랑스 쪽으로 나아갔다. 통상 그녀는 다른 여자의 집에, 또 다른 여자의 삶에 초대된 사람으로서 대접받는 것을 잘 견디지 못하는 편이었다. 하지만 그녀는 뒤에서 어색하고 수줍은 태도로 따라오는 포스카를 느끼고 있었다. 그리고 그의 불멸하는 심장에는 자신만이 존재하고 있었다. 그녀는 플로랑스에게 미소를 지었다.

"친구를 한 명 데리고 왔어요."

"대환영이에요."

레진은 악수를 하면서 응접실을 한 바퀴 돌았다. 플로랑스의 친구들은 그녀를 좋아하지 않았고, 그녀는 그들의 미소 뒤에 악의가 감춰져 있으리라는 추측이 들었다. 그러나 오늘 저녁에는 그들의 비판이 그녀의 마음을 아프게 하지 못했다. '머지않아 이 사람들은 죽을 테고, 이 사람들의 생각도 함께 사라질 거야. 보잘것없는 사람들.' 그녀는 자신에게 상처를 줄 수 있는 것은 없다고 느끼고 있었다.

"당신은 저 남자를 어디나 데리고 다닐 셈이야?"

로제가 말했다. 그는 아주 불만스러운 듯했다.

"내 곁을 떠나려고 하질 않아."

그녀가 무뚝뚝하게 말했다.

그녀는 사니에의 손에서 과일 그릇을 건네받았다.

"플로랑스는 오늘 저녁 매혹적이네요."

"그래요."

그가 말했다.

사니에는 결국 플로랑스와 화해하고, 어느 때보다도 더 푹 빠져든 듯했다. 그들이 뺨을 맞대고 춤을 추는 동안 레진은 그들을 눈으로 쫓았다. 그들의 미소에는 사랑이 있었다. 그러나 그것은 필멸할 가련한 사랑일 뿐이었다.

"우리 진지하게 얘기 좀 해야겠어."

로제가 말했다.

"아무 때나 당신이 원할 때 해."

그녀는 가볍고 자유로웠다. 이제 목에서 신물이 나지 않았다. 그녀는 하늘에 이마가 닿은 커다란 떡갈나무였고, 초원의 풀들은 그녀 아래에서 흔들거렸다.

"당신한테 부탁을 하나 하고 싶습니다."

사니에가 말했다.

"부탁하세요."

"우리한테 시를 읊어주시겠습니까?"

"레진은 절대 하고 싶지 않으리란 걸 잘 알잖아."

플로랑스가 말했다.

레진은 응접실 안을 둘러보았다. 포스카는 벽에 등을 기대고 팔을 흔들며, 그녀에게서 눈을 떼지 않고 있었다. 그녀가 일어섰다.

"원한다면, 〈아름다운 오미에르를 애도함Les Regrets de La Belle Heaulmière〉[11]을 읊겠어요."

그녀는 주위가 조용해지는 사이 응접실 가운데로 나아갔다.

11. '도둑 시인' 프랑수아 비용François Villon(1431-1463?)의 시._옮긴이

"포스카, 잘 들어요. 내가 이 시를 낭송하는 것은 당신을 위해서 예요."

그녀가 속삭였다.

♦

그는 고개를 숙였다. 그는 재능과 미모로 이름을 떨쳤던 수많은 여자들과 마주 보았던 그 눈으로 그녀를 삼킬 듯이 주시하고 있었다. 그에게는 여기저기 산재한 모든 이들의 운명이 단 한 가지 역사를 이룰 뿐이었고, 레진은 그 역사 속으로 들어가 이미 죽은 경쟁자들과 또 아직 태어나지 않은 경쟁자들과 겨룰 수 있게 된 것이었다. '나는 그 여자들한테 승리를 거두고 과거와 미래에도 승리자가 될 거야.' 레진의 입술이 움직이자 그녀 목소리의 억양 하나하나가 수 세기를 통과해 울려 퍼졌다.

"레진, 우리는 집에 돌아갔으면 싶은데."

그녀가 박수갈채를 받으며 자리로 돌아와 앉으려는데 로제가 말했다.

"난 안 피곤해."

그녀가 말했다.

"난 피곤해. 부탁이야."

간청하면서도 명령하는 듯한 그의 어조에 레진은 짜증이 났다.

"좋아. 가자고."

그녀가 냉담하게 말했다.

길에서 그들은 말없이 걸었다. 그녀는 응접실 가운데 박혀서 다른 여자들을 바라보던 포스카를 생각했다. 레진은 포스카에게 존재하기를 멈추고, 영원 속에 존재하기를 멈췄던 것이다. 그녀 주위

의 세계는 방울처럼 속이 비어 있었다. 그녀는 생각했다. '그가 있어야만 해, 항상.'

"미안한데, 얘기 좀 해야겠어."

집 안으로 들어서면서 로제가 말했다.

벽난로에서 조개탄 불빛이 빛나고 있었다. 커튼은 내려져 있고, 양피지로 된 전등갓이 덮인 전등들은 흑인 탈과 장식품들 위에 따스한 빛을 퍼뜨리고 있었다. 그리고 이 모든 것들은 완전한 실재가 되기 위해 시선을 기다리는 것 같았다.

"얘기해봐."

그녀가 말했다.

"언제 끝나지?"

"뭐가?"

"그 미친 사람 얘기."

"끝나지 않을 거야."

그녀가 대답했다.

"무슨 뜻이지?"

그녀는 그를 보고 생각했다. '이 사람은 로제이고, 우리는 서로 사랑해. 난 그가 고통 받는 걸 원치 않아.' 그러나 이런 생각은 다른 어떤 세계에 대한 회상 같았다.

"난 그가 필요해."

로제는 그녀 곁에 앉아 설득력 있는 목소리로 말했다.

"당신은 희극을 하고 있어. 그가 환자라는 것을 잘 알잖아."

"당신은 그가 목을 벤 모습을 못 봤으니까."

레진이 말했다.

로제는 어깨를 으쓱했다.

"설사 그가 불멸한다고 한들 뭐가 어떻다는 거야?"

"만 년 후에 누군가 여전히 나를 기억할 거라고."

"그는 당신을 잊어버릴 거야."

"그는 자신이 빈틈없는 기억력을 가지고 있다고 했어."

레진이 말했다.

"그러면 당신은 채집된 나비처럼 핀에 꽂힌 채 그의 기억 속에 남게 될 텐데."

"난 그가 한 번도 사랑해보지 않았던 것처럼, 또 앞으로도 결코 사랑을 하지 않을 것처럼 그렇게 나를 사랑해주길 바라."

"내 말을 믿어줘. 당신만을 사랑하는, 죽음을 면할 수 없는 누군가한테 사랑받는 것이 더 나아."

로제의 음성은 떨렸다.

"내 마음속엔 오직 당신뿐이야. 왜 내 사랑만으로 만족하지 못하지?"

그녀는 로제의 눈 깊숙한 곳에서 금발에 챙 없는 모피 모자를 쓰고 있는 아주 작은 자신의 모습을 보았다. '거울에 비친 내 모습과 다를 게 없어.'

"그 어떤 것도 나에겐 충분하지 않아."

그녀가 말했다.

"결국 당신은 그 남자를 사랑하지 않는 거네?"

로제가 말했다.

로제는 그녀를 불안스레 쳐다보았다. 그의 입가가 떨렸고, 말하는 게 힘들어 보였다. 그는 괴로워하고 있었다. 그것은 아주 멀리 안개 속에서 꿈틀거리는 작고 서글픈 고통이었다. '이 사람은 나를 사랑할 거고, 고통스러워할 거고, 그리고 죽을 거야. 다른 삶들 사이의 한 삶.' 그녀는 의상실을 나온 순간부터 자신의 결심이 서 있었다는 것을 알았다.

"난 그와 함께 살고 싶어."

그녀가 말했다.

3장

잠시 동안, 레진은 방의 문턱에서 움직이지 않고 서 있었다. 그녀는 붉은 커튼, 천장의 들보, 좁은 침대, 거무튀튀한 목가구, 책장에 정리된 책들을 한눈에 보았다. 이어서 문을 다시 닫고 거실 가운데로 갔다.

"이 방이 포스카의 마음에 들지 모르겠네."

그녀가 말했다.

아니가 어깨를 으쓱했다.

"사람들을 마치 구름인 양 보는 사람을 위해 그렇게 애써봤자 좋을 게 뭐 있어요! 티끌만큼도 쳐다보지 않을걸요."

"바로 그거야. 그에게 보는 법을 가르쳐줘야 해."

레진이 말했다.

아니는 앞치마 자락으로 포르토 잔을 닦아 원탁에 놓았다.

"흰 목가구를 사준다고 그 사람이 보는 법을 잘 익히지 못하게 되나요?"

"넌 아무것도 몰라."

"나도 잘 알아요. 고급 가구와 그림 값을 지불하고 나면 당신한테 한 푼도 남지 않을 거예요. 그다음에 그 남자 주머니에 있는 옛날 금화 네 개로 그를 먹여 살릴 수는 없잖아요."

"아! 그 이야긴 다시 하지 마."

"그가 돈을 벌 수 있다고 생각하진 않겠죠?"

"너, 굶어 죽을까 봐 겁나면 다른 일을 구해 내 곁을 떠나도 돼."

레진이 말했다.

"야박하군요!"

아니가 말했다.

레진은 대답하지 않고 어깨를 으쓱했다. 그녀는 이미 셈을 해보았고, 조금 절약하면 셋이 살 수 있을 것 같았다. 그러나 그녀 역시 불안을 느꼈다. 그는 밤낮으로 여기 머물 것이다.

"포르토를 유리병에 따라둬. 오래된 걸로."

"한 병밖에 안 남았어요."

아니가 말했다.

"그래서?"

"그러면 뒬락 씨와 라포레 씨에겐 뭘 드릴 건데요?"

"오래된 포르토를 병에 따라두라니까."

레진이 신경질적으로 말했다.

그녀는 움찔했다. 그가 초인종을 누르기도 전에, 그녀는 계단에서 나는 그의 발걸음 소리를 알아들었던 것이다. 그녀는 문으로 갔다. 그는 펠트 모자를 쓰고, 개버딘 코트를 걸치고, 작은 가방 하나를 손에 들고 있었다. 그의 시선에 부딪힐 때 매번 그렇듯이 그녀는 생각했다. '이 사람은 누굴 보고 있을까?'

"들어와요."

그녀가 말했다.

그녀는 손으로 그를 잡아 방 가운데로 안내했다.

"여기서 사는 거 괜찮죠?"

"당신과 함께라면 아무 데나 마음에 들 거예요."

그가 말했다.

그는 행복하지만 약간은 바보스러운 모습으로 미소를 지었다. 그녀는 그의 손에서 가방을 받아 들었다.

"하지만 여기는 아무 데가 아니에요."

그녀가 말했다.

잠시 침묵이 흐른 뒤에 그녀는 덧붙였다.

"외투를 벗고 앉아요. 방문하러 온 게 아니에요."

그는 외투를 벗었지만 서 있었다. 그는 세심하게 주위를 둘러보았다.

"당신이 이 거실에 가구를 들여놓았어요?"

"물론이죠."

"당신이 이 안락의자와 장식품들을 골랐나요?"

"당연하죠."

그는 천천히 몸을 돌렸다.

"이 물건들 하나하나가 당신한테 말을 걸었던 거군요. 그리고 당신은 이것들이 당신의 역사를 얘기하도록 한데 모아놓았고요."

"그리고 이 올리브와 작은 새우를 산 것도 나예요."

레진이 약간 초조해서 말했다.

"내 손으로 직접 이 감자튀김을 했고요. 와서 맛봐요."

"어쩌다 배가 고파지기도 하세요?"

아니가 물었다.

"물론입니다. 다시 먹기 시작한 뒤로는 나도 배가 고파집니다."

그는 미소를 지었다.

"하루에 세 번 일정한 시간에 배가 고파집니다."

그는 앉아서 접시에 있는 올리브를 집었다. 레진은 술잔에 포르토를 조금 따랐다.

"이건 오래된 포르토가 아니잖니."

"네."

아니가 말했다.

레진은 술잔을 들어 벽난로에다 비워버렸다. 그리고 벽장으로 가서 먼지투성이 술병을 꺼냈다.

"오래된 포르토 맛과 식료품 가게에서 산 포르토 맛을 분간할 수 있으세요?"

아니가 물었다.

"모릅니다."

포스카가 변명하듯 말했다.

"아! 그것 봐요!"

아니가 말했다.

레진은 오래된 술병을 천천히 기울여 포스카의 잔을 채웠다.

"마셔요."

그녀가 말하고, 경멸하는 눈으로 아니를 보았다.

"넌 아주 구두쇠야! 난 구두쇠 근성을 증오해!"

"그래요? 왜죠?"

포스카가 말했다.

"왜냐고요?"

레진이 작게 웃었다.

"구두쇠가 될래요?"

"난 구두쇠였어요."

"난 구두쇠가 아네요."

아니가 기분이 상한 어투로 말했다.

"하지만 물건을 낭비하는 것은 불행한 일이라고 생각해요."

포스카는 아니에게 미소를 지었다.

"생각납니다. 물건마다 제자리에 있고, 매 시각과 모든 행동이 제자리를 찾았다고 느끼는 기쁨 말입니다. 밀이 담긴 자루들이 창고에 있었는데, 가장 작은 밀알도 얼마나 무겁던지!"

아니는 바보처럼 만족스러운 듯이 듣고 있었다. 피가 레진의 뺨으로 올라왔다.

"난 욕심쟁이를 이해해요. 하지만 구두쇠는 이해 못 해요. 인간은 재물에 욕심을 낼 수 있어요. 하지만 소유하게 되면 즉시 그것들에 초연해야 해요."

레진이 말했다.

"오! 그러나 당신은 전혀 그렇지 못하던데요."

아니가 말했다.

"내가? 그럼 잘 봐!"

레진은 오래된 포르토 병을 집어서 벽난로에 쏟아버렸다.

아니는 비꼬았다.

"물론 그렇게 할 수 있죠! 포르토니까요! 그러나 내가 당신의 그 흉측한 탈 하나를 부쉈던 날, 날 얼마나 야단쳤어요!"

포스카는 마음이 쓰인다는 태도로 두 여자를 지켜보았다.

"그것을 네가 부쉈기 때문이야!"

레진의 목소리는 분노로 떨렸다.

"그러나 난 지금 당장 그걸 모두 부숴버릴 수 있어."

그녀는 벽에 걸린 탈 하나를 잡았다. 포스카가 일어나 그녀에게 다가가서 손목을 부드럽게 잡았다.

"그래서 좋을 게 뭐 있겠어요?"

그는 미소를 지었다.

"나 역시 겪어봤어요, 파괴하는 격정을요."

레진은 심호흡을 하고 얼굴을 수습했다.

"그러니까 당신 말은, 이거든 저거든 간에 어느 것이 더 좋지도 더 나쁘지도 않다는 거군요? 내가 구두쇠든지 비겁하든지, 어떻든지 다 당신 마음에 들까요?"

"있는 그대로의 당신 모습이 마음에 들어요."

그는 상냥하게 미소 지었지만, 레진은 목이 메었다. 그녀가 그처럼 자랑스럽게 생각하는 여러 가지 미덕에 대해 그는 별다른 가치를 인정하지 않는 것일까? 그녀는 불쑥 일어섰다.

"당신 방을 보러 가요."

포스카는 그녀를 따라갔다. 그는 말없이 방을 살펴보았고, 그의 얼굴에는 아무런 표정이 없었다. 레진은 흰 종이 한 묶음이 놓여 있는 책상을 가리켰다.

"여기가 당신이 일할 곳이에요."

"난 무슨 일을 하게 되죠?"

"당신이 다시 글쓰기를 시작해야 한다고 우리가 결정을 내렸잖아요?"

"우리가 그런 결정을 했나요?"

그가 유쾌하게 말했다.

그는 붉은 압지와 깨끗한 종이를 만졌다.

"난 쓰는 걸 좋아했어요. 글을 쓰면 당신을 기다리는 동안 시간을 보내는 데 도움이 될 거예요."

"시간을 보내기 위해서만 글을 써서는 안 돼요."

"안 된다고요?"

"당신은 언젠가 나한테 할 일을, 나를 위해 할 일을 달라고 부탁했어요."

그녀는 열정적으로 그를 보았다.

"내가 공연할 멋진 작품을 쓰도록 해봐요."

그는 당황스러운 듯 종이를 어루만졌다.

"당신이 공연할 작품을요?"

"누가 알아요? 어쩌면 당신은 걸작을 쓸 거예요. 그렇게 되면 당신과 나한테 큰 영예가 될 거고요."

"당신한테는 영예가 그렇게 중요한가요?"

"다른 것은 아무것도 중요하지 않아요."

그녀가 말했다.

그는 그녀를 바라보다가 갑자기 품 안에 그녀를 안았다. 그는 마치 격분한 듯이 말했다.

"죽음을 면치 못하는 사람들이 하는 것을 내가 왜 못 하겠어요? 당신을 도울게요. 돕고 싶어요."

그는 그녀를 격렬하게 껴안았다. 그의 눈에는 사랑, 그리고 연민 비슷한 그 무엇이 있었다.

♦

레진은 극장 로비에서 웅성거리는 많은 관객들 틈을 능숙하게 빠져나왔다.

"플로랑스와 함께 샴페인 파티에 초대받았어요. 당신은 가고 싶지 않죠, 안 그래요?"

"가고 싶지 않아요."

"나도 그래요."

새로 맞춘 옷을 입은 그녀는 스스로 아름답다고 생각했지만 하루살이 같은 사람들 앞에서 뽐내는 것은 내키지 않았다.

"플로랑스를 어떻게 생각해요?"

그녀가 불안스레 물어보았다.

"아무것도 못 느꼈는데요."

포스카가 말했다.

그녀는 미소를 지었다.

"그렇죠? 그녀는 감동을 주지 못해요."

관객들로 가득 찬 로비에서 나오자 그녀는 거리에서 따스한 공기를 기분 좋게 들이마셨다. 벌써 봄 내음이 풍기는 2월의 날씨 좋은 날이었다.

"목이 말라요."

"나도요. 어디로 가죠?"

포스카가 물었다.

그녀는 한참 생각했다. 그녀는 아니를 처음 만난 몽마르트의 작은 술집, 베르티에 교수의 강의 전에 샌드위치를 먹어치우던 대로변의 카페, 자신이 처음 무대에 올랐을 때 살았던 몽파르나스 모퉁이를 이미 그에게 보여주었던 것이다. 그녀는 파리 도착 며칠 후에 발견했던 센 강가의 식당이 떠올랐다.

"베르시 쪽에 있는 멋있는 장소를 하나 알아요."

"거기로 가요."

그가 말했다.

그는 늘 온순했다. 그녀는 택시를 불렀고, 그는 그녀의 어깨에 팔을 둘렀다. 그녀가 그를 위해 골라준, 재단이 잘 된 신사복을 입은 그는 젊어 보였고, 변장한 사람처럼 보이지 않았으며, 다른 남자들과 비슷한 한 남자일 뿐이었다. 이제 그는 보통 사람처럼 먹고, 마시고, 자고, 사랑을 하고, 보고, 들었다. 단지 가끔 그의 눈 깊은 곳에서 불안하게 하는 빛이 작게 번득일 뿐이었다. 택시가 멈추자 그녀가 물었다.

"전에 이곳에 와봤어요?"

"어쩌면요. 모든 게 아주 달라요. 예전에 이곳은 파리가 아니었어요."

그들은 통나무집 같은 곳으로 들어가, 강둑이 보이는 좁은 나무 발코니에 자리를 잡았다. 강가에는 거룻배 한 척이 있었고, 한 여자가 빨래를 하고 있었으며, 개가 짖고 있었다. 강 건너편에 정면이 파랗고 노랗고 빨간 낮은 집들이 보였다. 더 멀리는 다리와 높은 굴뚝들이 보였다.

"멋진 장소죠, 그렇지 않아요?"

레진이 말했다.

"그러네요. 난 강을 좋아해요."

포스카가 말했다.

"가끔 이곳에 왔어요. 이 자리에 앉아 언젠가 공연할 것을 꿈꾸면서 배역을 연습했어요. 레모네이드를 마셨죠. 포도주는 비쌌고, 난 가난했거든요."

그녀는 말을 그쳤다.

"포스카, 내 말 들어요?"

그가 듣고 있는지 확실히 알 수 없었던 것이다.

"그럼요. 당신은 가난했고 레모네이드를 마셨어요."

그는 중요한 일이 생각나서 충격을 받은 듯 잠시 입을 약간 벌린 채로 있었다.

"지금은 부자예요?"

"부자가 될 거예요."

그녀가 말했다.

"당신은 부자가 아닌데, 내가 당신의 돈을 축내고 있군요. 나한테 빨리 일을 구해줘야 해요."

"그건 급하지 않아요."

그녀는 그에게 미소를 지었다. 그녀는 그가 사무실이나 공장에서 시간을 보내게 하고 싶지 않았다. 그를 곁에 두고 그와 함께 인생의 모든 순간을 공유할 필요가 있었다. 그는 물, 거룻배, 낮은 집들을 바라보면서 거기에 있었다. 레진이 그렇게나 좋아하던 이 모든 것도 그녀와 함께 영원 속으로 들어가고 있었다.

"그러나 난 직업을 갖고 싶어요."

그가 고집스럽게 말했다.

"우선 나한테 약속했던 작품을 써보도록 해요. 생각해봤어요?"

그녀가 물었다.

"그럼요."

"무슨 구상이 있나요?"

"구상은 많아요."

"그럴 줄 알았어요!"

그녀가 유쾌하게 말했다.

그녀는 문간에 서 있는 주인을 손짓해 불렀다.

"샴페인 한 병요."

그녀는 포스카에게 몸을 돌렸다.

"이제 보게 될 거예요. 우리 둘이서 큰 성공을 거둘 거예요."

포스카의 얼굴이 어두워졌다. 불쾌한 기억이 떠오른 것 같았다.

"많은 사람이 나한테 그런 말을 했어요."

"하지만 난 다른 사람들과 달라요."

그녀가 열띤 어조로 말했다.

"사실이에요. 당신은 다른 사람과 달라요."

그가 아주 빠르게 말했다.

레진은 잔을 가득 채웠다.

"우리의 계획을 위하여!"

그녀가 말했다.

"우리의 계획을 위하여."

그녀는 술을 마시면서 약간 불안스레 그의 얼굴을 뜯어보았다. 그가 무슨 생각을 하는지 정확하게 안다는 건 여하튼 불가능했다.

"포스카, 나를 만나지 않았더라면 당신은 뭘 했을까요?"

"아마 다시 잠들어버리는 데 성공했을 거예요. 그러나 거의 가망 없는 일이죠. 특별한 행운이 따라야 해요."

"행운이요? 다시 살게 된 것을 후회하나요?"

그녀가 힐책하듯이 말했다.

"그렇지 않아요."

"살아 있다는 것은 아름다운 거예요."

"아름답죠."

그들은 서로에게 미소를 지었다. 거룻배에서 어린아이의 울음소리가 올라왔다. 또 다른 거룻배에서인지 아니면 채색된 작은 집들 중 하나에서인지 누군가가 기타를 연주하고 있었다. 저녁이 되었지만 아직 한 줌 햇빛이 맑은 술이 가득 찬 술잔에 걸려 있었다. 포스카는 탁자 위에 놓인 레진의 손을 잡았다.

"레진, 오늘 저녁 나는 행복해요."

"오늘 저녁만?"

"아! 오늘 저녁이 나한테 얼마나 새로운지 당신은 알 수 없을 거예요! 나는 기다림, 권태, 욕망을 되찾았어요. 하지만 이런 충만의 환상은 여태 맛본 적이 없어요."

"그건 환상에 불과한 거네요?"

"그건 중요하지 않아요! 난 그걸 믿고 싶어요."

그는 그녀에게 몸을 기울였다. 그녀는 그의 불멸하는 입술 밑에서 자신의 입술이 부풀어 오르는 것을 느꼈다. 자존심이 센 소녀, 고독한 처녀, 흡족한 여자의 입술이었다. 그리고 그녀가 사랑하는 모든 것의 영상과 더불어 이 입맞춤이 포스카의 가슴속에 새겨지고 있었다. '이 남자는 손과 눈을 가졌고, 내 동반자이자 애인이야. 그러면서도 그는 신처럼 불멸해. 하늘에서 지고 있는 태양, 그 태양은 그에게나 나에게나 같아.' 강에서 물 냄새가 올라왔고, 멀리서 기타 소리가 들렸다. 갑자기 이 순간의 강렬함 외에는 영예도, 죽음도, 다른 무엇도 중요하지 않았다.

그녀가 말했다.

"포스카, 날 사랑하죠?"

"당신을 사랑해요."

"이 순간을 기억할 거죠?"

"그럼요, 기억할 거예요."

"영원토록?"

그는 그녀의 손을 더 세게 잡았다.

"영원히, 라고 말해줘요."

"이 순간은 존재해요. 이 순간은 우리의 것이에요. 다른 것은 아무것도 생각하지 맙시다."

그가 말했다.

◆

레진은 오른쪽으로 돌았다. 그녀가 자주 찾는 길은 아니었지만 그녀는 나무로 된 가로대가 벽을 받치고, 검푸른 도랑물이 흐르는 이 좁은 길이 좋았다. 훈훈하고 축축한 이 봄날의 밤과 하늘에서 웃고 있는 커다랗고 노란 달도 역시 좋았다. 아니는 잠들기 위해 레진의 입맞춤을 기다리며 누워 있었다. 포스카는 글을 쓰고 있었다. 그들은 가끔 벽시계를 보곤 했다. 그들은 레진이 극장에서 집에 돌아왔어야 할 시간이라는 생각을 하고 있었다. 하지만 그녀는 자신이 좋아하는 이 길, 또 언젠가는 산책할 수 없을 이 길을 조금 더 걷고 싶었다.

그녀는 또 오른쪽으로 돌았다. 과거에 수많은 남녀들이 같은 열정으로 봄날 밤의 부드러움을 들이마셨지만 그들에게 지금 이 세계는 꺼져 있었다! 그들의 죽음에 맞설 방책이 정말로 없었을까? 한 시간만이라도 그들을 소생시킬 수는 없었던가? 나는 나의 이름, 나의 과거, 나의 얼굴을 잊어버렸다. 저녁의 온화함 속에는 그저 하늘, 축축한 바람, 불확실한 씁쓸함만이 있을 뿐이고, 나도 그들도 존재하지 않고, 나만큼이나 그들도 똑같이 그렇다.

레진은 왼쪽으로 돌았다. 이것은 나다. 하늘에는 똑같은 달이 떠 있다. 하지만 그것은 각자의 마음속에 특별한, 나누어 가질 수 없는 달이다. 포스카는 나를 생각하면서 길을 걸을 것이다. 그가 나일 수는 없다. 아! 왜 우리 각자는 저마다 홀로 갇혀 있는 이 투명하고도 단단한 조개껍데기를 깨뜨릴 수 없는 걸까? 한 사람의 마음속에 달이 하나 존재한다면, 그건 어떤 것일까? 포스카의 것일까, 아니면 내 것일까? 나는 더 이상 내가 아니게 될 것이다. 모든 것을 얻기 위해서는 모든 것을 잃어야 한다. 대체 누가 이런 법칙을 만들었는가?

그녀는 차가 드나들 수 있는 대문을 넘어, 오래된 건물의 뜰을 가로질러 갔다. 아니의 방 창문에 불빛이 빛나고 있었고, 다른 모든 방의 불은 꺼져 있었다. 포스카는 벌써 잠들었나? 그녀는 서둘러 층계를 올라가서 조용히 자물쇠에 열쇠를 넣어 돌렸다. 아니의 방문 뒤에서 웃음소리가 들려왔다. 아니와 포스카의 웃음소리였다. 피가 레진의 얼굴로 올라왔다. 맹수의 발톱 같은 것이 목을 찌르는 것 같았다. 오랫동안 그녀는 이런 고통을 느낀 적이 없었다. 그녀는 살며시 다가갔다.

아니가 말하고 있었다.

"저는 매일 저녁, 극장의 맨 꼭대기 자리에 앉아 있었어요. 그녀가 다른 사람들을 위해 공연하는데 저는 그 모습을 보지 못한다는 건 참을 수 없었어요."

레진은 어깨를 으쓱했다. '재가 멋 부리고 있네' 하고 그녀는 화가 나서 생각했다. 그녀는 문을 두드린 후 열었다. 아니와 포스카는 크레이프[12] 접시와 백포도주 잔을 앞에 놓고 앉아 있었다. 아니는 검붉은색 실내 가운을 입고 귀걸이를 했는데, 뺨이 발그레했다. '정말 가관이군.' 레진은 머리끝까지 화가 나서 생각했다. 그녀는 차가운 목소리로 말했다.

"둘이 아주 즐겁군요."

"우리가 얼마나 크레이프를 잘 만들었는지 보세요, 여왕님."

아니가 말했다.

12. 밀가루나 메밀가루에 계란, 설탕, 우유, 버터를 섞어 빈대떡처럼 얇게 펴서 구운 것._옮긴이

"이분 솜씨가 좋은데요. 글쎄 하나도 실패하지 않고 모두 뒤집었다고요."

아니는 미소를 지으면서 레진에게 접시를 내밀었다.

"아주 따끈해요."

"고마워. 배고프지 않아."

레진이 말했다.

그녀는 증오의 눈으로 그들을 보았다. 대체 나 없이 저들이 존재하는 것을 막을 수 있는 방법이 없단 말인가? 저들이 어떻게 감히 그럴 수 있어? '이건 무례한 짓이야' 하고 그녀는 생각했다. 고적한 산꼭대기에 자랑스럽게 서서 빛깔과 선이 한 풍경을 이루며 기복 없이 이어진 땅을 한눈에 볼 때가 있고, 산 밑에서 대지마다 제각각 팬 곳, 우둘투둘한 기복, 망루를 갖추고서 저 스스로를 위해 존재한다는 것을 깨닫는 또 다른 때가 있는 법이었다. 아니가 포스카에게 자기 추억을 얘기하니까, 그가 그걸 듣고 있다니!

"무슨 얘기를 하고 있었어요?"

"포스카한테 내가 어떻게 당신을 알게 되었는지 얘기하고 있었어요."

"또 그 얘기야?"

레진이 말했다.

레진은 술을 한 모금 마셨다. 크레이프는 아주 따끈하고 맛있어 보였다. 그녀는 그것이 먹고 싶었다. 그래서 더 화가 났다.

"재 특기인 테라멘[13] 이야기예요. 아니는 내 친구들한테 다 그 얘기를 해야 후련한가 봐요. 게다가 별로 대단한 얘기도 아니에요.

13. 장 바티스트 라신의 비극 〈파이드라〉의 작중 인물로,
이폴리트의 가정교사._옮긴이

아니는 공상적이에요. 재가 꾸며내는 이야기를 전부 믿어서는 안 돼요."

아니의 눈에 눈물이 차올랐다. 그러니 레진은 못 본 척했다. 그녀는 만족스럽게 여기며 생각했다. '네가 정말로 울게 해줄 거야.'

그녀가 경쾌하게 말했다.

"난 걸어서 왔어요. 날씨가 참 좋더라고요! 포스카, 내가 무슨 결심을 했는지 아세요? 〈로잘린드〉 1회 공연과 2회 공연 사이에 우리 시골로 산책하러 가요."

"좋은 생각인데요."

포스카가 말했다.

그는 태평하게 크레이프를 벌써 두 개째 먹고 있었다.

"나를 데려가줄 거죠?"

아니가 물었다.

레진이 기다리던 질문이었다.

"안 돼. 포스카와 단둘이서 며칠을 보내고 싶어. 나도 이이한테 할 얘기가 있어."

"왜요? 두 분을 방해하지 않을 거예요. 전에는 가는 곳마다 따라갔는데, 내가 절대 방해되지 않는다고 당신 입으로 말했잖아요."

아니가 말했다.

"전에는 아마 그랬지."

"그러면 내가 뭘 잘못했어요?"

아니가 흐느끼면서 말했다.

"왜 나한테 그렇게 냉정해요? 왜 나를 벌하는 거예요?"

"어린애처럼 말하지 마. 넌 충분히 나이가 들었으니 그렇게 하는 게 귀엽지 않아. 널 벌하는 게 아냐. 널 데려가고 싶지 않은 거야. 그게 다야."

"나빠요! 나빠요!"

"네가 울어도 내 생각은 안 바뀌어. 울면 너 되게 못생겨진다."

레진은 아쉬운 눈으로 크레이프를 한 번 보고는 하품을 했다.

"자야겠다."

"나빠요! 나빠요!"

아니는 탁자에 엎드려 흐느꼈다.

레진은 자기 방으로 들어가 외투를 벗고 머리를 풀어 헤치기 시작했다. '그가 재와 함께 있다니! 그가 재를 위로하다니!' 그녀는 생각했다. 아니를 발꿈치로 짓밟아버리고 싶었다.

그가 방문을 두드렸을 때 그녀는 이미 침대에 누워 있었다.

"들어와요."

포스카가 미소 지으면서 다가왔다.

"서두를 필요는 없어요. 최소한 크레이프를 모두 먹어치울 시간은 있었죠?"

그녀가 말했다.

"미안해요. 아니를 그냥 둘 수가 없었어요. 그녀는 아주 절망하고 있어요."

포스카가 말했다.

"걔는 툭하면 눈물을 보여요."

레진이 웃었다.

"물론 걔가 당신한테 다 얘기했겠죠. 걔가 극장의 작은 바에서 계산원으로 일할 때, 내가 눈에 반창고를 붙이고 집시 차림으로 나타난 얘기 말이에요."

포스카는 침대의 발치에 앉았다. 그가 말했다.

"그녀를 탓하지 마요. 그녀도 역시 존재하고자 애써요."

"그녀도 역시라고요?"

"우린 모두 노력하는 거예요."

잠시 그녀는 호텔 정원에서 자신을 아주 오싹하게 했던 그 시선을 그의 눈에서 다시 보았다. 그녀가 말했다.

"나를 나무라는 거예요?"

"결코 나무라지 않아요."

"내가 심술궂다고 생각하는 거죠."

그녀는 도전하듯 포스카를 보았다.

"사실 그래요. 나는 다른 사람이 행복한 걸 좋아하지 않아요. 또 다른 사람들이 내 힘을 느끼게끔 하는 것을 좋아해요. 아니는 방해되지 않을 거예요. 하지만 나는 심술 때문에 그 애를 안 데려갈 거예요."

"알겠어요."

그가 상냥하게 말했다.

그녀는 차라리 그가 로제처럼 혐오하는 시선으로 자신을 보는 편이 나을 것 같았다.

"그러나 당신은 좋은 사람이군요."

그녀가 말했다.

그는 불분명한 태도로 어깨를 으쓱했다. 그녀는 그를 빠르게 힐끗 보았다. 그에 대해 뭐라고 말할 수 있을까? 야박하지 않고, 관대하지 않고, 용감하지 않고, 비겁하지 않고, 못되지 않고, 착하지도 않다. 그 앞에서는 이 모든 낱말이 의미를 상실했다. 심지어 그의 머리카락과 눈에 색깔이 있다는 사실조차 별나 보였다.

"아니와 함께 크레이프를 만들면서 하루 저녁을 보내는 것, 그런 것은 당신한테 어울리지 않아요."

그녀가 말했다.

그는 미소 지었다.

"크레이프는 맛있었어요."

"당신은 더 멋진 일을 해야 해요."

"그게 뭔데요?"

"당신은 나를 위한 연극의 첫 장도 아직 쓰지 않았어요."

"아! 오늘 저녁에는 영감이 떠오르지 않았어요."

"책을 읽을 수도 있었잖아요. 모두 당신을 위해 골라놓은 책인데……."

"그 책들은 다 같은 이야기를 하고 있어요."

그가 말했다.

그녀는 불안하게 그를 쳐다보았다.

"포스카! 다시 잠들어버려서는 안 돼요!"

"물론이죠! 안 그럴 거예요."

"당신은 나를 돕겠다고 약속했어요. 나한테 말했죠. 죽음을 면치 못하는 사람이 할 수 있는 것은 당신도 할 수 있다고요."

"아! 그런데 그게 정말 문제더라고요!"

그가 말했다.

♦

레진은 택시에서 뛰어내려 층계를 빠르게 올라갔다. 포스카가 처음으로 약속을 지키지 않았던 것이다. 그녀는 문을 열고 거실 문턱에 못 박힌 듯이 서버렸다. 포스카가 사다리의 높은 곳에 올라서 노래를 부르면서 유리창을 닦고 있었던 것이다.

"포스카!"

그가 미소 지었다.

"유리창을 모두 닦았어요."

"대체 무슨 일이에요?"

"당신이 오늘 아침에 아니에게 유리창을 닦아야 한다고 말했잖아요."

그는 한 손에 걸레를 든 채 사다리에서 내려왔다.

"연습은 잘했어요?"

"네 시에 플레옐 극장 로비로 오기로 했잖아요. 잊었어요?"

"그렇군요. 잊어버렸어요!"

그가 당황한 어조로 말했다.

그는 물통에 걸레를 짰다.

"너무 열심히 일하다가 까맣게 잊어버렸어요."

"이제 음악회는 놓쳤어요."

레진이 짜증을 내며 말했다.

"음악회는 또 있을 거예요."

포스카가 말했다.

그녀는 어깨를 으쓱했다.

"내가 가고 싶은 것은 바로 오늘의 음악회예요."

"정확히 오늘의 음악회요?"

"정확히요."

그녀가 덧붙였다.

"옷 차려입어요. 이런 차림으로 있으면 안 돼요."

"난 더러운 천장도 청소하고 싶었어요."

"이런 엉뚱한 생각을 왜 했나요?"

레진이 물었다.

"당신한테 봉사하기 위해서예요."

"이런 봉사는 필요 없어요."

포스카는 순순히 자기 방으로 갔다. 레진은 담배에 불을 붙였다. '그가 나를 잊어버리다니.' 그녀는 생각했다. '그에게는 오로지 나뿐인데, 그런 그가 나를 잊어버렸다고. 그렇게 쉽게 변한 걸까? 그의 머릿속에는 무엇이 들어 있을까?' 그녀는 불안을 느끼며 왔다 갔다 했다. 포스카가 돌아오자 그녀는 웃으면서 물어보았다.

"그래 집안 청소하는 게 재미있어요?"

"그래요. 정신병원에 있을 때 나더러 공동 침실을 비로 쓸라고 하면 아주 기뻤어요."

"도대체 왜죠?"

"집중이 돼요."

"그럴 일은 많아요."

그녀가 말했다.

그는 아쉬운 듯 천장을 바라보았다. 그가 말했다.

"필요한 건, 당신이 나한테 직업을 구해주는 거예요."

레진은 움찔했다.

"당신 그렇게 지루해요?"

"나한테 할 일을 주어야만 해요."

"당신한테 제안했잖아요……."

"생각하는 것을 강요하지 않는 그런 일을 하고 싶어요."

그의 시선은 깨끗한 유리창을 어루만지고 있었다.

"그래도 유리창 닦는 사람이 되고 싶진 않겠죠?"

"왜 안 돼요?"

그녀는 말없이 방을 가로지르며 몇 걸음 걸었다. 안 될 이유가 사실 뭐 있겠는가? 그가 스스로 뭘 할 수 있을까?

"당신이 직업을 가지면, 우리는 종일 헤어져 있게 돼요."

"사람들은 그렇게 살아요. 헤어져 있다가 다시 만나죠."

그가 말했다.

"하지만 우리 둘은 다른 사람들과 달라요."

그녀가 말했다.

포스카의 얼굴이 침울해졌다.

"당신이 옳아요. 아무리 해봤자 소용이 없어요. 나는 다른 사람들과 같아질 수 없어요."

레진은 불편한 기색으로 그를 바라보았다. 그녀는 그가 불멸하는 인간이기 때문에 사랑했고, 그는 죽음을 면할 수 없는 사람들과 다시 똑같이 되고 싶은 희망에서 그녀를 사랑했다. '우리는 결코 한 쌍이 될 수 없을 거야.'

"당신은 당신 시간에 흥미를 가지려 노력하지 않아요. 책을 읽고, 그림을 보러 가고, 나와 함께 음악회에도 가요."

그녀가 말했다.

"그런 건 아무 소용 없어요."

그가 말했다.

그녀는 그의 어깨에 손을 얹었다.

"더 이상 나만으로 충분치 않나요?"

"내가 당신 대신 살 수는 없어요."

"당신은 나를 바라보는 걸로 충분하다고 했어요……."

"살아가게 되면 바라보는 것으로 만족할 수 없어요."

그녀는 주저했다.

“그렇다면, 공부를 해요! 그러면 흥미로운 직업을 가질 수 있을 거예요. 기술자나 의사가 될 수 있어요.”

“아니오. 그건 너무 오래 걸려요.”

“너무 오래요? 당신한테 시간이 부족해요?”

“당장 할 수 있는 일이 필요해요. 나 스스로한테 물어야 하는 일은 안 돼요.”

그는 애원하듯 레진을 보았다.

“나한테 감자 껍질을 벗기라든가 침대 시트를 빨라고 해줘요.”

“안 돼요.”

그녀가 말했다.

“왜죠?”

“그것은 당신을 다시 잠들어버리게 하는 방법이에요. 나는 당신이 깨어 있기를 원해요.”

그녀는 그의 손을 잡으며 말했다.

“나와 함께 산책 가요.”

그는 순순히 따라 나섰으나 문턱에서 잠깐 멈춰 있었다.

♦

“그래도 천장은 청소해야 했는데.”

그가 애석하다는 듯이 말했다.

“자, 도착했어요.”

레진이 말했다.

“벌써요?”

포스카가 말했다.

"그럼요. 기차는 빨라요. 합승 마차보다 더 빨라요."

"자신들이 번 시간으로 사람들이 뭘 하는지를 알고 싶네요."

"사람들이 백 년 전부터 많은 것을 발명했다는 걸 알아줘요."

"오! 사람들은 항상 같은 것들을 발명해요."

그는 침울한 표정이었다. 얼마 전부터 그는 자주 침울했다. 그들은 말없이 승강장에 내려 작은 역의 쪽문을 지나서 도로로 들어섰다. 포스카는 발로 돌을 차면서 고개를 숙이고 걸었다. 레진은 그의 팔을 잡았다.

"봐요. 내가 어린 시절을 보낸 곳이 바로 여기예요. 난 이곳을 좋아해요. 잘 봐요."

초가지붕 위에 붓꽃이 피어 있고, 나지막한 집의 벽을 타고 장미가 덩굴을 뻗으며 올라가고 있었다. 나무 울타리로 둘러싸인 곳에서 닭들이 꽃이 핀 사과나무 밑에서 모이를 쪼았다. 레진의 마음속에서 과거가 생기를 되찾은 꽃다발처럼 부풀어 올랐다. 공작의 깃털, 등나무 덩굴, 달 밝은 밤에 정원에서 맡은 협죽도의 향기, 그리고 뜨거운 눈물. 나는 아름다워질 것이고, 유명해질 것이다. 저 언덕 아래 초록색 밀밭 끝에, 햇빛에 반짝이는 슬레이트 지붕들이 작은 교회를 둘러싼 마을이 있었다. 그 교회에서 종소리가 들려왔다. 수레를 끄는 말 한 마리가 언덕을 올라왔고, 채찍을 손에 든 농부가 말 옆에서 걷고 있었다.

"아무것도 변하지 않았어요."

레진이 말했다.

"얼마나 평화스러워요! 포스카, 알겠어요? 나한테는 이게 바로 영원이에요. 저 조용한 집들, 이 세계가 끝날 때까지 울릴 저 종소리, 그리고 저 늙은 말도 내 어린 시절에 저 말의 조상들이 그랬던 것처럼 언덕을 오르고 있잖아요."

포스카는 머리를 흔들었다.

"아니……. 그건 영원이 아녜요."

"왜죠?"

"마을도 수레도 늙은 말도 영원히 거기에 있지 않을 테니까요."

"그렇죠."

그녀가 위축되어 말했다.

그녀의 시선은 파란 하늘 아래 움직이지 않는 풍경을 안고 있었다. 그림처럼, 시처럼 움직이지 않는 풍경을 말이다.

"저 자리에 무엇이 있게 될까요?"

"아마 광활한 경작지에 네모 반듯하게 정리된 밭 사이를 경운기들이 지나다니게 되겠죠. 어쩌면 새로운 마을, 작업장, 공장이 들어설지도 모르고요."

"공장이요……."

이것은 상상하기가 불가능했다. 단 한 가지 분명한 것은, 어떤 추억보다도 더 오래된 이 농촌이 언젠가 사라져버릴 것이라는 사실이었다. 레진의 심장이 죄어왔다. 그녀는 부동의 영원에 자기 몫을 가질 수 있을지 모르지만, 이 세계는 일시적인 환상의 행렬에 불과하고 그 손은 텅 비어 있었다. 그녀는 포스카를 바라보았다. 누가 그보다 더 빈 손일 수 있을까?

"조금씩 이해가 되는 것 같아요."

그녀가 말했다.

"뭘 말이에요?"

"저주요."

그들은 나란히 걸었지만 각자는 혼자였다. '이 사람에게 세상을 내 눈으로 보는 법을 가르치려면 어떻게 해야 하지? …….' 그녀는 그것이 이다지도 어려울 거라고는 상상하지 못했던 것이다. 더 가까워지기는커녕 그녀가 보기에 그는 매일 더 멀어져갔다. 그녀는 오른쪽으로 커다란 떡갈나무들이 그늘을 만든 큰길을 가리켰다.

"저기예요."

그녀는 감격하며 꽃이 핀 목장, 배를 땅에 대고 그 아래로 기어 들어갔던 가시철조망, 이끼 낀 물이 차 있는 어장을 알아보았다. 어린 시절, 파리행, 눈부신 귀향, 이 모든 것이 거기 아주 가까이 있었다. 그녀는 하얀 판자 울타리가 쳐진 공원을 천천히 한 바퀴 돌았다. 작은 문은 닫히고 철책이 잠겨 있었다. 그녀는 울타리를 뛰어넘으며 생각했다. '한 번뿐인 어린 시절, 한 번뿐인 인생, 나의 인생.' 그녀에게는 언젠가 시간이 멈출 터이다. 아니 그것은 벌써 멈춰 있었고, 죽음이라는 통과할 수 없는 벽에 부딪혀 산산조각 나버렸다. 레진의 인생은 이 세계가 움직이지 않는 영상으로 맑게 비치는 커다란 호수였다. 영원토록 붉은 너도밤나무가 바람에 흔들리고, 협죽도는 달콤한 향기를 발산하고, 강물은 속삭이고, 나뭇잎이 살랑거리는 소리 속에, 커다란 삼나무의 녹음綠陰 속에, 꽃들의 향기 속에 온 세상이 완전히 갇혀 있었다.

아직도 때는 늦지 않았다. 포스카에게 외쳐야만 했다. '나를 혼자 둬요. 내 추억과 내 짧은 운명과 함께, 나 자신이 된다는 것과 언젠가는 죽는다는 것을 감수하며 혼자 있게 놔둬요.' 한순간 그녀는 덧문이 닫힌 집 앞에서 움직이지 않았다. 혼자, 죽음을 면치 못하는 존재로, 영원히. 그러고 나서 그녀는 그에게로 눈을 돌렸다. 그는 하얀 울타리에 기대어 결코 꺼지지 않을 시선으로 너도밤나무와 삼나무를 보고 있었다. 또다시 시간은 무한 속으로 달아나고 맑은 영상들이 흐려졌다. 레진은 급류에 휩쓸려서 결코 멈출 수가 없었다. 바랄 수 있는 것은 그저 거품으로 변해버리기 전에 조금 더 오랫동안 물 위에 떠 있는 것뿐이었다.

"와봐요."

그녀가 말했다.

그는 나무 가로대를 넘어왔고, 그녀는 그의 팔에 손을 얹었다.

"내가 태어난 곳이 바로 여기예요. 월계수 들보 위에 있는 이 방에서 살았죠. 잠결에도 샘물이 흐르는 소리가 들렸고, 창으로는 함박꽃 향기가 들어오곤 했어요."

그들은 계단에 앉았다. 돌은 따뜻했고, 곤충들이 붕붕거렸다. 레진이 말하는 사이 공원은 환영幻影으로 가득 찼다. 한 소녀가 질질 끌리는 긴 옷을 입고 모래가 깔린 산책길을 여기저기 걸어 다녔다. 삐쩍 마른 큰 여자애가 버드나무 그늘 아래에서 카미유[14]의 저주 장면을 낭송했다. 하늘에서는 해가 지고, 레진은 자신의 심장을 뛰게 했던, 이미 죽은, 투명한 두 소녀를 잠시나마 되살리려는 열망에 계속 이야기를 했다.

그녀가 입을 다물었을 때는 날이 저물고 있었다. 그녀는 포스카에게 몸을 돌렸다.

"포스카, 내 얘기 들었어요?"

"물론이죠."

"전부 기억해요?"

그는 어깨를 으쓱했다.

14. 피에르 코르네유(1606-1684)의 비극 〈오라스〉에 나오는 인물._옮긴이

"이미 여러 번 들었던 이야기예요."
그녀는 깜짝 놀라 일어섰다.
"아니에요. 아니에요. 똑같은 얘기가 아니라고요."
"똑같아요. 한가지 얘기예요."
"그건 사실이 아니에요."
"항상 같은 노력 끝에 같은 실패예요."
그가 피곤한 듯 말했다.
"항상 사람들은 차례차례 다시 시작해요. 나도 다른 사람들처럼 다시 시작하고요. 이건 절대 멈춰지지 않을 거예요."
"그러나 나라면 달라요. 내가 다른 사람과 다르지 않다면, 왜 당신이 나를 사랑하겠어요? 날 사랑하죠, 안 그래요?"
그녀가 말했다.
"그래요."
그가 말했다.
"그리고 나는 당신한테 유일한 존재예요."
"그래요. 모든 여자들과 마찬가지로 유일해요."
그가 다시 말했다.
"그러나 나는 나예요, 포스카! 이제 내가 보이지 않나요?"
"당신이 보여요. 당신은 금발이고, 너그럽고, 야망이 있으며, 죽는 것을 몹시 두려워하죠."
그는 머리를 흔들었다.
"가엾은 레진!"
"나를 동정하지 마요! 당신이 나를 동정하는 건 허락 못 해요."
그녀는 뛰어가 버렸다.

♦

"나는 가야겠어요."

레진이 말했다.

그녀는 기운 없이 술집의 문을 바라보았다. 문 너머에는 센 강으로 이어지는 길이 있고, 강물 저편에는 자신의 집이 있고, 그 안에 책상 앞에 앉아는 있으나 글을 쓰지 않는 포스카가 있었다. 그가 '연습 잘했어요?'라고 물으면 그녀는 '그래요'라고 대답할 테고, 침묵이 흐를 것이다. 그녀는 플로랑스에게 손을 내밀었다.

"또 봐요."

"포르토 한 잔 더 하십시오. 시간은 충분하잖아요."

사니에가 말했다.

"시간요. 그래요, 시간은 많죠."

그녀가 말했다.

포스카는 시계를 보지 않았다.

"연극 연습이 잘 안 돼서 유감이에요."

그녀가 말했다.

"오! 당신이 일하는 것을 보니 좋았어요."

플로랑스가 말했다.

"당신은 놀라운 표현력을 보여줬습니다."

사니에가 말했다.

그들은 부드러운 목소리로 말을 했다. 그들은 그녀에게 샌드위치 접시를 밀어줬고, 나긋한 동작으로 담배를 권했다. 그들의 눈에는 배려심이 가득했다. 그녀는 생각했다. '이들은 나한테 원한을 품고 있지 않아.' 그러나 그녀는 그들을 신 나게 경멸하려는 충동을 마음속으로 느끼지 못했다. 그녀는 이제 누구도 경멸할 수 없었다.

"정말 결정되었어요? 금요일에 떠나나요?"

그녀가 물어보았다.

"예, 다행이죠. 난 이제 한계에 이르렀어요."

플로랑스가 말했다.

"그건 당신 잘못이야."

사니에가 나무라듯 말했다. 사니에는 레진을 바라보았다.

"이 사람은 실생활에서는 무대에서보다 자신을 잘 자제하지 못합니다."

레진은 이해할 수 있다는 태도로 미소를 지었다. '이 사람은 로제가 나를 보았듯이 저 여자를 보고 있어.' 그녀는 생각했다. 사니에는 플로랑스가 피로한지 헤아렸고, 그녀의 기쁨과 근심을 공유했고, 그녀에게 충고를 해주었고, 플로랑스는 그의 마음속에서 따뜻하게 지내고 있었으니, 그들은 한 쌍이었다. 레진이 일어났다.

"이제 가봐야 해요."

그녀는 태생적으로 이런 미소, 이런 부드러운 잡담, 그리고 이런 단순한 인간적인 교감과는 잘 맞지 않았다. 문을 밀고 나오자 그녀는 고독에 잠겼다. 그녀는 홀로 센 강을 건너 붉은 아파트로 향했다. 그러나 그것은 이제 예전의 오만한 고독이 아니었다. 그녀는 하늘 아래 길을 잃은 한 여자에 불과했다.

아니는 외출했고 포스카의 방문은 닫혀 있었다. 레진은 장갑을 벗고 가만히 서 있었다. 커다란 탁자, 커튼, 선반 위의 장식품들, 이 모든 사물들이 잠들어 있는 듯했다. 집 안에 죽은 사람이 있는 것 같다고, 겁을 먹은 이 사물들은 더 이상 존재하지 않으려 하는 것 같다고도 할 수 있었다. 그녀는 망설이면서 몇 발을 내디뎠다.

그녀가 어떤 몸짓을 해주기를 기다리는 것은 없었으니까 말이다. 그녀는 담뱃갑을 꺼냈다가 다시 핸드백에 넣었다. 담배를 피우고 싶은 욕구가 없었다. 그리고 어떤 욕구도 없었다. 심지어 거울 속 그녀의 얼굴조차 잠자고 있었다. 그녀는 머리채를 손에 잡고 포스카의 방 쪽으로 걸어가서 문을 두드렸다.

"들어와요."

그는 침대 가장자리에 앉아 초록색 털실로 긴 띠를 뜨개질하는데 몰두해 있었다.

"연습 잘했어요?"

"아주 엉망이었어요."

그녀가 냉랭하게 말했다.

그는 위로하는 투로 말했다.

"내일은 더 나아질 거예요."

"아니요."

"나중에는 분명 더 잘될 거예요."

그녀는 어깨를 으쓱했다.

"하던 일 잠깐 멈출 수 없어요?"

"당신이 원한다면."

그는 뜨던 목도리를 애석한 표정으로 옆에 놓았다.

"당신 뭐 좀 했어요?"

그녀가 물었다.

"보다시피."

"그럼 나한테 약속했던 그 작품은요?"

"아! 그 작품! ……."

그는 미안하다는 어조로 덧붙였다.

"일이 다르게 돌아가기를 바랐어요."

"어떤 일이요? 누가 일을 방해했나요?"

"난 할 수가 없어요."

"당신이 원하지 않아서죠."

"난 할 수가 없어요. 당신을 도와주고 싶었죠. 그러나 나는 할 수 없어요. 내가 사람들한테 뭘 얘기해야 하죠?"

"작품을 한 편 쓴다는 게 아주 어려운 일은 아녜요."

그녀가 성마른 태도로 말했다.

"당신은 그들과 같은 부류에 속하니까 그 일이 자연스러워 보이는 거예요."

"노력해봐요. 당신은 종이에 단어 하나 쓰지 않았어요."

"난 노력하고 있어요. 가끔씩 내 작품의 인물 중 한 명이 숨을 쉬기 시작해요. 하지만 그 인물은 곧바로 꺼져버려요. 그들은 태어나고, 살고, 죽어요. 해서 난 그들에 대해 더 할 말이 아무것도 없어요."

"그렇지만 당신은 여러 여자를 사랑했잖아요. 당신의 친구였던 남자들이 있고요."

"그래요. 나한테는 추억이 있어요. 하지만 그것으로는 충분하지 않아요."

그는 눈을 감았다. 그는 절망적으로 무엇인가를 떠올리려고 애쓰는 것 같았다.

"많은 힘이 필요해요. 많은 자존심, 많은 사랑도요. 한 사람의 행동들이 중요하다고, 또 삶이 죽음을 이겨낸다고 생각하려면 그래야 해요."

그녀는 그에게 다가갔다. 그녀는 목이 조였고, 그가 대답하려는 것에 대해 겁이 났다.

"포스카, 내 운명이 정말 당신의 눈에는 중요하지 않나요?"

"아! 그런 질문을 나한테 해서는 안 돼요."

그가 말했다.

"왜죠?"

"당신은 내가 어떻게 생각하는지 신경 쓰면 안 돼요. 그건 약점이에요."

"약점. 당신한테서 도망치는 것이 더 용기 있는 행동일까요?"

그녀가 물었다.

"내가 알던 한 사람은, 그는 도망치지 않고, 나를 정면으로 바라보고, 내 말을 들었어요. 하지만 그는 혼자 결정했어요."

포스카가 말했다.

"상당한 존경심을 가지고 그 사람에 대해 말하는군요."

그녀는 그 미지의 사람에게 질투심을 느꼈다.

"그도 역시 존재하려고 헛수고를 한 가련한 사람 아니었나요?"

"그는 하고 싶은 일을 했어요. 아무것도 바라지 않았어요."

포스카가 말했다.

"그러니까 자기가 하고 싶은 일을 하는 것이 중요한 거죠?"

그녀가 물었다.

"그한테는 중요했어요."

"그리고 당신한테는?"

"그는 개의치 않았어요."

"그러면 그가 옳았나요, 아니면 틀렸던 건가요?"

"난 그 사람 대신 대답할 수 없어요."

"당신은 그를 찬미하는 것 같네요."

그는 고개를 흔들었다.

"나는 찬미할 능력이 없어요."

레진은 방을 가로질러 몇 걸음 걸었다. 그녀는 어찌할 바를 몰랐다.

"그럼 나는요?"

그녀가 말했다.

"당신요?"

"당신의 눈에는 내가 가련한 여자인가요?"

"당신은 지나치게 당신 생각을 해요. 그건 좋지 않아요."

"그럼 내가 무엇을 생각해야 해요?"

"아! 나는 모르죠."

그가 말했다.

♦

레진은 무대에서 내려와, 빈 객석의 어두운 구석에 앉아 있는 포스카에게 걸어갔다. 그때 어떤 목소리가 지나가는 그녀를 불렀다.

"레진."

그녀가 돌아섰다. 로제였다.

"내가 온 걸 나무라지는 않겠지? 라포레가 초대했어. 당신이 베레니스[15]를 연기하는 걸 보려고 서둘러……."

그가 말했다.

"왜 내가 당신을 나무라겠어?"

15. 장 바티스트 라신의 비극 작품 〈베레니스〉의 주인공._옮긴이

그녀가 말했다.

그녀는 깜짝 놀라 그를 바라보고 있었다. 그녀는 그를 다시 보면 감격하리라 예상하기는 했다. 최근에 자신의 과거와 관련된 모든 것이 그녀를 뒤흔들었던 것이다. 그러나 그는 친근하면서도 담담한 태도를 보이고 있었다.

"레진, 베레니스 역을 멋지게 잘해냈어. 당신은 희극만이 아니라 비극도 잘할 수 있어. 머지않아 파리에서 첫째가는 여배우가 될 거라고 난 지금 확신해."

그의 목소리는 약간 떨렸고, 그의 입 가장자리도 예민하게 떨렸다. 그는 아주 감동했다. 그녀는 객석에서 방금 포스카가 떠난 의자를 보았다. 과거를 기억할 수 있는 그는 보았을까? 그녀를 다른 여자와 혼동해서는 안 된다는 것을 그가 결국 이해했을까?

"고마워."

그녀가 말했다.

그리고 그녀는 한동안 그들 두 사람이 서로 말없이 있었다는 것을 깨달았다. 로제는 그녀를 근심스러운 태도로 주의 깊게 살펴보았다.

"행복해?"

그가 낮은 목소리로 말했다.

"그럼."

그녀가 말했다.

"당신 피곤해 보이는데……."

"연습 때문이야."

그녀는 그의 시선에 거북함을 느꼈다. 그녀는 세심한 관심을 기울여 자신의 얼굴을 들여다보는 시선에 이제 익숙하지 않았다.

"내가 추해진 것 같아?"

"아니, 그러나 당신은 변했어."

"어쩌면."

"예전에는 내가 당신한테 변했다고 하면, 당신은 참지 못했어. 아주 열렬하게 당신 자신으로 남아 있으려고 했지."

"내가 변했으니까."

그녀가 말했다.

그녀는 억지로 미소를 지었다.

"사람들이 나를 기다리니까 작별 인사를 해야겠어."

그는 잠시 그녀의 손을 잡았다.

"우리 다시 볼 수 있겠지? 언제가 괜찮아?"

"당신이 원할 때. 전화만 하면 돼."

그녀가 무덤덤하게 말했다.

포스카는 극장 문 앞에서 그녀를 기다리고 있었다.

"미안해요, 나 붙잡혔었어요……."

그녀가 말했다.

"미안해하지 마요. 난 기다리는 거 좋아해요……."

그는 미소를 지었다.

"아름다운 밤이에요. 걸어서 집에 갈까요?"

"아녜요. 피곤해요."

그들은 택시를 탔다. 그녀는 입을 다물고 있었다. 그녀는 그가 자발적으로 말해주기를 바랐다. 하지만 그는 가는 동안 내내 아무 말도 하지 않았다. 그들은 그녀의 방으로 들어갔고, 그녀는 옷을 벗기 시작했다. 그는 여전히 말이 없었다.

"참! 포스카, 오늘 저녁 공연 만족스러워요?"

그녀가 물었다.

"난 항상 당신이 공연하는 것을 보는 게 좋아요."

그가 말했다.

"내가 잘했나요?"

"그런 것 같은데요."

"당신은 그런 것 같다고만 말해요. 가타부타 확신은 없어요?"

그는 대답하지 않았다.

"포스카, 전에 라셸이 공연한 것을 본 적이 있죠?"

"그래요."

"그녀가 나보다 더 잘했나요? 나보다 훨씬 더 잘?"

그는 어깨를 으쓱했다.

"모르겠는데요."

"당신은 알 거 아니에요."

"역할을 잘하고 못한다는 것, 난 이 말의 의미를 잘 몰라요."

그가 초조한 듯 말했다.

레진은 마음속이 텅 비어가는 것 같았다.

"잠을 깨요, 포스카! 기억해봐요! 당신이 매일 저녁 나를 보러 오던 때가 있었어요. 그땐 내 연기에 매혹된 것 같았는데……. 한 번은 심지어 당신이 울고 싶었을 정도라고 말했어요."

"그래요."

포스카가 말했다. 그는 상냥한 미소를 지었다.

"난 당신이 공연하는 걸 보는 게 좋아요."

"그러나 왜죠? 내가 역할을 잘하기 때문이 아닌가요?"

포스카는 다정하게 그녀를 쳐다보았다. 그가 말했다.

"공연할 때 당신은 아주 열렬한 신념으로 당신의 존재를 믿고 있는 것 같아요! 난 정신병원에서 두세 여자한테서 그런 모습을 본 적이 있어요. 하지만 그 여자들은 그저 자신만을 믿을 뿐이었어요. 당신한테는 다른 사람들도 역시 존재하고, 또 가끔 당신은 나까지도 존재하게 하는 데 성공했어요."

"뭐라고요? 그게 당신이 로잘린드와 베레니스에게서 본 것 전부예요? 나한테 인정하는 재능은 그게 다예요?"

레진은 입술을 깨물었다. 그녀는 펑펑 울고 싶었다.

"그건 그리 보잘것없는 게 아니에요. 모든 사람이 존재하는 척하는 데 성공하는 건 아니잖아요."

포스카가 말했다.

"하지만 그것은 흉내가 아녜요. 그것은 진짜예요. 나는 존재하고 있어요."

그녀가 절망스럽게 말했다.

"오! 당신은 그 정도의 확신도 없는 거예요. 그렇지 않다면 나를 극장에 데려가려고 그렇게까지 고집을 부리진 않을 거예요."

"난 확신해요!"

그녀는 격분해서 말했다.

"나는 존재해요. 난 재능이 있고, 위대한 여배우가 될 거예요. 당신은 장님이에요!"

그는 대답하지 않고 미소만 지었다.

♦

"여기가 낫죠?"

아니가 말했다.

그녀는 얼음덩어리 위에 비늘 같은 껍질이 있는 파인애플을 정성스럽게 깔고 있었다. 레진은 탁자를 힐끗 보았다. 꽃, 크리스털 잔, 파이, 샌드위치, 모든 것이 제자리에 있었다.

"좋아 보이는데."

그녀가 말했다.

레진은 포크로 계란 노른자와 녹인 초콜릿을 치대기 시작했다. 플로랑스는 파티를 열 때 정성을 들이기는 했지만, 유명 포도주와 특허가 있는 비스킷들이란 값을 매길 수 있는 것들이어서 사치스럽고 개성이 없었다. 레진은 오늘 저녁 파티를 결코 모방이 불가능한 걸작으로 만들고 싶었다. 그녀는 사람들을 접대하는 것을 좋아했다. 밤새도록 그들의 눈에는 그녀 인생의 배경이 비칠 것이고, 그들은 그녀가 정성 들여 준비한 요리를 먹을 테고, 그녀가 그들을 위해 고른 음반을 들을 테고, 그래서 밤새도록 그녀는 그들의 쾌락을 지배하게 될 것이다. 그녀는 힘껏 계란을 치댔고, 그릇 바닥에 크림이 엉기기 시작했다. 그러나 옆방에서는 단조로운 발소리가 계속 들렸다.

"아! 저 사람 신경에 거슬려."

그녀가 말했다.

"가서 얘기할까요?"

"아니……. 그럴 필요 없어."

한 시간 전부터 그는 영영 우리에 갇혀버린 곰처럼 그 방에서 걸어 다니고 있었다. 그녀는 계란을 쳐대고 있었고, 그는 왔다 갔다 하고 있었다. 1초 1초가 검고 푸짐하고 맛있게, 굽다리접시 바닥으로 방울방울 가라앉고 있었고, 걸음걸음은 흔적도 없이 공중에서 사라지고 있었다. 그의 다리 움직임과 손의 움직임이 그렇듯이,

크림은 먹혀 없어질 것이고, 그릇은 씻겨 비워질 것이고, 더 이상 남은 흔적은 없으리라. 〈로잘린드〉, 〈베레니스〉, 그다음에 〈템페스트〉[16]를 위한 계약……. 그녀는 매일매일 참을성 있게 자신의 존재를 만들어가고 있었다. 그리고 그는 자신이 막 디딘 걸음을 지우면서 왔다 갔다 하고 있었다. '난 말이야, 모든 것을 한 번에 무너뜨릴 거야…….'

"끝났어. 난 옷 갈아입을게."

그녀가 말했다.

그녀는 검은 호박단으로 지은 긴 드레스를 입고 보석함에서 목걸이를 골랐다. 그녀는 큰소리로 말했다. '오늘 저녁에는 머리를 땋을 거야.' 얼마 전부터 그녀는 큰소리로 말하는 습관이 생겼다. 현관문에서 초인종이 울렸고, 손님들이 오기 시작했다. 그녀는 천천히 머리를 땋았다. '오늘 저녁에 나는 그들한테 내 진짜 얼굴을 보여주고 싶어…….' 그녀는 거울에 다가가서 자신에게 미소를 지었다. 그녀의 미소는 굳어 있었다. 그녀가 그렇게도 소중히 여겼던 이 얼굴은 가면 같았고, 더 이상 자신의 것이 아니었다. 그녀의 몸도 낯설었다. 그것은 마네킹이었다. 그녀는 다시 미소를 짓고 싶었다. 그러나 거울 속에서는 마네킹이 미소 짓고 있었다. 그녀는 돌아섰다. 잠시 후 그녀는 꾸며낸 표정을 짓고 있었다. 그녀는 방문을 밀었다. 작은 전등불들이 켜져 있고, 손님들은 의자와 긴 소파에 앉아 있었다. 사니에, 플로랑스, 뒬락, 라포레였다. 포스카는 그들 가운데 앉아 즐거운 목소리로 얘기하고 있었다. 아니가 칵테일을 대접했다. 모든 것이 진짜 같았다. 그녀는 그들에게 미소를 지

16. 셰익스피어의 희곡._옮긴이

으면서 손을 내밀었고, 그들도 미소를 지었다.

“그 드레스를 입으니 정말 아름다워요.”

플로랑스가 말했다.

“매력적인 건 오히려 당신이죠.”

“칵테일이 훌륭해요.”

“내가 직접 만든 거예요.”

그들은 칵테일을 마시면서 레진을 바라보았다. 다시 현관문에서 초인종이 울렸다. 다시 그녀는 미소를 지었고, 그들도 미소 짓고, 바라보고, 듣고 있었다. 호의적이고, 악의적이고, 매혹당한 그들의 눈 속에서 그녀의 드레스와 얼굴, 거실의 장식품들이 화려한 무지갯빛으로 빛나고 있었다. 모든 것이 여전히 진짜 같아 보였다. 훌륭한 파티였다. 다만 포스카를 보지 않을 수만 있다면…….

그녀는 고개를 돌렸다. 그녀는 확신했다. 그가 연민에 찬 시선으로 마치 자기를 발가벗기듯 응시하고 있다고 말이다. 그는 마네킹을 보고 있었고, 희극을 보고 있었다. 그녀는 탁자에서 과자가 담긴 접시를 집어 그것을 차례로 돌렸다.

“드세요.”

뒬락이 크림 과자를 씹자 짙은 검은색 크림이 그의 입에 가득 찼다. 레진은 생각했다. ‘내 인생의 중요한 순간이야. 뒬락의 입안에 들어간 내 인생의 귀중한 한순간. 이들은 입과 눈으로 내 인생을 호흡하고 있어. 그다음은?’

“안 좋은 일이라도 있습니까?”

다정한 목소리가 들렸다. 사니에였다.

“잘되는 게 하나도 없네요.”

레진이 말했다.

"당신은 내일 〈템페스트〉를 계약하죠. 〈베레니스〉의 초연은 대성공이고요. 그런데도 잘되는 게 하나도 없다고 말하는 겁니까?"

"난 성격이 비뚤이졌이요."

그녀가 말했다.

사니에의 얼굴이 심각해졌다.

"그 반대예요."

"반대라고요?"

"난 만족스러워하는 사람을 안 좋아합니다."

그가 너무도 우정 어린 눈으로 자기를 보았기 때문에 그녀는 마음속으로 살짝 희망을 품게 되었다. 그녀는 진솔한 말을 하고픈 욕망과, 어쨌거나 이 순간을 진실로 만들고픈 욕망으로 숨이 막힐 지경이었다.

"당신은 나를 경멸한다고 생각했어요."

그녀가 말했다.

"내가요?"

"그래요. 내가 당신한테 모스코와 플로랑스의 관계에 대해 말한 건 저급했어요……."

"난 당신의 어떤 행동도 저급하다고 생각하지 않습니다."

그녀는 미소를 지었다. 새로운 불꽃이 그녀의 마음속에서 일어났다. '내가 원한다면…….' 그녀는 수줍고 정열적인 마음속의 흥분을 느껴보고 싶은 욕구가 일었다.

"늘 당신이 나를 안 좋게 본다고 생각했어요."

"오해입니다."

그녀는 그를 정면으로 쳐다보았다.

"그러면 나를 어떻게 생각해요?"

사니에는 망설였다.

“당신한테는 비극적인 면이 있습니다.”

“뭐라고요?”

“절대를 지향하는 당신의 성향. 당신은 신을 믿도록, 어쩌면 수도원에 들어가도록 태어난 사람이죠.”

“선택된 자들은 너무 많아요. 성녀도 너무 많고요. 하느님은 나만을 사랑했어야 하는데.”

그녀가 말했다.

단번에 불꽃이 꺼져버렸다. 포스카가 몇 걸음 떨어져서 그녀를 관찰하고 있었던 것이다. 포스카는, 사니에를 바라보는 그녀, 그녀를 바라보는 사니에를 바라보던 그녀, 그의 마음속에서 불타오르려 애쓰던 그녀를 보고 있었다. 그는 말과 시선의 교환, 단지 그들의 공허만 반사할 뿐인 거울 유희를 보고 있었다. 그녀는 황급히 샴페인 잔으로 손을 내밀었다.

“갈증이 나네요.”

그녀는 잔을 비우고 다시 가득 채웠다. 로제라면 ‘마시지 마’라고 말했을 것이고, 그래도 그녀는 술을 마시고 담배를 피워대서, 머리는 역겨움과 반항, 소음으로 무거워졌으리라. 그러나 포스카는 아무 말도 하지 않고, 그녀의 태도를 살피며 생각하고 있었다. ‘그녀는 연기演技를 하고 있어, 연기를.’ 그것은 사실이었다. 그녀는 연기를 하고 있었다. 집주인으로서의 연기, 영예를 얻으려는 연기, 유혹하려는 연기, 이 모든 것들은 연기에 불과했다. 그것은 존재하려는 연기였다.

“당신 즐겁죠!”

그녀가 말했다.

"시간이 잘 가네요."

그가 말했다.

"나를 조롱하는군요. 그러나 당신이 나를 겁먹게 하진 못해요!"

그녀는 도전하듯 그를 보았다. 그가 있더라도, 그가 동정 어린 미소를 띠더라도, 그녀는 한 번 더 삶에 덴 느낌을 갖고 싶었다. 그녀는 옷을 찢어버리고 나체로 춤을 출 수도 있었고, 플로랑스를 죽여버릴 수도 있었다. 그 후에 생길 일은 전혀 중요하지 않았다. 그러면 그녀는 설사 1분만이라도, 설사 1초만이라도 이 밤을 가르는 불꽃이 될지도 모른다. 그녀는 웃기 시작했다. 순식간에 과거와 미래를 파괴할 수 있다면, 그녀는 그 순간이 존재한다는 것을 확신할 수 있으리라. 그녀는 긴 의자 위로 뛰어올라 술잔을 들고는 큰소리로 말했다.

"친애하는 친구들……."

모두의 얼굴이 그녀에게 향했다.

"……왜 여러분 모두를 오늘 저녁에 모이도록 했는지 말할 순간이 왔어요. 이 모임은 〈템페스트〉 계약 성사를 축하하는 자리가 아니에요."

그녀는 될락에게 미소를 지었다.

"미안해요, 될락 씨, 나는 이 계약에 서명하지 않을 겁니다."

될락의 얼굴이 굳어졌다. 그녀가 승리의 미소를 짓자 모든 사람의 눈이 휘둥그레졌다.

"나는 그 영화를 촬영하지 않을 거고, 다른 어떤 영화에도 출연하지 않을 거예요. 난 〈베레니스〉를 포기할 거예요. 연극에서 은퇴할래요. 나는 내 배우 생활의 끝을 위해 건배하는 겁니다."

1분, 딱 1분이었다. 그녀는 존재하고 있었다. 그들은 그녀를 이해하지 못한 채 바라보았고 약간 두려움을 느꼈다. 그녀는 번갯불이었고, 급류였고, 눈사태였다. 그녀는 그들의 발밑에 느닷없이 열린, 불안을 뿜어 올리는 심연이었다. 그녀는 존재하고 있었다.

"레진, 당신 미쳤군요."

아니가 말했다.

모두 말하기 시작했고, 포스카도 말을 했다. 왜 그러지? 그럴 수 있을까? 사실이 아니겠지? 그리고 아니는 안절부절못하며 그녀의 팔에 매달렸다.

"나와 함께 건배해요. 은퇴를 축하하면서 건배하자고요."

레진이 말했다.

그녀는 술을 마셨다. 그리고 아주 크게 웃기 시작했다.

"멋진 은퇴예요."

그녀는 그를 보면서, 그에게 도전했다. 그녀는 타올랐고, 존재하고 있었다. 그녀는 손을 내렸고, 그녀가 들고 있던 잔은 바닥에서 깨졌다. 그는 미소 짓고 있었고, 그녀는 뼈까지 벌거벗겨져 버렸다. 그는 그녀에게서 모든 가면, 심지어 그녀의 몸짓, 말, 미소까지 뽑아내 버렸다. 그녀는 이제 허공에서 파득거리는 날개에 지나지 않았다. '그녀는 연기를 하고 있어, 연기를.' 그리고 또 그는 그녀가 누구를 위해 연기하는지를 알고 있었다. 말, 몸짓, 미소 뒤에는 어디에나 똑같은 속임수와 공허가 있었다.

"아! 얼마나 멋진 연극인지!"

그녀가 웃으면서 말했다.

"레진, 너무 많이 마셨어요. 가서 좀 쉬어요."

사니에가 부드럽게 말했다.

"많이 마시지 않았어요."

그녀가 유쾌하게 말했다.

"이렇게 똑똑히 보고 있다고요."

그녀는 여전히 웃으면서 손가락으로 포스카를 가리켰다.

"난 저 사람의 눈으로 보고 있어요."

그녀는 웃음을 뚝 그쳤다. 그녀는 그의 눈으로 이 새로운 연극, 쾌활한 웃음과 희망 없는 낱말들의 연극을 꿰뚫어보았다. 말이 그녀의 목에서 말라버렸다. 모든 것이 꺼졌다. 밖에서, 그들은 입을 다물고 있었다.

"와서 좀 쉬어요."

아니가 말하고 있었다.

"오세요."

사니에가 말했다.

그녀는 그들을 따라갔다.

"사람들을 보내. 모두 보내."

그녀가 아니에게 말했다.

그리고 그녀는 화를 내며 덧붙였다.

"두 사람도 나를 내버려둬요!"

그녀는 방 가운데 가만히 서 있다가 멍하니 빙글빙글 제자리를 돌았다. 그녀는 벽에 걸린 흑인 탈들, 둥근 탁자 위에 놓인 작은 조각들, 그리고 모형 극장 안에 들어 있는 낡은 꼭두각시 인형들을 바라보았다. '이 소중한 장식품들에 내 과거 전부와 나 자신에 대한 오랜 사랑이 깃들어 있어. 그런데 이것들은 한낱 잡동사니에 불과해!' 그녀는 탈들을 바닥에 내던졌다.

"잡동사니야!"

그녀는 그것들을 발로 밟으면서 큰소리로 되풀이하며 외쳤다.

그녀는 작은 조각들과 꼭두각시 인형들도 바닥에 던져버렸다. 그리고 그것들을 밟으면서 모든 거짓을 짓이겼다.

누군가가 그녀의 어깨에 손을 대었다.

"레진, 그래서 좋을 게 뭐 있겠어요?"

포스카가 말했다.

"난 더 이상 거짓을 원치 않아요."

그녀가 말했다.

그녀는 의자에 주저앉아 머리를 손에 묻었다. 진저리 나게 피곤했다.

"나는 거짓투성이예요."

긴 침묵이 흐른 후 그가 말했다.

"내가 떠날게요."

"떠난다고요? 어디로요?"

"당신한테서 멀리요. 당신은 나를 잊게 될 것이고, 다시 살기 시작할 수 있을 테죠."

그녀는 공포에 떨며 그를 바라보았다. 그녀는 더 이상 아무것도 아니었다. 그녀 곁에 그가 있어야만 했다.

"아녜요. 너무 늦었어요. 나는 이제 결코 잊어버리지 못할 거예요. 나는 아무것도 잊어버리지 못할 거예요."

"가련한 레진! 어찌해야 할까요?"

"아무것도 할 일이 없어요. 떠나지 마요."

"안 떠날게요."

"절대. 절대 나를 두고 떠나서는 안 돼요."

그녀는 그의 목에 팔을 감고 그의 입술 위에 자기 입술을 포개고는 혀를 그의 입안으로 밀어 넣었다. 포스카의 손이 그녀를 꽉 껴안았고, 그녀는 전율했다. 과거 다른 남자들에게서 그녀는 애무만을 느꼈을 뿐 손은 느끼지 못했다. 반면에 포스카의 손은 존재하고 있었고, 레진은 그저 포획물일 뿐이었다. 그는 열에 들떠 옷을 벗어 던졌다. 마치 자신에게조차 시간이 부족하다는 듯, 혹은 1초 1초가 낭비해서는 안 될 보물이나 되는 듯이 말이다. 두 사람의 몸이 서로 엉켰다. 그가 그녀를 안자, 그녀의 내부에서 불같은 바람이 일어나 말과 영상들을 쓸어가 버렸다. 침대 위에는 커다란 검은 전율만이 있을 뿐이었다. 그와 그녀는 한 몸이 되었고, 그녀는 대지처럼 오랜 욕망의 약탈물이 되었다. 그녀만이 이 원시적이고 새로운 욕망을 만족시킬 수 있었다. 이 욕망은 단지 그녀를 소유하려는 욕망이 아니었다. 그것은 모든 것을 소유하고자 하는 욕망이었다. 그녀가 이 욕망이었고, 이 타오르는 공허와 진한 결핍이었고, 그녀는 모든 것이었다. 그 순간은 불타올랐고, 영원은 정복당했다. 기다림과 번민의 격정 속에서 긴장하고 경련하던 그녀는 포스카와 같은 가쁜 리듬으로 헐떡였다. 그는 신음 소리를 냈고, 그녀는 그의 살에 손톱을 깊이 박았다. 그녀는 승리감에 넘치지만 희망 없는, 그것을 통해 모든 것이 완수되고 모든 것이 흐트러지는 희열에 의해 찢기고, 침묵의 뜨거운 평온에서 빠져나와, 다시 완전히 자기 자신에게로, 쓸모없고 배반당한 레진으로 돌아왔다. 그녀는 땀이 흐르는 이마를 손으로 닦았다. 그녀의 이가 서로 부딪히고 있었다.

"레진."

그가 부드럽게 말했다.

그는 그녀의 머리에 입을 맞추며 뺨을 애무했다.

"자요. 잠을 자도 괜찮아요."

그가 말했다. 그의 목소리가 너무 슬프게 들려 그녀는 눈을 뜨고 그에게 물어보려 했다. '치료약 같은 것은 없죠?' 그러나 그는 그녀의 마음속을 너무 빨리 읽었고, 그녀는 그의 뒤에서 너무도 많은 다른 여자들과 함께 보낸 너무도 많은 다른 밤들을 짐작할 수 있었다. 그녀는 몸을 돌려 뺨을 베개에 대고 누웠다.

레진이 눈을 떴을 때, 날이 막 새고 있었다. 그녀는 팔을 뻗어 침대를 더듬었다. 그녀 곁에 아무도 없었다.

"아니!"

그녀가 불렀다.

"레진."

"포스카 어디 있지?"

"외출했어요."

아니가 말했다.

"외출? 이 시간에? 어디를 갔지?"

아니는 눈을 돌렸다.

"그가 쪽지를 남겼어요."

그녀는 두 겹으로 접힌 종이쪽지에 남겨진 글을 읽었다.

> 안녕, 소중한 레진. 내가 존재한다는 것을 잊어요. 결국 존재하는 것은 당신이에요. 그리고 나는 중요하지 않아요.

"그 사람 어디에 있어?"

그녀는 침대 밖으로 뛰어나와 서둘러 옷을 입기 시작했다.

"그럴 순 없어! 내가 떠나지 말라고 했는데."

"어젯밤에 떠났어요."

아니가 말했다.

"왜 그를 내버려뒀어? 왜 나를 깨우지 않았어?"

레진은 아니의 팔을 잡으면서 말했다.

"말해봐, 너 바보니? 왜?"

"난 몰랐어요."

"뭘 몰랐단 거야? 그 사람이 너한테 이 쪽지를 건넸지? 너 이거 읽었지?"

그녀는 화가 나서 아니를 보았다.

"넌 일부러 그가 떠나게 내버려둔 거야. 넌 알면서도 그가 떠나도록 내버려둔 거야. 망할 년, 망할 년."

"그래요. 사실이에요. 그는 떠나야 했어요. 당신을 위해서예요."

"나를 위해서! 아! 나를 위해서 둘이 공모를 했어!"

레진은 아니를 흔들었다.

"그 사람 어디에 있어?"

"몰라요."

"모른다고!"

레진은 아니를 뚫어지게 보면서 생각했다. '만일 얘가 모른다면 나는 죽는 수밖에 없어.' 그녀는 단숨에 창가로 갔다.

"어디에 있는지 말해, 그러지 않으면 뛰어내릴 거야."

"레진!"

"움직이지 마, 뛰어내릴 거야. 포스카는 어디에 있어?"

"리옹에요. 당신과 함께 사흘을 보냈던 그 여관에 있어요."

"그게 사실이야?"

레진이 경계하면서 말했다.

"왜 그 사람이 너한테 그걸 말해줬지?"

"내가 알고 싶었어요. 난…… 난 당신이 무서웠어요."

아니가 대답했다.

"그러니까 그 사람이 네 조언을 구했다는 거지!"

레진이 말했다. 그녀는 외투를 걸쳤다.

"그를 찾으러 가야겠어."

"내가 대신 찾으러 갈게요. 당신은 오늘 저녁 극장에 가야 하잖아요……."

아니가 말했다.

"어제 내가 연극을 그만둔다고 했잖아."

레진이 말했다.

"그러나 술을 마셔서 그랬던 거잖아요. 내가 가도록 해줘요. 그 사람을 당신한테 데려오겠다고 약속할게요."

"내가 직접 데려오고 싶어."

레진이 말했다. 그녀는 문을 넘어섰다.

"내가 그를 찾지 못하면, 넌 나를 절대 다시 못 볼지 몰라."

그녀가 말했다.

♦

포스카는 여관의 테라스에 있는 작은 탁자 앞에 앉아 있었다. 옆에는 백포도주 한 병이 있었다. 그는 담배를 피우고 있었다. 레진을 보자 그는 놀라지 않고 미소를 지었다.

"아! 벌써 왔군요! 불쌍한 아니. 오랫동안 버티지를 못했군요!"

"포스카, 왜 떠났죠?"

그녀가 물었다.

"아니가 나한테 부탁했어요."

"걔가 부탁했다고요!"

레진은 포스카 잎에 앉아 화를 내며 말했다.

"하지만 내가 당신한테 머물러달라고 부탁했잖아요!"

그는 미소를 지었다.

"왜 내가 당신한테 복종했어야 하죠?"

레진은 포도주를 잔에 따라 벌컥 마셨다. 그녀의 손이 떨리고 있었다.

"이제 나를 사랑하지 않나요?"

그녀가 말했다.

"나는 그녀 역시 사랑해요."

그가 부드럽게 말했다.

"하지만 같은 방식이 아니잖아요."

"어떻게 내가 차이를 둘 수 있겠어요? 불쌍한 아니!"

심한 욕지기가 레진의 입술까지 올라왔다. 풀밭에 있는 수많은 풀잎들은 모두 같고, 모두가 비슷하고…….

"나 혼자만 당신한테 존재했던 때가 있었죠."

"그래요. 그 후에 당신이 내 눈을 뜨게 했어요……."

그녀는 손으로 얼굴을 가렸다. 한 줄기 풀잎, 그저 한 줄기 풀잎일 뿐. 사람들은 모두 다른 사람들과 자신은 다르다고 믿고, 각자는 자기 자신을 더 좋아하고, 모두가 착각하고 있다. 그녀도 다른 사람들처럼 착각을 했던 것이다.

"돌아가요."

그녀가 말했다.

"아니에요. 소용없어요. 나는 다시 한 번 사람이 될 수 있을 거라고 믿었어요. 여러 번 잠을 자고 일어나면 나한테 그런 일이 일어나곤 했어요. 하지만 더 이상 그럴 수 없어요."

그가 말했다.

"다시 노력해봐요."

"너무 지쳤어요."

"그렇다면 난 길을 잃은 거군요."

"그래요. 당신한테는 불행한 일이죠."

그는 그녀에게 몸을 기울였다.

"미안해요. 내가 잘못 생각했어요. 더 이상 잘못 생각해서는 안 되겠죠."

그가 작게 웃으면서 말했다.

"그럴 나이는 지났어요. 하지만 그런 일을 피할 수는 없다고 생각해요. 만 살을 더 먹더라도 나는 여전히 착각할 거예요. 발전이 없는 거죠."

그녀는 포스카의 손을 잡았다.

"당신의 인생에서 20년을 나한테 줘요. 20년! 그건 당신한테는 아무것도 아니잖아요?"

"아! 당신은 이해하지 못하는군요."

"그래요. 난 이해하지 못해요! 내가 당신 자리에 있다면 나는 다른 사람들을 도와주려고 애쓰겠어요. 내가 당신 자리에 있다면……."

그는 그녀의 말을 막았다.

"당신은 내 자리에 있지 않아요."

그는 어깨를 으쓱했다.

"아무도 상상하지 못해요. 내가 당신한테 말했어요. 불멸은 저주라고."

"당신이 그걸 저주라고 생각하는 거죠."

"아니에요. 나는 저항했어요. 내가 어떻게 저항했는지 모를 거예요!"

"그렇지만 왜죠? 설명해줘요."

"그건 불가능해요. 당신한테 모든 이야기를 다 해야 할 텐데요."

"그럼, 얘기해봐요! 우리한테는 시간이 있어요. 그렇지 않아요? 얼마든지 시간이 있잖아요!"

"그게 무슨 소용이 있어요?"

"나를 위해 얘기해줘요, 포스카. 내가 이해하게 되면 조금은 덜 끔찍할 거예요."

"늘 똑같은 이야기예요. 결코 바뀌지 않아요. 끝없이 질질 늘어질 거예요."

그는 주위를 둘러보았다.

"좋아요. 당신한테 이야기하죠."

그가 말했다.

제1부

나는 이탈리아 카르모나 시市에 있는 저택에서 1279년 5월 17일에 태어났다. 어머니는 내가 태어난 뒤 얼마 되지 않아 세상을 떠났다. 나는 아버지 손에 자랐고, 아버지는 내게 말 타는 법과 활 쏘는 법을 가르쳤다. 수도사 한 사람이 내 교육을 맡았고, 그는 내게 하느님에 대한 두려움을 주입하려 애썼다. 그러나 나는 아주 어렸을 때부터 현세에만 몰두했을 뿐, 아무것도 두려워하지 않았다.

아버지는 호남에다 건장했다. 나는 그를 우러러보았다. 다리가 굽은 프란치스코 리엔치가 검은 말을 타고 지나가는 것을 보면서 나는 깜짝 놀라 물어보았다.

"왜 저 사람이 카르모나의 주인이에요?"

내 아버지는 심각한 표정으로 나를 보았다.

"절대로 그의 자리를 탐내서는 안 된다."

아버지가 대꾸했다.

주민들은 프란치스코 리엔치를 미워했다. 그가 옷 아래 두꺼운 쇠사슬 갑옷을 입고 다닌다고들 했는데, 그의 주위에는 늘 경호원 10명이 있었다. 그의 방 침대 발치엔 자물쇠 세 개로 잠가놓은 커다란 궤짝이 놓여 있었는데, 그 안에는 금이 가득했다. 그는 카르모나 시의 귀족들을 차례차례 반역자로 몰고 그들의 재산을 몰수했다. 대광장에는 처형대가 세워져 있었고, 매달 몇 번씩 사람 머리가 잘려 포도에 나뒹굴었다. 그는 부자들의 돈과 마찬가지로 가난한 자들의 돈도 탈취했다. 늙은 유모는 나와 산책할 때, 염색업자들이 사는 동네의 오막살이집들, 등에 굳은살이 박인 아이들, 성당 계단에 앉아 있는 거지들을 가리키면서 말하곤 했다.

"저 사람들이 저토록 비참하게 된 건 전부 그 공작 탓이에요."

카르모나 시는 거친 암벽 위 높은 곳에 건설되었고, 광장에는 샘터가 없었다. 사람들은 가죽 부대에 물을 채우러 들판으로 가야 했고, 물은 빵과 마찬가지로 값이 비쌌다.

어느 날 아침 성당에서 조종弔鐘이 울리자 집집마다 겉벽이 검은 휘장으로 덮였다. 나는 아버지 옆에서 말을 타고, 프란치스코 리엔치의 유해를 마지막 거처로 인도하는 행렬을 뒤따라갔다. 온통 검은 옷을 입은 베르트란도 리엔치가 자기 형의 장례식을 주관했다. 그가 형을 독살했다는 소문이 돌았다.

카르모나 시가는 축제의 소리로 가득 찼다. 궁전 앞에 서 있던 처형대는 쓰러졌다. 수를 놓은 비단옷을 입은 귀족들이 거리에서 화려한 기마 행진을 벌였고, 대광장에서는 기마 경기가 열렸으며, 벌판에 뿔피리 소리가 메아리쳤고, 개들은 명랑하게 짖어댔고, 그날 저녁에 공작의 궁전은 수많은 불빛을 발했다. 그러나 지하 감옥에서는 베르트란도에게 재산을 몰수당한 부르주아들과 귀족들이 비참하게 죽어가고 있었다. 자물쇠 세 개가 달린 궤짝은 늘 비어 있었다. 새로운 세금이 가난한 노동자들에게 계속 부과되었고, 악취가 나는 시궁창에서는 아이들이 검은 빵 덩어리를 놓고 다투었다. 주민들은 베르트란도 리엔치를 증오했다.

피에로 다브루치의 친구들은 밤에 자주 내 아버지 집에 모여 횃불 밑에서 밀담을 나누었다. 매일 그의 지지자들과 리엔치의 지지자들 사이에 싸움이 일어났다. 심지어 카르모나의 아이들까지 두 패로 나뉘어, 성곽 아래 가시덤불과 바위들 틈에서 돌을 던지며 싸우면서, 한쪽은 "공작 만세!"를, 다른 쪽은 "폭군 타도!"를 외치곤 했다. 우리는 과격하게 싸웠다. 그러나 나는 결코 이 놀이에 만족할 수 없었다. 땅에 쓰러졌던 적들도 다시 일어났고, 죽었던 사람들도 다시 살아났고, 싸움이 있고 난 다음 날에는 승자들과 패자들이 다친 데 없이 다시 만났다. 이것은 놀이에 지나지 않았던 것이다. 나는 초조하게 자문했다.

"나는 오랫동안 어린아이로 있을 것인가?"

모든 교차로에 환희의 불꽃이 켜졌을 때 내 나이 열다섯이었다. 피에로 다브루치가 공작의 궁전 층계에서 베르트란도 리엔치를 단도로 살해했던 것이다. 군중은 다브루치에게 승리의 헹가래를 쳐주었다. 높은 발코니에서 그는 주민들에게 고통을 덜어주겠다고 약속하는 연설을 했다. 감옥의 문이 열렸고, 옛 관리들은 파면되었으며, 리엔치 패거리는 도시 밖으로 쫓겨났다. 여러 주 동안 사람들은 광장에서 춤을 추었고, 얼굴에 웃음이 가득했다. 내 아버지 집에서 사람들은 큰소리로 이야기를 나누었다. 나는 진짜 단도로 사람의 심장을 찌르고 도시를 해방한 피에로 다브루치를 경탄하며 바라보았다.

1년 후, 카르모나의 귀족들은 무거운 갑옷을 입고 벌판을 가로질러 전속력으로 질주했다. 추방당한 도당의 부추김을 받은 제노바 사람들이 영토에 침입했던 것이다. 그들은 우리의 군대를 박살냈고, 피에로 다브루치는 창에 찔려 죽었다. 카르모나는 다시 오를란도 리엔치의 통치하에 놓였고, 제노바의 영지가 되었다. 계절 초마다 금을 가득 실은 수레가 대광장에서 내려갔고, 우리는 그것이 바다를 향한 대로로 사라지는 것을 억울한 마음으로 바라보았다. 어두운 작업장에서 밤낮으로 베틀이 쿵쿵거렸지만 도시의 부르주아들은 해진 옷을 입고 맨발로 걸어 다녔다.

"아무것도 할 수 없나요?"

내가 물어보았다.

아버지와 가에타노 다놀로는 말없이 고개를 흔들었다. 3년 동안, 매일매일 나는 같은 질문을 던졌고, 그들은 고개를 흔들었다. 마침내 가에타노 다놀로가 미소를 지었다.

"아마 뭔가 할 일이 있을 게다."

그가 말했다.

오를란도 리엔치는 윗저고리 아래 쇠사슬 갑옷을 입고 다녔고, 궁전 안, 철망이 쳐진 창문 뒤에서 거의 온종일을 보냈다. 그리고 외출을 할 때는 경호원 20명이 그의 주위에 있었고, 그가 먹을 술잔의 술과 접시에 담긴 고기는 하인들이 미리 맛보았다. 그러나 어느 일요일 아침 그가 성당에서 미사를 드리는 동안, 청년 네 명이 달려들어 그의 목을 베었다. 그의 호위병들이 매수를 당했기 때문이다. 네 청년은 자코베 다놀로, 레오나르도 베차니, 루도비코 팔라이오와 나였다. 그의 몸은 교회의 앞뜰로 질질 끌려가서 군중에게 던져졌고, 조종이 울리는 동안 사람들은 그의 몸을 갈기갈기 찢어버렸다. 돌연 카르모나의 모든 부르주아가 무장을 하고 시가에 모습을 나타냈다. 제노바 사람들과 그 도당은 학살되었다.

나의 아버지가 권력을 사양했기에, 우리는 가에타노 다놀로를 우리 도시의 수장으로 추대했다. 그는 청렴하고 신중했다. 그는 비밀리에 용병대장 피에로 파엔차와 협상을 했고, 파엔차의 군대는 즉시 우리 성곽 아래에 와서 주둔했다. 이들 용병의 뒷받침을 받으며 우리는 두 발을 꿋꿋하게 딛고 제노바 사람들을 기다렸다. 나는 생애 처음으로 남자들의 진짜 전투에 참여했다. 죽은 자들은 다시 살아나지 않았고, 패배한 자들은 궤멸하여 도주했고, 내 창의 일격 일격에 카르모나가 구출되었다. 그날, 나의 도시에 훗날의 승리를 선물했다는 사실을 확신하면서 나는 미소를 지으며 죽을 수도 있을 것 같았다.

며칠 동안 교차로마다 환희의 불꽃이 타올랐고, 사람들은 광장에서 춤을 추었고, 행렬을 지어 〈테데움Te Deum〉 성가를 부르면서 성을 한 바퀴 돌았다. 그 후 직조공들은 베를 짜기 시작했고, 거지들은 구걸하기 시작했으며, 물을 나르는 자들은 가죽 부대에 물을 가득 채워 거리를 돌아다니기 시작했다. 황폐한 들판에서는 밀이 잘 자라지 못했고, 주민들이 먹는 빵은 검은색이었다. 부르주아들은 신발을 신고 새 천으로 만든 옷을 입고 다니게 되었으며, 옛 행정관리들은 파면당했으나, 카르모나에 그 밖의 다른 변화는 없었다.

"가에타노 다놀로는 너무 늙었어."

레오나르도 베차니는 내게 자주, 성마른 태도로 말하곤 했다.

레오나르도는 나의 친구였고, 그는 모든 신체적 기량이 뛰어났으며, 나는 그에게서 나를 삼켜버릴 듯한 불꽃을 느꼈다. 어느 날 저녁 늙은 가에타노가 우리를 연회에 초대했다. 우리는 그를 붙잡고 수장 자리에서 물러나라고 강요했다. 그는 아들과 함께 추방당했고, 레오나르도 베차니가 권력을 잡았다.

주민들은 가에타노에게서 뭔가 기대하기를 포기했기에, 새로운 희망의 출현을 기쁘게 맞아들였다. 늙은 관리들은 새로운 자들로 대체되었고, 여러 광장에서 축제가 벌어졌다. 때는 봄이었고, 들판에는 편도나무 꽃이 활짝 피었으며, 하늘이 그렇게 파랗게 보인 적이 없었다. 자주 나는 지평선을 가로막은 언덕에 말을 타고 올라가서, 건너편 파란 언덕까지 광활하게 펼쳐진 초록빛과 장밋빛 벌판을 보며 생각했다. '저 언덕 뒤에는 다른 평야가 있고, 그리고 또 다른 언덕이 있겠지.' 그리고 여덟 개에 이르는 당당한 탑으로 둘러싸여 바위 위에 솟아 있는 카르모나를 바라보았다. 광대한 세계의 심장이 고동치는 곳이 바로 여기였으니, 나의 도시는 곧 그 운명을 완수하게 될 것이었다.

계절들이 지나가고 다시 편도나무 꽃이 피었다. 파란 하늘 아래에서 축제가 벌어지고 있었다. 그러나 광장에는 물이 솟아오르는 샘이 하나 없었고, 낡은 오막살이집은 그대로 있었으며, 바닥이 매끈매끈한 넓은 길과 하얀 궁전은 그저 내 꿈속에만 존재할 뿐이었다. 나는 베차니에게 물어보았다.

"뭘 기다리는 거야?"

그는 놀라서 나를 바라보았다.

"아무것도 안 기다려."

"일하지 않고 뭘 기다리는 거냐고?"

"난 이미 일하고 있잖아?"

"아무것도 하지 않으려면 왜 권력을 차지했니?"

"난 권력을 쟁취했고, 그걸 갖고 있어. 그걸로 충분해."

"아! 내가 네 자리에 있다면!"

나는 열정적으로 말했다.

"그렇다면?"

"카르모나를 위해 강력한 동맹을 맺고 전쟁을 일으켜 카르모나의 영토를 확장하고, 궁전을 짓고……."

"다 오랜 시간이 걸리는 일이야."

베차니가 말했다.

"넌 시간이 있어."

그의 얼굴이 갑자기 심각해졌다.

"그렇지 못하다는 걸 잘 알잖아."

"주민들은 너를 좋아해."

"나를 오래 좋아하지는 않을 거야."

그는 내 어깨에 손을 얹었다.

"네가 말한 그 거대한 계획들을 잘해내려면 몇 년이 걸릴 거야! 또 많은 희생이 먼저 강요되겠지! 사람들은 곧 나를 미워하게 되고, 나를 때려죽일 거야."

"너는 방어를 할 수 있잖아."

"나는 프란치스코 리엔치를 닮고 싶지 않아. 게다가 아무리 경계해도 소용없다는 걸 너도 잘 알지."

그는 내가 좋아하는 미소를 얼굴에 띠었다.

"난 죽음이 두렵지 않아. 어쨌거나 몇 년은 더 살 수 있을 거야."

그가 말한 것은 사실이었다. 2년 후 조프레 마실리가 경관들을 시켜 그의 목을 졸라 죽였다. 교활했던 마실리는 카르모나의 귀족들에게 많은 특권을 인정해줌으로써 그들과 타협했다. 그는 과거 통치자보다 더 잘 다스리지도 못했고, 그렇다고 더 잘못 다스리지도 않았다. 어쨌든 어떻게 한 도시에 번영과 영광을 가져다줄 수 있을 만큼 한 사람이 충분히 오랫동안 도시를 틀어쥐고 있기를 바라겠는가?

내 아버지도 늙었다. 그는 손자에게 미소를 지어 보일 수 있도록 자신이 아직 이 세상에 있을 때 내가 결혼할 것을 당부하셨다. 나는 머리카락이 순금처럼 빛나는, 아름답고 겸손한 귀족 처녀 카테리나 달론초와 결혼했다. 그녀는 내게 아들을 하나 낳아주었고, 우리는 그를 탄크레디라고 불렀다. 그로부터 얼마 후에 내 아버지는 세상을 떠났다. 사람들이 카르모나가 내려다보이는 묘지에 아버지를 묻을 때, 나는 구덩이 안으로 나 자신의 말라비틀어진 몸과 나의 쓸모없는 과거가 잠든 관이 내려가는 것을 보았고, 내 심장은 죔쇠로 죄는 듯했다. '나 역시 아무 일도 못한 채 아버지처럼 죽어야 하니?' 그로부터 며칠 뒤 조프레 마실리가 말을 타고 지나가는 것을 보았을 때 나는 칼집을 꽉 잡았다. 그러나 나는 생각하고 있었다. '다 쓸데없어. 나 역시 때가 되면 사람들에게 죽게 될 거야.'

1311년 초, 제노바 사람들은 피렌체와 싸우려고 출발했다. 그들은 부유하고 강했으며 야망에 불탔다. 그들은 이미 피사를 굴복시켰고, 북이탈리아 전체의 주인이 되고자 했다. 어쩌면 그들의 오만한 의도는 더 먼 곳을 겨냥하고 있는지도 몰랐다. 그들은 피렌체를 더 쉽게 짓밟아버리려고, 그리고 우리를 예속시키려고 우리에게 동맹을 요구했다. 그들은 병사, 말, 식량, 가축의 먹이, 그리고 우리 영토를 자유로이 통행할 수 있기를 바랐다. 조프레 마실리는 그들의 사신을 융숭하게 맞이했다. 제노바 사람들이 그에게 많은 돈을 주고 그의 도움을 살 태세라는 소문이 돌았다. 게다가 그는 욕심이 많은 자였다.

2월 12일 오후 두 시, 화려한 행렬이 제노바 사신들을 전송하려 들판으로 향할 때, 말을 타고 내 집 창문 아래로 지나가던 조프레 마실리는 심장에 정통으로 화살을 맞았다. 나는 카르모나 제일의 명사수였다. 같은 순간에 나의 지지자들은 "제노바인들을 죽여라!" 하고 외치면서 도시 안으로 흩어졌다. 그리고 내가 비밀리에 통지한 부르주아들이 공작의 궁전을 침입했다. 그날 저녁 나는 카르모나의 군주가 되었다.

나는 모든 남자를 무장시켰고, 농부들은 벌판을 버리고 밀과 가축을 챙겨서 성벽 뒤로 피했다. 나는 도움을 청하고자 용병대장 카를로 말라테스타에게 전령들을 보냈다. 그리고 카르모나의 성문들을 닫아버렸다.

♦

“저 사람들을 집으로 돌려보내세요.”

카테리나가 말했다.

“하느님을 사랑하고 나를 사랑한다면, 우리 아이의 이름을 걸고 저 사람들을 집으로 돌려보내 주세요.”

그녀는 내 무릎에 몸을 던졌다. 홍조를 띤 두 뺨으로 눈물이 흘러내렸다. 나는 그녀의 머리에 손을 얹었다. 머리카락은 윤기가 없어 부석부석했고, 눈에는 총기가 없었으며, 무명 섞인 마직으로 된 옷을 걸친 몸은 시들고 여위었다.

“카테리나, 곳간이 다 비었다는 것을 잘 알잖아!”

“이건 안 돼요. 그렇게 할 수 없어요.”

그녀가 갈피를 잃은 목소리로 말했다.

나는 고개를 돌렸다. 반쯤 열린 창문으로 거리의 찬 공기가 궁전 안으로 들어오고 있었고, 침묵이 흘렀다. 검은 옷을 입은 행렬이 침묵 속에 큰길을 내려오고 있었고, 남자들은 집 문간에 서서 혹은 창가에 기대서 말없이 행렬이 지나가는 것을 보고 있었다. 군중의 온순한 발걸음 소리와 말발굽 소리만 들릴 뿐이었다.

“저 사람들을 집으로 돌려보내 주세요.”

그녀가 말했다.

나는 잔Gian을 바라보고, 다음에는 루제로를 보았다.

“다른 방책이 없을까?”

“없습니다.”

잔이 말했다.

루제로는 고개를 흔들었다.

"없습니다."

"그러면 왜 나는 내쫓지 않는 거죠?"

카테리나가 물었다.

"당신은 내 아내잖아."

내가 말했다.

"나도 곡식만 축내잖아요. 나도 그들과 같은 자리에 있어야 한다고요. 아, 난 비겁해요!"

그녀는 손으로 얼굴을 가렸다.

"하느님! 용서하소서. 하느님! 저희를 용서하소서!"

사람들은 외곽에서 내려왔고, 아랫동네에서도 올라왔다. 열기를 잃은 태양이 군데군데 검은 그림자로 갈라진 장밋빛 기와지붕들을 금빛으로 물들였다. 말을 탄 기병들에 에워싸인 사람들이 지붕들 사이에서 작은 무리를 지어 전진했다.

"하느님! 용서하소서. 하느님! 저희를 용서하소서."

"그 지루한 기도는 그만해. 하느님이 우리를 보호하신다는 걸 난 알아."

내가 말했다.

카테리나는 일어서서 창가로 갔다.

"저 남자들! 저들은 보기만 하고 말이 없어요!"

"저들은 카르모나를 구하고 싶은 거야. 저들은 자신들의 도시를 사랑해."

내가 말했다.

"저 남자들은 제노바 사람들이 자기 여자들을 어떻게 할지 모른다는 거예요?"

행렬이 광장으로 빠져나왔다. 여자들, 아이들, 노인들, 불구자들이 위쪽과 아래쪽 길에서 도착했다. 그들은 손에 작은 봇짐을 들고 있었다. 그들은 아직 완전히 희망을 버리지는 않았다. 담요, 냄비와 행복의 기념물들이 성벽 저편에서 여전히 무엇엔가 쓰일 수 있다는 듯이, 그 짐의 무게에 눌려 등이 휜 여자들도 있었다. 기병들이 말을 줄지어 세워 만든 차단선 안쪽의 커다란 장밋빛 웅덩이는 검은색 옷을 입은 군중으로 서서히 채워지고 있었다.

"라이몬도Raimondo[17], 저 사람들을 집으로 돌려보내 줘요. 제노바 사람들은 저들이 지나가게 놔두지 않을 거예요. 저들 모두 참호 안에서 추위와 배고픔에 죽고 말 거라고요."

카테리나가 말했다.

"오늘 아침에 병사들한테 뭘 줬나?"

내가 물었다.

"밀기울로 끓인 죽과 푸성귀 국입니다."

루제로가 말했다.

"그리고 오늘부터 겨울이 시작돼! 내가 여자들과 노인들을 걱정할 수 있겠어?"

나는 창밖을 보았다. "마리아, 마리아!"라고 외치는 소리가 정적을 갈랐다. 한 젊은 남자가 소리치고 있었다. 그는 광장을 가로지르더니 말의 배 밑으로 기어서 차단선을 넘어가, 군중을 헤치고 나아갔다. "마리아!" 두 병사가 그를 붙들어서 차단선 너머로 던져 버렸다. 그는 발버둥을 쳤다.

17. 레몽Raymond의 이탈리아식 표기._옮긴이

카테리나가 소리를 질렀다.

"라이몬도! 라이몬도, 차라리 도시를 넘겨주는 게 낫겠어요."

그녀는 창문의 철책에 두 손으로 매달렸다. 그녀는 너무 무거운 무게에 짓눌려 떨어질 것 같았다.

내가 말했다.

"그들이 피사를 어떻게 했는지 당신 알아? 성벽은 완전히 파괴되고, 모든 사람이 노예가 되었어. 다 죽는 것보다 팔 하나를 잘라 버리는 것이 더 나아."

나는 장밋빛 지붕들 위로 당당하게 서 있는, 하얀 돌로 된 높은 탑들을 바라보았다. '우리가 카르모나를 내주지 않으면 그들은 절대로 이 도시를 탈취하지 못할걸.'

병사들이 그 젊은 남자를 풀어주자, 그는 궁전의 창 밑에 딱 붙어 섰다. 그는 머리를 들고 소리쳤다. "폭군을 죽여라!" 아무도 움직이지 않았다. 성당의 종이 울리기 시작했다. 그것은 조종弔鐘이었다. 카테리나가 나를 향해 돌아섰다.

"저 사람들 중 누군가가 당신을 죽일 거예요."

그녀가 거칠게 말했다.

"알아."

내가 말했다.

나는 이마를 유리창에 기댔다. '사람들이 나를 죽일 거야.' 나는 가슴에서 쇠갑옷의 서늘함을 느꼈다. 죽은 군주들 모두 쇠갑옷을 입고 있었지만 그들 중 누구도 5년 이상을 군림하지 못했다. 저기 높은 곳 차디찬 다락방에서 증류기와 여과기에 둘러싸인 채 의사들이 수개월 전부터 연구하고 있지만[18] 그들은 아무것도 발견하지 못했다. 나는 그들이 결코 그 무엇도 찾아내지 못할 것을 알고 있었다. 나는 죽음을 선고받았던 것이다.

"카테리나, 내가 죽는다 해도 도시를 내주지 않겠다고 맹세해."

내가 말했다.

"아뇨. 맹세할 수 없어요."

그녀가 말했다.

나는 벽난로 쪽으로 걸어갔다. 탄크레디는 포도 덩굴로 태우는 약한 불 앞에서 양탄자 위에 누워 개와 함께 놀고 있었다. 나는 그를 안아 들었다. 그의 뺨은 장밋빛이고, 머리는 금발이었다. 제 엄마를 닮았고, 아직 아주 어렸다. 나는 아무 말 없이 그를 다시 바닥에 내려놓았다. 나는 혼자였다.

"아버지, 쿠나크가 아픈가 봐. 슬퍼 보여."

탄크레디가 말했다.

"가엾은 쿠나크. 쿠나크는 많이 늙었단다."

내가 말했다.

"쿠나크가 죽으면 다른 개를 줄 거야?"

"카르모나에는 이제 개가 한 마리도 없단다."

내가 말했다.

나는 다시 창가로 갔다. 조종이 울리고, 검은 옷을 입은 군중이 움직였다. 한마디 말도 없이, 어떤 몸짓도 하지 않은 채, 남자들은 자신들의 아버지와 어머니, 아내와 아이들이 지나가는 것을 보고 있었다. 체념한 무리는 느리게 성곽을 향해 내려갔다.

'내가 여기 있는 한, 저 사람들은 약해지지 않을 거야.' 나는 생각했다.

18. 불사의 약을 찾는 연구를 말한다._옮긴이

엄청난 냉기가 심장으로 스며들었다. '내가 여기 오래 있을까?'

"예배가 시작될 거야."

내가 말했다.

"아, 이제는 저 사람들을 위해 기도하겠다고요. 남자들은 제노바 사람들이 자기 아내를 강간하는 동안 기도하겠다고요!"

카테리나가 말했다.

"내가 지금 하는 일은 말이야, 반드시 해야만 하는 일이야."

내가 말했다. 나는 그녀에게 다가갔다.

"카테리나……."

"내게 손대지 마세요."

그녀가 말했다.

나는 잔과 루제로에게 신호를 보냈다.

"가자."

성당은 큰길의 높은 곳에서 평화로운 어느 아침처럼 하양, 빨강, 초록, 금빛으로 명랑하게 빛나고 있었다. 조종이 울리고 있었고, 어두운 색 옷을 입은 남자들이 조용히 교회로 올라가고 있었다. 그들의 얼굴조차 침묵하고 있었다. 그들은 증오심도, 희망도 없는 눈빛으로 나를 쳐다보았다. 문을 닫은 가게들 위의 녹슨 간판이 바람에 삐걱거렸다. 이제 포도의 틈새에 풀 한 포기조차 남지 않았고, 벽 밑에도 쐐기풀 한 포기 남아 있지 않았다. 나는 대리석 계단을 올라가 돌아섰다.

카르모나가 서 있는 가시덤불 무성한 암벽 아래, 잿빛 올리브나무 사이로 제노바 사람들의 빨간 천막들이 보였다. 검은 옷을 입은 행렬이 도시 밖으로 빠져나가 언덕을 내려가서 야영지를 향해 걸어갔다.

"제노바 사람들이 저 사람들을 맞아들일 거라고 생각하세요?"

잔이 말했다.

"아니."

내가 말했다.

내가 성당의 문을 넘어 들어가자, 돌로 된 둥근 천장 아래에서 울려 퍼지던 장송곡에 무기들이 부딪치는 소리가 뒤섞였다. 레오나르도 베차니가 벽에 걸린 진홍색 휘장과 꽃들 사이를 걸었을 때, 그의 주위에는 경호원이 없었고 그는 미소를 짓고 있었다. 그는 죽음을 생각하지 않았지만, 결국 목이 졸려 죽었다. 나는 무릎을 꿇었다. 그들은 모두 성가대석 바닥돌 아래에 누워 있었다. 독살당한 프란치스코 리엔치, 암살당한 베르트란도 리엔치, 창에 맞아 죽은 피에로 다브루치, 그리고 오를란도 리엔치, 레오나르도 베차니, 조프레 마실리, 그리고 추방당해 늙어 죽은 노인 가에타노 다놀로까지……. 그들 옆에는 빈자리가 하나 있었다. 나는 고개를 숙였다. 내 차례는 언제쯤일까?

신부는 제단 밑에서 무릎을 꿇고 낮은 소리로 기도하고, 무거운 목소리들이 둥근 천장으로 올라가고 있었다. 나는 장갑을 낀 두 손으로 이마를 받쳤다. 1년 후? 한 달 후? 나의 경호원들은 내 뒤에서 있었지만 그들 뒤는 비어 있었다. 오직 남자들, 허약한 사람들과 배반자들만이 그 빈 곳과 나 사이에 있었다. 그 일은 뒤에서 일어날 테지……. 나는 손에 더 힘을 주어 눌렀다. 나는 고개를 돌려서는 안 되었다. 사람들이 알아서는 안 되었다. *우리를 불쌍히 여기소서……. 우리를 불쌍히 여기소서…….* 단조로운 기도 소리가 똑같이 울릴 것이고, 바로 이 자리에 은빛 눈물이 뿌려진 검은색 영구대靈柩臺가 설치되겠지. 이 3년간의 투쟁은 무용지물이었는지 몰라. 내가 고개를 돌린다면 저들은 나를 비겁한 사람으로 여길 거야. 나는 비겁자가 아니야. 하지만 나는 아무것도 못 한 채 죽고 싶지 않아.

"하느님! 제가 살 수 있게 해주세요!"

나는 기도했다.

중얼거리는 기도 소리가 밀물처럼 부풀어 올랐다가 작아졌다. 기도가 하느님에게까지 올라갔을까? 천국에서는 죽은 자가 다시 생명을 찾는다는 것이 사실일까? 나는 생각했다. '나한테는 손도 목소리도 없어지겠지. 나는 카르모나의 성문이 열리고, 제노바 사람들이 우리 탑들을 무너뜨리는 것을 보게 될 거야. 그러나 나는 아무것도 할 수 없겠지. 아! 신부들이 거짓말을 한 것이어서 내가 완전히 죽어버렸으면 좋겠어!'

목소리가 가라앉았다. 도끼창[19]이 바닥돌을 때리자 나는 교회 밖으로 나왔다. 햇빛에 눈이 부셨다. 잠시 나는 큰 계단 위에 움직이지 않고 있었다. 구걸하는 불구자가 한 명도 없고, 계단 위에서 노는 아이도 한 명 없었다. 매끈한 대리석이 햇빛에 빛났다. 저기 언덕 중턱은 텅 비어 있었다. 붉은 천막들 주위에서 사람들이 북적거리는 것을 볼 수 있었다. 나는 눈을 돌렸다. 들판에서 벌어지는 일, 그리고 하늘에서 일어나는 일들은 나와 상관이 없었다. 그것은 여자들과 아이들이 궁금해할 일이었다. 그들은 무엇을 하고 있는가? 그들은 오래 버틸 것인가? 카를로 말라테스타가 봄에 도착할 것인가? 하느님은 구원해주실 것인가? 나로 말할 것 같으면, 나는 아무것도 기다리지 않았다. 나는 카르모나의 성문들을 닫아걸고서,

19. 중세 유럽에서 사용되었던, 도끼를 겸한 창._옮긴이

아무것도 기다리지 않고 있었다.

나는 천천히 궁전 쪽으로 내려왔다. 무거운 침묵이 저주처럼 도시를 짓눌렀고, 나는 생각했다. '나는 지금이야 여기에 있지만, 곧 여기 있지 않게 될 거야. 나는 어디에도 있지 않게 될 거야. 그 일은[20] 뒤에서 일어날 테고, 나는 그 일이 일어났다는 것조차 알지 못할 거야.' 이어서 나는 흥분해서 생각했다. '아니야. 그건 불가능해. 그 일은 나한테는 일어나지 않을 거야!' 나는 루제로에게 몸을 돌렸다.

"난 다락방에 가네."

내가 말했다.

나는 꾸불꾸불한 계단을 올라가서 허리띠에서 열쇠를 꺼내 문을 열었다. 찌르는 듯한 역겨운 냄새에 목이 막혔다. 바닥은 썩은 풀로 덮이고, 짙은 김이 서린 방 한복판에 냄비와 증류기들이 화덕에서 끓고 있었다. 페트루키오는 약병과 유리병으로 뒤덮인 탁자에 몸을 기울이고, 절구에 노란 반죽을 넣어 찧고 있었다.

"다른 사람들은 어디에 있나?"

페트루키오가 고개를 들었다.

"모두 잡니다."

"이 시간에?"

나는 반쯤 열려 있는 문을 발로 밀었다. 의사 여덟 명이 그들을 위해서 벽 쪽에 설치해놓은 침대에 누워 있었다. 어떤 자들은 자고 있었고, 또 다른 자들은 천장의 굵은 대들보를 희미한 눈으로 쳐다보고 있었다. 나는 다시 문을 닫았다.

20. 군주 시해를 가리킴._옮긴이

"저들은 일을 너무 많이 했어요! 일에 지쳐 죽을 거예요!"

나는 페트루키오의 어깨 위로 몸을 구부렸다.

"이것이 해독세인가?"

"아니오. 동상을 없애는 연고입니다."

나는 그 절구를 두 손으로 들어 바닥에 팽개쳐버렸다. 페트루키오는 냉정하게 나를 보았다.

"나는 유용한 일을 하려 노력하고 있어요."

그는 몸을 굽혀 대리석으로 된 무거운 절구를 집어들었다.

나는 화덕 쪽으로 갔다.

"난 찾아낼 수 있다고 확신해. 모든 것에는 반대 항이 있는 법이야. 독이 있다면 해독제가 있어야 해."

내가 말했다.

"몇 천 년 후에나 발견될 수 있을 겁니다."

"그럼 존재하기는 한다는 거네! 왜 당장 발견해내지 못하지?"

페트루키오는 어깨를 으쓱했다.

"난 지금 당장 그게 필요해."

내가 말했다.

나는 주위를 둘러보았다. 그 약은 풀잎 속에, 이 빨갛고 파란 가루들 속에 숨어 그곳에 있었지만 나는 그것을 볼 수 없는 것이다. 나는 약병과 유리병의 무지개 앞에서 장님처럼 서 있었다. 페트루키오 역시 장님이었다. 그 약은 거기에 있었다. 하지만 이 세상 누구도 그것을 볼 수 없었다.

"오! 하느님!"

내가 말했다. 나는 뒤로 문을 쾅 닫아버렸다.

◆

순찰로 위로 바람이 불고 있었다. 나는 돌로 쌓은 성가퀴에 팔꿈치를 괴고서, 참호 바닥에서 탁탁 튀어 올라오는 불꽃을 보고 있었다. 더 멀리 제노바 사람들의 야영지에서 불빛이 반짝였다. 그 뒤로는 텅 빈 도로들, 버려진 집들, 바다같이 넓고 쓸모없는 들판이 어둠 속에 펼쳐져 있었다. 암벽 위에 고독하게 서 있는 카르모나는 바다 가운데에 버려진 작은 섬이었다. 바람에 가시덤불 타는 냄새가 이따금씩 실려 왔고, 붉은 불티들이 차가운 대기 속에서 날아다녔다. '저들은 언덕의 가시덤불을 태우고 있지만 기껏해야 이틀을 버티지 못하겠지' 하고 나는 생각했다.

발걸음 소리와 쇠가 부딪히는 소리에 나는 고개를 들었다. 횃불을 든 보초 뒤에서 사람들이 일렬로 나아가고 있었다. 그들의 두 손은 등 뒤로 묶여 있었다. 보초가 내 앞을 지나갔고, 그 뒤를 이어 뺨이 붉고 통통한 여자 한 명, 노파 한 명, 땅을 내려다보고 있어서 얼굴을 볼 수 없는 처녀 한 명과, 예뻐 보이는 또 한 처녀가 지나갔다. 그다음에 수염이 덥수룩한 늙은이와 또 다른 늙은이가 따라갔다. 그들은 죽지 않기 위해 숨어 있었지만 이제 죽으러 가는 것이었다.

"어디로 데려가느냐?"

내가 물어보았다.

"서쪽 성곽입니다. 거기가 가장 가파른 쪽입니다."

"수가 많지 않구나."

"이 사람들이 우리가 찾아낸 전부입니다."

보초가 말했다. 그는 죄수들 쪽으로 몸을 돌렸다.

"자, 앞으로 가시오."

"포스카!"

그들 중 한 남자가 날카로운 목소리로 외쳤다.

"내 말을 들어주게. 나를 죽이지 마."

나는 그의 얼굴을 알아보았다. 그는 바르톨로메오였다. 성당 현관에서 손을 내밀고 구걸하는 거지들 중 가장 늙고 불쌍한 사람이었다. 보초가 그를 가볍게 때렸다.

"앞으로 가."

"나는 그 약을 안다네. 내 말을 들어주게."

늙은이가 말했다.

"그 약?"

나는 그 사람 곁으로 다가갔다. 벌써 다른 사람들은 어둠 속으로 사라져버렸다.

"무슨 약?"

"그 약. 그게 우리 집에 숨겨져 있어."

나는 그 거지의 얼굴을 뚫어지게 보았다. 분명히 그는 거짓말을 하고 있었다. 그의 입술은 떨렸으며, 차가운 바람이 부는데도 그의 누런 이마에는 땀방울이 맺혀 있었다. 그는 이미 80년 넘게 살아왔지만 아직도 죽지 않으려고 저항하고 있었다.

"거짓말하지 마라."

내가 말했다.

"거짓말이 아니라는 것을 복음서에 대고 맹세하겠네. 내 할아버지가 그걸 이집트에서 가져왔지. 거짓말이라면 내일 나를 죽이게."

나는 루제로에게 몸을 돌렸다.

"이자를 약과 함께 궁전으로 데려와."

나는 성가퀴 감시구監視口 위로 몸을 기울여, 어둠 속에서 가물거리며 꺼질 듯이 타고 있는 모닥불 쪽으로 마지막 눈길을 돌렸다. 큰 비명이 정적을 깨뜨렸다. 그것은 서쪽 성벽에서 들려왔다.

"돌아가자."

내가 말했다.

카테리나는 담요로 몸을 두르고 벽난로 언저리에 앉아 있었다. 그녀는 횃불 밑에서 바느질을 하고 있었다. 내가 방에 들어갔을 때 그녀는 눈을 들지 않았다.

"아버지, 쿠나크가 이제 움직이지 않아."

탄크레디가 말했다.

"자나 보다. 그냥 내버려둬."

내가 말했다.

"하나도 안 움직여요, 하나도."

나는 몸을 굽혀 늙은 개의 퇴색한 털을 만져보았다.

"죽었구나."

"죽었다고요!"

탄크레디가 말했다. 아이의 장밋빛 얼굴이 찌푸려지더니 눈에서 눈물이 솟구쳤다.

"자, 울지 마. 사내다워야지."

내가 말했다.

"영영 죽었어요."

탄크레디가 말했다.

아이는 눈물을 뚝뚝 흘리며 울었다. 30년 동안 신중히 행동해왔고, 30년 동안 겁을 먹어왔지만, 어쨌든 나는 언젠가 뻣뻣해져 뻗을 것이고, 더 이상 그 무엇도 어쩌지 못하게 될 테지. 그리고 카르모나는 약한 사람들의 손에 떨어지겠지. 아! 가장 긴 수명이라도 짧은 건데! 이렇게 생사람을 죽이는 짓들이 다 무슨 소용인가?

나는 카테리나 옆에 앉았다. 천 조각으로 헌 옷을 깁는 그녀의 손가락은 동상에 걸려 있었다. 나는 부드럽게 불렀다.

"카테리나……."

그녀는 나를 향해 죽은 사람 같은 얼굴을 돌렸다.

"카테리나, 나를 비난하는 건 쉬워. 그러나 한순간이라도 내 입장이 되어봐."

"하느님께서 절대로 내가 당신 입장이 되지 않도록 보호하실 거예요."

그녀가 말했다. 그녀는 일을 계속하면서 말했다.

"오늘 밤에는 얼음이 얼 거예요."

"그래."

벽걸이 융단에 가물가물 비치는 희미한 그림자를 보자, 갑자기 나는 아주 피곤해졌다.

"아이들, 아이들 앞에는 창창한 인생이 놓여 있어요."

그녀가 말했다.

"아! 조용히 좀 해."

나는 생각했다. '그들은 모두 죽을 테고, 카르모나는 구출되겠지. 그리고 그때 나는 죽게 될 테고, 구출된 도시는 피렌체나 밀라노 사람들의 손에 떨어지겠지. 내가 카르모나를 구했다 해도 난 아무 일도 한 게 없는 거야.'

"라이몬도, 그들을 카르모나로 다시 돌아오게 해요."

"그러면 우리 모두 죽게 돼."

내가 말했다.

그녀는 고개를 숙였다. 그녀는 동상으로 빨개지고 굵어진 손가락으로 바늘을 밀었다. 나는 그녀의 무릎에 머리를 묻고, 그녀의 다리를 어루만지며, 그녀에게 미소 짓고 싶은 마음이 간절했다. 그러나 나는 이제 미소를 지을 줄 몰랐다.

그녀가 말했다.

"포위된 지 오래됐잖아요. 제노바 사람들은 지쳤어요. 대체 왜 협상하려고 노력하지 않는 거예요?"

나는 가슴 한복판을 얻어맞아 먹먹해진 느낌이었다. 나는 물어보았다.

"정말로 그렇게 생각해?"

"그래요."

"내가 제노바 사람들한테 성문을 열어주기를 바라는 거야?"

"그래요."

나는 한 손으로 얼굴을 쓸어내렸다. 다들 그렇게 생각한다는 것을 나는 알고 있었다. 그렇다면 나는 누구를 위해 싸운 걸까? 카르모나는 무엇인가? 무심한 돌 더미, 그리고 죽음을 두려워하는 사람들이었다. 그들도 나도 똑같은 공포를 느꼈다. 내가 카르모나를 제노바 사람들에게 넘겨준다면, 아마 그들은 우리의 목숨을 부지하게 할 것이고, 따라서 우리는 몇 년 더 살게 될 것이다. 1년의 삶일 수도 있지. 하룻밤 더 살려고 그 늙은 거지는 내게 애원했잖아. 하룻밤이 인생 전부일 수도 있지. 아이들의 앞에는 인생 전체가 놓여 있어……. 나는 갑자기 싸움을 그만두고 싶은 마음이 간절해졌다.

"각하, 약과 그자를 여기 대령했습니다."

루제로가 말했다.

그는 바르톨로메오의 어깨를 잡고, 푸르스름한 액체가 가득한 먼지투성이 병을 내게 내밀었다. 나는 그 거지를 바라보았다. 그의 얼굴은 주름투성이였고, 수염은 더러웠으며, 눈은 깜박거렸다. 독약을 피하고, 칼을 면하고, 병을 앓지 않는다면, 나는 이자의 몰골과 비슷해지리라.

"이게 무슨 약인가?"

내가 물었다.

"단둘이서만 얘기하고 싶네."

바르톨로메오가 말했다.

나는 루제로에게 신호했다.

"자리를 비켜라."

카테리나도 일어나려 했지만, 나는 그녀의 손목을 잡았다.

"나는 당신한테 비밀이 없어. 자, 이제 말하게."

내가 거지에게 말했다.

그는 기이한 미소를 띠고 나를 쳐다보았다.

"이 병에 든 것은 불사의 영약이네."

그가 말했다.

"그저 그뿐인가!"

"나를 믿지 못하는 건가?"

그의 조잡한 계략에 이번에는 내가 미소를 지었다.

"그대가 불멸한다면, 왜 구덩이에 던져질까 겁을 냈지?"

"나는 불멸하지 않네. 이 병은 가득 차 있지 않나?"

늙은이가 말했다.

"그렇다면 그대는 왜 이걸 안 마셨지?"

내가 물었다.

"그럼 자네라면 감히 마시겠나?"

나는 두 손으로 병을 잡았다. 병에는 뿌연 액체가 들어 있었다.

"먼저 마셔보게."

"이 궁전에 살아 있는 짐승이 있나? 작은 짐승이."

"탄크레디에게 흰 생쥐가 한 마리 있지."

"그걸 찾아오게 하게."

늙은이가 말했다.

"라이몬도, 그 애는 그 생쥐를 좋아해요."

카테리나가 말했다.

"가서 그걸 찾아와, 카테리나."

내가 말했다.

그녀는 일어섰다. 내가 비웃는 목소리로 말했다.

"불사의 영약이라! 왜 좀 더 일찍 나한테 팔 생각을 하지 않았지? 그렇게만 했다면 그대는 절대 구걸할 필요가 없었을 텐데."

바르톨로메오는 손가락으로 작은 병의 먼지 낀 목 부분을 쓸어내렸다.

"이 저주받은 병이 나를 거지로 만들었네."

"어째서?"

"내 아버지는 현명하셨지. 아버지는 이 병을 다락방에 감춰두고 잊고 사셨네. 돌아가시면서 나한테 비밀을 털어놓으셨지. 그리고 나 역시 이걸 잊으라고 충고하셨네. 그때 난 스무 살이었네. 영원한 젊음을 가질 수 있게 된 거지. 내가 무엇을 걱정할 필요가 있었겠나? 나는 아버지의 상점을 팔아버리고 가산을 탕진했네. 날마다 내일 이 영약을 마시자고 생각했지."

"그런데 안 마셨다?"

"나는 가난해졌고, 감히 그것을 마실 수가 없었네. 이제 나는 늙고 불구가 되었으니, 죽는 순간에나 마시겠다고 생각하고 있었지. 조금 전에 기병들이 내가 숨어 있던 오두막집 구석에서 나를 찾아냈을 때도 그길 마시지 않았이."

"아직도 마실 시간은 있어."

내가 말했다.

그는 고개를 흔들었다.

"나는 죽는 것이 무섭네. 하지만 영원한 인생이란 너무나 길어!"

카테리나는 탁자 위에 나무로 된 조그만 생쥐 우리를 가져다 놓고 조용히 자기 자리에 가서 앉았다.

"잘 보게."

늙은이가 말했다. 그는 병마개를 열어 한 손바닥에 몇 방울 떨어뜨리고는, 쥐를 붙잡았다. 쥐는 조그맣게 날카로운 소리를 지르고 푸르스름한 액체에 주둥이를 박았다.

"이건 독이야."

내가 말했다.

쥐는 늙은이의 손바닥 안에 벼락을 맞은 것처럼 죽은 듯이 뻗어 있었다.

"기다리게."

우리는 기다렸다. 갑자기 꼼짝 않던 작은 몸체가 움직였다.

"잠들었던 거였군."

내가 말했다.

"이제 목을 비틀어보게."

바르톨로메오가 말했다.

"안 돼요."

카테리나가 말했다.

그는 내 손바닥에 쥐를 올려놓았다. 쥐는 따뜻했고 살아 있었다.

"목을 비틀어보게."

나는 갑자기 손을 꽉 쥐었다. 작은 뼈들이 으스러졌다. 나는 그 시체를 탁자 위에 던졌다.

"자, 됐어."

"보게, 잘 봐."

바르톨로메오가 말했다.

한동안 쥐는 옆으로 누워 움직이지 않았다. 그러다가 다시 일어나서 탁자 위를 종종걸음으로 기어 다니기 시작했다.

"죽었는데."

내가 말했다.

"이 쥐는 이제 죽지 않네."

"라이몬도, 이 사람을 쫓아내요. 마법사예요."

카테리나가 말했다.

나는 그 늙은이의 어깨를 잡았다.

"한 병을 다 마셔야 하는가?"

"그래."

"나는 늙게 되나?"

"아니."

"이 사람을 쫓아내요."

카테리나가 말했다.

나는 경계하면서 그 늙은이를 바라보았다.

"나한테 거짓말을 했다면, 무엇이 기다리고 있을지 알지?"

그는 고개를 숙였다.

"하지만 내가 거짓말을 하지 않았다면, 나를 살려줄 텐가?"

"아! 한밑천 잡게 될 거야."

나는 말하고, 루제로를 불렀다.

"루제로."

"각하!"

"이자를 감시해."

문이 다시 닫히자 나는 탁자로 갔다. 손을 내밀었다.

"라이몬도, 당신 마시면 안 돼요!"

카테리나가 말했다.

"그 사람 거짓말한 게 아니야. 왜 거짓말을 하겠어?"

내가 말했다.

"아! 바로 그래서예요."

그녀가 말했다.

나는 그녀를 보았고, 손을 다시 내렸다. 그녀가 열심히 말했다.

"예수님은 자신을 면전에서 비웃던 유대인을 벌하실 때, 그 유대인에게 영원히 사는 벌을 내리셨어요."

나는 아무 대답도 하지 않았다. 나는 생각했다. '얼마나 많은 일을 할 수 있을까!' 나는 병을 잡았다. 카테리나는 두 손으로 얼굴을 가렸다.

"카테리나."

나는 주위를 둘러보았다. 이제 나는 결코 같은 눈으로 이 방을 보지 못하리라.

"카테리나, 내가 죽으면 도시의 성문을 열어."

"마시지 마세요."

그녀가 말했다.

"내가 죽으면, 당신이 하고 싶은 건 뭐든지 할 수 있어."

나는 병을 들어 입술로 가져갔다.

내가 눈을 떴을 때는 환한 대낮이었고, 방에 사람들이 가득했다.

"무슨 일이야?"

나는 팔꿈치를 짚고 일어났는데, 머리가 무거웠다. 카테리나는 내 침대 머리맡에 서서 놀라 휘둥그레진 눈으로 나를 보고 있었다.

"무슨 일이야?"

"나흘 동안 죽은 사람처럼 싸늘하게 침대에 누워 계셨습니다."

루제로가 말했다. 그도 역시 겁에 질린 것처럼 보였다.

"나흘 동안이나!"

나는 펄쩍 뛰었다.

"바르톨로메오는 어디 있어?"

"여기 있네."

그 늙은이는 다가와서 원한 어린 눈으로 나를 보았다.

"그댄 나를 겁나게 했어!"

나는 그의 팔을 잡고 문간으로 끌고 갔다.

"그 일이 일어났나?"

"물론이네."

"나는 이제 절대로 죽지 않겠지?"

"그렇네. 자네가 원한다 해도."

그는 손을 흔들면서 웃기 시작했다.

"그 많은 시간을, 그 많은 시간을!"

나는 손을 목으로 가져갔다. 숨이 막혔다.

"어서 외투를 가져와라."

"외출하십니까? 경호원들한테 알리겠습니다."

잔이 말했다.

"아냐. 경호원은 필요 없어."

"그건 신중하지 못한 일입니다. 도시가 조용하지 않습니다."

루제로가 말했다. 그는 눈을 돌렸다.

"구덩이에서 들려오는 탄식을 밤낮으로 듣다 보니 아주 거북합니다."

나는 문턱에서 발을 멈추었다.

"소요가 있었나?"

"그게 아닙니다. 그러나 매일 밤 성벽 너머로 식량을 던지려고 하는 자들이 있습니다. 식량을 파는 상점에서는 밀 자루를 도난당하고, 사람들이 투덜거리고 있습니다."

"투덜거릴 때마다 매질 스무 대를 해. 그리고 밤에 성벽에서 잡힌 사람들은 모두 교수형에 처해."

내가 말했다.

카테리나의 얼굴빛이 변했다. 그녀는 내게 한 걸음 다가왔다.

"당신, 이제 그들이 다시 돌아오게 하고 싶지 않은 거예요?"

"아! 그 얘긴 다시 하지 마."

나는 성마르게 말했다.

"당신은 나한테, 당신이 죽으면 성문을 열라고 했잖아요."

"그러나 나는 죽지 않았어."

나는 부어오른 그녀의 눈과 움푹 팬 그녀의 뺨을 보았다. 왜 카테리나는 이다지도 슬퍼할까? 왜 저 사람들은 모두 너무나 슬퍼하는 것처럼 보일까? 기쁨의 소리가 내 마음속에서 터져 나왔다.

나는 장밋빛 광장을 지나갔다. 아무것도 변하지 않았다. 똑같은 정적이었고, 무거운 나무 덧문으로 앞을 가린 똑같은 상점들이었다. 그렇지만 모든 것이 새벽처럼 새로웠다. 동이 트는 조용한 잿빛 새벽처럼 말이다. 나는 솜 같은 하늘에 걸린 붉은 태양을 바라보면서 미소를 지었다. 나는 구름 속에서 저 기쁨에 찬 커다란 공을 따낼 수 있을 것만 같았다. 하늘은 내 손이 닿을 만한 거리에 있고, 미래 전체가 내 심장에 와 닿는 느낌이 들었다.

"잘 지키고 있나? 별일 없나?"

"없습니다."

보초가 말했다.

나는 순찰로로 접어들었다. 언덕의 바위가 가리는 것 없이 드러나 있었다. 참호에는 모닥불 하나, 풀 한 포기 없었다. '그들은 모두 죽을 거야.' 감시구의 돌벽을 손으로 누르며, 나는 나 자신이 돌보다 더 단단하다고 느꼈다. 나는 그들에게서 무엇을 빼앗았는가? 10년, 혹은 반세기였다. 1년이란 무엇인가? 1세기란 무엇인가? 나는 생각했다. '그들은 죽음을 타고난 거야.' 나는 몸을 굽혔다. '제노바 사람들도, 야영 천막 주위에서 움직이던 작고 검은 개미 떼 같은 그들도 역시 죽겠지. 하지만 카르모나는 죽지 않을 거야. 이 도시는 높은 여덟 탑에 둘러싸여, 매일 더 크고 더 아름답게, 태양 아래 한없이 남아, 들판을 차지하고 토스카나[21] 전체를 장악하게 될 테지.' 나는 지평선을 가로막은 구불구불한 산등성이를 응시했다. 나는 생각했다. '저 뒤에도 세상이 있어.' 그리고 뭔가가 내 마음속에서 작렬했다.

21. 이탈리아 중부와 북부 사이의 지방으로, 서쪽에는 티레니아 해, 동쪽에는 아펜니노 산맥이 있다. 현대 이탈리아에서는 토스카나 주州를 이루고, 주의 수도는 피렌체다._옮긴이

◆

거울이 지나갔다. 참호에서는 모닥불이 꺼지고 신음 소리도 사라졌다. 봄의 첫 따사로움 속에서 메슥거리는 시체 썩는 냄새가 바람을 따라 카르모나로 실려 왔다. 나는 혐오감 없이 그 냄새를 들이마셨다. 나는 참호에서 나는 시체 썩는 독기가 제노바 사람들의 야영지를 오염시키고 있다는 것을 알고 있었다. 그들의 말이 죽어 갔고, 그들의 사지가 부풀어 올랐으며, 그들은 피가 보라색이 되어 죽어가고 있었다. 카를로 말라테스타가 부대를 이끌고 언덕 꼭대기에 나타났을 때, 제노바 사람들은 서둘러 야영지를 철거하고는 싸우지도 않고 도망가 버렸다.

밀가루 포대, 고깃덩어리와 술이 가득 든 부대를 실은 수레들이 용병대장의 뒤를 따라오고 있었다. 광장들에 큰 불이 지펴졌고, 승리의 노래가 도시 전체에 울려 퍼졌다. 길모퉁이에서 사람들은 서로를 얼싸안았다. 카테리나는 품에 탄크레디를 안고서 4년 만에 처음으로 미소를 지었다. 그날 저녁 대향연이 베풀어졌다. 말라테스타는 카테리나의 오른쪽에 앉아 포도주를 마셨고, 목적을 이룬 사람처럼 웃어댔다. 나도 역시 핏줄을 타고 흐르는 포도주의 열기를 느꼈다. 내 몸에 기쁨이 번졌지만 그것은 다른 사람의 기쁨과는 다른 것이었고, 질기고 검은빛이었으며, 돌처럼 내 마음을 짓눌렀다. 나는 생각하고 있었다. '이건 시작에 불과해.'

식사가 끝나자 나는 말라테스타를 보물이 있는 방으로 안내해 약정한 은화를 지불했다.

"자, 이제는 제노바 사람들을 추격해 내 영토에 인접한 도시와 성들을 탈취하지 않겠소?"

내가 말했다.

그는 미소를 지었다.

"당신의 금고는 비었습니다."

"내일 가득 차게 될 거요."

나는 새벽부터 도시 전체에 군령들을 보냈다. 어기면 사형에 처한다는 엄명으로, 누구든지 자신이 소유한 온갖 금, 은, 보석들을 밤이 되기 전에 내게 양도하게 했다. 몇몇 사람들이 투덜거렸지만 감히 아무도 거역하지 못했다는 말이 내게 전해졌다. 해가 질 무렵이 되자 산더미 같은 패물이 궤짝들 안에 가득했다. 나는 이 재산을 세 몫으로 나누었다. 하나는 식량 담당관에게 맡겨 밀을 사들이게 했고, 다른 하나는 직물 담당관에게 맡겨 양모를 사들이게 했다. 그리고 세 번째 몫을 말라테스타에게 보여주었다.

"몇 달 동안이나 당신의 군대를 고용할 수 있겠소?"

그는 광채 나는 보석 무더기 속에 손을 넣었다.

"여러 달 됩니다."

"얼마나?"

"전리품에 따라 달라질 겁니다."

그가 말했다. 그리고 미소를 지었다.

"또한 내 기분에 따라 다릅니다."

그는 무심하게 손가락 사이로 보석들을 흘려 떨어뜨렸고, 나는 초조해서 그를 바라보았다. 진주알 하나, 다이아몬드 하나가 미래의 수확, 우리의 국경을 방어할 수 있는 성, 제노바 사람들에게서 빼앗을 땅덩어리를 위한 씨앗이었다. 나는 전문가들을 불러들여, 밤을 새워 내 재산을 정확히 평가하도록 했고, 말라테스타와 합의해 사람 수에 따른 일당을 정했다. 그러고 나서 나는 궁전 앞 광장에 카르모나의 남자들을 모아놓고 연설을 했다.

"여러분의 가정에는 이제 여자가 없고, 여러분의 창고에는 밀이 없소. 제노바 사람들의 밀을 수확하러 갑시다. 그리고 우리의 집에 그들의 딸들을 데려옵시다."

나는 성모 마리아가 내 꿈에 나타나, 카르모나가 제노바나 피렌체와 동등해지기 전에는 내 머리에서 머리카락 하나도 떨어지지 않을 거라고 약속하셨다고 덧붙였다.

청년들은 다시 갑옷을 입었다. 그들 모두의 뺨이 움푹 패고, 눈은 퀭하니 들어갔으며, 낯빛은 푸석푸석했지만, 그들의 몸을 약하게 한 굶주림 덕분에 그들의 영혼은 단련되어 있었다. 그들은 불평하지 않고 내 뒤를 따랐다. 그들의 용기를 북돋우기 위해 나는 그들에게 참호를 따라 널브러진 제노바 사람들의 보랏빛 도는 시체들을 보여주었다. 말라테스타의 용병들은 얼굴에 화색이 돌고, 뺨은 포동포동했으며, 어깨는 건장했다. 그런 그들의 모습은 우리 눈에 초인적인 인종에 속하는 것처럼 보였다. 용병대장은 자신의 기분대로 그들을 이끌었다. 어떤 때는 필요한 휴식 시간보다 더 오래 쉬게 했고, 또 어떤 때는 달빛 아래에서 말을 달리는 것이 마음에 들어 야영도 하지 않고 밤을 지나기도 했다. 그는 패주하는 제노바 사람들의 뒷덜미를 치기보다는 몬테페르티 성을 공격하고 싶어 했다. 여태까지 죽어가거나 혹은 죽은 적들만을 만나 지루하다고 말하면서 말이다. 그는 이 성에서 하루를 허비하면서 장수 몇 명을 잃어버렸다. 내가 그에게 이런 낭비를 질책하자 그는 큰소리로 답했다.

"나는 쾌락을 위해 전쟁을 합니다."

한숨 돌리게 놓아둔 덕분에 제노바 사람들은 난공불락의 성벽으로 방어된 요새 도시 빌라나에 숨어서 우리와 결투를 피할 수 있었다. 그러자 말라테스타는 우리 계획을 포기해야겠다고 선언했다. 나는 그에게 하룻밤만 기다려보라고 부탁했다. 빌라나의 서쪽 측면에 수로가 있어 도시에 물을 공급하는데, 물은 지하 수로를 통해 성벽 안쪽으로 흘러들고, 누구라도 이 수로에 들어가면 익사할 수밖에 없었다. 나는 아무에게도 내 계획을 알리지 않고, 다만 내 부관들에게 서쪽 문 앞에서 망을 보라고만 명령했다. 그리고 나는 갑옷을 벗고 캄캄한 지하 수로 안으로 미끄러져 들어갔다. 처음에는 천장 밑에 고인 역한 공기를 들이마실 수 있었다. 그런데 천장이 낮아지면서 수로의 천장돌과 물 사이에 간격이 거의 없다는 사실을 알게 되었다. 나는 주저했다. 물살이 아주 셌기 때문에, 더 앞으로 나아간다면 다시 밝은 곳으로 돌아올 힘이 내게 없어질 수도 있었던 것이다. '그 늙은이가 거짓말을 했다면?' 나는 생각했다. 내 앞에도 뒤에도 짙은 어둠이 깔려 있었고, 찰랑거리는 물소리만 들려왔다. 그러나 그 늙은이가 내게 거짓말을 했던 것이고 내가 죽음을 면할 수 없다면, 내 삶이 오늘 끝을 맺거나 내일 끝을 맺거나 무슨 상관이 있겠는가? 나는 생각했다. '바로 지금 그걸 알게 되는 거야.' 나는 물속으로 뛰어들었다.

그 늙은이가 거짓말을 했던 것이다. 내 머릿속이 붕붕거렸고, 쇠가 내 가슴을 죄어대는 것 같았다. 나는 곧 죽게 될 테고, 그러면 제노바 사람들이 물에 불은 내 시체를 개들에게 던져줄지도 모른다. 어떻게 내가 그런 무모한 말을 믿을 수 있었던 걸까? 나는 차디찬 물과 함께 분노로 숨이 막혀서, 이 고통이 빨리 끝나기를 바랐다. 하지만 나는 죽지 않았다. 그리고 문득 나는 꽤 오랜 시간 전부터 헤엄을 치고 있었고, 내가 죽어가고 있지 않다는 것을 깨달았다. 나는 지하 수로의 출구까지 헤엄쳐 갔다. 더 이상 의심할 수 없었다. 나는 진정 죽지 않는 인간이었다. 나는 악마에게든지 하느님에게든지 무릎을 꿇고 감사를 올리고 싶어졌다. 그러나 내 주위에는 그들의 존재를 보여주는 어떤 흔적도 없었다. 차가운 정적 속에서 하늘을 배경으로 비스듬히 누운 초승달만이 보였다.

도시에는 인적이 없었다. 나는 성 서쪽의 뒷문에 이르러, 보초 뒤로 살그머니 다가가 그를 단칼에 죽였다. 위병소에는 병사 두 명이 잠자고 있었다. 나는 한 명을 깨우지도 않은 채 죽였고, 다른 한 명은 간단한 싸움 끝에 죽였다. 내가 성문을 열자, 조용히 도시에 침투한 군대가 기습적으로 모든 주둔군을 몰살했다. 그날 새벽 공포에 사로잡힌 주민들은 자신들의 주인이 바뀐 것을 알아차렸다.

남자들의 절반은 포로가 되어, 우리 땅을 경작하도록 카르모나로 보내졌다. 그들과 함께, 우리 자손들을 낳게 하기 위해서 결혼 적령기의 처녀들을 호송했다. 우리 병사들은 빌라나에서 시작되는 평야를 지배했고, 별 어려움 없이 큰 고을 몇 개를 점령했다. 나는 선두에 서서 우박처럼 쏟아지는 화살 아래 요새를 공격했고, 내 부하들은 나를 무적의 장군이라고 불렀다.

나는 기세를 계속 밀고 나가 제노바에 예속되어 있는 리벨라 항구를 탈취하고 싶었다. 카르모나는 이 항구로써 바다로 나가는 출구를 확보할 수 있을 터였다. 그러나 급작스레 말라테스타가 싸우는 데 지쳤다고, 그래서 부대와 함께 퇴각하겠다고 결정해버렸다. 나는 말라테스타와 함께 돌아가는 길을 택해야 했다. 우리는 교차로에서 헤어졌다. 그는 새로운 모험을 찾아 로마를 향해 내려갔다. 나는 어떤 목적도 정하지 않고 언젠가는 죽게 될 사람들에게 대범하게 자기 자신을 할애하는 그 남자에게서 눈을 떼지 못하고 있었다. 그런 후 나는 말에 박차를 가해 카르모나를 향해 질주했다.

나는 우리 도시의 운명이 용병대의 손에 맡겨지는 것을 더 이상 원치 않았기에, 군대를 보유하기로 했다. 많은 돈이 필요했다. 나는 무거운 세금을 부과했고, 사치 금지법을 공포했다. 남자나 여자나 두꺼운 천으로 된 옷을 두 벌 이상 소유하지 못하게 했고, 어떤 보석도 갖고 다니지 못하게 했다. 귀족들도 질그릇이나 나무 그릇으로만 식사를 해야 했다. 반대자들은 지하 감옥에 투옥되거나 공개 처형을 당했고, 그들의 재산은 몰수되었다. 나는 모든 남자에게 25세 이전에 결혼하라고, 그리고 여자들에게는 도시를 위해 많은 아이를 낳으라고 강요했다. 나는 농민, 직조공, 상인, 귀족 모두를 군인으로 만들었다. 나는 몸소 신병 양성에 관심을 기울여서, 한 부대, 다음에는 두 부대, 그리고 열 부대를 발족했다. 동시에 우리의 부를 늘리기 위해 농업과 상업을 장려했고, 해마다 거대한 장場을 열어 외국 상인들의 주의를 끌고, 그들이 밀과 옷감을 사러 오게 했다.

"얼마 동안이나 이렇게 살아야 해요?"

탄크레디가 말했다. 이 아이는 제 엄마를 닮아 금발이었고, 입은 탐욕스러웠다. 그는 나를 증오하고 있었다. 그는 내가 불멸한다는 것을 알지 못했지만 내가 신비스러운 약 때문에 아프지도 않고 늙지도 않는다고 믿고 있었다.

"필요한 만큼 오랫동안."

내가 말했다.

"필요하다고요! 무엇에요? 누구한테요?"

희망 없는 분노로 그의 눈은 험악해졌다.

"우리는 시에나나 피사와 같이 부유한데도 결혼식이나 세례식

말고 다른 축제는 몰라요. 우리는 수도사처럼 옷을 입고 수도원에서 살고요. 나는 아버지의 아들이지만, 아침저녁으로 무지막지한 대상의 명령에 따라 훈련을 받아야만 해요. 나와 내 친구들은 젊음을 누려보지 못한 채 늙어버릴 거예요."

"훗날 우리의 수고는 보상받을 거야."

내가 말했다.

"그럼 아버지가 우리한테서 앗아간 세월은 누가 돌려주죠?"

그는 나를 쳐다보았다.

"내가 가진 건 한 번뿐인 인생이에요."

나는 어깨를 으쓱했다. 대체 인생이란 게 무엇이던가?

30년 만에 나는 이탈리아 전체에서 가장 수가 많고 가장 장비를 잘 갖춘 군대를 보유하게 되었다. 내가 제노바 원정 준비를 시작할 때 큰 폭우가 들판에 쏟아졌다. 온종일, 밤낮으로 굵은 빗방울이 떨어졌다. 개울물이 불어났고, 아랫동네의 길들은 집 안까지 들이닥친 흙탕물로 개천이 되었다. 아침에 여자들이 더러워진 마루를 청소하는 동안, 남자들은 누런 흙이 뒤덮어버린 광장, 파헤쳐진 길, 격렬한 빗물에 휘어진 이삭들을 망연자실하여 바라보았다. 하늘은 납빛을 띠었다. 그날 저녁에 비가 다시 내리기 시작했다. 그때 나는 어떤 위험이 우리를 위협하고 있는지 알아차렸다. 나는 한 순간도 지체하지 않고 제노바로 상인들을 보내 시칠리아와 사르데냐, 그리고 바르바리 전 지역에서 밀을 사 오도록 했다.

비는 봄과 여름 내내 내렸다. 이탈리아 전역에서 농작물이 물에 잠겼고, 과실수들이 부러졌으며, 가축 사료가 유실되었다. 그러나 가을이 지나기 전에 카르모나의 창고들은, 우리가 비용을 들여 설비한 배들에 실려 바다 건너에서 운반된 곡식 자루들로 가득 찼다.

나는 탐욕스러운 열정으로 그것들의 먼지 섞인 냄새를 들이마셨다. 가장 작은 곡식 알갱이도 무겁게 느껴졌다. 나는 공용 화덕을 설치하게 했다. 밀기울 빵을 굽도록 빵장수들에게 분배할 밀의 양을 매일 아침 나 자신이 직접 쟀고, 빵의 무게를 통제했다. 극빈자들에게는 빵이 무상으로 배급되었다. 이탈리아 전역에서 밀이 부족했다. 1퀸탈[22]당 36리브르까지 값이 치솟았으며, 밀기울도 거의 비슷하게 비쌌다. 피렌체에서는 겨울에 4000명이 죽었다. 그렇지만 카르모나에서는 가난한 자 한 명도, 불구자 한 명도, 또 외지인 한 명도 도시에서 쫓겨나지 않았다. 파종을 위한 씨앗도 충분히 남아 있었다. 1348년 봄 초엽 이탈리아의 모든 들판이 헐벗었던 그때, 우리 들판에서는 농작물이 물결치고 카르모나의 광장에서는 장이 열렸다. 나는 성벽 위에 서서 언덕을 올라오는 대상隊商들을 내려다보면서 생각했다. '내가 기근을 이겨냈어.'

♦

열린 창문을 통해 파란 하늘과 축제의 소리가 들어오고 있었다. 카테리나는 루이자 곁에 앉아 수를 놓았다. 나는 어깨에 어린 시지스몬도를 올리고서, 꽃이 핀 편도나무 가지로 장식된 방 안을 뛰어다녔다.

"걸어, 뛰어!"

그 아이가 소리쳤다.

22. 무게 단위. 1퀸탈quintal의 양은 지역에 따라 편차가 있는데, 대략 38킬로그램에서 55킬로그램 사이에 걸쳐 있다._옮긴이

나는 그 아이를 사랑했다. 그 아이는 누구보다도 나와 가까웠고, 자신이 살 날이 정해져 있다는 것을 알지 못했다. 또한 그 아이는 1년, 1개월, 일주일이 며칠인지도 몰랐고, 내일도 없고 끝도 없이 영원한 시작과 영원한 존재만이 있는 눈부신 그날의 하루 속에서 자신을 잊고 있었다. 그 아이의 기쁨은 하늘처럼 끝이 없었다. '걸어! 뛰어!' 뛰면서 나는 생각했다. '하늘의 파란빛은 결코 바래지 않을 것이고, 편도나무 꽃의 수보다 더 많은 봄이 다시 돌아오겠지. 나의 기쁨은 결코 사라지지 않을 거야.'

"그런데 너는 왜 그렇게 빨리 떠나려 하니? 성령강림일까지 기다리려무나. 거기는 아직 춥단다."

카테리나가 말했다.

"전 떠나고 싶어요. 내일 떠나고 싶어요."

루이자가 말했다.

"내일? 넌 그 생각은 하지 않니? 집을 준비하려면 적어도 일주일은 걸려."

"전 떠나고 싶어요."

루이자가 말했다.

나는 다가가서, 호기심을 품고 그 작고 고집 센 얼굴을 들여다보았다.

"대체 왜 그러는데?"

루이자는 수를 놓던 벽걸이 융단 바탕천에 바늘을 찔렀다.

"아이들은 바람을 쐴 필요가 있어요."

"내가 보기에 저 애들 건강은 아주 좋은데."

내가 말했다. 나는 시지스몬도의 종아리를 잡고, 햇살 아래 양탄자에 앉아 있는 어린 두 소녀에게 미소를 지었다.

"카르모나의 봄은 아주 아름다워."

"전 떠나고 싶어요."

루이자가 말했다.

탄크레디가 냉소했다.

"루이자는 무서워하고 있어요."

"무섭다고? 뭐가?"

내가 물었다.

"페스트를 무서워하고 있죠. 루이자가 옳아요. 아버지는 절대 저 이방의 상인들이 올라오게 내버려두지 말았어야 했어요."

탄크레디가 말했다.

"그건 어리석은 생각이야. 로마나 나폴리는 멀리 떨어져 있어."

내가 말했다.

"아시시에서는 집게가 달리고 발이 여덟 개인 큰 검정색 벌레들이 비 오듯 떨어졌다고 해요."

루이자가 말했다.

"그리고 시에나 근처에서는 땅이 갈라져 불을 뿜기 시작했다는 거지."

내가 조롱하듯 말했다. 나는 어깨를 으쓱했다.

"너희가 떠도는 소문을 다 믿기 시작하면 어떻게 될지!"

카테리나는 두 손을 배에 올려놓고 졸고 있는 루제로에게 몸을 돌렸다. 얼마 전부터 그는 계속해서 잤고, 뚱뚱해졌다.

"루제로, 당신 생각은 어떤가요?"

"제노바 상인 한 명이 저한테 아시시에 페스트가 퍼졌다고 말했습니다."

그가 무심하게 말했다.

"설사 그 말이 사실이라도, 그 병이 여기까지 퍼지진 않을 거야. 이곳의 공기는 산의 공기처럼 신선해."

내가 말했다.

"물론, 아버님이야 무서울 게 아무것도 없으시죠."

루이자가 말했다.

"아버지의 의사들은 페스트도 예상했나요?"

탄크레디가 물었다.

"유감스럽게도! 귀여운 아들아, 그들은 모든 것을 다 예상했다."

내가 말했다. 나는 장난스럽게 그를 쳐다보았다.

"20년 후, 시지스몬도한테 권력을 나눠주겠노라고 너한테 약속하마."

그는 일어나서 뒤로 문을 쾅 닫고 나가버렸다.

"재를 벼랑으로 몰아붙이지 마요."

카테리나가 말했다.

나는 대답하지 않았다. 그녀는 망설이듯 나를 바라보았다.

"당신에게 면담을 청했던 수도사들을 만나보지 않을 거예요?"

"난 그들 부랑자들은 카르모나에 못 들어오게 할 거야."

내가 말했다.

"하지만 그들의 말을 듣는 것까지 마다해선 안 돼요."

카테리나가 말했다.

"어쩌면 그들이 페스트에 대한 정보를 알려줄지 몰라요."

루이자가 말했다.

나는 루제로에게 신호를 했다.

"좋아. 그들을 오라고 해."

기근으로 황폐해진 이탈리아 여러 도시에서 속죄하라고 열렬히 설교하는 사람들이 나타났다. 그들의 음성을 듣고 상인들은 상점을, 장인들은 작업장을, 농민들은 밭을 버렸다. 그들은 흰옷을 입고 옷에 달린 두건으로 얼굴을 가렸고, 아주 가난한 자들은 홑이불을 몸에 둘렀다. 그들은 맨발로 성가를 부르면서 이 마을 저 마을로 다녔고, 주민들에게 자기네 무리에 합류하라고 권유했다. 그날 아침에 그들이 카르모나의 성벽 아래에 도착했지만, 나는 그들이 성문을 넘어오지 못하게 막았다. 그런데도 그들을 이끄는 수도사들이 궁전에 올라와 있었다. 수도사들은 루제로를 따라 들어왔다. 모두 흰옷을 입고 있었다.

"앉으시오, 형제들."

내가 말했다.

키 작은 수도사가 무늬 있는 안락의자를 향해 한 발을 떼어놓았으나, 다른 수도사가 단호한 몸짓으로 그를 말렸다.

"필요 없소."

내 앞에서 소매에 손을 넣은 채 서 있는, 황갈색 낯빛에 키가 큰 신부를 나는 냉담하게 바라보았다. '이 사람은 나를 안 좋게 보는군.' 나는 생각했다.

"그대들은 어디에서 왔소?"

"피렌체에서요. 20일 동안 여행했습니다."

키 작은 수도사가 말했다.

"페스트가 토스카나 지방까지 올라왔다는 말을 들었소?"

"맙소사! 아닙니다!"

키 작은 수도사가 말했다.

나는 루이자에게 몸을 돌렸다.

"다들 알았지!"

"기근으로 피렌체에서 4000명 넘게 죽었다는 게 사실인가요, 신부님?"

카테리나가 물었다.

키 작은 신부는 고개를 끄덕였다.

"4000명이 넘습니다. 우린 풀을 짓이겨 만든 빵을 먹었습니다."

"그 얘기는 이미 예전에 들었소. 그대들은 전에 카르모나에 와 본 적이 있소?"

내가 물었다.

"한 번 왔었죠. 벌써 10년 가까이 됐습니다."

"아름다운 도시라고 생각하지 않소?"

"이곳은 하느님의 말씀을 경청할 필요가 있는 도시입니다."

키 큰 수도사가 들으라는 듯이 말했다.

모든 사람의 시선이 그에게 향했다. 나는 눈살을 찌푸렸다.

"여기에도 일요일마다 우리한테 훌륭한 설교를 해주시는 신부님들이 있소."

나는 냉담하게 말했다.

"더군다나 카르모나 사람들은 독실하며, 엄격한 생활을 하오. 이들 중에는 이교도도 방탕자도 없소."

"그렇지만 그들의 양심은 자만심 때문에 썩어가지요."

수도사가 열띤 목소리로 말했다.

"그들은 구원에는 관심이 없고, 당신은 그들한테 지상의 양식을 줄 생각만 하지만, 그 양식은 허영일 뿐입니다. 당신은 그들을 기근에서 구제해주었지만, 인간은 빵만으로는 살 수 없는 법이지요. 당신은 대단한 일을 해낸 것처럼 생각하지만, 당신이 한 일은 아무것도 아닙니다."

"그게 아무것도 아니라고?"

나는 웃기 시작했다.

"30년 전에 카르모나의 인구는 2만 명이었소. 지금은 5만 명이나 되오."

"그들 중 구원받고 죽을 자는 몇 명이나 됩니까?"

수도사가 말했다.

"우리는 하느님과 화합하여 잘 지내고 있소."

내가 화가 나서 말했다.

"우리는 강연, 행렬 따위가 전혀 필요치 않소. 이 수도사들을 성 밖으로 끌어내."

나는 루제로에게 말했다.

"그리고 속죄자 무리를 모조리 들판으로 쫓아버려."

수도사들은 말없이 나갔고, 루이자와 카테리나는 입을 다물고 있었다. 그 당시 나는 하늘이 비어 있다는 확신은 없었지만, 하늘을 두려워하지도 않았다. 지상은 신에게 속하지 않았다. 그것은 내 영역이었다.

"할아버지, 나 원숭이 구경하는 데 데려가줘."

시지스몬도가 내 팔을 잡아당기며 말했다.

"나도 원숭이가 보고 싶어."

어린 소녀들 중 한 명이 말했다.

"안 돼. 너희들 나가지 마. 밖에 나가면 페스트에 걸려 몸이 전부 까맣게 돼서 죽게 돼."

루이자가 말했다.

"애들한테 쓸데없는 소리 하지 마라."

내가 성마르게 말했다.

나는 카테리나의 어깨에 손을 얹었다.

"우리와 같이 장이 선 들판까지 내려가자고……."

"내려가면 다시 올라와야 해요."

"그러면 좋잖아!"

"내가 늙은 여자라는 것을 당신은 잊고 있어요."

"그렇지 않아. 당신은 늙지 않았어."

내가 말했다.

그녀는 항상 똑같은 얼굴이었다. 똑같이 겁 많은 눈, 똑같은 미소를 띠고 있었다. 다만 이미 한참 전부터 피곤해 보였고, 두 뺨은 붓고 누래졌으며, 입 주위에 주름이 잡혀 있었다.

"천천히 걸어갑시다. 자, 가자고."

내가 말했다.

우리는 오래된 염색업자들의 거리로 내려갔다. 손자들이 우리 앞에서 걸어갔다. 길 양쪽에서 손톱이 파랗게 물든 직공들이 하늘색 대야, 핏빛 대야에 털실 타래를 담그고 있었다. 보랏빛 물이 포도 사이로 흘렀다.

"아! 언제나 저 낡은 오두막집들을 헐어버릴 수 있을까?"

내가 말했다.

"저 불쌍한 사람들은 어떻게 하고요?"

"나도 알아. 저 사람들 모두 죽어야만 그럴 수 있을 테지."

나는 말했다.

그 길은 장이 서는 들판으로 트여 있었다. 정향 냄새와 꿀 냄새가 풍겼다. 상인들의 고함 소리를 압도하는 북소리와 나팔 소리가 들렸다. 고급 직물, 베 두루마리, 과일, 향료, 과자 광주리들에 군중이 몰려 있었다. 여자들은 두꺼운 천과 섬세한 레이스를 손으로 만져보았다. 어린이들은 벌집 모양 과자를 깨물었고, 나무로 된 판매대 위에 놓인 무거운 술통에 포도주가 철철 넘치고 있었다. 사람들의 배 속도 마음속도 뜨거웠다. 내가 장터를 가로지르며 앞으로 나아가자 거대한 환호성이 일어났다. "포스카 백작 만세!" "카테리나 백작부인 만세!" 장미꽃 한 다발이 내 발밑에 떨어졌고, 어떤 남자는 외투를 벗어 땅바닥에 던졌다. 나는 기근을 이겨냈고, 이 모든 기쁨이 나의 업적이었다.

손자들은 기뻐서 어쩔 줄 몰랐다. 나는 훈련된 원숭이 앞에서 멈춰 섰고, 곰이 춤추는 것과 줄무늬 옷을 입은 광대가 물구나무서서 걸어 다니는 것을 보고 박수를 쳤다. 시지스몬도는 나를 오른쪽으로 또 왼쪽으로 열심히 잡아당겼다.

"이쪽으로, 할아버지! 이쪽!"

그 아이는 우리가 볼 수 없는 광경을 둘러싸고 심각하게 바라보고 있던 구경꾼들을 가리키면서 말했다. 나는 가까이 다가가 군중 사이를 뚫고 가려고 했다.

"다가가지 마세요, 각하."

한 남자가 공포에 질린 얼굴을 내게 돌리면서 말했다.

"무슨 일인가?"

나는 길을 텄다. 아마 외지에서 온 상인인 듯한 한 남자가 바닥에 눈을 감은 채 누워 있었다.

"아니, 이 사람을 병원으로 옮기지 않고 뭘 기다리는가?"

내가 급히 말했다.

그들은 말없이 나를 보았고, 누구도 움직이지 않았다.

"뭘 기다리는가? 이 남자를 데려가."

내가 말했다.

"저희는 무섭습니다."

한 남자가 내게 말했다.

그는 내 앞길을 막으려고 팔을 벌렸다.

"가까이 가지 마세요."

나는 그를 밀치고, 움직이지 않는 남자의 몸 앞에 무릎을 꿇었다. 나는 그 이방인의 손목을 잡고 그의 넓은 소매를 걷어 올렸다. 하얀 팔이 검은 반점으로 가득 덮여 있었다.

♦

"신부들이 아래에 와 있습니다."

루제로가 말했다.

"아! 벌써!"

나는 손으로 얼굴을 쓸어내렸다.

"탄크레디는 거기에 있느냐?"

"없습니다."

루제로가 말했다.

"그럼 누가 거기에 있느냐?"

"아무도 없습니다. 제가 네 사람을 임시로 고용해야 했고, 게다가 그들에게 한몫 주기로 약속했습니다."

"아무도 없다고?"

나는 내 주위를 둘러보았다. 양초는 다 타서 꺼져 있었고, 잿빛 햇살이 방 안에 들이쳤다. 내가 '카테리나, 저기엔 아무도 없구려'라고 말했다면, 그녀는 '그들은 무서워하고 있어요. 당연하죠'라고 대답하거나, 어쩌면 '그들은 너무 비겁해요'라고 말하면서 얼굴을 붉혔으리라. 나는 그녀의 대답을 생각해낼 수 없었다. 나는 팔을 뻗어 나무로 된 관을 만졌다.

"신부가 둘밖에 없습니다. 그리고 그들은 성당이 너무 멀어서 기도실에서 미사를 드릴 거랍니다."

루제로가 말했다.

"그들이 원하는 대로 하지."

나는 팔을 내려뜨렸다. 남자들이 무거운 걸음으로 방 안에 들어섰다. 얼굴이 붉고 뚱뚱한 농부들이었다. 그들은 나를 보지도 않고 관 쪽으로 가서, 거친 동작으로 관을 어깨에 멨다. 그들은 널빤지 사이에 누워 있는 가냘픈 시체, 검은 무늬로 얼룩진 하얀 시체를 혐오했다. 그들은 나도 혐오했다. 페스트가 퍼지기 시작할 때부터 나의 젊음이 악마와 계약한 덕택이라는 소문이 떠돌았던 것이다.

두 신부는 제단 아래에 서 있었고, 하인들과 병사들이 벽에 기대어 정렬해 있었다. 운구자들이 비어 있는 중앙 홀에 관을 내려놓자, 신부들은 서둘러 기도문을 중얼거렸다. 그들 중 한 사람이 공중에다 커다랗게 십자가를 그은 뒤 빠른 걸음으로 문을 향해 나아가자, 운구자들이 관을 들고 뒤따랐다. 내 뒤에는 루제로와 호위병 몇 명이 있었다. 날이 밝아왔고, 공기는 따뜻하고 분홍빛이었다. 사람들은 집에서 일어나 검은 반점으로 얼룩진 자기 팔을 발견하고 공포에 질렸다. 그리고 사람들은 간밤에 죽은 자들을 방에서 꺼내 밖에 내놓았다. 새로운 시체들이 길을 따라 줄지어 있었다. 도시 위로 어찌나 짙은 냄새가 떠다니는지 나는 하늘 빛깔이 칙칙해지지 않는 것이 놀라울 지경이었다.

"각하."

루제로가 말했다.

어느 집 문간에 두 남자가 나타났다. 그들은 시체가 누워 있는 널판을 들고 있었다. 그들은 신부가 웅얼거리는 기도문의 덕을 보려고 호위병들 뒤를 바짝 뒤쫓아 따라왔다.

"내버려둬."

내가 말했다.

짐을 실은 노새가 어느 길에서 빠져나왔다. 한 남자와 한 여자가 그 뒤를 걷고 있었다. 피난 가는 사람들이었다. 초기에는 많은 사람이 도망갔지만 페스트는 그들을 뒤따라갔고, 그들보다 더 빨리 달려가 들과 산에서 그들을 되잡았다. 도망갈 수 있는 장소는 하나도 남지 않았다. 하지만 그 두 사람은 도망가고 있었다. 내 곁을 지나면서 여자가 바닥에 침을 뱉었다. 좀 더 멀리서 머리가 헝클어진 젊은 남녀 한 떼가 노래를 부르면서 비틀거리는 걸음걸이로 길을 내려오고 있었다. 그들은 버려진 어느 궁전에서 밤새도록 춤을 추었던 것이다. 그들이 웃으면서 지나칠 때, 한 목소리가 외쳤다.

"악마의 자식!"

루제로가 그들을 막으려 움직였다.

"내버려둬. 내버려두라니까."

내가 말했다.

나는 운구자들의 살집 많은 목덜미와 나무로 된 관을 붙잡은 커다란 손을 바라보았다. '악마의 자식!' 그들은 침을 뱉었다. 하지만 그들의 말과 몸짓은 중요하지 않았다. 그들은 모두 죽음을 선고받은 사람들이었다. 어떤 사람들은 도망을 갔고, 어떤 사람들은 기도했고, 또 어떤 사람들은 춤을 추었다. 하지만 그들은 모두 죽을 것이었다.

우리는 묘지에 다다랐다. 카테리나의 관 뒤에 관이 네 개 있었다. 모든 길에서 장례 행렬이 이곳 성역을 향해 올라오고 있었다. 방수 덮개를 씌운 짐수레가 문을 지나 시체들이 겹겹이 쌓인 구덩이 가까이에서 멈췄다. 잡초들이 점령한 통로는 신부들과 무덤 파는 인부들로 붐볐다. 삽과 괭이 소리가 들렸다. 카르모나의 생명 전부가 이 죽음의 장소로 피신해 온 것이었다. 카테리나의 무덤은 사이프러스나무 밑에 마련되었다. 운구자들은 구덩이 밑으로 관을 미끄러뜨리고서 관 뚜껑 위에 흙을 몇 삽 퍼서 던졌다. 신부는 성호를 긋고 다른 무덤을 향해 걸어갔다.

나는 고개를 들었다. 묘지의 냄새가 내 가슴으로 들어왔다. 나는 한 손으로 입을 막고 문으로 갔다. 짐수레 하나가 천천히 길을 올라오자 사람들은 담장 아래서 긁어모은 시체들을 그 위에 던졌다. 나는 걸음을 멈추었다. 궁전으로 내려가 봐야 뭐 좋을 게 있을까? 궁전에는 아무도 없었다. 그녀는 어디에 있지? 심술궂어 보이는 늙은 여자는 사이프러스나무 아래에 누웠고, 하느님처럼 얼굴도 없고 귀머거리이며 벙어리인 그녀의 영혼은 허공을 떠돌았다.

"이리로 오십시오, 각하."

루제로가 말했다.

나는 그를 따라갔다. 궁전 앞에서 얼굴이 검은 수도사가 상인들이 버린 진열대 위에 올라 통 넓은 소매를 흔들면서 설교를 하고 있었다. 그는 페스트가 처음 퍼질 무렵 도시 안으로 돌아왔는데, 나는 감히 그를 쫓아내지 못했다. 주민들은 경건하게 그의 설교를 들었다. 신성모독이라고 그에게 도전하기에는 내게 남은 호위병의 수가 너무 적었다. 그는 나를 보자 날카로운 목소리로 외쳤다.

"포스카 백작! 이제 알겠소?"

나는 대답하지 않았다.

"당신은 카르모나 사람들을 위해 새집을 지었지만, 이제 그들은 땅속에 누워 있소. 당신은 그들한테 좋은 천으로 된 옷을 입혔지만, 그들은 벌거벗고 수의만 걸치고 있소. 당신은 그들을 잘 먹였으나, 그들은 지금 구더기 먹이가 되었소. 들판에서는 목자 없는 가축 떼가 쓸데없는 농작물을 발굽으로 짓밟고 있소. 당신은 기근을 극복했지만 하느님은 페스트를 보내셨고, 그 페스트가 당신을 이긴 거요."

"그건 페스트를 정복하는 법 역시 배워야 한다는 증거요."

내가 화가 나서 말했다.

나는 궁전 문을 넘어서다가 놀라서 멈추었다. 탄크레디가 창 에 기대 서서 나를 엿보고 있었던 것 같았다. 나는 그에게 걸어갔다.

"너보다 더 비겁한 놈이 또 누가 있겠느냐? 아들이라는 놈이 자기 어머니의 마지막 가는 길을 보지 않다니!"

"다른 기회에 제 용기를 증명해 보일 겁니다."

그가 큰소리로 말했다. 그는 내 앞길을 가로막았다.

"기다리세요."

"뭘 원하는 거냐?"

"어머니가 살아 계신 동안 저는 참았어요. 하지만 이제 지긋지긋해요."

그는 위협하는 태도로 내 얼굴을 보았다.

"아버지는 아버지의 시대를 통치했어요. 이젠 제 차례예요."

"안 돼. 결코 네 차례가 되지 않을 거다."

"제 차례예요."

그가 거칠게 말했다.

그는 칼을 뽑아 내 가슴 한복판을 찔렀다. 근처에서 음모자 열 명이 "폭군을 죽여라!"라고 외치면서 나타났다. 루제로가 내 앞으로 몸을 던졌다. 그는 칼에 맞아 쓰러졌다. 내가 찌르자 탄크레디가 쓰러졌다. 나는 양 어깨뼈 사이에 심한 고통을 느꼈다. 나는 몸을 돌려 칼을 찔렀다. 탄크레디가 쓰러진 것을 보고서 음모자 몇 명이 달아나버리고, 곧 군인들이 달려왔다. 세 사람이 포석이 깔린 바닥에 널브러져 있었다. 다른 사람들은 간단한 격투 끝에 진압되었다.

나는 루제로의 곁에 무릎을 꿇었다. 그는 공포에 질려 천장을 보고 있었다. 그의 심장은 이제 뛰고 있지 않았다. 탄크레디는 눈을 감고 있었다. 그는 죽었다.

"부상을 당하셨습니다, 각하."

한 호위병이 내게 말했다.

"아무것도 아니다."

나는 다시 일어서서 윗옷 아래로 손을 넣어 보았다. 피가 흠뻑 묻은 손을 다시 빼냈다. 나는 그 피를 바라보면서 웃기 시작했다. 나는 창가로 다가가서 심호흡을 했다. 공기가 폐 속으로 들어와 가슴이 부풀었다. 그 수도사는 설교를 계속하고 있었고, 죽음을 선고받은 군중은 말없이 그의 설교를 들었다. 내 아내는 죽었고, 아들과 손자들도 죽었다. 내 모든 동반자들이 죽었다. 나야 계속 살아있지만, 내게는 이제 가족이 없었다. 과거는 내게서 떨어져 나갔다. 추억도, 사랑도, 의무도, 이제 아무것도 나를 옭아매지 않았다. 나는 규제되지 않는 존재였고, 나 자신의 지배자였고, 모두 죽음에 바쳐질 불쌍한 인생들을 내 마음대로 이용할 수 있었다. 얼굴 없는 하늘 아래 나는 살아서 자유롭게 서 있었고, 단연코 혼자였다.

♦

나는 창밖으로 몸을 기울이고 미소를 지었다. 이상한 군대였다. 얼굴까지 가리는 긴 홑이불을 두르고 광장에 있던 그들의 수는 최소한 3000명은 되었고, 모두 말고삐를 잡고 있었다. 그들은 장포長袍 밑에 갑옷을 입고 칼을 차고 있었다. 나는 베네치아산産 거울 앞으로 다가갔다. 흰 모직 두건 아래의 내 얼굴은 무어인처럼 거뭇해 보였고, 내 눈은 신앙심 깊은 사람의 눈이 아니었다. 두건을 얼굴 위에 덮어 쓰고, 나는 광장으로 내려갔다. 전염병이 끝나가던 무렵, 주민들은 막 피해온 큰 재앙에 대한 두려움으로 방황하고 있었고, 수도사들의 설교에 충격을 받고 신앙심이 고조되어 온갖 엉뚱한 행위에 자신들을 내맡겼다. 이러한 광신에 휘말린 척하고서 나는 나와 함께 긴 순례 길에 오르라고 모든 건장한 남자들을 고무했고, 우리는 들에서 날뛰던 강도에 대항하여 우리를 지킬 만큼만 무장을 했다. 나의 동행 대부분은 내 의도의 진실성을 믿었지만, 어떤 사람들은 머뭇거리며 나를 따라왔을 뿐이다.

우리는 오래된 염색업자들의 거리를 지나 도시를 빠져나갔다. 집들은 그저 폐허 더미에 불과했다. 필시 악마가 나의 기도를 들어주었으리라. 이 동네의 모든 주민은 페스트로 죽었고, 인부들이 폐가 철거를 마치고 있었던 것이다. 그들은 죽었고, 다른 사람들이 태어날 것이므로, 카르모나는 살아 있었다. 사람들이야 재해를 입었지만, 암벽 위에 우뚝 서서 높은 탑으로 둘러싸인 도시는 온전하게 남아 있었다.

우리는 먼저 빌라나에 도착해 성가를 부르면서 돌아다녔다. 그곳의 많은 주민들이 우리 순례단에 합세했다. 그러고 나서 우리는 제노바 사람들의 영토로 들어갔다. 길을 가는 동안 나는 우리를 환대해줄 것을 요구하러 각 도시의 통치자를 만나러 갔고, 우리는 시가에서 속죄하라고 외치고 구호금을 거둬들이면서 행렬을 지어 나아갔다. 우리가 그 고장의 중심부에 깊숙이 들어갔을 때, 나는 제노바의 관리들이 우리를 맞아들이기를 거절했다고 주장했다. 기근과 페스트로 재난을 입은 시골에서 우리는 양식을 거의 공급받을 수 없었다. 우리는 곧 굶주림에 시달렸다. 몇몇 속죄자들이 카르모나로 돌아가자고 제안했다. 나는 우리가 멀리 왔기 때문에 집에 도착하기 전에 영양실조로 목숨을 잃을 것이고, 그러니 우리가 생필품을 마련하는 데 반대하지 않을 크고 번창한 항구인 리벨라까지 밀고 나가는 것이 훨씬 낫다고 하면서 귀향에 반대했다.

리벨라의 통치자는 실상 우리에게 성문을 열어주겠노라고 했지만, 나는 동행들에게 불신자들이 다시 한 번 우리의 간청을 물리쳤다고 전했다. 해서 순례자들은 자신들에게 자비를 베풀기를 거부한다면 얼마든지 힘으로 얻어낼 수 있다고 소곤거리기 시작했다. 나는 그런 말을 마지못해 듣는 척했지만, 단념하라고 설득하면서도 우리에게 남은 것이라고는 이 자리에서 죽는 일뿐이라고 은근히 부추겼다. 곧 모든 사람의 마음속에 분노가 끓었고, 나는 이 굶주린 떠돌이들의 의지에 양보해야 했다.

행렬은 의심받지 않고 리벨라의 성문을 넘어섰다. 우리가 중앙광장에 들어섰을 때, 나는 갑자기 흰옷을 벗어던지고 통치자의 궁전 쪽으로 질주했다. "힘내라! 카르모나 만세!" 그러자마자 속죄자들은 두르고 있던 홑이불을 던져버리고 무장한 모습을 드러냈다. 어찌나 놀랐는지 누구도 우리에게 저항하려 하지 않았다. 피의 냄새와 승리의 도취감이 곧 신심 깊은 순례자들을 군대로 바꿔버렸다. 하룻밤 광란의 축제로 변신이 끝났다. 제노바에서 온 관리들은 학살당했고, 그들의 집은 약탈당했으며, 그들의 부인들은 강간당했다. 일주일 동안 술집에 포도주가 물밀듯이 흘렀고, 음탕한 노랫소리가 시가에 울려 퍼졌다.

나는 리벨라에 적은 군사를 남겨놓고, 나머지 대원들을 데리고 카르모나에서 바다에 이르는 길을 통제하던 성과 요새들을 정복하려 했다. 페스트로 많은 수가 횡사했고 양식을 보급받지 못한 수비대는 우리의 공격에 저항할 수 없었다. 나의 배신적 행위에 이탈리아 전체가 분개했다는 것을 나는 모르지 않았다. 그러나 제노바 사람들은 전쟁을 시도하기에는 아직 너무 힘이 약해서 나의 정복지들을 넘겨줄 수밖에 없었다.

리벨라의 주인으로서 나는 곧바로 항구로 들어오는 모든 물건에 높은 세금을 책정했다. 피렌체의 거래상들은 세금을 면제받을 권리를 주장했으나, 나는 그들에게 어떤 특권도 주지 않았다. 나는 이것이 피렌체 사람들의 화를 돋울 것을 알았지만, 장차 강력한 공화국과 전쟁을 하게 될지라도 물러서지 않았다.

나는 전투 준비를 했다. 나는 이탈리아에서 용병대를 조직한 대장들 대부분과 계약을 맺을 정도로 부유했다. 나는 그들에게 항구적으로 그들을 쓸 수 있는 보수의 절반을 지불했고, 그 대가로 그들은 내가 필요할 때 즉각 그들 패거리를 쓰게 해준다고 약속했다. 나는 그들에게, 내가 필요로 하기 전에는 그들의 이익을 좇아 전쟁을 하고 근방의 고장들을 약탈해서 살아가라고 권유했다. 그런 식으로 그들은 내가 공격하려고 마음먹었던 도시들을 평화로운 시기에 약화시켰다. 몇몇 요충지를 기습하고 싶었을 때, 나는 내 계획을 실행할 비밀 임무를 맡은 내 장수 한 명에게 공공연히 휴가를 주었고, 만일 그가 실패하면 그에게 책임을 떠넘겼다. 선전포고도 하지 않은 채 곧 나는 국경에 인접한 모든 땅의 성과 요새들을 소유하게 되었다. 제노바 사람들이 카르모나의 벌판에 침입하려고 작정했을 때, 나는 군을 재편성하고서 이탈리아의 가장 뛰어난 용병대장들을 고용하고 있었다.

우선 나는 제노바 사람들이 그들의 카탈루냐 용병들과 함께 시골로 가도록 내버려두었다. 그들의 접근을 경고받은 농민들은 내가 준비해둔 요새화된 마을들로 수확물과 가축을 끌고 피신했다. 그 헐벗은 땅에서 적군은 먹을 것을 거의 찾아낼 수 없었다. 그들은 마을 몇 군데를 탈취하려고 했다. 그러나 외진 둔덕에 있으면서 단호한 주민 방어 태세를 갖춘 우리 성들은 모든 공격을 잘 막아냈다. 안젤로 디 탈리아나가 지휘하던 군대는 이런 공성전 와중에 분열되고 지쳐버렸다. 고립된 부대를 매복지로 끌어들이거나, 버려진 농가에서 말먹이를 찾아 배회하던 병사들을 포로로 잡는 것도 쉬웠다. 나는 탈리아나가 민치아 강가까지 진격하면 그와 전투를 하기로 마음먹었다.

6월의 어느 맑은 날, 양군이 정면으로 부딪쳤다. 가벼운 물안개가 강에서 올라왔고, 하늘의 파란빛은 회색으로 물들어 있었다. 갑옷의 강철이 새 아침의 빛 속에서 번쩍거렸고, 윤기 흐르는 말들이 울어댔으며, 나는 심장에서 젖은 풀처럼 신선한 기쁨을 느끼고 있었다. 탈리아나는 관례적 병법에 따라 군대를 세 대형으로 나누었다. 나는 내 군대를 작은 무리로 쪼갰다. 회색에 가까운 하늘에서 오후에는 해가 무겁게 내리쬐리라 예감하고, 소규모 접전 뒤에 매번 말에게 물을 먹이고 군인들의 목을 축여주기 위해 물이 가득 담긴 단지들을 준비시켰다. 전투 신호가 떨어지자 양군은 굉음을 내며 서로에게 달려들었다. 사람들은 곧 내 전술이 유리함을 보게 되었다. 제노바 병사들은 커다란 덩어리로만 움직일 수 있었던 반면, 내 병사들은 독립된 작은 집단으로서 공격하고 나서 열을 다시 서거나 다시 공격하기 위해 뒤로 물러섰다. 그래도 그들의 장수 주위에 무리 지어 있던 카탈루냐 사람들은 우리의 공격에 오랫동안 저항했다. 해가 중천에 오르자 더위로 숨이 막혔고, 우리는 아직 한 치도 땅을 빼앗지 못했다. 더위가 한창인 오후에, 우리 말들은 누렇게 마른 풀들을 짓이겼고, 우리가 들이마시는 공기는 먼지로 탁해졌다. 내 부하들은 공격과 공격 사이에 서둘러 갈증을 해소했지만, 적군은 물 한 방울 마실 수 없었다. 강철 부딪치는 소리와 땅을 두드리는 무거운 말발굽 소리를 가로지르며, 우리 아래쪽으로 500보步 떨어진 곳에서 물이 흐르는 소리가 들렸다. 결국 탈리아나의 군인들은 그 유혹을 버텨낼 수 없어 강가로 다가갔고, 대형이 흩어졌다. 그때 나는 그들에게 맹렬하게 달려들어 많은 수를 강물에 자빠뜨렸다. 내 손에 포로 500명을 남겨둔 채 나머지는 궤멸되어 달아났다.

나는 이 승리를 전사족戰士族에 어울리는 축제를 벌여 축하하고 싶었다. 카르모나에 돌아온 나는 윗동네와 아랫동네 사이에 대규모 격투 대회를 개최했다. 아침에는 어린이들, 이어서 청소년들이 중앙 광장에서 세 시간 동안 싸웠다. 오후에는 성인 남자들이 대결했다. 가볍게 무장한 그들은 서로 돌을 던졌고, 커다란 외투로 왼쪽 팔을 덮어 싸는 방법으로 돌을 피했다. 윗동네 사람들은 푸른 외투를 두르고, 아랫동네 사람들은 빨간 외투를 둘렀다. 그다음 중무장한 병정들이 광장으로 들어섰다. 전투병들은 철갑 위에, 충격을 줄이고자 헝겊 오라기와 솜을 넣은 작은 방석을 대고 있었다.

모두가 오른손에는 촉을 뺀 창을, 왼손에는 방패를 들고 있었다. 광장의 중앙 부분을 먼저 점령하면 승리하는 경기였다. 엄청난 군중이 투기장 주위로 몰려들었고, 창문마다 여자들이 미소 짓고 있었다. 구경꾼들은 몸짓과 소리로 자신들의 부모, 친구, 이웃을 격려하며 외쳤다. "청군 이겨라!" 혹은 "홍군 이겨라!" 나는 친구도, 부모도, 이웃도 없었다. 나는 우단 그늘막 아래 앉아 포도주 병을 비우며 무심하게 이 경기들을 바라보고 있었다.

"나는 리벨라의 번영과 제노바의 멸망을 위해 축배를 드노라!"

잔을 들면서 내가 말했다.

그들은 술잔을 들고 온순한 목소리로 메아리치듯이 되풀이했다. "리벨라의 번영을 위하여!" 그러나 견직업자들의 우두머리인 팔롬보는 움직이지 않고 생각에 빠져 술잔을 응시하고 있었다.

"자네는 왜 안 마시나?"

내가 물었다.

그는 눈을 들었다.

"리벨라에 있는 피렌체의 상인들한테, 11월 1일 이전에 영업을 중지하라는 명령이 하달되었답니다. 확실한 소식통에게 들었습니다."

"그래서?"

"그 날짜가 되면 그들은 도시를 떠나 에비사 습지대에 있는 시스모네에 가서 자리를 잡을 겁니다."

탁자 주위에 커다란 침묵이 흘렀다.

"피렌체 상인들은 악마한테나 가버리라고 해."

내가 말했다.

"다른 상인들도 다 그들을 따라갈 겁니다."

팔롬보가 말했다.

"그러면 에비사와 시스모네에 불운이 내리기를."

"피렌체가 그들을 지원할 겁니다."

*그*가 말했다.

그들은 모두 나를 바라보았고, 나는 그들의 눈에서 피렌체 상인들에게 세금을 면제해주어야 한다는 뜻을 읽었다. 그러나 이 늙은이들의 의견을 따르려고 내가 승리자가 되었던가? 피렌체 앞에서 몸을 굽히려고 내가 승리자가 되었던가?

"피렌체의 재앙을 위하여!"

내가 말했다.

나는 장수들을 향해 몸을 돌리고 술잔을 들어 입술로 가져갔다.

"피렌체에 대한 승리의 축배를 드노라."

"피렌체에 대한 승리를 위하여!"

그들이 일제히 소리쳤다.

내가 듣기에 벤티볼리오와 푸치니의 목소리는 차가웠고, 도르시니의 입술에는 음험한 미소가 어려 있었다. 나는 포도주 병을 집어서 바닥에 던져버렸다.

"바로 저런 식으로 나는 피렌체를 무너뜨릴 것이다."

내가 말했다.

그들은 차분하게 나를 바라보았다. 전쟁은 끝났고, 우리는 승리를 자축하고 있었던 것이다. 그들은 그 이상 아무것도 필요 없었다. 나로 말할 것 같으면, 나는 승리를 손에 쥐고 싶었다. 그것은 어디에 있는가? 나는 전투 중이던 오후의 열기, 먼지 냄새와 땀 냄새, 철갑옷 위를 짓누르던 태양의 무게를 그들의 얼굴에서 헛되이 찾고 있었다. 그들은 웃거나 보잘것없는 걱정을 하고 있었고, 나는 더 이상 그들의 말을 듣고 싶지 않았다. 나는 일어서서 목을 조이던 윗옷을 확 열어 젖혔다. 엄청난 피가 내 머릿속에서, 또 가슴속에서 돌고 있는 것 같았다. 내 생명이 불덩이처럼 터져버릴 것 같았다. 내 손가락 사이에서 옷은 찢겨졌고, 나는 두 손을, 텅 빈 내 두 손을 내렸다. 광장 가운데에서 의장대장이 홍군의 승리를 선언하면서 결승선을 내렸고, 열광한 주민들은 꽃, 손수건, 스카프 들을 전투자들의 발밑에 던졌다. 그들 중 다섯 명이 죽었고 아홉 명이 부상당했다. 그러나 하루 치 승리를 탐낼 수 있는 이 모든 사람들은 그저 작고 철없는 존재들일 뿐이었다. 나는 그들의 놀이를 즐길 수 없었다. 하늘은 민치아 강가에서만큼이나 파랬지만, 내게는 퇴색되어 보였다. 하늘이 내 기억 속에 간직된 것과 똑같이 금빛과 붉은빛으로 타오른 것은 바로 얼마 후 피렌체 성벽 아래에서였다.

팔롬보가 제대로 보았다. 겨울 동안에 리벨라의 모든 상인이 에비사 습지대에 위치한 항구인 시스모네로 판매장을 옮겨, 장인들의 수입원이 없어졌다. 사람들의 불만을 틈타 알보니 도당이 주민들을 선동하여 리벨라의 독립을 공포했다. 그 도시를 되찾으려면 함대를 보유해야 했다. 나는 농가와 농작물을 불태우며 변두리 들녘을 유린하는 것으로 만족해야 했지만, 본때를 보여주는 방식으로 에비사에 보복하기로 결심했다.

피렌체와 동맹을 맺은 에비사는 민치아 강의 하류 유역에 있고, 민치아 강의 상류는 내 영토를 적시고 있었다. 강은 성벽 양쪽으로 폭이 1000자 정도 되는 두 갈래 줄기를 형성하여 성곽의 해자垓字를 대신하고 있었는데, 걸어서 건너기에는 너무 깊었고, 강가는 아주 진창이어서 배로 모험을 할 수 없었다. 나는 기술자 한 사람에게 민치아 강의 물줄기를 돌리라고 명령했다. 6개월 동안, 사람들은 강의 흐름을 끊기 위해서 놀랄 만한 힘으로 둑을 막는 작업을 했고, 동시에 나는 카르모나의 벌판에 물길을 열어줄 목적으로 산을 뚫게 했다. 벌써 에비사의 주민들은 자기네 호수가 악취가 나는 늪으로 바뀌어가고, 자신들의 요새도 맑은 공기와 함께 망가지는 것이 보인다고 생각했다. 그들은 내게 계획을 단념해달라고 간청하기 위한 사절단을 보냈다. 그러나 나는 그들에게, 누구나 자신의 영토에서 자신이 적절하다고 판단하는 공사를 할 권리가 있다고 대답했다. 나는 자연적 엄호물을 빼앗긴 그 도시가 곧 내 손안에 떨어지리라고 넘겨짚고 있었는데, 급작스레 대폭우가 쏟아졌다. 비로 불어난 민치아 강은 모든 둑을 무너뜨리며 내 기술자들이 몇 달 동안 수고한 공사를 하룻밤 사이에 쓸어가 버렸다.

그때 나는 벤티볼리오, 도르시니, 푸치니 등 부하 장수들을 보내 에비사 주위를 토벌하라고 했다. 피렌체가 동맹국을 원조하기 위해 군대를 소집했기 때문에 나는 시에나와 협정을 맺었고, 우리는 만 명을 모았다. 나의 병사들과 용병대가 시에나에 모이자 나는 피렌체의 영토로 침입하고자 했다. 내가 국경 일대를 바깥쪽에서 한 바퀴 돌고 있을 때, 피렌체 공화국의 군대는 진입을 막으려고 영토 안쪽에서 국경을 따라 움직이고 있었다. 나는 아레초의 영토를 위협하는 척했다. 피렌체 사람들은 이 지방으로 진입하지 못하도록 나를 차단하려고 노력했다. 그래서 나는 그레베 골짜기에서 키안티로 들어갔고, 아르노 강[23]의 줄기를 따라서 피렌체까지 올라갔다. 나는 시골에서 막대한 전리품을 빼앗았다. 그도 그럴 것이, 전쟁이 선포되었던 것이 아니기에 농민들은 가축과 가재도구들을 안전한 곳에 숨겨놓을 생각조차 못했기 때문이다.

23. 아펜니노 산맥에서 발원하여 북서 방향으로 토스카나를 가로질러 리구리아 해로 이어지는 강._옮긴이

열흘 동안 우리는 장애물을 만나지 않고 전진했다. 병사들은 노래를 불렀다. 그들은 말의 갈기에 꽃을 꽂았고, 우리의 기마행렬은 평화로운 개선 행진 대열과 닮았다. 언덕 높은 곳에서 피렌체와 그 도시의 햇빛에 잠겨 있는 주홍빛 둥근 지붕들을 보았을 때는 커다란 기쁨의 탄성이 모두의 가슴으로부터 올라왔다. 우리는 야영 천막을 쳤고, 나흘 동안 병사들은 꽃이 핀 풀밭에서 뒹굴며 포도주가 담긴 묵직한 가죽 부대들을 차례로 돌렸다. 황소들과 탐스러운 젖꼭지가 달린 암소들이 양탄자, 거울과 레이스를 실은 수레 대열 주위에서 풀을 뜯었다.

"그럼 이제 우리는 무엇을 합니까?"

도르시니가 물었다.

"그대는 우리가 무엇을 하기를 원하오?"

내가 말했다.

나는 피렌체를 공격한다는 것은 꿈도 꿀 수 없었다. 빛나고 조용하며, 푸른 물이 띠처럼 가로지르고 있는 피렌체가 내 발밑에 펼쳐져 있었다. 그곳을 지상에서 지워버릴 방법은 없었다.

"전리품이라면 충분히 많이 거두어 모았소. 그것을 가지고 카르모나로 돌아갈 거요."

내가 말했다.

그는 대답하지 않고 미소 지었고, 나는 화가 나 그에게서 멀어졌다. 나는 이번 원정이 비용만 많이 들고 아무런 이익도 없다는 걸 잘 알고 있었다. 피렌체는 내 발밑에 있고, 나는 피렌체에 아무 짓도 할 수 없었다. 도대체 내 승리는 무슨 소용이 있었던 걸까?

나는 병사들에게 카르모나로 돌아갈 것이라고 알렸다. 웅성거리는 소리가 야영지를 가로질렀다. 토스카나의 지배자인 우리가 피렌체를 그냥 두고 간다는 말인가? 우리는 천천히 짐을 꾸렸다. 출발의 순간이 되었을 때, 우리는 파울 도르시니가 주위에 없다는 것을 알아차렸다. 그는 밤에 내 기병들 일부를 데리고 피렌체를 돕는 쪽으로 넘어갔던 것이다.

분열로 힘이 약해진 우리는 서둘러 아르노 골짜기를 다시 내려가기 시작했고, 이제 병사들은 노래하지 않았다. 곧 도르시니의 병사들이 우리의 후미를 괴롭혔다. 무익한 승리에 지쳐버린 내 병사들은 그와 전투를 벌이고 싶어 열이 올랐지만, 그가 나보다 이 고장을 훨씬 더 잘 알기에 나는 그의 전술이 두려웠다. 그는 시에나의 국경까지 우리를 추격했다. 우리가 보는 앞에서 그는 늪으로 둘러싸인 지역에 있는 마스콜로 마을을 공격하기 시작했다. 나의 군대는 모욕을 당하고 있다고 간주하고서 큰소리로 교전할 권리를 청했다. 내 판단으로는 위험한 싸움이었다. 습기가 말라버린 늪의 진흙 바닥을 덮고 있는 땅거죽은 보병의 발은 받쳐줄 수 있지만, 말발굽 밑에서는 꺼지고 말 것이었다.

“난 함정이 걱정되네.”

내가 말했다.

“우리는 훨씬 수가 많고, 가장 강합니다.”

푸치니가 내게 열화같이 말했다.

나는 싸우기로 결심했다. 나 역시 뼈와 살을 가진 적군에게서 얻은 승리의 피비린내를 맡고 싶었다. 좁다란 길이 늪을 가로지르고 있었다. 도르시니가 거기에 보초를 세우지 않고 내버려둔 것 같아서, 나는 군대를 그쪽으로 들어서게 했다. 갑자기 뒤로 물러설 여유가 없게 되었을 때, 그 길의 오른쪽과 왼쪽에서 화살이 우박처럼 쏟아져 나의 군대를 공격했다. 덤불 속마다 도르시니가 매복병을 배치해두었던 것이다. 그때 경기병과 보병이 우리 옆구리에서 나타났다. 적을 밀어내려고 길에서 벗어나자마자, 내 병사들은 늪에 빠져들어 더 이상 움직일 수 없게 되었다. 일단 대열이 무질서해지자, 도르시니의 보병들은 길 위로 올라와 덤벼들며 우리 말들의 배를 찔러 기병들을 넘어뜨렸고, 기병들은 갑옷의 무게에 눌려서 다시 일어날 수가 없었다. 피에로 벤티볼리오는 늪을 가로질러, 한 오솔길로 도망가는 방법을 찾아냈다. 나는 길 전체를 돌아다니며 적군 가운데로 통로를 뚫었다. 그러나 루도비코 푸치니는 전사자 한 명 내지 않고 중기병 8000명과 함께 포로가 되었다. 우리가 토스카나에서 거둬 모았던 모든 전리품과 짐이 승리자의 권한으로 떨어졌다.

"우리 명예를 지키려면 이번의 패배를 복수해야 합니다."

내 부관들이 선언했다.

그들의 눈이 모욕당한 얼굴에서 번쩍거렸다.

"대체 뭘 졌다는 거야?"

내가 말했다.

원정 초기에 내 지휘하에 있었던 도르시니의 병사들은 포로들을 자기들보다 행복하지 않은 전우처럼 생각해서 첫날 밤에 풀어주었고, 나는 거의 손실을 입지 않은 병력을 이끌고 카르모나로 돌아왔다. 손실이 없었던 까닭은 빌라나의 두 무기상이 갑옷 5000개를 내게 팔았기 때문이다. 나는 승리에서 아무것도 얻지 못했고, 전투에 한 번 패배했어도 아무것도 잃지 않았다.

내 부관들은 이해를 못 하고 눈살을 찌푸리며 나를 바라보았다. 나는 집무실에 틀어박혀 사흘 밤낮을 거기서 머물렀다. 나는 절망으로 굳어진 탄크레디의 얼굴을 다시 보고 있었다. '누구를 위한 일이죠? 무엇을 위한 거예요?' 얼굴 검은 수도사의 목소리가 들려왔다. '당신이 한 일은 아무것도 아니야.'

♦

나는 방법을 바꾸기로 결심했다. 열병식, 전투 대형, 무의미한 기마 행진을 그만두고, 그때부터는 음험한 정치 술수로 적의 공화국을 약화시키려 애썼다.

무역 협정을 맺음으로써 오르치, 치르초, 몬테키아로가 피렌체의 동맹에서 떨어져 나왔다. 제노바에 예속된 도시들에 상인으로 체류하던 첩자들이 반역을 선동했고, 심지어 제노바에서는 파벌 간의 적개심을 부추겼다. 나는 내 통치에 복종하는 도시들의 체제를 존중해주는 일에 많은 신경을 썼다. 그러자 어렵게 자유를 지키다가 지쳐버린 작은 공화국들 여럿이 독립보다는 안전을 택하여 나의 보호를 받아들였다. 카르모나에서 생활은 힘들었다. 남자들은 어두운 작업장 바닥에서 쉬지 않고 양모를 짜거나 땡볕에서 고된 노동을 감내하면서, 새벽부터 밤까지 일하느라 밤에 채 다섯 시간도 못 잤다. 여자들의 젊음은 아주 어렸을 때부터 온갖 체력 훈련을 받아야 하는 아이들을 낳고 먹이는 데 바쳐졌다. 그래도 30년이 지나자 우리 영토는 피렌체의 그것만큼이나 넓어졌다. 반대로 제노바는 나의 정치 공작에 의해 몰락 일로에 있었다. 나의 장수들은 그곳의 경작지들을 유린했고, 요새들을 허물어버렸다. 제노바의 무역은 쇠퇴했고, 항해업은 폐기되었고, 도시는 무정부 상태에서 온갖 무질서에 난도질당했다. 마지막 일격은 그 도시를 급습한 밀라노 공작에 의해 가해졌다. 카르마뇰라 장군은 말 3000마리, 8000 보병과 함께 힘들이지 않고 산을 넘고 길을 터서 계곡들을 유린하기 시작했다. 곧바로 나는 아르노 강 어귀를 지배하는 리보르노 항구를 향해서 행군했다. 나는 그곳을 포위할 필요조차 없었다. 그도 그럴 것이 방어할 능력이 없던 제노바 사람들이 10만 플로린을 받고 그곳을 내게 넘겨줬기 때문이다. 군대가 내 끈질긴 공작工作의 승리를 아우성치며 축하하는 동안, 나는 당당하게 리보르노의 성 위에 카르모나 깃발을 달았다. 제노바의 쇠망으로, 리보르노는 이탈리아 전체에서 제일가는 항구가 되었다.

아라곤[24] 왕이 밀라노 공작에게 합세해서 바다를 통해 제노바를 공격하리란 것을 사신이 내게 통지하러 왔을 때, 우리에겐 모든 것이 희망적으로 보였다. 그런데 돌연 나는 공작의 대망을 눈치챘다. 제노바는 두 강적에 동시에 대항할 능력이 없었다. 리구리아[25]의 지배자인 밀라노 공작은 토스카나를 침범해 카르모나를 축소시킨 후 피렌체를 노예로 만들려는 것이었다. 나는 제노바를 그저 너무나 행복한 경쟁자로만 보았을 뿐, 제노바의 쇠망이 어느 날 나의 쇠망을 초래하리라는 것은 상상도 하지 못한 채 제노바를 약화시키려고 전력을 다해왔던 것이다.

나는 제노바를 원조해야 했다. 내가 득의양양 불을 질렀던 분쟁

24. 에스파냐 북동부에 있는 지역으로 북쪽으로는 피레네 산맥과 맞닿는다. 14세기 후반 당시에 이 지역을 근거지로 한 아라곤 왕국은 에스파냐 북동부 해안 지방인 카탈루냐와 발렌시아를 지배했고, 지중해에도 진출했다._옮긴이
25. 이탈리아 반도의 북서쪽 끝단으로, 남쪽으로 리구리아해에 닿고 북쪽으로 리구리아알프스와 리구리아아펜니노 산맥을 접하는 눈썹달 모양 지역. 현대 이탈리아에서는 리구리아 주州를 이루며, 주의 수도는 제노바다._옮긴이

때문에 찢겨버린 제노바는 결연히 싸우기로 작정하지 못하고 있었고, 공작에게 투항하기도 주저하고 있었다. 나는 제노바의 기개를 북돋우려고 노력했지만 오래전부터 제노바는 군을 정비하는 데 소홀했고, 용병들은 항상 줄행랑을 놓을 태세였다. 나는 카르마뇰라의 길을 막으려고 그의 앞으로 진군했다. 우리는 내 장수들의 침공 때문에 너무 자주 쑥밭이 되어버린 아르노 강 계곡을 거슬러 올라갔다. 요새들은 무너지고, 성들은 파괴되어 있었다. 우리는 견고한 성벽 뒤에 은신하지 못하고 훤하게 트인 들판에서 싸워야 했다. 우리가 지나치다 싶을 정도로 자주 유린했던 이 땅에서 우리의 배를 채우기가 힘들었다. 과거 우리의 모든 승리가 이제 우리에게 불리하게 작용하게 된 것이었다. 원정 6개월이 되자 굶주리고 지치고 말라리아로 약해진 나의 군대는 그림자에 불과했다. 바로 그때 카르마뇰라가 우리를 공격하려고 작정했다.

카르마뇰라 뒤에는 말 1만 마리와 보병 1만 8000명이 있었다. 내 기병대가 수적으로 아주 열세였기 때문에 나는 새로운 병법을 강행해볼 결심을 하기에 이르렀다. 카르마뇰라의 중기병들에 나는 도끼창으로 무장한 보병들을 대항시켰다. 보병들은 굳건히 첫 번째 공격을 받아쳤다. 그리고 보병들이 덤벼드는 말에 칼을 휘둘러 말의 다리를 잘라버리거나, 말의 발을 잡아채어 기수와 함께 땅바닥에 넘어뜨리는 경우를 흔히 볼 수 있었다. 말 400마리가 살해되었다. 카르마뇰라는 기병들에게 땅에 내려서라는 명령을 내렸다. 전투는 악착스레 계속되었고, 이쪽에서나 저쪽에서나 많은 병사들이 목숨을 잃었다. 그날 저녁, 내 부관들 중에서 가장 어리고 가장 열성적인 자가 비밀리에 산길로 미오센스 골짜기에 이르러 기병 600명과 함께 무시무시한 소리를 지르면서 카르마뇰라의 후위를 습격했다. 예상하지 못한 습격에 아연실색한 밀라노 병사들은 어지러이 패주했다. 우리는 396명을, 카르마뇰라는 그 세 배가 넘는 병사들을 잃었다.

"이제 한순간도 지체해서는 안 되오. 리구리아의 모든 사람을 무장시키고, 요새들을 다시 세우고, 피렌체와 베네치아에 사신을 보내 도움을 청해야만 하오."

내가 프레고소 통령에게 말했다.

그는 내 말을 듣지 않는 듯 보였다. 그의 머리는 희고 길었고, 그 아래의 얼굴은 위엄 있고 침착했으며, 맑은 눈은 허공을 응시하고 있었다.

"날씨가 정말 좋군요."

그가 말했다.

붉은 월계수와 오렌지나무로 그늘이 진 테라스에서, 우리는 큰길을 굽어보고 있었다. 우단과 비단으로 지은 옷을 입은 여자들이 궁전의 그늘에서 나른하게 걷고 있었고, 수를 놓은 윗저고리를 입은 기병들이 멋지게 군중을 가르고 나아갔다. 현관 지붕 아래 야위고 때 끼고 지친 카르모나 병사 네 명이 앉아, 샘 가에서 청년들과 이야기하는 처녀들 무리를 바라보고 있었다.

"만일 당신들이 스스로를 방어하지 않는다면 봄이 오기 전에 카르마뇰라는 제노바 성벽 밑까지 오게 될 거요."

내가 화가 나서 말했다.

"나도 압니다."

프레고소가 말했다. 그는 무심한 어조로 덧붙였다.

"우리는 우리를 지켜낼 수 없습니다."

"당신들은 할 수 있소. 카르마뇰라는 무적이 아니오. 우리가 그를 이겼으니까. 그러나 내 병사들은 지쳤소. 이제 당신들 차례요."

내가 말했다.

"자신의 허약함을 고백하는 것은 불명예스러운 일이 아닙니다."

그가 부드럽게 말했다. 그는 미소 지었다.

"우리는 매우 개화했기에 평화를 사랑하지 않을 수 없습니다."

"평화라고요?"

내가 물었다.

"밀라노 공작은 우리에게 헌법과 내정의 자유를 보장해준다고 약속했습니다. 우리 도시가 내게 가져다준 긍지를 포기해야 하는데, 난들 찢기는 아픔이 없을 리가 있겠습니까. 그러나 나는 이러한 희생 앞에서 물러서지 않을 겁니다."

"어떻게 할 거요?"

"통령 자리에서 물러날 겁니다."

그가 위엄 있게 말했다.

나는 일어서서 주먹을 쥐었다.

"신의를 저버리는군요."

"나는 내 조국의 이익만 고려해야 합니다."

"그런 사람을 위해 우리가 6개월 전부터 싸워온 거군요."

내가 말했다.

나는 난간 위로 몸을 수그렸다. 감송향 꽃을 머리에 꽂은 처녀들의 웃음소리가 들렸다. 나의 병사들은 풀 죽은 모습으로 그들을 보고 있었고, 그들이 무엇을 보는지 나는 알고 있었다. 귀족들조차 걸어다니는 장밋빛 메마른 길들, 검은 옷을 입고서 아이에게 젖을 물린 채 잰걸음을 내딛는 웃음기 없는 여자들, 너무나 무거운 물동이를 들고 언덕을 오르는 소녀들, 집 문간에서 멀건 수프를 먹는 탈진한 남자들, 카르모나 시 한복판 오래된 동네들이 있던 자리에 펼쳐진 잡초가 덮인 황무지. 우리는 궁전을 건설하거나, 레몬나무를 심거나, 노래하거나 웃을 시간을 갖지 못했던 것이다.

내가 말했다.

"이건 옳지 않아요."

"밀라노 공작이 당신과 협상하고 싶어 합니다."

프레고소가 말했다.

"나는 협상하지 않을 거요."

내가 말했다.

같은 날 저녁 나는 부하들에게 카르모나로 회군하라고 명했으나, 명령을 어긴 사람이 여럿이었다. 병사들의 풀 죽은 얼굴 너머에서 투덜거리는 소리가 들려왔다. '이러면 대체 누가 승자야?' 그러나 나는 아무 대답도 할 수 없었다.

내가 항상 탐냈지만 나의 통치에 복종하기를 완강하게 거부하던 페르골라 앞을 지나가던 중에, 내 병사들의 실망을 다른 곳으로 돌리기 위해서, 나는 그들에게 확실한 승리를 선물하기로 결심했다. 나는 그들을 이 거만한 도시의 성벽 아래로 인도했고, 그들이 탈취하는 모든 전리품은 그들끼리 나눠 가지게 될 것이라고 장담했다. 페르골라는 부유했기에 병사들은 약탈에 대한 희망에 불탔다. 도시는 견고하게 요새화되어 있고 동쪽으로는 민치아 강에 붙어 있어서, 예전에 헛되이 몇 번 공략을 시도했지만 이 도시는 우리의 모든 공격을 물리쳤다. 그러나 이제 나는 새로운 무기를 보유하고 있었다. 석포石砲는 움직이는 무리에 대항해서는 무력하지만, 돌로 된 성벽에는 효과적인 장비가 될 수 있었다. 나는 페르골라에 항복하라고 독촉하기 시작했다. 나의 병사들은 우리에게 성문을 열어주지 않는다면 도시를 파괴하겠다고 위협하는 내용이 적힌 쪽지들을 화살에 달아 성벽 위로 쏘아 올렸다. 그러나 성곽 뒤에 모인 주민들의 대답은 증오와 도전의 함성뿐이었다. 그때 나는 도시의 성문들 앞에 4개 부대를 배치했고, 부대들이 서로 소통할 수 있도록 성 둘레의 땅을 평평하게 골랐다. 이어서 내가 석포를 가져오라고 명령하자, 병사들은 미심쩍게 장치를 바라보았다. 첫 번째 포탄들은 성벽을 흔들지 못하고 벽에 부딪혀 깨져버렸다. 그러자 성탑 위에서 페르골라 사람들이 우리를 모욕하고 노래를 불렀다. 나는 낙심하지 않았다. 나의 기술자들이 성공을 거둬, 하룻밤 사이 석포 한 대마다 60차례나 포탄을 발사했다. 30일 동안 성벽은 집중포화를 받았고, 조금씩 망루들과 그 망루들을 연결해주던 건축물이 부서졌다. 그 파편들이 해자를 채웠고, 뚫고 지나갈 만한 틈새들이 생겼다. 포위된 자들은 성곽 뒤에서 물러났고, 그들의 노랫소리나 욕설은 이제 들리지 않았다. 마지막 날 밤 흔들거리는 돌벽에 포탄을 쏘아댈 때, 납덩이같은 침묵이 도시 전체를 무겁게 눌렀다. 새벽이 되자 우리는 성벽에 긴 돌파구가 뚫린 것을 보았고, 나는 부하들을 몰아 공격했다. 그들은 기쁨의 함성과 함께 달려갔다. 제노바도 평화에 대한 모든 유혹도 잊히고, 우리는 비길 데 없는 쾌거를 이루었다. 처음으로 석포가 거대한 성곽을 때려 부쉈고, 처음으로 군대가 요새화된 큰 도시 안에 무력으로 진입했던 것이다.

내가 제일 먼저 돌파구를 넘어섰다. 우리는 성벽 너머에서 아무도 우리를 기다리지 않는 것을 보고 놀랐다. 시가는 텅 비어 있었다. 나는 매복이 걱정되어 걸음을 멈추었다. 침묵에 겁을 먹은 병사들은 모두 입을 다물었다. 우리는 지붕과 창문을 올려다보았지만 아무도 보이지 않았다. 집의 창문은 모두 닫혀 있고 대문은 열려 있었다. 우리는 조심스럽게 전진했다. 아무런 소리가 없었다. 길모퉁이마다 내 부하들은 걱정스레 좌우를 돌아보고 지붕을 향해 석궁을 겨누었지만, 돌멩이 하나, 화살 하나 공중을 가르지 않았다. 우리는 대광장에 도착했다. 거기도 텅 비어 있었다.

"집을 뒤져야 해."

내가 말했다.

병사들은 삼삼오오 무리를 지어서 멀어져 갔다. 몇몇 호위병을 거느리고 나는 통치자의 궁전에 들어갔는데, 현관의 바닥에도, 벽에도 아무것도 없었다. 거실 안 가구들은 다 제자리에 있었으나, 양탄자, 벽걸이 휘장, 장식품들은 남아 있지 않았다. 옷상자, 은그릇 상자, 보석함들도 마찬가지로 비어 있었다. 궁전 밖으로 나오면서 민치아 강가에서 침구와 구리 냄비들이 발견되었다는 소식을 들었다. 우리가 그들이 성곽 뒤에 숨어서 망을 보고 있는 줄 알았던 동안, 주민들은 밤을 틈타 재산 전부를 가지고서 강에서 배를 타고 도망해버렸다.

나는 광장 한가운데 꼼짝하지 않고 서 있었고, 병사들도 내 주위에서 말없이 꼼짝하지 않았다. 버려진 집 안에서 그들이 찾아낸 약탈물이라고는 고철밖에 없었다. 선술집의 바닥은 술로 얼룩져 있었다. 술을 담은 가죽 부대 전부가 바닥에 비워져 있었던 것이다. 커다란 벽난로 안에 밀가루 자루, 빵, 고깃덩어리들이 타서 재가 되어 있었다. 우리는 도시 하나를 정복했다고 생각했는데, 우리가 손에 쥔 것은 돌 뼈다귀뿐이었던 것이다.

정오 무렵, 병사들이 성 밖에 있는 집에서 한 여자를 찾아내어 부관 한 명이 내게 데려왔다. 그녀는 키가 작았고, 땋은 머리는 무겁게 둘둘 말아 올렸다. 그녀의 눈에는 무서움도 적개심도 없었다.

"그대는 왜 다른 사람들과 함께 떠나지 않았나?"

그녀에게 내가 물었다.

"남편이 아파서 데려갈 수가 없었어요."

"그러면 다른 사람들은 왜 떠나버렸지? 내가 도시를 정복하면 갓난아이들의 눈을 뽑아내기라도 할 줄 알았나?"

화가 나서 내가 말했다.

"아니에요. 우리는 그렇게 생각하지 않았어요."

그녀가 말했다.

"그렇다면, 왜지?"

내가 물었다.

그녀는 대답하지 않았다.

"스무 곳 넘는 도시들이 내 통치 아래에서 번창하고 있어. 몬테키아로, 오르치, 팔레베의 주민들이 지금보다 더 행복했던 적은 없었지."

"페르골라 사람들은 달라요."

그녀가 말했다.

나는 그녀를 응시했다. 그녀는 내 시선을 버텨냈다. 페르골라 사람들. 카르모나 사람들. 언젠가, 나 역시 이런 말을 했다. 나는 여자들과 아이들을 구렁으로 몰아넣었다. 왜? 나는 눈을 돌려버렸다.

"저 여자를 가게 해줘라."

내가 호위병들에게 말했다.

그녀는 서두르지 않고 멀어졌다. 내가 말했다.

"이곳을 떠나자."

부하 장수들은 순순히 복종하는 병사들을 집합시켰다. 아무도 이 저주스러운 도시에서 밤을 보내고 싶지 않았으리라. 나는 텅 빈

광장에 남아 있던 마지막 사람이었다. 석벽들의 침묵이 내 심장을 불태웠다. 내 발치에 한 여자가 죽어서 누워 있었다. 그녀를 죽인 것은 바로 나였고, 왜 그랬는지 그때 이미 나는 알지 못했다.

일주일 뒤 나는 밀라노 공작과 조약에 조인했다.

그것이 평화였다. 나는 군대를 해산했고, 세금을 내렸고, 사치 단속령을 폐지했고, 카르모나의 거래상들에게 돈을 빌려주었고, 내가 그들의 은행이 되었다. 내가 추진하여 산업, 농업이 새로운 도약을 했다. 내 재산은 내 영원한 젊음과 똑같이 전설적인 것이 되었고, 나는 그것을 나의 도시에 바쳤다. 옛 동네가 있던 자리에는 제노바의 그것들보다 더 아름다운 저택들이 세워졌다. 나는 내 궁정에 건축가, 조각가, 미술가 들을 불렀다. 나는 수로를 만들게 했고, 모든 광장에서 샘이 솟아올랐다. 언덕은 새로 지은 집으로 뒤덮였고, 성 밖 들판에 대규모 외곽 마을들이 들어섰다. 우리의 번영에 이끌려 많은 외지인들이 우리 성안에 정착했다. 나는 볼로냐의 의사들을 영입해 병원을 지어줬다. 출산이 늘자 인구가 증가해서 카르모나의 주민 수는 20만 명에 이르렀다. 나는 의기양양하게 생각했다. '그들의 삶은 내 덕택이고, 그들의 모든 것이 내 덕택이야.' 그렇게 30년이 이어졌다.

그렇지만 주민들은 예전보다 더 행복하지 않았다. 그들은 조금 더 좋은 옷을 입고, 조금 더 좋은 곳에서 살기는 했으나, 쉴 틈 없이 일했고, 귀족들과 부르주아들이 염치없이 사치를 부린 적은 결코 없었다. 가난한 사람들도 부자들처럼 야망이 커졌고, 매년 노동자들은 자신들의 상황이 견디기 힘들어지리라고 내다보았다. 나는 그들의 처지를 개선하고 싶었다. 그러나 견직물 업주들은 노동 시간을 줄이거나 봉급을 올리면 그만큼 견직물 값이 오를 것이라고 내게 말했다. 그러면 우리는 대외 경쟁을 견뎌내기 힘들어지게 될 것이고, 노동자와 상인 모두가 파산할지 모른다는 것이었다. 그들의 말은 진실이었다. 세계 전체의 지배자가 되지 않고서는 그 어떤 진지한 개혁도 가능하지 않았다. 1449년 여름에는 수확이 좋지 못해 이탈리아 전체에서 밀 값이 아주 많이 올랐고, 욕심 많은 농민들은 곡물 대부분을 피사와 피렌체에 팔았다. 겨울이 오자 카르모나에서는 빵 값이 몹시 올라, 가족을 먹여 살릴 능력이 없는 많은 노동자들이 공공 구호를 신청해야 했다. 나는 밀을 되사서 주민들에게 나눠주었으나, 주민들이 원한 것은 단지 빵만이 아니라, 자신들이 구걸할 필요가 없어지는 일이었다. 어느 날 아침, 그들의 계획을 짐작할 만한 낌새가 전혀 없었는데도, 직종별 직인 집단들이 무장을 하고 각자의 깃발을 들고서 뭉쳤다. 그들은 도시 안에 퍼져서 대저택을 여럿 약탈했다. 무작위로 습격을 받은 귀족들과 부르주아들은 그저 자신들의 처소에 방벽을 쌓고 있을 수밖에 없었다. 카르모나의 주인인 축융공, 방직공, 염색공 들은, 이번 반란을 나의 멍에에서 벗어날 기회로 삼으려는 기사 64명을 지명했다. 그들은 주민들에게 빵과 모든 채무의 탕감을 약속했고, 내가 악마와 협약을 맺었으니 나를 마법사처럼 화형에 처해야만 한다고 선포하고 나서는 내 궁전을 공격했다. 그들은 외쳤다. "악마의 자식을 타도하라! 폭군을 죽여라!" 창문으로 내 호위병들이 그들에게 화살을 빗발치듯이 쏘아대자 그들은 도망쳤고, 광장에는 인적이 없어졌다. 그러나 그들은 곧이어 궁전 문으로 몰려들어서 무너뜨리려 애썼다. 궁전 문이 그들의 힘으로 막 열리려던 저녁 무렵, 전령들의 급전을 받은 성안과 외곽 마을의 귀족들이 도시에 들이닥쳤다.

"반란이 진압되었습니다, 각하! 일당은 소탕되었습니다!" 하고 호위대장이 내 방으로 들어오면서 외쳤다. 그의 뒤에서 기쁨의 아우성과 커다란 쇳소리가 들렸다. 나의 구원병인 알보치, 페라치, '검은 빈센테'가 웃으면서 돌계단을 올라왔다. 말들이 내 창문 아래에서 발로 땅을 걷어차고 있었고, 나는 그들의 말발굽에 피가 묻어 있다는 것을 알고 있었다.

"학살을 멈춰!"

나는 거세게 말했다.

"화재를 진화하고 나를 혼자 있게 둬!"

나는 문을 닫고 창문으로 가서 쇠창살에 이마를 기댔다. 여명처럼 빛나는 하늘을 향해 검은 연기가 거대한 버섯 모양으로 피어오르고 있었다. 직조공들의 집들이 불타고 있었고, 직조공들의 아내와 아이들이 집 안에서 불타고 있었다.

내가 창가를 떠나 궁전 밖으로 나왔을 때는 야심한 밤이었다. 하늘은 어두웠고, 말발굽 소리도 군인들의 거친 함성도 이제 들리지 않았다.

직조공들의 동네 어귀에 군인들이 보초를 서고 있었다. 잔해들이 불타고, 텅 빈 거리에 시신들이 누워 있었다. 여자들은 가슴이 푹 패고, 아이들의 얼굴이 말발굽에 짓밟혀 찌그러져 있었다. 폐허 속에 시커멓게 탄 시체들이 널브러져 있었다. 길모퉁이에서 긴 탄식이 들려왔다. 하늘에는 커다란 달이 걸려 있었고, 멀리서 개 한 마리가 죽어라 짖어댔다.

'누구를 위한 일이죠? 무엇을 위한 거예요?'

탄크레디가 과거 깊은 곳에서 비웃었다.

사람들은 시체를 묻고 집을 다시 지었다. 나는 장인들에 대한 부채 탕감을 허락했다. 봄이 되자, 여느 봄처럼 편도나무 꽃이 피었고, 평화로운 시가에는 베틀에서 천 짜는 소리가 쿵쿵 울렸다. 그러나 내 심장은 재로 가득 차 있었다.

♦

"왜 슬퍼하세요?"

라우라가 내게 말했다.

"당신은 세상에서 바랄 수 있는 모든 것을 가지셨잖아요?"

나는 밤새 그녀의 품 안에서 잤다. 이제 내게는 하루하루가 너무나 긴 듯했고, 밤마다 나는 잠을 잤다. 그녀의 가슴에 머리를 기대고 있던 나는 다시 그녀 몸의 젖빛 무기력함 속에 녹아들고 싶었다. 하지만 벌써 햇빛이 눈을 찔렀고, 나는 도시의 활기 찬 웅성거림을 듣고 있었다. 잠이 깨자 권태로워졌다. 나는 침대 밖으로 뛰쳐나왔다.

"그러면 세상에 바랄 수 있는 게 뭘까?"

"많은 것이 있죠."

나는 웃기 시작했다. 나는 그녀를 쉽게 만족시켜줄 수 있었는지 모른다. 그러나 나는 그녀를 사랑하지 않았다. 나는 아무도 사랑하지 않았다. 옷을 입는 동안, 나는 카테리나를 묻던 그날처럼, 이제 아무것도 어디에서도 나를 기다리지 않던 그날처럼 다리가 물렁해지는 것을 느꼈다. '날마다 똑같은 짓을 하고 있어.' 나는 생각하고 있었다. '끝이 없어! 어떤 다른 세계에서, 공기의 맛조차 다를지 모르는 곳에서 깨어나게 되는 일이 나한테 언젠가 일어날까?'

나는 방을 나와서 궁전 밖으로 나갔다. 그것은 같은 세계였고, 여전히 그것은 장밋빛 포석과 깔때기 모양 굴뚝들이 있는 카르모나였다. 광장들에는 새로운 조각상이 세워져 있었고, 나는 그것들이 아름답다는 것을 알고 있었다. 하지만 또한 그 조각상들이 그것들을 세워둔 저 장소에서 수 세기 동안 움직임 없이 머물러 있으리라는 것도 알고 있었고, 내게는 그것들이 땅 속에 파묻힌 비너스상들과 똑같이 오래되고 멀어 보였다. 카르모나 사람들은 그것들을 쳐다보지도 않고 그 앞을 지나다니면서, 기념비들도 샘터들도 바라보지 않았다. 저 조각된 돌들은 누구에게 필요한 것일까? 나는 성문을 나섰다. 카르모나는 누구에게 필요한 것일까? 카르모나는 전쟁, 평화, 페스트, 소요를 거치면서도 변함없이 암벽 위에 서 있었고, 이탈리아에는 똑같이 의기양양하고 똑같이 쓸모없는 다른 도시 백 개가 저마다 암벽 위에 서 있었다. 하늘과 초원의 꽃들은 누구에게 필요한 걸까? 아주 맑은 아침이었지만, 땅을 향해 몸을 굽힌 농민들은 하늘을 바라보고 있지 않았다. 그리고 나는 200년 전부터 항상 똑같은 하늘을 보는 데 싫증이 나 있었다.

몇 시간 동안 나는 정처 없이 걸었다. '우리가 바랄 수 있는 모든 것.' 나는 이 말을 몇 번이고 되풀이했지만, 내게서 조그마한 욕망도 불러일으키지 못했다. 밀알 하나하나가 손바닥에 무겁게 느껴졌던 시절이 내게는 그렇게도 아득해 보였다!

나는 문득 멈춰 섰다. 닭들이 모이를 쪼는 울안에서 한 여자가 대야에 몸을 기울여 빨래를 하고, 아주 어린 소녀가 편도나무 아래 앉아서 웃고 있었다. 바닥은 여기저기 하얀 꽃잎으로 덮여 있었고, 그 소녀는 손안에 꽃잎을 움켜쥐더니 걸귀가 들린 듯이 그것을 입으로 가져갔다. 갈색 머리에 어둡고 큰 눈을 가진 소녀였다. 나는 생각했다. '편도나무 꽃을 처음 본 눈이야.'

"이 예쁜 소녀가 당신 딸인가요?"

내가 물었다.

그 여자가 머리를 들었다.

"예. 말랐어요."

"잘 먹여야죠."

내가 소녀의 무릎에 돈주머니를 던지면서 말했다.

그 여자는 경계하며 나를 바라보았고, 나는 그녀가 미소를 짓지 않았지만 그곳을 떠났다. 소녀는 미소 지었지만 내게 미소를 지은 것이 아니었고, 또 미소를 짓는 데 내가 필요한 것도 아니었다. 나는 머리를 들었다. 하늘은 아주 새것처럼 파랬고, 꽃이 핀 나무들은 내가 시지스몬도를 어깨 위에 얹고 있던 날처럼 반짝거렸다. 한 아이의 눈에 온 세계가 태어나는 중이었다. 나는 불현듯 생각했다.

"아이를 가질 거야, 내 아이를."

10개월 뒤 라우라는 잘생기고 튼튼한 아들을 하나 낳았고, 나는 즉시 그녀를 빌라나 부근의 성으로 추방했다. 나는 누구와도 내 아들을 공유할 생각이 없었던 것이다.

유모가 안토니오에게 젖을 먹이는 동안 나는 정열적으로 그의 미래를 준비했다. 우선 나는 평화를 공고히 했다. 그에게 전쟁의 피어린 덧없음을 절대로 겪게 하고 싶지 않았던 것이다. 피렌체가 이미 오래전부터 리보르노 항구에 대한 권리를 주장했기에, 나는 그것을 피렌체에 돌려주는 데 동의했다. 리벨라에서 혁명이 일어나자, 그 군주가 내게 그 도시를 나의 보호하에 둘 것을 제안하면서 도움을 간청했지만 나는 거절했다.

나는 카르모나 맞은편 언덕에 대리석으로 별장을 짓고, 정원에 나무를 심기 시작했다. 나는 궁정으로 예술가와 학자를 불러들였고, 그림과 조각을 모았고, 거대한 도서관을 꾸몄다. 그 시대의 가장 탁월한 사람들이 안토니오의 교육을 맡았고, 나는 그들의 수업에 입회했다. 그리고 내가 직접 아들에게 온갖 체력 훈련을 시켰다. 안토니오는 아주 잘생겼고, 내 바람보다 약간 호리호리했으나 튼튼한 아이였다. 일곱 살이 되자 아이는 이탈리아어, 라틴어와 프랑스어를 읽고 쓸 줄 알았고, 수영을 하고 활을 쐈으며, 작은 말을 다룰 줄도 알았다.

함께 공부하고 놀 친구들이 그에게 필요해서, 나는 카르모나에서 가장 잘생기고 가장 재능 있는 아이들을 주위에 모았다. 나는 그들 중 특히 편도나무 꽃을 손에 쥐고 있던 그 소녀를 궁전에 데려와서 기르게 했는데, 이름이 베아트리체였다. 그 소녀는 자라면서도 마르고 검은 얼굴, 미소를 그대로 간직했다. 소녀는 남자아이처럼 안토니오와 같이 놀았고, 모든 친구 중에서 바로 그 소녀를 안토니오가 가장 좋아했다.

침대에서 권태를 느끼던 어느 날 밤, 나는 정원으로 내려갔다. 그 시절 나는 꿈에서조차 권태로움을 느끼는 일이 잦았다. 달은 없고, 향기롭고 더웠으며, 별똥별이 흐르던 밤이었다. 모래가 깔린 산책길을 몇 걸음 내딛던 나는 안토니오와 베아트리체가 손을 잡고 잔디를 걷고 있는 것을 보게 되었다. 그 아이들은 긴 잠옷 위에 화환을 감고 있었고, 베아트리체는 머리에 메꽃을 꽂고 큼직한 함박꽃 한 송이를 가슴에 안고 있었다. 그 아이들은 나를 보자 그 자리에 꼼짝 못 하고 섰다.

"너희들 여기서 뭐하니?"

내가 물어보았다.

베아트리체는 작고 분명한 목소리로 말했다.

"산책하고 있어요."

"너희들 이 시간에 자주 산책하니?"

"재는 처음이에요."

"그럼 너는?"

"저요?"

그 소녀는 대담하게 나를 바라보았다.

"매일 밤 저는 창문으로 밖에 나와요."

그들은 꽃으로 장식된, 맨발을 덮은 잠옷을 입은 채 둘 다 죄지은 듯이 자그마해져서 내 앞에 서 있었고, 나는 심장을 물린 느낌이 들었다. 나는 그들에게 햇살 가득한 나날, 축제, 웃음, 장난감, 사탕, 그림책을 주었는데, 그들은 내가 그들에게 주지 않던 밤의 감미로움을 비밀스레 맛보려고 했던 것이다.

"너희들 말을 타고 산책하고 싶지 않니?"

내가 말했다.

그들의 눈이 빛났다. 나는 말에 안장을 얹고, 안토니오는 내 앞에, 베아트리체는 꽁무니에 앉혔다. 소녀는 작은 두 팔로 내 허리를 잡았다. 우리가 전속력으로 언덕을 내려가서 평야를 가로지르자, 별들이 우리 머리 위에서 줄지어 달려갔다. 아이들은 즐거워 소리를 질렀다. 나는 안토니오를 내 가슴에 꽉 안았다.

"이제부터 몰래 밖으로 나오면 안 돼. 아무것도 몰래 하면 안 돼. 네가 원하는 건 뭐든지 나한테 부탁해. 다 갖게 될 거야."

내가 말했다.

"예, 아버지."

그가 온순하게 말했다.

이튿날 나는 두 아이에게 말을 한 마리씩 선물했고, 날씨가 좋은 밤에는 아이들을 데리고 말을 타고 달리곤 했다. 나는 아이들을 빌라모사 호수에서 놀게 해주려고 주황색 돛이 달린 배를 만들게 했고, 우리는 날씨가 무더운 여름 몇 달을 자주 그 호숫가에서 지냈다. 나는 아이들의 모든 욕망을 예측하려고 고심했다. 아이들이 놀고, 헤엄치고, 말을 타고, 뛰어다니는 데 지치면 나는 소나무의 더운 그늘 아래에서 아이들 옆에 앉아 이야기를 들려주었다. 안토니오는 지치지 않고 내게 카르모나의 과거에 관해 캐물었고, 감탄해서 나를 바라보았다.

"저는, 제가 크면 무엇을 하게 될까요?"

안토니오는 종종 내게 이렇게 말하고는 했다.

나는 웃었다.

"네가 하고 싶은 모든 일을 하겠지."

베아트리체는 아무 말도 하지 않고 굳은 얼굴로 듣고 있었다. 거미발처럼 긴 다리를 가진 야생적인 소녀였다. 소녀는 하지 말라는 일에만 흥미를 느꼈다. 여러 시간 동안 소녀는 사라졌다가, 지붕 위에 기어 올라가 있거나, 너무 수심이 깊은 호수에서 헤엄을 치고 있거나, 농가의 두엄 속을 허우적거리거나, 너무 사나운 말을 탔다가 떨어져 오솔길에 쓰러져 있는 모습으로 발견되었다.

"희한한 아이구나!"

소녀의 머리를 쓰다듬으면서 내가 이렇게 말하곤 했다. 그러면 소녀는 반항하는 몸짓으로 머리를 흔들었다. 내 손이 자기를 스치는 것을 싫어했다. 내가 자기를 포옹하려고 몸을 굽히면, 소녀는 뒤로 물러서서 기개 있게 내게 손을 내밀었다.

"너 이곳이 마음에 안 드니? 행복하지 않아?"

"그렇지 않아요."

그 소녀는 자기가 다른 곳에서 땅을 갈고 빨래를 하면서 살았을 수도 있다는 것을 짐작도 못 했지만, 나는 그 소녀가 골똘히 두꺼운 책에 고개를 수그리고 있거나 나무를 타고 오르는 것을 볼 때, 의기양양해서 독백을 하곤 했다. '바로 내가 저 아이의 운명을 만들고 있어.' 내 심장은 안토니오의 웃음소리를 들을 때 더 기쁘게 솟구쳤다. 나는 이렇게 생각하곤 했다. '저 아이는 내 덕에 삶과 세계를 얻은 거야.'

안토니오는 삶과 세계를 사랑했다. 그는 정원, 호수, 봄날의 아침, 여름밤, 또 그림, 책, 음악을 좋아했다. 열여섯 살에 그는 거의 자신의 교사들과 마찬가지로 박식해졌고, 시를 지어 비올[26] 반주를 곁들여 노래하곤 했다. 안토니오는 사냥이나 마상 경기, 기마 경주 같은 격렬한 운동도 그것들에 버금가게 즐겼다. 나는 그에게 이런 운동을 감히 금하지는 못했지만, 그 아이가 높은 바위 위에서 호수로 뛰어들거나 길들이지 않은 말의 등에 뛰어오르는 것을 볼 때는 입안의 침이 말랐다.

어느 날 저녁, 내가 빌라모사의 도서관에 앉아 책을 읽고 있을 때, 베아트리체가 들어와 빠른 걸음으로 다가왔다. 그녀는 내가 부르지 않으면 결코 말을 건네러 온 적이 없었기 때문에 나는 깜짝 놀랐다. 그녀의 얼굴은 매우 창백했다.

"무슨 일 있소?"[27]

그녀는 긴 옷자락 위에 주먹을 꼭 쥐고서, 마치 숨을 막고 있는 그 무엇인가와 싸우고 있는 듯했다. 마침내 그녀가 말했다.

26. 16~18세기에 연주되던 현악기. 트레블 비올, 테너 비올, 베이스 비올, 더블베이스 비올, 네 종류가 있었고 나중에 베이스 비올이 첼로로 발전한다._옮긴이
27. 여기서부터 포스카는 아들의 친구인 베아트리체에게 높임말을 사용한다._옮긴이

“안토니오가 지금 물에 빠져 죽어가요.”

나는 문 쪽으로 뛰어갔고 그녀는 웅얼거리며 말했다.

“헤엄쳐서 호수를 건너가려고 했는데 안 돌아와요. 저는 구할 수가 없어요.”

순식간에 나는 물가로 가서 옷을 벗어던지고 물에 뛰어들었다. 아직 날이 밝아서, 나는 곧 호수 가운데에서 검은 점을 하나 발견했다. 안토니오는 가슴을 위로 한 채 떠 있었는데, 나를 보자 신음하고 눈을 감았다.

나는 기절한 그 아이를 호숫가로 끌고 나왔다. 내 외투 위에 그를 눕히고 힘차게 문질렀다. 내 손의 열기가 그의 살 속으로 스며드는 것을 느꼈고, 그의 젊은 근육, 부드러운 피부, 연약한 뼈를 내 손바닥 밑에서 느꼈다. 그리고 내가 마치 그에게 아주 새로운 몸을 만들어주고 있는 것 같았다. 나는 격정적으로 생각했다. ‘항상 내가 네 곁에서 너를 모든 악으로부터 구해줄게.’ 나는 내가 두 번이나 생명을 준 아들을 다정하게 팔에 안고 돌아왔다.

베아트리체는 문턱에 서서 몸을 똑바로 하고 꼼짝하지 않고 있었고, 눈물이 그녀의 뺨에 굴러 떨어졌다.

“살아났소. 울지 마오.”

내가 말했다.

“저도 그가 살아난 것이 잘 보여요.”

그녀가 말했다.

그녀는 나를 바라보았는데, 그 눈 속에 증오 같은 것이 있었다.

나는 안토니오를 침대에 눕혔다. 베아트리체가 나를 따라왔다. 안토니오가 눈을 떴을 때 그의 시선은 그녀에게 멈춰 섰다.

“호수를 못 건넜어.”

그가 말했다.

그녀는 그에게 몸을 수그렸다.

"내일은 건널 거야."

그녀가 열띤 목소리로 말했다.

"안 돼. 지금 제정신이오?"

내가 말했다.

이번에는 내가 안토니오에게 몸을 수그렸다.

"너 이제는 절대 안 그러겠다고 맹세해."

"오! 아버지."

"나한테 맹세해. 내가 너를 위해 해준 모든 것을 걸고, 나에 대한 너의 사랑을 걸고 맹세해."

"좋아요, 맹세할게요."

그가 말했다.

그는 다시 눈을 감았다. 베아트리체는 돌아서 천천히 방에서 나갔다. 나는 침대 가까이 머물러 있으면서 매끈한 뺨, 싱싱한 눈꺼풀, 내 사랑스러운 아들의 얼굴을 한참 물끄러미 바라보았다. 나는 그를 구해냈지만, 그가 호수를 건너는 데 성공하도록 해줄 수는 없었다. 어쩌면 베아트리체가 운 것은 당연했는지도 모른다. 나는 갑자기 불안해져 생각했다. '이 아이는 앞으로 얼마 동안이나 내 말에 복종할까?'

♦

사이프러스나무와 주목 아래에서, 장밋빛 테라스 바닥에서 여름이 흔들리고 있었다. 여름은 대리석 수반들의 오목한 곳에서 영롱하게 빛났고, 비단옷의 주름 사이에서 소리를 냈다. 여름의 냄새가 엘리아나의 황금빛 가슴으로부터 올라왔다. 둥글게 휘어진 나무 그늘에 가려진 비올의 소리가 정적을 꿰뚫었다. 같은 순간, 연못마다 한가운데서 생기 찬 물줄기가 솟구쳐 올랐다.

"오!"

난간을 따라 웅성거리는 소리가 났고, 여자들이 박수를 쳤다. 타는 듯한 땅의 심장으로부터 수정 같은 가는 물줄기들이 하늘로 솟아올랐다. 잔잔하던 수면에 잔물결이 일자 수면은 살아났다. 물은 투명하고 신선했다.

"오!"

엘리아나가 말했다(그녀의 향기로운 숨결이 내 얼굴에 와 닿았다).

"당신은 정말 마술사예요!"

"그런데 말이야, 뭐랄까? 저건 그냥 분수야."

내가 말했다.

물은 조약돌로 꾸민 폭포에서 떨어져 그르렁거리면서 웃기도 했는데, 이 웃음이 내 심장 속에서는 메마르고 딱딱한 작은 술렁거림으로 반향되어 울리고 있었다. '그냥 분수야.'

"폭포야! 비안카, 저 폭포를 봐."

안토니오는 젊은 여자의 포동포동한 어깨에 손을 올려놓고 있었다. 나는 즐거움으로 반짝이는 그의 얼굴을 바라보았고, 내 얼굴에서 기분 나쁜 웃음이 사라졌다. 나의 업적은 이 하찮은 분수 따위가 아니었다. 내가 이 생명, 이 기쁨을 창조해냈다. 안토니오는 잘생겼고, 그 어머니의 반짝이는 눈, 포스카 가문의 당당한 옆모습을 지녔다. 그는 지난 세기의 남자들보다는 덜 강인했지만, 몸은 더 민첩하고 더 유연했다. 그는 여자의 부드러운 어깨를 어루만지면서, 경쾌한 물소리에 미소를 지었다. 참 멋진 하루였다.

"아버지, 정구를 칠 시간이 있을까요?"

그가 말했다.

나는 미소를 지었다.

"네 시간을 누가 재고 있니?"

"그게 아니라, 리벨라의 사신들이 우리를 기다리고 있잖아요?"

나는 곧 분홍빛 대지와 뒤섞일, 하늘의 파란빛이 약해지기 시작한 지평선을 바라보았다. 나는 생각했다. '저 아이가 살 여름은 너무나 적어. 이 아름다운 저녁을 저 아이는 헛되이 보내려나?'

"너 정말로 나와 함께 그들을 접견하고 싶니?"

"물론이죠."

그의 젊은 얼굴이 심각해졌다.

"한 가지 부탁도 들어주셨으면 해요."

"들어주마."

"저 혼자 그들을 접견하게 해주세요."

나는 사이프러스나무의 잔가지를 따서 손가락 사이에서 그것을 부러뜨렸다.

"혼자서? 왜?"

안토니오는 빨개졌다.

"아버지는 저를 권력 행사에 참여시키겠다고 말씀하시죠. 그러나 저한테 아무런 결정권도 허락하지 않으셨어요. 그저 농담하시는 것뿐인가요?"

나는 입술을 깨물었다. 갑자기 티 없는 하늘이 폭우가 치는 하늘처럼 무거워졌다. 내가 말했다.

"너는 아직 경험이 부족해."

"저는 2세기가 지날 때까지 기다려야만 하나요?"

그의 눈에는 예전에 탄크레디의 눈에서 빛났던 것과 똑같은 불길이 있었다. 나는 그의 어깨에 손을 얹었다.

“기꺼이 너한테 권력을 넘겨줄 거야. 권력은 나한테 짐스럽단다. 그러나 믿어다오. 권력은 너한테 걱정거리만 가져다줄 거다.”

“바로 그게 제가 원하는 바예요.”

안토니오가 거칠게 말했다.

“나야 네 행복을 바란다. 너는 한 남자가 바랄 수 있는 모든 것을 소유하고 있지 않니?”

“제가 그것으로 아무것도 하지 못하게 막으신다면, 제게 주셨던 것이 무엇에 좋겠어요? 아버지.”

그는 갈구하는 어조로 말했다.

“아버지라면 결코 그런 식으로 사는 걸 받아들이지 않으셨을 거예요. 저는 이치를 따져보고 성찰하라고 배웠어요. 제가 맹목적으로 아버지의 의견을 따라야 한다면 좋을 게 뭐 있겠어요? 저는 그저 사냥감이나 쫓아다니려고 체력을 단련했던 겁니까?”

“안다. 너는 그 모든 것이 쓸모 있기를 바라는 거지.”

“예.”

어떻게 그에게 말하겠는가? ‘사람은 결코 아무 데도 쓸모가 없어. 궁전, 수로, 새집, 성, 정복한 도시들, 이 모든 것들은 아무것도 아니야’라고 말이다. 그러면 그는 초롱초롱 빛나는 눈을 뜨고 말할 테지. ‘저는 이러한 것들을 보고 있고, 그것들은 실재하고 있어요.’ 어쩌면 그에게는 그것들이 존재한다. 나는 부러진 사이프러스 가지를 바닥에 던졌다. 나의 사랑 전부도 그에게는 아무 소용이 없었다.

“네가 원하는 대로 될 거다.”

내가 말했다.

그의 얼굴이 밝아졌다.

"고맙습니다, 아버지!"

그는 달려 나갔다. 그의 하얀 겉저고리가 주목들의 어두운 녹음과 대비되어 빛났다. 자, 그는 그 자신의 손에, 경험이 없고 미숙한 자신의 손에 자신의 삶을 쥐고 싶었던 것인데, 이 삶이 위험 없이 영위되도록 온실에 가두어둘 수 있을까? 구속되어 숨이 막히는 그 인생은 섬광과 향기를 잃을지도 모른다. 그는 세 번 뛰어 층계를 올라가서 집 안으로 사라졌다. 그리고 그는 대리석 현관을 가로질렀지만 나는 더 이상 그를 보지 않았다. 나는 생각했다. '모든 것이 마찬가지겠지만, 어느 날 그는 그 어디에도 있지 않게 될 거야.' 똑같은 하늘 아래, 똑같은 녹음 짙은 나무들이 있고, 똑같은 허망한 잔웃음 소리와 졸졸거리는 물소리가 들릴지라도, 땅에도 하늘에도 물에도 안토니오는 아주 작은 자취조차 못 남기리라.

엘리아나가 내게 다가와서 팔을 잡았다.

"폭포로 같이 내려가요."

"아니."

나는 그녀에게 등을 돌리고 별장을 향해서 걸었다. 베아트리체를 볼 필요가 있었다. 나는 오직 그녀에게만, 언젠가 그녀가 죽으리라는 생각을 떠올리지 않으면서 이야기하고 웃을 수 있었다.

나는 도서관의 문을 밀었다. 떡갈나무 탁자 끝자리에 앉아서 그녀는 책을 읽고 있었다. 나는 조용히, 몰두한 그녀의 옆모습을 바라보았다. 그녀는 책을 읽고 있었고, 나는 그녀에게 존재하지 않았다. 그녀의 단색 옷, 매끄러운 피부와 검은 머리는 갑옷처럼 단단하고 차가워 보였다. 나는 다가섰다.

"여전히 책을 읽는 중이오?"

그녀는 놀라지 않고 눈을 들었다. 그녀를 불시에 놀래주기는 어려웠다.

"책이 저렇게 많은걸요."

"과하기도 하고 너무 적기도 하오."

선반에 필사본 수천 권이 쌓여 있었다. 질문과 문제들이 있고, 그것들은 답을 알기까지 수 세기를 기다려야만 할지 모르는 것들이었다. 왜 그녀는 이 희망 없는 탐색을 고집하는 것일까?

"눈이 퀭하오. 내 분수를 감상하러 오는 게 더 나았겠소."

"오늘 밤에 정원이 비면 가겠어요."

그녀는 손을 펴서 필사본 책장을 어루만졌다. 그녀는 내가 멀어지기를 기다렸고, 나는 그녀에게 할 말을 아무것도 찾지 못했다. 하지만 그녀는 도움이 필요하고, 나는 미완성인 그 모든 책보다 더 잘 그녀를 도울 수 있을 것이다. 하지만 그녀가 고집스레 묻지 않는데, 어떻게 그녀에게 답하겠는가?

"책은 그만 읽지 않겠소? 그대에게 보여줄 것이 있소."

결국 부탁하는 쪽은 항상 나였다.

그녀는 대답하지 않고 일어나서 미소를, 그녀의 눈빛을 밝게 해주지 않는 짧은 미소를 지었다. 그녀의 표정이 어찌나 딱딱한지, 그리고 얼굴은 어찌나 말랐는지, 온 세상이 다 그녀를 못생겼다고 생각했다. 안토니오 역시 그녀를 못생겼다고 보았다. 우리는 말없이 긴 복도를 지났고, 나는 어느 문을 열었다.

"보시오."

그 방에서는 먼지 냄새와 생강 냄새, 새로 지은 이 별장에 어울리지 않는 과거의 냄새가 났다. 창문에는 발이 내려져 있었고 노란 불빛 속에 못을 박아놓은 궤짝들, 둥글게 말아놓은 양탄자들, 산더미 같은 비단과 수단繡緞[28]이 쌓여 있었다.

"키프로스 섬에서 온 화물이오. 오늘 아침에 도착했소."

내가 말했다.

나는 궤짝 하나를 열었는데 그 안에는 금속 세공품과 보석들이 빛나고 있었다.

"골라보오."

"뭘요?"

그녀가 물었다.

"그대 마음에 드는 것 아무거나 말이오. 이 허리띠와 목걸이를 보시오. 이런 빨간 비단으로 재단한 옷을 그대는 좋아하지 않소?"

그녀는 궤짝에 손을 넣고 보석들과 보석을 박아 넣은 무기들을 건드려 짤랑거리는 소리를 냈다.

"아니요. 저는 아무것도 원하지 않아요."

그녀가 말했다.

"이런 보석으로 장식하면 아름다울 거요."

그녀는 손에 든 목걸이를 경멸하듯이 내던졌다.

"그대는 예뻐 보이고 싶지 않소?"

내가 물었다.

그녀의 눈에 섬광이 번쩍 지나갔다.

"저는 있는 그대로의 저로서 예뻐 보이고 싶어요."

나는 궤짝을 닫았다. 그녀가 옳았다. 무슨 소용이 있겠는가? 있는 그대로의 그녀, 점잖은 차림새와 화장하지 않은 얼굴, 머리는

28. 갖가지 색실이나 금실, 은실로 수를 놓듯 무늬를 넣어 짠 견직물._옮긴이

끈으로 묶은 그녀, 바로 그래서 나는 그녀를 애지중지했다.

"그러면, 그대의 방을 위해서 양탄자 하나 고르시오."

"그런 건 필요 없어요."

"대체 사람에게 무엇이 필요한 거요?"

내가 참지 못해 물어보았다.

"전 사치를 좋아하지 않아요."

그녀가 말했다.

나는 그녀의 팔을 잡았다. 그녀의 살에 내 손톱을 박아 넣고 싶은 충동을 느꼈다. 스물두 살! 그런데도 그녀는 마치 수 세기 전부터 세상을 살아온 것처럼 판단하고, 결정하고, 세상 속에서 평온했다. 그녀는 나를 비판하고 있었다.

"와보시오."

내가 말했다.

나는 그녀를 테라스로 데려갔다. 더위는 가라앉았고, 분수들이 노래하고 있었다.

"나도 말이오, 역시 사치를 좋아하지 않소. 내가 이 별장을 지은 것은 안토니오를 위해서요."

내가 말했다.

베아트리체는 난간의 뜨거운 돌에 손을 짚었다.

"이건 너무 커요."

"왜 너무 크지? 기준이란 것은 없소."

"이건 돈 낭비 같아요."

"그럼 왜 돈을 낭비하지 말아야 하오? 그대 생각에는 사람들이 돈으로 무엇을 할 수 있소?"

"각하께서 항상 그런 식으로 생각하셨던 것은 아니죠."

그녀가 말했다.

"그건 사실이오."

내가 말했다.

나는 견직업자들에게 돈을 빌려줬고, 카르모나의 부르주아들은 재산을 긁어모았다. 어떤 사람들은 더 많은 돈을 벌기 위해서 예전과 마찬가지로 지독하게 일했고, 다른 사람들은 어리석은 주색잡기로 자신들의 삶을 허비했다. 이전에 카르모나의 풍습은 엄격하고 순수했다. 이제는 매일 밤 난투가 벌어졌고, 남편들은 강간당한 아내의 원수를, 아버지들은 정절을 빼앗긴 딸의 원수를 칼로 갚았다. 그리고 그들은 자식들이 대를 이어 가난해질 만큼이나 자식을 많이 낳았다. 나는 병원들을 짓게 했고, 사람들은 예전보다 오래 살았다. 그들은 항상 죽고야 말았다. 이제 카르모나에는 주민 20만 명이 살고 있지만, 사람들은 옛날보다 더 행복하지도, 더 좋아지지도 않았다. 그들은 수가 훨씬 많아졌지만, 그들 각각은 저마다 기쁨과 고통을 지닌 채 혼자였다. 카르모나는 그 오래된 성곽이 그저 2만 명만을 둘러싸고 있었을 때와 정확히 똑같이 사람들로 가득 차 있었다.

나는 불쑥 말했다.

"말해보오. 20만 명, 그것이 2만 명보다 훨씬 낫소? 그것이 누구한테 이익이 되는 거요?"

그녀는 곰곰이 생각했다.

"아주 엉뚱한 질문이에요."

그녀가 말했다.

"나한테는 질문이 그런 식으로 제기되오."

"아! 당신한테는, 그렇겠네요."

그녀가 말했다.

그녀는 멍하니 지평선을 바라보았고, 내게서 아주 멀리 있었으며, 나는 오직 그녀 곁에서만 내가 느낄 수 있는 씁쓸한 이 맛을 입안에서 느꼈다. 황금색 반점이 있는 벌 떼가 공중에서 춤추고 있었다. 나는 이렇게 생각하고 싶었는지 모른다. '그녀도 저 하루살이 곤충들과 똑같아.' 그러나 그녀는 나 자신과 똑같이 살아 있고 실재하고 있었다. 그녀에게는 그녀의 짧은 실존이 나 자신의 운명보다 더 무겁게 드리워져 있었다. 오랫동안 우리는 말없이 폭포를, 조약돌 더미에서 떨어져 내려 하얀 거품 같은 물보라가 튀어 오르는, 움직이지 않지만 달아나는 듯한 그 물의 장막을 바라보았다. 항상 같지만 항상 다른 거품이었다.

안토니오가 현관 층계 꼭대기에 불쑥 나타났다. 베아트리체의 눈에 불꽃이 켜졌다. 어째서 그녀가 그렇게나 열렬히 바라보는 사람이 그일까? 그는 그녀를 사랑하지 않았다.

"그 망명객들이 무엇을 원하더냐?"

내가 물었다.

안토니오는 심각한 태도로 나를 바라보았고, 무엇인가가 그의 목 안에서 살짝 떨렸다.

"그들은 리벨라를 뺏는 걸 우리가 도와주기를 원했어요."

"아! 너는 뭐라고 대답했니?"

"저는 리벨라를 한 달 안에 우리 것으로 만들겠다고 맹세했어요."

침묵이 흘렀다.

"아니다. 우리는 그런 전쟁을 재개하지 않을 거야."

내가 말했다.

"그런 식이면 결정권자는 아버지예요."

안토니오는 거칠게 말했다.

"사실대로 말씀해보세요. 저는 결코 카르모나를 통치할 수 없는 건가요?"

나는 움직이지 않는 하늘을 바라보았다. 시간이 멈춰버렸다. 그가 단검을 뽑자 나는 그를 제압했다. 안토니오도 내가 죽기를 바랐던 것이다.

"너는 네 첫 번째 통치 행위가 전쟁이기를 바라는 거냐?"

"아, 우리가 얼마나 아버지의 평화에 억눌려 지내야만 하죠?"

안토니오가 말했다.

"이 평화를 쟁취하기 위해 많은 시간과 많은 노력이 필요했다."

내가 말했다.

"그 평화가 무슨 쓸모가 있죠?"

분수들이 멍청한 노래를 부르고 있었다. 이제 분수가 더는 안토니오의 마음을 즐겁게 해주지 못한다면, 그것들이 무슨 쓸모가 있을까?

안토니오가 말을 계속했다.

"우리는 평화 속에서 살고 있어요. 그리고 우리의 역사 전부가 이 말에 담겨 있어요. 밀라노의 혁명, 나폴리의 전쟁, 토스카나의 도시 반란, 우리는 아무것에도 관련되어 있지 않아요. 마치 이제 카르모나가 존재하지 않는 듯한 상황이 이탈리아 전역에서 벌어지고 있다고요. 우리가 커다란 버섯처럼 바위에 심어져 있는 상태에 머문다면 우리의 부, 우리의 문화, 우리의 지혜가 뭐 좋겠어요?"

"안다."

내가 말했다. 오래전에 나는 알고 있었다.

"그러면 전쟁은 무슨 쓸모가 있겠니?"

"어떻게 그런 질문을 하실 수 있어요? 우리는 항구와 바다로 이어지는 길을 보유하게 돼요. 카르모나가 피렌체와 동등해지는 거라고요."

안토니오가 말했다.

"예전에 리벨라는 우리 것이었어."

내가 말했다.

"이번에 우리가 그것을 지키는 거예요."

"만초니가家는 강해. 망명객들은 리벨라에서 동조자들을 못 찾을 거다."

"그들은 앙주 공작의 지원을 기대하고 있어요."

안토니오가 말했다.

피가 얼굴로 올라왔다.

"우리는 프랑스 사람들을 우리 땅에 불러들이지 말아야 해."

"왜요? 다른 사람들은 예전에 그들을 불러들였어요. 사람들은 그들을 계속 불러들일 거고, 어쩌면 우리와 대항하려고 그럴 수도 있죠."

"바로 그렇기 때문에 곧 이탈리아는 더 이상 존재하지 않게 될 거야."

나는 안토니오의 어깨에 손을 얹었다.

"우리는 이제 지난 세기만큼 강하지 않아. 우리가 야만인이라고 불렀던 다른 나라들이 성장하고 부강해지는 중이고, 프랑스와 독일은 우리의 재산을 탐내고 있어. 믿어다오, 우리의 유일한 구원책은 단결과 평화에 있단다. 이탈리아가 침략 위협에 대항하기를 원한다면, 우리는 피렌체와 맺은 동맹을 공고히 해야 하고, 베네치아, 밀라노와 동맹을 맺어야 하며, 스위스 상비군의 힘에 의지해야 한단다. 만일 도시마다 이기적인 야망을 고집한다면, 이탈리아는 망하는 거야."

"아버지는 그것을 백 번도 더 설명하셨어요."

안토니오가 복받친 어조로 말했다. 그는 화가 나서 덧붙였다.

"그러나 오직 그늘에서 변변치 못하게 지내는 조건에서만 우리는 피렌체의 동맹국으로 남게 돼요."

"대수로울 게 없지 않니?"

"그걸 감수하신다고요, 카르모나의 영광을 위해 그렇게나 애쓰셨던 아버지가요?"

"카르모나의 영광은 이탈리아를 구하는 일에 비해서는 별로 중요하지 않아."

"저는 이탈리아에 개의치 않아요. 내 조국은 카르모나예요."

안토니오가 말했다.

"카르모나는 여러 도시 중 하나에 불과해. 많은 도시가 있어!"

내가 말했다.

"아버지가 말씀하시는 것이 정말로 아버지의 생각인가요?"

"나는 그렇게 생각해."

"그러면 아버지는 어떻게 감히 통치를 하나요?"

안토니오는 불을 뿜듯 말했다.

"아버지가 우리와 함께할 일이 뭐가 있죠? 아버지는 아버지의 도시에서 이방인이라고요."

나는 말없이 그의 얼굴을 살펴보았다. 이방인. 그는 사실을 말하고 있었다. 나는 더 이상 이곳 사람이 아니었다. 안토니오에게 카르모나는 필멸할 그의 심장이었고, 그는 카르모나를 사랑했다. 나는 그가 인간으로서 자신의 운명을 완수하는 것을 막을 권리가 없었고, 이 운명에 대해서 나는 아무것도 할 수 없었다.

"네가 옳다. 오늘부터 네가 카르모나의 통치자다."

내가 말했다.

나는 베아트리체의 팔을 잡고 폭포로 데려갔다. 내 뒤에서 안토니오가 불안한 목소리로 불렀다. "아버지!" 그러나 나는 돌아서지 않았다. 나는 긴 돌의자에 베아트리체와 나란히 앉았다.

"나는 이런 일이 일어나기 마련이라고 생각하오."

내가 말했다.

"저는 안토니오를 이해해요."

그녀가 도전적인 어조로 말했다.

"그 애를 사랑하오?"

내가 불쑥 물어보았다.

그녀의 눈꺼풀이 깜박였다.

"잘 아시잖아요."

"베아트리체, 그는 결코 그대를 사랑하지 않을 거요."

내가 말했다.

"하지만 저는요, 그를 사랑해요."

"그를 잊어요. 그대는 고통을 당해야 할 운명이 아니오."

"저는 고통받는 것이 두렵지 않아요."

"무슨 어리석은 오만함인지!"

내가 화가 나서 말했다.

안토니오는 걱정거리를 갖겠다고 주장하고 있었고, 그녀는 고통을 달가워하고 있었다. 어떤 악마가 그들을 사로잡은 것일까?

"그대는 여전히 금지된 놀이만 좋아하던 어린 소녀로 남아 있으려고 하오? 왜 그대는 사람들이 그대에게 줄 수 없는 것만을 요구하는 거요?"

"저는 아무것도 요구하지 않아요."

"그대는 전부를 가지고 있소. 세상은 너무나 넓어요. 그리고 만일 그대가 원한다면 그것은 그대의 것이 될는지 모르오."

"저는 아무것도 필요 없어요."

그녀는 아주 꼿꼿이, 약간 뻣뻣한 자세로, 두 손바닥을 무릎에 올려놓고 있었고, 나는 진실로 그녀가 아무것도 필요로 하지 않는다고, 그래서 만족하든지 실망하든지 그녀는 항상 그녀 자신으로 머물러 있으리라고 생각했다.

내가 그녀의 손목을 잡자 그녀는 놀라서 나를 보았다.

"안토니오를 잊으시오. 내 아내가 되어주오. 내가 그대를 사랑한다는 것을 모르는 거요?"

"당신이요?"

"내가 사랑할 능력이 없다고 생각하오?"

그녀는 손을 빼냈다.

"저는 모르죠."

"그대는 왜 나를 두려워하오?"

내가 물었다.

"저는 당신을 두려워하지 않아요."

"내가 그대를 무섭게 하오? 그대는 나를 악마로 여기고 있소."

"아뇨. 당신은 악마가 아네요, 저는 악마가 있다고 믿지 않아요."

그녀는 망설였다.

"그러면?"

"당신은 사람이 아니에요."

그녀가 격하게 말했다.

그녀는 나를 응시했다.

"당신은 죽은 사람이에요."

나는 그녀의 양어깨를 잡았고, 어쩌면 그녀를 으깨버리고 싶었다. 그리고 갑자기, 그녀의 눈 속에서 나를 보았다. 죽어 있는 나. 겨울도 꽃도 없는 사이프러스나무처럼 죽어 있는 나. 나는 그녀를 놓고 아무 말 없이 멀어져 갔다. 그녀는 긴 돌의자에 앉아 움직이지 않고 그대로 있었다. 그녀는 전쟁을 생각하던 안토니오를 생각하고 있었다. 그리고 나는 다시 혼자가 되었다.

몇 주 후, 앙주 공작 휘하의 군대를 지원받은 안토니오는 리벨라를 탈환했다. 그는 공격에 나서서 부상을 입었다. 승리를 축하하는 축제가 카르모나에서 준비되는 사이, 나는 그가 이송되어 있던 빌라나로 갔다. 나는 침대에 누워 있는 그를 보았다. 창백한 얼굴에 피골이 상접했고, 배가 찢어져 있었다.

"아버지, 제가 자랑스러우시죠?"

그가 미소 지으면서 말했다.

"그래."

내가 말했다.

나 역시 미소 지었지만, 화산이 내 가슴속에다 타오르는 용암을 뱉어내고 있었다. 배에 난 상처 하나로, 20년 동안의 정성, 20년 동안의 희망과 사랑이 무위로 되어버렸던 것이다.

"카르모나에서 사람들이 저를 자랑스러워하죠?"

"너의 승리를 축하하는 축제보다 더 아름다운 축제는 이탈리아 전체에 걸쳐 결코 없을 거다."

"제가 죽더라도 축제가 끝날 때까지 제 죽음을 숨겨주세요. 축제란 너무나 아름다워요!"

"약속하마."

그는 행복한 모습으로 눈을 감았다. 그는 영광스럽게 흡족해하며 죽었다. 마치 자신의 승리가 진정한 승리인 것처럼, 마치 승리라는 단어에 의미가 있는 것처럼 말이다. 그에게 미래란 위협이 없는 것이었고, 더 이상 미래도 없었다. 그는 죽었고, 그가 하고 싶었던 것을 했으므로, 그는 영원히 승리한 영웅이었다.

'그리고 나는 결코 끝낼 수 없겠지' 하고 나는 작열하는 하늘을 바라보면서 생각했다.

나는 약속을 지켰다. 다만 베아트리체 한 사람만 안토니오가 죽은 것을 알고 있었다. 그것도 모르고 주민들은 흥에 겨워 외쳤다. "카르모나 만세! 안토니오 포스카 만세!" 사흘 동안이나 축제 행렬이 시가를 누볐다. 중앙 광장에서 격투 경기가 열렸고, 도시의 교회 세 곳에서는 신비극을 공연했다. 산펠리체에서는 성령강림을 다룬 신비극을 공연하는 동안 성령의 타오르는 화염을 재현하던 불티들이 벽지에 떨어져서, 교회가 불탔다. 그러나 주민들은 무심하게 화재의 불기운을 바라보고만 있었다. 그들은 노래를 부르고 춤을 추었다. 가지 달린 촛대들이 불을 밝혀 벽마다 금빛 휘장을 늘어뜨린 광장을 비추었다. 불꽃놀이가 대리석 조각상들을 붉게 물들였다.

"불을 안 끄려나 봐요?"

엘리아나가 말했다.

그녀는 발코니에서 내 옆에 서 있었다. 내가 준 루비와 금 목걸이가 그녀의 호박색 목을 치장하고 있었다.

"그런 게 축제다. 카르모나에는 교회가 아주 많아."

내가 말했다.

그 교회를 짓는 데 30년이 걸렸다. 하룻밤 사이에 그것이 불타 버릴지 모르는데도 말이다. 누가 그런 것을 신경 쓰기나 했을까?

나는 휘황한 대응접실로 들어갔다. 수단 옷을 입고 빛나는 보석들로 치장한 남자들과 여자들이 춤을 추고 있었다. 리벨라에서 온 망명객들과 정복된 도시들에서 온 사절단이 앙주 공작의 대사들 주위 천개天蓋[29] 아래에 앉아 있었다. 프랑스 사람들은 거친 목소리로 얘기하고, 다른 사람들은 비굴하게 웃고 있었다. 춤추는 사람들 가운데에서 나는 베아트리체를 보았다. 그녀는 빨간 비단옷을 입고서 한 프랑스 전사와 함께 춤을 추고 있었다. 음악이 멈추었을 때, 나는 그녀 쪽으로 걸어갔다.

"베아트리체!"

그녀는 도전하듯 내게 미소를 지었다.

"난 그대가 방에 있는 줄 알았소."

"보시다시피, 내려와 있었어요."

"그대가 춤을 추다니!"

"저라고 안토니오의 승리를 축하해서는 안 되나요?"

"훌륭한 승리지. 구더기들이 그의 배를 먹는 중이니."

그녀가 낮은 목소리로 말했다.

"조용히 하세요."

그녀의 얼굴은 장작불처럼 타올랐다.

내가 말했다.

29. 실내의 왕좌나 제단 위에 지붕처럼 설치한 장식물로, 천으로 된 휘장이나 나무, 상아 등으로 조각한 닫집을 기둥으로 떠받치거나, 지붕에 매달아 늘어뜨렸다._옮긴이

"그대는 열이 있소. 왜 자신을 학대하는 거요? 그러다가 곧 울기라도 할 거요?"

"그는 승자로 죽었어요."

"그대도 그 아이만큼이나 눈이 멀었소. 저들을 보시오."

나는 그녀에게 무례한 얼굴에 손은 거칠고, 거침없는 웃음으로 방 안을 채우고 있는 프랑스 사람들을 가리켰다.

"바로 저들이 진짜 승자들이오."

"그래서요? 그들은 우리의 동맹이에요."

"너무도 강력한 동맹이오. 리벨라 항구는 저들에게 나폴리에 대항하기 위한 원정 기지로 쓰이게 될 거요. 그리고 그들이 나폴리를 정복하고 나면……."

"우리는 프랑스 사람들도 이길 수 있을 거예요."

베아트리체가 말했다.

"아니오."

내가 말했다.

한참 동안 침묵이 흐른 뒤 그녀는 말했다.

"당신께 부탁하고 싶은 게 하나 있어요."

나는 상심한 그녀의 작은 얼굴을 바라보았다.

"그건 처음이군……."

"제가 이곳에서 떠나도록 해주세요."

"어디로 갈 거요?"

"어머니와 함께 살러 가려고요."

"매일 빨래를 하고 젖소를 보살피겠다는 거요?"

"왜 안 되나요? 저는 이곳에 있고 싶지 않아요."

"내가 있다는 것이 그대에게 그렇게 견디기 어렵소?"

"저는 안토니오를 사랑했어요."

"그 아이는 그대 걱정을 하지도 않고 죽었소."

나는 격하게 말했다.

"그를 잊어요."

"안 돼요."

그녀가 말했다.

"어린 시절을 회상해보시오. 그대는 정말 삶을 좋아했소."

내가 말했다.

"바로 그래서예요."

"여기 남아 있어요. 그대가 원하는 모든 것을 내가 줄 것이오."

"저는 간절히 떠나고 싶어요."

"아, 고집불통이군! 그대가 거기서 어떤 삶을 살겠소?"

"그냥 삶이요. 당신 곁에서는 숨을 쉴 수 없다는 것을 대체 당신은 왜 이해하지 못하세요? 당신은 모든 욕망을 죽여버려요. 당신은 주고 또 주지만 당신이 주는 것은 그저 딸랑이 장난감에 불과해요. 어쩌면 그런 것 때문에 안토니오는 죽는 쪽을 선택했는지 몰라요. 당신은 그가 다른 식으로 살아가도록 내버려두지 않았던 거예요."

"그대의 어머니 집으로 가버리시오."

나는 화가 나서 말했다.

"그리고 거기서 아주 산송장으로 지내시오."

나는 발길을 돌려서 대사들이 있는 곳으로 걸어갔다. 앙주 공작이 보낸 사신이 내게 다가왔다.

"굉장한 축제입니다!"

"축제일 뿐이오."

내가 말했다.

나는 군데군데 메마른 장식 융단에 덮여 있던 오래된 벽이 생각났다. 카테리나는 모직 옷을 입고 수를 놓고 있었다. 이제 그 돌벽은 비단 벽지 아래로, 거울들 아래로 사라져버렸다. 남자들과 여자들은 비단과 금으로 된 옷을 입었지만, 마음의 갈증을 해소하지 못한 채 지내고 있었다. 엘리아나는 베아트리체를 증오하며 바라보았고, 다른 여자들은 엘리아나의 목걸이를 갈망했다. 남편들은 외국인들의 팔에 안겨 춤을 추는 자신들의 아내를 질투 어린 눈으로 바라보았다. 그들은 모두 야망, 혐오감, 원한에 물어뜯기고 있었고, 평범한 호사에는 무관심했다.

"피렌체 대사는 이제 안 보이는군."

내가 말했다.

"전령이 와서 대사한테 편지를 전했습니다. 그것을 읽더니 즉시 자리를 떠났습니다."

자코베 다티니가 말했다.

"아, 이제 전쟁이군."

내가 말했다.

나는 발코니로 나아갔다. 하늘에서 폭죽이 빛나고 있었고, 산펠리체 교회는 여전히 불타고 있었다. 주민들은 춤을 추었다. 그들은 카르모나가 큰 승리를 거뒀고 전쟁이 끝났기 때문에 춤을 추었으나, 전쟁은 막 시작되었던 것이다. 피렌체 사람들은 리벨라를 만초니에게 돌려주라고 내게 강요하고, 프랑스 사람들은 내게 그것을 금한다. 프랑스 사람들의 도움을 받아 피렌체를 정복하는 것은 그들에게 토스카나를 바치는 셈이었고, 그들에 대항해서 투쟁하는 것은 카르모나를 쇠망하게 하여 피렌체의 제물로 만드는 일이었다. 어느 멍에를 선택해야 하는가? 안토니오는 아무것도 아닌 것을 위해 죽었던 것이다.

사람들이 나를 향해 얼굴을 쳐들었다. 군중의 웅성거림이 한목소리가 되었다. "포스카 백작 만세!" 그들은 내게 환호했지만, 카르모나는 패배했다.

나는 쇠난간을 손으로 꽉 잡았다. 나는 몇 번이나 의기양양해서, 기쁨 속에서, 두려움 속에서 이 발코니에 서 있었던가? 그 많은 정열, 걱정, 희망이 무슨 소용 있었던가? 갑자기 더 이상 아무것도 중요하지 않았고, 평화도 전쟁도 이제 전혀 중요하지 않았다. 평화를 택한다면, 카르모나는 하늘 아래 커다란 버섯처럼 계속 변변치 못하게 지낼 테고, 전쟁을 택한다면, 사람들이 건설해놓은 것들은 내일 다시 건설되기 위해서 파괴될 터이다. 어쨌거나 춤추고 있는 이 모든 사람들은 곧 죽을 테고, 그들의 삶만큼이나 쓸데없는 죽음을 맞으리라. 산펠리체는 불타고 있었다. 나는 안토니오를 세상에 태어나게 했는데, 그는 세상 밖으로 나가버렸다. 내가 존재하지 않았다면 이 대지 위에서 아무것도 바뀌지 않았을지 모른다.

'그 수도사의 말이 옳았을까?' 나는 생각했다. '우리는 아무것도 할 수 없는 것일까?' 내 손이 오그라들고 있었다. 그러나 나는 실재하고 있었다. 내게는 머리, 두 팔, 그리고 내 앞에는 영원한 시간이 있었다.

"오! 신이여."

내가 말했다.

나는 주먹으로 이마를 때렸다. '분명 나는 할 수 있어. 또 뭔가를 할 수 있어.' 하지만 어디에서? 무엇을? 나는 자신의 권력을 증명하려고 도시 하나를 완전히 불태워 버리거나 모든 주민의 목을 쳐버리는 폭군들이 이해되었다. 그러나 그들이 죽이는 것은 이미 죽음을 선고받은 사람들일 뿐이고, 그들은 그저 앞으로 폐허가 될 미래를 파괴할 뿐이다.

나는 몸을 돌렸다. 베아트리체는 벽에 등을 기대고서 고정된 눈으로 허공을 바라보고 있었다. 나는 그녀 쪽으로 걸어갔다.

"베아트리체, 나는 그대를 내 아내로 삼기로 막 맹세했소."

내가 말했다.

"안 돼요."

그녀가 말했다.

"난 그대를 지하 감옥에 던져버릴 것이고, 그대가 동의할 때까지 그대는 거기에서 지내야 할 거요."

"당신은 그런 일은 하지 않으실 거예요."

"그대는 나를 잘 모르오. 나는 그렇게 할 거요."

그녀는 뒤로 물러서며 떨리는 목소리로 말했다.

"당신은 제가 행복하기를 바란다고 하셨잖아요."

"나는 그것을 원하고, 그대의 생각에 상관없이 그렇게 할 거요. 나는 안토니오가 자기 삶의 주인이 되도록 내버려두었소. 그런데 그는 그것을 잃었고, 아무것도 아닌 것을 위해 죽었소. 나는 그런 실수를 다시 하진 않을 거요."

♦

전쟁이 다시 시작되었다. 나는 강대한 동맹에 대항해서 싸움을 개시하기에는 너무 힘이 약해서 페렌체의 리벨라 반환 요구를 거절해야 했고, 피렌체 사람들은 곧바로 내 영토의 국경에 위치한 몇몇 성을 포위 공격했다. 그들은 기습적으로 몇몇 요충지를 쟁취했고, 우리는 기습적으로 그 장수들을 몇몇 매복지로 유인했다. 나의 군대에는 프랑스 사람들이 복무하고 있었고, 피렌체 사람들은 스트라디오티[30] 경기병 800명을 고용했다. 전투는 과거보다 더 혈전이었다. 이 외국인 병사들은 죽이거나 죽임을 당했지 포로를 요구하지도 않았고 포로가 되지도 않았다. 그러나 결과는 마찬가지로 불확실한 상태였다. 5년이 지나도 피렌체가 우리를 끝장낼 기회는 없어 보였고, 카르모나가 피렌체로부터 해방될 것 같아 보이지도 않았다.

"이 상태가 20년은 더 갈 수 있어. 그리고 승자도 패자도 없게 될 거요."

내가 말했다.

"20년이요."

베아트리체가 말했다.

그녀는 내 집무실에서 내 곁에 앉아 창밖의 저녁을 바라보고 있었다. 그녀는 두 손바닥을 무릎에 올려놓고 있었다. 그녀는 손가락에 결혼반지를 끼고 있었지만, 내 입술은 그녀의 입술에 닿아본 적이 없었다. 20년……. 그녀는 전쟁에 대해 생각하고 있지 않았다. 그녀는 생각하고 있었다. '20년 후면 나는 거의 쉰 살이 되는구나.' 나는 일어나서 창을 등졌다. 나는 이 황혼의 빛깔을 더 견뎌낼 수 없었다.

"들리세요?"

그녀가 말했다.

"그렇소."

30. 발칸 반도 출신 용병대._옮긴이

나는 거리에서 노래 부르는 여자의 소리를 듣고 있었고, 또한 내 심장을 부풀게 하는 똑같이 무미한 액체가 베아트리체의 심장 속에서 출렁이는 소리도 듣고 있었다.

"베아트리체!"

나는 불쑥 말했다.

"당신이 나를 사랑하기란 정말로 불가능하오?"

"그 얘기는 하지 말죠."

그녀가 말했다.

"당신이 나를 사랑한다면 모든 것이 달라질지 모르오."

"당신을 증오하지 않게 된 지는 참 오래됐어요."

"그러나 당신은 나를 사랑하지 않잖소."

내가 말했다.

나는 빛바랜 커다란 거울 앞에 우뚝 섰다. 주름살 없는 단단한 얼굴, 한창 나이의 남자, 이 근육질의 몸은 결코 지치지 않았고, 나는 이 시대의 남자들보다 더 키가 크고 건장했다.

"내가 그렇게나 괴물이오?"

내가 물었다.

그녀는 대답하지 않았다. 나는 그녀의 발치에 앉았다.

"하지만 내가 보기에 우리는 서로를 이해하고 있소. 내가 보기에 나는 당신을 이해하고, 당신은 나를 이해하는 것 같소."

"그야 그렇죠."

그녀는 손가락 끝으로 내 머리를 가볍게 만졌다.

"그러면? 나한테 무엇이 부족하오? 당신이 안토니오에게서 사랑하던 것을 나한테서는 찾아낼 수 없는 거요?"

그녀는 손을 치웠다.

"그래요."

"나도 아오. 그 애는 미남이었고, 관대했고, 용감했고, 자부심이 강했소. 이런 미덕 중 그 어떤 것도 나는 갖고 있지 않소?"

"당신은 그것들을 가지고 있는 것 같아요……."

"그런 것 같다고……. 내가 사기꾼이오?"

"그건 당신의 잘못이 아니죠. 이제 나는 그것이 당신의 잘못이 아니라는 것을 이해하고, 더 이상 당신을 싫어하지 않아요."

"설명해보시오."

"그게 뭐 대수겠어요?"

"나는 알고 싶소."

"안토니오가 호수에 빠졌을 때, 그가 앞장서서 공격했을 때, 나는 그가 생명의 위험을 무릅쓰고 감행했기 때문에 감탄했어요. 그러나 당신에게 용기란 무엇이죠? 나는 그의 관대한 성격을 좋아했어요. 당신은 계산하지도 않고 재산, 시간, 수고를 주지만, 당신이 희생하는 것은 결코 아무것도 아닌 것이 될 만큼 당신이 살아야 할 인생은 무수하게 많아요. 나는 그의 자부심도 좋아했어요. 다른 모든 사람들과 같으면서 자기 자신이 되기를 선택한 사람, 그 점이 아름다운 거죠. 당신은 말이죠, 예외적인 존재이고, 당신은 그것을 알아요. 그것이 나한테 와 닿지 않아요."

그녀는 분명한 목소리로 증오심이나 동정심 없이 이야기했고, 그녀의 말을 통해서 갑자기 나는 과거의 한 목소리, 오랫동안 잊었던 목소리가 말하는 것을 들었다. '마시지 마!'

"그래서 내가 한 어떤 일도, 내 존재의 어떤 것도, 내가 불멸하는 인간이기 때문에 당신의 눈에는 값어치가 없는 것이오?"

내가 물었다.

"네, 바로 그거예요."

그녀는 내 팔에 손을 얹었다.

"저 여자가 노래하는 것을 들어봐요. 만일 저 여자가 언젠가 죽을 사람이 아니라면 저 노래가 그렇게 감동적일 수 있을까요?"

"이게 그러니까 저주인 거요?"

내가 물었다. 그녀는 대답하지 않았다. 대답할 말이 없었다. 그것은 저주였다.

나는 벌떡 다시 일어나서 베아트리체를 팔에 안았다.

내가 말했다.

"하지만 나는 여기 있소. 나는 살아 있고, 당신을 사랑하며 고통스러워하고 있소. 앞으로 영원한 시간 속에서 나는 두 번 다시 당신을 만나지 못할 거요. 결코 만날 수 없을 거요."

"라이몬도!"

이번에는 그녀의 목소리에 동정심, 어쩌면 애정도 있었다.

"나를 사랑하려 해봐요. 그래 봐요."

내가 말했다. 나는 그녀를 가슴에 꽉 안았고, 그녀가 내 팔에 자신을 맡겨버리고 있다는 것을 느꼈다. 나는 내 입술로 그녀의 입술을 짓눌렀다. 그녀의 젖가슴이 내 가슴에서 떨고 있었다. 그녀의 손이 허리를 따라 미끄러졌다.

"안 돼요. 안 돼요."

그녀가 말했다.

"사랑해. 한 남자가 한 여자를 사랑하듯이 너를 사랑해."

내가 말했다.

"안 돼요."

그녀는 떨고 있었다. 그녀는 몸을 빼내고는 중얼거렸다.

"용서하세요."

"왜?"

"당신의 몸은 나를 무섭게 해요. 당신의 몸은 다른 부류예요."

"내 몸도 당신의 것처럼 살로 되어 있소."

"아니에요."

그녀의 눈에 눈물이 괴었다.

"이해 못 하세요? 나는 결코 썩지 않을 손으로 애무되는 것을 견딜 수가 없어요. 그것은 나를 부끄럽게 해요."

"차라리 그것이 당신을 두렵게 한다고 말해요."

"마찬가지예요."

그녀가 말했다.

나는 내 손을 보았다. 저주받은 손. 나는 이해했다.

"나를 용서해주오. 200년이 지났어도 나는 아직 아무것도 이해하지 못했던 거요. 이제 나는 알게 되었소. 베아트리체, 당신은 자유요. 만일 여기서 떠나고 싶으면, 떠나시오. 그리고 언젠가 당신이 한 남자를 사랑하게 되면, 후회 없이 그를 사랑해주오."

나는 되풀이했다.

"당신은 자유요."

"자유라고요?"

그녀가 말했다.

♦

10년 동안이나 더 방화, 약탈, 학살이 우리 국경을 유린했다. 이 시기가 지나자, 프랑스 왕인 샤를 8세가 나폴리 왕국의 왕위 계승권을 주장하기 위해 이탈리아로 왔다. 피렌체는 그와 동맹을 맺기로 했고, 샤를 8세는 피렌체와 우리 사이에 중재자로서 개입했다. 우리는 우리의 적에게 과중한 조공을 바치는 조건으로 리벨라를 지켰다.

여러 해 전부터 나는 프랑스 사람들의 보호에 예속되지 않을 수 없었다. 그러나 나는 이탈리아가 그들의 학정에 복종하고, 내란과 무정부 상태의 온갖 혼란에 내맡겨진 것을 절망스레 보고 있었다. '이건 내 잘못이야.' 나는 씁쓸하게 생각했다. 만일 내가 예전에 카르모나를 제노바 사람들에게 넘겨주었다면, 제노바는 아마 토스카나 지방 전체를 지배하는 데 성공했을 테고, 외국인들의 침입도 장벽에 부딪혀 분쇄되었을 것이다. 바로 나의 편협한 야망과 작은 도시 각각의 야망 때문에 이탈리아 전체가 프랑스나 영국, 또 바로 얼마 전에 통일한 에스파냐처럼 단일 국가로 구성되는 길이 막혔던 것이다.

"아직 시간은 있습니다."

바렌치가 내게 열정적으로 말했다.

그는 유명한 학자로서 《이탈리아 도시들의 역사》의 저자였는데, 우리의 불행한 나라를 구원해달라고 내게 간청하러 카르모나에 왔다. 그는 이탈리아 여러 국가들을 큰 연방으로 통합하여 내가 그 복잡한 이해관계를 관리할 것을 간곡히 청했다. 그는 먼저 피렌체에 희망을 걸었지만, 사보나롤라에 의해 광신적인 신자가 된 '속죄자들' 파당은 기도의 힘 외의 다른 힘은 기대하지 않았고, 오로지 자기 도시의 이기적인 영광만을 위해서 기도하고 있었다. 그래서 바렌치는 내게로 돌아섰다. 15년 동안의 전쟁으로 국력이 줄어들어 카르모나가 아무리 약해졌다 하더라도, 내가 보기에 그의 계획이 망상만은 아니었다. 이탈리아가 빠져든 불확실한 무정부 상태에서 이탈리아의 운명을 바꾸는 데는 확고한 결심이 선 한 사람이면 충분했다. 샤를 8세가 체념에 빠져 나폴리를 포기하고 다시 알프스를 건너가려고 했을 때, 나는 행동하기로 결정했다. 나는 약속한 원조금을 지불함으로써 피렌체와 동맹 관계를 확실히 하고 나서, 베네치아와 협상을 개시했다. 그러나 밀라노 공작이 나의 계획에 대한 소문을 들었다. 자신이 수장이 될 수 없는 동맹 세력의 존재가 꺼림칙했던 그는 로마의 왕인 조카 막시밀리안[31]에게 대사를 보냈다. 공작은 조카에게, 이탈리아 전체에 황제의 옛 권위를 다시 세우기 위해 밀라노에서는 롬바르디아의 왕관을, 로마에서는 제국의 왕관을 쓰라고 권유했다. 한편 공작은 그때 알프스를 다시 넘어갈 결심을 하고 있다고 여겨지던 프랑스 왕에게 원군을 청하겠다고 위협하면서, 베네치아에 압력을 가했다. 그리하여 베네치아 사람들은 결국 막시밀리안에게 사절을 보내 그를 돕기로 약속하고 말았다.

막시밀리안은 이탈리아에 들어왔고, 그때 토스카나의 모든 작은 도시 주민들은 그가 피렌체와 카르모나의 패권에 종지부를 찍어주기를 바라며 그의 동맹국이 되기를 자처했다. 그는 리보르노 앞에 진을 치고서 육지와 바다로 그곳을 공격했다. 이 소식을 접하자 카르모나는 끔찍한 불안에 잠기게 되었다. 시기심 많은 이웃들의 증오와 밀라노 공작의 경계심으로 말미암아 만일 막시밀리안이 이탈리아의 주인이 된다면, 우리에게는 독립을 지킬 수 있는 어떠한 기회도 남지 않게 될 것이었다. 바야흐로 리보르노가 포위되었

31. 독일·오스트리아를 지배하던 합스부르크 왕조의 막시밀리안 1세(1459-1519)._옮긴이

으므로 토스카나 전체가 그의 수중에 들어 있었다. 물론 피렌체 사람들은 리보르노 항구에 많은 수비대와 수많은 대포를 보냈고, 최근에 새로운 시설로 요새화해두기는 했다. 그러나 막시밀리안은 베네치아 함대와 밀라노 군대의 후원을 받고 있었다. 말 400마리와 그만큼의 독일군 보병들이 체치나 강 건너편 마렘마[32]에 침입했다는 소식이 들렸을 때, 그리고 그들이 발갱Balghein의 큰 마을을 점령했다는 소식이 들렸을 때, 막시밀리안의 승리는 확실해 보였다. 우리의 유일한 희망은 샤를 8세가 피렌체의 영주에게 약속한 군단과 밀 6000자루를 지체 없이 보내주는 것이었다. 그러나 오래전부터 우리는 프랑스 사람들의 말을 믿지 말아야 한다는 것을 알고 있었다.

"우리의 운명이 결정되는 중이고, 그것도 우리와 관계없이 결정되고 있다는 뜻이군!"

내가 말했다. 유리창에 이마를 붙인 채, 나는 전령들이 도착하는지 도로 모퉁이를 살피고 있었다.

"그 생각은 이제 그만하세요. 생각해봐야 아무 소용이 없어요."

베아트리체가 말했다.

"나도 아오. 그러나 생각이야 어찌 막을 수 있겠소."

내가 말했다.

"오! 그렇지 않아요. 하느님의 은총으로, 막을 수 있어요!"

나는 수그린 그녀의 목덜미, 통통한 그녀의 목덜미를 보았다. 그녀는 붓, 안료 가루와 양피지로 뒤덮인 탁자 앞에 앉아 있었다. 그

32. 이탈리아 서해안 중부에 길게 이어진 저지대. 리보르노 남쪽으로 로마까지 티레니아 해안을 따라 펼쳐진다._옮긴이

녀는 아름다운 검은 머리를 그대로 간직하고 있었으나 얼굴에 살이 쪘고, 전체적으로 무거워졌다. 그녀의 불같은 눈도 꺼져 있었다. 한 남자가 한 여자에게 줄 수 있는 모든 것을 나는 그녀에게 주었고, 그녀는 필사본을 채색하며 나날을 보내고 있었다.

"그 붓들을 내려놓으시오."

내가 불쑥 말했다.

그녀는 머리를 들고 놀라서 나를 바라보았다.

"나와 함께 전령들을 맞이하러 갑시다. 신선한 공기를 마시는 게 그대한테도 좋을 거요."

내가 말했다.

"말을 타지 않은 지 너무나 오래된걸요."

그녀가 말했다.

"그러니까 말이오. 당신은 아예 외출을 안 하잖소."

"전 여기가 아주 좋아요."

나는 방을 가로질러서 몇 걸음 걸었다.

"당신은 왜 이렇게 사는 길을 택했소?"

내가 물었다.

그녀는 느린 목소리로 말했다.

"제가 택했나요?"

"나는 당신에게 모든 자유를 주지 않았소."

내가 힘주어 말했다.

"그래서 저는 당신을 전혀 탓하지 않아요."

그녀는 다시 채색 필사본에 몸을 기울였다.

"베아트리체, 안토니오가 죽고 나서 당신은 결코 사랑을 해본 적이 없소?"

"그래요."

"안토니오 때문이오?"

잠시 침묵이 흐른 뒤에 그녀가 말했다.

"저도 모르겠어요."

"왜?"

"제 생각에, 저는 사랑할 능력이 없었어요."

"내 잘못이오?"

"왜 자신을 학대하세요? 당신은 생각이 너무 많아요. 지나치게 너무 많아요."

갑자기 그녀는 내게 미소를 지었다.

"저는 불행하지 않아요."

그녀가 명랑한 목소리로 말했다.

다시 나는 유리창에 이마를 대고 '그녀의 운명이 그녀와 관계없이 결정되었고, 내 운명도 나와 관계없이 결정되고 있어'라는 생각을 하지 않으려고 애썼다. 그러나 자꾸만 생각이 떠오르는 것을 막을 수 없었다. '어쩌면 막시밀리안이 이미 리보르노에 왔는지도…….' 나는 돌연 방을 나와, 말을 타고 교차로까지 달려갔다. 한 무리 군중이 걸어서 혹은 말을 타고 그곳에 와 있었다. 그들은 해자 기슭에 앉아서, 바다 쪽에서 오는 길을 삼킬 듯이 응시하고 있었다. 나는 교차로를 지나서 달려갔다. 내가 전령을 만났을 때, 그는 내게 카스타네토가 항복했고, 빌로나도 항복할 채비를 하고 있다는 소식을 알려주었다.

그날 저녁에는 아무도 식사를 하지 않았다. 베아트리체와 바렌치는 나와 함께 내 집무실에 틀어박혀 있었고, 우리는 다시 말이 달려오는지를 살폈다. 나는 이마를 유리창에 붙인 채 빈 도로를 살피며 가만히 있는 것 외에는 이 지상에서 더 할 일이 아무것도 없다고 느끼고 있었다.

“오늘 저녁에 리보르노가 점령될 거요.”

내가 말했다.

“무슨 바람이 이렇죠!”

어두운 목소리로 바렌치가 말했다.

나무 우듬지들이 미친 듯이 흔들리고 있었다. 바람이 도로에서 먼지 소용돌이를 일으켰고, 하늘은 납덩이같았다.

“바다의 파도가 높습니다.”

그가 다시 말했다.

“그래. 우리는 아무런 도움도 기대할 수 없겠네.”

내가 말했다.

도로는 비어 있었다. 저 먼 도로들은, 지나치는 마을마다 온 주민을 학살하면서 투구 깃털을 바람에 날리며 리보르노를 향해 전진하는 용병들로 덮여 있었고, 독일군의 대포들이 항구를 포격하고 있었다. 풍랑이 심한 바다는 우리 앞의 도로처럼 비어 있었다.

“그는 카르모나를 밀라노 공작한테 넘겨줄 거요.”

내가 말했다.

“이 정도의 도시는 죽을 수 없어요.”

베아트리체가 열의를 담아 말했다.

“이 도시는 이미 죽었소.”

내가 말했다.

나는 이 도시의 수장이었는데, 내 손은 내 몸을 따라 무기력하게 늘어뜨려져 있었다. 저쪽에서는 외국 대포들이 이방 도시를 포격하고 있었다. 포탄마다 카르모나의 심장을 적중시켰고, 카르모나는 방어를 위해 아무것도 할 수 없었다.

밤이 되었다. 우리는 더 이상 도로를 눈으로 분별할 수 없었고, 바람이 부르짖어대는 통에 어떤 소리도 알아들을 수 없었다. 나는 이제 창밖을 내다보고 있지 않았다. 나는 전령이 나타날 문을 바라보았고, 그의 발소리를 들으려 귀를 기울였다. 그러나 밤이 지나도록 문은 열리지 않았다. 베아트리체는 가슴에 두 손을 포개어 얹고 머리는 똑바로 하고 품위 있게 잠들어 있었다. 바렌치는 명상에 잠겼다. 긴 밤이었다. 시간은 어느 누구의 손도 돌려세우지 않은 파란 모래시계의 밑바닥에서 움직이지 않고 있었다.

나는 내가 카르모나를 위해 투쟁했던 그 모든 해, 2세기를 회상하고 있었다. 나는 두 손에 카르모나의 운명을 쥐고 있다고 믿었다. 나는 피렌체에 대항해서, 제노바에 대항해서 카르모나를 지켰고, 영지의 앞날을 걱정했고, 시에나와 피사를 정탐했고, 밀라노에 첩자들을 보냈다. 그리고 프랑스와 영국 사이에 벌어졌던 전쟁에 대해, 부르고뉴 궁정의 사건들이나 독일 선제후들 사이의 갈등에 대해 걱정하지 않았다. 멀리서 일어난 이러한 전쟁, 분쟁, 협상 들이 내게는 무력하고 무지한 오늘 밤이라는 결과가 되었고, 카르모나의 운명이 온 세계를 거쳐서 결정된다는 것은 의심할 여지가 없었다. 카르모나의 운명은 이 시간에 풍랑이 심한 바다에서, 독일군의 야영지에서, 피렌체의 병영 사이에서, 그리고 알프스 산맥 저쪽, 프랑스 왕의 경박하고 신의 없는 마음속에서 결정되고 있었다. 그리고 카르모나에서 일어나고 있는 그 어떤 것도 더 이상 카르모나와 관계가 없었다. 새벽이 되었을 때, 모든 희망처럼 모든 걱정도 내게서 죽어 있었다. 그 어떤 기적도 이제 내게 승리를 가져다줄 수 없었다. 카르모나는 이제 내게 속하지 않았다. 그리고 쓸데없이 기다리고 있다는 부끄러움 속에서 나는 더 이상 나 자신이 아니었다.

정오 무렵이 되어서야 기병 하나가 도로 모퉁이에 나타났다. 리보르노는 구출되었다. 궂은 날씨에도 군함 여섯 척, 밀과 군인들을 실은 큰 범선 두 척을 거느린 프랑스군 함대가 항구에 도착했던 것이다. 바람이 강했기 때문에 제노바와 베네치아의 함대는 멜리나 연안에 대피하지 않으면 안 되었으므로, 프랑스군은 상륙하기 위해 전투를 벌일 필요도 없이 리보르노 항구에 돛을 활짝 펴고 들어왔다.

며칠 후 폭풍우가 황제의 함대를 덮쳐, 막시밀리안이 신과 싸우는 동시에 인간들과 싸울 수는 없다고 선언하고 군대를 피사로 회군시켰다는 소식이 들렸다. 나는 이 소식을 무심하게 듣고 있었다. 그것은 더 이상 나와 무관한 일 같아 보였다.

"베네치아와 다시 협상을 터야 합니다. 막시밀리안은 돈이 부족해요. 만일 베네치아가 그에게 원조금을 거절한다면, 그는 이탈리아를 포기할 겁니다."

바렌치가 말했다.

다른 참모들도 이 말을 인정했다. 그들은 과거에는 이렇게 말했다. '카르모나의 행복, 카르모나의 구원.' 그런데 이제 나는 듣고 있었다. '이탈리아의 행복, 이탈리아의 구원.' 언제부터 저들이 이런 이야기를 했지? 몇 시간 전부터 혹은 몇 년 전부터? 그사이에 그들의 옷이 바뀌고, 얼굴들이 바뀌었지만, 항상 똑같은 절제된 목소리, 똑같이 코앞의 미래에 못 박힌 엄숙한 눈빛이었고, 거의 항상 같은 말이었다. 가을의 햇빛이 탁자를 황금빛으로 물들이며 내 손으로 끊어버린 사슬 위에서 놀고 있었다. 정확히 이 순간을 이미 겪었던 것 같다는 생각이 들었다. 백 년 전일까? 한 시간 전일까? 혹은 꿈속에서일까? 나는 생각했다. '내 삶의 이런 맛은 결코 변하지 않을까?' 그리고 나는 불쑥 말했다.

"토론은 내일 다시 할 거요. 회의를 끝내겠소."

나는 집무실 문을 넘어섰고, 말에 안장을 얹으려 내려왔다. 이 궁전 안에서는 숨이 막혔던 것이다! 나는 높고 희었던 성벽이 누렇게 되어버린 새 길에 들어섰다. 백 년 안에 내가 다시 이 벽을 보게 될까? 나는 말에 박차를 가했다. 카르모나에서는 숨이 막혔다.

나는 한참 동안 벌판을 가로질러 달렸다. 하늘이 내 머리 위로 달아났고, 내 아래에서 땅이 튀어 올랐다. 나는 내 얼굴 위의 이 바람과 내 심장 속의 이 고요함과 함께 이렇게 영원히 달리고 싶었다. 그러나 말의 옆구리가 땀으로 젖었을 때, 새로이 내 목 안 깊숙한 곳에서 말들이 떠올랐다. '카르모나는 또다시 구출되었어. 이제 나는 무엇을 하지?'

나는 언덕으로 오르는 길로 들어섰다. 그 길은 구불구불한 오르막이었고, 조금씩 눈앞에 벌판 전체가 펼쳐져 보였다. 저기 오른쪽 바다가 있는 곳에서 이탈리아가 멈춰 있었다. 이탈리아는 내 주위의 눈에 보이지 않는 곳까지 온통 펼쳐져 있었지만 바닷가와 산기슭에서 멈춰 있었다. 정성과 인내로써 10년 혹은 20년 안에 이탈리아가 내 통치 아래 놓이게 될지도 모르지. 그리고 어느 날 밤 내 쓸모없는 두 손은 내 몸을 따라 늘어뜨려지게 되리라. 눈은 먼 지평선에 고정하고, 산과 바다 건너편에서 전개되는 사건들의 메아리를 예의 주시하면서 말이야.

'이탈리아는 너무 좁아.' 나는 생각했다.

나는 말을 세우고 땅에 발을 디뎠다. 나는 변치 않는 풍경을 관망하면서 이 꼭대기에 서 있던 적이 많았다. 그러나 문득, 내가 몇 시간 전에 꿈꾸었던 것이 막 이루어졌다는 느낌이 들었다. 내 입안에 그동안 몰랐던 맛이 났다. 대기가 떨리고 있었고, 주위의 모든 것이 새로웠다. 바위산 위에 높이 자리한, 햇빛에 붉게 물든 여덟 탑으로 둘러싸인 카르모나는 그저 커다란 버섯에 불과했다. 그리고 카르모나 주위를 둘러싼 이탈리아는 벽이 무너진 감옥이었다.

저기 저편에는 바다가 있지만, 세계는 바닷가에서 멈춰 있지 않았다. 흰 돛을 단 배들이 에스파냐 쪽으로, 그리고 에스파냐보다 더 멀리 신대륙을 향하여 물을 헤치고 나아가고 있었다. 그 미지의 땅에서는 홍인紅人[33]들이 태양을 숭배하고 도끼질을 하며 싸웠다. 그리고 그 땅 저편에는 다른 대양과 다른 땅이 있고, 세계는 그 어디에서도 멈춰 있지 않았다. 세계의 밖에는 아무것도 존재하지 않았다. 세계는 자기 운명을 자기 심장 속에 지니고 있었다. 그리고 내가 지금 있는 곳은 이제 카르모나나 이탈리아의 맞은편이 아니라, 단일하고 한없이 광활한 세계의 한복판이었다.

나는 말을 달려서 급히 언덕을 내려갔다.

베아트리체는 자기 방에서 양피지 조각 위에 붉은색과 황금색으로 당초문을 그려 넣고 있었다. 그녀의 곁에는 장미가 가득 담긴 항아리가 놓여 있었다.

"아! 그래 당신의 참모들은 뭐라고 말해요?"

그녀가 말했다.

"어리석은 얘기들이오."

내가 활기차게 말했다.

33. 아메리카 원주민들을 말한다._옮긴이

그녀는 놀라서 나를 바라보았다.

"당신에게 작별 인사를 하러 왔소, 베아트리체."

"어디로 떠나려고요?"

"피사. 나는 막시밀리안과 합류할 거요."

"그에게서 뭘 바라는 거죠?"

나는 항아리에서 장미꽃 한 송이를 잡고 손으로 그것을 짓이겼다.

"난 그에게 말할 거요. '카르모나는 내게 너무 작고, 이탈리아는 너무 작습니다. 적어도 온 세계에 군림하지 않고는 아무 일도 할 수 없습니다. 나를 신하로 받아주십시오, 나는 당신에게 세계를 드릴 겁니다'라고 말이오."

베아트리체가 벌떡 일어섰다. 그녀는 아주 창백했다.

"전 이해가 안 돼요."

그녀가 말했다.

"내 이름으로 통치하거나 다른 사람의 이름으로 통치하거나, 나한테는 별로 중요하지 않소. 나한테 주어진 것이 바로 이 기회이기 때문에 나는 그것을 잡으려는 거요. 나는 합스부르크가의 운명에 나를 묶을 거요. 어쩌면 결국 내가 해낼지 모르지."

내가 말했다.

"당신은 카르모나를 버릴 거예요?"

그녀의 눈에서 불꽃이 다시 소생했다.

"당신이 말하고 싶은 것이 바로 그건가요?"

"당신은 내가 영원토록 카르모나에서 억눌려 지내리라고 생각하오? 카르모나가 대체 뭐요? 나는 벌써 오래전부터 이곳에 있지 않았소."

내가 말했다.

"당신은 그럴 수 없어요!"

그녀가 말했다.

"나도 아오. 바로 이 도시를 위해서 안토니오가 죽었지."

내가 말했다.

"이건 당신의 도시예요. 당신이 수없이 구해냈고, 당신이 2세기 동안 통치했던 도시라고요. 당신은 당신의 주민들을 배신하지 못해요."

"나의 주민들이라! 주민들은 수없이 죽었소! 어떻게 그들과 연결되어 있다고 내가 느낄 수 있겠소. 그들은 결코 같은 사람들이 아니오."

나는 그녀에게 다가가서 그녀의 손을 잡았다.

"잘 있어요. 내가 떠나면 어쩌면 당신은 삶을 다시 시작할 수 있을 거요."

단번에 그녀의 눈빛이 꺼졌다.

"그러기에는 너무 늦었어요."

그녀가 말했다.

나는 통통한 그녀의 얼굴을 회한에 차 바라보았다. 만일 내가 그토록 강압적으로 그녀의 행복을 원하지 않았다면, 그녀는 사랑하고, 고통스러워하며, 살아갔을 것이다. 나는 안토니오를 잃어버린 것보다 더 확실하게 그녀를 잃었던 것이다.

내가 말했다.

"나를 용서하오."

나는 그녀의 머리카락에 가볍게 입맞춤했다. 그러나 이미 그녀는 수백만 다른 여자들 중 한 여자에 불과했다. 애정과 후회는 지나간 것의 맛이 났다.

밤이 되었다. 차가운 공기가 강에서 올라왔다. 가까운 식당에서 그릇 소리와 사람들의 음성이 들려왔고, 레진은 조금 전에 종탑에서 일곱 시를 울린 것을 떠올렸다. 그녀는 포스카를 바라보았다.

"그리고 당신은 다시 시작할 힘이 있었나요, 여전히?"

"삶이 매일 아침 다시 시작되는 걸 막을 수가 있겠어요?"

포스카가 말했다.

"언젠가 저녁에 우리가 한 이야기를 기억하죠? 아무리 안다 해도 어쩔 수 없이 심장은 여전히 뛰고, 손은 내밀어지고……."

"그리고 머리를 빗는 중인 자신을 다시 보게 되죠."

레진이 말했다.

그녀는 자신의 주위를 돌아보았다.

"당신은 내일 내가 여전히 머리를 빗고 있을 거라고 생각하나요?"

"그럴 것 같은데요."

그가 말했다.

그녀는 일어섰다.

"우리 이곳에서 나가요."

그들은 함께 여관 밖으로 나왔고, 포스카가 물어보았다.

"어디로 갈까요?"

"아무 데나요."

그녀는 길을 가리켰다.

"계속 이 길을 따라갈 수 있죠, 안 그래요?"

그녀는 웃었다.

"심장은 뛰고, 한 발 한 발 내딛는 거죠. 길은 끝이 없고요."

그들은 한 발 한 발 앞으로 내디디면서 걸었다. 그녀가 물었다.

"베아트리체가 어떻게 되었는지 정말 알고 싶군요."

"그녀가 어떻게 되었기를 바라나요? 그녀는 언젠가 죽었고, 그게 다예요."

"그게 다라고요?"

"그 이상 아무것도 몰라요. 내가 카르모나에 다시 돌아갔을 때 그녀는 그곳을 떠나고 없었어요. 게다가 아무것도 알아야 할 게 없었죠. 그녀는 죽었어요."

"모든 이야기는 늘 행복한 결말로 끝나요."

레진이 말했다.

제2부

먼지 자욱한 아르노 부두 위, 독일 병사들이 피사 사람들의 머리를 내려다보며 그들 한가운데를 묵직한 걸음으로 행진하고 있었다. 메디치의 옛 궁전은 독일 병사들의 박차 소리와 장화 소리로 가득 채워졌다. 나는 한참 동안 기다렸다. 기다리는 데 익숙하지 않던 내가 말이다. 이어서 한 호위병이 황제가 앉아 있는 집무실로 나를 안내했다. 황제는 금발이었는데 머리카락이 뻣뻣해서 귀 아래까지 곧게 뻗어 있었고, 코는 크고 납작했다. 그는 마흔 살쯤 되어 보였다. 그는 정중한 동작으로 내게 자리를 권했다. 황제가 호위병들을 물러가도록 했고, 우리 둘만 남았다.

"포스카 백작, 그대를 꽤 만나보고 싶었소."

그는 호기심 어린 눈으로 나를 응시했다.

"그대에 대한 소문이 사실이오?"

"분명 사실입니다. 오늘까지는 제가 늙음과 죽음을 이겨내도록 신이 허락해주었습니다."

그는 자랑스럽게 말했다.

"합스부르크가 역시 불멸하오."

"예, 바로 그런 까닭에 합스부르크가가 세계를 소유해야 합니다. 영원과 어울리는 것은 온 세계뿐입니다."

내가 말했다.

그는 미소 지었다.

"세계는 넓소."

"영원은 깁니다."

그는 교활하고 의심 많은 눈초리로 말없이 나를 살펴보았다.

"나한테 무엇을 청하러 온 거요?"

"카르모나를 드리려고 왔습니다."

그가 웃었다. 나는 그의 하얀 이를 보았다.

"그 선물은 상당한 대가를 치르게 하지 않을까 걱정되는데."

"아무 대가도 없을 겁니다. 그곳을 다스린 지 어느덧 2세기나 되어 싫증이 난 겁니다. 제가 당신의 조력자가 되도록 허락하시기를 바랄 뿐입니다."

"그럼 아무런 교환 조건도 내걸지 않겠다는 거요?"

"제가 사람한테서, 설령 그 사람이 황제라 할지라도 받을 수 있는 게 뭐가 있겠습니까?"

내가 말했다.

그가 어찌나 당황해 보였는지 나는 그가 가여울 정도였다.

"이탈리아는 곧 프랑스 왕이나 당신의 사냥감이 되어야 할 운명입니다. 제 관심사는 이제 이탈리아가 아니라, 온 세계입니다. 저는 단 한 사람의 손에 그것이 모이게 되기를 바라는 바입니다. 그도 그럴 것이 그럴 때만 그 손을 다루는 것이 가능해질 것이기 때문입니다."

"그러나 어째서 세계를 내 손에 모으도록 돕겠다는 거요?"

"뭐 어떻습니까! 당신 자신도, 아들을 위해 투쟁하고 있는 거 아닙니까? 아직 태어나지도 않은 손자를 위해서, 당신이 결코 알지 못할 그의 자식들을 위해서 그러는 거 아닌가요?"

"내 자손이 관련된 문제이기는 하오."

"그런 것과 그다지 차이가 없는 일입니다."

그는 아이처럼 낑낑대는 모습으로 고민에 빠졌다.

"제가 당신께 제 성과 요새를 넘기면, 당신이 피렌체를 차지하는 데 방해될 것은 더 이상 아무것도 없습니다. 피렌체가 정복되면, 이탈리아 전체가 당신 겁니다."

내가 말했다.

"이탈리아가 내 것이라."

그가 꿈꾸듯이 말했다.

고민하느라 주름이 잡혔던 그의 얼굴이 풀어졌다. 잠시 동안 말없이 미소 짓다가 그가 말했다.

"어디 봅시다, 내가 부하들에게 봉급을 못 준 지 한 달이 더 되었소."

"얼마나 필요합니까?"

"2만 플로린."

"카르모나는 부유합니다."

"매달 2만 플로린이오."

"카르모나는 대단히 부유합니다."

내가 미소 지으면서 말했다.

사흘 뒤, 막시밀리안은 카르모나에 들어왔다. 샤를 8세를 기리기 위해 도시 한가운데 세워졌던, 금으로 된 백합꽃이 달린 대리석 방패꼴 문장紋章은 황제의 문장에 자리를 내주기 위해 뽑혔고, 4년 전에 프랑스 왕을 환영했던 주민들은 그때와 같은 모습으로 황제의 병사들을 환영했다. 여자들은 그들에게 꽃을 뿌려줬다.

기마 경기가 열리고, 향료가 가미된 엄청난 분량의 고기와 큰 통에 든 술을 막시밀리안이 게걸스럽게 먹어치우는 동안 향연의 일주일이 흘렀다. 어느 날 저녁, 세 시간에 걸친 식사를 마치고 상을 물렸을 때, 나는 그에게 물어보았다.

"그럼 우리는 언제 피렌체로 진군합니까?"

"아! 피렌체요."

그가 말했다.

그의 눈은 분홍빛으로 탁했다. 내가 그를 살펴보는 것을 보자, 그는 다시 위엄 있게 말했다.

"긴박한 사정으로 독일에 가야 하오."

나는 몸을 수그려 인사했다.

"언제 떠나십니까?"

그의 결정은 번개 같았다.

"내일 아침이오."

"함께 떠나겠습니다."

내가 말했다.

나는 그가 황제답지만 뚜렷하지 않은 걸음걸이로 멀어져 가는 것을 바라보았다. 그런 황제에게서 크게 기대할 것은 없었다. 일주일 만에 나는 그에 대한 판단을 내렸다. 그는 무지하고, 망상적이고, 탐욕이 많았고, 야망과 끈질김은 부족했다. 그렇지만 그에게 영향력을 행사하는 것은 틀림없이 가능했고, 그에게는 어쩌면 내 희망에 더 보탬이 될 성품을 지녔을지 모를 아들이 하나 있었기에, 나는 그를 따라가야 했다. 나는 궁전 밖으로 나왔다. 보름달이 떠 있었고, 막시밀리안의 떠돌이 병사들이 야영하는 들판에서 거친 노랫소리가 들려오고 있었다. 200년 전에, 저 멀리서 보이던 것은 회색 올리브나무들 사이 제노바 사람들의 붉은 천막이었고, 그때 나는 우리의 성문을 굳게 닫고 있었다. 나는 카테리나와 안토니오가 잠들어 있는 묘지에 들렀고, 성당의 계단에 앉았고, 성곽을 한 바퀴 돌았다. 기적은 이루어졌고, 내 삶의 맛은 바뀌어서 나는 새로운 눈으로 카르모나를 보고 있었다. 그것은 아주 낯선 도시였다.

그날 아침 샛문을 넘어선 뒤 나는 아주 오랫동안 지상의 심장이었던, 뾰족탑이 돋은 그 바위를 바라보았다. 그것은 제국의 아주 작은 부분에 지나지 않았고, 지상은 이제 내 심장 외의 다른 심장을 가지고 있지 않았다. 나는 이 세상에 벌거벗겨진 채 내던져진, 정처 없는 사람이었다. 내 머리 위의 하늘은 더 이상 지붕이 아니라 끝이 없는 길이었다.

며칠 밤낮 동안 우리는 말을 타고 갔다. 하늘은 파리해졌고, 공기는 더 선선해졌으며, 나무들의 검은색과 땅의 붉은색은 옅어져 갔다. 지평선에 산지가 나타났다. 나무로 지붕을 이은 마을 집들은 꽃과 새 그림으로 덮여 있었다. 익숙하지 않은 냄새가 풍겨왔다. 막시밀리안은 기꺼이 나와 환담을 나눴다. 가톨릭 왕가[34]에서 그에게, 그의 아들 필리프와 왕가의 딸 후아나, 그리고 그의 딸 마르가레테와 왕세자 돈 후안을 짝짓는 겹혼인을 제안했다. 그가 주저하자 나는 수락하라고 압박했다. 이 세계의 열쇠를 쥔 것은 바로 소형 쾌속 범선을 보유한 에스파냐였던 것이다.

"그러나 필리프는 결코 에스파냐를 통치하지 못할 거요. 돈 후안은 젊고 원기왕성하오."

막시밀리안은 아쉬워하며 내게 말했다.

"젊고 원기왕성한 사람도 죽을 수 있습니다."

우리는 푸른 풀과 전나무의 냄새가 나는 험준한 길을 한 발 한 발 전진해 갔다.

34. 아라곤 왕 페르난도 2세(1452-1516)와 카스티야 여왕 이사벨 1세(1451-1504)가 결혼한 뒤 공동 왕으로서 에스파냐 땅의 여러 왕국을 병합, 통일했는데, 이들 부부는 에스파냐에서 가톨릭 외의 다른 종교를 금지했기에 '가톨릭 왕'이라는 칭호를 얻었다._옮긴이

"포르투갈의 여왕이 후아나의 큰언니요. 그리고 그녀는 아들이 하나 있소."

막시밀리안이 말했다.

"그들 역시 죽을 수 있습니다. 신이 합스부르크 가문을 보호하신다면요."

막시밀리안의 눈이 빛났다.

"신께서는 합스부르크 가문을 보호하십니다!"

그가 말했다.

결혼 후 6개월이 지나자 에스파냐의 왕세자 돈 후안이 죽었다. 그리고 곧 불가사의한 재난이 포르투갈 여왕과 어린 왕자 미겔을 앗아갔다. 후아나 공주가 아들을 낳았을 때, 그 아이를 에스파냐 왕좌로부터 떼어낼 장애물은 아무것도 남지 않았다. 나는 에스파냐와 네덜란드, 오스트리아, 부르고뉴, 그리고 이탈리아의 풍요로운 땅을 상속할 이 허약한 갓난아이가 보채고 있는 요람으로 몸을 기울였다. 레이스가 달린 배내옷 속의 그 아이에게서는 다른 갓난아이들처럼 시큰한 젖내가 났고, 내 손에 힘만 줘도 가히 그의 골이 터져버릴 것 같았다. 내가 말했다.

"우리가 이 아이를 황제로 만들 겁니다."

막시밀리안의 태평스러운 얼굴에 그늘이 졌다.

"어떻게 말이오? 나는 돈이 없소."

"우리가 그 방법을 고안해낼 겁니다."

"그걸 즉시 고안해볼 수는 없겠소?"

"아직 너무 이릅니다."

그는 실망하고 당황스러운 듯 나를 살펴보았다.

"나와 함께 이탈리아에 가겠소?"

“아닙니다.”

“왜? 당신은 내 운세를 못 믿는 거요?”

“제게는 당신 가문의 명예가 당신의 그것보다 더욱 소중합니다. 허락하신다면 이곳에 머물면서 이 아이를 보살피겠습니다.”

내가 말했다.

“이곳에 남으시오.”

그는 갓난아이를 보며 미소를 지었다.

“할아버지를 닮지 않도록 가르치시오.”

이렇게 해서 나는 메헬렌의 궁전에 머물게 되었다. 반면 막시밀리안은 성과 없이 말을 타고 이탈리아를 가로질러 다녔고, 헛되이 스위스 사람들과 싸웠다. 나는 그의 신의를 얻었기에 그는 내 조언을 아주 귀중하게 여겼다. 그러나 그 점이 내게 큰 도움이 되지는 않았다. 그도 그럴 것이 그는 내 조언을 따르지 않았기 때문이다. 나는 그에게서 뭔가를 기대하는 것은 단념하고 있었다. 그의 아들 필리프는 나를 좋아하지 않았다. 게다가 그는 체질이 약했고, 아무튼 통치자가 될 기회는 거의 없었다. 후아나 공주로 말하자면, 그녀는 광기 증세를 보여 측근들을 걱정시켰다. 내 모든 희망은 내가 근심스럽게, 첫걸음마를 하고 첫마디를 해주기를 기다리는 이 아이에게 달려 있었다. 이 아이도 역시 허약했고, 신경이 예민해서 바닥에 뒹굴 때가 자주 있었다. 나만이 아이를 가라앉힐 수 있었다. 나는 늘 아이 옆에 있었고, 그는 내가 눈썹을 찡그리는 경우 외에 다른 규칙은 지킬 것이 없었다. 그러나 나는 불안하게 자문하고 있었다. 이 아이가 충분히 오래 살까? 어떤 사람이 될까? 혹시 그가 죽게 된다면, 혹시 그가 나를 증오하기 시작한다면, 어쩌면 수세기 동안 내 웅대한 꿈을 포기해야 할지도 몰라.

여러 해가 지났다. 필리프는 죽었다. 완전히 광인으로 보이던 후아나는 토르데시야스의 성에 갇혔다. 그리고 카를은 살아서 성장하고 있었다. 나날이 나의 구상들이 현실에 가까워졌다. 안개 낀 메헬렌의 시가를 산책하면서, 나는 나날이 더 큰 희망을 안고 미래를 떠올렸다. 나는 이 슬프고 조용한 도시를 좋아했다. 내가 시가를 지나갈 때, 작은 사각 창살이 쳐진 유리창 뒤, 레이스 감는 가락에 몸을 기울이고 있던 여공들의 눈이 잠깐 내게 쏠렸다. 그러나 누구도 나의 비밀을 알지 못했고, 누구도 내가 누구인지 알지 못했다. 나는 수염이 자라도록 그냥 뒀고, 나 자신도 거울에 비친 내 모습을 볼 때면 멈칫했다. 나는 자주 성곽 너머 운하 기슭에 앉아, 흐르는 물에 비친 그림자를 보며 꿈을 꾸곤 했다. 당시의 현자들은 인간이 자연의 비밀을 명백히 밝혀내고 자연을 지배해야 할 순간이 왔다고, 그때에는 인간이 행복을 정복하기 시작할지 모른다고 말하고 있었다. 나는 생각했다. '바로 그것이 내 업적이 되겠지. 언젠가는 내 두 손에 세계 전체를 쥐고 있어야만 해. 그때는 어떠한 힘도 허비되지 않을 것이고, 어떠한 부도 탕진되지 않게 될 거야. 내가 민족들, 인종들, 종교들을 대립시키는 분열과 부당한 무질서를 끝낼 거고, 세계를 예전의 카르모나 곡창들만큼이나 경제적으로 관리할 거야. 어느 것도 인간의 변덕이나 운명의 우연에 맡겨지지 않게 되겠지. 이 지상을 지배할 것은 바로 이성일 거야. 나의 이성.' 그러다가 해가 저물기 시작할 때 천천히 궁전으로 돌아오곤 했는데, 그때쯤에는 벌써 길모퉁이에 첫 번째 아르곤 등이 켜지고, 술집에서 말소리, 웃음소리, 부딪히는 맥줏잔 소리가 울려 나왔다. 이 잿빛 하늘 아래, 외국어를 쓰는 사람들 사이에서 나는 그들이 모르는 사람이고, 막시밀리안 그 자신에게도 잊힌 사람이어서, 가끔씩 내가 이제 막 태어난 듯한 기분이 들었다.

◆

나는 카를이 누워 있는 휴식용 침대로 몸을 수그렸다. 그의 외할아버지 페르난도가 죽자 몇 달 전에 카를은 에스파냐의 왕으로 축성되었다. 그러나 그의 백성들은, 그들 사이에서 태어나 살아온 그의 어린 동생에 대한 선호를 숨기지 않았다.

내가 말했다.

"폐하, 더 오래 여행을 늦출 수는 없습니다. 이러다가는 왕권을 잃게 될 겁니다."

그는 대답하지 않았다. 그는 심하게 앓고 있었다. 의사들은 무턱대고 그의 생명이 위독하다고 말했다.

"동생 분의 동조 세력은 강합니다. 우리가 서둘러 행동해야 합니다."

입을 살짝 벌리고 무표정한 모습으로 내 말을 듣는 다 큰 청년의 창백한 얼굴을 나는 초조하게 내려다보았다. 처진 눈꺼풀 아래의 눈은 죽은 듯했고 아랫입술은 늘어져 있었다.

"무서우십니까?"

내가 말했다.

그의 입술이 마침내 움직였다.

"그래요, 무서워요."

그의 목소리가 심각하고 솔직해서 나는 당황스러웠다.

"아버지가 에스파냐에서 돌아가셨어요. 그리고 의사들은 그곳 기후가 나한테 위험할 거라고 했어요."

그가 말했다.

"왕은 위험 앞에서 물러서서는 안 됩니다."

그는 약간 더듬거리는 느린 목소리로 말했다.

"내 동생은 아주 훌륭한 왕이 될 거예요."

나는 잠시 말없이 헤아려 보았다. 만일 카를이 죽는다 해도 잃는 것은 아무것도 없을 것이다. 그의 동생은 아주 어려서 내 손안의 온순한 도구가 될 수 있었다. 그러나 오스트리아의 대공이 살아 있는데 에스파냐를 빼앗긴다면, 그때 세계는 두 동강 날 것이고, 내 계획은 무산될 것이다.

"신이 지명한 사람은 바로 당신입니다."

내가 힘 있게 말했다.

"신께서 당신에게 기대하는 것이 무엇인지 제가 자주 말씀드렸죠. 여러 조각으로 쪼개진 세계가 신의 손에서 나왔던 날처럼 단일한 세계가 되어야 한다고 말입니다. 만일 에스파냐를 페르디난트에게 넘겨준다면, 당신은 이 지상을 찢어놓은 분열을 영속시키는 겁니다."

그는 입술을 꽉 다물었다. 땀방울이 그의 이마에 맺혔다.

"나는 동생한테 모든 것을 넘겨줄 수 있어요."

나는 그를 보았다. 그는 나약했고 머리 회전이 느렸다. 그러나 이러한 소심함조차 내게 유용했고, 페르디난트가 어떤 사람인지 나는 몰랐다.

"안 됩니다. 동생 분은 에스파냐 사람입니다. 그는 에스파냐의 이익에 대해서만 걱정할 겁니다. 오직 당신만이 신께서 당신에게 맡긴 사명을 완수할 수 있습니다. 세계의 구원을 확고히 할 의무를 지닌 사람은 바로 당신입니다. 당신의 건강, 당신의 행복은 전혀 무게 있는 것이 아닙니다."

나는 정곡을 짚었다. 그의 얼굴은 더욱 창백해졌다.

"세계의 구원, 그건 지나친 일이에요. 내게는 그런 능력이 없을 거예요."

그가 말했다.

"신의 도움으로 당신은 할 수 있게 될 겁니다."

그는 두 손에 머리를 묻었고, 나는 그가 조용히 기도하도록 놓아두었다. 그는 아직 어렸다. 그는 들판에서 달리기, 기마 경기, 음악을 좋아했고, 내가 얼마나 엄청난 짐을 자신의 어깨에 지우고자 하는지 예감하고 있었다. 그는 오랫동안 기도하고 나서 말했다.

"신의 의지가 이뤄졌으면 합니다."

며칠 후, 카를은 대신들과 함께 바닷가 모래 언덕에서 묵었다. 플리싱언[35] 항구에 정렬한 돛배 40척 함대는 바람이 적당해지기를 몇 주 동안 기다렸다. 바람이 일자 우리는 에스파냐를 향해 장도에 올랐다. 뱃전에 팔꿈치를 기대고서, 나는 뜨고 지는 해를 매일 바라보았다. 내가 항해해 나가는 것은 에스파냐를 향해서만이 아니었다. 저기 저편, 수평선 너머 다른 쪽에는, 색색의 앵무새와 꽃으로 배가 꽉 찬 비둘기가 가득한 숲이 있었고, 펄펄 끓는 황금 용암을 분출하는 화산들이 있었으며, 초원에는 깃털을 덮은 사람들이 질주하고 있었다. 에스파냐의 왕은 이 야생적 천국의 주인이었다. 나는 생각했다. '언젠가 그들의 해안에 도착해서 그들을 내 눈으로 직접 보겠어. 그리고 나는 그들을 내 소망대로 만들 거야.'

9월 19일, 함대는 아스투리아스 해안이 보이는 곳에 도착했다.

35. 오늘날의 네덜란드 남서쪽에 있는 항구 도시. 북쪽으로는 북해, 서쪽으로는 영국해협으로 통한다._옮긴이

바닷가는 황량했다. 나는 산허리에서 긴 행렬을 보았다. 어린아이들, 여자들, 그리고 노인들이 작은 봇짐을 실은 노새 떼를 뒤따라 걷고 있었는데, 그들은 도망가고 있는 것처럼 보였다. 돌연 수풀 뒤에서 사격 소리가 났다. 왕실의 귀부인들은 비명을 지르기 시작했고, 선원들은 총을 들었다. 카를의 얼굴은 여전히 차분했다. 그는 말없이 자신의 왕국인 이 땅을 바라보고 있었다. 그는 이러한 무례에 놀라지 않았다. 그가 이곳에서 찾으려는 것은 행복이 아니라는 듯이 말이다. 다시 소총 사격이 있었다. 온 힘을 다해서 내가 외쳤다.

"에스파냐여! 그대들의 왕께서 납시었소!"

모든 일행이 되풀이해서 이렇게 외쳤고, 나는 바다를 면해 이어진 수풀 사이에서 어떤 움직임이 있다는 것을 알아차렸다. 한 남자가 기어서 다가오고 있었다. 아마 그는 왕의 커다란 군기들 중에서 카스티유의 문장을 알아본 것 같았다. 그는 총을 흔들며 외치면서 일어섰다. "에스파냐 만세! 국왕 만세!" 곧 수풀과 바위 뒤에서 산골 주민들이 외치면서 달려 나왔다. "돈 카를로스[36] 만세!" 그들은 나중에, 수많은 배가 오는 것을 보고는 바르바리의 침공인 줄 알고 겁을 먹었다고 우리에게 말했다.

우리는 비야비시오사에 도착했다. 우리를 영접하기 위해 아무것도 준비된 것이 없었던 탓에, 귀족들 대부분, 심지어 왕실의 귀부인들조차 짚 위에서 자야 했다. 아침이 되자 우리는 행군을 다시 시작했다. 왕은 영국 대사가 마련해준 작은 말을 타고 여행했고, 그의 누이 엘레오노레가 옆에서 말을 타고 갔다. 그들을 수행하던

36. Don Carlos. '카를'의 에스파냐식 표현._옮긴이

여자들은 소가 끄는 수레에 올랐다. 많은 귀족들이 걸어서 갔다. 길에는 돌이 많았고, 우리는 태양이 작열하는 파란 하늘 아래에서 힘들게 전진했다. 교차로, 경작지, 거리, 그 어디에도 사람 하나 없었다. 전염병이 그 지방을 휩쓸어 주민들에게 이동 금지령이 내려졌던 것이다. 그렇지만 카를은 폭염이나 거친 풍경에 무감해 보였다. 그는 결코 초조하거나 우울한 기색을 보이지 않았다. 의사들의 예상과는 반대로, 에스파냐의 기후가 그의 건강을 강화해준 것 같았다. 어쩌면 내가 그의 눈 깊숙한 곳에서 결코 본 적이 없던 조심스러운 광채를 태어나게 한 것은, 아직 자신이 살아 있다고 느끼는 경이로움이었을 것이다. 바야돌리드에 공식 입성하던 날, 그는 미소를 지었다.

"이 나라가 마음에 들 것 같아요."

그가 말했다.

몇 주 사이에 그는 활짝 피어난 것 같았다. 그는 즐겁게 축제와 기마 경기에 참가했고, 자기 나이 또래의 청년들과 어울려 웃는 일도 자주 있었다. 나는 기쁨에 차 생각했다. '보라고, 그는 살아서 왕이 되었어! 첫판을 이겼어!' 막시밀리안이 죽었다는 소식을 듣고, 나는 황급히 독일로 돌아갔다. 이제는 제국에 대해 생각해야 했다.

막시밀리안은 재위 마지막 몇 년 동안 선거후[37]들에게 돈과 공약을 물 쓰듯이 했다. 그는 그들 중 다섯 표는 확보했다고 생각했다. 그러나 그가 죽은 다음 날부터, 이미 60만 플로린을 받아 챙겼음에도, 선거후들은 새로운 거래가 열렸다고 판단했다. 프랑스 왕

37. 독일 황제를 선출할 권리를 지닌 일곱 제후._옮긴이

프랑수아 1세는 제국을 얻으려고, 필요하다면 300만 플로린이라도 지불하겠노라고 서약하면서 경쟁에 나섰다. 카를은 가난했다. 하지만 그는 바다 저편에 수많은 금광맥, 은광, 풍요로운 땅을 소유했다. 나는 안트베르펜의 은행가들을 찾아가 우리의 해외 재산을 담보로 환어음에 서명하도록 그들을 설득했다. 그런 후 아우크스부르크로 가서, 푸거가家로부터 선거 후에 결제할 수 있는 환어음을 얻었고, 곧바로 사신들을 보내 선거후들에게 제안을 전달하게 했다. 나 자신도 차례로 그들을 방문하러 쾰른, 트리어, 마인츠에 갔다. 매 순간 프랑수아와 영국의 헨리가 보낸 사신들이, 염치없는 선거후들이 수첩에 적어둘 새로운 제안을 가지고 도착했다. 프랑수아는 짤랑 소리가 나는 현금으로 지불했기에, 브란덴부르크와 트리어의 선거후, 그리고 쾰른의 대주교가 미끼를 물기 시작했다. 어느 날, 나는 프랑수아가 마인츠의 대주교에게 12만 플로린과 독일 주재 교황 특사직을 제안했다는 소식을 들었다. 그날 저녁, 나는 슈바벤의 막강한 군대를 지휘하던 프란츠 폰 지킹겐을 만나러 떠났다. 나는 쉬지 않고 말을 몰았다. 파란 모래시계 바닥에서 예전에는 움직이지 않던 시간이 내가 탄 말의 발길 아래 삼켜지고 있었다.

프란츠 폰 지킹겐은 프랑스를 증오했다. 2만 군사와 4000마리 말로 구성된 군대의 선두에 서서, 우리는 프랑크푸르트에서 몇 리외[38] 거리에 있는 획스트 지역을 행군했다. 다른 군사들은 팔츠를 위협하는 동안에 말이다. 놀란 선거후들은 자신들의 투표가 순수하고 자신들의 손은 청렴하다고 선언하는 관습적인 서약을 했고,

38. 거리 단위. 1리외는 약 4킬로미터._옮긴이

카를은 총 85만 2000플로린을 지불하고 선출되었다.

어느 맑은 가을날, 카를은 아헨에 입성했다. 선거후들이 그를 맞이하자 그는 모자를 벗고, 그들이 표하는 경의를 말없이 받아들였다. 그러고 나서 행렬은 고도古都의 성문을 넘어섰다. 먼저 기수들, 백작들, 영주들, 흰 지팡이를 든 아헨의 판사들, 그리고 군중에게 돈을 뿌리는 사동들과 시종을 거느린 조신 행렬이 지나갔다. 그 뒤를 이어서 도끼창을 든 병사들을 대동한 고위층, 에스파냐의 고관들, 황금양털기사단, 대공들, 선거후들이 행진했다. 제국의 검을 든 파펜하임 원수를 앞세우고, 수단 옷과 갑옷을 입은 왕이 나아갔다.

1519년 10월 23일, 샤를마뉴의 옛 성당에서 의식이 거행되었다. 쾰른의 대주교가 의례에 따라 청중에게 물었다. "여러분은 사도의 말씀에 따라 군주에게 복종하기를 원하십니까?" 그러자 사람들이 즐겁게 외쳤다. "이루어지소서! 이루어지소서!" 그리고 대주교의 손으로 카를의 머리 위에 황제의 관이 씌워졌고, 천장 아래 성가 〈테데움〉이 울려 퍼지는 동안 카를은 샤를마뉴의 보좌에 올라 기사들로부터 경의를 표하는 인사를 받았다.

"바로 당신 덕에 내가 제국을 얻었어요."

집무실에서 단둘이 다시 만났을 때 카를은 감동한 목소리로 내게 말했다.

"신의 은덕입니다. 당신을 섬기라고 저를 창조하신 겁니다."

내가 말했다.

나는 그에게 내 비밀을 밝혔고, 그는 그다지 놀라지 않았다. 그는 너무나 독실한 기독교도여서 어떠한 기적에도 놀라지 않았다. 그는 이제 어린 시절처럼 내게 수동적으로 순종하지는 않는다 해도, 나를 신이 내린 특별한 존재로서 존경했다.

"신께서 당신을 내 곁에 두신 건 나한테 큰 은총을 주신 겁니다. 내가 그 은총에 걸맞은 사람이 되도록 당신이 도와줄 거죠. 안 그런가요?"

그가 말했다.

"도와드릴 겁니다."

내가 말했다.

그의 눈이 빛을 발했다. 대주교가 그의 이마 위에 성스러운 왕관을 올려놓았을 때부터 그의 얼굴은 더 야무져 보였고, 그의 시선은 더 활기 있어 보였다. 그는 열기를 띠고 말했다.

"나는 큰일들을 할 거예요."

"해내실 겁니다."

내가 말했다.

나는 그가 신성로마제국을 부활시키려고 꿈꾼다는 것을 알았지만, 내가 그의 손안에 모으고 싶은 것은 온 세상이었다. 코르테스가 우리를 위해 아메리카를 정복하는 중이어서, 곧 금이 에스파냐로 넘치게 들어올 것이었다. 그렇게 되면 우리는 거대한 군대를 거느릴 수 있을 것이다. 독일 연방을 실현하기만 하면, 이탈리아와 프랑스를 굴복시킬지도 모른다. 내가 말했다.

"언젠가 온 세상이 당신의 것이 될 겁니다."

그는 두렵다는 듯이 나를 바라보았다.

"결코 누구도 세상을 소유하지는 못했어요."

"그 시기가 아직 오지 않았던 겁니다."

그는 한순간 말없이 있다가 갑자기 미소를 지었다. 집무실 벽 너머에서 비올 연주가 들려오고 있었다.

"음악 들으러 가지 않을래요?"

"조금 이따가요."

내가 말했다.

그는 일어났다.

"아주 멋진 음악회일 거예요. 당신도 와야 해요."

그가 말했다.

그는 문을 밀었다. 그는 젊었고, 황제였고, 신이 보호의 그늘을 그에게 펼쳐주었고, 세계의 행복이 그의 가슴속에서 그 자신의 행복과 뒤섞이고 있었다. 그는 비올의 부드러운 연주에 평화롭게 자신을 맡길 수 있었던 것이다. 그러나 나의 경우, 내 가슴은 너무도 강력한 파동으로 부풀어 있었고, 나는 결코 어떤 사람의 귀에서도 울린 적이 없는 이 승리의 목소리 외에 그 어떤 소리도 들을 수 없었다. 그것은 나 자신의 목소리로, 내게 말하고 있었다. '자, 세상은 나에게 영원토록, 오직 나에게만 속한 거야. 그것은 내 영역이고 아무도 나하고 나눠 가질 수 없어. 카를은 몇 년간 통치할 것이고, 나로 말하면 내 앞의 삶은 영원해.' 나는 창가로 다가가 은하수가 가로지르는, 수없이 많은 별이 가득한 하늘을 바라보았다. 내 발 아래에는 단일한 대지, 나의 대지가 있었다. 그 대지는 파랗고 노랗고 또 푸른 얼룩이 진 채 완전히 동그란 모습으로 에테르에 떠 있었고, 나는 그것을 보고 있었다. 커다란 배들이 바다 위를 저어 나가고 있었다. 길이 여러 대륙으로 뻗어 있고, 나는 손짓 한 번으로 요지부동의 숲을 뽑아내고, 늪을 마르게 하고, 물길을 조절할 수 있었다. 땅은 경작지와 목장으로 덮여 있고, 도로가 교차하는 곳에서 도시가 솟아났다. 아무리 하찮은 직조공이라도 크고 밝은 집에서 살고, 곡창은 밀로 가득했다. 모든 사람이 부유하고, 건강하고 아름다우며, 모두가 행복했다. 나는 생각했다. '내가 지상의

낙원을 부활시킬 거야.'

♦

카를은 무지갯빛 깃털 외투를 부드럽게 쓰다듬었다. 고급 옷감, 귀금속을 좋아하는 카를 앞에서 선원들이 보석함을 열고, 터키석과 자수정이 가득 든 흰색 커다란 대리석 항아리들을 바닥에 내려놓았을 때, 그의 두 눈은 빛났다. 그는 열정적인 목소리로 말했다.

"굉장한 보물들이군요!"

그는 보석함 바닥에 쌓여 있는 금화와 금괴를 보고 있었지만, 나는 그가 이 보물들을 일컫는 것이 아님을 알았다. 그는 브뤼셀 궁전의 회색 벽 너머, 파란 하늘로 솟구쳐 뿜어지는 불타는 금과, 화산 중턱에서 붉은 용암 줄기들이 끓어대는 것과, 번쩍거리는 금붙이로 포장한 거대한 거리와 순금 나무들을 심은 정원을 보고 있었던 것이다. 나는 미소를 지었다. 수천 개의 작은 태양 같은 금화들의 반짝임을 통해, 나 역시 산루카르의 정박장으로 들어오는, 금괴를 가득 실은 대형 범선들을 보고 있었다. 우리는 빛 덩어리들을 손에 가득 담아 축제용 색종이 비처럼 구대륙에 뿌리고 있었던 것이다…….

내가 말했다.

"어떻게 망설일 수 있는 겁니까?"

카를은 오색영롱한 옷감에서 손을 뗐다.

"이 사람들한테도 영혼이 있어요."

그가 말했다.

그는 긴 복도를 느린 걸음으로 뚜벅뚜벅 걸어가기 시작했다. 조금 전에 그는 입술이 부르튼 선장이 전달한 편지를 윗저고리에 집어넣었다. 그것은 코르테스의 편지였다. 작년 성금요일에 코르테스는 텅 빈 해안에 상륙했고, 거기에 도시 하나를 세워 베라크루스라는 이름을 붙였다. 그의 일행이 에스파냐로 돌아가는 것을 막기 위해서, 코르테스는 카를에게 보낼 아스테카 황제 몬테수마의 보물을 실은 쾌속 범선 한 척을 제외하고 나머지를 모두 침몰시켰다. 코르테스는 원정을 계속하지 못하도록 자신을 막아야 한다고 주장하던 벨라스케스 총독의 계략에 대항하여 구원을 부탁했다. 그리고 카를은 주저하고 있었다.

나는 초조하게 그를 바라보았다. 에스파냐령 인도[39]의 도미니코회 수도사들이 보낸 편지와 라스카사스 신부의 보고서들이 그의 영혼을 흔들었다. 그것들을 통해 우리는, 사람들이 법에 아랑곳하지 않고 인디언들에게 노예의 낙인을 찍으며 때리고 학살하고 있다는 것을 알게 되었다. 그들에게 강요된 일을 감당할 수 없어, 인디언들은 수천 명씩 죽어나갔다. 터무니없는 미신에 넋을 잃은 이 미개인들의 운명에 나는 그다지 신경을 쓰지 않았다.

"그곳에 법률 준수를 감시할, 믿을 만한 사람들을 보내십시오."

"그렇게 멀리 있는데, 어떤 사람이 믿을 만한 사람이겠어요?"

그는 수정 잔, 비취 목걸이와 금으로 조각된 작은 인물상들이 놓여 있는 탁자를 따라 다시 걷기 시작했다. 내가 말했다.

"신부들이 착해서 과장하는 것입니다. 사람들은 언제나 과장을 하지요."

"신부들이 알려온 것들 중에서 단 한 가지만 사실이어도 충분할

39. 아메리카 대륙에서 에스파냐가 점령한 지역을 말한다._옮긴이

지 몰라요…….”

“아프리카의 흑인들에게는 영혼이 없습니다.”

“내가 보기에 그런 처방은 그 악만큼이나 끔찍한 것 같아요.”

황제가 말했다.

그는 이제 홀리는 듯한 금괴들을 보지 않았고, 아무것도 바라보고 있지 않았다. 그의 얼굴은 청소년기의 무표정하고 잠든 듯한 모습을 되찾았다.

“그러면, 무엇을 하기 원하십니까?”

내가 물었다.

“모르겠어요.”

“황금으로 뒤덮인 제국을 사양하실 겁니까?”

나는 보석함에 손을 넣고, 손가락 사이로 금화들이 흘러내리게 했다. 그는 가라앉은 목소리로 되풀이했다.

“모르겠어요.”

그는 아주 어려 보였고, 아주 불행해 보였다.

“당신은 그럴 권리가 없습니다.”

내가 힘 있게 말했다.

“신께서는 사람들한테 유용하라고 이 보물들을 창조해냈어요. 거기에는 만일 우리가 인디언들한테서 앗아내지 않는다면 절대로 개발할 수 없는 풍요로운 땅이 있는 겁니다. 폐하의 백성들이 겪는 곤궁을 생각해보십시오. 아메리카의 황금이 폐하의 항구에 흘러넘칠 때 백성들은 윤택해질 겁니다. 야만인들에 대한 동정심 때문에, 독일의 농민들을 굶어 죽도록 내버려둘 건가요?”

그는 아무 대답도 하지 않았다. 아직까지 그가 그렇게나 심각한 결정을 내려야 했던 적은 결코 없었다. 나야 물론 한 사람의 삶은 너무나 짧고 그다지 중요하지 않다는 것을 알고 있었다. 어쨌든 백 년 내에, 카를이 걱정하는 이 불쌍한 사람들 중 누구도 더 이상 고통을 기억하지 못할 것이니, 내 눈에 그들은 이미 모두 죽어 있었다. 그러나 카를은 그들에게서 생명을 거두는 것에 그렇게 쉽게 동의할 수가 없었다. 그는 그들의 고통과 기쁨을 자신의 척도에 따라서 재고 있었다. 나는 덤비듯 그를 향해서 걸어갔다.

"이 세상에서 악을 저지르지 않고 어떻게든 선을 행할 수 있다고 상상하시는 겁니까? 모두를 공정하게 대하고, 모두를 행복하게 해주는 것은 불가능합니다. 필수적인 희생을 용인하기에 너무도 연약한 심장을 가졌다면 수도원에 틀어박혀 지내야만 해요."

그는 입술을 깨물었다. 반쯤 닫힌 그의 눈꺼풀 사이로 억세고 차가운 무엇인가가 반짝였다. 그는 세속을 좋아했고, 사치와 권세를 좋아했다. 그가 말했다.

"나는 누구한테도 부당한 잘못을 저지르지 않고 통치하고 싶소."

"전쟁도 처형도 없이 통치하실 겁니까? 한 번은 상황을 직시해야 합니다!"

나는 거세게 말했다.

"그래야 많은 시간을 벌 수 있을 겁니다. 최고의 군주는 항상 수백 명의 죽음에 대한 책임을 스스로 감수하는 법입니다."

"정당한 전쟁이나 불가결한 억압이야 있겠죠."

그가 말했다.

"만인의 이익을 위해서 완수하는 일로 어떤 사람들한테 저지른 악을 정당화하는 게 바로 당신의 일입니다."

내가 말했다.

나는 잠시 입을 다물었다. 나는 그에게 나의 언어로 말할 수는 없었다. 한 생명, 아니 수천 생명이 날아다니는 하루살이보다 더 무게 있을 리가 없고, 반면에 우리가 곧 건설할 이 길들, 도시들, 운하들은 영원도록 지표면에 남아 있을 것이며, 우리는 터무니없는 미신과 처녀림의 암흑 속에서 한 대륙을 영원무궁토록 건져내는 것이라고 말이다. 그는 자기 눈으로 보지 못할 이 지상의 장래에 대해 근심하는 것이 아니었다. 그러나 나는 그의 심장에 메아리를 일으킬 수 있는 말들을 알고 있었다.

"우리가 이 가련한 미개인들한테 가하게 될 것은 단지 현세의 불행뿐입니다. 그러나 우리는 그들에게, 그들의 아이들과 그 아이들의 아이들에게, 영원한 진리와 행복을 가져다줄 겁니다. 이 무지한 주민들이 모두 연년세세年年歲歲 교회의 품에 안겨 있게 될 때, 코르테스를 도왔던 것이 정당하다고 하시지 않겠습니까?"

"그들은 거기서 우리의 잘못으로 죽고 말 거요. 죽을죄를 지은 우리 때문에요."

그가 말했다.

"어찌 되든 그들이 우상숭배와 죄악 속에서 죽어갈 것은 분명합니다."

내가 말했다.

카를은 안락의자에 주저앉았다.

"다스린다는 것이 쉽지 않군요."

"결코 쓸데없이 악을 행하지는 마십시오. 신이 어느 황제에게나 요구할 수 있는 것은 그것뿐, 더 이상 아무것도 없습니다. 신께서는 때로 악이 필요하다는 것을 잘 아십니다. 아무튼 악을 창조한 것도 바로 신이죠."

내가 말했다.

"알아요."

그는 괴로워하며 나를 바라보았다.

"나는 확신하고 싶은 거예요."

그가 말했다.

나는 어깨를 으쓱했다.

"폐하께서는 결코 확신할 수가 없습니다."

그는 한숨을 내쉬었고, 한동안 말없이 자기 목걸이를 괴롭혔다.

"좋아요, 좋아요."

그는 벌떡 일어서더니 기도실로 가서 틀어박혔다.

♦

"도시가 미쳐버렸군."

창밖으로 몸을 내밀면서 내가 말했다.

그것은 전날 저녁 나선형 기둥에 무거운 가죽 휘장을 드리운 사륜마차가 도시에 들어오고 나서부터 시작되었다. 농민, 장인, 상인 수천 명이 말이나 노새를 타고 피리 소리, 그리고 종과 북 소리와 함께 도시의 북쪽 성문을 넘어 그를 만나러 왔다. 성 요한 기사단 구호소는 복도나 층계의 계단에 밀집한 남자들, 여자들, 신부들, 그리고 귀족들로 만원이었다. 청년들, 아이들, 그리고 나이 든 사람들도 지붕에 올라가 있었다. 그 수도사가 마차에서 내리자, 군중은 소리를 지르면서 그에게 몰려갔다. 여자들은 그의 무릎 앞에 꿇어앉아 진흙투성이인 수도복 자락에 입을 맞췄다. 그날 온종일 대주교관의 벽을 통해서, 우리는 그들의 노랫소리와 함성을 들었는데, 새로이 소란스러운 밤이 시작되고 있었다. 샘터 가장자리, 탁자 위, 통 위에 올라서서 연설자들은 루터가 이룬 기적을 주장했고, 주악이 시가에 울려 퍼졌다. 선술집 구석에서 열광적인 성가와 다툼 소리가 올라왔나. 나는 축세 중인 도시를 본 적이 있었다. 에컨대 카르모나의 사람들은 승리의 날을 노래했고, 나는 그들이 왜 노래하는가를 알았다. 그러나 이 몰상식한 야단법석은 무엇을 의미하는가? 나는 창문을 닫아버렸다.

"무슨 난리인지!"

나는 뒤돌아서, 말없이 나를 바라보던 두 사람을 보았다. 그들은 내 눈치를 살피고 있었고, 그들에 대해 우정을 품고 있었음에도 그것은 내 신경을 긁었다.

"저 사람은 순교자와 성인이 되고 있습니다."

발투스가 말했다.

"박해하면 당연히 그런 결과가 나타나죠."

피에르 모렐이 말했다.

"이 일 전체가 나와 아무런 관계도 없다는 것을 그대들도 잘 알잖소."

내가 말했다.

카를이 이번 제국의회를 보름스에 소집했을 때, 나는 우리가 제국의 헌법을 조정하여 황제가 주재하는 연방국의 초석을 세울 수 있을지도 모른다고 생각했다. 나는 그가 루터에 대한 유죄 판결을 고집스레 주장하는 것에 실망했고, 의회가 피고인의 진술 청취 없는 판결을 거부하면서 피고인을 소환했기에 더욱 신경이 거슬렸다. 우리는 귀중한 시간을 잃고 있었다.

"루터는 황제한테 어떠한 인상을 주었습니까?"

발투스가 물었다.

"해가 되지 않는다고 보는 것 같았소."

"처벌하지 않고 둔다면 그는 해가 되지 않을 거예요."

"알고 있소."

내가 말했다.

이 순간, 궁전 어디에서나, 도시 어디에서나 사람들은 열렬히 토론을 벌이고 있었다. 카를의 고문들은 두 파로 나뉘었다. 어떤 사람들은 제국에서 이단을 추방하고 이단 지지자들을 무자비하게 탄압하기를 원했다. 다른 사람들은 관용을 요구하면서, 나처럼, 수도사들의 이러한 싸움은 따분한 것이며 세속의 권력이 신앙, 종교 활동과 성례에 관한 토론에 개입할 일이 없다고 생각했다. 그들은 또한, 프랑스와 동맹을 체결하는 데 전념하는 로마 교황보다는 루터가 제국에 덜 위험하다고 주장했다. 나도 그들과 같은 의견이었다. 그러나 그날 저녁 그들의 주장이 갑자기 나를 혼란스럽게 했다. 그들이 그렇게 걱정스럽게 황제의 결정을 기다리는 것은 정말로 모든 미신에서 벗어난 합리적인 불편부당성에서 비롯된 것일까? 내가 불쑥 물어보았다.

"그대들은 왜 그렇게 열렬히 그를 옹호하오? 그의 사상에 동의하게 된 것이오?"

그들은 한순간 당황한 듯 보였다.

"만일 루터가 처형된다면 또다시 네덜란드, 오스트리아, 에스파냐 전역에서 화형대가 타오르게 돼요."

피에르 모렐이 말했다.

"누군가에게 그 자신이 진실이라고 믿는 것을 부인하라고 강요할 수는 없습니다."

발투스가 말했다.

"그러나 만일 그가 오류에 빠져 있다면?"

내가 물었다.

"누가 그것을 판단할 권리가 있겠습니까?"

나는 난감해서 그들을 바라보았다. 그들은 자신들의 생각을 다 말하지 않고 있었다. 나는 이제 루터에게는 그들을 끌어당기는 무엇인가가 있다고 확신했다. 그게 무엇일까? 그들은 지나치게 나를 경계해서 그것을 말해주지 않았다. 나는 알고 싶었다. 밤새도록 창 아래에서 열띤 축제가 벌어지는 동안, 나는 요한 에크[40]의 보고서들과 루터의 소책자들을 다시 한 번 검토해보았다. 이미 호기심에 루터의 저서들을 훑어본 적이 있었지만, 거기에서 합리적인 것은 아무것도 찾지 못했다. 나는 로마의 미신들을 타파하려는 그 수도사의 집념이 그 미신들만큼이나 어리석다고 판단했다. 나는 오늘 오후에 처음으로 루터를 보았다. 요한 에크가 의회에서 그를 심문했다. 루터가 더듬거리며 자신의 변론을 준비하는 데 약간 시간이 필요하다고 알리자 카를은 내게 유쾌하게 말했다.

"이 작은 수도사는 어쨌거나 나를 이단으로 만들 만한 사람은 아니에요."

그렇다면 그날 밤에 만취한 목소리들이 왜 그렇게 정열적으로 고조되었던 것일까? 왜 학식 있고 이성적인 사람들이 그토록 근심하면서 새벽을 기다렸던 것일까?

이튿날 재판이 열렸을 때, 나는 수도사가 들어올 문을 초조하게 주시하고 있었다. 카를은 검정색과 황금빛이 어우러진 에스파냐 옷을 입고 무표정하게 옥좌에 앉아 있었다. 그의 짧은 머리 위에

40. Johann Eck(1486-1543). 루터의 종교개혁에 반대한 대표적인 가톨릭 신학자._옮긴이

작은 우단 베레모가 얹혀 있었다. 그의 주위에는 흰 담비 모피 예복을 입고 어깨에 망토를 두르고 부동자세로 선 고관들과 금빛 나는 옷을 입은 뻣뻣한 군주들이 마치 조각상들처럼 늘어서 있었다. 복도에서 고함 소리들이 울렸다. "힘내라! 힘내!" 소리치던 사람들은 루터의 친구들이었다. 루터는 들어서며 검은 두건을 목덜미 뒤로 벗어젖혔다. 잘 다듬어지지 않은 머리를 드러내고 황제 앞으로 걸어간 그는 자신 있게 인사했다. 그는 더 이상 기죽은 모습이 아니었다. 그는 자신의 책과 소책자가 쌓여 있는 탁자 앞에 자리를 잡고서 말하기 시작했다. 나는 흙빛을 띠고 광대뼈가 튀어나오고 어두운 색의 눈이 반짝이는, 그의 마른 얼굴을 뜯어보았다. 도대체 그가 발휘하는 이 영향력은 어디에서 온 것일까? 그에게는 일종의 힘이 있는 것 같아 보였지만, 그는 다시 성례와 면죄에 대해 이야기했고, 그것이 나를 지루하게 했다. 나는 우리가 시간을 낭비하고 있다고 생각했다. '아우구스티누스회든지 도미니코회든지 모든 수도사들을 쫓아내고, 교회를 학교로, 설교 시간을 수학이나 천문학 또는 물리학 시간으로 대체해야 할지 모르겠군. 지금, 무용한 이야기를 듣는 바로 이 시간에 독일의 헌법에 대해서 논의했어야 하는데.' 그런데도 카를은 주름 잡힌 윗옷에 달려 있는 황금양털 훈장을 손가락으로 돌리면서 주의 깊게 루터의 이야기를 따라가고 있었다. 수도사의 목소리는 고조되어갔다. 이제 그는 열렬히 말하고 있었고, 여름의 무더위에 짓눌린 너무도 좁은 회의장 안에서 모두가 입을 다물고 있었다. 그가 흥분해서 말했다.

"무엇이든지 간에 그것을 철회하는 것, 저는 그렇게 할 수도, 그렇게 하고 싶지도 않습니다. 그도 그럴 것이 자신의 양심에 반하여 행동하는 것, 그것은 떳떳하지도 정직하지도 못하기 때문입니다."

나는 소스라치게 놀랐다. 그의 말들은 도전하듯이 나를 공격했다. 말뿐만 아니라 그 수도사가 발언하는 억양도 그랬다. 감히 이 사람은 오직 자신의 양심이 제국과 세계의 이익보다 더 무게가 있다고 주장했던 것이다. 나는 내 손안에 온 세상을 모으고 싶었는데, 그는 자기 혼자만으로 한 세상의 전부라고 선언하고 있었다. 그의 교만함이 수천 가지 고집스러운 의지로 세계를 가득 채우고 있었다. 그리고 아마 그런 이유 때문에 대중과 학자들이 그의 이야기를 동조하면서 들었던 것이다. 그는 사람들의 마음속에 안토니오와 베아트리체를 희생시킨 광적인 오만함을 불러일으키고 있었다. 만일 그에게 설교를 계속하도록 허락한다면, 그는 각각의 사람들 스스로가 하느님과 맺은 관계의 심판자이자 스스로의 행동에 대한 심판자이기도 하다고 사람들에게 가르칠 것이다. 그렇다면 내가 어떻게 그들을 복종시킬 수 있겠는가?

그는 계속해서 말하면서 공의회[41]를 공격했다. 그러나 이제 나는 문제가 되는 것이 다만 공의회, 은총이나 신앙심뿐이 아니라는 것을 알았다. 다른 것이 달려 있었으니, 바로 내가 꿈꾸던 과업, 사람들이 자신들의 변덕, 자기애, 불합리를 포기하는 경우에만 완수될 수 있을 내 과업까지 달려 있었던 것이다. 이것은 교회가 사람들에게 가르치는 것이다. 교회는 사람들에게 오직 한 가지 법에만 복종하라고, 오직 한 가지 신앙을 따르라고 엄명했다. 내가 충분히 힘이 강하다면, 이 법은 나의 것이 될 테고, 나는 성직자들의 입을

41. 가톨릭교회의 지도자들과 신학자들이 모여 교리와 규율, 교회 행정 등에 관한 문제를 공식적으로 의논하고 결정하는 회의. 공의회의 결정은 오류가 없는 것으로 받아들여졌다._옮긴이

통해 내 마음대로 신이 말하게 할 수 있다. 혹시라도 각자가 자기 자신의 양심 속에서 신을 찾는다면, 그가 그곳에서 만나게 될 것은 내가 아니리라는 것을 나는 잘 알았다. "누가 그것을 판단할 권리가 있겠습니까?"라고 발투스는 내게 말했다. 바로 그렇기 때문에 그들은 루터를 옹호했고, 그들은 스스로를 위해서 각자가 결정권을 가지기를 바랐다. 그러나 그렇게 되면, 결코 그 정도는 아니었던 세계는 더 분열될지 모른다. 세계는 단일한 의지에 따라 다스려져야만 했다. 나의 의지 말이다.

갑자기 청중석에서 동요가 일었다. 루터가 콘스탄츠 공의회에서는 성서의 가장 분명한 내용과 반대되는 결정을 내렸다고 선언한 것이다. 이 말에 카를 5세는 장갑으로 신호를 보내고는 벌떡 일어섰다. 무거운 침묵이 흘렀다. 황제는 창가로 걸어가서 잠깐 동안 하늘을 바라본 후 몸을 돌려 회의장을 비우라는 명령을 내렸다.

"잘하셨습니다, 폐하. 루터는 프랑스 왕보다 더 위험한 자입니다. 그대로 내버려둔다면, 그 작은 수도사가 제국을 파괴할지 모릅니다."

내가 말했다.

그는 불안하다는 시선으로 나를 살폈다. 그는 이단을 혐오했지만, 내 조언을 어기고 루터를 처벌한다면 신에게 불복종하는 것이라고 생각하고 있었던 것이다.

"아! 그게 당신의 의견인가요?"

그가 내게 말했다.

"그렇습니다. 저는 눈이 뜨였습니다."

내가 말했다.

많은 사람들이 루터의 승리를 위해 팔을 걷어붙였다. 밖에서 그들은 루터에게 환호를 보냈다. 그들은 오만함과 광기에 환호를 보냈다. 그들의 어리석은 외침은 내 귀를 찢는 듯했고, 나는 아직도 내게 도전하던 그 수도사의 열띤 시선을 얼굴에 느끼고 있었다. 그는 사람들이 자신들의 진정한 이익, 자신들의 행복에서 돌아서기를 바랐고, 사람들은 어찌나 몰상식한지 그를 따를 준비가 되어 있었다. 만일 그들을 그냥 내버려둔다면, 결코 그들은 천국으로 가는 길을 되찾지 못할 것이다. 그러나 내가 거기 있었고, 나로 말하면 어디로, 그리고 어떤 길로 그들을 인도해야 할지 알고 있었다. 그들을 위해 나는 기근과 페스트와 싸웠던 것이고, 그들을 위해서 만일 필요하다면 그들 자신과도 맞서 싸울 준비가 되어 있었다.

이튿날 아침, 황제는 의회에서 선언했다.

"수도사 한 사람이 자기 판단에 근거해 기독교도 전체에게 천 년도 더 넘게 지지받아온 신앙에 반대하였다. 나는 나의 영토, 나의 육체, 나의 피, 나의 생명, 나의 영혼을 걸고 이 성스러운 대의를 수호하기로 결정하노라."

며칠 후 루터는 제국에서 추방당했다. 네덜란드에서는 신앙 문제를 다룬 어떠한 책도 주교급 성직자의 허가 없이 간행하는 것을 금지했고, 위반자는 극형에 처한다는 칙령이 공포되었다. 그리고 검사들에게 루터의 추종자들을 기소하라는 명령이 내려졌다.

♦

헌법에 대한 문제가 곧 제기되려던 순간, 의회를 해산할 수밖에 없게 되어 우리는 실망했다. 보좌를 놓치자 분개한 프랑수아 1세는 우리에게 전쟁을 포고하려고 준비하고 있었다. 에스파냐에서 소요가 일어나서 카를은 마드리드로 떠나야 했다. 카를은 동생 페르디난트에게 독일 정부를 맡겨두고 있었는데, 내가 동생의 곁에 머물러주기를 간절히 바랐다. 루터에 대한 처벌은 제국 전체에 영향을 미치던 동요를 가라앉히지 못했다. 수도사들은 수도원을 저버리고 시골 전역으로 흩어져 이단의 교리를 설교하고 있었다. 학생, 노동자, 모험가들로 이루어진 무장한 무리들이 사제들의 집, 도서관, 교회를 불태웠다. 여러 도시에서 루터의 종파보다 더 맹신적인 새로운 종파가 생겨났고, 소요가 일어났다. 마을마다 농민들에게 영주의 굴레를 타파하도록 이끄는 예언자들이 나타났고, 시골에서는 예전 반란자들의 깃발이 모습을 드러냈는데, 빛나는 광선으로 둘러싸인 황금빛 신발 한 짝이 그려진 하얀 깃발에는 이런 경구가 쓰여 있었다. '자유로워지고 싶은 자는 이 태양을 향해 행진하라.'

"걱정할 것 없습니다. 무장한 사람들 몇 명만 있으면 충분할 테고, 모든 것에 질서가 잡힐 겁니다."

페르디난트가 말하고 있었다.

"무질서해지겠죠. 이 불쌍한 사람들의 말이 옳아요. 개혁이 필요해요."

내가 말했다.

"어떤 개혁입니까?"

"그걸 연구해야 합니다."

나는 카르모나 직조공들이 학살당했던 것을 잊지 않고 있었다. 그리고 내가 세계를 내 손안에 쥐고 싶었을 때, 내 첫 번째 계획은 세계의 경제 구조를 개혁하는 것이었다. 부의 분배가 지금보다 더 불합리했던 적은 결코 없었다. 우리 항구에는 상품이 넘쳐흘렀고,

온 세계가 무역에 열을 올렸고, 우리의 배들은 지상의 모든 곳으로부터 값진 화물을 들여왔다. 그런데 시골의 농민과 소상인 대부분은 그 어느 시대보다도 가난했다. 사프란 천 1리브르 값이 1515년에는 2.5플로린 6크로이처[42]였는데, 이제는 4.5플로린 15크로이처나 나갔다. 빵 1리브르의 값은 15크로이처 올랐다. 설탕 100리브르의 가격은 10플로린에서 20플로린으로, 코린트산 포도는 5플로린에서 9플로린이 되었다. 봉급은 줄어든 반면 모든 식료품 값이 올랐다.

"용납할 수 없는 상황이오."

불러 모은 재정 전문가들에게 나는 화가 나서 말했다.

그들은 모두 여유 있는 웃음을 지으며 나를 바라보았다. 그들을 미소 짓게 한 것은 바로 나의 순진함이었다.

"말해보시오. 이 말도 안 되는 물가 상승이 어디에서 온 거요?"

내가 은행가 뮐러에게 말했다.

그들이 이야기했다. 그리고 나는 이 시대의 빈곤이 무역의 발달 자체에서 온 결과라는 것을 알았다. 아메리카 정복자들이 인디언들의 피와 땀을 지불한 덕에 구세계에 넘쳐흐른 금이 모든 식료품 값의 폭등을 불러일으켰다. 배를 임대하고 무역을 독차지하려는 힘 있는 기업들이 생겨났고, 소상인들을 짓누른 그들은 몇 년 동안에 원가의 두 배, 심지어는 그 이상의 이윤을 상품에서 끌어냈다. 이러한 축재 현상은 농산물에 대한 평가절하를 가져왔다. 그러자 돈의 가치가 떨어졌고, 물가는 오른 반면에 봉급은 내렸다. 몇몇 사람들이 괴물 같은 재산을 축적해서 터무니없는 사치로 그것을

42. 오스트리아의 옛 화폐 단위. 1플로린의 60분의 1 값이다._옮긴이

탕진했다. 엄청난 수의 하층민들이 굶주림으로 죽어가던 중에 말이다.

"전매, 폭리, 투기를 없애는 시행령을 공포해야 할지 모릅니다."

뮐러가 내게 말했다.

나는 침묵을 지키고 있었다. 황제 자신부터 시작해서 독일의 모든 제후들은, 자신들에게 끊임없이 고리로 돈을 빌려주는 기업들에 의존하고 있었다. 나는 손이 묶여 있었다. 프랑수아 1세가 나바라, 룩셈부르크, 이탈리아를 공격했기에 카를은 그에 대항해서 무기를 들어야만 했고, 그래서 병사들에게 지불할 자금을 구해달라고 내게 호소했던 것이다. 우리 운명은 은행가들과 대상인들의 손에 있었다.

몇 주일 뒤 프랑켄의 포르흐하임에서 반란이 터져 독일 전체로 퍼져 나갔다. 농민들은 우애, 평등, 그리고 토지 분배를 주장했고, 성, 수도원, 교회를 불태웠고, 사제들과 영주들을 학살했고, 제후들의 영역을 나누어 가졌다. 그해 말, 그들은 도처에서 지배자가 되었다.

"한 가지 방책밖에 없소. 슈바벤의 동맹군을 집결해야 합니다."

페르디난트가 말했다.

그는 휘황한 조명이 비추는 커다란 응접실에서 빠르고 큰 걸음으로 걸어 다녔고, 그에게 구원을 요청하러 왔던 제후들은 존경하는 시선으로 그를 지켜보았다. 그들의 마음속에는, 들이마시는 공기에 독이 있는 것처럼 보일 정도로 지독한 두려움과 증오가 있었다. 저기 저편 시골에서는 농민들이 기쁨의 화톳불을 피우고서 둥글게 돌며 춤을 추고 노래를 합창했다. 그들은 배부를 때까지 먹고 마셨고, 가슴속에서는 장작불이 일고 있었다. 나는 직조공들의 불타버린 집들과 말에 짓밟힌 여자들과 아이들이 기억났다. 내가 중얼거렸다.

"가엾은 사람들!"

"무슨 말씀입니까?"

페르디난트가 말했다.

"제 말은 한 가지 방책밖에 없다는 겁니다."

제후들은 동감한다고 머리를 끄덕였다. 그들은 그저 자신들의 이기적인 이익만을 생각했고, 부역과 세금으로 농민들을 들볶았다. 나는 정의와 이성이 이 지상을 지배하도록 만들고 싶었고, 사람들에게 행복을 주고 싶었다. 그렇지만 나는 그들과 똑같은 말을 하고 있었다. 단 한 가지 방책밖에 없다고 말이다. 내 생각, 내 욕망, 그리고 내 경험 전부와 내가 겪었던 수 세기가 지상에 그 어떤 무게도 싣지 못한 것 같았다. 나는 묶여 있었다. 각각의 톱니바퀴가 다른 톱니바퀴를 끌어오면서, 어떤 괴물 같은 역학이 가동되었고, 나는 내키지 않았지만 페르디난트가 결정한 그것, 우리 입장에서라면 누구나 다 결정했을 그것을 결정할 수밖에 없었다. 유일한 대책…….

농민들의 불안정한 승리는 단지 그들의 영주들이 기습당했고 고립되어 있었던 덕택이었다. 귀족들은 제정신을 되찾고 힘을 합치자마자 순식간에 반역자들을 압도했다. 그때 나는 황제와 합류하고자 에스파냐행 배를 타러 네덜란드로 갔다. 5년 전 카를의 제안을 선거후들에게 전하러 갈 때 지나갔던 똑같은 전나무 숲, 똑같은 초원, 똑같은 벌판을 말 타고 달렸다. 그때 내 심장은 희망으로 부풀어 생각했다. '내 두 손안에 제국을 쥐게 되겠지.' 이제 나는 성공해서 권력의 꼭대기에 올라 있었다. 그러나 내게 허락된 일이 무엇이었는가? 나는 세계를 새롭게 건설하고 싶었지만 내 시간과 힘을 무정부, 이단에 대항하느라, 그리고 사람들의 야망과 고집에 대항하느라 허비하고 있었다. 나는 파괴하면서 지키고 있었다. 나는 약탈당해 황폐해진 땅을 가로질러 나아갔다. 마을들은 잿더미였고, 논밭은 경작되지 않았고, 가축들은 반쯤 죽은 채 검게 타버린 농가 주위에서 지척거렸다. 그리고 길에서 남자는 한 명도 만날 수 없었고, 다만 얼굴이 깡마른 여자들과 아이들만 만날 따름이었다. 반란자들의 도시와 크고 작은 마을 전부가 불꽃에 휩싸였고, 농부들은 나무에 묶여 산 채로 태워졌다. 쾨니크스호프에서는 농부들을 멧돼지 무리처럼 몰아세웠다. 그들은 도망치려고 나무 위로 기어 올라갔지만, 창과 화승총에 맞아 쓰러졌다. 말들이 땅에 떨어진 사람들을 발굽으로 짓밟았다. 잉골슈타트 마을에서는 농부 4000명이 학살당했다. 어떤 사람들은 교회로 피신했는데, 거기에서 산 채로 화형당했다. 다른 사람들은 시선을 피하기 위해서인 듯 머리를 땅에 처박고서 신의 자비를 빌면서, 성 안에 모여 다 같이 꼭 붙어서 서로서로 바싹 끌어안고 있었다. 그들 누구도 목숨을 부지하지 못했다. 귀족들의 분노는 아직도 가라앉지 않아서, 고문과 사형이 계속되었다. 사람들은 불행한 농부들을 불에 태우고, 그들의 혀를 뽑고, 손가락을 자르고, 눈을 파내었다.

"대체 이것이 통치하는 것인가요?"

카를이 말했다.

그의 얼굴에서 핏기가 가셨고, 입가는 떨렸다. 두 시간 동안 그는 말 한마디 없이 내 이야기를 들었고, 이제 몹시 괴로워하며 나를 바라보았다. '대체 이것이 통치하는 것인가요?'

에스파냐에서도 역시 반란을 가라앉히는 데 많은 피를 흘려야만 했다. 탄압이 계속되었다. 발렌시아, 톨레도, 바야돌리드에서 매일 수천 명의 머리가 망나니의 도끼 아래 떨어져 나갔다.

"참아야 합니다. 언젠가 우리가 지상에서 악을 추방해버리는 날이 올 겁니다. 그때 우리는 건설을 시작할 겁니다."

내가 말했다.

"이 악은 우리가 저지른 거예요."

그가 말했다.

"악이 악을 부릅니다. 이단은 화형대를 부르고 반란은 탄압을 부릅니다. 이 모두가 끝날 것입니다……."

"언젠가는 끝날까요?"

온종일 그는 말없이 궁전 안을 배회했다. 저녁 무렵, 그는 회의 도중에 신경 발작으로 실신하여 쓰러져 침대로 옮겨졌다. 그의 몸은 불덩이 같았다. 예전처럼 나는 밤이고 낮이고 그의 침대 머리맡에 있었다. 나는 그에게 해줄 어떤 희망의 말도 찾아내지 못했다. 상황은 매우 암담했다. 행운의 여신이 우리에게, 프랑스 왕과 다툰 후 제국에 봉사하겠다고 자청해 온 명장 샤를 드 부르봉 원수를 보내주었지만, 그의 반역 행위에 대해 매우 비싼 값을 지불해야만 했고, 돈이 부족해지자 지친 우리 병사들은 항명하겠다고 위협했다. 우리에게는 포병도 부족했다. 우리는 이탈리아에서 쫓겨날까 봐 걱정해야 할 정도였다.

카를은 일주일 동안 극도의 탈진 상태에 빠져 있었다. 그가 겨우 일어나서 비틀거리는 걸음으로 몇 걸음 떼어놓을 수 있었던 그때, 막 전령이 바닥에 구르다시피 당도했다. 프랑스 군대가 산산조각이 났고, 프랑스의 최고 귀족 절반이 사라졌으며, 프랑스 왕이 우리의 포로가 되었다는 것이었다. 카를은 말 한마디 하지 않았다.

그는 기도실에 들어가서 기도하기 시작했다. 그 뒤 그는 참모들을 불러 국경에서 모든 적대 행위를 즉각 중지할 것을 명령했다.

그 후 1년이 채 안 되어, 1526년 1월 14일에 마드리드 조약이 조인되었다. 프랑수아는 이탈리아에 대한 권리를 포기했고, 부르고뉴 지방에 대한 카를의 요구 사항을 인정했고, 황제에게 대항하는 동맹에서 탈퇴했으며, 투르크에 대항하여 황제를 원조하기로 약속했다. 그것에 대한 보증으로 그는 아들들을 볼모로 남겨두었다. 카를은 마드리드에서 몇 리외 거리에 있는 빌라노의 토레혼 대로까지 그를 몸소 배웅했다. 마지막으로 포옹을 하고 나서 그는 프랑수아를 따로 붙들고 말했다.

"형제여, 우리가 합의한 사실에 대해 잘 아시죠? 그것을 실행에 옮길 의사가 있는지 나한테 솔직히 말해주시오."

"내 뜻은, 그것을 전적으로 실행하겠다는 겁니다. 만일 내가 다르게 행동한다는 것이 확인된다면, 나를 나쁜 사람, 혹은 배신자라고 여기셔도 좋습니다."

프랑수아가 말했다.

나는 카를이 돌아오는 길에 들려준 이 말을 귀로 직접 듣지는 못했지만, 프랑스 왕이 황제에게 보여준 매력적인 미소와 그가 깃털 달린 모자를 벗어서 커다란 몸짓으로 인사하는 것을 보기는 했다. 그러고 나서 프랑스 왕은 전속력으로 바욘 대로로 떠났다.

♦

카를 5세의 손가락이 파란 대양을 가로질러 작고 검은 원 위에 놓였다. 베라크루스!

처음으로 지리학자들이 신세계의 맨 끝 테두리를 그렸다. 불의 대지, 큰 발 인디언들이 살고 있었으며 마젤란이 그 곳을 돌아서 지나갔던 거기까지. 바다에서 솟아난 노랗고 푸른 대륙 위에 그들은 아메리카, 플로리다 대지, 브라질 대지라는 마술 같은 이름들을 써놓았다. 이번에는 내가 커다란 새 지도 위에 손가락을 놓았다. '멕시코.'

멕시코는 그저 종이 한복판에 있는 검은 점일 뿐이었다. 그러나 그것은 또한, 가장 공기가 맑은 지역에서 아름다운 풍경을 반사하는 호수들 사이에 있는 코르테스의 수도였다. 마젤탄, 테코판, 아르타칼코, 쿨푸판 같은 옛 지역들의 잿더미 위에 이제는 네 개 행정구역, 산후안·산파블로·산세바스티안·산타마리아가 서 있었다. 넓은 통행로로 이루어진 이들 도시에 교회, 병원, 수도원, 학교가 세워졌다. 그리고 수도를 둘러싼 황량한 공간에는 벌써 새로운 마을들이 자리 잡고 있었다. 나는 눈 덮인 봉우리들이 있는 안데스 산맥을 나타낸 검은 선을 손가락으로 따라가서 그 산줄기의 서쪽, '미지의 땅'이라는 이름이 적힌 처녀지를 가리켰다.

"엘도라도. 피사로가 지금 이 산맥을 넘고 있는 중입니다."

내가 말했다.

나는 카보베르데 제도諸島에서 370리외 거리에 있는 자오선의 표시이자, 토르데시야스 조약 이후 포르투갈 영토와 에스파냐 영토를 가르는 선을 만졌다.

"언젠가 우리는 이 경계를 지울 겁니다."

내가 중얼거렸다.

카를은 이사벨라의 초상화 쪽으로 눈을 들었다. 그녀는 액자 안에서 미소 짓고 있었고, 밝은 밤색 머리 아래 아름답고 근엄했다.

"이사벨라는 결코 포르투갈의 왕권을 못 가질 거예요."

"그걸 누가 알겠습니까?"

내가 말했다.

내 시선은 인도양을 가로질러 향료의 고장, 말루쿠 제도에서 말라카로, 실론으로 떠돌고 있었다. 이사벨라의 조카들이 죽을 수도 있었다. 또 어쩌면 우리 힘이 곧, 카를을 반도 전체와 해외 나라들의 지배자로 만들 전쟁을 일으킬 정도로 충분히 강대해질지도 몰랐다. 프랑스의 왕이 정복되었으니, 이제 우리는 자유로이 손을 쓸 수 있었다.

"당신은 만족할 줄 모르는군요."

카를이 밝게 말했다.

그는 비단 같은 수염을 쓰다듬고 있었는데, 윤기 있는 얼굴에서 파란 눈이 웃고 있었다. 그는 이제 건장한 남자였고, 나이가 거의 나와 같아 보였다.

"그러지 말아야 할 이유가 있을까요?"

내가 말했다.

그는 머리를 흔들었다.

"욕망을 자제할 줄 알아야 해요."

나는 노랗고 파란 지도에서 눈을 뗐다. 나는 나무 반자 천장, 벽걸이 융단들, 그리고 그림들을 보았다. 이사벨라를 맞이하기 위해 그라나다 궁전에 진귀한 비단들이 늘어뜨려져 있었다. 분수들은 정원에서 노래하고, 협죽도와 오렌지나무들 사이로 물이 가득 흘렀다. 나는 창가로 다가갔다. 여왕이 시녀들에 둘러싸여 느린 걸음으로 산책길을 걷고 있었다. 그녀는 밤색과 금빛으로 된 긴 비단옷을 입고 있었다. 카를은 그녀를 사랑했다. 그는 이 궁전, 연못들,

꽃, 아름다운 옷, 벽걸이 융단, 큼직한 고기, 향료 친 소스를 좋아했다. 웃는 것도 좋아했다. 그리고 1년 전부터 그는 행복했다. 내가 말했다.

"폐하께서는 세계 제국을 바라시지 않습니까?"

"아니요. 우리가 시작한 일을 완수합시다. 그것으로 충분해요."

"우리는 그것을 완수할 겁니다."

나는 미소 지었다. 나는 욕망을 자제하지 못했다. 나는 궁전을 꾸미고, 한 여자를 사랑하고, 음악을 감상하고, 즐거워하는 데 그칠 수가 없었다. 그러나 나는 카를이 그러한 휴식을 취할 수 있다는 것이 마음에 들었다. 나는 허약했던 갓난아기, 잠들어 있던 그 소년, 자신감이 부족했던 그 청년(나는 그를 황제로 만들겠노라고 다짐했다)을 떠올리며, 이 조용하고 멋진 남자에 대해 탄복하고 있었다. 그의 권능이 내 작품이고, 그의 행복이 내 작품이라고 생각하면서 말이다. 나는 한 세계를 건설했고, 이 사람에게 삶을 줬다.

내가 말했다.

"기억하십니까? 폐하께서 제게 말씀하셨습니다. '나는 큰일을 할 거예요……'라고."

"기억해요."

"그리고 폐하께서는 벌써 이렇게 한 세계를 세웠습니다."

나는 전설 같은 이름들이 달린 지도 위에 다시 손을 올려놓으면서 말했다.

"당신 덕택이죠. 내가 해야 할 일을 당신이 나한테 보여줬어요."

그가 말했다.

그에게 코르테스의 성공, 파비아의 승리, 이사벨라의 동맹 등은 자신이 하느님의 뜻에 따랐다는 분명한 증표로 보였다. 그래 이제

와서 홍인이나 흑인 무리의 죽음에 대해 후회할 수는 없지 않은가? 일주일 전에 산루카르의 정박장에서, 코르테스에게 보내는 동식물 선적을 나 자신이 직접 감독했다. 코르테스로 하여금 인도[43]의 하늘 아래 그것들을 풍토에 적응시키도록 하기 위해서였다. 함대가 신대륙을 향해 닻을 올릴 준비를 하고 있었다. 부두에는 대형 범선들과 전함들에까지 실을 상품 화물이 엄청나게 쌓여 있었다. 배에 타는 사람들 중에 이제 병사는 없고, 농민을 비롯해 식민지로 이주하러 가는 사람들이 있었다. 카를은 학교와 병원을 돌보도록 도미니코회와 프란치스코회 수도사들을 베라크루스에 보냈다. 나로 말하면, 나는 톨레도의 박사 니콜라스 페르난데스가 원정대를 조직할 수 있도록 거액을 대출받게 해주었다. 그는 아메리카 동식물군의 목록을 작성하는 임무를 맡은 생물학자들과 새 지도를 작성할 지리학자들을 데려갔다. 배는 사탕수수, 포도 묘목, 뽕나무, 누에알, 암탉, 수탉, 암양, 숫양을 신新 에스파냐의 이민자들에게 날라주었다. 그리고 이미 이민자들은 당나귀, 노새, 돼지를 키우고 오렌지나무와 레몬나무를 재배하고 있었다.

카를은 멕시코를 나타내는 조그마한 검은 동그라미를 만졌다.

"신께서 내게 충분한 수명을 허락하신다면, 나한테 주신 이 왕국을 언젠가 내 눈으로 직접 보러 갈 거예요."

"허락하신다면, 저는 당신과 함께 갈 겁니다."

내가 말했다.

잠시 우리는 서로의 옆에서 조용히 베라크루스, 멕시코를 꿈꿨다. 카를에게 그것은 단지 꿈일 뿐이었다. 인도는 멀고, 그의 삶은

43. 아메리카를 가리킨다._옮긴이

짧으니까 말이다. 그러나 나, 나는 어떠한 일이 있어도 그곳을 보게 될 것이다. 나는 황급히 일어났다.

그는 약간 놀라 나를 바라보았다.

"독일로 다시 가야겠습니다."

"벌써 지루한가요?"

"폐하께서는 새로 의회를 소집하기로 결정하셨습니다. 기다릴 이유가 뭐 있겠습니까?"

"신께서도 제7일에는 쉬셨어요."

카를이 말했다.

"신이니까 그랬죠."

내가 말했다.

카를은 미소 지었다. 그는 나의 초조함을 이해할 수 없었다. 잠시 후, 그는 저녁 축제를 위해서 세심하게 옷을 차려입으려 했다. 그는 기름진 음식을 먹고 이사벨라에게 미소 지으면서 음악을 들으리라. 나, 나는 더 기다릴 수가 없었다. 나는 너무나 오래 기다렸다. 주위를 돌아보면서, 나는 무엇인가 할 수 있었고 바로 이것이 내가 한 일이라고 말할 날이 기어이 와야만 했다. 내 욕망이 땅의 심장부에서 뽑아낸 이 도시들 위에, 내 꿈에 의해 사람들로 가득 채워진 이 평원들 위에 내 눈이 멈추게 될 그 순간, 그때 나는 카를처럼 안락의자에서 미소를 지으며 몸을 젖히고, 그때 나는 미래를 향해 나를 던지지 않고 내 가슴속에서 평온하게 박동하는 내 삶을 느끼며, 내 주위의 시간은 구름 속에서 휴식을 취하는 신과 비슷하게 내가 휴식을 취할 수 있는 거대하고 잔잔한 호수가 될 테지.

몇 주 후, 나는 다시 독일을 가로질렀다. 이제 나는 목표에 닿은 듯했다. 농민들의 반항은 제후들을 떨게 했고, 루터교 문제를 해결

하고 모든 나라를 한 연방으로 모으는 것이 가능해지려 했다. 그러면 나는 신세계 쪽으로 돌아서리라. 그 풍요로움을 이 구대륙에서 다시 분출할 그곳으로. 나는 주위의 황폐해진 시골들을 살펴보았다. 파괴된 마을들에 벌써 새집이 세워지고 있었다. 남자들은 황무지를 경작하고, 대문 앞에서 여자들이 갓난아이를 팔에 안고 어르고 있었다. 나는 무심하게 화재와 학살의 흔적들을 보았다. '저렇게 되었지만, 뭐 대수겠어?'라고 나는 생각했다. 죽은 자들은 이제 없고, 산 자들은 살아가고 있었다. 세계는 여느 때처럼 가득 차 있었다. 하늘에는 언제나 똑같은 태양이 있었다. 동정받을 사람은 아무도 없었고, 후회될 것도 아무것도 없었다.

◆

"우리는 결코 이 일을 끝낼 수 없을 것 같군요!"

나는 화가 나서 말했다.

"결코 우리 손이 자유로워질 수 없을 것 같아요!"

아우크스부르크에 도착하자마자, 나는 자신의 서약을 잊기 일쑤인 프랑수아 1세가 황제에 맞서 전쟁을 재개하려고 교황 클레멘스 7세, 베네치아, 밀라노, 피렌체와 동맹을 맺었다는 소식을 들었다. 또한 그는 투르크와도 동맹을 맺었다. 헝가리 루이 왕의 2만 대군을 산산조각 내고 기독교 세계를 위협하는 투르크와 말이다. 나는 내 계획을 또 미루고, 수많은 시급한 문제에 대처해야 했다.

"자금을 어디서 구할 생각이십니까?"

내가 페르디난트에게 물었다.

자금이 있어야만 했다. 부르봉 공작이 이탈리아에서 지휘하던 제국 병사들이 식량과 체불 임금 지급을 요구하며 공공연하게 항명하고 있었던 것이다.

그가 말했다.

"자금은 푸거가家에서 빌리려 했죠!"

나는 그가 이렇게 대답할 것을 알고 있었다. 또한 그런 미봉책이 얼마나 해로운지도 알고 있었다. 아우크스부르크의 은행가들이 담보를 요구하여 오스트리아의 은광들과, 아라곤·안달루시아에서 가장 비옥한 땅 등 우리의 모든 수입원이 조금씩 그들의 수중에 떨어졌다. 아메리카의 금은 우리 항구에 들어오기 한참 전부터 이미 그들의 것이었다. 그래서 국고가 비어 다시 차용을 해야 했던 것이다.

내가 말했다.

"그리고 인력은? 사람들을 데려올 수 있는 곳이 어딥니까?"

그는 머뭇거리더니 나를 보지 않고 말했다.

"민델하임 제후가 원조하겠다고 해요."

나는 펄쩍 뛰었다.

"우리가 루터교도 제후에게 의지해야 한다는 겁니까?"

"다른 도리가 있겠어요?"

나는 침묵을 지켰다. 유일한 대책……. 다른 도리가 있을까? …… 역학이 가동되고 있었다. 톱니들은 서로 맞물려 들어가며 흔들림 없이 공허하게 돌아가고 있었다. 카를은 신성로마제국 재건을 꿈꿨다. 그는 자신의 영토, 자신의 피, 자신의 목숨을 대가로 교회를 지키겠다고 맹세했다. 우리는 교황의 이름으로 에스파냐와 네덜란드 전역에 화형대를 세웠다. 그런데 바로 그 교황과 싸우러 가기 위해 교회의 적들에게 의지해야 했던 것이다.

“우리는 선택의 여지가 없어요.”

페르디난트가 힘주어 말했다.

“없죠. 우리는 결코 선택의 여지가 없었죠.”

내가 말했다.

그래서 우리는 2월 초에 독일 용병들, 바바리아 사람들, 슈바벤 사람들, 티롤 사람들로 구성된 지원군에 힘입어 이탈리아로 내려왔다. 민델하임 제후가 그들의 선두에 섰는데, 그들은 다 합쳐서 8000명이었고 모두 루터교도였다. 우리는 우선 아르노 계곡에서 기다리던 부르봉과 합류하러 갔다. 빗줄기가 묵직한 소나기가 되어 밤낮으로 내려서 모든 길이 진흙탕으로 변했다.

내가 진지에 도착했을 때, 항명하던 병사들은 장군의 막사를 향해 행진하고 있었다. 그들은 외쳐댔다. “돈이 아니면 피를!” 그리고 그들은 장전한 화승총의 화구에 불붙은 천 조각들을 갖다 대고 있었다. 그들의 군용 잠방이는 누더기였고, 그들의 얼굴에는 칼에 베인 커다란 흉터가 있었다. 그들은 군인이라기보다는 오히려 강도 같았다.

나는 금화 10만 두카트를 가져다가 즉시 배급했다. 그러나 난병亂兵들은 빈정거리며 금화를 받고는 그 두 배를 요구했다. 사태를 진정시키기 위해 민델하임 제후가 외쳤다. “우리는 로마에서 금을 얻게 될 것이다.” 그러자마자 루터교도 용병들, 독일 병사들, 에스파냐 병사들은 로마로 향하는 길로 달려갔다. 그들은 교회의 재물로 자신들의 손해를 만회하겠다고 다짐했다. 우리는 그들을 만류하려 애썼지만 헛된 일이었다. 교황이 카를과 화해했다고 전하러 온 사절이 자기 목숨을 보존하려 도망쳐야 했으니 말이다. 도중에 약탈할 기회를 엿보던 이탈리아 무법자 일당이 합류했다.

우리보다 우세한 낭인 무리를 막기는 불가능했다. 우리는 결국 우리 군대의 포로 신세가 되어버렸던 것이다.

'대체 이것이 통치한다는 것인가?'

우리는 그들의 아우성 속에서 억수같은 비를 맞으며 말없이 말을 타고 나아갔다. 이 사람들을 모았고, 돈과 식량을 공급해준 것은 바로 나였다. 그런데 그들은 나를 가장 부조리한 재앙으로 끌어가고 있었다.

5월 초, 1만 4000명이 넘는 불한당이 로마의 성벽 아래 도착했다. 그들은 큰소리로 전리품을 요구했다. 부르봉은 목이 잘릴까 봐 그들의 공격을 이끄는 데 동의해야 했다. 그는 첫 번째 돌진 때 내 옆에서 죽었다. 교황군에 의해 두 차례 뒤로 밀렸다가, 에스파냐 용병, 루터교도 군대, 이탈리아 강도 떼는 결국 도시로 밀고 들어갔다. 일주일 동안 그들은 성직자들, 속인들, 부자들, 가난한 사람들, 추기경들, 요리사들을 학살했다. 교황은 마지막 한 명까지 싸우다 죽은 스위스 호위병들에게 구출되어 도망쳤다가 부르봉의 자리를 이어받은 오랑주 공에게 항복했다.

주택가의 발코니에 시신들이 대롱거렸다. 검푸른 파리 떼가 광장에서 썩고 있는 인육들 주위에서 붕붕거렸다. 끈적끈적해진 티베르 강물은 시체들을 실어 날랐다. 길에는 붉은 웅덩이들이, 도랑의 쓰레기 더미 가운데에는 피 묻은 천 조각들이 널브러져 있었다. 개들이 회색과 빨간색을 띤 이상한 것들을 게걸스럽게 먹는 것이 보였다. 공기에서 죽음이 느껴졌다. 집 안에서 여자들은 울고, 병사들은 거리에서 노래하고 있었다.

내 눈은 메말라 있었고, 나는 노래하지 않았다. '로마.' 나는 혼잣말을 했다. '이곳이 로마야.' 그러나 이 말은 이제 내게 와 닿지 않았다. 옛날에야, 로마가 카르모나보다 더 아름답고 강대한 도시였기에 만일 사람들이 내게 '어느 날 너는 그곳의 지배자가 될 거고, 네 병사들이 교황을 쫓아내고 추기경들을 교수형에 처할 거야' 라고 말했다면, 나는 기쁨의 탄성을 질렀을지 모른다. 나중에 나는 로마를 이탈리아의 가장 고귀한 도시로 숭배하게 되었기에, 만일 사람들이 내게 '에스파냐 병사들, 독일 기병들이 그 주민을 학살하고 교회들을 약탈할 거야'라고 말했다면, 나는 눈물을 흘렸을지 모른다. 그러나 오늘날 로마는 이제 내게 아무것도 아니었다. 나는 로마의 폐허에서 승리도 패배도 보고 있지 않았다. 그다지 의미 없는 한 사건일 뿐이었다. '뭐가 대수겠어?' 나는 너무나 자주 이런 말을 해왔다. 그러나 만일 잿더미가 된 마을, 고문, 학살이 대수로운 것이 아니라면, 새집, 풍요로운 문화, 갓난아이의 미소는 뭐가 대수겠는가? 아직 내게 그 어떤 희망이 허락될 것인가? 나는 이제 고통스러워할 수도 기쁨을 누릴 수도 없는 한낱 주검일 뿐이었다. 매장꾼들이 거리와 광장을 치웠다. 사람들은 피의 흔적을 씻어내고 잔해를 수습했다. 여자들은 샘터로 물을 길러 가려고 머뭇거리며 집 밖으로 나왔다. 로마는 다시 태어나려 하고 있었다. 그리고 나, 나는 죽어 있었다.

여러 날 동안, 나는 이 주검을 끌고서 그 도시를 돌아다녔다. 그리고 어느 날 아침, 티베르 강가에 멈춰 서서 산탄젤로 성의 육중한 윤곽을 바라보고 있었다. 그때 문득, 생명 없는 이 배경의 저쪽에서, 내 심장의 공허함 저쪽에서 무엇인가가 살아나기 시작했다. 그것은 나의 밖에서, 또 나의 가장 깊은 곳에서 살아나고 있었다. 주목의 거뭇한 냄새, 파란 하늘 아래 기다랗게 서 있는 흰 벽, 나의 과거. 나는 눈을 감았다. 카르모나의 정원이 보였다. 이 정원 안에,

욕망과 분노와 기쁨을 불사르는 한 사람이 있었다. 나는 그 사람이었고, 그는 나였다. 저쪽에, 지평선 깊은 곳에 나는 살아 있는 심장을 가지고 존재하고 있었다. 그날 바로 나는 오랑주 공에게 휴가를 얻었고, 로마를 벗어나자 급히 말을 달려 길을 떠났다.

전쟁이 이탈리아 전역으로 퍼지고 있었다. 나 역시 이들 계곡과 들판에서 싸운 적이 있었다. 우리는 농작물을 약간 불태우고 몇몇 과수원을 약탈했다. 하지만 한 계절이면 우리가 지나간 흔적이 사라지기에 충분했다. 반면에 프랑스 사람들과 제국 군대는 자신들에게는 이국異國인 이 땅을 사정없이 유린했다. 그들은 주민들에 대해 일말의 동정심도 없었다. 마을은 불태워지고, 곡창은 파괴되고, 가축은 도살당하고, 둑은 무너뜨려지고, 경작지는 물에 잠겼다. 풀과 야생 뿌리를 찾는 어린아이들 무리를 길가에서 본 것이 한두 번이 아니었다. 세계는 확장되었고, 인구는 더 많아졌고, 도시는 더 거대해졌다. 사람들은 숲과 늪에서 비옥한 땅을 쟁취했고, 새로운 도구들을 발명했다. 그러나 그들의 싸움은 더 야만스러워져서 학살 중에 희생자가 수천 명씩 소멸되었다. 그들은 건설하는 법과 동시에 파괴하는 법을 배웠던 것이다. 어느 완고한 신이 삶과 죽음 사이에, 풍요와 빈곤 사이에 요지부동의 부조리한 균형을 유지하는 데 열중하고 있다고 말할 만했다.

풍경이 친근해졌다. 나는 흙의 색깔, 공기의 향기, 새들의 노랫소리를 알아보았다. 나는 말에 박차를 가했다. 여기서부터 몇 리외 떨어진 곳에 자신의 도시를 아주 사랑하던 사람, 꽃이 핀 편도나무에게 미소를 지으며 두 주먹을 쥐고 귀를 울리는 자신의 피를 느끼던 사람이 있었다. 나는 서둘러 그와 합쳐지려고, 그와 동화되려고 했다. 나는 목이 메어 올리브나무와 편도나무가 있는 평야를 가로질러 갔다. 그리고 카르모나, 바위산 위에 높이 자리한, 여덟 개의 황금빛 탑으로 둘러싸인, 그 모습 그대로인 카르모나가 나타났다. 나는 카르모나를 오랫동안 바라보았다. 말을 세우고, 기다리고 기다렸지만 아무 일도 일어나지 않았다. 나는 어제 떠나온 듯한 친근한 무대만을 보았을 뿐이다. 눈 깜빡할 사이에 카르모나가 나의 현재 속으로 들어왔다. 이제 거기에 있는 카르모나는 일상적이고 무심했으며, 과거는 닿을 수 없는 곳에 머물러 있었다.

나는 언덕을 기어오르며 생각했다. '그가 성곽 뒤에서 나를 기다리고 있어.' 성문을 통과했다. 나는 궁전, 점포들, 술집들, 교회들, 깔때기 모양 굴뚝들, 장밋빛 포석들, 그리고 벽에 붙어 자라는 참제비고깔들을 알아보았다. 모두 제자리에 있었으나, 과거는 어디에도 없었다. 오랫동안 나는 큰 광장에서 움직이지 않았다. 그리고 성당의 계단에 앉았다가 묘지를 배회했다. 아무 일도 일어나지 않았다.

베틀은 쿵쿵거렸고, 대장장이들은 구리 냄비를 두드리고 있었으며, 아이들은 비탈길에서 놀고 있었다. 아무것도 변한 게 없었다. 카르모나에는 빠진 게 아무것도 없었다. 누구도 나를 필요로 하지 않았다. 누구도 결코 나를 필요로 하지 않았다.

나는 성당으로 들어가, 카르모나의 제후들이 그 아래에 누워 있던 바닥돌을 보았다. 둥근 천장 아래에서 신부의 목소리가 소곤거렸다. '그들이 평화롭게 쉬게 하소서.' 그들은 평화롭게 쉬고 있었다. 그리고 나야 죽어 있었지만, 내 부재의 증인인 나는 아직 거기 있었다. 나는 생각했다. '결코 휴식은 없겠지.'

♦

"루터 지지자가 한 명이라도 남아 있는 한, 독일은 결코 하나로 합쳐지지 않을 거예요."

카를이 거친 목소리로 말했다.

"루터가 세를 잃는 족족 새로운 종파들이 그 자리를 다시 차지하게 됩니다. 그런데 그 종파들은 루터파보다 더 광신적입니다."

내가 말했다.

"그들을 모두 짓눌러야 해요."

카를이 말했다. 그는 군센 손으로 탁자를 눌렀다.

"그래야 할 때죠, 반드시 그래야 할 때죠."

그래야 할 때였다. 벌써 10년! 화려한 의식, 하찮은 걱정, 소용없는 전쟁, 학살의 10년이었다. 신세계를 제외하면 우리는 아직 아무것도 건설하지 못했다. 한 해 동안 우리는 다시 약간 희망을 품었다. 프랑수아 1세가 이탈리아, 오스트리아, 플랑드르에 대한 권리를 포기했고, 페르디난트 뒤에 뭉친 독일이 오스트리아 빈의 전방에서 투르크군을 물리쳤던 것이다. 이사벨라가 카를에게 튼튼한 아들을 낳아줘서 에스파냐 및 대제국의 왕위 계승은 보장되었다. 피사로는 코르테스의 그것보다 더 부유한 또 다른 제국을 정복하려고 준비하고 있었다. 1530년 2월 말, 카를은 볼로냐의 성당에서 교황에 의해 황제로 축성되었다. 그러나 이탈리아와 네덜란드에서 소요가 터진 지 얼마 되지 않았고, 루터교도 제후들은 서로 동맹을 맺었으며, 프랑수아 1세가 그들과 함께 책동을 부렸다. 그리고 술탄 술레이만 대제가 다시 기독교 세계에 불안을 조장하고 있어서, 카를은 가톨릭교도 제후들을 주위에 모아들인 후 그에 대항하여 전쟁을 할 준비를 하고 있었다.

"이단자들을 화형에 처하는 것으로 정말 우리가 이단을 소탕할 수 있을지 의문입니다."

내가 말했다.

"그들은 우리 설교자들의 말을 듣지 않아요."

카를이 말했다.

"그들을 이해하고 싶습니다. 이해가 안 됩니다."

내가 말했다.

그는 눈살을 찡그렸다.

"그들의 마음속에는 악마가 있어요."

인디언들을 학대하도록 방치하는 것에 그렇게나 양심의 가책을 느꼈던 카를이 이제는 네덜란드와 에스파냐 전역에 종교재판소의 열의를 부채질했고, 기독교인으로서 악마들에 대항해 싸우는 것이 그의 임무가 되었다.

"최선을 다해 악마들을 소탕하겠습니다."

내가 말했다.

나는 카를의 짜증을 이해할 수 있었다. 교황에 대항하기 위해 루터교도에 의지하는 것, 루터교도 동맹에 대항하기 위해 가톨릭교도에 의지하는 것, 이것은 우리를 어디로도 기울지 못하게 하는 저울질이었다. 영적 불화의 촉매제 전부를 제거하지 못하는 한, 우리는 정치적 단합이라는 꿈을 이루는 데 성공하지 못할 것이었다. 나는 거기에 도달할 수 있다고 확신했다. 다만 좋은 방법을 발견해야만 했다. 탄압은 이교도의 맹신만 강화할 뿐이었다. 그 설교자들은 교도에게 거짓된 광신의 언어로 말했다. 그러나 그들을 다시 끌어와 그들에게 이성의 소리를 듣게 하고 진정 자신들에게 이로운 것이 무엇인지 자각하게 할 수 있지 않을까?

"당신이 말씀하시는, 진정 그들에게 이로운 것이 무엇입니까?"

빌두스가 내게 말했다. 나는 그와 함께 이 생각에 대해 이야기를 나누고 있었다.

그는 조소하는 듯한 태도로 나를 바라보았다. 내가 공조를 바란 것은 그와 같은 부류의 사람들이었다. 그러나 루터가 유죄 판결을 받은 뒤로 그는 결코 내게 터놓고 이야기하지 않았다.

"당신이 옳아요. 이 모든 것의 뿌리를 알아야겠죠."

내가 말했다. 나는 그를 주시했다.

"당신은 그걸 알고 있겠죠?"

"저는 이단자들과 만나지 않습니다."

그가 신중한 미소를 지으며 말했다.

"나는 말이오, 그들과 자주 만날 거요. 내가 생각하는 바가 맞는지 확인하고 싶소."

내가 말했다.

카를이 군의 선봉에 서서 출정했을 때, 나는 네덜란드로 가서 교황 특사인 알레안드르에게 캐물었다. 신봉자들의 수가 가장 많은 종파는 재세례파라고 불렸다. 서로가 서로에게 새로 세례를 베풀기 때문이었다. 그 사실을 알고 나서 나는 그들을 만나게 해달라고 요구했다. 그들이 거의 숨어 지내지 않았기 때문에 나를 그들 사이에 들여보내기는 어렵지 않다고들 했다. 그들은 순교를 바라는 듯했다. 나는 실제로 그들의 몇몇 모임에 참석하는 데 성공했다. 아르곤 등불 두 개가 밝혀주던 상점 골방에서 수공업자들, 직공들, 소상인들이 타오르는 눈빛으로, 영감에 사로잡힌 설교자가 베푸는 거룩한 말씀들을 듣고 있었다. 가장 자주 설교한 자는 예언자 에녹의 화신이라 자처하던, 눈빛이 파랗고 부드러운 작은 남자였다. 그의 설교는 일상적인 방식대로라면 특별한 것이 아니었다. 그는 정의와 우애가 지배할 새 예루살렘의 도래를 약속했다. 그러나 이러한 몽상을 흥분된 목소리로 떠벌렸다. 회중 가운데에는 여자와 아주 젊은 사람들이 많았다. 그들은 열정적으로 듣다가 숨결이 가빠지더니 곧 소리를 지르기 시작했고, 풀썩 무릎을 꿇고는 울면서 서로를 껴안았다. 그들은 입은 옷을 빈번히 갈기갈기 찢었고 손톱으로 얼굴을 할퀴었다. 여자들이 팔을 십자가처럼 뻗고서 바닥에 몸을 던지면, 남자들은 그들의 몸을 밟아댔다. 그런 후에 그들은 태연히 집으로 돌아갔다. 그들은 양순해 보였다. 몇몇 재세례파 신자를 이따금 불로 지져 고문하던 붉은 법정[44]의 재판장은 그들의 온순함과 순종이 놀랍다고 내게 말했다. 여자들은 노래를 부르면서 고문을 받으러 갔다. 나는 몇 번에 걸쳐서 그 예언자와 이야기해보려고 애썼다. 그러나 그는 대답하지 않고 미소만 지었다.

나는 몇 주 동안 그 상점 골방을 찾아가지 않았다. 어느 날 저녁, 나는 그곳을 다시 찾았다. 이때는 설교자의 어투가 바뀐 듯 보였다. 그는 전보다 훨씬 더 격하게 노성을 질렀고, 연설의 끝 부분에서 열광적으로 고함쳤다.

"부자들의 손가락에서 반지를 빼앗고 그들의 목에서 금목걸이를 빼앗는 것으로 충분하지 않습니다. 존재하는 것 모두를 파괴해야만 합니다."

회중은 그를 따라서 광적으로 복창했다. "파괴해야 한다! 파괴해야 한다!" 일종의 불안감이 나를 사로잡을 정도로 그들은 열광

44. 화형 선고를 내리던 법정이어서 이런 이름이 붙었다._옮긴이

적으로 함성을 질러댔다. 회합 장소에서 나오면서 나는 그 예언자의 팔을 잡았다.

"왜 파괴해야 한다고 설교했죠? 설명해봐요."

그는 부드럽게 나를 바라보았다.

"파괴해야만 합니다, 그래야만 합니다."

"아니오, 건설해야 해요."

내가 말했다.

그는 고개를 흔들었다.

"파괴해야 합니다. 인간에게는 달리 아무런 수가 남아 있지 않습니다."

"하지만 선생은 새로운 나라를 주창했잖소."

그는 미소를 지었다.

"그것을 주창하는 이유는 그것이 존재하지 않기 때문입니다."

"그것이 실현되기를 진정으로 바라지 않는다는 말이오?"

"만일 그것이 실현된다면, 만일 모든 사람이 행복하게 지내게 된다면, 땅에 남은 할 일이 뭐가 있겠습니까?(심장을 꿰뚫어볼 듯이 나를 바라보는 그의 눈 속에는 불안이 있었다.) 세계는 우리 어깨를 너무나 무겁게 누르고 있습니다. 구원은 하나뿐입니다. 그것은 바로, 이미 만들어진 모든 것을 파괴하는 겁니다."

"너무 이상한 구원책이군요!"

내가 말했다.

그는 놀리듯이 웃었다.

"그들은 우리를 화석화하려 하지만, 우리는 순순히 화석이 되지는 않을 겁니다!"

갑자기 예언자의 커다란 목소리가 밤공기를 터뜨렸다.

"우리는 파괴할 것이고, 망가뜨릴 것이며, 살아갈 것입니다!"

바로 그로부터 얼마 후, 독일 곳곳의 도시에 재세례파가 들이닥쳤다. 그들은 교회, 부르주아의 집, 수도원, 책, 가구, 무덤을 태워버렸고, 농작물에 불을 질렀고, 여자들을 겁탈하면서 피의 축제에 매진했다. 그리고 그들의 노도에 대항하려고 시도하는 모든 자들을 학살했다. 나는 그 예언자 에녹이 뮌스터의 지배자가 된 것을 알게 되었다. 때때로 그의 율법 아래에서 벌어진 무서운 광란의 반향이 내게 전해졌다. 주교가 마침내 그 예언자에게서 도시를 탈환했을 때, 그는 성당 탑의 철창에 갇혔다. 나는 이 자의 기괴한 말로에 대해 자문해보기를 그만뒀다. 그러나 불안한 생각이 들었다. 기근은 정복할 수 있고, 페스트도 정복할 수 있다. 하지만 사람들을 정복할 수 있을까?

나는 루터교도 역시 재세례파가 일으킨 혼란을 두려운 마음으로 바라보고 있다는 사실을 알고 있었다. 나는 이러한 감정을 활용해보려고, 브뤼셀의 종교재판소에서 막 화형을 선고받은 아우구스티누스회 수도사 두 명에게 면담을 요구했다.

"이 서류 말이오, 왜 서명을 거부하는 거요?"

나는 그들에게 전향서를 내보이면서 말했다.

그들은 대답 없이 미소 지었다. 그들은 중년이었고, 고지식한 인상이었다.

내가 말했다.

"알아요. 당신들은 죽음을 아랑곳하지 않죠. 당신들은 하늘에 올라갈 것을 갈망하고, 오직 자신들만의 구원을 생각하죠. 신이 그런 이기주의를 허락하리라 생각합니까?"

그들은 약간 놀라며 나를 쳐다보았다. 내가 한 말은 종교재판소

심문자들이 흔히 쓰던 말이 아니었던 것이다.

"뮌스터와 독일 전체에서 재세례파가 저지른 끔찍한 일들에 대한 이야기를 들었죠?"

내가 물어보았다.

"예."

"그래요! 당신들이 10년 전에 일으켰던 대반란처럼, 이 난리도 당신들에게 책임이 있어요!"

"그 말씀은 틀리다는 것을 아셔야 합니다. 루터도 그런 한심한 자들에 대해 개탄했습니다."

한 수도사가 말했다.

"죄책감을 느꼈으니까 그렇게나 격하게 개탄한 거죠. 잘 생각해 봐요. 당신들은 당신들의 마음속에서 진리를 찾을 권리도, 그 진리를 큰소리로 전파할 권리도 요구하고 있어요. 그럼 미친 사람이나 광신자들까지 자신들의 진리를 외쳐대는 것을 누가 막겠습니까? 얼마나 많은 교파가 생겨났는지, 그들이 무슨 참상을 저질렀는지 봐요."

"그들의 설교는 잘못된 것입니다."

그 수도사가 말했다.

"어떻게 그것을 증명할 수 있겠소, 만일 당신들이 권위 전체를 부정한다면 말이오?"

내가 압박하는 목소리로 덧붙였다.

"교회가 종종 그 의무를 제대로 이행하지 못할 수도 있어요. 나는 교회가 종종 잘못된 사실을 가르친다는 것까지 인정해요. 그리고 나는 당신들이 마음속으로 비밀스레 교회가 잘못한다고 심판하지 말라는 게 아니에요. 그러나 왜 큰소리로 교회를 공격합니까?"

그들은 땅을 향해 고개를 약간 숙이고 양팔을 옷소매에 넣은 채 내 말을 듣고 있었다. 나는 내 생각이 옳다고 지나치게 확신했다. 그래서 그들을 설득할 수 있다고 믿었다.

내가 말했다.

"사람들은 단결해야만 합니다. 사람들은 자연의 적대에 대항해서, 그리고 빈곤이나 부정, 전쟁에 대항해서 싸워야 해요. 쓸데없는 분쟁으로 힘을 낭비해서는 안 되니, 사람들 사이에 분열의 씨앗을 심지 마세요. 형제들의 행복을 위해서 자신의 의견을 희생할 수 없습니까?"

그들은 고개를 들었다. 그리고 여태 아무 말도 하지 않던 수도사가 말했다.

"오직 한 가지 선善이 있을 뿐입니다. 그것은 자신의 양심에 따라 행동하는 것입니다."

이튿날 브뤼셀 광장 가운데서 불꽃이 탁탁 타올랐다. 불에 탄 끔찍한 살 냄새가 하늘을 향해 올라갔다. 화형대 주위에 모여든 군중은 침묵 속에서 순교자들의 영혼을 위해 기도하고 있었다. 나는 창가에 팔꿈치를 대고 검은 재가 공중에서 소용돌이치는 것을 바라보았다. '어리석은 자들!' 불꽃이 그들을 산 채로 집어삼켰다. 그들은 그렇게 되기를 선택했다. 죽음을 선택했던 안토니오 같은 어리석은 자처럼, 그리고 살기를 거부했던 베아트리체 같은 어리석은 자처럼, 예언자 에녹은 탑에서 굶어 죽었다. 나는 화형대를 바라보았다. 그리고 그들이 정말로 어리석은 자들인지, 혹은 죽음을 면할 수 없는 존재인 인간의 마음속에 내가 풀지 못한 어떤 비밀이 존재하는 것인지 자문해보았다. 화염이 꺼져갔다. 광장 한가운데에는 형체 없이 타버린 물체 한 덩어리가 남았을 따름이다. 나는 바람에 흩날리는 재들에게 묻고 싶었다.

♦

그동안 카를은 술레이만에게 승리를 거뒀다. 그는 아프리카에서 이교도에 맞서 전쟁을 치러 튀니스에서 해적 바르바로사를 쫓아내고, 에스파냐의 패권을 인정한 물레이 하산을 왕좌에 앉혔다. 카를은 부활절 성체 배령을 위해 로마로 떠났다. 성 베드로 성당에서 그는 교황 옆의 왕좌에 앉아 함께 신자의 의무를 수행하고서 함께 성당 밖으로 나왔다. 제국은 수 세기 만에 처음으로 교황청과 동등한 권능을 입증하고 있었다. 그러나 세계와 마주하여 이런 승리가 확연해지던 바로 그 순간, 우리는 프랑수아 1세가 갑자기 자신의 둘째 아들을 위해 밀라노 공작 자리의 계승을 주장하며 막 토리노에 군대를 파견했다는 소식을 듣게 되었다.

"안 돼요. 나는 더 이상 전쟁을 원치 않아요. 늘 전쟁이라니. 이건 진을 빼는 일이에요. 대체 전쟁이 무슨 소용이 있단 말이오?"

카를이 말했다.

항상 자신의 감정을 잘 자제하던 카를이 신경질적으로 수염을 잡아당기며 이리저리 서성댔다.

그가 말했다.

"자, 나는 이렇게 하려고 해요. 밀라노와 부르고뉴를 걸고 프랑수아와 내가 직접 결투를 하겠어요. 그리고 지는 사람이 이기는 사람을 도와 이교도에 대한 전쟁에 나서는 거예요."

나는 말했다.

"프랑수아는 그런 도전에 응하지 않을 겁니다."

나는 이제 알고 있었다. 결코 우리는 이 일을 끝낼 수 없으리라는 것, 결코 우리의 손은 자유로워질 수 없으리라는 것을 말이다. 우리는 프랑스 사람들에게서 벗어나면 투르크 사람들과 맞서기 위해 행군해야 했다. 투르크 사람들에게 이기면 프랑스 사람들과 맞서기 위해 돌아서야 했다. 에스파냐에서 일어난 반란이 누그러지자마자 또 다른 반란이 독일에서 터졌다. 루터교도 제후들의 군사력을 약화시키자마자 우리는 가톨릭교도의 뻔뻔스러움을 무찔러야 했다. 우리는 목적이 무엇인지를 더 이상 알 수 없게 된 헛된 싸움을 하느라 힘을 소모하고 있었다. 독일의 단결, 신세계 통치, 이러한 커다란 그림을 그릴 여유를 결코 가질 수 없었다. 카를은 프로방스로 내려가야 했다. 우리는 마르세유를 향해 진군했다. 그러나 그곳을 탈환하지는 못했다. 우리는 니스에서 맺은 평화협정에 따라 사부아, 그리고 피에몬테의 3분의 2를 포기하고 제노바로 물러나 에스파냐로 항해해야 했다.

카를은 에스파냐에서 이사벨라 여왕과 겨울을 보냈다. 그녀의 건강은 심각한 걱정거리였다. 5월 1일, 그녀는 조산에 이어 심한 고열을 겪다가 몇 시간 만에 죽었다. 황제는 몇 주 동안 톨레도 근교의 수도원에 틀어박혔다. 칩거지에서 나왔을 때 그는 10년도 더 늙어 보였다. 그의 등은 굽었고, 얼굴색은 납빛이었으며 눈에 생기가 없었다.

“수도원에서 안 나오시겠구나 했습니다.”

내가 말했다.

“안 나오고 싶었어요.”

카를은 안락의자에 앉아 꼼짝도 하지 않고 창을 통해 파란 하늘을 응시하고 있었다.

"뜻대로 하시는 게 아닙니까?"

내가 물어보았다.

그가 나를 바라보았다.

"당신이 언젠가 나한테 이렇게 말한 적이 있어요. '당신의 건강, 당신의 행복은 전혀 무게 있는 것이 아닙니다'라고요."

"아! 아직도 그 말을 기억하십니까?"

"그 말을 상기해야 할 때예요."

그는 손으로 이마를 짚었다. 전에 없던 몸짓, 늙은 사람의 몸짓이었다.

"나는 필리프한테 온전한 제국을 넘겨줘야 해요."

그가 말했다.

나는 대답 없이 고개를 숙였다. 카스티야 여름의 타는 듯한 커다란 침묵이 우리를 덮었다. 그의 의무를 일러줄 대담함이 어떻게 내게 있었을까? 어떻게 어느 날 그라나다의 분수 소리를 들으면서 '내가 이 사람에게 생명과 행복을 줬어'라고 감히 나 스스로에게 말할 수 있었을까? 그러면 오늘은 '그에게 저 꺼져버린 눈, 고통에 겨운 입과 떨리는 심장을 준 자가 바로 나야. 그의 불행은 내가 만든 거야'라고 말해야 했다. 그의 영혼 속에 찬 기운이 흐르고 있었다. 나는 그에게서 마치 시체의 손을 만질 때만큼이나 명백하게 냉기를 느꼈다.

몇 주 동안 우리는 일종의 허탈감에 잠겨 지냈다. 우리는 카를의 이름으로 네덜란드를 통치하던 그의 누이 마리의 구조 요청을 받고 그 허탈감에서 빠져나왔다. 겐트에서 소요가 발생했던 것이다. 안트베르펜의 번영은 벌써 한참 전부터 오래된 도시 겐트에 그림자를 드리워서, 겐트의 상인들은 대부분의 주문이 빠져나가는 것을 보게 되었고, 일자리가 없어진 노동자들은 빈곤 속에서 살고 있었다. 섭정 여왕이 모든 도시에 국세를 부과하자, 겐트는 납부를 거절했다. 반란자들은 1515년에 겐트의 시민들에게 인정해준 시 제정령을 조각냈고, 겐트 시민들은 동조의 표시로서 작은 양피지 조각을 자랑스럽게 옷에 달고 다니고 있었다. 반란자들은 고관을 한 명 죽였다. 그리고 도시를 약탈하기 시작했다. 우리는 프랑스 왕에게서 자유롭게 영토를 통과해도 좋다는 약조를 얻어냈다. 2월 14일 카를 5세는 마리와 함께 교황 특사, 대사들, 독일 및 에스파냐의 제후 및 귀족들과 나란히 겐트로 들어갔다. 제국 기병과 2만 용병이 뒤따랐다. 길디긴 짐수레 행렬과 함께 이 대열이 지나가는 데만 다섯 시간이 걸렸다. 카를은 40년 전에 자신이 태어난 성안에 자리를 잡았고, 그의 군대는 도시의 다른 구역들로 흩어졌다. 그들은 그곳에서 곧바로 공포심을 불러일으켰다. 사흘이 지나자 반란군의 우두머리들은 투쟁을 단념했다. 3월 3일에 재판이 열렸다. 메헬렌의 검사는 군주들에게 그 도시가 저지른 범법 행위를 열거했다. 겐트 시민 대표단이 섭정 여왕에게 동정을 빌기 위해 왔다. 그러나 그녀는 화가 난 채로 그들의 말을 들었다. 그녀는 가차 없는 처벌을 요구했다.

"벌주는 게 지겹지 않으십니까?"

내가 카를에게 말했다.

그가 놀라서 나를 보았다.

"내 감정이 뭐가 중요하죠?"

그는 외관상 평정을 되찾았다. 많이 마시고 먹었으며, 늘 몸치장에 꽤 신경 썼다. 그의 어떤 행동도 허한 마음을 짐작하게 해주진 못했다.

"정말 이 사람들이 죄인이라고 생각하십니까?"

그는 눈썹을 치켜 올렸다.

"아메리카의 인디언들이 죄인이었나요? 악을 행하지 않고 통치할 수는 없다고 가르쳐준 건 바로 당신이에요."

"그 악이 유용하다는 조건에서였습니다."

내가 말했다.

"본보기가 필요해서예요."

그가 말했다.

나는 그를 주시하며 말했다.

"당신답지 않습니다."

그는 머리를 돌렸다.

"나는 필리프의 상속을 해할 권리가 없어요."

이튿날 처형이 시작되었다. 주모자 열여섯 명이 참수되었다. 에스파냐 용병들이 부르주아들의 집을 약탈하고 그들의 부인과 딸을 겁탈하는 동안에 말이다. 황제는 한 구역을, 그 안에 있는 교회까지 깡그리 깨부수게 하더니 그 폐허 위에 성채를 하나 세우도록 했다. 겐트의 공공 재산은 압수되었다. 무기, 대포, 군수품과 '롤란트'라 불리는 큰 종이 강탈되었다. 겐트의 모든 특전은 폐기되었다. 그리고 겐트 주민들은 이에 상응하는 벌금을 지불해야 했다.

"왜?"

내가 중얼거렸다.

"왜?"

마리는 오빠 옆에 앉아서 미소 짓고 있었다. 검은 옷을 입고 머리에는 아무것도 쓰지 않은 맨발의 유지 30명이 군주들의 발밑에 무릎을 꿇고 있었다. 그들 뒤에는 각 동업조합의 대표자 6명, 직조공 50명, 인민당원 50명이 셔츠 차림에 목에는 오라를 지고 있었다. 모두들 머리를 꺾은 채 입술을 깨물고 있었다. 그들은 자유로운 몸이 되기를 원한 것이었는데 우리는 그것을 죄로 처벌하기 위해 그들에게 무릎으로 기라고 강요하고 있었다. 독일 전역에 걸쳐 수많은 사람이 수레바퀴 형벌, 능지처참, 화형을 당한 바 있었다. 에스파냐에서는 수많은 귀족과 부르주아들이 참수된 바 있었다. 그런데 네덜란드의 도시에서 이단자들이 화형대의 불꽃 속에서 온몸을 비틀고 있었다. 왜?

그날 저녁, 나는 카를에게 말했다.

"저는 아메리카로 떠날 생각입니다."

"지금요?"

"지금요."

그것이 내 마지막 희망이었고, 유일한 욕망이었다. 우리는 피사로가 금으로 온통 번쩍이는 페루의 황제를 그의 군대 면전에서 사로잡아 그의 영토를 복속시켰다는 소식을 1년 전에 전해 들었다. 새 왕국에서 온 첫 번째 범선은 금 4만 2496페소와 은 1750마르크를 싣고 세비야 항구에 들어왔다. 저쪽에서는 흔들거리는 과거를 무용한 전쟁이나 참혹한 탄압으로 지키려고 힘을 낭비하지 않았다. 저쪽에서는 미래를 새로이 창출하고, 건설하고, 창조하고 있었다.

카를은 창가로 다가갔다. 그는 돌로 지은 둑 사이를 흐르는 좁은 운하의 잿빛 물을 바라보았다. 당당했던 종을 없애버린 교회 종탑의 시커먼 토대가 멀리 보였다.

"나는 결코 아메리카를 볼 수 없을 거예요!"

"제 눈을 통해 보시게 될 겁니다. 아시잖아요, 제게 맡기시면 됩니다."

"나중에요."

그가 말했다.

그것은 명령이 아니었다. 부탁이었다. 그의 입에서 이렇게 호소하는 듯한 억양이 나오려면 그는 아주 커다란 비탄에 시달리고 있어야 했다. 그는 단호하게 다시 말했다.

"나는 여기서 당신이 필요해요."

나는 고개를 숙였다. '지금 내가 아메리카를 보고 싶다고 해서, 나중에도 여전히 그러고 싶을까?' 바로 그때 떠나야 했으리라.

"기다리겠습니다."

내가 말했다.

◆

나는 10년을 기다렸다. 모든 것이 끊임없이 변했어도, 모든 것이 그대로였다. 독일에서 루터교가 승리를 거뒀다. 투르크인들은 다시 기독교 세계를 위협했다. 다시 해적들이 지중해를 침범하고 있었다. 우리는 그들로부터 알제리를 뺏으려 했지만 실패했던 것이다. 다시 프랑스와 전쟁을 벌이게 되었다. 크레피앙발루아에서 맺은 협정에 따라 황제는 부르고뉴를, 프랑수아 1세는 나폴리, 아르투아, 플랑드르를 단념했다. 제국과 프랑스의 국력을 거의 소모시켰던 27년간의 전쟁을 거친 뒤에, 두 전쟁 상대자는 자신의 상대적인 위상을 조금도 바꾸지 못한 채 여전히 맞서고 있었다. 카를은 교황 바오로 2세가 트렌토에서 공의회를 소집하는 것을 보게 되어서 기뻤다. 그러자 루터교도 제후들이 곧 내전을 일으켰다. 통풍에 시달렸지만 카를은 용맹하게 온몸을 바쳐 적들을 진압하는 데 성공했다. 그러나 밀라노 주재 황제 대리 사령관이 피아첸차를 점령하는 서툰 짓을 했다. 교황은 화가 나서 프랑스의 새 국왕 앙리 2세와 협상을 시작하는 한편 트렌토 공의회를 볼로냐로 옮겼다. 아우크스부르크에서 카를은 가톨릭교도도 개신교도도 만족하지 않은 절충안을 받아들여야 했다. 카를이 황제가 되고 나서 우리는 독일 헌법을 제정하고자 쉬지 않고 투쟁했지만, 이쪽도 저쪽도 집요하게 그 헌법안을 유보하고 있었다.

"그 절충안에 절대로 서명하지 말았어야 했어요."

카를이 말했다.

그는 깊은 안락의자에 앉아 있었다. 통풍에 걸린 그의 한쪽 다리는 발받침 위에 수평으로 얹혀 있었다. 말에 올라타야 할 일이 생기지 않을 때, 그는 그런 자세로 하루를 보냈다.

내가 말했다.

"어쩔 수가 없었습니다."

그는 어깨를 으쓱했다.

"항상 그렇게들 말하죠."

"그렇게들 말하는 이유는 그것이 사실이기 때문입니다."

내가 말했다.

유일한 방책……. 우리에게는 선택의 여지가 없다……. 어쩔 수가 없었다……. 몇 년, 몇 세기에 걸쳐 똑같은 일이 되풀이되었다. 어떤 인간적 의지가 그 흐름을 틀어버릴 수 있으리라 상상하려면 어리석어야만 했다. 우리의 큰 계획들이 무슨 무게가 있었을까?

"거부해야 했어요. 어떤 대가를 치르더라도."

"그러면 전쟁이 벌어지고, 폐하께서 졌을 겁니다."

"알아요."

그는 손으로 이마를 짚었다. 그 몸짓은 이제 그의 습관이 되었다. 그는 이렇게 자문하는 듯 보였다. '져서는 안 될 이유가 있을까?' 그리고 어쩌면 그가 옳았다. 어쨌든 간에 자신의 욕망으로 이 지상에 흔적을 남긴 사람들이 있다. 루터, 코르테스……. 그런 자들은, 진다는 생각을 받아들였기 때문에 그럴 수 있었을까? 우리의 경우, 승리를 선택했다. 그리고 지금 우리는 자문하고 있었다. '어떤 승리인가?'

잠시 뒤 카를이 말했다.

"필리프는 황제가 못 될 거예요."

카를은 오래전부터 그것을 알고 있었다. 페르디난트는 제국에 대한 권리를 자기 아들에게 물려주고 싶어서 전에 없이 극성스럽게 권리를 주장하고 있었다. 그러나 아직까지 카를은 결코 큰소리로 패배를 시인한 적이 없었다.

"뭐 대수로울 게 있겠습니까?"

내가 말했다.

나는 빛바랜 벽지, 떡갈나무 가구들, 그리고 창 너머 바람에 들썩거리는 가을 잎들을 바라보았다. 이곳에서는 모든 것이 먼지투성이였고 굳어 있었다. 역대 왕조, 국경, 상투적인 것들, 부당한 일들. 왜 우리는 이 낡고 좀먹은 세계의 잔해들을 한꺼번에 지키려고 악착을 부릴까?

"필리프를 에스파냐의 왕과 인도[45] 제국의 황제로 만드십시오. 창조하고 건설할 수 있는 곳은 그곳뿐입니다……."

"그럴 수 있을까요?"

45. 아메리카를 가리킨다._옮긴이

카를이 말했다.

"의심스러우십니까? 폐하께서 정복하신 온전히 새로운 세계는 그곳에 있습니다. 폐하께서 그곳에 교회를 세우고, 도시를 건설했습니다. 폐하께서 뿌리고 수확하신……."

그는 고개를 흔들었다.

"거기서 무슨 일이 일어나고 있는지 누가 알겠어요?"

사실 혼란스러운 상황이었다. 피사로와 그의 동료 사이에 전쟁이 일어났는데, 이자는 패배해서 사형 선고를 받았지만 그를 지지하는 자들이 피사로를 죽였다. 황제가 분쟁을 가라앉히려고 보낸 부왕副王은, 왕실 부관들이 막 제압하여 참수한 곤살레스 피사로의 군인들에게 살해되었다. 확실한 것은 새 법령이 지켜지지 않아 인디언들이 여전히 학대받고 있다는 것이었다.

"예전에, 당신 눈으로 직접 아메리카를 보고 싶어 했죠."

카를이 말했다.

"예."

"아직 그러고 싶죠?"

나는 망설였다. 무엇인가가 아직도 내 심장에서 약하게 뛰고 있었다. 그것은 아마 어떤 욕망이었다.

"계속 폐하를 섬기고 싶습니다."

"그렇다면 우리가 그곳에 무엇을 만들었는지 가서 봐요. 내가 알아둘 필요가 있어요."

그가 말했다.

그는 통풍에 걸린 다리를 천천히 쓰다듬었다.

"필리프한테 물려줄 것에 대해 알아둬야겠죠."

그는 목소리를 낮췄다.

"재위 30년간 내가 뭘 했는지 알아야겠어요."

6개월 뒤인 1550년 봄, 산루카르데바라메다 항구에서 나는 화물선 세 척, 그리고 전함 두 척과 함께 항해를 다니는 쾌속 범선에 올랐다. 몇 날 며칠 동안 나는 뱃전에 기대어, 배 뒤꽁무니에서 수면을 가르는 포말의 길을 바라보았다. 콜럼버스의 쾌속 범선, 코르테스와 피사로의 쾌속 범선들이 따라간 그 길이었다. 정말 자주 나는 그 길을 양피지 지도 위에서 손가락으로 돌아다녔다. 그러나 오늘 그 바다는 더 이상 내 손으로 건너갈 수 있는 단조로운 공간이 아니었다. 그것은 일렁이며 번쩍거리던 바다, 내 시선보다 더 멀리 펼쳐져 있는 바다였다. 나는 생각했다. '바다를 차지할 수 있을까?' 브뤼셀, 아우크스부르크, 혹은 마드리드에 있는 집무실에서 나는 이 세계를 내 두 손에 쥐기를 꿈꿨다. 이 세계, 그것은 매끄럽고 둥근 구球였다. 이제, 매일매일 파란 물 위를 미끄럼질 치며 나아가는 동안, 나는 자문했다. '대체 세계란 뭐지? 그건 어디에 있는 거지?'

어느 날 아침 나는 눈을 감고 갑판에 누워 있었다. 그때 갑자기 다섯 달 전부터 마시지 못하던 어떤 냄새, 뜨겁고 향료 섞인 냄새, 육지의 어떤 냄새가 바람에 실려 왔다. 나는 눈을 떴다. 내 앞, 까마득히 펼쳐진 거기에서, 나는 커다란 잎이 달린 나무들의 숲이 그늘을 드리운, 평평한 해안을 보았다. 우리는 루카얀 군도群島[46]에 들어서고 있었다. 나는 물에 떠 있는 듯 보이는 거대한 녹지를 감격스럽게 쳐다보았다. 망꾼이 "육지다!" 하고 외쳤을 때 콜럼버스 일행은 무릎을 꿇고 주저앉았겠지. 오늘처럼 새들의 지저귐이 들렸을 거야.

46. 오늘날의 바하마 제도._옮긴이

"우리 이 군도에 기항할 건가?"

내가 선장에게 물어보았다.

"아닙니다. 이 섬들은 무인도입니다."

그가 말했다.

"무인도라고. 그게 사실이군!"

"모르셨습니까?"

"믿지 않고 있었네."

1509년, 페르난도 왕이 루카얀 조약을 재가했다. 라스카사스 신부가 단언한 바로는, 사람들이 불도그들을 이용해서 루카얀 사람들을 사냥감처럼 추격하여 루카얀 인디언 5만 명이 전멸했거나 뿔뿔이 흩어졌다.

"15년 전에는 진주 거래로 살아가던 이주민 몇몇이 아직 해안에 남아 있었습니다. 그러나 이미 잠수부 한 명이 150두카트를 받고 있었습니다. 그 사람들도 빠르게 사라져서, 마지막까지 남아 있던 에스파냐인들도 섬을 떠나야만 했습니다."

선장이 말했다.

"이 군도에는 섬이 몇 개나 있나?"

내가 물어보았다.

"30개 정도죠."

"전부 다 무인도고?"

"전부요."

지리학자들이 작성한 지도에서 이 군도는 그저 흩뿌려 놓은 무의미한 점들에 지나지 않았다. 그런데 여기서는 각각의 섬이 알람브라 궁전의 정원만큼이나 섬광을 발하며 존재하고 있었다. 섬들은 강렬한 빛깔을 띤 꽃, 새와 향기로 가득 차 있었다. 암초 사이에

갇힌 바다는 선원들이 '물의 정원'이라고 부르는 잔잔한 호수를 만들었다. 해파리 같은 강장동물, 해초, 산호가 빨갛고 파란 물고기들이 헤엄치는 투명한 물속에 피어나 있었다. 드문드문 고립된 모래 언덕이 꼭 좌초한 배처럼 수면에 솟아오른 것이 보였다. 종종 그 모래 봉우리는 칡 같은 덩굴 식물이 얽어낸 그물에 잠겨 있었는데, 그 측면에 종려나무들이 자라고 있었다. 이제는 어떤 쪽배도 이따금 민물 지하수가 끓어오르는 미지근한 못들을 미끄러져 가지 않았다. 누구의 손도 칡덩굴들의 휘장을 걷어보지 않았다. 얼마 전까지 한 느긋한 나체 부족이 시름없이 살던 이 달콤한 땅은 사람들에게 잊히고 말았다.

"쿠바에는 인디언이 남아 있나?"

우리가 산티아고 만灣으로 이어지는 좁은 수로로 들어섰을 때 내가 물어보았다.

"아바나 근처 관도라 마을에 있는데요, 산에서 살던 60가구 정도를 모았습니다. 이 지역에도 몇몇 부족이 아직 살고 있지만 숨어 지냅니다."

선장이 내게 말했다.

"알겠네."

내가 말했다.

쿠바의 산티아고 만은 아주 넓어 에스파냐 왕국의 함대 전체가 너끈히 도열할 수 있을 정도였다. 나는 산허리에 층층으로 돌출해 있는 빨갛고 파랗고 노란 네모난 집들을 바라보고 미소를 지었다. 나는 도시를 좋아했다. 포장도로에 발을 내려놓은 때부터, 나는 역청과 기름 냄새, 안트베르펜과 산루카르의 냄새를 달콤하게 들이마셨다. 나는 부두에 우글대는 군중을 가르고 나아갔다. 누더기 차림인 아이들이 소리치면서 내 옷에 매달리며 외쳤다. "산타루치아!" 나는 바닥에 동전 한 줌을 던져줬다. 그리고 그 무리 중에서 가장 영리해 보이는 아이에게 말했다.

"길을 안내하렴."

종려나무들이 그늘을 만들고 있는 황토색 넓은 길이 하얗게 반짝이는 교회 쪽으로 뻗어 있었다.

"산타루치아예요."

그 아이가 말했다.

아이는 맨발에, 머리는 검은 공 같은 까까머리였다.

"나는 교회를 좋아하지 않는단다. 상점가나 장터를 보게 안내해라."

내가 말했다.

우리는 길모퉁이를 돌았다. 모든 길이 직선이었고, 바둑판무늬 모양으로 교차했다. 빛나는 회반죽이 덮인 집들은 카디스의 집들을 본떠서 지어졌다. 그러나 산티아고는 에스파냐의 어떤 마을과도 닮지 않았고, 도시라 하기도 어려웠다. 내 신발은 들판의 누런 먼지로 더러워졌고, 정사각형 큰 광장들은 아직 빈터인 채 용설란과 선인장이 자라고 있었다.

"에스파냐에서 오셨죠?"

아이가 반짝이는 눈으로 나를 쳐다보았다.

"그래."

내가 말했다.

"저는 크면 광산으로 일하러 갈 거예요. 부자가 돼서 에스파냐로 떠날 거예요."

"너는 여기가 마음에 안 드니?"

아이는 경멸하듯 바닥에 침을 뱉었다.

"여기서는 모두가 가난해요."

그 아이가 말했다.

우리는 장터에 도착했다. 여자들이 바닥에 앉아 종려나무 잎 위에, 벌어진 선인장 열매들을 놓고 팔았다. 다른 여자들은 둥근 빵과 씨앗, 강낭콩이나 병아리콩이 담긴 바구니들이 실린 좌판 뒤에 서 있었다. 철물상과 포목상도 있었다. 남자들은 빛바랜 면 옷을 둘렀고, 모두들 맨발로 걷고 있었다. 여자들 역시 초라한 긴 옷을 입고 맨발로 걸어 다녔다.

"밀이 한 파네가[47]에 얼마요?"

나는 귀족처럼 옷을 입고 있었기에, 상인들은 놀라서 나를 쳐다보았다.

"24두카트입니다."

"24두카트! 세비야보다 두 배로 비싸네."

"그게 시세입니다."

남자가 퉁명한 목소리로 말했다.

천천히 나는 시장을 한 바퀴 돌았다. 닳아빠진 옷을 입은 어린 소녀가 내 앞에서 아장거렸다. 그 소녀는 빵을 파는 모든 좌판 앞에서 걸음을 멈췄다. 고민하는 모습으로 둥근 빵 조각들을 건드려 보고 무게를 재보기도 했지만 사려는 결심은 하지 못했다. 상인들이 소녀에게 미소를 지었다. 철이 은보다 더 비싼 이 고장에서는 빵이 금보다 더 귀했다. 에스파냐에서 272마라베디인 강낭콩 1파네가가 이곳에서는 578마라베디, 말편자 하나에 6두카트, 쇠못 두

47. 에스파냐의 옛 부피 단위. 약 60리터 정도다._옮긴이

개에 46마라베디, 종이 25장에 4두카트, 발렌시아에서 만든 얇은 진홍색 종이 500장이 40두카트나 나갔고, 장화 한 켤레가 36두카트에 팔렸다. 포토시에서 은광맥이 발견된 뒤로 에스파냐에서 이미 느껴지던 물가 상승이 여기서는 주민들을 빈곤에 빠뜨려버렸던 것이다. 나는 기근으로 인해 푹 팬 황갈색 얼굴들을 바라보고 생각했다. '5년 안에, 10년 안에, 왕국 전체에 걸쳐 이런 일이 일어날 거야.'

그날 내내 마을을 돌아다니며 구걸하는 여자들과 노인들의 불평, 아이들의 찌르는 듯한 호소에 시달린 뒤, 나는 저녁에 총독 관저에서 식사했다. 그는 굉장히 사치스럽게 나를 맞이했다. 귀족들과 귀부인들은 머리부터 발끝까지 비단으로 감쌌고, 관저의 벽에는 비단이 드리워져 있었다. 식탁은 카를 5세의 그것보다 더 호화스러웠다. 나는 초청자에게 원주민들의 운명에 대해 물었다. 그는 선장이 내게 말했던 바를 확인해줬다. 산티아고 뒤쪽과 아바나 근처에 흑인들이 경작하는 몇몇 농장이 펼쳐져 있기는 해도 얼마 전까지 인디언 2만 명이 살던, 바야돌리드와 로마를 가르는 거리만큼 넓은 쿠바 섬은 대체로 무인지경이 되었다는 것이다.

"이 미개인들을 모두 학살하지 않고서 복종시킬 수는 없었소?"

내가 화가 나서 따졌다.

어느 농장주가 내게 말했다.

"학살은 전혀 없었습니다. 당신은 인디언들을 모르세요. 여기 이 사람들은 너무 게을러서, 조금 피곤한 것보다 차라리 죽음을 택하죠. 그들은 일하지 않으려고 스스로 폐인이 되고자 했어요. 그들은 스스로 목을 매었거나 먹기를 거부했죠. 여러 마을이 집단으로 자살했고요."

며칠 뒤, 자메이카로 가는 배에서 나는 쿠바에서 승선한 수도사들 중 한 명에게 캐물었다.

"이 섬의 인디언들이 스스로 목숨을 끊었다는 것이 사실인가요, 게으름 때문에 말이오?"

그 수도사가 말했다.

"사실인즉 주인들은 인디언들이 힘들어 죽을 때까지 일을 시켰습니다. 그래서 이 불행한 사람들은 차라리 당장 죽는 쪽을 택했습니다. 그들은 서둘러 죽으려고 흙과 자갈을 먹었습니다. 그리고 혹시라도 하늘에서 그 훌륭하신 에스파냐 주인들을 다시 만날까 봐 세례받기를 거절했습니다."

멘도네스 신부의 목소리는 격분과 동정으로 떨렸다. 그는 한참 동안 내게 인디언들에 대해 이야기해줬다. 코르테스의 부관들이 들려줬던 잔인하고 멍청한 미개인들이 아니라, 너무나 온순해서 무기를 사용할 줄 몰라 에스파냐 칼의 날에 몸을 다친 사람들에 대해 그는 그림 그리듯이 묘사해줬다. 그들이 살던 집은 줄기와 갈대로 지은 거대한 오두막이었는데, 그곳에서 수백 명씩 기거했다. 사냥과 낚시를 하고 옥수수를 재배하면서 여가 시간에 벌새 깃털을 엮어 짜는 일을 했다. 그들은 이 세상의 재산을 탐내지 않았고, 증오, 선망과 욕심을 몰랐다. 가난하게, 근심 없이, 행복하게 살고 있었다. 나는 햇빛과 피곤에 짓눌려 갑판에 뻗어 있던 비참한 이주자 무리를 바라보았다. 보따리 하나 손에 들고서 그들은 부를 찾아 광산으로 가려고 탐욕의 땅 쿠바를 떠나는 것이었다. 나는 생각했다.

'우리는 누구를 위해 일하는 거지?'

곧 들쑥날쑥한 산줄기가 지평선에 나타났다. 청금석 빛깔에 물든 산봉우리 아래, 협곡들의 짙푸른 녹음과, 희멀건 녹색까지 채도가 떨어지는 계곡들이 뚜렷이 보였다. 자메이카. 멘도네스 신부가 내게 말한 바로는 그 섬에서 살았던 인디언 6만 명 중에서 남은 사람은 기껏 200명 정도였다.

"그러니까 흑인들의 이주는 인디언 단 한 명의 목숨도 구하지 못했군요?"

내가 물었다.

"늑대에게 양을 지키라고 맡긴 이상, 양을 구할 방법은 없습니다. 그리고 어떻게 한 가지 죄를 다른 죄로 지울 수 있겠습니까?"

수도사가 말했다.

"라스카사스 신부도 이 대책을 지지했어요."

"라스카사스 신부는 자책감으로 고문당하다 죽을 겁니다."

"그를 책망하지 마시오. 자기 행동의 결과를 누가 미리 알 수 있겠소."

내가 격하게 말했다.

그 수도사는 나를 바라보았다. 나는 눈을 돌렸다.

"많이 기도해야 합니다, 아들이여."

그가 내게 말했다.

나는 농장주들이 흑인 노예를 천천히 불태워 죽이거나 조그만 잘못에도 능지처참할 수 있는 권리를 법적으로 허용받는다는 것을 알고 있었다. 그러나 마드리드에서는 그들이 이러한 권리를 남용하지 않을 것이라고 생각하기 쉬워서, 나는 무시무시한 이야기들을 눈살 찌푸리지도 않고 잘 듣곤 했다. 몇몇 이민자들이 개에게 원주민 아이의 살을 먹였다고도, 노가레스 총독이 단순히 일시적 기분에 따라 5000명 넘는 인디언을 학살했다고도 들었던 것이다. 그러나 사람들은 또한 신대륙의 화산이 용해된 금을 뿜어낸다고도, 아스테카의 도시들이 순은으로 건설되었다고도 이야기했다. 이제 앤틸리스 제도는 더 이상 전설의 땅이 아니었다. 에메랄드 빛깔의 섬들과 청금석 빛깔의 산들, 내가 그것들을 눈으로 보고 있었던 것이다. 해안의 금빛 모래 저편에서, 진짜 사람들이 다른 사람들을 진짜 채찍으로 때리고 있었다.

우리는 포트안토니오에 기항했다가 다시 길을 떠났다. 날이 갈수록 숨 막히는 더위가 기승을 부렸다. 물은 아예 미동이 없고, 바다에 물결 하나 없었다. 이물 쪽에 누워 있던, 얼굴이 창백한 이주자들은 땀에 흥건히 젖은 채 고열로 떨고 있었다.

아침이 되자 푸에르토벨로가 나타났다. 항구는 푸른 두 곶 사이의 깊은 만灣 안에 둥지를 틀고 있었다. 곶을 뒤덮은 녹음이 너무나 빽빽해서 땅이 한 치도 보이지 않았다. 바다로부터 거대한 식물 두 개가 뿌리를 물속에 담그고 400자나 되는 높이로 솟아오른 것을 보고 있다는 생각이 들 정도였다. 도시의 거리에는 뜨거운 대기가 일렁였다. 기후가 너무 안 좋아, 지협 횡단에 쓸 노새를 즉시 구하지 못했던 이주자들이 일주일 만에 고열로 죽었다고 사람들이 내게 말해줬다. 나는 총독에게서, 나와 함께 배를 타고 온 모든 사람에게 탈것을 마련해주겠다는 확답을 얻었다. 우리는 이미 병에 휩쓸린 사람들만 그곳에 남겨뒀다.

몇 날 며칠 동안 우리는 장대한 숲을 가로질러 꼬불꼬불 나 있는, 노새가 다니는 길을 따라 전진했다. 머리 위로 나무들이 두꺼운 천장을 이루고 있어서 우리는 하늘을 보지 못했다. 거대한 뿌리들이 포석을 밀어 올린 상태였다. 지난번 호송 이후 다시 자라 통로를 막아버린 칡덩굴을 잘라내기 위해 우리는 자주 멈춰야만 했다. 우리 주위의 그늘은 숨 막히고 축축했다. 네 사람이 길에서 죽었고, 다른 세 사람이 여행을 계속할 수가 없어 샛길에 누워버렸다. 멘도네스 신부는 이 고장에도 역시 사람이 살지 않는다고 내게 알려줬다. 석 달 동안 인디언 어린이 7000명이 지협에서 굶어 죽었다고 한다.

이때 파나마는 페루와 칠레의 교역 전체를 조종했다. 그곳은 번창하는 큰 도시였다. 비단옷을 입은 상인들, 보석으로 치장한 여자들, 화려하게 마구를 갖춘 노새 대상들이 왕래하고 있었다. 넓은 집들은 엄청나게 호사스러운 가구들을 갖추고 있었다. 그러나 대기가 너무나 해로워 매년 주민 수천 명이 덧없는 부유함 속에서 급사했다.

우리는 페루 해안을 따라 항해를 다니는 쾌속 범선에 올랐다. 여독을 견뎌내고 살아남은 이주자들이 탄 범선은 포토시로 항해를 계속했다. 나로 말하자면, 멘도네스 신부와 함께 '왕의 도시'에서 3리외 거리인 카야오에서 내렸는데, 우리는 힘들지 않게 수도에 당도했다.

도시는 넓은 길과 큰 광장을 갖추고 바둑판처럼 조성되어 있었다. 도시가 너무도 넓어서 주민들은 자랑스럽게 '웅장한 도시'라고 불렀다. 찰흙을 빚어 말린 벽돌로 지은 집들은 안달루시아의 집들처럼 뜰을 빙 둘러서 세워졌다. 바깥벽에는 장식이 없고 창문을 내지 않았다. 샘과 분수가 모든 교차로를 시원하게 해주었다. 그리고 대기는 약간 덥고 가벼웠다. 그래도 에스파냐인들은 기후를 힘들게 버텨내고 있었다. 그리고 나는 쿠바의 산티아고에서와 똑같은 비참한 군중을 거리에서 다시 만났다. 이곳에서도 역시 금과 은은 사람들에게 쓸모없었다. 기둥은 순은으로, 벽은 귀한 대리석으로 된 성당이 건설되는 중이었다. 누구를 위해 그것을 건설하는 것일까?

그 도시에서 성당 다음으로 아름다운 건물은 밋밋한 벽으로 이루어진 거대한 감옥이었다. 금사로 짠 휘장을 늘어뜨린 사륜마차의 문을 통해서 부왕副王은 자랑스레 그 건물을 내게 가리켰다.

"여기에 왕국의 모든 반역자가 갇혀 있습니다."

그가 내게 말했다.

"어떤 자들을 반역자라고 부르죠? 권력에 공공연히 항거하는 사람들인가요, 아니면 새 법에 복종하지 않는 사람들인가요?"

내가 물었다.

그는 어깨를 으쓱했다.

"아무도 새 법에 복종하지 않습니다. 왕권이 말뿐이 아닌 다른 것이 되기를 원한다면 우리는 정복자들에게 대항해 다시 페루를 정복해야 할 겁니다."

카를 5세의 칙령은 인디언들을 해방하고, 그들에게 봉급을 주고, 그들에게 적정한 노동만을 요구하라는 조건을 제시했다. 그러나 내가 물어보았던 모든 사람은 그 적용이 불가능하다는 입장이었다. 어떤 사람들은 인디언이 그저 노예 상태에서만 행복해질 수 있다고 주장했다. 다른 사람들은 우리가 반드시 수행해야 할 과업의 크기와 인디언들의 천성적인 게으름에 필요한 것은 엄격한 체제라고, 수치를 들먹이면서 내게 설명했다. 그리고 또 다른 사람들은, 왕의 부관들에게는 그들을 복종하도록 할 방법이 없다고 말할 뿐이었다.

"우리는 원주민들을 노예로 삼은 이민자들에게 대사大赦를 해주지 않기로 결정했어요. 그러나 주교들은 우리가 그런 입장을 고수한다면 성무 집행 금지령을 내리겠다고 우리를 위협했죠."

멘도네스 신부가 내게 말했다.

그는 늙고 병든 인디언들을 치료해주고 고아들을 양육하는 선교관을 내가 방문하도록 해줬다. 종려나무 그늘이 진 뜰에 아이들이 쌀이 담긴 커다란 통 주위에 쪼그려 앉아 있었다. 갈색 얼굴에 광대뼈가 튀어나오고, 검고 뻣뻣한 머릿결을 지닌 예쁜 아이들이었다. 그들의 눈은 짙고 반짝였다. 그들은 모두 함께 작은 갈색 손을 통에 넣었다가 모두 함께 그 손을 입으로 가져갔다. 그들은 사람의 아이들이었지 작은 동물들이 아니었다.

"아이들이 예쁘군요."

내가 말했다.

신부는 손으로 한 어린 소녀의 머리를 짚었다.

"이 아이의 어머니 역시 예뻤죠. 그리고 그녀는 그 때문에 목숨을 잃었어요. 피사로의 병사들이 그녀와 그녀의 동무 두 사람을 함께 교수형에 처했어요. 에스파냐인들이 인디언 여자한테 무관심하다는 것을 증명해 보이기 위해서였죠."

"그러면 저 사내아이는요?"

내가 물어보았다.

"마을에서 갖다 바친 조공이 불충분하다는 판결이 내려져서 산 채로 태워진 지도자의 아들이죠."

그런 식으로, 우리가 천천히 지붕 덮인 안마당을 도는 동안, 정복의 역사가 우리 눈앞에 전개되었다. 피사로의 일행은 내륙으로 파고 들어갔던 만큼, 마을마다 몇 년씩이나 걸려 모은 양식 전부를 자신들에게 넘기라고 강요했다. 그들은 자신들이 다 쓰지 못한 비축품을 버리거나 태워버렸다. 가축 떼를 도륙했다. 농작물은 망가뜨렸다. 그들은 오직 황폐만을 뒤에 남겼다. 정확히 그렇게 했기 때문에 원주민들은 수천 명씩 굶어 죽었다. 사소한 이유로 마을이 불탔고, 불붙은 집에서 도망치려 시도한 불행한 주민들은 화살 세례를 받고 쓰러졌다. 정복자들이 다가오자 주민 모두가 자살해버린 마을도 여럿 있었다.

"아직 이 불행한 나라를 더 둘러보고 싶다면, 안내자를 한 명 소개할까 해요."

멘도네스 신부가 내게 말했다.

그는 종려나무 둥치에 등을 대고서 꿈을 꾸는 듯 보이던, 키가 큰 갈색 청년을 가리켰다.

"에스파냐 남자와 잉카 가문 출신인 인디언 여자 사이에 태어난 아이예요. 아버지는 카스티야 여자와 결혼하기 위해 아이 엄마를 버렸죠. 아이는 우리한테 맡겨졌어요. 이런 일이 흔하죠. 저 아이는 선조들의 역사에 정통하고, 이 지역을 잘 알아요. 나를 따라 자주 여행을 다녔거든요."

며칠 후, 나는 그 젊은 잉카인 필리피요를 동반해 '왕의 도시'를 떠났다. 부왕은 내게 튼튼한 말 몇 마리와 인디언 짐꾼 열 명을 내줬다. 해안에 짙은 안개가 끼어 태양을 완전히 가렸고, 땅바닥은 이슬에 젖어 있었다. 우리는 멋진 초원으로 덮인 언덕의 비탈에 난 길을 따라갔다. 그것은 구세계의 어떤 길보다 더 단단하고 더 편리한, 판석이 깔린 넓은 도로였다.

"이 도로를 건설한 사람들은 잉카인입니다."

내 안내자가 자랑스럽게 말했다.

"제국 전체에 비슷한 길이 깔려 있었습니다. 키토에서 쿠스코까지, 당신의 말보다 더 빠르게 모든 도시에 황제의 명령을 전달하던 전령들이 뛰어다녔습니다."

나는 이 멋진 토목 시설에 경탄했다. 강을 건너기 위해서 잉카인들은 돌다리를 세웠다. 또한 협곡에는 흔히, 골풀로 꼬아서 나무 말뚝에 끝을 붙들어 맨 구름다리를 걸쳐놓았다.

며칠 동안 우리는 말을 타고 갔다. 나는 인디언 짐꾼들의 근력에 놀랐다. 식량과 이불이 든 무거운 짐을 지고서 그들은 비틀대지도 않고 매일 15리외 정도의 거리를 걸었다. 나는 곧 그들의 힘이 어떤 식물의 덕택인 것을 알게 되었다. 그들은 쉬지 않고 그 푸른 잎을 씹었는데 그것을 '콜라'라고 불렀다. 그들은 한 차례 여정이 끝날 때마다 바닥에 짐을 던지고는 힘을 쓰느라 지칠 대로 지쳐서 대자로 길게 뻗었다. 잠시 후 그들은 동그랗게 만 신선한 잎을 다시 씹기 시작하고, 이내 왕성해졌다.

"자, 이게 파차카막입니다."

필리피요가 내게 말했다.

나는 말을 멈췄다. 그리고 되뇌었다. "파차카막!" 그 말은 내게 석재와 서양삼나무로 지은 저택으로 가득 찬 도시, 향초 정원, 바닷물 속으로 빠져 들어가는 커다란 층계, 어장漁場과 물새 도래지를 동시에 떠오르게 했다. 저택의 테라스에는 금으로 된 꽃과 과일과 새들이 깃든, 금덩어리로 된 나무들이 심어져 있으리라. 파차카막! 나는 눈을 크게 떴다.

"아무것도 안 보이네."

내가 말했다.

"볼 것이라고는 저것뿐입니다."

잉카 청년이 내게 말했다.

우리는 다가갔다. 층지게 깎인 작은 동산 하나가, 오직 붉게 칠한 담벼락 한 면만 남아 있는 어떤 유적의 발판으로 쓰이고 있었다. 이 벽은 접합제를 조금도 사용하지 않고 엄청난 돌덩이들을 서로 포개지게 올려 쌓은 것이었다. 나는 안내자를 바라보았다. 그는 고개를 쳐들고서 말 위에 꼿꼿이 앉아 아무것도 바라보지 않고 있었다.

이튿날, 우리는 해안을 떠나 산비탈을 기어오르기 시작했다. 우리는 연안에 깔린 안개 위로 조금씩 올라갔다. 공기는 더욱 건조해졌고 녹음이 짙어졌다. 멀리서는 언덕들이 금 자갈로 덮여 있는 것처럼 보였다. 가까이 가자, 해바라기와 가운데가 노란 데이지 꽃이 피어 있는 드넓은 들판임을 알게 되었다. 초원에는 여린 볏과 식물과 파란 선인장이 자라고 있었다. 길은 매우 가파른 오르막인데 기온은 그대로였다. 우리는 버려진 몇몇 마을을 지나갔다. 찰흙을 빚어 말린 벽돌로 지은 집들은 파손되지 않은 상태였지만 잡초가 우거져 있었다. 내 안내인은, 에스파냐군이 접근해 오자 주민들이 모든 보물을 가지고 안데스 산맥을 넘어 달아났다고 말했다. 그들이 어떻게 되었는지 아무도 몰랐다.

예전에는 이 마을들 중 가장 작은 마을에서도 사람들이 용설란과 목화, 그리고 선명한 빛깔로 물들인 라마 털로 피륙을 짰다. 사람들은 붉은 바탕에 사람의 얼굴 모양이나 기하학적 무늬를 장식한 도기도 만들었다. 하지만 지금은 모든 것이 죽어 있었다.

나는 찬찬히 젊은 잉카인에게 물어보았다. 그리고 해발 8000자도 더 되는 곳에 위치하지만 여전히 파란 선인장이 자라는 거대한 고원을 지나가는 동안, 그의 조상들의 왕국이 어땠는지를 조금씩 배웠다. 잉카인들은 사적 소유를 몰랐다. 그들은 토지를 공동으로 소유했고, 토지는 매년 재분배되었다. 관리들의 생계를 보장하고 흉작 대비용 창고를 채우기 위해 일부 공유지를 남겨두면서 말이다. 이 공유지는 '잉카와 태양의 땅'이라 불렸고, 인디언이라면 누구나 일정한 날에 이 땅을 경작하러 갔다. 그들은 또한 병자와 과부와 고아의 밭을 경작해주러 갔다. 그들은 정성을 들여 일했고, 어느 마을에서나 자기 농토에서 함께 일해달라고 친구들을, 또 마을 사람들을 초대했다. 초대받은 사람들은 마치 결혼식에 초대받은 것처럼 신나게 달려갔다. 2년마다 피륙을 짤 털이 배급되었다. 그리고 더운 지대에서는 모두에게 황실의 땅에서 난 목화가 돌아갔다. 누구나 밭의 주인인 동시에 석공이자 대장장이여서 자신에게 필요한 것 전부를 집에서 만들었다. 그들 중에는 가난한 사람이 없었다. 나는 필리피요의 말을 들으며 생각했다. '그것이 우리가 파괴해버린 제국이고, 내가 이 지상에 세우고 싶었으나 세울 수 없었던 제국이야!'

"쿠스코!"

잉카인이 내게 말했다.

우리는 어느 고개 꼭대기에 도착했다. 그러자 우리 아래쪽으로, 마을들이 흩어져 있는 온통 파란 고원이 나타났다. 풍광 좋은 불카니다 계곡이었다. 멀리 하얀 원뿔형 아주야타 산과 눈 덮인 안데스 산맥이 보였다. 도시는 폐허를 왕관처럼 머리에 얹고 있는 한 언덕의 기슭에 펼쳐져 있었다. 나는 말에 박차를 가해 잉카인들의 옛 수도를 향해 달려갔다.

우리는 개자리 풀밭과 보리, 옥수수 밭과 콜라 들판을 가로질러 갔다. 들판에는 잉카인들이 판 물길이 사방으로 나 있었다. 언덕에는 흙이 무너지는 것을 막으려고 층계를 냈다. 도로망과 도시들을 건설한 이 사람들은 구대륙의 어떤 민족보다 더 재주 있는 농사꾼이기도 했다.

마을에 들어가기에 앞서 나는 먼저 언덕으로 올라갔다. 언덕에 서 있던 폐허는 본래, 황제가 피사로 무리를 피해 들어가 있던 요새였다. 요새는 색깔이 진한 석회석들이 서로 완벽하게 맞물리는 삼중 성곽으로 되어 있었다. 나는 시간 가는 줄 모르고 이 돌 더미 사이에 머물러 있었다.

쿠스코의 성곽이 완전히 파괴된 것은 아니었다. 탑 몇 개는 아직 건재했다. 거리에도 아름다운 돌집이 몇 채 남아 있었다. 그러나 대부분의 경우 기초만 원래대로 남아 있던 데다가 에스파냐인들이 성급하게 그 위에 가벼운 벽돌로 된 몇 층짜리 집을 다시 지어놓은 상태였다. 풍경이 좋은데도, 인디언들과 이민자들의 수가 많은데도, 도시는 뭔가 암울한 저주 아래 짓눌려 있는 듯했다. 에스파냐인들은 모진 기후와 증오심에 대해 불평했다. 그들은 증오심에 포위되어 있다고 느끼고 있었다. 그들은 내게 해마다 정복자들의 입성 기념일이 되면 늙은 원주민들이, 어느 날 에스파냐인들을 몽땅 휩쓸어 가고야 말 땅속 강물이 포효하는 소리를 듣고 싶어서 귀를 땅에 갖다 댄다고 이야기했다.

우리는 쿠스코에서 며칠만 지내고 다시 길을 재촉했다. 높은 고원의 공기는 너무도 건조하고 너무도 차가웠기 때문에 미라가 된 노새의 시체를 길가에서 흔히 볼 수 있었다. 이 지역에서는 시신이 부패하지 않았다. 이따금 우리는 폐허와 마주쳤다. 궁전, 신전, 요새의 폐허였다. 찰흙을 빚어 말린 삼각형이나 육각형 벽돌로 아치나 둥근 천장 없이 건설된 거대한 건물들의 잔재만 남아 있었다. 말라버린 커다란 호수 끝에서 우리는 피아오카나카오라는 웅장한 도시의 유적과 마주쳤다. 바닥에는 깨진 쑥돌과 반암이 널려 있었다. 옛날에 신전이 있던 자리에는 파편들만 산을 이루고 있었다.

몇 줄로 늘어선 큼직하고 높은 돌들이 옛길을 표시해주었다. 장거리 도로의 양 옆에는 투박하게 조각된 거대한 석상들이 서 있었다.

우리가 지나온 모든 마을이 비어 있었다. 불타버린 마을이 아주 흔했다. 한번은 갓 지은 어떤 오두막집의 문턱에서 늙은이 한 명을 발견했다. 그는 코도 귀도 없었고, 눈구멍은 움푹 패어 있었다. 필리피요가 그에게 말을 걸자 그는 듣는 듯했지만 아무 대답도 하지 않았다.

"제 추측으론 그들이 혀도 뽑아버린 것 같습니다."

필리피요는 내게, 이 지역에 금광맥이 있다고 생각한 에스파냐인들이 그 위치를 자백하라고 원주민들을 참혹하게 고문했다고 알려줬다. 그러나 인디언들은 깰 수 없는 침묵을 고집했다.

"왜 그랬지?"

내가 물었다.

"포토시의 광산들을 보시게 될 겁니다. 그러면 그들이 아이들에게는 그곳에서 겪는 것과 같은 운명을 면하게 해주고 싶었다는 것을 아시게 될 겁니다."

나는 곧 알게 되었다. 그로부터 며칠 후, 우리는 광산으로 끌려가는 인디언 호송대를 지나치게 되었다. 인디언들은 머리에 채운 쇠고리로 서로서로 묶여 있었다. 그리고 한쪽 뺨에는 달군 쇠로 찍은 G 자가 새겨져 있었다. 대략 400명에서 500명은 족히 되었다. 그들은 비틀거리면서 걷고 있었다. 탈진한 듯 보였다. 그들을 지키던 에스파냐인들은 채찍질로 그들을 앞으로 나아가게 했다.

"키토에서 온 사람들입니다. 그리고 아마 그곳에서 출발했을 때는 5000명이 넘었을 겁니다. 한번은 뜨거운 땅을 횡단하는 동안 만 명이 죽었습니다. 그리고 한번은 6000명 중에 200명이 도착했습니다. 저들이 길에서 지쳐 쓰러지면 풀어주지도 않습니다. 그냥 머리를 자릅니다.”

내 안내인이 말했다.

그날 저녁, 참으로 오랜만에 처음으로 우리는 한 마을의 오두막집들에서 연기가 올라가는 것을 보았다. 어느 집 문턱에 앉은 젊은 인디언 여자가 노래하며 아기를 품에 안고 어르고 있었다. 그녀의 노래가 너무나 애처로운 음조였기에 나는 그 가사를 이해하고 싶어졌다. 내 안내인은 가사를 이렇게 옮겨줬다.

정말 푸키푸키 새의 둥지에서
어머니가 나를 낳으셔서
이다지도 괴롭고
눈물이 나는 걸까? 이 시간이면
푸키푸키 새가 자기 둥지 안에서 꼭 그러하듯이.

정복 이후 어머니들이 아기를 어르는 노래 역시 모두 비탄에 잠겨 있다고 그는 내게 말했다. 이 마을에는 여자들과 아이들만 있었다. 남자들은 포토시의 광부로 징발된 것이다. 그리고 그 화산까지 가면서 우리가 만난 모든 마을의 사정이 마찬가지였다.

눈을 머리에 얹고 화염을 내뿜는 포토시는 4000미터 고원에 자리 잡고 있었다. 그 산기슭에는 폭이 500발에 달하는 은광맥을 채굴하는 미로 같은 갱도들이 뚫려 있었다. 그 산 밑에 마을이 하나 건설되는 중이었다. 나는 쿠바에서 같은 배를 타고 왔던 사람들을 찾아 판자로 된 막사들 사이를 돌아다녔다. 그곳에서 겨우 열 명 정도를 찾아냈다. 다른 사람들은 길에서 죽었다. 포토시에 도착한 사람들은 이 고원의 기후를 힘들게 견뎌내고 있었다. 특히 여자들이 고산병으로 고통받았다. 모든 아이가 장님이나 귀머거리로 태어나 몇 주일이면 죽었다. 그들은 내게 혼자 일하는 광부는 기껏해야 먹고살 만큼의 돈을 번다고 말했다. 그들은 재산을 모은다거나 심지어 언젠가 집으로 돌아가기에 충분한 돈이라도 쥔다거나 하는 희망을 아예 포기했다. 인디언 무리에게 일을 시키는 사업자들만이 부유해졌다.

"보십시오. 그들이 우리 종족을 어떻게 했는지 보십시오."

나의 젊은 안내인이 내게 말했다.

처음으로 그의 무심한 목소리가 떨렸다. 그리고 나는 우리의 횃불 아래에서 그의 눈에 괸 눈물을 보았다. 어두운 갱도 안에서 수많은 사람들이 모두 일하고 있었다. 그들은 이제 사람의 무리가 아니라 구더기 무리였다. 그들에게는 이제 사지四肢도 살도 없었다. 그들의 갈색 피부는 죽은 나무처럼 푸석푸석한 뼈에 붙어 있었다. 그들은 이제 시선이 없었고, 아무것도 듣는 것 같지 않았다. 그저 자동 기계 같은 동작으로 벽을 쳐댈 뿐이었다. 이따금 아무 소리도 없이 이 시커먼 해골들 중 하나가 바닥에 쓰러졌다. 그러면 그를 채찍으로 때리거나 쇠막대로 쳤다. 그가 재빠르게 다시 일어나지 않으면 그를 끝장냈다. 매일 열다섯 시간 이상씩 땅을 파면서 그들이 먹는 것은 고작 식물의 뿌리를 빻아 만든 빵 조금이었다. 그들 중 누구도 3년 이상 살지 못했다.

아침부터 저녁까지, 은을 가득 실은 노새 행렬이 해안을 향해 내려갔다. 금속 1온스당 1온스의 피를 대가로 치른 것이다. 그런데도 황제의 금고는 비어 있었고, 그의 백성들은 비참한 시궁창에 빠져 있었다. 우리는 한 세계를 파괴해버린 것이다. 그것도 아무 쓸데 없이.

♦

“그러니까 나는 곳곳에서 좌초하고 말았군요.”

카를 5세가 말했다.

그날 밤 내내 나는 이야기했고, 황제는 말없이 내 이야기를 들었다. 무거운 휘장들이 쳐진 그의 방에 날이 밝아왔다. 그리고 새벽이 그의 얼굴을 비췄다. 나는 가슴이 죄었다. 3년 사이에 그는 아주 노인이 되어 있었다. 눈빛은 생기가 없었고, 입술은 납빛이었으며, 얼굴은 여위었다. 그는 힘겹게 숨을 쉬었다. 그는 안락의자에 깊숙이 앉아 있었는데, 통풍으로 비틀린 그의 다리를 가린 담요에 상아 손잡이가 달린 지팡이가 기대어 있었다.

“왜죠?”

그가 말했다.

내가 없던 3년 동안, 그는 루터교도 군대의 선두에 섰던 작센의 모리츠에게 배반당했다. 그는 반역을 모면해야 했기에, 종교 통일을 위한 일생의 모든 노력을 단번에 무너뜨린 조약을 받아들일 수밖에 없었다. 그는 앙리 2세가 남긴 영토를 되찾지도 못했으니 플랑드르에서도 좌초했다. 이탈리아에서는 새로운 반란이 발생한 데다가 투르크 사람들이 그를 괴롭혔다.

“왜죠?”

그가 되풀이했다.

“내가 뭘 잘못했죠?”

“당신의 유일한 잘못이라면 통치했다는 겁니다.”

내가 말했다.

그는 우단 윗저고리에 달린 황금양털 훈장[48]을 만지작거렸다.

"나는 통치하고 싶지 않았어요."

그가 말했다.

"압니다."

내가 말했다.

나는 그의 주름진 얼굴, 회색 수염, 그리고 죽어버린 눈을 바라보았다. 처음으로 나는 내가 그보다 더 늙었다고, 그 누구보다도 더 늙었다고 느꼈다. 그는 정말 아이처럼 불쌍해 보였다. 내가 말했다.

"제가 틀렸습니다. 저는 당신을 세상의 주인으로 만들고 싶었습니다. 그러나 세상이란 없습니다."

나는 일어서서 방 안을 거닐었다. 밤새도록 잠을 못 자 다리가 굳어 있었다. 지금 나는 완전히 이해했다. 카르모나도, 이탈리아도 너무나 작았는데 세상이란 존재하지 않았다.

내가 말했다.

"얼마나 편리한 말입니까! 현재의 희생은 중요하지 않았던 겁니다. 세상은 먼 미래에 있었습니다. 화형, 학살이 뭐가 중요했겠습니까? 세상은 다른 곳에, 늘 다른 곳에 있었습니다! 그런데 그것은 어느 곳에도 없습니다. 오직 사람들만이, 영원히 갈라져버린 사람들만이 있을 뿐입니다."

"그들을 갈라놓는 것은 바로 원죄죠."

황제가 말했다.

48. 합스부르크 왕조의 최고 훈장._옮긴이

"원죄요?"

내가 말했다.

그것이 원죄였을까? 혹은 광기? 혹은 다른 어떤 것? 나는 루터, 아우구스티누스회 수도사들, 화염 속에서 노래하던 재세례파 여자들, 안토니오, 베아트리체에 대해 생각했다. 그들에게는 어떤 힘이 있었다. 그 힘이 내 이성의 예측들을 어긋나게 했고 내 의지에 대항해서 그들을 지켰다. 내가 말했다.

"우리가 화형에 처한 이단파 수도사가 죽기 전에 제게 말했습니다. 오직 한 가지 선이 있을 뿐이고, 그것은 자신의 양심에 따라 행동하는 것이라고요. 그게 사실이라면, 지상에 군림하려 드는 것은 헛된 일입니다. 사람들을 위해 할 수 있는 일은 아무것도 없습니다. 그들의 선은 오직 그들 자신한테만 달려 있습니다."

"오직 한 가지 선이 있을 뿐이고, 그것은 자신의 구원을 이루는 거예요."

카를이 말했다.

"폐하께서는 다른 자들의 구원, 아니면 자신의 구원만이라도 이룰 수 있다고 생각하십니까?"

"나의 구원뿐이죠, 하느님의 은총으로요."

그는 손을 이마에 댔다.

"나는 힘으로 다른 자들의 구원을 이루는 것이 내 임무라고 생각했어요. 그리고 바로 거기에 내 잘못이 있었던 거죠. 그것은 분명 악마의 유혹이었어요."

"저는 말입니다, 행복하게 하고 싶었습니다. 그러나 그들은 닿지 않는 곳에 있습니다."

나는 입을 다물었다. 그 축제의 외침들과 피 끓는 아우성이 들렸다. 예언자 에녹의 목소리가 들렸다. '존재하는 것을 망가뜨려야 합니다!' 바로 내게 반대하여 그는 설교를 했다. 이 지상을 모래알 하나하나가 제자리에 있는 곳, 꽃 한 송이 한 송이가 제 시간에 활짝 피어나는 낙원으로 만들고 싶었던 내게 반대해서였다. 그러나 그들은 식물도 돌도 아니었다. 그들은 돌이 되고 싶지 않았다.

내가 말했다.

"내게도 아들이 있었습니다. 그 아이는 죽음을 선택했습니다. 내가 그 아이를 다른 식으로 살도록 내버려두지 않았기 때문입니다. 내게 아내도 있었는데, 내가 모든 것을 줬기 때문에 그녀는 분명 살아 있으면서도 죽은 듯이 지냈습니다. 우리가 불에 태우자 우리한테 감사하며 생을 마친 자들 중에도 그런 사람들이 있습니다. 그들이 원하는 것, 그것은 행복이 아닙니다. 그들은 살고 싶은 것입니다."

"산다는 것이 대체 뭔가요?"

카를은 고개를 흔들었다.

"이런 인생은 아무것도 아닌 인생이에요. 아무것도 아닌 세계에 군림하려 드는 것은 미친 짓이죠!"

"순간순간 그들의 가슴속에서 타오르는 어떤 불길이 있습니다. 바로 그것을 그들은 삶이라고 부릅니다."

갑자기 말이 파도처럼 내 입술 위로 올라왔다. 여기서부터 몇 년 후까지, 여기서부터 몇 세기 후까지, 내게 말할 기회가 주어진 것은 아마 이때가 마지막이었다.

"나는 그들을 이해합니다. 지금 나는 그들을 이해합니다. 그들의 눈에 값어치가 있는 것, 그것은 절대로 그들이 받는 것이 아닙니다. 그것은 바로 그들이 하고 있는 것입니다. 창조할 수 없다면 그들은 파괴해야 합니다. 그들은 있는 그대로의 것을 거부하게 마련입니다. 그러지 않으면 그들은 인간이 아니게 될 겁니다. 그리고 그들을 대신해서 세계를 주조하여 그 세계에 그들을 가둘 작정인 우리, 그들은 우리를 증오할 수밖에 없습니다. 그 질서, 우리가 꿈꾸는 그 휴식은 그들한테는 가장 나쁜 저주일 겁니다……."

카를은 두 손에 머리를 묻고 있었다. 그는 이 이상한 말을 듣지 않고 있었다. 그는 기도하고 있었다. 나는 말을 이었다.

"아무것도 그들을 위해서, 그리고 그들에 반反해서 할 수 없습니다. 아무것도 할 수 없습니다."

"기도할 수 있죠."

황제가 말했다.

그는 창백했고, 입 가장자리는 다리에 통증이 올 때처럼 쳐져 있었다. 그가 말했다.

"시련은 끝났어요. 그렇지 않았다면 신께서는 내 가슴속에 약간의 희망을 남겨두셨겠죠."

몇 주 후, 카를 5세는 브뤼셀의 루뱅 성문 근처 공원 복판에 위치한 자그마한 집에 칩거했다. 과학 기구들과 괘종시계가 가득한 단층짜리 별장이었다. 황제의 방은 수도사의 독실처럼 좁고 장식이 없었다. 작센 대공 모리츠의 죽음은 그를 가장 강대한 적으로부터 해방시켜줬다. 그때 그는 거기서 이익을 얻기를 거절했다. 독일 문제에 관여하는 것과 자기 아들을 위해 제국을 확보하는 것을 동시에 포기했다. 2년 동안, 그는 자신의 일을 정리하려 애썼다. 그러자 그의 모든 사업이 성공으로 장식되었다. 플랑드르에서 프랑스인들을 쫓아냈고, 보셀 조약을 맺었으며, 필리프와 영국 여왕인 메리 1세의 결혼을 성사시킨 것이다. 그러나 그의 결심은 흔들리지 않았다. 1555년 10월 25일 그는 브뤼셀 궁전 대연회장에 공식 집회를 소집하고, 기욤 도랑주의 부축을 받으며 칙칙한 옷을 입고 나타났다. 참모인 필리베르 드 브뤼셀이 황제의 뜻으로 공식 성명을 낭독했다. 그다음에 황제가 일어났다. 그는 어떻게 40년 전에 같은 대연회장에서 자신이 후견인의 보호에서 벗어났음이 선포되었는가를, 어떻게 자신이 조부인 페르난도를 계승했고, 황제의 관을 받았는지를 회상했다. 그는 기독교 국가가 분열되어 있는 것을, 자신의 영지가 스스로 일생 동안 대항하여 방어해야 했던 적대적인 이웃들에 둘러싸여 있는 것을 발견했다. 이제 그는 기력이 쇠해져서, 네덜란드를 필리프에게, 그리고 대제국은 페르디난트에게 양도하기를 원했다. 그는 아들에게 선조들의 믿음을 존중하고, 평화와 권리를 존중하라고 권고했다. 그로 말할 것 같으면, 그는 결코 고의적으로 어떤 사람도 침해한 적이 없었다.

"내가 누군가에게 부당한 실수를 저지른 일이 있다면, 나는 그에게 용서를 빌겠소."

이 마지막 말을 하면서 그는 아주 창백해졌다. 그리고 다시 자리에 앉았을 때 그의 뺨으로 눈물이 흘러내렸다. 회중도 크게 흐느껴 울었다. 필리프는 아버지의 발아래로 몸을 던졌다. 카를은 그를 품 안으로 끌어당겨 다정하게 안았다. 오직 나만이 왜 그가 우는지 알았다.

1556년 1월 16일, 그는 자신의 방에서 필리프를 위해 카스티야, 아라곤, 시칠리아, 새 인도를 포기한다는 문서에 서명했다. 몇 년 만에 처음으로, 그날 나는 그가 웃고 농담하는 것을 보았다. 그날 저녁 그는 정어리를 넣어 만든 오믈렛과 뱀장어 파이를 먹었다. 그리고 식사 후에는 한 시간 동안 비올 연주를 들었다.

그는 에스파냐 중부의 유스테 수도원 근처에 처소를 짓도록 했다. 그리고 내게 물었다.

"거기 나와 함께 가겠소?"

"아닙니다."

내가 말했다.

"당신을 위해서 뭘 해줄까요?"

"사람은 누구를 위해서 아무것도 할 수 없다고 우리 인정하지 않았습니까?"

그는 진중하게 나를 응시했다.

"신께서 언젠가 당신에게 휴식을 주시도록 기도하겠소."

그가 말했다.

나는 플리싱언까지 그를 따라가서 모래사장에 남아, 그를 싣고 가는 배를 바라보았다. 마침내 돛이 수평선에서 사라졌다.

"피곤해요."

레진이 말했다.

"앉아도 돼요."

포스카가 말했다.

그들은 아주 오랫동안 걸어 숲 속 깊숙이 들어갔다. 나무에 덮여 밤은 식어 있었다. 레진은 풀밭에 눕고 싶었고 영원히 잠들고 싶었다. 그녀는 앉아서 말했다.

"계속하지 마요. 그럴 필요 없어요. 끝까지 같은 이야기겠죠. 알고 있어요."

"같은 이야기, 그러나 매일 다르죠. 당신은 그 이야기를 들을 필요가 있어요."

포스카가 말했다.

"아까는 이야기하고 싶어 하지 않았잖아요."

포스카는 레진 옆 바닥에 누웠다. 한순간 그는 말없이 마로니에의 어두운 잎을 바라보았다.

"당신은 수평선에서 사라지던 그 돛과 그것이 사라지는 것을 바라보며 모래사장에 서 있던 나를 상상할 수 있겠어요?"

"할 수 있죠."

그녀가 말했다.

그것은 사실이었다. 이제 그녀는 할 수 있었다.

"이야기가 끝나면, 나는 당신이 길 끝으로 사라져버리는 것을 보게 될 거예요. 당신이 사라져야 한다는 것을 당신도 잘 알고요."

그녀는 두 손으로 얼굴을 가렸다.

"나는 모르겠어요. 더 이상 아무것도 모르겠어요."

그녀가 말했다.

"나는 압니다. 그리고 내가 아직 이야기할 수 있는 한, 나는 이야기할 겁니다."

"그다음은요?"

"다음에 대해서는 생각하지 맙시다. 나는 이야기하고 당신은 들어요. 당장은 우리 서로 물어봐야 할 것도 없어요."

"좋아요. 계속해요."

그녀가 말했다.

제3부

나는 까마득히 펼쳐진 습지를 가로질러 곧장 앞으로 나아갔다. 물컹물컹한 바닥이 내 걸음에 눌려 들어가면 골풀들은 약한 한숨과 함께 물방울들을 뱉어냈다. 지평선 너머로 해가 지고 있었다. 항상 평야와 바다, 그리고 산 너머 깊숙한 곳에 지평선이 있었고, 매일 저녁 해는 졌다. 정말 많은 해가 지나갔다. 내가 나침반을 버린 뒤로, 그리고 계절과 시간을 잊은 채 이 단조로운 대지에서 길을 잃은 뒤로 말이다. 나는 내 과거를 잊어버렸다. 그리고 내 미래, 그것은 하늘로 달아나는 한없는 이 평야였다. 나는 침구를 깔 단단한 흙더미를 찾으려고 발로 땅을 더듬다가 멀리 널찍한 장밋빛 늪을 발견했다. 나는 다가갔다. 강이 골풀과 풀밭 가운데 굽이치고 있었다.

100년, 아니 바로 50년 전이라면 가슴 두근거리며 생각했겠지. 내가 이 커다란 강을 발견했고, 나만 이 비밀을 알고 있다고. 그러나 지금 강물은 무심하게 장밋빛 하늘을 반사하고 있었다. 나는 다만 이렇게 생각했다. '밤에 이 강을 건널 수는 없어.' 첫 서리로 굳은 공터를 찾자마자, 나는 바닥에 배낭을 내려놓고 털이불을 꺼냈다. 그런 다음 도끼로 나무의 뿌리를 쳐내서 커다란 나뭇단을 쌓고 불을 붙였다. 매일 저녁 나는 불을 지폈다. 그것은 나 자신이 실재하지 않으므로, 밤중에는 이런 타닥거리는 소리, 이런 냄새, 지상에서 하늘로 붉게 타오르는 이런 삶이 있도록 하기 위해서였다. 그 강은 너무나 잔잔해서 물 흐르는 소리조차 들리지 않았다.

"여어! 여어!"

나는 부르르 떨었다. 그것은 분명 사람의 목소리, 백인의 목소리였다.

"여어! 여어!"

이번에는 내가 외쳤다. 나는 뒤이 오르는 회염 속에 나무를 한 아름 던졌다. 나는 외치면서 강 쪽으로 나아갔다. 그러자 건너편 강가에 작은 불빛이 하나 보였다. 그도 역시 불을 지피고 있었다. 그는 내가 알아들을 수 없는 말로 외쳤지만, 내 생각에 프랑스어로 말하는 듯했다. 우리의 목소리는 습한 공기를 가로질러 서로 교차했다. 그러나 누군지 모르는 그 사람은, 내가 그의 말을 알아듣지 못하는 만큼이나 내 말을 알아듣지 못하는 것 같았다. 그가 말을 그쳤기에 나는 세 번 외쳤다. "내일 봅시다!"

사람, 백인. 이불을 둘둘 말고 나는 얼굴에 불의 열기를 느끼며 생각했다. '멕시코를 떠난 뒤로 희멀건 얼굴[49]을 한 번도 못 봤어.' 4년. 이미 나는 세고 있었다. 화염 하나가 강 저쪽에서 타닥댔다. 그리고 이미 나는 스스로에게 말하고 있었다. '그래 백인을 못 본 지 벌써 4년이 되었어.' 우리 사이에, 그 밤중에 대화가 시작됐다. 그는 누굴까? 어디에서 왔을까? 무엇을 원할까? 그리고 그 역시 내게 이러한 질문들을 하고 있었고, 나는 그에게 대답하고 있었다. 나는 대답하고 있었다. 나는 느닷없이 이 강가에서 한 가지 과거, 한 가지 미래, 한 가지 운명과 다시 만났다.

100년 전, 나는 세계를 돌아다니기 위해 플리싱언에서 배를 탔다. 나는 사람들 없이 지내기를 간절히 원했고, 한 시선으로만 있고 싶었다. 나는 대양과 사막을 가로질렀고, 중국 세대박이 배를 타고 항해했고, 광둥에서 2억의 가치로 치는 순금 한 덩어리를 보고

49. 유럽인을 가리킨다._옮긴이

감탄했다. 카퉁캉도 방문해 사제복을 입고 티베트의 고원을 기어 올랐다. 말라카, 캘리컷, 사마르칸트를 보았고, 캄보디아에서는 울창한 어느 숲 깊숙한 곳에서 종이 거의 100개 정도 달려 있던, 도시만큼이나 광활한 신전을 보았다. 무굴제국의 식탁과 페르시아의 샤 아발라나의 식탁에서도 저녁을 먹어보았다. 태평양 제도를 가로질러 알려지지 않은 길을 헤쳐 나갔고, 파타고니아 사람들과 싸웠다. 결국 베라크루스에 상륙해서 멕시코로 들어왔고, 걸어서 출발해서 나 혼자 대륙의 알려지지 않은 심장부를 횡단했으며, 4년 전부터는 어디로도 가지 않고, 나침반도 없이, 하늘 아래 영원 속에서 길을 잃은 채 성큼성큼 걸어 다녔다. 조금 전에도 역시 길을 잃은 채였다. 그러나 지금 나는 천문 관측의로 정확한 위도와 경도를 측정할 수 있는 지구상의 어느 지점에 누워 있었다. 이곳은 확실히 멕시코의 북쪽이었다. 거기서 몇 천 리외나 떨어져 있을까? 거기서 동쪽일까 아니면 서쪽일까? 건너편 강가에서 자고 있는 사람은 내가 있는 곳이 어딘지를 알고 있다.

새벽이 되자, 나는 옷을 벗어 이불과 함께 들소가죽 배낭에 넣고 배낭을 등에 동여맨 후 강으로 뛰어들었다. 차디찬 물에 숨이 막혔지만 물살이 약해서 곧 건너편 강가에 다다랐다. 홑이불로 몸을 문지르고 나서, 나는 다시 옷을 입었다. 그 낯선 사람은 작은 잿더미 옆에서 자고 있었다. 그는 30대쯤 되는 남자였고, 머리는 밝은 밤색이었다. 덥수룩한 짧은 수염이 얼굴 아래쪽을 뒤덮고 있었다. 나는 그의 옆에 앉아 기다렸다.

그가 눈을 뜨고는 놀라서 나를 쳐다보았다.

"어떻게 거기에?"

"강을 건넜습니다."

그의 얼굴이 밝게 빛났다.

"배가 있나요?"

"아니요. 헤엄쳐서 건너왔습니다."

그는 이불을 박차고 일어났다.

"혼자예요?"

"예."

"당신도 길을 잃었어요?"

"나는 길을 잃을 수 없어요. 나는 아무 데도 가지 않습니다."

그는 한 손으로 흐트러진 머리를 쓸었는데, 당황한 듯했다.

그가 불쑥 말했다.

"난 길을 잃었어요. 일행이 나를 놓쳤거나, 아니면 나를 버렸겠죠. 우리는 이리 호에서 거슬러 올라가 어느 강의 수원에 도착했어요. 한 인디언이 그곳에서 큰 강에 이르는 육로를 찾을 수 있을 거라고 나한테 말했죠. 나는 두 사람과 함께 그 길을 찾으러 출발했고, 그 길을 찾자 따라갔어요. 그런데 사흘 뒤 아침에 깨어보니 나 혼자였어요. 나는 일행이 앞서 갔다고 생각했죠. 그래서 이곳까지 왔어요. 하지만 아무도 찾지 못했어요."

그는 인상을 찌푸렸다.

"식량은 전부 그들이 갖고 있는데."

"온 길로 돌아가야만 하겠군요."

내가 말했다.

"그렇죠. 그러나 그 사람들이 나를 기다릴까요? 음모가 있을까 두려워요."

그는 내게 미소 지었다.

"어제 저녁 당신의 모닥불을 봤을 때 어찌나 기뻤던지! 이 강을 아시나요?"

"이 강은 처음 봤습니다."

"아!"

그가 실망한 모습으로 말했다.

그는 늪을 가로질러 완만한 굴곡을 이루며 내려가는 흙탕물을 바라보았다.

"강은 북동쪽에서 남서쪽으로 흘러요. 틀림없이 이 강은 마르베르메호[50]로 흘러 들어갈 거예요, 안 그런가요?"

"나는 아무것도 모릅니다."

내가 말했다.

나 역시, 강을 바라보았다. 그런데 갑자기 그것이 그저 출렁거리는 물에 그치지 않고 한 가지 길로 보였다. 그 길은 어딘가로 통해 있었다.

"어디로 가는 길입니까?"

내가 물었다.

그 여행자는 내게 말했다.

"중국으로 가는 길을 찾고 있어요. 그리고 만일 정말 이 강을 통해 호수가 대양으로 흘러든다면, 나는 그 통로를 찾아낼 겁니다."

그는 내게 미소를 지었다. 한 사람이 아직 내게 미소를 지을 수 있다는 것이 생소하게 느껴졌다.

그가 말했다.

"그러면 당신은요? 어디에서 왔죠?"

"멕시코입니다."

50. 캘리포니아 만灣. 마르베르메호Mar Bermejo는 에스파냐어로 '주홍빛 바다'라는 뜻이다._옮긴이

"걸어서요? 혼자서요?"

그가 깜짝 놀라 물었다.

"예."

그는 애가 타는 듯이 나를 보았다.

"어떻게 먹고 지내죠?"

나는 주저했다.

"때때로 들소를 잡아요. 인디언들이 옥수수를 좀 주기도 하죠."

"나는 아무것도 못 먹은 지 사흘이나 되었어요."

그가 유쾌하게 말했다.

짧은 침묵이 흘렀다. 그는 기다리고 있었다.

내가 말했다.

"안타깝네요. 나한테는 식량이 없습니다. 나는 아무런 음식도 먹지 않고 1주일이나 2주일을 지내기도 합니다. 티베트의 현인들한테서 배운 비결입니다."

"아!"

그는 약간 입술을 깨물었고, 얼굴은 뻣뻣해졌다. 곧바로 그는 다시 미소를 지으려 애썼다.

"나한테 그 비결을 좀 가르쳐줘요."

"그러려면 몇 해가 필요한데요."

나는 무뚝뚝하게 말했다.

그는 자기 주위를 쭉 둘러보았고, 말없이 이불을 접기 시작했다.

"이 근처에는 사냥감이 전혀 없습니까?"

내가 물어보았다.

"전혀. 하루 걸어가면 평야가 시작되지만 그것도 타버렸어요."

그는 바닥에 들소가죽 한 조각을 펴더니 새 모카신을 재단하기 시작했다.

그가 말했다.

"호송대로 어떻게든 돌아가야겠어요."

"다시 만나지 못하면요?"

"신의 가호에 맡겨야죠."

그는 내 말을 믿지 않았다. 그는 내가 자신에게 식량을 나눠주고 싶지 않은 거라고 생각한 것이다. 그렇지만 나는 그의 미소와 바꿀 무엇인가를 그에게 주고 싶었다.

내가 말했다.

"여기서 닷새 거리에 내가 아는 인디언 마을이 하나 있어요. 그곳에서 분명히 옥수수를 구할 겁니다."

"닷새."

"그러면 당신은 열흘 더 늦어지겠죠. 그러나 우리 둘이라면, 당신이 몇 주 동안 살 수 있을 분량을 나를 수 있습니다."

"나와 함께 몬트리올로 돌아갈래요?"

"그러죠 뭐."

"그럼 어서 갑시다."

그가 말했다.

우리는 헤엄쳐서 다시 강을 건넜다. 물은 이른 아침보다 덜 차가웠다. 온종일 우리는 늪을 가로질러 걸어갔다. 나의 동행자는 매우 지친 듯했다. 그는 말을 적게 했다. 그렇지만 내게 이렇게 알려줬다. 그의 이름은 피에르 카를리에였다. 그는 생말로에서 태어나 어렸을 때부터 위대한 탐험가가 되리라고 맹세했다. 그래서 재산을 모았다. 몬트리올에 와서 탐사단을 조직하기 위해서였다. 그는 세인트로렌스 강을 통해 대서양과 연결되는 큰 호수들을 일주하며 마르베르메호로 가는 통로를 찾는 데 5년을 보냈다. 그는 이제 돈이 거의 떨어졌고 정부는 전혀 그를 도와주지 않았다. 정부는 프랑스 이민자들이 답사되지 않은 땅에서 헤매지 말고 캐나다에 정착해주기를 바랐기 때문이다.

둘째 날, 우리는 대초원에 도착했다. 인디언들이 이쪽 역시 불태워 버렸다. 지금은 사냥철이었다. 우리는 띄엄띄엄 들소 뼈와 마주쳤고, 땅에서 그 발자국을 발견했다. 그러나 우리는 반경 몇 리외 안에 어떤 들짐승도 살아 있지 않다는 것을 알고 있었다. 카를리에는 이제 아무 말도 하지 않았다. 그는 탈진 상태였던 것이다. 그날 밤에 그는 매일 모카신을 재단하던 들소가죽을 갉아 먹다가 내게 들켰다.

"정말 먹을 것을 아무것도 줄 수 없나요?"

아침녘에 그가 내게 물어보았다.

"내 배낭을 뒤져봐도 됩니다. 나한테는 아무것도 없어요."

내가 말했다.

"나는 더 이상 당신을 따라갈 수가 없어요."

그는 길게 누워버리더니 목덜미 아래에 두 손을 포개고 눈을 감았다.

"나를 기다려요. 나흘 후에 돌아올 겁니다."

내가 말했다.

나는 물이 가득 담긴 물통을 그의 손이 닿는 곳에 놓고 큰 걸음으로 출발했다. 내가 길을 다시 찾아내는 데는 아무런 어려움이 없었다. 늪지대에 내 발자국이 남아 있었고, 초원에는 내가 밟고 지나왔던 풀들이 내 흔적을 그려주고 있었던 것이다. 나는 쉬지 않고 해가 질 때까지 걸었다가 이튿날 새벽부터 다시 여정을 시작했다.

이틀이 걸려 나는 마을에 도착했다. 마을은 비어 있었다. 인디언들은 모두 사냥을 하러 떠나고 없었다. 그러나 나는 비밀 저장고에서 옥수수와 고기를 찾아냈다.

"천천히. 천천히."

내가 말했다.

그는 고깃덩어리를 게걸스럽게 물어뜯었다. 그의 눈은 빛났다.

"안 먹어요?"

그가 물었다.

"배가 안 고파요."

그는 미소를 지었다.

"먹는다는 게 아주 좋은 거군요."

나도 그에게 미소를 지었다. 나는 갑자기 배가 고파졌다. 그리고 이 사람, 배고픔을 느끼고, 먹고, 열정적으로 중국으로 가는 통로를 찾는 이 사람이고 싶은 욕망이 생겼다.

"그럼 이제, 뭘 할 겁니까?"

내가 물었다.

"몬트리올로 돌아갈 거예요. 새로운 탐사를 조직하기 위해 돈을 구해야죠."

"나한테 돈이 있습니다."

내 배낭 바닥에는 보석과 금괴들이 있었다.

"당신 악마예요?"

그가 유쾌하게 내게 말했다.

"그럼 내가 만일 악마라면요?"

"그렇다면 나는 중국으로 가는 통로를 대가로 기꺼이 당신한테 내 영혼을 팔 거예요. 나는 내세에 개의치 않아요. 이번 생으로 족해요!"

그의 목소리에 너무나 열의가 가득해서 욕망이 다시 내 심장을 찢었다. 나는 생각했다. '나는 다시 살아갈 수 있을까?'

"나는 악마가 아니에요."

내가 말했다.

"당신은 누구죠?"

한 낱말이 내 입가에 떠올랐다. '아무도.' 그러나 그는 나를 보며 묻고 있었다. 나는 그의 생명을 구해줬다. 그에게 나는 존재했다. 그래서 나는 잊고 있던 화상火傷을 마음속에 느꼈다. 내 주위에서 나 자신의 삶이 다시 형성되고 있었다.

"내가 누군지 얘기하죠."

내가 말했다.

♦

규칙적으로 노와 노로 물을 때리며 조각배들이 느릿한 굴곡을 따라 강을 미끄러져 갔다. 카를리에는 내 옆에 앉아, 매일매일의 작은 사건을 적어온 항해 일지를 무릎 위에 펴놓고 글을 쓰고 있었고, 나는 담배를 피우고 있었다. 나는 인디언들에게서 담배를 배웠다. 카를리에는 때때로 머리를 들었다. 그는 야생 벼가 자라는 들판, 나무가 띄엄띄엄 꽃다발처럼 서 있는 사바나를 바라보았다. 가끔 새가 큰소리를 내며 강에서 날아올랐다. 대기는 식어갔고, 태양은 하늘에서 기울기 시작했다.

"이 시간이 좋아."

그가 말했다.

"종일 그 말을 하는군."

그는 미소를 지었다.

"이 계절이 좋아. 이 고장이 좋아."

그는 다시 글을 쓰기 시작했다. 그는 나무, 새, 하늘빛, 물고기의 형태를 기록했다. 이 모든 것이 그에게 중요했다. 그의 수첩에서는, 하루하루가 각각의 독특한 모습을 가졌다. 그리고 그는 강 하구와 자신 사이에 여전히 놓여 있는 모험들을 궁금히 기다렸다. 내게 그 강은 모든 강처럼 이미 하구가 있었고, 그 하구 저편에는 바다가, 그 바다 저편에는 다른 대지와 다른 바다가 펼쳐져 있는 데다가 세계는 둥글었다. 한때 나는 세계가 무한하다고 믿었다. 플리싱언을 떠날 때만 해도 나는 세계를 발견하면서 영원한 시간을 보낼 수 있으리라는 희망을 품고 있었다. 나는 구름 융단 위의 어느 산꼭대기에 서서 갈라진 구름의 틈을 통해 한 조각 황금빛 벌판을 바라보기를 좋아했다. 어느 고갯마루에서 새로운 골짜기를 발견하기를, 높은 성벽 사이에 낀 협로로 깊이 들어가기를, 발길이 닿지 않은 섬에 닿기를 좋아했다. 그러나 이제 나는 어느 산이나 그 뒤에는 골짜기가, 모든 협로에는 출구가, 모든 동굴에는 벽이 있다는 것을 알았다. 이 세상은 둥글고 단조로웠다. 사계절, 일곱 가지 빛깔, 단 하나인 하늘, 물, 식물들, 평평하거나 뒤틀린 바닥, 어디에서나 똑같이 지루했다.

"북동쪽, 남서쪽. 이 강은 방향이 바뀌지 않아."

카를리에가 말했다. 그는 수첩을 덮었다.

"이건 진짜 산책이야."

우리는 몬트리올에서 듬직한 사람들을 뽑는 한편 조각배 여섯 척에 식량, 의복과 연장을 채웠다. 한 달 전에 이미, 우리가 처음 만났던 장소를 지나쳤고, 여행은 지장 없이 계속되고 있었다. 사바나는 우리에게 충분한 들소, 사슴, 노루, 인도[51] 수탉과 메추라기를 제공했다.

"바다 어귀를 발견하게 되면, 여러 갈래로 수원까지 거슬러 올라가겠어. 강과 호수 사이에 분명 물길이 있을 거야."

그가 말했다. 그는 약간 불안한 듯이 나를 쳐다보았다.

"그 길이 있다고 생각하지 않나?"

그는 저녁마다 같은 말을 했고, 저녁마다 같은 열의를 품고 있었다.

"있겠지, 뭐."

내가 말했다.

"배를 하나 빌려야지, 안 그래? 그리고 우리는 중국에 가게 되겠지."

그의 얼굴이 굳어졌다.

"나보다 먼저 누군가 이 길로 중국에 가기를 원치 않아."

나는 담뱃대를 한 모금 빨아 코로 연기를 내뿜었다. 나는 헛되이 그의 삶을 나누고 있었고, 헛되이 그의 미래로 나의 미래를 만들려 애쓰고 있었다. 나는 그가 될 수 없었다. 그의 희망, 그의 끈질긴 불안이 내게는 여전히 이 시간의 독특한 부드러움만큼이나 이질적이었다. 그는 내 어깨에 손을 얹었다.

"무슨 생각 해?"

그가 다정하게 말했다.

3세기 동안, 결코 어떤 사람도 내 어깨에 손을 올려놓은 적이 없

51. 아메리카를 가리킨다._옮긴이

었고, 카테리나가 죽은 뒤로 누구도 내게 묻지 않았다. '무슨 생각해?' 그는 마치 내가 자신과 동류인 것처럼 내게 이야기했다. 그래서 내게는 그가 너무나 소중했다.

내가 말했다.

"나는 자네 자리에 있고 싶네."

"자네가? 내 자리에?"

그는 웃으면서 내게 손을 내밀었다.

"바꾸세."

"안타깝구먼!"

내가 말했다.

"아! 나만큼 불멸의 인간이 되고 싶은 사람이 있을까!"

그는 열정적으로 말했다.

"나 역시 전에 그렇게 생각했어."

내가 말했다.

"그러면 나는 중국으로 가는 통로를 발견하리라 확신해. 나는 지상의 모든 강물을 따라 내려갈 거고, 모든 대륙의 지도를 한 장에 그릴 수 있겠지."

"아니. 자네는 곧 중국에 흥미를 느끼지 않게 될 테고, 더 이상 어떤 것에도 흥미를 느끼지 않을 거야. 이 세상에 혼자 남게 되기 때문이지."

"자네가 이 세상에 혼잔가?"

그가 책망하듯 내게 말했다.

그의 얼굴과 몸짓은 정력적이었다. 그러나 그의 목소리와 시선에는 곧잘 여성적인 부드러움이 흘렀다.

"아니지. 이제 더 이상은 안 그렇지."

내가 말했다.

멀리 사바나에서 들짐승 하나가 탁한 경보를 날렸다.

"나한테는 친구가 없었어. 사람들은 나를 항상 낯선 사람이나 죽은 사람처럼 바라봤지."

내가 말했다.

"나는 자네 친구야."

그가 말했다.

한참 동안 말없이 우리는 물을 스치는 노의 가벼운 속삭임을 듣고 있었다. 강이 어찌나 구불구불한지 아침부터 나아온 거리가 얼마 안 된 것 같았다. 갑자기 카를리에가 일어섰다.

"마을이다!"

그가 외쳤다.

연기가 하늘로 올라가고 있었다. 그리고 우리는 곧 나무숲에 가려진 요람 모양 오두막집들을 발견했는데, 그 집들은 골풀 거적으로 덮여 있었다. 인디언들이 강가에 서서 활을 흔들면서 날카로운 소리를 질러댔다.

"조용히들 있어."

카를리에가 지시했다.

사람들은 입도 벙긋하지 않고 노를 계속 저었다. 카를리에는 원주민들과 교환할 옷감, 나전 목걸이, 바늘, 가위 등이 담긴 주머니를 열었다. 벌써 쪽배들이 길을 막고 있었다. 두 손으로 색색의 숄들을 흔들면서 카를리에는 인디언들에게 부드러운 목소리로, 그리고 그들의 언어로 말하기 시작했다. 나는 그들이 무슨 말을 하는지 이해하지 못했다. 오래전부터 모든 노력이 쓸모없는 듯해서 나는 야만인들의 방언을 배우기를 등한시했다. 곧 인디언들의 외침이 멈췄다. 그들은 우리에게 다가오라고 신호하면서 적대적인 기색 없이 우리 쪽으로 전진해 왔다. 그들은 고슴도치 가시로 가장자리를 두른 색색의 사슴가죽 옷을 입고 있었다. 우리가 땅에 내려 배를 정박하는 동안, 그들은 자기들끼리 상의했다. 마침내 그들 중 한 명이 카를리에에게 다가와 거침없이 말하기 시작했다.

"이 사람이 우리를 추장 집으로 데려가고 싶다고 해. 따라가 보자. 하지만 어떤 경우에도 총은 놓지들 마."

카를리에가 말했다.

추장은 마을의 광장 한가운데, 골풀 거적 위에 앉아 있었다. 그는 귀마다 고운 진주 열여섯 개를, 코에는 다른 진주를 달고 있었다. 그의 앞에는 푹 팬 돌 두 개에 담배가 가득 담겨 있었고 그는 깃털로 꾸민 긴 담뱃대로 담배를 피우고 있었다. 긴 담뱃대를 입에서 떼더니 추장은 우리에게 앉으라고 신호했다. 카를리에가 준비한 선물을 추장 앞에 내려놓자 추장은 환대하는 태도로 미소를 지었다. 그들은 대화하기 시작했다. 탐사대원 한 명이 낮은 목소리로 내게 그들의 대화를 통역해줬다. 카를리에는 바다까지 강을 따라 내려가고 싶다고 설명했다. 그런데 추장은 이 계획이 아주 불만족스러운 듯했다. 그는 카를리에에게, 얼마 안 있어 타고 내려가기 불가능한 다른 강을 만나게 될 것이다, 왜냐하면 그 강은 가파른 폭포로 막혀 있고, 바위들이 삐죽삐죽 솟아 있으며, 소용돌이치는 물에 의해 끌려 들어오는 통나무들로 꽉 차 있고, 강가에는 도끼로 우리를 공격할 아주 야만스러운 족속이 살고 있기 때문이다, 라고 말했다. 카를리에는 단호하게 어떤 것도 자신의 길을 막지 못할 거라고 대답했다. 추장이 긴 연설을 다시 시작했지만 그에 대한 카를리에의 대응은 똑같이 단호했다. 마지막에 추장은 엷은 웃음을 지었다. 그가 말했다.

"내일 아침에 다시 얘기합시다. 밤이 조언을 해줄 겁니다."

그가 손뼉을 쳤다. 시중드는 사람들이 쌀, 삶은 고기와 옥수수가 담긴 단지들을 가져와 바닥에 놓았다. 우리는 말없이 도기 접시에 그것들을 덜어 먹었다. 시중드는 사람들이 술 성분이 든 음료수가 가득 든 바가지를 좌중에 돌렸지만 나는 추장이 우리에게 자신의 긴 담뱃대를 권하지 않았다는 것을 주시했다.

연회가 끝날 무렵, 몇몇 인디언이 북을 두들기며 조약돌이 가득 든 호리병 같은 것을 거칠게 흔들기 시작했다. 곧 모두 토마호크[52]를 치켜들면서 춤을 추기 시작했다. 추장이 몇 마디 외치자 두 사람이, 살아 있지만 머리에서 꼬리까지 가는 끈으로 묶인 악어 한 마리를 어깨에 둘러메고 어느 오두막집에서 나왔다. 그러자 음악과 춤이 배로 격렬해졌다. 나는 놀란 눈으로, 인디언들이 그 동물을 광장 한쪽 끝에 서 있는, 붉은색을 칠한 커다란 말뚝에 묶는 것을 보았다. 추장은 일어나 엄숙하게 말뚝으로 다가가서, 허리띠에서 칼을 뽑아 악어의 두 눈을 빼버렸다. 그러더니 자리로 돌아와 앉았다. 무서운 고함과 함께 전사들이 살아 있는 그 짐승의 가죽을 가는 끈 모양으로 도려내기 시작했다. 그다음에는 화살로 악어를 구멍 냈다. 카를리에와 탐사대원들은 낯빛이 하얘졌다. 인디언 추장은 태연히 긴 담뱃대를 빨고 있었다.

나는 시중드는 사람이 내게 내민 바가지를 들어 마셨다. 나는 카를리에가 지시하는 소리를 들었다. '마시지 마.' 그러나 모든 사람이 마셨다. 카를리에의 경우 입술만 축였다. 추장이 카를리에에게

52. 아메리카 원주민이 사용하던 도끼._옮긴이

거만한 목소리로 몇 마디 말해도 카를리에는 그냥 웃기만 했다. 바가지가 다시 내 앞으로 돌아오자, 나는 이번에는 쭉 들이켰다. 북소리, 인디언들의 고함, 그들의 어지러운 춤, 내가 방금 목격한 광경의 낯섦, 그리고 내 목구멍에 흐르는 이 불같은 물이 내 피의 색깔을 바꿨다. 나는 인디언의 일원이 된 것 같은 기분이었다. 그들은 춤추고 있었다. 이따금 그들 중 한 명이 토마호크로 악어가 화살로 박혀 있는 붉은 기둥을 쳐대고서 자신의 눈부신 행위를 찬양하는 커다란 함성을 내질렀다. 나는 또 한 모금 마셨다. 내 머리는 조약돌이 가득 든 바가지였고, 내 피는 불같았다. 나는 한 인디언이었다. 태어날 때부터 나는 이 강변을 관망해왔고, 문신을 한 무서운 신들이 내 하늘에 군림하고 있었고, 북들의 박자와 내 형제들의 외침이 내 가슴을 뿌듯하게 했다. 언젠가 춤과 연회, 핏빛 승리가 있는 어느 천국으로 나는 가겠지……

눈을 떴을 때 나는 이불에 휘감겨 있었다. 우리가 배를 정박해뒀던 마을 어귀였다. 머리가 아팠다. 나는 강의 누런 물살을 바라보았다. 내 주위의 공기는 무료하고 친숙했다. 나는 생각했다. '나는 결코 인디언이 될 수 없어. 내 삶의 취향은 결코 안 바뀔 거야.' 항상 똑같은 과거, 똑같은 경험, 똑같은 이성적인 생각, 똑같은 권태감. 천 년 또 만 년. 나는 결코 나를 못 떠날 것이다. 나는 누런 물살을 바라보다가 황급히 박차고 일어났다. 배가 거기에 없었던 것이다!

나는 카를리에에게 달려갔다. 그는 자고 있었다. 모두들 총을 옆에 내려놓고 자고 있었다. 인디언들은 백인들과 전쟁이 벌어질까 두려워 학살을 주저했음에 틀림없다. 그러나 그들은 밤에 우리 나룻배의 밧줄을 풀어버렸다. 나는 내 친구의 어깨에 손을 댔다. 그가 눈을 뜨자 나는 그에게 빈 강물을 가리켰다.

그날 내내 우리는 망연자실한 탐사대원들과 함께 우리에게 아직 남은 생존 기회에 대해 토론했다. 쪽배와 식량을 뺏기 위해 인디언들을 습격한다는 것은 불가능한 일이었다. 인디언들은 너무 수가 많았다. 도끼로 나무통을 파내 그걸 타고 강을 계속해서 내려가는 것은 너무 무모했다. 다음에 마주칠 마을들도 아마 적대적일 터인데 우리에게는 이제 식량과 교환할 물건이 없는 데다가 급류에 맞부딪치려면 단단한 나룻배가 필요했던 것이다.

내가 말했다.

"방법은 하나뿐이야. 인디언들의 습격에 대항해 우리를 지킬 수 있는 요새를 건설해야 해. 거기서 겨울을 날 수 있도록 사냥하고 물고기를 훈제해서 식량을 비축하자고. 그렇지만 나는 걸어서 몬트리올로 돌아가서 물이 풀리자마자 나룻배, 식량, 물자와 사람들을 데리고 다시 오겠네."

"몬트리올까지 1600리외라고."

카를리에가 말했다.

"서너 달이면 갈 수 있네."

"길에서 겨울을 맞게 될 거야."

"난 눈 속에서도 걸을 수 있어."

그는 머리를 숙이고 오랫동안 심사숙고했다. 그가 다시 머리를 들었을 때, 그의 얼굴은 어두웠다.

그가 말했다.

"나도 몬트리올에 가겠네."

"안 돼."

"나 역시 빨리 걸을 수 있고, 눈 속에서 걸을 수 있네."

"자넨 길에서 죽을 수도 있어. 이 사람들은 뭐가 되겠나?"

내가 말했다.

그는 일어서 손을 주머니에 찔러 넣었다. 무엇인가가 카를리에의 목구멍에서 꿈틀했다. 이미 언젠가, 이런 시선으로, 그리고 목구멍에 움직이는 응어리를 갖고서 한 사람이 내 앞에 서 있던 적이 있었다.

"맞아."

그가 간단하게 말했다.

그는 등을 돌리더니 발끝으로 조약돌을 하나 차면서 몇 걸음 걸어갔다. 나는 기억이 났다. 나를 이런 눈으로 바라보았던 사람은 바로 안토니오였다.

◆

"보이죠! 카를리에 요새요!"

나는 탐사대원들에게 소리쳤다.

그들은 노 젓는 손을 멈췄다. 요새는 강의 두 번째 굽이 뒤에 서 있었다. 직선으로는 몇 발 안 되는 거리였다. 목책 세 겹으로 둘러싸인, 검은 통나무로 지은 튼튼한 구축물이었다. 주위에 사람의 자취가 하나도 안 보였다. 나는 나룻배의 이물에 서서 소리쳤다. "어이! 어이!" 강가에 닿을 때까지 나는 멈추지 않고 소리쳤다. 나는 부드러운 풀과 봄꽃으로 덮인 강변으로 뛰어내려 요새를 향해 달렸다. 첫 번째 울타리의 문 앞에서 카를리에가 총에 기대어 나를 기다리고 있었다. 나는 그의 어깨를 잡고서 외쳤다.

"다시 보니 정말 좋군!"

"나도 그래."

그가 말했다.

그는 미소 짓지 않았다. 그의 얼굴은 하얗고 부어 있었다. 그는 많이 늙어 있었다.

나는 식량, 물자, 상품을 싣고 온 큰 나룻배 여덟 척을 가리켰다.

"보라고!"

"보고 있네. 고마워."

그가 말했다.

그는 문을 밀어 열었다. 나는 그를 따라 요새 안으로 들어갔다. 흙을 다져 만든 바닥에 천장이 낮은 커다란 방이 있었다. 한쪽 구석에는 한 사람이 마른 풀과 짐승 털로 된 침대에 누워 있었다.

"다른 사람들은 어디 있어?"

"다른 두 사람은 곳간에 있어. 사바나를 감시하고 있지."

"다른 두 사람?"

"그래."

"무슨 일 있었어?"

내가 물어보았다.

"괴혈병. 열세 명이 죽었어. 이 사람은 아마 완쾌되겠지. 이제 봄이고, 내가 흰 전나무를 달여 마시게 했어. 그렇게 해서 나는 완쾌되었거든. 나도 죽을 뻔했어, 나 역시."

그는 나를 바라보았는데 마치 이제야 나를 발견한 듯 보였다.

"자네가 도착할 때가 되었던 거로군."

"신선한 과일하고 옥수수를 줄게. 와봐."

내가 말했다.

그는 누워 있는 사람에게 다가갔다.

"뭐 필요한 것 없나?"

"없어요."

그 사람이 말했다.

"과일을 갖다 줄게."

카를리에가 말했다.

그는 나를 따라왔다. 우리는 나룻배 쪽으로 갔다.

"인디언들이 습격했어?"

"첫 달에 서너 번 정도. 그러나 물리쳤지. 그때는 우리도 수가 많았어."

"그 뒤에는?"

"그 뒤에? 우리는 피해를 감췄어. 밤에 죽은 사람들을 묻었지. 눈 속에 묻는 걸로 만족했어, 구덩이를 파기에는 땅이 너무 딱딱했거든."

그의 시선은 먼 곳을 헤맸다.

"초봄에 다시 그들을 묻어야 했어. 그때 우리는 다섯 명에 불과했고, 내 무릎이 붓기 시작했지."

내 일행은 배를 정박하고, 상자와 포대의 무게에 눌려 몸을 반쯤 접은 채 요새를 향해 오고 있었다.

"어때, 인디언들이 우리가 지나가는 것을 막으려 할까?"

내가 물었다.

"아니. 그 사람들이 마을을 떠난 지 벌써 2주나 됐어. 내 생각에 대초원에서 전쟁이 일어난 것 같아."

카를리에가 말했다.

"대원들이 좀 쉬면 출발할 거야. 사흘이나 나흘 걸리겠지."

나는 나룻배들을 가리켰다.

"아주 멋지고 단단한 배야. 우리는 급류와 맞설 수 있어."

그는 머리를 끄덕였다.

"그거 좋지!"

우리는 그 후 며칠간 출발 준비를 하며 지냈다. 나는 카를리에가 내 여행에 대해 거의 아무런 질문을 하지 않는다는 것을 알아차렸다. 그는 내게 요새에서 지낸 힘든 겨울에 대해 이야기했다. 인디언들에게 대원의 규모를 속일 목적으로, 어쩔 수 없이 그는 움직일 수 있는 사람들 모두에게 끝없이 연극을 시켰다. 마치 그들이 명령을 어긴 것처럼 쫓아내는 척하면서 요새 밖으로 나가게 하는 식으로 말이다. 그는 이 일들을 명랑한 목소리로 이야기했지만 웃지는 않았다. 그는 이제 웃을 줄 모르는 사람이 된 것 같았다.

5월의 어느 화창한 아침, 우리는 배에 올랐다. 제법 회복하기 시작한 환자는 나룻배 바닥에 정성스럽게 눕혔다. 우리는 노인과 여자만 남아 있던 인디언 마을을 말썽 없이 지나쳤다. 그리고 일정은 느리고 단조롭게, 노 젓는 소리에 박자를 맞춰 다시 흘러가기 시작했다.

"강은 계속해서 북동 남서로 흐르는군."

내가 카를리에에게 말했다.

그의 얼굴이 밝게 빛났다.

"그래."

"어느 날 이 강을 따라 길게 요새와 개발 거점이 늘어설 거야. 그리고 카를리에 요새 대신에 자네 이름을 딴 마을이 생기겠지."

내가 말했다.

"어느 날이지. 그날을 볼 나는 거기에 없을 거야."

그가 말했다.

"그게 뭐 대수겠어? 자네가 하고 싶었던 일을 하게 될 텐데."

내가 말했다.

그는 누런 물, 꽃이 핀 사바나를 바라보았다. 그곳의 나무들은 꼭대기에 푸르고 부드럽고 뾰족한 잎을 달고 있었다.

"나도 예전에 그렇게 생각했어."

그가 말했다.

"그래 지금은?"

"지금은, 자네는 그 모든 것을 볼 거고 나는 못 볼 것을 안다는 게 견딜 수 없어."

그가 격정적으로 말했다.

내 심장이 죄어왔다.

'그렇구나.' 나는 생각했다. '그도 역시 마찬가지구나.'

나는 말했다.

"다른 사람들 역시 볼 거야."

"그러나 그들은 내가 보는 것을 못 볼걸. 그리고 언젠가 그들도 차례대로 죽겠지. 각자 자기한테 정해진 대로. 나는 그들이 부럽지 않아."

"자네가 나를 부러워하지 말아야 할 텐데."

내가 말했다.

나는 진흙투성이 강, 평평한 사바나를 바라보았다. 가끔 내게 이 대지는 오직 내게만 속할 뿐이어서 그 일시적 주인들은 누구도 나와 그것을 다툴 수 없는 듯 보였다. 그러나 또한 가끔, 그들이 얼마나 큰 사랑으로 그것을 응시하는지 보면서 나는 이 대지가 오직 내게만 목소리도 얼굴도 없다고 느꼈다. 나는 이 지상에 못 박혀 있었지만 거기서 밀려나 있었다.

날은 더욱 더워졌고, 강은 넓어졌다. 한 주가 끝날 무렵 강은 호수처럼 광활해졌다. 그리고 우리는 강이 우리 오른손 쪽에서 왼손 쪽으로 세치게 흐르는 또 다른 파란 강으로 흘러들어가는 것을 보았다.

"이제 큰 강이군! 바로 이 강이야."

내가 말했다.

"그래."

카를리에가 말했다.

그는 그 강을 불안스레 응시했다.

"이 강은 북에서 남으로 흘러."

"방향이 조금 더 먼 데서 바뀔 수 있어."

"그럴 가능성은 없어. 우리가 있는 곳은 겨우 해발 200미터밖에 안 되거든."

"두고 봐야 해. 아직 알 수 없어."

내가 말했다.

우리는 길을 계속 갔다. 사흘 동안 누런 물과 파란 물이 서로 섞이지 않고 나란히 흘렀다. 그 후에 우리의 강은 사바나 가운데를 굽이치는 널따랗고 투명한 물속으로 사라졌다. 이제 의심할 수 없었다. 우리는 큰 강을 만난 것이었다. 바위가 솟아 있거나 폭포로 막히지는 않았지만 그 강은 북에서 남으로 흐르고 있었다.

어느 오전 내내 카를리에는 강가에 앉아 시선을 지평선에 고정하고 있었다. 물살이 통나무와 잔가지들을 지평선 쪽으로 끌어가고 있었다. 나는 그의 어깨에 손을 올렸다.

"이 길은 중국으로 가는 통로가 아니야. 아무도 그 존재를 모르는 큰 강이네. 콜럼버스는 신대륙에 부딪혔을 때 인도에 닿았다고 믿었지."

"나는 이 강에 관심 없어. 내가 찾고 싶었던 것은 바로 통로라고. 우리는 몬트리올로 되돌아가는 수밖에 없어."

카를리에가 잠긴 목소리로 말했다.

"미친 짓이야! 하구까지 내려가세. 나중에 다시 그 통로를 찾으라고."

내가 말했다.

"하지만 그 통로는 존재하지 않아. 호수 북쪽은 탐사해봤지만 성과가 없었어. 이 큰 강이 마지막 희망이었다고."

카를리에가 실망해서 말했다.

"만일 그 통로가 존재하지 않는다면, 왜 그것을 찾아내지 못했다고 실망하지?"

그는 어깨를 으쓱했다.

"자네는 이해 못 해. 열다섯 살 때부터, 나는 그것을 발견해내겠노라고 맹세했어. 나는 생말로에서 중국옷을 한 벌 샀어. 그 옷이 몬트리올에서 나를 기다려. 중국으로 떠나게 되면 가져가려고 했다고."

나는 침묵을 지켰다. 사실 나는 이해하지 못하고 있었다. 결국 내가 말했다.

"내 생각대로 자네가 방금 북에서 남으로 대륙을 종단할 수 있는 강을 발견한 것이라면, 자네가 중국으로 가는 통로를 발견할 경우만큼이나 유명해질 거야."

"나는 유명해지는 데 관심 없어."

그가 격하게 말했다.

"자네는 다른 사람들을 위해 커다란 봉사를 한 거야. 중국이라면, 옛길을 통해서도 언제든지 갈 수 있고, 사람들은 알아서 잘할 걸세."

"사람들은 이 강 없이도 알아서 잘할 거야."

카를리에가 말했다.

그날 내내 그는 아무것도 먹지 않고 강가에 앉아 있었다. 나는 참을성 있게 그를 격려했다. 그러자 이튿날 아침 그는 탐사를 계속하기로 동의했다.

며칠이 지났다. 우리는 거대한 통나무들이 둥둥 떠가는 어느 흙탕물 강의 어귀에 닿았다. 우리 뱃사공들은 그것들을 피해 가느라 아주 애먹었다. 그도 그럴 것이 물이 합류하면서 만들어지는 소용돌이에 우리 나룻배들이 휩쓸렸기 때문이다. 그렇지만 우리는 배들을 소용돌이에서 빼내는 데 성공했다. 그곳으로부터 몇 리외 거리에서 우리는 마을을 하나 발견했다. 맨 앞의 나룻배를 조종하던 사람이 소리쳤을 때, 이미 우리는 총을 잡고 있었다.

"전부 불탔어요!"

우리는 정박했다. 움막들 대부분이 잿더미가 되어 있었다. 광장에는 토막 나고 목이 잘린 시체들이 기둥에 묶여 있었다. 한 초가에도 시체들이 쌓여 있었다. 우리는 강가에서 뼈를 발라 방부 처리한, 주먹만 한 얼굴 가죽들을 발견했다. 다음 날부터 만난 모든 마을이 그런 식으로 황폐해져 있었다.

강이 넓어져가고 온도가 올라가며 식물군은 열대성이 되어갔다. 사람들은 총을 쏴 앨리게이터 악어들을 죽였다. 그다음 나타난 질퍽한 강가는 갈대로 덮여 있었다. 갈대 사이 이곳저곳에 사시나무 덤불이 서 있었다. 어느 날 우리는 진흙 속에 묻힌 게를 한 마리 보았다. 나는 몸을 굽혀 재빨리 강물을 약간 떠서 입술에 대어봤는

데, 물이 짭짤했다.

그곳에서 몇 발 떨어진 곳에서 강이 세 갈래로 나뉘었다. 약간 망설이다가, 우리는 가운데 수로로 들어섰다. 두 시간 동안 우리는 낮은 섬, 모래톱, 갈대숲들의 미로를 헤치며 배를 저어갔다. 그리고 갑자기 모든 탐사대원이 기쁨의 함성을 내지르면서 일어섰다. 우리는 바다로 빠져나왔던 것이다.

"행복하지 않나?"

내가 카를리에에게 말했다.

대원들은 저녁 야영을 준비하고 있었다. 낮에 잡은 칠면조를 불에 올려놓고서, 그들은 웃으며 노래하고 있었다.

"내 관측의가 이상하게 작동해. 경도를 잡을 수가 없어."

카를리에는 말했다.

"그게 뭐 대수야? 우리는 다시 돌아올 거야. 진짜 배를 타고 바다로 해서 다시 돌아올 거야."

내가 말했다.

그의 얼굴은 여전히 어두웠다.

"정말 대단한 발견이야."

내가 말했다.

"자네의 발견이지."

그가 말했다.

"뭐?"

"자네가 대초원에서 내 목숨을 구해줬어. 자네가 몬트리올에 구조를 청했고, 자네가 여정을 계속하라고 나를 설득했지. 자네가 없었다면 나는 여기 있지 않을 거야."

"나 역시 자네가 없었다면 여기 있지 않을걸."

내가 부드럽게 말했다.

나는 담뱃대에 불을 붙이고 그의 곁에 앉았다. 나는 바다를 바라보았다. 항상 똑같은 바다, 똑같은 살랑대는 소리, 똑같은 냄새. 그는 항해 일지에 몇 가지 숫자를 적었다. 나는 그의 어깨 너머로 슬쩍 들여다보았다.

"한참 전부터 왜 아무것도 안 써?"

내가 물어보았다.

그는 어깨를 으쓱했다.

"왜?"

"자네 나를 비웃었지!"

"내가 자네를 비웃었다고?"

"오! 자네는 아무 말도 안 했지만, 나는 자네의 시선을 알고 있었어."

그는 뒤로 자빠지더니 등을 땅에 대고 눈은 하늘을 향했다.

"자네의 시선 아래 산다는 것은 분명 무서운 일이야. 자네는 아주 멀리서 나를 보고 있어. 자네는 이미 내 죽음의 다른 쪽에 있지. 자네한테, 나는 죽은 사람이야. 1651년에 서른 살이었고, 중국으로 가는 통로를 찾으려 했지만 발견하지 못했고, 그가 아니라도 얼마 후에 다른 사람들이 발견했을 이 큰 강을 발견한 죽은 사람이라고."

그는 원한에 차 덧붙였다.

"만일 자네가 원했다면, 자네는 이 강을 발견하는 데 내가 필요하지 않았을 거야."

"하지만 나는 그걸 원할 수 없었어."

내가 말했다.

"그럼 나는, 왜 나는 그것을 원해야 해? 왜 자네한테 가치 없는 것이 나한테는 가치 있어야 해? 왜 나는 즐거워해야 하고? 나는 철부지가 아니야.”

내 심장은 안개로 채워졌다.

“자넨 우리가 헤어지길 바라나?”

내가 물었다.

그가 아무 대답도 하지 않자 나는 비탄에 잠겨 생각했다. ‘그를 떠난다면, 나는 어디로 갈까?’ 결국 그가 말했다.

“그러기에는 너무 늦었어.”

♦

우리는 다시 몬트리올로 거슬러 올라가 이듬해 봄에 배를 한 척 빌렸다. 그리고 대륙을 따라 내려가서 플로리다를 우회하여 어느 해안을 따라가기 시작했다. 그 해안은 카를리에가 큰 강의 어귀에서 측정했던 그 위도상에 있었다. 불행하게도 우리는 강 하구의 경도를 몰랐던 데다가 시야를 온통 가리는 농무濃霧가 연안에 드리워져 있었다. 우리는 천천히, 매우 조심스럽게 항해했다. 그도 그럴 것이 우리는 가능한 육지에 접근할 수밖에 없어서 암초에 부딪힐까 걱정했기 때문이다.

“보세요!”

한 선원이 외쳤다.

그는 지난번 탐사대에 참가했던 사람이었다. 그는 하얀 안개를 가르고 간신히 윤곽을 드러낸 해안을 가리켰다.

“아무것도 안 보여요?”

뱃전에 두 팔을 기대고 카를리에는 열심히 바라보았다.

"모래톱이 보이네."

그가 말했다.

나는 갈대와 자갈이 덮인 혀처럼 생긴 땅을 알아보았다.

"물이다! 물이 보여."

카를리에가 말했다. 그가 외쳤다.

"나룻배 한 척을 바다에 띄워."

얼마 뒤, 우리는 해안을 향해 힘차게 노를 저었다. 납작한 섬들과 혀처럼 생긴 모래땅이 있는 미로 사이, 큰 진흙물 강이 몇 리외나 되는 폭의 날목을 통해 바다로 흘러들고 있었다. 우리는 세대박이 배로 다시 돌아왔는데, 우리가 찾던 그 하구를 다시 봤다고 확신했다.

우리 계획은 그 강과 지류를 따라 내가 카를리에를 처음 만났던 뭍길까지 거슬러 올라가는 것이었다. 그곳에 겨울을 위해 요새를 하나 세워 과일과 채소를 비축하고, 배를 지킬 임무를 맡은 몇 사람을 남겨두고, 우리의 발견을 공표할 몬트리올로 나룻배를 타고 돌아가려 했다. 그러면 개발 거점들을 세우거나, 그 큰 강의 수원을 탐사하거나, 호수들을 거쳐 이 강과 세인트로렌스 강을 연결할 수로를 찾거나, 어쩌면 운하를 건설하거나 하는 등의 일을 위한 도움이 주어지리라는 것을 우리는 의심하지 않았다. 머지않아 새 도시들이 생겨날 터, 이제 신대륙의 문호가 열린 것이다.

세대박이 배는 뱃머리를 돌려 천천히 가장 넓은 수로를 향해서 나아갔다. 나룻배 하나가 길잡이로 앞장섰다. 배는 소용돌이치는 물의 충격으로 앞뒤로 흔들거렸다. 수로에 들어서는 순간, 굉음이 나며 배가 옆으로 가라앉았다.

"돛대를 잘라!"

카를리에가 외쳤다.

사람들이 꼼짝하지 않았다. 부서진 배가 위험스럽게 앞뒤로 출렁거리자 돛대들이 요동치며 와지끈거렸는데, 무겁고 위협적이었다. 나는 도끼로 내리쳤다. 카를리에도 도끼로 내리쳤다. 두 돛대가 큰소리를 내며 무너졌다. 그러나 배는 여전히 물속으로 가라앉고 있었다. 우리는 나룻배들을 풀어서 강가로 옮겼다. 상품이 든 짐 하나와 식량을 약간 건질 수 있었다. 그러나 두 시간이 지나자, 배는 사라져버렸다.

"나룻배로 강을 거슬러 올라가자고. 배 한 척이 대수야? 자네의 발견은 엄청난 재산이야. 자네가 원하면 배 스무 척을 소유하게 될 거야."

내가 카를리에에게 밝게 말했다.

"알아."

그가 말했다.

그는 누런 급류와 충적토로부터 한 줄기 파란 선으로 구분되는 바다를 바라보았다.

"이제 뒤로 돌아갈 수는 없어."

그가 말했다.

"게다가 다시 뒤로 돌아가야 할 이유가 없잖아?"

내가 말했다.

"자네가 옳아."

그가 말했다.

그는 내 팔을 잡았다. 그리고 우리는 막사를 세울 마른 땅을 찾아 떠났다.

우리는 이튿날 오전에 들소를 사냥하고 송어를 낚으며 지냈다.

그다음에 탐험대원들을 나룻배 네 척에 나눠 타게 하고 강줄기를 거슬러 올라가기 시작했다. 강의 양쪽에 단조로운 평지가 펼쳐져 있었다. 카를리에는 근심스러운 듯했다.

"자네 이곳의 풍경을 알아보겠어?"

그가 내게 물었다.

"그런 것 같은데."

강가에는 꼭대기에 연녹색 술이 달린 키 큰 갈대들, 더 멀리에는 똑같은 풀들, 덩굴 포도나무, 사시나무 숲이 있었다. 그리고 앨리게이터들이 따뜻한 진흙 속에서 자고 있었다.

나흘 동안 우리는 계속 노를 저었다. 닷새째 오후, 우리는 마을을 하나 발견했다. 집들은 창이 없는 흙벽돌로 지은 오두막이었고, 커다란 사각형 문이 달려 있었다. 내가 모르던 마을이었다. 강가에서 인디언들이 정겹게 손을 흔들었다. 그들은 하얀 통옷을 입고 커다란 술이 두 개 달린 끈으로 허리 부분을 묶고 있었다.

"강 하구에서 2주일 거리에는 마을이 없었어."

카를리에가 말했다.

우리는 정박했다. 부족의 추장은 가죽 방패들로 장식한 자신의 움막에서 온화한 표정으로 우리를 맞이했다. 밖은 훤한 대낮이었지만, 창 없는 방은 마른 갈대를 엮어 만든 횃불들로 밝혀져 있었다. 카를리에가 추장에게 강의 이름이 무엇이냐고 묻자, 그들은 그 강을 '붉은 강'이라고 불러왔다고 추장이 대답했다. 그가 다시 추장에게 그 지역에 큰 강이 하나 더 있지 않으냐고 물었더니 추장은 멀리 동쪽에, 알려진 모든 강보다 더 넓고 더 긴 강이 하나 있다고 말했다. 우리는 그에게 몇 가지 선물을 줬다. 그러자 바늘 한 갑, 송곳, 가위 하나와 옷감 한 장의 답례로 추장은 우리에게 옥수수,

말린 과일, 소금, 칠면조와 닭을 잔뜩 줬다.

"그럼 이제, 우리 어쩌지?"

평화의 긴 담뱃대를 피운 후 추장에게 물러가겠다는 인사를 했을 때, 카를리에가 말했다.

"그 큰 강을 다시 찾아내야 해."

내가 말했다.

그는 머리를 숙였다. 나는 곰곰 생각했다.

내가 말했다.

"내가 그 강을 찾으러 가겠네. 그 강을 찾으면 돌아와서 자네들을 그리로 데려가겠네. 이 지대는 비옥하고, 여기 인디언들이 우리를 친구로 맞아줬으니까, 자네들은 충분히 오랫동안 나를 기다릴 수 있어."

"나는 자네와 함께 갈 거야."

카를리에가 말했다.

"안 돼. 강은 먼데 우리는 이 지역과 주민들을 잘 몰라. 나 혼자 할 수 있는 일을 자네와 함께할 수는 없어."

"자네와 함께 가거나 자네 없이 갈 거야. 나는 갈 거라고."

그가 굳은 목소리로 말했다.

나는 그를 바라보았다. 수 세기 전에 내가 했던 어떤 말이 입술에서 다시 달싹거렸다.

"무슨 오기야!"

그가 웃기 시작했다. 나는 이 웃음이 마음에 안 들었다.

"왜 웃어?"

"사람들이 자네 옆에서 살면서 어떤 오기를 품을 수 있다고 생각하나?"

“나 혼자 가게 해줘.”

“자네는 이해 못 해! 자네는 아무것도 이해 못 해! 나는 여기 머물러 있을 수 없어. 만일 내가 어딘가에 머무를 수 있었다면, 난 몬트리올에 머물렀을 거고, 생말로에 머물렀을 거고, 조용한 집에서 아내와 자식들과 함께 살고 있을 거라고.”

그가 입술을 악물었다.

“나는 내가 살아 있다고 느껴야 해. 그로 인해 내가 죽더라도 말이야.”

다음 며칠간, 나는 헛되이 그를 설득하려고 노력했다. 그는 내게 대답조차 안 했다. 그는 식량 배낭을 하나 준비했고, 자기 장비들을 재점검했다. 어느 날 아침에 안달을 내며 내게 말했던 것도 바로 그였다.

“가세.”

우리는 짐을 잔뜩 짊어졌다. 매일 아침 모카신을 만들 들소가죽을 가져갔다. 하루만 걸어도 한 켤레가 닳기 때문이다. 총 한 자루, 탄약, 도끼, 털담요, 강을 건널 들소가죽 거룻배 한 척, 그리고 한 사람이 두 달간 먹을 만한 식량도 가져갔다. 우리는 인디언들에게 들은 충고대로 들소들이 낸 오솔길을 따라서 출발했다. 야생동물의 흔적에 의존하는 것, 그것이 어떤 물길도 놓치지 않는 가장 좋은 방법이었던 것이다. 우리는 말없이 걸었다. 나는 어떤 목적을 향해 걷는다는 것이 만족스러웠다. 내가 카를리에를 따라다닌 이후, 항상 내 앞에는 어떤 목적, 곧 내게 미래를 주고 또 내 미래를 가려주는 목적이 있었다. 그 목적이 달성하기 어려우면 어려울수록 나는 현재 속에서 더 안도감을 느꼈다. 큰 강은 도달하기가 아주 어려워 보여서 순간순간이 완전했다.

일주일이 지나자 비가 오기 시작했다. 우리는 높고 빳빳한 풀들이 손등을 긁어대는 초원을 가로질렀다. 물기로 무거워진 그 지대는 우리의 걸음을 힘들게 했다. 그리고 밤에는 우리에게 주어진 임시 피난처라고 해야 젖은 나무들뿐이었다. 그다음 우리는 어느 숲에 이르렀는데, 들소들의 오솔길을 도끼로 넓히면서 힘겹게 길을 텄다. 우리는 강을 여럿 지나갔다. 회색 장막으로 고루 뒤덮인 그 지방은 사람이 없는 듯했다. 또한 우리가 다가가면 도망칠 새도 야생동물도 한 마리 없었다. 그리고 우리의 식량도 줄고 있었다.

처음 마을을 발견했을 때, 우리는 그곳으로 소리 없이 다가갔다. 위협적인 아우성과 북소리가 들렸다. 나는 이 나무에서 저 나무로 미끄러져 갔다. 광장에 인디언들이 보였다. 그들은 사슬에 묶인 다른 인디언들 주위에서 춤추고 있었다. 어쨌든 '대초원'의 전쟁임이 확실했다. 그때부터 우리는 마을을 피해 가려 조심했다. 우리는 인디언 한 떼가 맹수의 포효를 지르면서 상대 부족을 향해 행진하는 것을 보게 되었다. 우리는 나무 꼭대기로 기어 올라가 숨어 있었기에 그들은 우리를 발견하지 못했다.

35일 동안 비가 내렸다. 그리고 우리는 스무 개가 넘는 물길을 만났다. 우기가 지나자 큰 바람이 불어 하늘을 씻어버렸다. 우리 걸음은 더 쉬워졌다. 그러나 남은 식량은 2주 치뿐이었다. 나는 카를리에에게 말했다.

"되돌아가야만 해."

"안 돼."

그가 말했다.

그는 예전의 얼굴을 되찾은 상태였다. 그을리고, 노란 수염으로 인해 강해 보이면서, 길고 부드러운 머리가 부드러워 보이게 하는 얼굴. 그러나 평온하고 확신 있는 눈을 되찾은 것은 결코 아니었다. 그의 시선은 여전히 비어 있었다.

그는 기벼운 목소리로 덧붙였다.

"비가 멈췄어. 들소를 잡을 거야."

"매일 한 마리씩 들소를 잡을 수는 없어."

내가 말했다.

이렇게 습한 하늘 아래에서 24시간 이상 고깃덩어리를 보관하기는 불가능했다.

"우리한테 옥수수를 팔 마을을 찾게 되겠지."

"지금은 전쟁 중이야."

"어디에나 전쟁인 것은 아니라고."

나는 화가 나서 그를 바라보았다.

"죽으려고 안달하는 거야?"

"죽는 건 나한테 상관없어."

그가 말했다.

"자네가 죽으면, 자네의 발견들은 자네와 함께 묻혀버려. 자네 대원들 중 누군가 그 큰 강을 찾으려 고심할 거라고 상상하지 말게. 그들은 우리가 남겨두고 온 거기서 뿌리를 내리고 인디언들과 섞여 살 거야."

내가 덧붙였다.

"나 역시 큰 강을 찾으려고 하지 않을 거야."

"그게 뭐 대수야?"

카를리에가 말했다.

그는 내 어깨를 쳤다. 그가 이런 우정 어린 몸짓을 하지 않은 지 오래되었다.

"중국으로 가는 길이 그다지 중요하지 않다고 나를 납득시킨 건 자네잖아. 그 큰 강 역시 별로 안 중요해."

"발길을 돌리자고. 새로 탐사를 조직하는 거야."

내가 말했다.

그는 고개를 흔들었다.

"난 더 이상 인내심이 없네."

그가 말했다.

우리는 다시 길을 갔다. 내가 노루 한 마리, 야생 닭 몇 마리, 메추라기 몇 마리를 잡았지만 우리 식량은 바닥나고 있었다. 마침내 그 크고 푸른 강물이 우리 앞에 나타났을 때, 사흘 치 식량이 우리에게 남아 있었다.

"봐, 도착했지."

카를리에가 말했다.

그는 적의를 품은 듯한 시선으로 강을 바라보았다.

"그래. 하지만 이제 돌아가야 해."

내가 말했다.

"난 도착했어."

그가 되풀이했다.

그의 입술은 마치 누군가에게 교활한 꾀를 부리는 듯한 고집스러운 웃음을 짓고 있었다.

나는 다시 떠나자고 그를 채근했다. 그러자 그는 상관없다는 듯이 나를 따라왔다. 그는 말이 없었고, 아무것도 보지 않았다. 둘째 날, 나는 칠면조 한 마리를 잡았고, 그로부터 나흘 뒤에는 암사슴을 한 마리 잡았다. 하지만 그 뒤로 우리는 사냥감을 못 찾고 일주일을 걸었다. 우리의 비상식량은 완전히 바닥났다. 나는 들소 한 마리를 잡아 커다란 안심 하나를 구웠다. 우리는 그것을 들고 갔다. 하지만 이틀 후에 그걸 버려야만 했다.

우리는 앞으로 만나게 될 첫 번째 마을에 운을 걸기로 했다. 어느 날 아침, 우리는 오두막 하나를 발견하고 다가갔다. 오두막집에서 연기도 오르지 않았고, 소리 하나 안 들렸다. 그러나 나는 그 냄새를 알고 있었다. 우리가 던져버렸던 고기의 냄새였다. 시신 수백 구가 황량한 광장에 쌓여 있었다. 움막들은 비어 있었다. 옥수수와 고기를 보존하는 저장고들도 비어 있었다.

우리는 이틀을 더 걸었다. 그리고 사흘째 아침에 내가 배낭을 들었을 때, 카를리에가 내게 말했다.

"잘 가게. 나는 여기 남겠네."

"나도 자네와 함께 남지."

내가 말했다.

"안 돼. 나 혼자 있게 둬."

"나는 남겠네."

내가 말했다.

그날 내내 나는 초원을 뒤졌다. 노루 한 마리가 내게서 멀리 달아나고 있었다. 나는 그것을 향해 총을 쐈지만 맞추지 못했다.

"왜 다시 왔어?"

카를리에가 말했다.

"자네 곁을 안 떠날 거야."

"가버려. 나는 자네의 시선 아래에서 죽고 싶지 않아."

나는 주저했다.

"좋아. 가겠네."

그는 못 믿겠다는 표정으로 나를 바라보았다.

"아, 정말인가?"

"정말이야. 잘 있게!"

나는 그를 두고 떠났다. 곧 어느 나무 뒤에 길게 누웠다. 나는 생각했다. '이제 나한테 무슨 일이 일어날까?' 만일 내가 그를 만나지 않았다면, 아마 나는 백 년 동안, 천 년 동안 계속해서 걸었겠지. 그러나 그를 만나자 걸음을 멈춰, 다시 걸음을 내디딜 수 없었다. 나는 하늘에서 달이 떠오르는 것을 보고 있었는데, 정적 속에서 돌연 총소리가 들렸다. 나는 꼼짝하지 않았다. 나는 생각했다. '그한테서는, 그게 끝났군. 내가 마르고 헐벗은 몇 조각 뼈를 남겨놓고 나로부터 떠나는 것은 결코 가능하지 않은 것일까?' 내가 환희와 떨림에 휩싸여 어두운 지하 수로에서 나왔던 어느 저녁처럼, 또 잿더미로 변한 집들 위에서도 그랬던 것처럼, 달이 빛나고 있었다. 그날 그 저녁, 개 한 마리가 죽어라 짖어대던 동안, 나는 굳어버린 빛 덩어리를 향해 올라가는 긴 탄식을 내 속에서 듣고 있었다. 이 죽은 행성은 결코 꺼지지 않겠지. 내 삶의 맛이던 이 고독과 영원의 맛은 결코 지워지지 않겠지.

"그래요, 그렇게 끝나게 마련이었어요."

레진이 말했다.

그녀는 일어나 치마에 붙은 잔가지들을 털었다.

"조금 걷죠."

"다르게 끝날 수 있었어요. 그가 택했던 거죠."

포스카가 말했다.

"그건 그렇게 끝나게 마련이었어요."

그녀가 말했다.

길은 빈터를 향해 내려갔다. 그 빈터의 배경에 어느 마을의 지붕들이 보였다. 그들은 말없이 그 길을 따라갔다.

"나라면 용기가 없을 거예요."

그녀가 말했다.

"용기가 있어야만 하나요? 몇 년 만에 거의……."

"당신이 무엇에 대해 이야기하고 있는지 모르는군요."

"원할 때 그만 살 수 있다는 것을 아는 것은 분명히 아주 안심되는 일일 거예요. 돌이킬 수 없는 일은 아무것도 없어요."

포스카가 말했다.

"나는 살고자 했어요."

레진이 말했다.

"나는 노력했어요. 카를리에한테 다가가 총을 집어 내 가슴에 한 발, 그다음 한 발은 내 입안에 쐈어요. 그걸로 한참 동안 정신을 잃었죠. 그리고 다시 살아났어요."

"그때 당신은 무엇을 했죠?"

그녀가 물었다.

그녀는 그가 무엇을 했든지 개의치 않았지만, 그가 옳았다. 그가 이야기하고 있는 한, 그녀가 그의 이야기를 듣고 있는 한, 어떤 질문도 나오지 않았다. 이 이야기는 결코 끝나지 말아야 할지 모른다.

"해안 마을을 만날 때까지 바다를 향해 걸었어요. 추장이 나를 받아들여 줘서 나는 오두막을 하나 지었죠. 나는 태양 아래 발가벗고 사는 이 사람들처럼 되고 싶었고, 나를 잊고 싶었어요."

"성공하지 못했나요?"

"많은 해가 지났어요. 그러나 내가 나를 되찾았을 때, 나한테는 여전히 그만큼의 세월이 살아야 할 날로 남아 있었죠."

그들은 마을까지 계속 걸었다. 문이 모두 잠겨 있었고, 덧창문들도 닫혀 있었다. 불빛 하나, 소리 하나 없었던 것이다. '황금 태양'이라고 쓰인 문 앞, 초록빛으로 칠한 긴 나무 의자가 하나 있었다. 그들은 앉았다. 누군가 잠을 자며 고르게 코 고는 소리가 살문을 통해 들렸다.

"그래서요?"

레진이 물었다.

제4부

나는 달리기 시작했고, 내 심장은 터질 듯이 뛰었다. 누런 물이 천둥소리를 내며 범람하여 내게로 달려들었는데, 만일 그 거품이 나를 스친다면 내 몸은 검은 반점으로 덮이고 단번에 잿더미로 변할 것을 나는 알고 있었다. 나는 달려갔다. 발로 땅을 디디지도 않고서. 산꼭대기에는 내게 신호를 보내는 한 여자가 있었다. 카테리나. 그녀가 나를 기다렸다. 내가 그녀의 손을 잡기만 한다면 나는 구원되겠지. 그러나 걸을 때마다 바닥이 꺼졌다. 그곳은 늪이었다, 나는 더 이상 달릴 수 없었다. 갑자기 땅이 무너졌고, 나는 기껏해야 한 손을 들어 올리며 외칠 시간밖에 없었다. 카테리나! 그리고 나는 타는 듯한 진흙 속에 삼켜졌다. 나는 생각했다. '이번에는 꿈이 아니야, 이번에는 드디어 제대로 죽은 거야.'

"주인님!"

단번에 꿈이 산산조각 나버렸다. 나는 눈을 떴다. 침대 닫집, 창문, 그리고 유리창 뒤로 바람에 가지가 흔들리는 커다란 마로니에가 보였다. 그것은 그 명료한 빛깔들, 그 정확한 형태들, 그리고 그 고집스러운 습관들로 이루어진 일상의 세계였다.

"마차가 준비되었습니다, 주인님."

"잘했다."

나는 다시 눈을 감았다. 팔을 눈꺼풀 위에 올렸다. 다시 잠들어 다른 곳으로 달아나고 싶었다. 어느 다른 세계에 들어가는 것이 문제가 아니었다. 그것이 한 세계라면, 그것은 같은 세계일 것이다. 나는 내 꿈들을 좋아했다. 왜냐하면 그것들은 다른 곳에서 일어나는 것이었기 때문이다. 나는 다른 하늘과 다른 시간의 신비스러운 줄 하나를 타고 도피할 수 있었다. 그러면 무엇이든 일어날 수 있어서 나는 더 이상 나 자신이 아니었던 것이다. 나는 더 강하게 팔로 얼굴을 눌렀다. 금빛 점들이 푸른 어둠 속에서 춤추었지만, 나는 다시 잠들지 못했다. 나는 정원의 바람 소리, 회랑의 발소리를 듣고 있었다. 나는 내 귀로 모든 소리를 듣고 있었고, 각각의 소리는 제자리에 있었다. 내가 깨어나자 다시 세계는 하늘 아래 얌전히 누워 있었고, 나는 세계의 가운데 누워 있었다. 영원토록 내 삶의 맛을 입술에 느끼며 말이다. 분한 생각이 들었다. '왜 나를 깨운 거야? 왜 그들은 나를 깨운 거야?'

그것은 20년 전의 일이었다. 나는 인디언 마을에서 오랫동안 지냈다. 태양에 탄 피부가 허물처럼 몸에서 떨어져 나가자 주술사가 새로운 내 몸에 성스러운 표시를 새겼다. 나는 그들의 음식을 먹었고, 그들의 전쟁 노래를 불렀다. 몇몇 여자가 내 지붕 밑에서 연이어 지냈는데, 그 여자들은 갈색 머리에 뜨겁고 부드러웠다. 나는 돗자리에 누워 모래에 드리워진, 다 자란 종려나무의 그림자를 바라보았다. 한 발짝도 안 되는 거리에 햇빛에 반짝이는 커다란 조약돌이 하나 있었다. 그림자가 조약돌에 닿으려 하고 있었다. 나는 그림자가 잠시 후에 조약돌에 닿을 것을 알았지만 그 그림자가 길어지는 것은 보지 못했다. 매일 나는 그림자를 엿보아왔는데 결코 그것을 포착하지 못했다. 벌써 종려나무 끝은 이미 조금 전과 완전히 똑같은 장소에 있지 않았지만, 그림자는 움직인 것처럼 보이지 않았다. 나는 종려나무 그림자가 그 나무 밑에 웅크리고 있다가 나중에는 교묘하게 뻗어나가는 것을 바라보면서 다시 몇 년을, 몇 세기를 보낼 수도 있었다. 어쩌면 나는 나 자신을 완전히 잃어버릴 수도 있었다. 태양, 바다, 태양 아래 종려나무 그림자는 거기에 있겠지만, 나야 더 이상 존재하지 않았을지 모른다. 그러나 그 조약돌이 회색으로 물들기 시작하던 바로 그 순간 그들이 나타나서 말했다. "우리와 함께 가시죠." 그들은 내 팔을 잡아 그들의 배 쪽으로 밀었고, 내게 그들의 옷을 입혀 구대륙의 부두에 나를 내려놨다. 그리고 지금 봉파르가 문간에서 말하고 있었다.

"말을 풀어두라고 할까요?"

나는 팔꿈치를 짚고 일어났다.

"대체 나를 조용히 자게 놔둘 수 없어?"

"마차를 일곱 시에 준비해놓으라고 하셨잖아요."

나는 침대 밑으로 뛰어내렸다. 이제 다시 잠들 수 없다는 것을 알고 있었다. 그들이 나를 깨우자 이제 1분이 지날 때마다 질문이 제기되었다. 우리 뭘 하지? 우리 어디로 가지? 그리고 내가 뭘 하든지, 어디를 가든지, 도처에 나는 존재하고 있었다.

가발을 고쳐 쓰면서도 나는 물어보았다.

"우리 어디로 가는 거지?"

"몽테송 부인 댁으로 가신다고 했습니다."

"더 재미있는 제안은 전혀 없어?"

"마르세나크 백작이 주인님을 만찬에서 통 볼 수가 없다고 불평했죠."

"나를 만찬에서 다시 볼 일은 절대 없을 거야."

내가 말했다.

어떻게 내가 그들의 시시한 대향연을 즐길 수 있겠는가. 리벨라의 거리에서, 로마와 겐트의 거리에서 도살당하는 아이들과 강간당하는 여자들의 비명을 들었던 내가…….

"다른 걸 찾아봐……."

"다 권태로워하시잖아요."

"아! 이 도시는 숨 막혀!"

내가 금괴와 다이아몬드가 가득 든 배낭을 비스듬히 메고 내렸을 때, 파리는 내게 거대해 보였다. 그러나 그곳에 있는 모든 카바레, 극장, 살롱, 광장, 그리고 정원을 둘러본 지금, 나는 조금 인내심이 있다면 모든 주민의 이름을 하나하나 부를 수도 있다는 것을 알고 있었다. 그리고 예측할 수 있는 일 외에는 어떤 일도 일어나지 않았다. 심지어 경찰은 살인, 난투, 칼싸움도 통계를 냈다.

"파리에서 주인님을 사로잡는 건 아무것도 없어요."

봉파르가 말했다.

"이 지구는 숨 막혀."

내가 말했다.

지구 역시 한때는 내게 거대해 보였다. 나는 기억하고 있었다. 나는 어느 언덕 위에서 생각했다. '저 아래 바다가 있고, 그리고 그 너머에는 다른 대륙들의 바다가 있어, 끝없이.' 이제 나는 이 지구가 둥글다는 것을 알 뿐만 아니라, 사람들은 지구의 둘레를 측정하기까지 했고, 현재 적도와 양극의 곡률을 정확하게 계산하는 중이었다. 사람들은 세밀하게 목록을 작성함으로써 지구를 더 작게 만들려고 악착을 부렸다. 그들은 얼마 전에 프랑스를 묘사하는 지도를 하나 제작했는데, 어찌나 정확한지 어떤 마을도 어떤 개울도 그 지도에서 빠져 있을 리가 없었다. 떠나봐야 뭐 좋을 게 있을까? 시작하기도 전에, 여행 전체가 이미 끝나 있었다. 사람들은 이 행성에 사는 식물과 동물의 목록을 만들었다. 그것들의 수는 아주 적었다. 정말 적은 수의 풍경, 빛깔, 맛, 향기, 얼굴이 있을 뿐이며, 항상 같은 것이 수천 가지의 예로 헛되이 중첩되어 있었다.

"달로 올라가세요."

봉파르가 말했다.

"그게 내 유일한 희망이야. 하늘을 터뜨려야 해."

내가 말했다.

우리는 현관 계단을 내려왔다. 그리고 나는 마부에게 말했다.

"몽테송 저택으로."

살롱으로 들어가기 전, 나는 문 앞에 잠시 서서 거울 속의 나를 비웃듯이 응시했다. 나는 금실로 수놓은 자줏빛 우단 옷을 입고 있었다. 20년이 지났어도 나는 이런 변장에 익숙해지지 못했고, 하얀 가발 밑의 내 얼굴은 괴상해 보였다. 그들은 이 터무니없는 복장 속에서 편안함을 느꼈다. 그들은 작고 허약해서, 카르모나에서나 카를 5세의 궁정에서라면 처량해 보였을지 모른다. 여자들은 머리에 하얀 가루를 뿌리고 양 볼이 빨간 연지로 붉게 물들어 보기 흉했다. 남자들의 얼굴은 나를 거북하게 했다. 왜냐하면 끊임없이 움직였기 때문인데, 웃고, 눈이 갸름해지고, 코를 찡긋거리고, 쉴새 없이 말하고 웃었다. 나는 현관에서 그들이 웃는 것을 듣고 있었다. 나의 시대에, 우리를 즐겁게 해주는 것은 광대들의 일이었다. 우리는 크게 웃었지만, 너무나 명랑한 말라테스타조차 하루 저녁에 네댓 번 이상 웃지 않았던 것이다. 나는 문을 넘어서면서 그들의 얼굴이 굳어지며 웃음이 꺼져가는 것을 만족스럽게 바라보았다. 봉파르를 뺀 누구도 내 비밀을 알지 못했지만 나는 그들을 두렵게 했다. 나는 이 남자들 중 몇몇을 망하게 하고, 이 여자들 중 여럿을 무시하기를 즐긴 바 있었다. 결투 때마다 나는 상대를 죽였다. 내 주위에 어떤 전설이 감돌고 있었다.

나는 여주인의 안락의자로 다가갔다. 그녀 주위에 사람들이 둘러앉아 있었다. 그녀는 못되고 명랑한 나이 든 여자였는데, 그녀가 하는 말은 이따금 나를 즐겁게 하는 데 성공했다. 그리고 그녀는 나를 제법 좋아했다. 그도 그럴 것이 그녀가 아는 한 가장 악의에 찬 사람이 나라고 그녀는 말했다. 그러나 그 순간에는 그녀에게 말을 걸 생각을 하지 말아야만 했다. 늙은 다미앵이 어린 리셰와 토론 중이었던 것이다. 그들은 편견이 인간의 삶에 어떤 역할을 하는지에 대해 토론하고 있었다. 리셰는 이성의 권리를 옹호했다. 나는 늙은이들이 싫었다. 왜냐하면 그들은 자신들의 인생이 지나갔다고, 커다란 과자처럼 둥글고 충만하다고 느끼고 있었기 때문이다. 나는 젊은이들이 싫었다. 왜냐하면 그들은 미래 전체가 자신들 앞에 있다고 느끼고 있었기 때문이다. 나는 모두의 얼굴을 활기차게 하는 열광과 지성의 분위기가 싫었다. 오직 몽테송 부인만 벽장식 융단에 바느질을 하면서 냉정하게 토론을 듣고 있었다. 내가 다짜고짜 말했다.

"당신들 둘 다 틀렸어요. 이성도 편견도 사람에게 유용하지 않아요. 사람은 자신에게 할 일이 아무것도 없기 때문에, 사람한테 유용한 것은 아무것도 없어요."

"그런 식으로 말씀하시니 아주 당신답군요."

마리안 드 생클레르가 경멸 조로 말했다.

그녀는 몽테송 부인 곁에서 책 읽어주는 일을 하는, 키가 크고 제법 아름다운 처녀였다.

"사람은 자신을 행복하게 하고 동포들을 행복하게 해야 해요."

리셰가 말했다.

나는 어깨를 으쓱했다.

"사람들은 결코 행복해지지 않을 거요."

"사람들이 이성적으로 될 날, 그렇게 될 겁니다."

그가 말했다.

"그들은 그러기를 바라지조차 않소. 그들은 시간이 자신을 죽이기를 기다리면서 시간을 죽이는 데 만족하는 거요. 여러분 모두 여기서 엄청난 말로 자신을 포장하면서 시간을 죽이고 있습니다."

내가 말했다.

"당신이 어떻게 인간을 아시겠어요? 당신은 인간을 싫어하시잖아요."

마리안 드 생클레르가 말했다.

몽테송 부인이 머리를 들었다. 그녀는 벽장식 융단에 바늘을 꽂은 채 말했다.

"자! 그 정도면 됐어요."

"그러죠. 그 정도만 말합시다."

내가 말했다.

말. 그것이 그들이 내게 제공할 수 있는 전부였다. 자유, 행복, 진보. 오늘날 사람들은 바로 이런 속 빈 고기를 먹고 살아가고 있었다. 나는 돌아서서 문을 향해 걸어갔다. 가구와 장식물로 빼곡한 그들의 방 안에서 나는 숨이 막혔다. 곳곳에 양탄자, 스툴, 휘장이 있었고, 내 머리를 아프게 하는 향수가 공기에 가득했다. 나는 눈을 들어 살롱을 빙 둘러보았다. 그들은 다시 왁자지껄하기 시작했다. 나는 잠깐 그들의 열의를 얼어붙게 할 수 있었지만, 그 열의는 곧바로 다시 살아났다. 마리안 드 생클레르는 리셰와 함께 한구석으로 물러나 이야기를 나누었다. 눈을 빛내며 그들은 서로를 긍정하고 각자 스스로를 긍정하고 있었다. 나는 신발 굽으로 그들의 뇌를 찍어 터뜨리고 싶었던 것 같다. 나는 문을 넘어섰다. 옆 거실에서는 남자들이 노름판 주위에 앉아 있었다. 그 사람들은 말도 하지 않고 웃지도 않았으며, 시선은 고정되어 있고, 입술은 악물려 있었다. 돈을 벌거나, 돈을 잃기나, 이것이 그들이 즐기기 위해 찾아낸 전부였다. 나의 시대에는, 말들이 들판을 가로질러 질주했고 우리는 손에 창을 잡고 있었다. 나의 시대에는……. 갑자기 나는 생각했다. '이 시대, 이것은 내 것이 아닌가?'

나는 고리가 달린 내 단화, 레이스로 된 소매를 바라보았다. 나는 20년 전부터 어떤 놀이에 빠져 있다가 어느 날 자정에 열두 번째 종이 치면 그림자들의 나라로 돌아갈 것 같았다. 나는 괘종시계를 향해 눈을 들었다. 도금된 시계판 위에서 도자기로 만든 여자 양치기가 남자 양치기에게 미소 짓고 있었다. 잠시 후 바늘은 자정을 가리킬 것이고, 내일도 모레도 자정을 가리킬 것인데 나는 여전히 여기 있을 것이라는 듯이 말이다. 더 이상은 내가 있을 자리가 없는 이 지구 외에 다른 고향은 없었다. 카르모나와 카를 5세의 궁전에서는 내 집이 있었지만, 그런 일은 끝나버렸다. 이제부터 내 앞에 펼쳐진 시간은 끝이 안 보이는 유배의 시간이었다. 내 모든 옷은 분장이고, 내 삶은 희극이리라.

생탕주 백작이 내 앞을 지나갔다. 그는 매우 창백했다. 나는 그를 멈춰 세웠다.

"노름은 더 안 하십니까?"

내가 물어보았다.

"과하게 놀았죠. 다 잃었어요."

그가 말했다.

그의 이마에 땀방울이 맺혀 있었다. 어리석고 무기력한 사람이었다. 그러나 그는 이 시대의 사람이어서 이 세계가 자기 집이었다. 그가 부러웠다.

나는 주머니에서 돈주머니를 하나 꺼냈다.

"만회해보십시오."

그는 더욱 창백해졌다.

"한데 잃으면요?"

"따실 겁니다. 따는 사람이 있게 마련입니다."

그는 거친 동작으로 돈주머니를 받아 한 탁자로 가서 앉았다. 두 손은 떨리고 있었다. 나는 그의 의자 위로 몸을 숙였다. 그때 그 판은 나를 흥겹게 했던 것이다. 만일 잃게 된다면 그는 무엇을 할까? 자살할까? 내 무릎에 달려들까? 뱅트농 후작처럼 내게 아내를 팔까? 그의 윗입술에 구슬처럼 땀이 맺혀갔다. 그는 잃는 중이었다. 그는 잃고 있었기에 그의 심장에서 박동하는 삶을, 그의 관자놀이를 태우는 삶을 느끼고 있었다. 목숨을 걸었고, 살아 있었던 것이다. '그럼 나는?' 나는 생각했다. '저들 중 가장 하찮은 사람도 겪는 것을 나는 결코 겪지 못하는 거야?' 나는 일어섰다. 다른 탁자를 향해 걸어가며 생각했다. '어쨌든 내 재산을 잃을 수는 있어.' 나는 자리에 앉아 노름판에 루이 금화 한 줌을 던졌다.

거실이 크게 법석거렸다. 사르셀 남작이 내 앞에 와서 앉았다. 파리에서 가장 부유한 재정가 중 한 명으로 꼽히는 사람이었다.

"자, 이거 재미있는 판이 되겠습니다."

그가 말했다.

이번에는 그가 루이 금화 한 줌을 던졌다. 그리고 우리는 말없이 판을 벌였다. 반시간이 지나자 내 앞에는 동전 하나 없었고, 내 주머니는 비어 있었다.

"5만 에퀴를 외상으로 걸겠소."

내가 말했다.

"좋습니다."

이제 많은 사람이 우리 주위로 모여들었다. 그들은 숨을 죽이고 빈 융단을 주시했다. 사르셀이 그의 패를 보여주고 내가 카드를 던지자 그들의 입에서 웅성거림이 새어 나왔다.

"판돈 다 걸고 막판 하죠."

내가 말했다.

"판돈 다 걸고 막판입니다."

그가 카드를 돌렸다. 나는 윤기 나는 카드의 뒷면을 바라보며 내 심장이 약간 더 빠르게 뛰기 시작하는 것을 느꼈다. 만일 내가 잃을 수 있다면, 전부 잃을 수 있다면, 어쩌면 내 삶의 맛이 바뀔지 모르지…….

"다 받았습니다."

사르셀이 말했다.

"두 장 주시오."

내가 말했다.

나는 카드를 뒤집었다. 킹 포커였다. 내가 사르셀을 이겼다는 것을 알았다.

"만 에퀴 더 걸겠습니다."

그가 말했다.

나는 잠시 망설였다. 나는 카드를 던지고 말할 수 있었다. '내 패로는 안 되겠군요.' 내 목 안에 분노와 닮은 무엇인가가 감겼다. 내가 이렇게 궁상스러워졌다는 것인가? 잃기 위해 속일 것인가? 속이지 않고 사는 것이 이제는 내게 금지되었다는 것인가?

내가 말했다.

"받죠."

그리고 나는 패를 보여줬다.

"돈은 내일 정오 전에 댁에 도착할 겁니다."

사르셀이 말했다.

나는 몸을 숙여 인사하고 거실을 가로질러 살롱으로 들어갔다. 생탕주 백작은 벽에 등을 기대고 쓰러질 듯이 서 있었다.

"빌려준 돈을 전부 잃었어요."

그가 말했다.

"의지가 있어야 안 잃는 법입니다."

내가 말했다.

"언제까지 갚기를 바라죠?"

"24시간 안에요. 그게 관례 아닙니까?"

"못 해요. 그 정도 돈은 없어요."

"그러면 돈을 빌리지 말았어야죠."

그에게서 등을 돌리자 생클레르 양의 시선과 마주쳤다. 그녀의 파란 눈은 화가 나 있었다.

"법이 벌하지 않는, 명백한 살인보다 더 비열한 죄들이 있어요."

그녀가 말했다.

내가 말했다.

"나는 살인을 비난하지 않아요."

우리는 말없이 서로를 노려봤다. 이 여자는 나를 두려워하지 않았다. 그녀가 홱 돌아섰지만, 나는 손으로 그녀의 팔을 잡았다.

"나를 아주 혐오하죠, 안 그래요?"

"달리 어떤 감정을 일으키고 싶은 거죠?"

나는 미소를 지었다.

"당신은 나를 잘 몰라요. 당신의 작은 토요일 모임에 나를 초대해야 할 것 같아요. 당신에게 내 속을 보여줄 겁니다……."

공격은 적중했다. 피가 약간 그녀의 뺨으로 올라왔다. 몽테송 부인은 자신에게 책을 읽어주는 여자가 자신의 집 살롱에 드나드는 몇 사람을 그녀의 집에 초대한다는 사실을 모르고 있었다. 몽테송 부인은 그런 일을 용서할 만한 여자가 아닐 것 같았다.

"나는 친구들만 초대해요."

그녀가 말했다.

"나를 적으로 삼기보다는 친구로 삼는 게 더 좋습니다."

"홍정하는 건가요?"

"마음대로 생각해요."

"내 우정은 살 수 없어요."

"그 점에 대해서는 우리 다시 이야기하게 되겠죠. 잘 생각해보세요."

"생각은 다 끝났어요."

나는 그녀에게 방석을 깐 의자에 깊숙이 파묻혀 졸고 있던 봉파르를 가리켰다.

"저 뚱뚱한 대머리 남자 보이죠?"

"그래요."

"내가 몇 년 전에 파리에 도착했을 때, 그는 젊고, 야망 있고, 재주 많은 사람이었죠. 나는 그때 무지한 야만인일 뿐이어서 그는 나를 농락하려 했죠. 내가 그를 어떻게 만들었는지 봐요."

"그런다고 당신에게 놀라지 않아요."

"놀라게 하려는 것이 아니라 단지 잘 생각해보시라고 얘기하는 겁니다."

그 순간, 나는 살롱에서 나오는 생탕주 백작을 보았다. 그는 만취한 사람처럼 힘겹게 걷고 있었다. 나는 봉파르를 불렀다.

"봉파르!"

봉파르는 바르르 떨었다. 나는 잠에서 깨어나는 그를 보는 것을 좋아했다. 그는 자기 삶의 중심을 다시 만났고, 나를 다시 만났다. 그리고 자신이 죽을 때까지 잠에서 깨어날 때마다 어김없이 나를 다시 만나게 되리라는 것을 기억하고 있었다.

"저 사람을 쫓아가 보자."

내가 말했다.

"대체 무슨 일입니까?"

봉파르가 말했다.

"내일 아침에 나한테 2만 에퀴를 돌려줘야 하는데, 돈이 없어. 그가 자살할 정도로 바보일지 궁금해."

"확실합니다. 그로서는 다른 수가 없습니다."

우리는 생탕주 뒤에서 저택 마당을 가로질렀다. 그리고 봉파르가 내게 물어보았다.

"어째서 이런 게 아직 재미있으십니까? 시신이라면 500년간 실컷 보시지 않았습니까?"

"그는 인도로 가려고 배에 오를 수도 있고, 길에서 구걸할 수도 있어. 나를 죽이려고 해볼 수도 있지. 또 체면은 구겨져도 평안하게 파리에서 살 수도 있잖아."

"그중 어느 것도 안 할 겁니다."

봉파르가 말했다.

나는 어깨를 으쓱했다.

"아마 네가 옳을 거야. 그들이 하는 짓은 항상 같지."

생탕주는 왕궁의 정원으로 들어가 느린 걸음으로 회랑을 한 바퀴 돌았다. 나는 기둥 뒤에 숨었다. 나는 파리, 거미, 개구리의 경련, 풍뎅이의 무자비한 싸움을 관찰하기를 좋아했지만, 내가 더 좋아한 것, 그것은 자기 자신에 대항하는 한 사람의 싸움을 엿보는 일이었다. 아무것도 그에게 자살을 강요하지 않았다. 그러니 만일 그가 죽고 싶지 않다면, 그는 그저 결정하기만 하면 됐다. '나는 자살하지 않겠어…….'

총소리 한 방, 풀썩하는 소음이 한 번 있었다. 나는 다가갔다. 매번 나는 똑같은 환멸을 느꼈다. 그들이 살아 있는 한, 그들의 죽음은 내가 호기심을 가지고 엿볼 수 있는 사건이었다. 그러나 그들의 시체 앞에 서게 되면, 그들은 결코 존재하지 않은 듯이 내게 보였다. 그들의 죽음은 아무것도 아니었다.

우리는 정원에서 나왔다. 그리고 나는 봉파르에게 말했다.

"네가 나한테 할 수 있을 가장 나쁜 장난이 뭔지 알아?"

"모릅니다."

"너 스스로 머리에 총 한 방을 쏘는 거야. 그러고 싶지 않아?"

"당신이 너무 만족하실 겁니다."

"아니. 난 크게 실망할 거야."

나는 살갑게 그의 어깨를 쳤다.

"다행히, 넌 너무 비겁해. 너는 내 곁에 오랫동안 머물 거야, 네가 네 침대에서 죽을 때까지."

무엇인가가 그의 눈 속에서 깨어났다.

"당신이 절대 죽지 않으리라고 정말 확신하십니까?"

"가엾은 봉파르. 나는 결코 안 죽어. 나는 결코 네가 아는 그 문서를 불태우지 않아. 너는 결코 풀려나지 못할걸."

그의 시선이 꺼져갔다. 나는 되뇌었다.

"결코라는 말, 그건 아무도, 너조차 그 의미를 모르는 단어야."

그는 아무 대답도 하지 않았고, 나는 말했다.

"집에 가자. 우리 일해야지."

"또 밤새우실 겁니까?"

그가 물어보았다.

"아마."

"나는 자고 싶어요."

내가 미소를 지으며 말했다.

"그래 좋아! 너는 자."

나는 그를 괴롭히는 일에 이제 거의 흥미가 없었다. 나는 그의 삶을 파멸시켰지만 그는 이런 파멸에 익숙해졌다. 그리고 그는 자고 잊고, 매일 저녁 그래 왔다. 그는 가장 나쁜 일이 생겨도 구애받지 않고 저녁에는 잠자리에 들어 잠을 잤다. 생탕주는 번민에 떨었지만, 지금 그는 죽어버렸고 내게서 벗어났다. 그들에게는 항상 벗어날 방법이 거기 있었다. 내가 못 박혀 있던 이 지구에서 불행은 행복보다 더 무겁지 않았고, 증오는 사랑과 마찬가지로 무미無味했다. 그것들에서 얻을 것은 아무것도 없었다.

우리는 마차를 타고 집으로 돌아왔다. 그리고 나는 실험실로 갔다. 거기서 결코 나오지 말아야 했을지 모른다. 이곳에서만, 사람들의 얼굴로부터 멀리 떨어져서, 나는 종종 나를 잊는 데 도달했다. 그들이 경이로운 발견을 해냈다는 것을 인정해야 했다. 구대륙에 상륙하면서 나는 하늘 한복판에서 움직이지 않는다고 믿었던 이 지구가 자전하고 태양 주위를 돈다는 사실을 알게 되어 깜짝 놀랐다. 가장 신비한 현상들, 번개, 무지개, 조수 간만 등의 원리가 밝혀졌다. 공기는 무게가 있다는 것이 증명되었고, 사람들은 그것을 잴 수 있었다. 그들은 이 지상을 줄여갔지만 세상은 더 넓어졌다. 하늘은 천문학자들이 망원경 끝에 나타나게 한 새 별들로 가득했다. 보이지 않던 세계는 현미경 덕택에 드러났다. 자연 한복판에 있는 새로운 힘들이 발견되어 사람들은 그것들을 잡아내기 시작했다. 게다가 그들은 자신들의 발견을 아주 자랑스러워할 정도로 참 어리석었다. 그도 그럴 것이 그들은 반드시 역사의 마지막 낱말을 알기 전에 모두 죽을 것이다. 하지만 나는 그들의 노력을 이용해 알게 될 것이다. 과학이 마침내 완성되는 날, 나는 거기 있을 것이다. 그들은 바로 나를 위해 일해놓은 것이다. 나는 증류 기구, 실험용 유리병, 장치되어 있는 기계들을 바라보았다. 나는 유리판 하나에 손을 댔다. 여기 내 손가락 밑에 조용히 있는 이 유리판은 내가 500년 동안 보고 또 만진 모든 유리 조각과 똑같은 한 조각 유리였다. 내 주위의 모든 물건들은 항상 그래 왔듯이 조용하고 생기가 없었다. 그렇지만 그 표면에 알지 못하는 힘을 떠오르게 하려면, 이 물질 조각을 문지르는 것으로 충분했다. 이러한 평온한 외양 밑에, 불분명한 동력이 맹위를 발휘하고 있었다. 내가 들이마시던 대기, 내가 밟고 다니던 이 지상의 배경에 불가사의가 발동하고 있었다. 보이지 않고 더욱 새로우며, 내 꿈의 영상보다 더 예측 불가한 세계 전체가 내가 지겨워하던 낡은 세상 뒤에 숨어 있었다. 나를 가둔 이 네 벽 사이에서, 나는 모험 없는 거리에서보다, 아메리카의 끝없는 평야에서보다 더 자유롭다고 느꼈다. 언젠가 나를 가둔 이 형태들과 이 빛바랜 색들이 터져버리고, 언젠가 내가 계절이 변함없이 반사되는 변함없는 하늘을 뚫겠지. 언젠가 내가 인간의 눈을 현혹하는 이 헛된 배경의 이면을 꿰뚫어보겠지. 그때 내가 무엇을 볼지 나는 상상조차 할 수 없었다. 그것은 다른 것이리라고 아는 것으로 충분했다. 어쩌면 그것은 눈으로, 귀로, 손으로 잡을 수는 없으리라. 어쩌면 나는 그때 내게 언제나 이 눈, 이 귀, 이 손이 있다는 사실을 잊을 수 있겠지. 어쩌면 마침내 나는 나 자신에 대해 다른 자가 될 수 있겠지.

♦

증류병 밑바닥에 거무스름한 침전물이 남아 있자 봉파르가 놀리는 어조로 말했다.

"허탕입니다."

"이건 석탄 속에 아직 불순물이 남아 있다는 증거야. 다시 시작해야 해."

내가 말했다.

"백 번은 다시 시작했습니다."

그가 말했다.

"근데 진짜 순수한 석탄은 한 번도 다루지 않았잖아."

나는 증류병을 뒤집어 유리판에 재를 늘어놓았다. 이 재는 정말 이물질의 찌꺼기일 뿐일까? 아니 석탄은 단일한 광물 구조를 띠고 있을까? 그것은 사실로 증명되지 않았다. 내가 말했다.

"다이아몬드로 실험해야 할 것 같아."

그는 어깨를 으쓱했다.

"어떻게 다이아몬드를 태우죠?"

실험실 구석에서 불이 부드럽게 쉭쉭거리고 있었다. 밖에는 저녁이 내리고 있었다. 나는 유리문으로 다가갔다. 첫 별들이 짙푸른 하늘을 뚫고 나오고 있었는데, 아직 그 수를 셀 수 있었다. 황혼 빛 속에 움츠리고 숨어서 부화를 기다리던 수없이 많은 별이 거기에 있었다. 그리고 그 뒤에는 우리의 미약한 눈으로는 앞으로도 볼 수 없을 다른 별들이 더 있었다. 그러나 맨 처음 빛을 내는 별은 항상 같은 별들이었다. 수 세기 전부터 하늘의 궁륭은 변하지 않았다. 내 머리 위에는 수미일관한 얼어붙은 섬광이 수 세기 전부터 자리해 왔다. 나는 봉파르가 현미경을 준비해둔 탁자로 돌아왔다. 살롱마다 단골들이 도착하기 시작했고, 여자들은 무도회를 위해 치장하고 있었으며, 카바레에서 웃음소리들이 솟아났다. 그들에게는 지금 벌어지는 이 밤잔치가 다른 모든 밤잔치와 다르고 유일했다. 나는 눈을 접안경에 대고 회색 먼지를 바라보고 있다가 갑자기 내가 잘 아는 큰 폭풍우의 입김을 느꼈다. 그 폭풍우가 잠잠한 실험실 안으로 들이치더니 증류기들을 쓸어버리고 내 머리 저 위에 있는 지붕을 뽑아내자 내 삶은 한 줄기 화염처럼, 한 가지 외침처럼 하늘로 솟구쳤다. 나는 심장 깊숙이 내 삶을 느꼈다. 내 심장은 타올라 내 가슴 밖으로 뛰어올랐다. 나는 두 손끝에서 내 삶을 느꼈다. 그것은 깨뜨리고 두들기고 조르려는 어떤 욕망이었다. 두 손이 현미경 위에서 부르르 떨렸다. 내가 말했다.

"여기서 나가자."

"외출하시려고요?"

"그래. 따라와."

"나는 자러 가는 게 훨씬 좋은데요."

"너는 너무 많이 자. 배 나온다."

나는 머리를 흔들었다.

"늙는다는 건 아주 슬픈 일이야!"

"어! 난 당신이 되고 싶은 만큼이나 나 자신이 되고 싶습니다."

"상황이 안 좋아도 긍정적인 것은 좋은 일이지. 하지만 젊은 시절 너한테는 야심이 있었잖아?"

"내 영혼을 더 강하게 해주는 건, 내가 절대로 당신처럼 불행해질 리 없다는 겁니다."

그가 미소를 지으며 말했다

나는 어깨에 외투를 걸치고 모자를 집고서 말했다.

"목말라. 마실 것이나 줘."

나는 목이 말랐을까? 내 온몸에 먹을 것에 대한, 마실 것에 대한, 여자에 대한 것이 아닌 어떤 고통스러운 요구가 있었다. 나는 봉파르가 내민 잔을 잡아 단번에 들이켰다가 얼굴을 찡그리면서 둥근 탁자에 잔을 내려놨다.

"네가 실험해보고 싶은 것은 이해해. 분명히, 만일 어떤 사람이 나한테 자기가 불멸하는 인간이라고 주장한다면, 나도 직접 확인해보려고 할 거야. 하지만 제발 부탁이야, 비소를 넣어 내 포도주를 낭비하는 짓은 그만해."

내가 말했다.

"사실인즉 당신은 백 번은 죽게 될지 모릅니다."

그가 말했다.

"선택은 네가 해. 나는 안 죽어."

나는 그에게 미소를 지었다. 나는 그들의 미소를 아주 잘 흉내 낼 줄 알았다.

"그리고 말이야, 그건 너한테 손해일걸. 아주 가까운 친구는 나밖에 없잖아."

"당신한테 나도 그렇죠."

그가 말했다.

나는 몽테송 부인의 저택으로 향했다. 왜 나는 그들의 얼굴이 다시 보고 싶었던 것일까? 그들에게서 기대할 것이 아무것도 없다는 것, 나는 그것을 알고 있었다. 그러나 그들은 이 하늘 아래 살아 있는데 나는 내 무덤 속에 혼자 있는 것을 참을 수 없었다.

몽테송 부인은 벽난로 가에서 벽장식 융단을 만드는 작업을 하고 있었다. 그녀의 친구들은 그녀의 안락의자 주위에 둥그렇게 모여 있었다. 아무것도 변하지 않았던 것이다. 마리안 드 생클레르는 커피를 대접하고 있었다. 리셰는 어리석은 만족감을 띠고 그녀를 바라보고 있었다. 그들은 웃고, 이야기하고 있었다. 이 몇 주 내내, 아무도 나의 부재에 신경 쓴 적이 없었다. 나는 화가 나서 생각했다. '저들이 내 존재감을 느끼게 하겠어.'

나는 마리안 드 생클레르에게 다가갔다. 그녀는 태연한 태도로 내게 물어보았다.

"커피 좀 드릴까요?"

"고맙지만 당신의 약은 필요 없어요."

"좋을 대로 하세요."

그들은 웃고, 이야기하고 있었다. 그들은 함께 있다는 것에 만족했고, 자신들이 살아 있고 또 행복하다고 믿었다. 그렇지 않다고 그들을 설득할 수단은 어떤 것도 없었다. 나는 말했다.

"지난번 대화에 대해 생각해봤나요?"

"아니요."

그녀가 미소를 지었다.

"나는 당신에 대해 되도록 생각 안 해요."

"나를 싫어하려고 고집을 부린다는 생각이 드네요."

"나는 아주 고집이 세요."

"나도 그런 점에서 덜하지 않죠. 당신들의 모임이 아주 재미있다고들 하던데요. 가장 진보적인 생각들이 토의되고, 가장 뛰어난 세기의 사상가들이 당신 주위에 모이려고 이 낡은 살롱을 무시한다고……."

"실례할게요. 커피를 대접해야 해요."

그녀가 말했다.

"그러면 나는 몽테송 부인과 이야기하러 가겠습니다."

내가 말했다.

"마음대로 해요."

나는 여주인의 의자로 가서 팔꿈치를 괴었다. 그녀는 여전히 호의를 가지고 나를 맞이했다. 내 심술궂은 성격이 그녀를 즐겁게 했기 때문이다. 우리가 궁정과 도시의 최근 소문들을 훑고 지나가는 동안, 나는 마리안 드 생클레르의 시선을 낚아챘다. 그녀는 곧바로 눈을 돌렸지만 그녀가 아무리 무관심한 척해도, 나는 그녀가 신경 쓰고 있다는 것을 잘 알고 있었다. 나는 그녀에게 어떤 원한도 없었다. 그녀는 나를 싫어했지만, 사실 사람들이 증오하거나 사랑하는 것은 결코 나 자신이 아니었다. 그것은 빌려온 인물이어서 나는 그 인물에 대해 그저 무관심만 느끼고 있었다. 본래의 나라면, 나는 어떤 감정을 불러일으킬 수 있었을까? 베아트리체는 언젠가 내게 말했다. 욕심이 많지 않고, 관대하지 않고, 용감하지 않고, 비겁하지 않고, 못되지 않고, 착하지 않다고. 사실 나는 그 어느 쪽도 아니었다. 내 눈은 마리안 드 생클레르를 따라다녔다. 그녀는 살롱을 가로질러 왔다 갔다 하고 있었는데, 그녀의 평온하고 우아한 외양에는 내 마음을 끄는 무엇인가가 있었다. 그녀의 머리 전체를 뒤덮은 가벼운 가발 아래로 밝은 밤색 머리가 두드러졌다. 파란 눈이 그녀의 열띤 얼굴에서 빛나고 있었다. 아니, 나는 그녀에게 어떤 해코지도 하고 싶지 않았다. 그러나 나는 그녀의 잔잔한 자존심이 불행 속에서 어떻게 될지 궁금했다.

"사람이 많지 않네요, 오늘 저녁에는."

내가 말했다.

몽테송 부인은 머리를 들어 주위를 빠르게 둘러보았다.

"날씨가 나빠서예요."

"사심 없는 대화를 즐기는 취향이 사라져가기 때문이라고도 생각해요. 사람들은 정치에 열을 올리죠."

"내 집에서는 결코 정치에 대해 이야기하면 안 되죠."

그녀가 근엄하게 말했다.

"맞아요. 살롱은 살롱이지 집회소가 아니죠. 생클레르 양의 토요일 모임이 공개 모임으로 변질되는 듯한데……."

내가 말했다.

"토요일이라뇨? 무슨 얘기죠?"

몽테송 부인이 물었다.

"모르시는군요?"

내가 물어보았다.

그녀는 꿰뚫어보는 듯한 작은 눈을 내게 고정했다.

"내가 모른다는 것을 잘 알잖아요. 마리안이 토요일에 사람들을 초대하나요? 언제부터죠?"

"6개월 전부터 그녀의 방에서 사회를 파괴하고 다시 건설하려고 도모하는 괜찮은 집회가 열리고 있죠."

"아! 앙큼한 계집 같으니라고!"

그녀가 작게 웃으며 말했다.

"사회를 파괴하고 다시 건설한다고, 그것 참 열정적이겠네요!"

그녀가 다시 벽걸이 융단에 주의를 기울이자 나는 그녀의 의자에서 물러섰다. 마리안 드 생클레르와 흥분해서 이야기하던 리셰가 내게 걸어왔다.

"방금 비열한 짓을 하셨습니다."

그가 말했다.

나는 미소를 지었다. 그의 입은 크고, 눈은 튀어나왔으며, 진심으로 화가 났는데도 위엄을 부리려는 그의 노력은 그의 어수룩함을 두드러지게 했다. 그는 웃음거리였다.

"제게 해명하십시오."

그가 말했다.

나는 계속해서 미소 지었다. 그는 기어이 나를 자극하려 했다. 나에게는 지켜야 할 명예도, 풀어야 할 분노도 없다는 것을 그는 알지 못했다. 또한 그의 뺨을 때리고, 그를 때리고, 그를 바닥에 던져버리지 못하도록 나를 막는 것도 전혀 없었다. 나는 그들의 어떤 관습에도 개의치 않았다. 내가 어느 정도까지 그들 앞에서 자유로운지를 그들이 안다면, 바로 그때 그들은 정말로 나를 두려워할지 모른다.

"웃지 마십시오."

그가 말했다.

그는 어리둥절했다. 그는 일이 이렇게 되리라고 예상하지 못했다. 그가 끌어모은 용기와 자존심은 내 웃음을 견뎌내기에 충분하지 못했다. 내가 말했다.

"그렇게 빨리 죽고 싶소?"

"저는 어서 당신이 없는 세계를 만들고 싶습니다."

열정에 불탄 그는 자신이 겁 없이 마주한 죽음이 자기 위에 덮치려 한다는 것을 아직 깨닫지 못했다. 그러나 내가 한마디하는 것으로 충분했다…….

"원한다면 우리 다섯 시에 파시 문 밖에서 다시 만날까요? 증인을 두 명 데려와요."

내가 덧붙였다.

"내 생각에 의사는 필요 없어요. 나는 부상을 입히지 않고, 깨끗이 죽여요."

"다섯 시, 파시 문 밖이요."

그는 살롱을 가로질러 가더니 마리안 드 생클레르에게 몇 마디 하고 나서 문에 이르렀다. 문턱에서 그는 걸음을 멈추고 그녀를 바라보며 생각했다. '어쩌면 마지막으로 보는 거겠지.' 조금 전, 그의 앞에는 30년 혹은 40년의 삶이 있었다. 그런데 갑자기, 이제 불과 하룻밤뿐이었다. 그가 사라지자 나는 마리안 드 생클레르에게 다가갔다.

"리셰한테 관심이 있나요?"

내가 그녀에게 물었다.

그녀는 주저했다. 그녀는 내게 경멸을 퍼붓고 싶었지만, 내가 자신에게 무엇을 말하려고 하는지도 알고 싶었다.

"나는 모든 친구에게 관심이 있어요."

그녀가 말했다.

그녀의 목소리는 얼음장이었지만, 이 무관심한 가면 아래 그녀의 호기심이 발동한 것을 나는 느꼈다.

"우리가 결투할 거라고 그가 말했나요?"

"아니요."

"나는 일생 동안 열한 번 결투했는데 매번 상대를 죽였죠."

피가 그녀의 뺨으로 올라왔다. 그녀는 아름다운 몸을 꼿꼿하게 하고 시선과 입술의 움직임을 통제할 수는 있었지만, 얼굴이 붉어지는 것을 막을 수는 없었다. 그래서 아주 젊고 아주 여려 보였다.

그녀가 말했다.

"어린 사람을 죽이지는 않겠죠. 그는 어리다고요!"

나는 거칠게 물어보았다.

"그를 사랑하나요?"

"그게 당신과 무슨 상관이죠?"

"만일 당신이 그를 사랑한다면, 그에게 해를 입히지 않도록 주의하겠소."

내가 말했다.

그녀는 불안한 듯 나를 바라보았다. 그녀는 어떤 말이 리셰를 살릴 수 있고 또 어떤 말이 그를 잃게 할 위험이 있는지 예측하려 애썼다. 그녀는 떨리는 목소리로 말했다.

"내가 그를 좋아하는 것은 사랑이 아니지만, 그에게 가장 정이 가요. 부탁이니 그를 봐주세요."

"내가 그를 봐주면 나를 친구로 여기겠소?"

"큰 감사를 드릴 겁니다."

"그러면 어떻게 그것을 증명해 보일 거죠?"

"친구를 대하듯이 당신을 대하면서요. 집에서 열리는 토요일 모임에 오셔도 돼요."

나는 웃기 시작했다.

"당신의 토요일 모임에 이제 아무도 오지 않을까 걱정인데요. 몽테송 부인은 당신의 작은 모임이 별로 탐탁하지 않은 듯해요."

다시 그녀는 빨개지며 경악한 듯 나를 노려보았다.

"당신이 불쌍해요. 당신이 너무 불쌍해요."

그녀가 말했다.

그녀의 목소리에 너무나 진지한 어떤 슬픔이 있었기에, 나는 아무 대답도 하려 들지 못했다. 나는 그 자리에 못 박혔다. 아직 나의 유령 뒤에, 살아 있는 심장을 가진 누군가가 존재하고 있었던 것일까? 이 말에 타격을 받은 것은 나, 바로 나라는 생각이 들었다. 그녀의 시선은 나를 꿰뚫었다. 변장 아래, 가면 아래, 수 세기의 시간이 단조해준 갑옷 아래 나는 거기에 있었고, 그것은 바로 나였다. 비루한 못된 짓들을 즐기던 보잘것없는 한 존재, 그녀가 불쌍해한 것은 분명히 나, 그녀가 모르는 그대로, 있는 그대로의 나였다.

"내 말을 들어봐요……."

그녀는 멀어져갔다. 내가 그녀에게 뭐라고 말할 수 있었을까? 무슨 진심 어린 말이 그녀에게 전달될 수 있었을까? 한 가지는 분명했다. 나는 그녀를 이 집에서 쫓겨나게 만들었는데 그녀는 나를 불쌍해했다는 것이다. 그러나 내 모든 변명은, 내 도발처럼, 단연코 거짓될 뿐이겠지.

나는 문을 넘어섰다. 밖은 달빛이 비치는 아름답고 서늘한 밤이었고, 거리는 쓸쓸했다. 사람들은 그들의 살롱이나 다락방에 안온하게 있었다. 그들은 그들의 집에 있었다. 나는 어디에서도 내 집에 있지 않았다. 내가 사는 집은 결코 집이 아니라 그냥 숙소였다. 이 세기는 나의 세기가 아니었고, 헛되이 내게서 계속되는 이 삶은 내 삶이 아니었다. 나는 어느 길모퉁이를 돌아 강변길을 만났다. 하얀 활꼴 버팀벽과 지붕 꼭대기로부터 층층이 열을 지어 늘어선

조각상들이 있는 성당의 뒷모습이 보였다. 강은 송악 덩굴로 덮인 강둑 사이에서 차갑고 검게 흐르고 있었다. 물 깊은 곳에 둥근 달이 있었다. 내가 걸으면 달도 동시에 앞으로 나아갔다. 물 깊숙이 있는, 하늘 깊숙이 있는, 5세기 전부터 나를 따라다녀 온 달, 얼어붙은 시선으로 모든 사물을 얼어붙게 하는 증오스러운 달. 나는 돌난간에 기댔다. 교회는 죽은 빛 속에서 뻣뻣하게, 나처럼 홀로 그리고 비인간적으로 서 있었다. 우리를 둘러싼 이 사람들 모두 죽게 되어도 우리는 선 채로 남아 있을 것이다. 나는 생각했다. '어느 날 이번에는 저 교회가 무너져 그 자리에는 그저 폐허 더미만 남겠지. 어느 날 그 흔적이 전혀 남지 않게 되어도 달은 하늘에서 빛날 거야. 그리고 나도 여전히 거기에 있겠지.'

나는 강을 따라갔다. 이 순간에 리셰는 달을 보고 있을 수도 있었다. 그는 달과 별들을 바라보며 생각하고 있었다. '저것들을 보는 것도 마지막이야.' 그는 '그것이 그녀를 본 마지막이었나?'라고 생각하면서 마리안 드 생클레르의 미소를 하나하나 회상하고 있었다. 두려움 속에서, 희망 속에서, 그는 열에 들떠 새벽을 기다리고 있었다. 나 역시, 만일 내가 필멸의 존재였다면, 내 심장은 심하게 두근거려 이 밤에 비길 것은 없었을 것이다. 하늘의 이 희미한 빛, 그것은 나를 부르는 죽음이었을 것이고, 그 죽음은 어두운 강변길 끝에서 나를 기다리고 있었을 것이다. 하지만 아니었다. 내게는 아무 일도 일어나지 않을 것이다. 이 결투는 가식이었다. 그것은 언제나, 모험도 없고, 기쁨도 없고, 고통도 없는 똑같은 밤이었다. 영원토록 반복되는 오직 한 가지 밤, 오직 한 가지 낮.

내가 파시 문 밖에 도착했을 때 하늘은 희끄무레해지고 있었다. 나는 비탈길 끝에 앉았다. 나는 내 속에서 듣고 있었다. '당신이 불쌍해요.' 그녀가 옳았다. 비탈길 끝에 앉아 터무니없는 살인을 저지르려 기다리는, 보잘것없는 한 존재였다. 도시들이 불탔고, 병사들은 서로를 죽였으며, 새 제국이 내 손 사이에서 태어나고 무너졌다. 그리고 여기에 있는 나, 껍데기뿐인 어리석은 나는 위험도 없이 기쁨도 없이 소일거리로 곧 한 사람을 죽이려고 했다. 누가 나보다 더 불쌍할 수 있을까?

나를 향해 오는 리셰를 보았을 때, 마지막 별이 막 꺼졌다. 그는 천천히 걸으면서, 이슬이 적시는 자신의 발을 보고 있었다. 그리고 갑자기 나는 먼 어느 시간, 너무나 멀어서 영원히 삼켜져 없어졌다고 생각해온 어느 시간이 떠올랐다. 열여섯 살 때였다. 안개 낀 어느 아침, 나는 말등에 바짝 붙어 앉아 손에는 창을 들고 있었다. 제노바 사람들의 갑옷이 여명에 반짝거리자 나는 두려웠다. 그리고 두려웠기 때문에, 그 어느 아침보다 빛은 더 부드럽고 이슬은 더 새로웠다. 내 속에서 한 목소리가 말하고 있었다. '용기를 내.' 결코 누구도 내게 그렇게 열렬한 우정을 품고 말하지 않았다. 그 목소리가 사라지니 여명의 신선함도 사그라졌다. 나는 이제 두려움도 용기도 알지 못했다. 나는 일어섰다. 리셰가 내게 검을 하나 내밀었다. 그의 주위에서 새벽이 마지막으로 태어나고 있었고, 마지막으로 신선한 지상의 냄새가 공중으로 올라오고 있었다. 그는 죽을 준비가 되어서 그의 삶 전부를 자신의 심장에 안았다.

"아니요."

내가 말했다.

그는 내게 검을 내밀었지만 나는 꼼짝하지 않았다. 내 손이 내 몸에서 떨어지지 않았다……. 안 돼, 결투하지 않겠어. 나는 리셰를 따라온 두 사람을 바라보았다.

"결투를 그만두겠으니, 증인이 되어주십시오."

"왜?"

리셰가 말했다.

그는 동요하고 실망한 모습이었다.

"결투할 마음이 없소. 그러기보다 당신에게 사과하고 싶소."

"하지만 당신은 나를 두려워하지 않잖아요."

그가 놀라서 말했다.

"다시 말합니다, 당신에게 깊이 사과합니다."

내가 말했다.

그는 나의 증오, 나의 분노, 그리고 나의 욕심처럼 쓸데없는, 그 모든 쓸데없어져 버린 용기를 가슴에 안고 내 앞에 꽂혀 있었다. 삽시간에 그는 나처럼 하늘 아래에서 길을 잃었고, 자신의 삶에서 떨어졌다가 그 자신을 어떻게 해야 할지도 모르는 채 다시 삶 속에 던져졌다. 나는 그를 뒤로 하고 큰 걸음으로 길을 향해 걸었다. 멀리 수탉이 울었다.

♦

나는 개미집 안에 내 지팡이 끝을 집어넣어 오른쪽에서 왼쪽으로 휘저었다. 곧 개미들이 뛰쳐나왔다. 모두가 검고, 모두가 비슷한, 수천 마리 개미들, 수천 번 똑같은 개미들이었다. 내 시골집을 둘러싸고 있는 이 공원 깊숙한 곳에 개미들은 20년 사이 커다란 개밋둑을 지어둔 것이었다. 거기에는 너무나 생명이 들끓어 지푸라기들까지 살아 움직이는 듯했다. 개미들은 사방으로 달려갔는데, 내 증류병 안에서 불에 가열되어 춤추던 공기 방울보다 더 무질서했다. 그럼에도 그것들은 악착같은 계획을 이어갔다. 여기에는 열심인 개미, 게으른 개미, 경솔한 개미, 신중한 개미 들이 있을까, 아니면 개미들 전부가 똑같이 어리석은 열성을 가지고 일할까? 나는 그것들을 하나하나 눈으로 따라가고 싶었지만, 그것들은 이 괴물 같은 춤 안에 서로 섞여 있었다. 그것들을 따라가려면 허리에 빨강, 노랑, 초록…… 띠를 둘러줘야만 할지 모른다.

"어허 참! 개미의 말을 배우고 싶으신 겁니까?"

봉파르가 말했다.

나는 다시 머리를 들었다. 그날은 6월의 어느 화창한 날이었다. 보리수 냄새가 약간 더운 대기를 채우고 있었다. 봉파르는 손에 장미를 한 송이 들고 있었다. 그가 미소를 지었다.

"제가 이걸 발명했습니다."

그가 자랑스레 말했다.

"다른 장미하고 비슷한데."

내가 말했다.

그는 어깨를 으쓱했다.

"보는 눈이 없으신 겁니다."

봉파르는 물러갔다. 우리가 크레시에 은둔한 이후, 그는 장미를 접목하며 여가를 보냈다. 다시 나는 바삐 돌아다니는 개미들을 보았지만, 그것들은 더 이상 내 흥미를 끌지 못했다. 내 지시에 따라 지어진 특수 화덕에서는 다이아몬드 한 조각이 금 도가니 바닥에서 연소되는 중이었는데, 그것 역시 더 이상 내 흥미를 끌지 못했다. 어떻든 간에 이제부터 몇 년 후에는 아주 어린 초등학생도 단일체와 복합체의 비밀을 알게 될 수도 있고, 내 앞의 시간은 무한했다……. 나는 등을 대고 누워 하늘을 응시하며 기지개를 켰다.

내게도 역시 그 하늘은 카르모나의 화창한 하늘처럼 파랬고, 나 역시 장미와 보리수의 냄새를 느꼈다. 하지만 나는 이 봄을 누리지 않고 그것이 지나가게 놔두려 했다. 이쪽에서는 새로운 장미가 막 태어났고, 저쪽에서는 편도나무 꽃들이 초원을 눈처럼 덮고 있었다. 그리고 나, 이쪽에서도 낯설고, 저쪽에서도 낯선 나는 꽃피는 이 계절을 죽은 사람처럼 지내고 있었다.

"주인님!"

봉파르가 다시 내 앞에 나타났다.

"어떤 부인이 이야기드릴 게 있다고 합니다. 파리에서 마차를 타고 왔고요, 개인적으로 만나고 싶답니다."

"부인?"

나는 놀라서 물어보았다.

나는 일어나서 흙으로 더러워진 옷을 털고 집을 향해 걸었다. '이래서 어쩌면 한 시간은 죽일 수 있겠군.' 나는 커다란 보리수 그늘 아래 등나무 의자에 앉아 있는 마리안 드 생클레르를 보았다. 그녀는 자홍색 줄무늬 옷을 입고 있었고, 분가루를 뿌리지 않은 그녀의 머리는 고리를 지으며 어깨에 늘어뜨려져 있었다. 나는 그녀 앞에 몸을 숙여 인사했다.

"뜻밖이네요!"

"방해가 된 건 아니죠?"

"전혀요."

나는 그녀의 음성을 잊지 않았다. '당신이 불쌍해요.' 그녀가 한 그 말로 해서 나의 유령은 육체를 가진 한 사람이 되었다. 지금 그녀 앞에 바로 이 보잘것없는 죄인이 서 있었다. 그녀의 눈 속에 깃든 것은 증오, 경멸, 또는 동정 같은 것일까? 그녀의 시선이 뚫어지게 보는 것은 나, 분명 나라는 것을 내 심장을 죄어오는 병적 수치심이 새롭게 입증했다. 그녀가 고개를 돌렸다.

그녀가 말했다.

"공원이 정말 예쁘군요. 시골이 좋으세요?"

"파리에서 멀리 떨어져 있는 게 무엇보다 좋아요."

짧은 침묵이 흐른 뒤 그녀는 약간 주저하는 목소리로 말했다.

"한참 전부터 만나고 싶었어요. 리셰의 목숨을 살려주셔서 감사드리고 싶었죠."

나는 퉁명하게 말했다.

"감사하지 마요. 그렇게 한 것은 당신 때문이 아니니까요."

"상관없어요. 당신은 관대하게 행동하셨어요."

"관대해서가 아니었죠."

내가 참을성 없이 말했다.

내 우연한 행동으로 인해 내 주위에 조성된 이 낯선 그림에 그녀 역시 속았을 수도 있다는 사실이 신경에 거슬렸다.

그녀가 미소를 지었다.

"당신은 좋은 행동을 할 때면 항상 나쁜 이유를 찾는 것 같아요."

그녀가 말했다.

"내가 몽테송 부인한테 당신에 대해 고자질한 것이 좋은 이유에서였다고 생각하나요?"

내가 물었다.

"아! 당신이 그렇게 저속하지 않다고 말하는 건 아니에요."

그녀가 침착한 목소리로 말했다.

나는 그녀를 어리둥절히 바라보았는데, 그녀는 몽테송 부인의 살롱에서보다 훨씬 더 젊고 또 더 아름다운 모습이었다. 그녀는 무엇을 찾으러 왔을까?

"나를 원망하지 않나요?"

"아뇨. 당신이 나를 도와줬죠. 난 평생 이기적인 노파의 노예로 남아 있지는 않았을 거예요."

그녀가 명랑하게 말했다.

"그나마 다행이네요. 내가 양심의 가책 비슷한 걸 받았으려니 생각하도록 해요."

내가 말했다.

"잘못된 생각이에요. 내 삶은 지금 정말 더 흥미로워요."

그녀의 목소리에 도전적인 어감이 있어 나는 무뚝뚝하게 물어보았다.

"나를 용서해주려고 여기 왔나요?"

그녀는 고개를 흔들었다.

"한 가지 계획에 대해 이야기하러 왔어요."

"계획이라뇨?"

"그러니까 오래전부터 나와 내 친구들은 공식 교육의 부족함을 보충하는 개방대학을 설립하고 싶었어요. 우리는 과학적 정신의 발달이 정치적, 사회적 진보에 커다란 영향을 미칠 것이라고 생각해요……."

그녀는 수줍게 말하다가 멈추더니 손에 들고 있던 책자를 내게 내밀었다.

"이런 생각들이 다 이 소책자에 소개되어 있어요."

그녀가 말했다.

나는 소책자를 받아서 폈다. 소책자는 실험적 방법의 장점들 및 보급에 따라 생겨날 윤리적이고 정치적인 결과에 대한 제법 긴 논설로 시작되었고, 미래의 대학에 대한 계획서가 그 뒤를 이었다. 결론 부분인 몇 쪽의 글은 확고하고 열정적인 어조로 더 나은 세계의 도래를 알렸다. 나는 그 소책자를 무릎에 놓았다.

"당신이 이걸 썼나요?"

그녀는 약간 겸연쩍은 미소를 지었다.

"예."

"당신의 확신을 높이 평가해요."

내가 말했다.

"확신만으론 충분하지 않아요. 우리한테는 협조자와 돈이 필요해요. 많은 돈이요."

나는 웃기 시작했다.

"돈을 부탁하러 온 거군요?"

"그래요. 우리는 기부 목록을 만들었죠. 당신이 우리의 첫 번째 기부자가 되어주기를 바랍니다. 그리고 만일 당신이 화학 강좌를 맡아준다면, 우리는 더욱 기쁠 거예요."

침묵이 흐르고 나서 나는 말했다.

"왜 나한테 부탁할 생각을 했죠?"

"당신은 아주 부자니까요. 그리고 당신은 위대한 학자예요. 모두들 석탄에 대한 당신의 연구에 대해 이야기해요."

"그러나 당신은 나를 알죠. 당신은 내가 사람들을 증오한다고 꽤 여러 번 비난했어요. 어떻게 내가 당신을 도울 거라고 짐작할 수 있었죠?"

내가 말했다.

그녀의 얼굴은 홍분되었고, 그녀의 눈은 더욱 빛났다.

"당연히, 나는 당신을 몰라요. 당신은 거절할 수 있죠. 그러나 승낙할 수도 있잖아요. 시도는 해봐야죠."

그녀가 말했다.

"그렇다면 내가 왜 승낙할까요? 당신한테 한 잘못을 보상하기 위해서?"

내가 말했다.

그녀의 표정이 굳어졌다.

"당신이 나한테 잘못한 건 아무것도 없다고 이미 말했어요."

"당신을 즐겁게 하는 즐거움 때문인가요?"

"과학과 인류에 대한 관심 때문이에요."

"나는 과학이 사람과 관계되지 않는 한도 내에서만 과학에 흥미가 있어요."

"나는 어떻게 당신이 감히 사람들을 증오하는지 의아해요."

그녀가 갑자기 화를 내며 말했다.

"당신은 부유하고, 박식하고, 자유롭고, 당신의 마음에 드는 모든 일을 할 수 있지만 대부분의 사람들은 비참하고, 무지하고, 즐거움이 없는 일에 매여 있어요. 그런데 당신은 결코 그들을 도우려 하지 않았죠. 바로 그들이 당신을 증오해야 해요."

그녀의 목소리에는 내가 자신을 변명하고 싶을 만큼 강한 열정이 들어 있었다. 그러나 어떻게 그녀에게 진실을 말할 수 있겠는가? 내가 말했다.

"나는 내가 사실 그들을 부러워한다고 생각해요."

"당신이요?"

"그들은 살아 있죠. 하지만 나는 여러 해 전부터 내가 살아 있다고 느끼지 못했어요."

"아!"

그녀는 감동한 목소리로 말했다.

"당신이 아주 불행한 사람이라는 것을 잘 알고 있었어요."

나는 불쑥 일어섰다.

"공원을 한 바퀴 돌아보죠. 공원이 예뻐 보인다고 했잖아요."

"좋아요."

그녀는 내 팔짱을 끼었다. 그리고 우리는 금붕어들이 헤엄치는 개천을 따라갔다.

"아주 아름다운 날에도 당신은 살아 있다고 느끼지 못하나요?"

그녀는 봉파르가 만들어낸 장미 중 한 송이를 손가락 끝으로 건드렸다.

"당신은 이런 것들을 모두 안 좋아하나요?"

나는 장미를 따 그녀에게 내밀었다.

"이걸 당신의 옷에 달면 좋아할 거예요."

그녀는 미소 지으며 꽃을 받아 길게 향내를 들이마셨다.

"그 꽃이 당신한테 말하죠, 안 그래요? 그 꽃이 당신한테 뭐라고 말하죠?"

"산다는 것은 좋은 일이라고요."

그녀가 명랑하게 말했다.

"그 꽃이 나한테는 아무 말도 안 해요. 나한테는 사물들이 목소리가 없어요."

내가 말했다.

나는 샛노란 장미를 두 눈으로 똑똑히 바라보고 있었다. 그러나 내 삶에는 너무도 많은 장미, 너무도 많은 봄이 있은 후였다.

"그건 당신이 그것들의 소리를 들을 줄 몰라서 그래요."

우리는 말없이 몇 걸음을 걸었다. 그녀는 나무와 꽃을 바라보고 있었다. 그녀의 눈이 내게서 떨어지자마자, 나는 삶이 나를 버리는 듯한 느낌이 들었다. 내가 말했다.

"나에 대해 어떻게 생각하는지 궁금합니다."

"안 좋은 생각을 많이 했어요."

"왜 생각이 바뀌었을까요?"

"리셰를 대한 당신의 태도가 새로운 지평을 열어줬죠."

나는 어깨를 으쓱했다.

"그것은 단순한 변덕이었어요."

"나는 당신이 그런 종류의 변덕을 부릴 수 있다고 생각하지 못한 것 같아요."

나는 내가 그녀를 속이고 있다는 기분이 들어 부끄러웠지만, 설명하기가 불가능했다.

"나를 착한 영혼으로 여긴다면 잘못 생각한 듯합니다."

내가 말했다.

그녀는 웃었다.

"나는 바보가 아니에요."

"하지만 당신은 내가 인류의 행복에 관심을 갖기를 희망하죠."

그녀는 발끝으로 조약돌을 하나 산책길에 굴리더니 아무 대답도 하지 않았다.

"봅시다. 내가 그 돈을 당신한테 줄 거라고 생각하나요, 아니면 거절하리라 생각하나요? 당신은 어느 쪽에 걸어요? '예'인가요 '아니요'인가요?"

내가 물었다.

그녀는 심각한 태도로 나를 바라보았다.

"몰라요. 당신은 자유로워요."

그녀가 말했다.

두 번째로, 나는 심장을 얻어맞은 느낌이었다. 사실이었다. 나는 자유로웠다. 내가 살아온 모든 세기는 파란 하늘 아래에서, 마치 과거란 결코 존재하지 않았다고 할 만큼 새롭게, 예고 없이 솟아오르던 그 순간의 끝에서 죽어버리고 말았다. 그 순간에 나는 내 삶의 잊힌 순간들 어디에도 쓰여 있지 않던 어떤 대답을 마리안에게 주려 했는데, 그 대답을 선택할 것은 나, 바로 나였고, 마리안을 실망시키느냐 만족시키느냐가 바로 나에게 달려 있었다.

"당장 결정해야 하나요?"

"좋을 대로 하세요."

그녀가 약간 냉정하게 말했다.

나는 그녀를 바라보았다. 실망하거나 혹은 만족하거나 그녀는 정원의 철책을 넘어설 것이고, 내가 할 일은 그저 개미집 근처로 돌아가서 드러눕는 것밖에 없을 것이다.

"언제 대답해주실 거죠?"

그녀가 물었다.

나는 주저했다. 나는 말하고 싶었다. '내일'이라고. 그녀를 확실히 다시 보기 위해서 말이다. 그러나 나는 그렇게 말하지 않았다. 그녀가 있으면, 말하고 행동하는 것은 본래의 나였다. 분명히 나였다. 그런 나라면 내 욕심대로 이 상황을 이용하는 것이 수치스러울 것이다.

"곧 할게요. 잠깐 기다려줘요."

내가 말했다.

마리안의 곁으로 다시 돌아왔을 때, 나는 손에 환어음 한 장을 들고 있었다. 그것을 내밀자 그녀의 뺨으로 피가 올라왔다.

그녀가 말했다.

“아니 이건 엄청난 돈인데요!”

“내 전 재산은 아니에요.”

“상당한 부분이죠…….”

“큰돈이 필요하다고 하지 않았나요?”

그녀는 그 종이를, 이어서 내 얼굴을 쳐다보았다.

“이해가 안 돼요.”

그녀가 말했다.

“당신이 모든 일을 다 이해할 순 없어요.”

그녀는 내 앞에 넋을 잃은 채 서 있었다. 내가 말했다.

“늦었어요. 가야죠. 우리는 이제 서로에게 할 말이 아무것도 없어요.”

“부탁이 하나 더 있어요.”

그녀가 천천히 말했다.

“당신한테 만족이란 없군요.”

“내 친구들이나 나나 사업에 대해서는 잘 몰라요. 당신은 능숙한 재정가인 듯해요. 우리가 대학을 발족할 수 있도록 도와줘요.”

“나한테 부탁하는 것은 그것이 당신한테 이익이 되어서인가요, 아니면 나한테 이익이 되어서인가요?”

그녀는 난감한 듯이 보였다.

“양쪽 다요.”

그녀가 말했다.

“특히 이거요, 아니면 저거요?”

그녀는 주저했다. 그러나 그녀는 항상 진실을 믿는 만큼이나 삶을 사랑했다.

"당신이 당신 자신으로부터 벗어나기로 하는 날, 당신에게 많은 것이 변하리라고 생각해요……."

"당신은 왜 나한테 관심을 갖죠?"

내가 물었다.

"사람들이 당신한테 관심을 가질 수 있다는 것이 이해가 안 되나요?"

한순간 우리는 아무 말 없이 서로 마주한 채 있었다.

"생각해볼게요. 그리고 대답을 전하러 갈게요."

내가 말했다.

"시조 거리 12번지예요. 난 지금 거기 살아요."

그녀는 내게 손을 내밀었다.

"고마워요."

"시조 거리 12번지. 고마워할 사람은 바로 나예요."

내가 말했다.

그녀는 마차를 타고 떠났다. 그리고 나는 큰길에서 멀어져가는 바퀴 소리를 들었다. 나는 두 팔로 커다란 보리수 둥치를 부둥켜안고 거친 껍질에 뺨을 눌러대며, 욕심이 나서, 걱정을 품고, 생각했다. '나는 다시 살아 있는 자가 될까?'

♦

문을 두드리는 소리가 나더니 마리안이 들어왔다. 그녀는 내 책상으로 다가왔다.

"아직 일해요?"

그녀가 말했다.

나는 미소를 지었다.

"보다시피."

"당신은 온종일 움직이지 않았던 게 분명해요."

"사실 그래요."

"점심은 했나요?"

내가 머뭇거리자 그녀가 민첩하게 말했다.

"물론 안 했겠죠. 그러다가 건강을 해칠 거예요."

그녀는 불안한 듯 걱정스럽게 나를 바라보았고, 나는 창피했다. 먹지 않고, 자지 않고, 재산과 시간을 주고, 그런 것이 그녀와 나에게 같은 의미가 아니었던 것이다. 나는 그녀에게 거짓말을 하고 있었다.

"만일 내가 오지 않았다면, 밤새도록 거기에 있었겠죠……."

그녀가 말했다.

"일을 안 하면 권태로워요."

내가 말했다.

그녀는 웃기 시작했다.

"변명하지 마요."

그녀는 내 앞에 너저분하게 널려 있던 서류들을 손으로 단호하게 밀어버렸다.

"그 정도면 됐어요. 이제 가서 저녁 식사를 해요."

나는 서류철들로 덮인 탁자, 무거운 커튼으로 봉해진 창들, 침침한 벽들을 아쉬워하며 바라보았다. 내가 파리에 소유한 저택은 미래의 대학에 대한 계획을 준비하는 본거지가 되었다. 그리고 나는 완수해야 할 명확한 임무들과 더불어 이 사무실 안에 있는 것이 좋았다. 나는 여기에 있는 동안만큼은 다른 일에 관심이 없었다.

게다가 다른 볼일도 없었고…….

내가 말했다.

"어디 가시 지녁을 먹죠?"

"갈 곳이야 많죠."

나는 불쑥 말했다.

"같이 저녁 먹으러 갑시다."

그녀는 주저했다.

"소피가 기다리고 있어서요."

"기다리라고 둬요."

그녀는 나를 바라보았다. 입술에 살짝 미소를 띠면서 그녀는 애교 있게 물어보았다.

"그게 당신을 정말로 즐겁게 할까요?"

나는 어깨를 으쓱했다. 단순히 시간을 죽이기 위해 그녀가 있어 주기를 바란다는 것, 살아 있기 위해 그녀가 필요하다는 것을 어떻게 그녀에게 설명하겠는가? 말은 내 뜻과 어긋나서, 나는 그것을 지나치게, 아니면 못 미치게 말할 것 같은데 말이다. 나는 그녀에게 솔직해지고 싶었지만, 어떤 솔직함도 내게 허락되지 않았다. 나는 간단히 말했다.

"물론이죠."

그녀는 약간 당황스러움을 내비치더니 이어서 결심했다.

"그러면 소문이 자자한 그 새로 생긴 카바레로 데려가줘요. 거기서는 굉장히 잘 먹을 수 있는 것 같아요."

"다고르노 카바레요?"

"그래요."

그녀의 눈이 빛났다. 그녀는 항상 어디로 갈지, 무엇을 할지 알고 있었다. 그녀는 항상 채워야 할 욕망과 호기심을 가지고 있었다. 만일 내가 일생에 걸쳐 그녀를 따라다닐 수 있다면, 나는 더 이상 나 자신을 거추장스러워하지 않겠지. 우리는 층계를 내려왔다. 그리고 내가 물어보았다.

"걸어서 갈까요?"

"당연하죠. 달빛이 아주 아름다워요."

"아! 달빛을 좋아하는군요."

내가 유감이라는 듯이 말했다.

"당신은 안 좋아하나요?"

"나는 달이 싫어요."

그녀는 웃었다.

"당신의 감정은 항상 지나쳐요."

"우리가 모두 죽었을 때, 달은 여전히 저 하늘에서 비웃고 있을 거예요."

내가 말했다.

"나는 달이 부럽지 않아요. 나는 죽음을 걱정하지 않아요."

마리안이 말했다.

"정말요? 만일 당신이 곧 죽는다는 통지를 받았다 해도 안 무서울 것 같아요?"

"아! 나는 죽어야 할 때가 되면 죽고 싶어요."

그녀는 활기찬 걸음으로 걸으면서 눈으로, 귀로, 신선한 피부의 모든 구멍으로 이 밤의 감미로움을 열심히 빨아들였다.

"삶을 사랑하기 때문이군요."

내가 말했다.

"그래요. 나는 삶을 사랑해요."

"불행했던 적이 있나요?"

"몇 번 있었죠. 그러나 그것 역시 사는 것이었어요."

"한 가지 물어봐도 될까요."

"물어보세요."

"전에 사랑은 해봤나요?"

그녀는 바로 대답했다.

"아뇨."

"하지만 당신은 천성이 열정적이에요."

"맞아요. 다른 사람들은 항상 미지근하고 무심해 보여요. 그들은 살아 있지 않아요……."

그녀가 말했다.

나는 가슴이 약간 꼬집힌 듯이 느꼈다.

"나는 살아 있지 않죠."

내가 말했다.

"이미 나한테 그렇게 말한 적이 있어요. 그러나 그건 사실이 아니에요, 전혀 사실이 아니죠. 당신은 좋은 점처럼 나쁜 점도 과해요. 당신은 대충 하는 걸 참지 못해요. 그게 바로 살아 있는 거죠."

그녀는 나를 바라보았다.

"따지고 보면, 당신의 못된 행동, 그건 분명 반항이었죠."

"당신은 나를 몰라요."

내가 냉정하게 말했다.

그녀는 얼굴이 빨개졌다. 그리고 우리는 말없이 카바레의 문까지 걸어갔다. 연기에 그을린 들보들과 궁륭형 천장이 있는 커다란 홀로 내려가는 계단이 나 있었다. 색깔이 산뜻한 빵모자를 머리에 쓴 남자 종업원들이 시끌벅적한 무리가 빽빽하게 몰려 있는 탁자들 사이를 돌아다니고 있었다. 우리는 그 홀의 가장 구석에 있는 둥근 탁자에 앉았다. 그리고 나는 음식을 주문했다. 남자 종업원이 우리 앞에 전채와 불그스름한 포도주 한 병을 갖다 놓은 뒤에 마리안이 물었다.

"내가 당신을 좋게 생각하는 듯이 보이면 왜 당신은 화를 내죠?"

"내가 사기꾼이 된 기분이 들어요."

"당신이 우리 사업에 당신의 시간, 돈, 수고를 아낌없이 주고 있는 게 사실 아닌가요?"

"그러나 그건 나한테 전혀 희생이 아니에요."

"바로 그거죠. 그게 진정한 관대함이에요. 당신은 모든 것을 줘도 결코 희생하는 것으로 보이지를 않아요."

나는 두 잔에 포도주를 따랐다.

"당신은 예전 일을 잊었나요?"

"아뇨. 당신은 변했어요."

"사람은 결코 변하지 않아요."

"아! 난 그 말을 안 믿어요. 사람들이 결코 변하지 않는다면, 우리 일 전체가 쓸모없어져요."

그녀가 열렬하게 말했다.

그녀는 나를 바라보았다.

"나는 당신이 이제 사람을 자살로 몰고 가는 걸 즐길 수 없으리라 확신해요."

"그건 사실이죠……."

내가 말했다.

"그것 봐요."

그녀는 입에 파이 한 조각을 가져갔다. 그녀는 부지런히 동물적으로 먹고 있었다. 몸놀림은 조심스럽고 우아한데도 그녀는 여자로 변한 암늑대 같았고, 그녀의 이에는 잔인한 섬광이 번뜩였다. 그녀에게 어떻게 설명할까? 나쁜 짓을 하는 것은 더 이상 나를 즐겁게 하지 않았다. 그러나 선한 자가 된 것은 아니었다. 나는 좋지도 나쁘지도 인색하지도 관대하지도 않았던 것이다. 그녀가 내게 미소를 지었다.

"난 이곳이 참 좋아요. 당신은요?"

홀의 다른 쪽 끝에서 한 젊은 여자가 교현금 반주에 맞춰 노래하고 청중이 후렴을 메기고 있었다. 보통 나는 사람들이 이렇게 크게 법석대고, 웃음을 터뜨리고, 소리 내는 것을 싫어했다. 그러나 마리안이 미소 짓고 있어서 나는 그녀의 입술에 그런 미소를 띠게 한 것을 싫어할 수가 없었다.

"나도 이곳이 좋아요."

"그러나 먹지는 않는군요. 과로해서 식욕을 잃은 거예요."

그녀가 나무라듯 말했다.

"전혀."

나는 파이 한 조각을 내 접시에 옮겨 담았다. 내 주위에서, 그들은 먹고, 마셨으며, 그들 옆에는 그들에게 미소 짓는 여자들이 있었다. 나 역시, 먹고, 마셨으며, 한 여자가 내게 미소 짓고 있었다. 열기가 훅 하고 내 가슴에서 올라왔다. '내가 저들 중 한 사람인 것 같기도 한데.'

"저 여자, 목소리가 예쁘네요."

마리안이 말했다.

교현금을 타는 여자가 우리 자리로 다가와 즐거운 표정으로 마리안을 바라보면서 노래했다. 그 여자가 신호를 하자 모두가 함께 노래하기 시작했다. 마리안의 맑은 목소리가 다른 사람들의 목소리에 뒤섞였다. 마리안은 내 쪽으로 몸을 숙였다.

"노래도 해야죠."

수치심 비슷한 무엇인가가 내 목에 걸렸다. 나는 결코 그들과 함께 노래한 적이 없었던 것이다! 나는 그들을 바라보았다. 그들은 자신들의 여자들에게 미소 짓고, 노래했으며, 그들의 가슴속에는 불꽃이 타올랐다. 내 가슴속에도 불꽃이 타오르기 시작했다. 그리고 이 불꽃이 타는 동안은 과거도 미래도 중요하지 않았다. 내일 죽는다 해도, 백 년 후에 죽는다 해도 아니 죽지 않는다 해도, 다를 바가 전혀 없었다. 똑같은 불꽃. 나는 생각했다. '나는 살아 있어. 나는 저들 중 한 사람이야.'

나는 그들과 함께 노래하기 시작했다.

♦

'사실일 리가 없어.' 나는 생각했다. '나는 저들이 아니야…….' 기둥 뒤에 반쯤 숨어서, 나는 춤추는 그들을 보고 있었다. 베르디에는 마리안의 손을 만졌고, 때때로 그 손에 스쳤으며, 그녀의 냄새를 맡았다. 그녀는 어깨와 가슴이 드러난 풍성한 파란색 드레스를 입고 있었다. 나는 그 가녀린 육신을 꽉 껴안고 싶었지만, 마비된 듯한 느낌이었다. '당신의 몸은 다른 부류에요.' 내 손과 입술은 화강암 같아서 나는 그녀를 만질 수가 없었다. 나는 그런 예사로운 갈망에 따라 그들이 웃는 것처럼 웃을 수가 없었다. 저기 그들, 그들은 그녀와 같은 부류여서 나는 그들 사이에서 할 것이 아무것도 없었다. 나는 문 쪽으로 걸어갔다. 막 문을 넘어서려는데 마리안의 목소리가 나를 세웠다.

"어디 가요?"

"크레시로 돌아가려고요."

내가 말했다.

"작별 인사도 안 하고요?"

"방해하고 싶지 않았어요."

그녀는 놀라서 내 얼굴을 응시했다. 그녀가 말했다.

"무슨 일 있어요? 왜 그렇게 서둘러 떠나죠?"

"내가 사교적이지 않다는 걸 잘 알잖아요."

그녀가 말했다.

"5분만 이야기하고 싶은데요."

"원한다면."

우리는 포석을 깐 현관을 가로질렀다. 그리고 그녀는 서재의 문을 밀었다. 커다란 방은 텅 비어 있었다. 책을 쌓아둔 벽 너머에서 바이올린들의 소리가 희미하게 들려왔다.

"당신이 정말 우리 봉사회에 참여해주시지 않으면, 우리 모두 애석할 것이라는 말을 하고 싶어요."

그리고 그녀는 물었다.

"왜 받아들이려 하지 않죠?"

"나는 그런 일에 무능할 거예요."

"아니 왜요?"

"나는 실수하게 될 거예요. 노인들한테 안식처를 세워주기는커녕 그들을 불태우게 할 거고, 미친 사람들을 자유롭게 풀어주고 당신네 철학자들을 감옥에 가둘 거예요."

그녀는 고개를 흔들었다.

"이해가 안 돼요. 이 대학을 발족할 수 있었던 건 당신 덕분이에요. 당신의 개교 연설은 훌륭했어요. 그런데도 당신은 우리의 노력이 유익할 거라고 전혀 믿지 않는 듯이 보일 때가 있어요."

내가 침묵을 지키자 그녀는 약간 초조해져서 말했다.

"대체 당신 생각은 뭔가요?"

"솔직히 나는 진보를 믿지 않아요."

내가 말했다.

"하지만 우리가 예전보다 진리에, 그리고 정의에도 더 가까이 다가선 것은 아주 분명해요."

"당신의 진리와 당신의 정의가 지난 세기들의 그것보다 더 가치 있다고 확신하나요?"

"과학이 무지보다, 관용이 광신보다, 자유가 구속보다 더 낫다는 것에는 동의하죠?"

그녀는 나를 언짢게 한 어떤 순박한 열성으로 말하고 있었다. 그녀는 그들의 언어로 말하고 있었다. 내가 말했다.

"언젠가 어떤 사람이 나한테 말했어요. 오직 한 가지 선이 존재할 뿐인데, 그것은 자신의 양심에 따라 행동하는 것이라고요. 나는 그가 옳았고, 우리가 다른 사람들을 위해서 한다고 주장하는 것 모두가 아무런 소용이 없다고 생각해요."

"아! 만일 내 양심이 나한테 관용을 위해서, 이성을 위해서, 자유를 위해서 투쟁할 것을 명령한다면요?"

그녀가 의기양양한 투로 말했다.

나는 어깨를 으쓱했다.

"그렇다면 그렇게 해요. 내 경우, 내 양심은 나한테 아무것도 명령하지 않아요."

"그러면 당신은 왜 우리를 도왔죠?"

그녀가 말했다.

그녀가 너무나 진지한 안타까움을 품고 나를 응시했기에, 다시 한 번 나는 거리낌 없이 그녀에게 털어놓고 싶은 격한 욕망을 느꼈다. 그래야만 나는 다시 정말 살아 있는 자가 되고, 나 자신이 되고, 우리는 서로 거짓 없이 이야기할 수 있겠지. 그러나 나는 카를리에의 참담해진 얼굴을 기억하고 있었다.

"시간을 죽이려고요."

내가 말했다.

"그건 사실이 아니에요!"

그녀가 말했다.

그녀의 눈에는 고마움 같은, 다정함 같은, 믿음 같은 것이 있었다. 나는 그녀가 보고 있는 그 사람이 되고 싶었다. 그러나 나의 모든 존재는 거짓에 불과했다. 모든 말, 모든 침묵, 모든 행동, 내 얼굴조차 그녀에게 거짓말을 하고 있었다. 나는 그녀에게 진실을 말하면 안 되었다. 그런데 그녀를 속이는 게 싫었다. 내게 남은 일은 그저 떠나는 것뿐이었다.

"그게 사실이에요. 이제 내 증류병 곁으로 돌아갈 거예요."

그녀가 애써 미소를 지었다.

"갑작스럽게 떠나네요."

그녀는 문손잡이에 손을 올리고 물었다.

"언제 다시 보죠?"

침묵이 흘렀다. 그녀는 문에 등을 기대고 있었는데, 내게 아주 가까워 그녀의 드러난 어깨가 어둠을 밝혀줬고 그녀의 머리 냄새가 맡아졌다. 그녀의 시선이 나를 부르고 있었다. 아무것도 아닌 한마디를, 아무것도 아닌 몸짓 하나를. 나는 생각했다. '다 거짓일 거야. 그녀의 행복, 그녀의 삶, 우리의 사랑은 그저 거짓일 뿐일 거고, 내 입맞춤 하나하나가 그녀를 배신할 거야.' 내가 말했다.

"내가 보기에 당신한테는 더 이상 내가 필요 없는 듯해요."

갑자기 그녀의 얼굴이 풀어졌다.

"당신 무슨 파리한테 쏘였기에 갑자기 화가 났죠, 포스카? 우리는 친구 아닌가요?"

"당신에게는 친구가 많죠."

그녀는 마구 웃기 시작했다.

"질투하는 거예요?"

"왜 안 되나요?"

나는 또 거짓말을 했다. 문제는 인간적인 질투가 아니었다.

"그건 어리석어요."

그녀가 말했다.

"나는 사회생활을 하도록 만들어진 사람이 아니에요."

내가 기분 나쁜 듯이 말했다.

"당신은 혼자 살도록 만들어진 사람이 아니에요."

혼자. 나는 개미들이 우글거리는 개밋둑 주위 정원의 냄새를, 그리고 다시 입안에서는 죽음의 맛을 느끼고 있었다. 하늘은 헐벗었고, 들판은 황량했다. 내 심장이 갑자기 섰다. 그리고 내가 원하지 않는 말들이 내 입술로 올라왔다.

"나와 함께 가요."

"당신과 함께 가자고요? 얼마 동안요?"

그녀가 물었다.

나는 두 팔을 내밀었다. 모든 것은 거짓이 될지 모르고, 내 가슴을 부풀게 하는 욕망조차, 필멸할 그녀의 몸을 안은 내 팔의 조임마저 거짓이 되겠지만, 나는 더 이상 싸울 힘이 없어서, 마치 내가 한 여자와 마주 선 한 남자라는 듯이 그녀를 품에 안고 말했다.

"일생 동안요. 내 곁에서 한평생 지내주겠습니까?"

"영원히 거기서 지낼 거예요."

그녀가 말했다.

나는 아침에 크레시로 돌아와 봉파르의 방문을 두드렸다. 그는 우유를 섞은 커피에 버터 바른 빵 조각을 담그는 중이었다. 그의 거동은 벌써 늙은이 같았다. 나는 그의 맞은편에 앉았다.

"봉파르, 너를 놀라게 해줄게."

내가 말했다.

"어디 볼까요."

그가 무관심하게 말했다.

"너를 위해 뭔가를 하려고 결심했어."

그는 고개도 들지 않았다.

"정말입니까?"

"그래. 나는 네가 뭔가 해보지도 못하게 너를 너무 오랫동안 붙들어둔 게 후회돼. 업무차 러시아 황후의 궁정으로 떠날 프레티니 공작이 비서를 구한다고 들었어. 솜씨 좋은 책략가라면 그쪽에서 고위층에 오를 수 있을 거야. 나는 너를 적극 추천할 거고, 네가 상트페테르부르크에서 멋진 인상을 줄 수 있도록 흡족할 만한 돈을 너한테 줄게."

"아하! 저를 멀리하고 싶으신가 보군요?"

봉파르가 말했다. 그는 비열한 미소를 지었다.

"그래. 나는 마리안 드 생클레르와 결혼해. 너를 그녀 곁에 두고 싶지 않아."

내가 말했다.

봉파르는 커피 담긴 공기에 새 빵 조각을 담갔다.

"전 이제 늙기 시작했습니다. 더 이상 여행을 하고픈 마음이 없어요."

그가 말했다.

목이 죄었다. 나는 내가 약점이 있는 사람이 되었다는 것을 깨달았다.

"조심해. 내 제의를 거절하면, 나는 마리안에게 진실을 말하기로 결심하고 바로 너를 쫓아낼 거야. 다른 직업을 구하기가 쉽지 않을걸."

내가 말했다.

그는 내가 비밀을 지키기 위해 어떤 대가를 치를지 예상할 수 없는 데다가 늙고 지쳐 있었다. 그는 말했다.

"당신을 떠나는 건 아주 힘들 겁니다. 그러나 유배의 어려움을 줄여주실 당신의 관대함을 기대해보겠습니다."

"나는 네가 그곳에서 만족스럽게 여생을 보내기를 원해."

"오! 당신을 다시 못 보고 죽고 싶지는 않습니다."

그의 목소리에는 어떤 위협이 있었다. 나는 생각했다. '지금 나는 걱정해야 할 무엇이 있고, 지켜야 할 게 있어. 지금 나는 사랑하고 괴로워할 수 있어. 그래, 나는 다시 사람이 된 거야.'

♦

"당신 심장이 뛰는 소리가 들려."

내가 마리안에게 말했다.

날이 새고 있었다. 나는 고른 리듬으로 올라갔다 내려갔다 하는 그녀의 가슴에 머리를 대고, 쿵쿵 뛰는 그녀의 심장 소리를 듣고 있었다. 박동이 칠 때마다 많은 피가 동맥으로 밀려 나갔고, 생동하는 피는 다시 심장으로 흘러들었다. 저기, 은빛 해변에서는 달의 힘으로 당겨졌다가 놓였다가 하는 파도가 모래사장을 때리면서 일어났다가 가라앉았다 하고, 하늘 속 지구는 태양 쪽으로, 달은 지구 쪽으로 어떤 거대한 부동의 낙하로써 돌진하고 있었다.

"당연히 심장이 뛰지."

그녀가 말했다.

피가 그녀의 혈관을 달리고, 지구가 그녀의 발밑에서 움직이고 하는 것이 그녀에게는 자연스러운 일이었다. 나는, 이 낯설고 새로운 사실들에 익숙해지지 못했다. 나는 귀를 기울였다. 그녀의 심장 박동, 나는 그것을 듣고 있었다. 지구의 진동은 들을 수 없을까?

그녀는 나를 부드럽게 밀었다.

"나 일어나게 해줘."

"당신 시간 많잖아. 나는 아주 좋아."

한 줄기 빛이 커튼의 틈새로 새어 들어왔다. 어둠 속, 쿠션을 댄 벽, 장식품이 가득 찬 경대, 의자 위에 뒤죽박죽 던져진 거품 덩어리 같은 속치마들이 보였다. 꽃병에는 꽃이 꽂혀 있었다. 이 모든 것은 현실이었지, 꿈속의 것들과 닮지 않았다. 하지만 이 꽃, 이 도자기, 이 붓꽃 향기는 내 삶에 완전히 속하지 않았다. 내가 영원을 뚫고 튀어 올라, 또 다른 짧은 순간을 위해서 준비된 한 짧은 순간에 착륙해버린 듯한 기분이 들었다.

"벌써 늦었어."

마리안이 말했다.
“나하고 있으면 심심해?”
“난 아무것도 하지 않는 게 심심해. 할 일이 많아.”
그녀가 말했다.
나는 그녀가 일어나도록 두었다. 그녀는 어서 하루를 시작하려고 했다. 당연한 일이었다. 시간은 그녀와 나에게 같은 가치를 지니지 않았다.
“할 일이 뭐가 그렇게 많아?”
내가 물었다.
“우선 도배장이들이 작은 살롱을 설비하러 곧 온다고.”
그녀가 커튼을 젖혔다.
“당신 나한테 어떤 색깔을 좋아한다고 말하지 않았어.”
“몰라.”
“하지만 분명히 좀 더 좋아하는 색깔이 있잖아. 편도나무 녹색, 아니면 보리수 녹색?”
“편도나무 녹색.”
“당신 건성으로 대답하지.”
그녀가 나무라듯 말했다.
그녀가 집 구석구석을 새로 단장하기 시작하면서, 나는 그녀가 벽지의 도안 앞에서나 비단 조각의 색조 앞에서 오랫동안 심사숙고하는 것을 보고 놀랐다. ‘겨우 30년 아니면 40년을 위해 저렇게 애쓸 필요가 있을까?’ 나는 생각했다. 그녀는 영원히 이 집에 살 것처럼 보였다. 한동안 나는 그녀가 말없이 방을 바삐 왔다 갔다 하는 것을 바라보았다. 그녀는 항상 정성스럽게 옷을 입었고, 옷과 보석만큼이나 꽃, 그림, 책, 음악, 연극, 정치도 좋아했다. 나는 그녀가 모든 것에 같은 열정을 바칠 수 있다는 것이 감탄스러웠다. 그녀는 문득 창문 앞에서 걸음을 멈췄다.

"우리 비둘기장은 어디에 놓을까? 큰 떡갈나무 근처? 아니면 보리수 아래?"

그녀가 말했다.

"개울이 비둘기장을 지나가면 더 예쁠걸."

내가 말했다.

"당신 말이 맞아. 비둘기장은 개울가 파란 삼나무 옆에 놓을래."

그녀가 미소를 지었다.

"보라고. 당신은 아주 훌륭한 조언자가 되잖아."

"그건 내가 당신 눈으로 보기 시작해서야."

내가 말했다.

편도나무 녹색이냐, 보리수 녹색이냐? 그녀가 옳았다. 제대로 보면 녹색에는 200가지 색조가, 파란색에도 그만큼의 색조가, 초원에는 천 가지가 넘는 종류의 꽃이, 천 가지가 넘는 종류의 나비가 있었다. 해가 언덕 너머로 질 때, 구름은 매일 저녁 새로운 빛깔을 띠었다. 마리안 그녀 자신도, 내가 그녀를 완전히 알게 되리라는 생각을 결코 할 수 없을 정도로 많은 얼굴을 갖고 있었다.

"안 일어날 거야?"

그녀가 말했다.

"난 당신을 보고 있잖아."

내가 말했다.

"정말 게을러! 다이아몬드 실험을 다시 시작하겠다고 했잖아."

"그래, 당신이 옳아."

내가 말했다.

나는 일어났다. 그녀는 나를 걱정스럽게 바라보았다.

"내가 부추기지 않으면, 당신은 이제 실험실에 안 갈 것 같아. 석탄이 순수한 물체인지 아닌지 궁금하지 않아?"

"그래, 궁금해. 그러나 조금도 급하지 않아."

내가 말했다.

"당신은 항상 그렇게 말해. 희한해. 나는, 내 앞에 너무나 짧은 시간밖에 남지 않은 것 같은데!"

그녀는 아름다운 밤색 머리를 빗었다. 그 머리카락들은 새하얘져서 빠질 것이고, 두피는 조각조각 떨어져 나갈 것이다. 너무나 짧은 시간……. 우리는 30년, 40년 서로 사랑할 것이고, 그녀의 관은 카테리나와 베아트리체가 쉬었던 구덩이와 아주 닮은 구덩이에 안치될 것이다. 나는, 다시 그림자가 될 것이다. 나는 그녀를 와락 껴안았다.

내가 말했다.

"당신 말이 옳아. 시간이 너무 짧아. 이런 사랑은 결코 끝나면 안 되지."

그녀는 이 갑작스러운 격정에 약간 놀라서 나를 다정히 바라보았다. 그녀가 말했다.

"사랑은 우리와 함께 끝날 뿐이야, 그렇지 않아?"

그녀는 내 머리에 손을 묻고 명랑하게 말했다.

"당신 알지, 혹시 당신이 나보다 먼저 죽는다면, 나는 죽어버릴 거야."

나는 그녀를 더 꼭 껴안았다.

"나 역시 당신 없이 살아 있을 수 없어."

내가 말했다.

나는 그녀를 풀어줬다. 갑자기 내게 1분 1분이 소중해 보였다. 나는 서둘러 옷을 입고, 서둘러 실험실로 내려갔다. 시계의 문자판 위에서 바늘이 돌아가고 있었다. 몇 세기 만에 처음으로, 나는 그 바늘을 세우고 싶었다. 너무 짧은 시간……. 앞으로 30년, 앞으로 1년, 앞으로 하루 이내에 그녀에게 답해야만 했다. 어떤 사실을 그녀가 오늘 알 수 없다면, 그녀는 영영 그 사실을 알지 못할 테니까. 나는 도가니에 다이아몬드 조각을 넣었다. 과연 그것을 태우는 데 성공할 것인가? 다이아몬드는 그 투명함 뒤에 그 단단한 비밀을 가리고서 맑고 완강하게 반짝였다. 내가 끝낼 수 있을까? 너무 늦기 전에 공기, 물, 친근하고 신비스러운 이 모든 사물들의 끝에 다다를 수 있을까? 나는 풀 냄새 나던 낡은 다락방이 생각났다. 비밀은 거기, 풀과 가루 깊숙이 있었는데, 나는 화를 내며 생각했다. '왜 사람들은 그것을 오늘 발견 못 하는 거지?' 페트루키오는 증류기에 몰두한 채 일생을 보냈어도 알지 못한 채 죽었다. 피가 우리의 혈관에서 흐르고, 지구가 돈다는 것, 그것을 그는 몰랐고, 결코 알 수 없었을 것이다. 나는 돌아가서 그가 그렇게나 꿈꿨던 과학 전부를 한 아름 그에게 갖다 주고 싶었다. 그러나 그것은 불가능했다. 문은 닫혀 있었다……. 언젠가 다른 문이 닫히겠지. 마리안 그녀 역시 과거 속에 삼켜져 버리게 될 터인데, 나는 미래로 도약해 그녀가 갈구하는 지식을 다른 세기의 끝에서 그녀에게 가져다줄 수 없었다. 시간이 지나가는 것을 기다려야 했고, 1분 1분씩 그 지루한 진행을 감내해야 했다. 나는 거짓된 투명함으로 나를 매혹하는 다이아몬드로부터 눈을 돌렸다. 꿈꾸지 말아야 했다. 30년, 1년, 하루, 필멸할 삶에 불과했다. 그녀의 시간은 계산되어 있었다. 나의 시간 역시 계산되어 있었다.

♦

소피는 난로 옆에 앉아 《피그말리온 혹은 움직이는 조각상》을 읽고 있었고, 다른 사람들은 편도나무 녹색 비단이 쳐진 작은 살롱 구석에서 사람들을 통치하는 가장 좋은 방법에 대해 토론하고 있었다. 마치 사람들을 통치할 수 있는 방법이 전혀 없었다는 듯이! 나는 유리문을 밀었다. 왜 마리안이 아직 집에 안 돌아왔지? 저녁이 되어 흰 눈 속에 서 있는 검은 나무들만 보였다. 정원에서 한기가 느껴졌다. 그것은 처음으로 들이마시는 것 같은 순수한 광물 냄새였다. '당신은 눈을 좋아해?' 그녀 곁에 있으면, 나는 눈이 좋았다. 그래서 그녀는 거기 내 옆에 있어야 했다. 나는 살롱으로 들어왔다. 그리고 평온하게 책을 읽는 소피를 언짢은 기분으로 바라보았다. 나는 그녀의 조용한 얼굴, 갑작스러운 명랑함이나 그녀가 드러내는 과한 사리분별도 좋아하지 않았다. 나는 마리안의 친구들을 좋아하지 않았다. 그러나 나는 말해야 했다.

"마리안이 한참 전에 돌아왔어야 하는데……."

소피가 고개를 들었다.

"파리에서 할 일이 있었을 거예요."

그녀가 당연하다는 어투로 말했다.

"사고라도 생긴 건 아니겠지."

그녀는 희고 커다란 이를 드러내며 웃었다.

"걱정 많은 성격이세요!"

다시 그녀는 책에 집중했다. 그들은 자신들이 죽음을 면할 수 없는 부류임을 걱정하는 것 같지 않았다. 하지만 한 번의 충돌, 한 번의 추락으로 충분했다. 마차 바퀴가 빠지거나 말의 발굽질을 당하면, 그들의 부서지기 쉬운 뼈는 조각나고 심장은 박동을 멈춰 그들은 영원히 죽었다. 나는 익히 알던 그런 상처를 심장에서 느꼈다. 그런 일이 일어날 것이고, 어느 날 나는 그녀가 죽은 것을 보게 되겠지. 그들은 이렇게 생각했을 수 있다. 내가 먼저 죽을 것이고, 그들은 함께 죽을 것이라고 말이다. 그래서 그들에게 부재란 언젠가 끝나는 것이다……. 나는 현관 앞 층계를 뛰어 내려갔다. 눈 때문에 잦아든 마차 소리를 알아들었던 것이다.

"얼마나 걱정했다고! 무슨 일 있었어?"

그녀는 내게 미소 지으며 내 팔짱을 끼었다. 그녀의 허리는 많이 굵어지지 않았지만, 몸은 야위고 얼굴빛은 흐렸다.

"왜 이렇게 늦은 거야?"

"아무것도 아냐. 몸이 약간 불편해서 가라앉도록 기다렸어."

"몸이 불편했다고!"

나는 그녀의 지친 눈을 화가 나서 바라보았다. 왜 나는 그녀에게 양보했던 것일까? 그녀가 아이를 원했던 것이다. 그리고 이제 그녀의 배 속에서 낯설고 위험스러운 연금술이 이뤄지고 있었다. 나는 그녀를 불 가까이에 앉게 했다.

"당신이 파리에 가는 건 이번이 마지막이야."

"무슨 생각이야! 내 몸은 아주 좋은 상태라고!"

소피는 심문하듯이, 그리고 이미 뭐가 옳은지 안다는 태도로 우리를 바라보았다.

"몸이 불편했대요."

내가 말했다.

"정상이에요."

소피가 말했다.

"오! 죽는 것도 정상이죠."

내가 말했다.

그녀는 자신만만하게 미소 지었다.

"임신은 죽을병이 아니에요."

"의사가 4월 전에는 꼭 쉬지 않아도 된대."

마리안이 말했다.

두 남자가 다가오자 그녀는 그들을 보며 유쾌하게 말했다.

"만일 내가 지키지 않으면 박물관은 어떻게 될지 몰라요!"

"정말 당신은 곧 빠져야 해."

"4월까지는 베르디에가 완전히 건강을 회복할 거야."

마리안이 말했다.

베르디에는 나를 보고 활기차게 말했다.

"당신이 피곤하면, 내가 바로 파리로 돌아가죠. 시골에서 나흘 보냈더니 벌써 많이 좋아졌어요."

"꿈꾸지 마요! 당신은 한참 쉬어야 해요."

마리안이 말했다.

실상 베르디에의 안색은 나빴다. 얼굴빛이 파리했고, 눈 밑에 주름이 있었다.

"둘 다 쉬도록 해요."

내가 참지 못하고 말했다.

"그러면 이제 대학을 닫는 수밖에 없겠네요."

베르디에가 말했다.

그의 비꼬는 듯한 어조가 내 신경을 거슬렀다.

"안 될 이유가 뭐 있겠소?"

내가 말했다.

마리안이 나무라는 눈초리로 나를 봤지만 나는 덧붙였다.
"어떤 일도 그것 때문에 건강을 해친다면 가치가 없어요."
"아! 건강을 아껴야 한다면, 건강은 더 이상 재산이 아니에요."
베르디에가 말했다.
나는 화가 나서 그들을 바라보았다. 그들은 한 덩어리가 되어 내게 맞섰다. 그들은 하나같이 자신들의 힘을 재고, 자신들이 살아갈 날을 헤아리고 하는 것을 거부했다. 각자 자기 자신에 대해서도, 다른 사람에 대해서도 그러기를 거부하다 보니 그들은 이런 공통된 고집에 의해 서로가 얽혀 있다고 느끼고 있었다. 그 반면에 마리안에게는 내 염려가 무겁게만 느껴졌다. 내 모든 사랑에도 어쩔 수 없이 나는 그녀와 같은 부류가 아니었다. 죽음을 면할 수 없는 인간은 그 누구라도 나보다 더 그녀에게 가까웠다.
"파리에 새로운 소식이라도 있어?"
소피가 분위기를 누그러뜨리려는 어조로 물었다.
"프랑스 전체에 실험물리학 강좌가 개설될 거라고 장담하는 소리를 들었어."
마리안이 말했다.
프루보스트의 얼굴이 활기를 띠었다.
"우리가 얻을 수 있는 가장 훌륭한 성과네요."
"그래요, 큰 걸음을 내디딘 거죠. 누가 알아요? 어쩌면 우리가 감히 바라지 못했던 정도를 뛰어넘어 더 빨리 진척될 수도 있어요!"
마리안이 말했다.
그녀의 눈은 빛났다. 나는 가만히 문을 향해 걸어갔다. 나는 그녀의 기억조차 땅에서 사라져버릴 그날들에 대해 그녀가 열렬히 말하는 것을 버티고 들을 수가 없었다. 어쩌면 바로 이것이 어쩔 수 없이 나를 그들로부터 다시 갈라놓는 점이었다. 그들은 현재 자신들의 모든 노력이 완수될 미래를 지향하며 살고 있었다. 그런데 내게 미래는 낯설고 증오스러운 시간이었다. 마리안이 죽을 그 시간, 우리의 삶이 시대의 바닥 속에 삼켜져 쓸모없이 버려진 것으로 내게 나타날 그 시간. 그리고 그 시간 역시 자기 차례가 되면 삼켜지도록 운명 지어져 있는, 쓸모없이 버려질 시간이었다.

밖은 춥고 건조한 맑은 날씨였다. 수많은 별이 하늘에서 반짝였다. 똑같은 별들이었다. 나는 서로 상반되는 힘으로 당겨져 움직이지 않는 그 행성들을 바라보았다. 달은 지구를 향해, 지구는 태양을 향해 떨어지고 있었다. 태양은 떨어지고 있을까? 미지의 어느 별을 향해서? 태양의 추락이 지구의 그것을 상쇄해서 실제로 우리 행성은 하늘의 한가운데 고정되어 있는 것은 아닐까? 어떻게 그것을 알까? 언젠가 알게 될까? 그리고 그 덩어리들이 왜 서로를 당기는지 알게 될까? 인력, 그것은 모든 사실을 설명하는 데 쓰이는 편리한 말이었다. 그것은 말 이상의 것일까? 우리가 정말로 카르모나의 연금술사들보다 더 박식한 걸까? 우리는 그들이 모르던 몇몇 사실을 밝혀내어 그것들을 질서 정연하게 모아두었다. 그러나 우리는 그것으로써 사물들의 신비로운 심장 속으로 단 한 걸음이라도 들어갔을까? 힘이라는 말은 덕이라는 말보다 더 명료한 것일까? 인력이라는 말은 영혼이라는 말보다 더 명료한 것일까? 그리고 호박이나 유리를 문질러 발생시키는 이 현상들의 근원을 전기라고 부를 때 인간은, 세계의 근원을 신이라고 부르던 때보다 더 세상의 이치를 잘 아는 걸까?

나는 시선을 땅으로 내렸다. 살롱의 창들이 하얀 잔디밭 안쪽에서 빛나고 있었다. 창문 너머 난롯가에서 그들은 이야기하고 있었다. 그들은 그들이 이제 잿더미에 불과하지 않을 미래에 대해 이야기하고 있었다. 그들의 주위에는 끝없는 하늘, 한계 없는 영원함이 있었지만, 그들에게는 끝이 있을 것이다. 바로 그래서 산다는 것이 그들에게는 너무나 쉬운 일이었다. 잘 닫힌 방주 안에서 그들은 두려움 없이 이 밤에서 저 밤으로 항해하고 있었다. 그들은 함께 항해하고 있었던 것이다. 천천히 나는 집으로 걸어갔다. 그러나 내게는 피난처도, 미래도, 현재도 없었다. 마리안의 사랑에도 불구하고, 나는 영영 쫓겨나 있었다.

♦

"달팽이야, 더듬이를 보여주렴."

앙리에트는 물통에 가득한 곤충 중 한 마리의 빨판이 달린 배를 나무둥치에 갖다 대면서 조그맣게 노래하고 있었다. 자크는 후렴구를 따라하려고 애쓰면서 보리수 주위를 돌고 있었는데 마리안은 걱정스러운 눈으로 그를 지켜보았다.

"소피가 옳다고 생각하지 않아? 내가 보기에 왼쪽 다리가 약간 굽은 듯해."

"의사에게 보여 봐."

"의사들은 아무 이상이 없다고 했어……."

그녀는 아이의 작고 통통한 다리를 근심스럽게 살폈다. 두 아이는 아주 튼튼했지만, 그녀는 결코 안심하지 않았다. 저 아이들이 충분히 예쁘고, 충분히 건강하고, 똑똑하고, 행복할까? 하면서. 나는 그녀의 걱정을 나눠 가질 수 없어서 화가 났다. 나는 마리안이 그 아이들을 임신했기 때문에 아이들에게 우정 같은 것을 느꼈다.

그러나 그들은 내 아이들이 아니었다. 한때 내게 아들이, 내 아들이 있었다. 그는 스무 살에 죽었던 것이다. 이제 그의 뼛조각조차 땅속에 남아 있지 않았다…….

"달팽이 한 마리 사줄 거지?"

나는 앙리에트의 뺨을 쓰다듬었다. 여자아이는 나의 넓은 이마, 내 코, 그리고 뚜렷하고 단단한 외모를 가지고 있었다. 엄마를 닮지 않았던 것이다.

"얘는 정말 단단해."

마리안이 말했다.

그녀는 그 작은 얼굴을 뜯어보았다. 아이의 미래를 알아내기라도 하려는 듯이 말이다.

"얘는 예쁠 거라고 생각해?"

"그럼, 확실하지."

아마 아이는 언젠가 예쁜 처녀가 되었다가 늙어서 추해지고 이가 다 빠지겠지. 그리고 어느 날 나는 아이의 사망 소식을 듣게 되겠지.

"두 애 중에서 누가 더 맘에 들어?"

마리안이 물었다.

"몰라. 난 쟤들 둘 다 사랑해."

나는 그녀에게 미소 지었다. 그리고 우리는 서로의 손을 잡았다. 날씨가 화창했다. 새들은 새장에서 노래하고 말벌들은 등나무에서 붕붕거리고 있었다. 내 손은 마리안의 손을 잡고 있었지만, 나는 그녀에게 거짓말을 하고 있었다. 나는 그녀를 사랑하지만 그녀의 기쁨, 고통, 번민을 나눠 갖지 못했다. 나는 그녀가 사랑하는 것을 사랑하지 않았던 것이다. 그녀는 내 옆에 있으면 혼자일 뿐이었지만, 그녀는 그 사실을 몰랐다.

"저기 봐! 근데 오늘 올 사람이 누가 있지?"

그녀가 말했다.

대로에서 땡그랑거리는 방울 소리가 들렸다. 차 한 대가 정원의 문을 넘어섰다. 그리고 한 남자가 거기서 내렸다. 그 사람은 나이가 많고, 제법 뚱뚱하며 좋은 옷을 입고 있었는데, 힘들게 걷는 듯 보였다. 그는 우리를 향해서 왔다. 그의 넓적한 얼굴은 웃고 있었다. 봉파르였다.

"여기는 어쩐 일로?"

내가 역정을 감추지 못한 채 놀란 어조로 물었다.

"러시아에서 돌아온 지 이제 일주일 되었습니다."

그가 말했다. 그는 미소를 지었다.

"소개해주십시오."

"이 사람은 봉파르야. 당신이 예전에 몽테송 부인 댁에서 봤던 그 사람이지."

내가 마리안에게 말했다.

"기억나."

그녀가 말했다.

그녀는 호기심을 가지고 그를 살피고 있었다. 그가 앉자 그녀가 물어보았다.

"러시아에서 오셨군요. 그 나라는 아름답죠?"

"추운 나라예요."

그가 원망하듯 말했다.

그들은 상트페테르부르크에 대해 말하기 시작했지만, 나는 듣지 않았다. 피가 내 가슴에서 목으로, 목에서 머리로 올라오고 있어서 나는 숨이 막혔다. 나는 이 시커먼 현기증을 알고 있었다. 그것은 두려움이었다.

"당신 왜 그래?"

마리안이 물었다.

"햇빛에 머리가 어질했어."

내가 말했다.

그녀는 놀라며 걱정스러운 듯이 나를 응시했다.

"들어가서 쉴래?"

그녀가 물었다.

"아니, 곧 나아질 거야."

나는 일어섰다.

내가 봉파르에게 말했다.

"와봐. 정원을 보여주겠네. 잠깐 실례할게, 마리안."

그녀는 고개를 끄덕했다. 그러나 어리둥절한 시선으로 우리를 지켜보았다. 나는 그녀에게 어떤 것도 비밀로 하지 않고 있었다.

봉파르가 말했다.

"부인이 매력적입니다. 부인과 더 잘 아는 사이가 되어 당신에 대해 이야기하게 된다면 행복하겠습니다."

"조심해. 난 복수할 줄 알아. 기억하고 있지?"

내가 말했다.

"내가 보기에 지금 당신은 잃으실 것이 많습니다. 잘못 폭력을 쓰신다면요."

"돈을 원해? 얼마나?"

"정말 아주 행복하시군요, 안 그렇습니까?"

"내 행복은 염려하지 마. 얼마를 원해?"

"행복의 대가가 너무 비싼 경우는 결코 없습니다. 매년 5만 리브르를 원합니다."

"3만 리브르."

"5만 리브르. 받아들이거나 포기하거나 둘 중 하나입니다."

내 심장이 가슴속에서 크게 뛰었다. 이번에 나는 지기 위해서가 아니라 이기기 위해서 겨루고 있었고, 속임수를 쓰지 않고 있었다. 내 사랑은 참된 것이어서 나는 진정으로 위협에 짓눌리고 있었다. 봉파르가 자기 영향력의 폭을 예측해서는 안 되었다. 그렇게 놔두면 그는 여러 가지를 요구하며 곧 나를 망하게 할지도 모른다. 나는 마리안이 가난에 찌드는 것을 원하지 않았다.

내가 말했다.

"난 포기야. 가서 마리안에게 말해. 그녀는 곧 내 거짓말을 용서할 테니 너는 아무것도 못 얻을걸."

그는 주저했다.

"4만."

"3만. 받아들이거나 포기하거나 둘 중 하나야."

"받아들이겠습니다."

"내일 돈을 받게 될 거야. 이제 가버려."

"가보겠습니다."

나는 그가 멀어져가는 것을 보며 축축한 손을 닦았다. 마치 내 목숨을 걸었던 것 같았다.

"그 사람이 당신한테 뭘 원하는 거야?"

마리안이 물어보았다.

"돈을 원했어."

"왜 그렇게 박대했어?"

"나쁜 기억을 떠오르게 해서지."

"그래서 그를 보자 그렇게 당황했던 거야?"

"그래."

그녀는 의아하다는 듯이 나를 살폈다.

그녀가 말했다.

"희한해. 당신이 그에게 겁을 먹은 것 같았어."

"착각이야. 내가 그를 겁낼 이유가 있겠어?"

"어쩌면 당신들 사이에 내가 알지 못하는 뭔가가 있겠지."

"말했잖아. 내가 그한테 몹쓸 짓을 많이 했다고 말이야. 난 그걸 아주 후회해."

"그게 전부야?"

"물론이지."

나는 그녀를 껴안았다.

"뭘 걱정하는 거야? 내가 언제 당신한테 비밀을 가진 적 있었어?"

그녀는 내 이마를 만졌다.

"아! 만일 당신의 생각을 읽을 수 있다면. 나는 나 없이 당신 머릿속에서 일어나는 것 모두와 내가 잘 모르는 당신의 과거 모두에 대해 질투가 나."

"얘기해줬잖아."

"얘기는 해줬지만 나는 모르겠어."

그녀는 내게 꼭 안겼다.

"난 불행했어. 그리고 나는 살아 있지 않았어. 당신이 나한테 행복을 줬고, 삶을 줬지……."

내가 말했다.

나는 망설이고 있었다. 할 말이 입술로 올라오고 있었다. 나는 더 이상 거짓말하지 않고, 진실 속에서 그녀에게 나를 맡기고 싶다는 강한 욕망을 가지고 있었다. 그래서 만일 그녀가 나를 불사의 존재 자체로 사랑한다면, 나는 내 과거 전부와 희망이 없는 미래와 함께 진정으로 구원될 수 있을 듯했다.

"그래?"

그녀가 말했다.

그녀의 눈은 내게 묻고 있었다. 그녀는 내가 해야 할 다른 이야기가 있다는 것을 느끼고 있었다. 그러나 나는 다른 눈들이 기억났다. 카를리에의 눈, 베아트리체의 눈, 안토니오의 눈. 나는 그녀의 시선이 바뀌는 것을 보기가 두려웠다.

"난 당신을 사랑해. 이걸로 충분하지 않은 거야?"

내가 말했다.

나는 미소를 지었다. 그러자 걱정하던 그녀의 얼굴이 펴졌다. 그녀 역시 내게 믿음을 갖고 미소 지었다.

"그래. 그것으로 충분해."

그녀가 말했다.

나는 그녀의 입에, 그녀가 자신의 그것처럼 소멸될 것이라고 믿는 내 입술을 부드럽게 갖다 댔다. 그리고 생각했다. '하늘이여, 그녀가 결코 나의 배반을 알지 못하게 해주오!'

♦

15년이 흘렀다. 봉파르는 내게 상당히 큰 액수를 여러 번 요구했고, 나는 그것을 그에게 줬다. 그러나 언제부터인가 나는 그의 소식을 듣지 못했다. 우리는 행복하게 살고 있었다. 그날 저녁, 마리안은 빨간 줄무늬가 있는 검은색 호박단 옷으로 갈아입고 거울 앞에 서서 세심하게 자신을 살펴보고 있었는데 내게 그녀는 아직 아주 아름다워 보였다. 그녀는 갑자기 돌아섰다.

"당신은 어쩌면 그렇게 젊어 보여!"

그녀가 말했다.

나는 조금씩 머리를 바래게 했고, 안경을 꼈으며, 나이 든 사람의 거동을 따라하려고 노력했지만, 얼굴을 바꿀 수는 없었다.

"당신도 젊어 보여."

내가 말했다. 나는 미소를 지었다.

"사랑하는 사람이 늙어가는 것은 안 보이지."

"사실 그래."

그녀가 말했다.

그녀는 국화 화환 위로 몸을 수그려 시든 꽃잎을 따기 시작했다.

"이번 무도회에 앙리에트를 데려갈 수밖에 없어서 아쉬워. 괜한 저녁 연회라고. 난 우리가 함께 있는 연회가 참 좋은데……."

"다른 저녁 연회는 함께 보낼 거야."

"하지만 오늘 저녁은 놓치게 되잖아."

그녀가 한숨을 쉬면서 말했다.

그녀는 화장대의 서랍을 열고 반지 몇 개를 꺼내 손가락에 껴보았다.

"자크가 이 반지를 참 좋아했어, 기억나?"

그녀는 내게 파란 보석이 박힌 무거운 은반지를 보여주면서 말했다.

"기억나."

나는 기억하지 못했다. 나는 그에 대해 기억하는 것이 없었다.

"우리가 파리에 갔을 때 걔는 너무 슬퍼했어. 걔는 앙리에트보다 더 예민했어."

한순간 그녀는 얼굴을 창으로 돌리고 말없이 있었다. 밖에는 비가, 가느다란 가을비가 내리고 있었다. 반쯤 벗겨진 나무들 위의 하늘은 솜 같은 색이었다. 마리안은 쾌활하게 걸어와 내 어깨에 손을 얹었다.

"당신이 뭘 할지 말해줘. 내가 틀리지 않고 당신에 대해 생각할 수 있게."

"실험실에 내려가서 졸릴 때까지 작업할 거야. 그러면 당신은?"

"우리는 간식을 먹으러 집에 잠깐 들른 다음에 새벽 한 시까지 무도회에서 따분하게 시간을 보내겠지."

"어머니, 준비 다 되셨어요?"

앙리에트가 방으로 들어오면서 말했다.

아이는 엄마처럼 마르고 날씬했다. 그녀는 자기 어머니의 파란 눈을 물려받았다. 그러나 아이의 이마는 약간 지나치게 높았고, 코는 너무 억셌다. 포스카 집안의 코였다. 꽃다발무늬가 뿌려진 분홍 옷은 아이의 얼굴과 잘 어울리지 않았다. 아이는 내게 이마를 내밀었다.

"다녀올게요, 아버지. 우리가 없어서 심심하시겠죠?"

"그럴까 봐 겁나는구나."

내가 말했다.

아이는 웃으면서 내게 뽀뽀를 했다.

"제가 두 사람 몫을 즐길게요."

"내일 아침에 봐."

마리안이 말했다. 그녀는 속삭이면서 손으로 내 얼굴을 부드럽게 어루만졌다.

"내 생각 하고 있어."

나는 창문으로 몸을 내밀어 두 사람이 마차에 타는 것을 바라보았고, 대로의 첫 모퉁이까지 마차에서 눈을 떼지 않았다. 나는 어찌할 바를 몰랐다. 나는 노력했지만 이 집은 내게 여전히 낯설어서 나는 마치 어제 이곳에 정착했고 내일 떠나야 하는 사람 같았다. 나는 내 집에 있지 않았다. 나는 화장대 서랍을 열었다. 거기에는 자크의 머리카락 한 묶음과 그의 얼굴이 그려진 세밀화, 말린 꽃이 들어 있는 통이 있었다. 마리안은 또 다른 상자에 앙리에트의 기념품들을 정리해뒀다. 젖니 하나, 글이 쓰여 있는 종이 한 장, 수놓은 천 조각. 나는 서랍을 다시 닫았다. 그렇게 많은 귀중한 보물을 소유한 마리안이 부러웠다.

나는 실험실로 내려갔다. 그곳은 비어 있었다. 내 발걸음 소리가 하얀 타일 바닥에 슬프게 울렸다. 내 주위의 실험용 유리병, 시험관, 증류병 들은 완강하고 적대적인 모습이었다. 나는 현미경으로 다가갔다. 유리판 위에는 마리안이 펴둔 고운 금가루가 있었다. 만일 내가 그녀에게 금가루에 대해 정확한 설명을 해주는 데 성공한다면 그녀가 행복해하리라는 것을 나는 알고 있었다. 하지만 나로서는 더 이상 환상을 갖고 있지 않았다. 나는 결코 오래된 무대를 파격적으로 바꾸지 않을 것이다. 현미경이나 망원경을 통해서 본다는 것, 그것은 여전히 내 눈으로 본다는 것이었다. 사물들은 단지 가시적이고 만져질 수 있을 때만 우리에게 존재하기 시작하는데, 그것들은 시간과 공간 속에서 다른 것들 사이에 차분하게 위치해 있다. 설령 우리가 달로 올라간다 해도, 대양의 바닥으로 내려간다 해도, 우리는 인간적 세계의 한복판에 있는 사람들로 남게 된다. 우리의 감각에서 벗어나는 신비한 현실들, 즉 동력, 행성, 분자, 파동에 대해서 말하자면, 그것은 우리의 무지가 일궈낸 넓게 열린 공허이자 우리가 여러 가지 단어 아래 숨겨놓은 공허 외의 다른 것이 아니었다. 결코 자연은 우리에게 그 비밀을 털어놓지 않을 것이다. 자연은 비밀을 가지지 않았다. 문제를 고안한 것도, 그에 이어서 대답을 만든 것도 바로 우리다. 어쨌든 우리는 증류병 바닥에서 우리 자신의 생각들만을 발견했을 뿐이다. 이 생각들은 수 세기를 거치는 동안에 늘어날 수 있었고, 복잡해질 수 있었고, 점점 더 광활하고 치밀한 체계를 형성할 수 있었다. 하지만 이 생각들은 결코 나를 나 자신으로부터 떼어놓지 못할 것이다. 나는 현미경에 한쪽 눈을 댔다. 항상 이 물체는 내 두 눈을, 내 생각을 거쳐갈 것이어서, 결코 어떤 것도 '다르지' 않을 것이고, 결코 나는 다른 누군가가 되지 않으리라.

내가 방울 소리와 마차가 구르는 소리를 듣고 놀란 것은 자정쯤이었다. 비에 젖은 땅이 말발굽에 찰박거렸다. 나는 손에 횃불을 들고 출입문 쪽으로 걸어갔다. 마리안이 사륜마차에서 뛰어내렸다. 혼자였다.

"왜 이렇게 일찍 돌아왔어?"

내가 물어보았다.

그녀는 나를 포옹하지도 쳐다보지도 않고 내 앞을 지나갔다. 나는 그녀를 따라 서재로 갔다. 그녀는 난로로 다가갔다. 그리고 내가 보기에 그녀는 떨고 있었다.

"감기 걸렸구나."

내가 말했다.

나는 그녀의 손을 만졌다. 그녀는 거칠게 물러섰다.

"아니야."

"무슨 일 있어?"

그녀는 내게로 얼굴을 돌렸다. 외투에 달린 검은 두건을 쓰고 있었는데, 아주 창백했다. 그녀는 마치 나를 처음 본 듯이 쳐다보았다. 나는 다른 눈에서 이런 표정을 본 적이 있었다. 그것은 공포 같은 것이었다.

나는 되풀이했다.

"무슨 일 있어?"

그러나 나는 알고 있었다.

"사실이야?"

그녀가 물었다.

"무슨 얘기를 하는 거야?"

"봉파르가 내게 말한 게 사실이야?"

"당신 봉파르를 봤어? 어디서?"

"그가 집에 편지를 보냈어. 그의 집에 갔다 왔어. 전신마비로 의자에 앉아 있는 그를 만났지. 나한테 말했어. 죽기 전에 복수하고 싶었다고."

그녀의 목소리는 갈라지고, 시선은 고정되어 있었다. 그녀는 내게 다가왔다.

"그가 옳았어. 당신 얼굴에는 주름 하나 없어."

그녀는 손을 내밀어 내 머리를 만졌다.

"이 머리는 색을 뺀 거고, 아니야?"

"그가 당신한테 대체 무슨 얘기를 한 거야?"

"전부 다. 카르모나, 카를 5세……. 그건 불가능한 것 같아. 사실이야?"

그녀가 말했다.

"사실이야."

내가 말했다.

"사실이라고!"

그녀는 한 걸음 뒤로 물러났다. 그녀는 멍한 시선으로 나를 뚫어지게 보았다.

"그런 눈으로 바라보지 마, 마리안. 난 귀신이 아니야."

내가 말했다.

"어떤 귀신도 당신보다 덜 낯설 거야."

그녀가 천천히 말했다.

"마리안! 우린 서로를 사랑해. 어떤 것도 우리 사랑을 무너뜨릴 수 없어. 과거가 뭐 중요해? 미래가 뭐 중요해? 봉파르가 당신한테 말한 것은 우리 사이에 아무것도 바꾸지 못해."

"다 변했어, 영영."

그녀는 의자에 주저앉아 손으로 얼굴을 가렸다.

"아! 당신이 죽는다면 훨씬 좋을 거야!"

나는 그녀 곁에 무릎을 꿇고서 그녀의 두 손을 떼어놓았다.

"나를 봐. 나를 몰라보겠어? 이건 나야, 이건 분명 나라고. 난 다른 사람이 아니야!"

"아! 왜 나한테 진실을 숨겼어?"

그녀가 거칠게 말했다.

"그랬다면 나를 사랑했을까?"

"결코!"

"왜? 내가 저주받았다고 생각해? 악마가 내 몸에 산다는 거야?"

내가 말했다.

"나는 당신한테 내 전부를 줬어. 나는 당신 역시 살아서도 죽어서도 당신을 나한테 줬다고 믿었어. 그런데 당신은 다만 몇 년 동안 당신을 빌려주고 있었던 거야."

그녀가 말했다. 그녀는 숨 막히게 흐느꼈다.

"난 당신한테 수백만의 여자 중 한 명일 뿐이야. 어느 날 당신은 이제 내 이름을 기억조차 못 할 거라고. 그런데 그게 당신일 거야, 그게 분명 당신일 거고, 다른 사람이 아닐 거야."

그녀는 일어섰다.

"아냐, 아냐. 이건 불가능해."

그녀가 말했다.

"사랑하는 마리안, 나는 당신 거라는 걸 잘 알잖아. 나는 결코 이렇게 누구의 것이었던 적이 없고, 앞으로도 결코 그건 가능하지 않을 거야."

내가 말했다.

그녀를 팔에 안자 그녀는 목석처럼 자신을 맡겼다. 그녀는 지쳐 죽을 듯해 보였다.

"들어봐, 내 말을 들어봐."

내가 말했다.

그녀는 고개로 응답했다.

"내가 당신을 만나기 전에는 시체로 지냈다는 것을 잘 알잖아. 바로 당신이 나를 살아 있는 사람으로 만들었어. 당신이 내 곁을 떠나게 될 때, 나는 다시 유령이 될 거야."

"당신은 시체가 아니었어."

그녀가 내게서 빠져나가면서 말했다.

"당신은 결코 진짜 유령이 될 수 없어. 그리고 한순간도 당신은 나와 동류가 아니었지. 다 가짜였어."

"죽음을 면할 수 없는 인간 그 누구도 내가 지금 이 순간 당신으로 말미암아 고통스러운 것보다 더 고통스러울 수 없을 거야. 누구도 내가 당신을 사랑하는 것처럼 당신을 사랑하지 못할 거야."

내가 말했다.

"다 가짜였어."

그녀가 되풀이했다.

"우리는 같은 시간 속에서 고통스러워하지 않고 당신은 어느 다른 세계의 깊은 곳에서 나를 사랑하고 있어. 당신은 나한테 잃어버린 존재야."

"아냐. 바로 지금 우리는 서로 만난 거야. 이제 우리는 진실 속에서 살 거니까."

내가 말했다.

"어떤 것도 당신과 나 사이에 진실일 수 없어."

그녀가 말했다.

"내 사랑은 진실이야."

"당신의 사랑이 뭐야. 죽음을 면할 수 없는 두 존재가 사랑할 때는, 그들의 사랑에 의해 그들의 몸과 마음이 만들어지고, 그들의 사랑이 그들의 본질 자체야. 당신한테, 그건…… 그건 한 가지 사고지."

그녀는 손으로 이마를 눌렀다.

"나는 혼자라고."

그녀가 말했다.

"나도 혼자야."

내가 말했다.

긴 시간을 우리는 말없이 서로의 옆에 앉아 있었다. 눈물이 그녀의 뺨 위로 흘렀다.

"당신은 내 운명이 어떤 것인지 이해하려 노력해봤어?"

내가 말했다.

"그래."

그녀는 나를 바라보았다. 그리고 무엇인가가 그녀의 얼굴에서 사그라지고 있었다.

"끔찍한 운명이지."

"나를 돕고 싶지 않아?"

"당신을 돕는다고?"

그녀는 어깨를 으쓱했다.

"나야 10년이나 20년 당신을 돕겠지. 그게 뭐겠어?"

"당신은 나한테 몇 세기를 위한 힘 같은 것을 줄 수 있어."

"그다음에는? 또 다른 여자가 당신을 도우러 오겠지?"

그녀는 격정적으로 말했다.

"난 당신을 더 이상 사랑하지 않았으면 좋겠어."

"용서해줘. 난 당신한테 이런 운명을 부여할 권리가 없었어."

내가 말했다.

눈물이 내 눈에서 솟았다. 그녀는 내 품에 뛰어들어 절망적으로 흐느끼기 시작했다.

"나는 다른 운명을 바랄 수조차 없어."

그녀가 말했다.

♦

나는 풀밭의 울타리를 밀고 나와 붉은 너도밤나무 그늘에 앉았다. 암소들이 햇빛을 머금은 풀을 뜯고 있었고, 날씨는 매우 더웠다. 나는 너도밤나무 열매의 빈 껍데기를 손가락 사이에 넣고 깼다. 현미경 위에 수그린 채 몇 시간을 지내다가 눈으로 대지를 바라보게 되어 기분이 좋았다. 마리안이 보리수 아래나 차양을 내린 시원한 살롱에서 나를 기다리고 있었지만, 나는 그녀에게서 멀리 있어서 기분이 훨씬 좋았다. 떨어져 있을 때만큼은, 우리가 서로 곧 다시 만날 거라고 생각할 수 있었다.

암소 한 마리가 나무 가까이에서 걸음을 멈추더니 머리를 나무둥치에 문질렀다. 나는 내가 이 암소라고 상상했다. 나는 한쪽 뺨으로 거친 감촉을, 따뜻하고 파란 하룻밤을 배 속에서 느꼈다. 세계는 눈을 통해서, 입을 통해서 내 속으로 들어오는 거대한 초원이었다. 이 일은 영원한 시간이 걸릴 수 있었다. 왜 나는 이 너도밤나무 아래에서 움직이지도 않고, 욕망도 없이 영원히 누워 지낼 수 없을까?

암소가 내 앞에 우뚝 서더니 붉은 속눈썹이 달린 커다란 눈을 내게 고정했다. 신선한 풀로 위가 불룩해진 암소는, 거기에 있기는 해도 아무 쓸모 없는 이 사물의 수수께끼를 평온하게 관망했다. 암소는 내게 눈을 고정하고 있었어도 나를 보지 않았으며, 새김질하는 자신의 세계에 갇혀 있었다. 그러면 이 암소, 미끈한 하늘, 포플러나무들, 금빛 풀에 시선을 주고 있던 나는 무엇을 보고 있었을까? 나는 내 인간 세계에 갇혀 있었다. 영원히 갇혀 있었다.

나는 등을 대고 누워 하늘을 응시했다. 결코 나는 저 하늘 저쪽으로 못 가겠지. 나, 현존의 포로인 나는 그저 내 주위에서 영원히 좁은 독방의 벽들만 보게 되겠지. 나는 다시 초원을 바라보았다. 암소는 드러누워 되새김질을 하고 있었다. 뻐꾸기가 두 번 울었다. 아무것도 부르지 않는 이 조용한 부름은 정적 속으로 삼켜져 버렸다. 나는 일어나 집을 향해 걸었다.

마리안은 안방의 열린 창 가까이에 앉아 있었다. 그녀는 내게 미소 지었다. 삶이 빠져나가 버린 기계적인 미소였다.

"작업은 괜찮았어?"

"어제 했던 실험을 다시 시작했어. 당신이 와서 나를 도왔어야지. 당신 게을러졌어."

"우리는 이제 그렇게 급하지 않아. 당신은 시간이 많잖아."

그녀가 말했다. 그녀는 약간 입을 찡그렸다.

"피곤해."

"차도가 없어?"

"그저 그래."

그녀는 복통으로 신음하고 있었다. 그녀는 몸이 매우 수척해지고 안색은 누렇게 떴다. 10년, 20년……. 이제 나는 손가락으로 햇수를 꼽고 있었다. 그리고 가끔 이런 생각을 하기도 했다. '빨리! 그 일이 일어나기를!' 그녀가 내 비밀을 안 그날부터, 그녀는 빈사 상태가 되었다.

그녀가 잠시 후에 말했다.

"앙리에트에게 뭐라고 대답하지?"

"아직 결심하지 못했어?"

"응. 낮이나 밤이나 그 생각뿐이야. 일이 아주 심각해."

"앙리에트는 그 남자를 사랑해?"

"만일 그 아이가 그 남자를 사랑했다면, 나한테 조언을 얻으려

하지 않았겠지. 그러나 어쩌면 그 아이는 루이보다 그 남자와 함께 사는 게 더 행복할 거야……."

"어쩌면 그렇지."

"다르게 살아왔다면 그 아이는 틀림없이 아주 다른 사람이 되어 있겠지, 안 그래?"

"분명히 그렇지."

내가 말했다.

우리는 이미 이런 대화를 스무 번도 넘게 했고, 마리안의 사랑을 위해 나는 그 일에 관심을 갖고 싶었다. 하지만 뭐가 어떻다는 건가? 앙리에트가 남편 곁에 남거나 혹은 애인을 따라가거나, 그 아이는 언제나 앙리에트일 텐데.

"만일 앙리에트가 떠난다면, 루이가 혼자 딸을 돌봐야 해. 그 어린아이는 어떤 인생을 살게 될까?"

마리안은 나를 바라보았다. 이제 그녀의 시선에는 광적이고 불안한 무엇인가가 있었다.

"당신이 그 아이를 보살필 거지?"

"우리가 함께 보살필 거야."

내가 말했다.

그녀는 어깨를 으쓱했다.

"나는 이제 곧 여기 없으리라는 것을 잘 알잖아."

그녀는 손을 내밀어 창밖의 등나무 꽃 한 송이를 땄다.

"당신, 당신이 여전히 거기 있으리라고, 항상 거기 있으리라고 생각하는 것이 안전장치가 될지도 몰라. 다른 사람들은 그것을 안전장치라고 생각했을까?"

"어떤 다른 사람들?"

"카테리나, 베아트리체."

"베아트리체는 나를 사랑하지 않았어. 카테리나는 내가 어느 날 하늘에서 그녀를 다시 만나게 해달라고 신에게 빌었어."

"그녀가 그렇게 말했어?"

"몰라. 그러나 그녀는 확실히 그런 생각을 가지고 있었어."

"모른다고? 기억이 안 난다고?"

"그래."

"당신 그녀가 무슨 말을 했는지 아직 기억해?"

"몇 마디 정도."

"그녀의 목소리는? 당신 그녀의 목소리가 생각나?"

"아니."

내가 말했다.

나는 마리안의 손을 만졌다.

"나는 당신을 사랑하는 것처럼 그녀를 사랑하지 않았어."

"오! 당신이 나를 잊을 거라는 걸 난 알아. 아마 그편이 더 낫겠지. 버거워질 거야, 이 모든 기억이 말이야."

그녀가 말했다.

그녀는 무릎에 등나무 꽃을 내려놓고서 수척한 손가락으로 꽃을 비틀었다.

"당신은 필멸할 어느 심장에서보다 훨씬 더 오래 내 심장 속에 살아 있을 거야."

내가 말했다.

그녀가 까탈을 부리며 말했다.

"아니야. 만일 당신이 필멸할 존재였다면, 나는 세상 끝까지 당신 안에서 살았겠지. 당신의 죽음은 나한테 세상의 끝이 될 테니까. 하지만 나는 끝나지 않을 한 세상 속에서 죽게 돼."

나는 아무 대답도 하지 않았다. 아무 대답도 할 수 없었다.

"나중에 당신은 뭘 할 거야?"

그녀가 물었다.

"당신이 바랄 것 같은 걸 바라고, 당신이 행동하듯이 행동하려고 노력할 거야."

"사람들 사이에서 한 사람으로 남아 있으려고 노력해. 당신한테는 다른 구원이 없어."

그녀가 말했다.

"노력할게. 이제 사람들이 소중해. 그들은 당신의 동류니까."

내가 말했다.

"그들을 도와줘. 당신의 경험을 그들이 이용하게 해줘."

그녀가 말했다.

"그렇게 할 거야."

그녀는 내게 나의 슬픈 미래에 대해 자주 이야기했다. 그녀는 필멸할 자신의 심장으로 그 미래를 상상하지 않을 수 없었다.

"그러겠다고 나한테 약속해."

그녀가 말했다.

지난날의 열정이 살짝 그녀의 눈 속에서 빛났다.

"그러겠다고 당신한테 약속할게."

내가 말했다.

말벌 한 마리가 붕붕거리면서 날아와 연보라색 꽃송이에 앉았다. 멀리서 암소 한 마리가 길게 외쳤다.

"어쩌면 이게 내 마지막 여름이야."

마리안이 말했다.

"그렇게 말하지 마."

"내 마지막 여름일 여름이 있을 거야."

그녀가 말했다. 그녀는 고개를 흔들었다.

"나는 당신이 부럽지 않아. 그러나 나 자신도 부럽지 않아."

오랫동안 우리는 창가에 앉아 있었다. 서로를 구할 능력이 없는 우리, 우리 두 사람 중 하나가 죽었을 경우보다 더 갈라진 채로 우리는 이제 함께 움직일 수도, 거의 서로 이야기할 수도 없었다. 그럼에도 우리는 절망하면서 서로를 사랑했다.

♦

"창가로 데려가 줘. 해가 지는 걸 마지막으로 보고 싶어."

마리안이 말했다.

"그러면 당신 지칠 거야."

"제발 부탁해. 마지막으로."

나는 이불을 걷고 그녀를 팔로 안아 들었다. 그녀는 어린 소녀의 몸무게밖에 나가지 않을 정도로 몸이 수척했다. 그녀는 창문의 커튼을 젖혔다.

"그래. 생각나. 아름다웠어."

그녀가 말했다.

그녀는 커튼이 다시 떨어지도록 뒀다.

"당신한테는 모든 것이 계속 존재하겠지."

그녀가 흐느끼면서 말했다.

나는 그녀를 다시 침대에 눕혔다. 그녀의 얼굴은 누렇고 주름투성이였다. 무게 때문에 그녀를 지치게 했던 머리카락을 잘라버리자 너무나 조그마해진 그녀의 머리는 어느 인디언 마을의 광장에 어지러이 흩어져 있던 방부 처리된 머리들을 생각나게 했다.

그녀가 말했다.

"많은 일이 일어나겠지. 중요한 일들이. 나는 못 볼 거야!"

"당신은 아직 아주 오랫동안 견뎌낼 수 있어. 의사가 나한테 당신의 심장이 아주 강하다고 말했어."

그녀가 갑자기 화를 내며 말했다.

"거짓말하지 마. 당신은 나한테 충분히 거짓말했어! 끝이라는 걸 난 알아. 난 가버릴 거야, 나 혼자만 가버린다고. 그리고 당신, 당신은 거기 나 없이 남아 있을 거라고, 영원토록 말이야."

그녀는 격정적으로 흐느끼기 시작했다.

"나 혼자만! 당신은 나 혼자만 떠나도록 놔둔다고!"

나는 그녀의 손을 잡았고, 그녀를 꼭 안았다. '나도 당신과 함께 죽어! 우리는 같은 무덤에 묻힐 거고, 우린 우리 삶을 다 살아서 이제 아무것도 존재하지 않아!'라고 말하고 싶다는 듯이.

그녀가 말했다.

"내일, 해는 져도 나는 이제 어디에도 없겠지. 그저 내 몸만 남을 거야. 그리고 어느 날 당신이 내 관을 열면 재만 조금 있겠지. 뼈조차 재가 되어 없어질 거고. 뼈조차! ……그리고 당신한테는, 마치 내가 결코 존재하지 않았다는 듯이 모든 것이 계속된다고!"

"난 당신과 함께, 당신에 의해서 살아갈 거야……."

"당신은 나 없이 살아갈 거야. 그리고 언젠가 나를 잊을 거야. 아!"

그녀는 흐느끼며 말했다.

"그건 불공평해!"

"나는 당신과 함께 죽고 싶어."

내가 말했다.

"당신은 그렇게 할 수 없어."

그녀가 말했다.

땀이 그녀의 얼굴에 흘렀고, 그녀의 손은 축축하고 차가웠다.

"만일 적어도 10년 안에, 혹은 20년 안에 다시 만나게 될 거라고 생각할 수 있다면, 나는 죽는 게 덜 괴로울 거야. 하지만 아니야. 기필코. 당신은 나를 영원히 버리는 거야."

나는 말했다. '나는 당신을 끊임없이 생각할 거야.' 그러나 그녀는 듣는 것 같지 않았다. 그녀는 기진맥진해서 베개에 축 늘어지더니 중얼거렸다.

"난 당신이 싫어."

"마리안, 내가 당신을 사랑하는 걸 이제 모르는 거야?"

내가 말했다.

그녀는 머리를 흔들었다.

"다 알아. 당신이 싫어."

그녀는 눈을 감았다. 잠시 후 그녀는 잠든 듯했지만, 잠 속에서 신음했다. 앙리에트가 내 곁에 와서 앉았다. 그녀는 단단한 몸집에 키가 컸다.

"숨소리가 약해져요."

앙리에트가 말했다.

"그래. 이제 마지막이야."

마리안의 손가락이 경련했고, 그녀의 입 끝은 고통과 혐오감과 원망으로 일그러져 처졌다. 그러더니 그녀는 마지막 숨을 내쉬었고, 그녀의 몸 전체가 축 늘어졌다.

"편안하게 돌아가신 듯해요."

앙리에트가 말했다.

그녀는 이틀 뒤 안장되었다. 그녀의 무덤은 공동묘지 한가운데 세워졌다. 수많은 빗돌 사이의 빗돌 하나, 하늘 아래 겨우 무덤 하나의 자리를 차지했다. 장례식이 끝나자 사람들은 마리안을, 그녀의 무덤을, 그녀의 죽음을 뒤에 남기고 가버렸다. 그런데 나는, 나는 남아 포석 위에 앉아 있었다. 나는 죽음이 무덤 속에 있지 않다는 것을 알고 있었다. 가슴 가득 회한을 품은 한 늙은 여자의 시체가 거기에 있었다. 그러나 마리안은 그녀의 미소, 그녀의 희망, 그녀의 입맞춤, 그녀의 다정함과 함께 과거의 끝에 서 있었다. 나는 그녀를 아직 보고 있었고, 그녀에게 아직 말할 수 있었고, 미소 지을 수 있었고, 나를 사람들 사이의 사람으로 만들어줬던 그녀의 시선을 느끼고 있었다. 얼마 뒤에 그 문은 다시 닫히겠지. 나는 그 문이 닫히지 않도록 막고 싶었다. 움직여서도 안 됐고, 더 이상 아무것도 보지 말아야 했고, 아무것도 듣지 말아야 했고, 이 실재하는 세계를 부정해야 했다. 나는 땅에 누워 눈을 감고 내 모든 힘을 뻗쳐 문이 열려 있도록 지탱하며, 과거가 이어지도록 하기 위해 현재가 태어나는 것을 막으려 했다.

그것은 한나절, 하룻밤, 그리고 몇 시간 더 지속되었다. 그리고 갑자기 나는 몸을 부르르 떨었다. 아무 일도 일어나지 않았지만, 나는 공동묘지의 꽃들 사이에서 붕붕거리며 날아다니는 벌들의 소리를 분명히 들었고, 멀리서 암소 한 마리가 길게 울었다. 나는 그것을 듣고 있었다. 나 자신의 깊은 곳에, 어떤 먹먹한 충격이 있었다. 그 문은 닫히고 말았다. 그렇게 되고 만 것이다. 그 누구도 결코 그 문을 넘을 수 없을 것이다. 나는 저린 다리를 뻗치고 팔꿈치로 몸을 받쳐 세웠다. 이제 무엇을 할 것인가? 다시 일어나 계속 살아갈 것인가? 카테리나는 죽었고, 안토니오, 베아트리체, 카를리에, 내가 사랑한 사람들 모두가 죽었으며, 나는 계속 살아 있었다. 나는 거기 있었고, 수 세기 전부터 똑같았다. 한순간 내 심장은 동정으로, 반항으로, 비탄으로 떨 수 있었지만, 나는 잊었다. 나는 손가락을 땅에 박고 절망하며 말했다. '나는 원치 않아.' 죽음을 면할 수 없는 인간은 누구나 자신의 길을 이어나가는 것을 거부할 수 있고, 그 반항을 영원한 것으로 만들 수 있었다. 자살할 수 있으니까. 하지만 나는 나 자신을 무관심과 망각을 향해 끌어당기는 삶의 노예였다. 저항해도 소용없었다. 나는 일어나 천천히 집으로 가는 길로 들어섰다.

정원에 들어섰을 때, 나는 하늘의 절반이 무거운 먹구름으로 덮여 있는 것을 보았다. 다른 절반은 파란빛으로 조용했다. 집의 한쪽 벽은 회색으로 보였고, 반면에 정면은 경박한 하얀빛이었다. 풀은 누래 보였다. 이따금 강풍이 나무와 관목을 휘게 했다가 다시 모든 것이 잠잠해졌다. 마리안은 비바람을 좋아했다. 나는 나를 통해서 그녀가 살아가게 할 수 없는 것일까? 나는 보리수 아래, 그녀의 자리에 앉았다. 나는 캄캄한 그림자와 눈부신 빛을 바라보며 목련 꽃 냄새를 들이마셨다. 그러나 빛과 향기는 내게 말이 없었다. 그날은 나를 위한 날이 아니었다. 그날은 멈춰 있었고, 그날은 마리안의 날이라고 주장하고 있었다. 하지만 마리안은 그날을 체험할 수 없었고, 나는 그녀를 대신할 수 없었다. 마리안과 동시에 한 세계, 더 이상 결코 빛에 모습을 드러낼 수 없는 한 세계가 소멸해 버렸다. 이제 모든 꽃이 서로 닮아가기 시작했고, 하늘의 색조들도 뒤섞여 버렸다. 그리고 세월은 이제 한 가지 색깔만을 지니겠지.

무관심의 색깔.

여종업원이 여관의 문을 열더니 레진과 포스카를 경계하는 눈빛으로 보면서 포도鋪道에 물 한 양동이를 뿌렸다. 2층에서 살문들이 덜컹거렸다. 레진이 말했다.

"어쩌면 커피를 줄 것 같아요."

그들은 안으로 들어갔다. 한 여자가 걸레로 식당 바닥을 닦고 있었다. 레진과 포스카는 밀랍 처리된 식탁보가 덮인 탁자들 중 한 자리에 앉았다.

"뭐 마실 거 좀 있나요?"

레진이 말했다.

여자는 고개를 들더니 더러운 물이 가득 담긴 양동이 위에 젖은 걸레를 짜며 갑자기 미소 짓기 시작했다.

"우유 넣은 커피 종류는 드릴 수 있어요."

"뜨거운 걸로요."

레진이 말했다.

그녀는 포스카를 바라보았다.

"그러니까 불과 200년 전만 해도 당신은 사랑할 수 있었군요."

"불과 200년 전에요, 그래요."

"그리고 당연히 당신은 그녀를 곧바로 잊었겠죠?"

"곧바로는 아니었어요. 나는 한동안, 내내 그녀의 시선 아래서 지냈죠. 나는 앙리에트의 딸을 돌봤어요. 나는 그 아이가 자라고, 결혼하고, 죽는 것을 봤어요. 그 아이는 아르망이라는 아들을 하나 남겼는데, 나는 그 아이 역시 돌봤죠. 앙리에트는 아르망이 열다섯 살 되던 해에 죽었어요. 그녀는 이기적이고 억셌죠. 내 비밀을 알기에 나를 증오했고요."

"마리안 생각을 자주 했나요?"

"내가 살던 세계는 그녀의 세계였고, 사람들은 그녀의 동류였죠. 그들을 위해 일하는 것, 그건 바로 그녀를 위해 일하는 것이었죠. 그것이 내가 50년 가까이를 보내는 데 보탬이 됐어요. 나는 물리와 화학 연구를 했어요."

"그 모든 것이 그녀를 죽지 않도록 막지는 못했군요."

레진이 말했다.

"그녀가 죽는 걸 막을 어떤 방법이 있었을까요?"

"아니요. 분명히 방법은 없었죠."

여종업원이 커피 주전자, 우유 종지, 큰 물그릇 두 개, 파란 나비가 그려진 분홍색 잔들을 탁자에 놓았다. '내 어린 시절에 본 그릇하고 아주 똑같아.' 레진은 생각했다. 그것은 기계적인 생각이었다. 그 말들은 이미 아무것도 뜻하지 않았다. 그녀에게는 이제 어린 시절도, 미래도 없었고, 그녀에게도 이제는 색깔도, 냄새도, 빛도 없었다. 입천장과 목 안의 생생한 덴 느낌, 그녀는 아직 그것을 느낄 수 있었다. 그녀는 게걸스럽게 마셨다.

"이야기는 거의 끝났어요."

포스카가 말했다.

"해요. 끝을 보자고요."

그녀가 말했다.

제5부

복도 깊숙이 어딘가에서 북이 울리기 시작하자 모든 시선이 문으로 향했다. 브레낭의 눈에는 눈물이 괴어 있었다. 스피넬은 입술을 깨물고 있었는데, 그의 목울대가 경련하듯이 오르락내리락했다. 아르망은 겉옷 주머니에 손을 넣은 채로 있었다. 검은 구레나룻에 둘러싸인 그의 얼굴은 해쓱했다. 창은 닫혀 있었지만, 광장에서 올라오는 함성이 들렸다. 사람들이 외치고 있었다. "부르봉가家는 물러가라! 공화국 만세! 라파예트 만세!" 날씨가 아주 더워, 아르망의 이마에 땀이 송골송골 맺혔지만 나는 그의 등줄기에 차디찬 전율이 흐르는 것을 알고 있었다. 지금 나는 그들의 마음을 읽고 있었다. 나는 그의 축축한 손안 금속의 냉기, 내 손에 닿은 발코니 쇠난간의 냉기를 느끼고 있었다. 그들은 외치고 있었다. '안토니오 포스카 만세! 카르모나 만세!' 교회 하나가 불타던 밤, 승리는 하늘로 타오르고 있었어도 패배의 검은 재는 비가 되어 내 가슴 위로 다시 떨어졌다. 대기는 거짓의 맛이 났다. 나는 난간을 꽉 쥐고 생각했다. '인간은 아무것도 할 수 없을까?' 그는 권총의 손잡이를 꽉 쥐고 생각하고 있었다. '나는 무엇인가 할 수 있어.' 그는 그것을 확신하기 위해 죽을 준비가 되어 있었다.

갑자기 북소리가 멎었다. 발소리가 들리더니 그 사람[53]이 나타났다. 그는 미소를 짓고 있었지만 창백했다. 아르망만큼이나. 그의

53. 오를레앙 공을 가리킨다. 프랑스에서 1814년 나폴레옹이 퇴위한 뒤 부르봉 왕정이 복고되었는데, 1830년 7월 혁명이 일어나 샤를 10세가 하야하고, 입헌왕정파 세력이 오를레앙 공 루이 필리프를 왕으로 추대했다._옮긴이

심장은 가슴에 두른 삼색 띠 아래에서 크게 고동치고 그의 입은 타들어갔다. 라파예트가 그의 곁에서 걷고 있었다. 아르망은 천천히 주머니에서 손을 뺐다. 나는 그의 손목을 잡았다.

"소용없어요. 내가 총알을 빼뒀어요."

내가 말했다.

홀에서 엄청난 함성이 터졌다. 그것은 바다의 함성, 바람의 함성, 화산의 함성이었다. 그 사람은 우리 앞을 지나갔다. 나는 아르망의 손을 세게 쥐었다. 그러자 그의 손이 내 손가락들 사이에서 무기력해졌다. 나는 권총을 빼앗았다. 그는 나를 쳐다보았다. 그리고 그의 뺨으로 피가 약간 올라왔다.

"이건 분명 배신입니다."

그가 말했다.

아르망은 문으로 걸어가더니 층계를 달려 내려갔다. 나는 그를 쫓아 달렸다. 사람들은 광장에서 삼색기를 흔들고 있었고 몇몇 사람은 아직 외치고 있었다. "공화국 만세!" 그러나 대부분은 입을 다물고 있었다. 그들은 시청의 창들을 뚫어지게 바라보며 주저하고 있었다. 아르망은 몇 발짝 걷다가 술에 취한 사람처럼 가로등을 붙잡았다. 그의 다리가 후들거렸다. 그는 울고 있었다. 패배했기 때문에 또 목숨을 건졌기 때문에 울고 있었다. 그는 배를 관통당해 침대에 뉘어 있었지만 승리자로 죽었기에 웃고 있었다. 갑자기 커다란 아우성이 일었다. "라파예트 만세! 오를레앙 공작 만세!" 아르망은 다시 고개를 들어 시청 발코니에서 펄럭이는 삼색기에 둘러싸여 서로를 얼싸안는 장군과 공작을 보았다.

아르망이 말했다.

"이겼군! (그의 목소리에 분노는 없었지만 크나큰 피로가 있었다.) 당신은 그럴 권리가 없었어요. 유일한 기회였다고요!"

내가 무뚝뚝하게 말했다.

"그건 쓸모없는 자살행위였죠. 대체 그 공작이 뭐죠? 아무것도 아니에요. 그의 죽음은 아무것도 못 바꿀 거예요. 부르주아 계급은 이 혁명을 도둑질할 셈이고, 또 그렇게 할 거예요. 이 나라는 공화국이 되기엔 무르익지 않았기 때문이죠."

"저들의 소리를 들어봐요! 저들은 철부지처럼 조종당하도록 스스로를 방치했어요. 누구도 저들이 눈을 뜨게 하지 못할 거라는 말인가요?"

"당신 자신이 철부지예요."

내가 그의 어깨를 어루만지면서 말했다.

"민중을 깨우치는 데 사흘간의 소요로 충분하다고 생각해요?"

"저들은 자유를 원했어요. 저들은 자유를 위해 저들의 피를 줬어요."

"그들은 그들의 피를 줬죠. 그러나 그들이 그 이유를 알까요? 그들 스스로도 자신의 진정한 뜻을 몰라요."

내가 말했다.

우리는 센 강가에 다다랐다. 아르망은 내 옆에서 고개를 숙이고 무기력하게 다리를 끌면서 걷고 있었다.

"어제만 해도 승리는 우리 손안에 있었어요."

그가 말했다.

"아니죠. 당신들은 결코 승리하지 못해요. 승리를 활용할 능력이 없으니까요. 당신들은 아직 준비가 안 됐어요."

내가 말했다.

강에 하얀 겉옷이 물에 부푼 채 물결치는 대로 떠갔다. 검은 깃발을 단 배가 강변에 서 있었다. 사람들이 들것을 가져와 제방에 늘어놓고 있었다. 다리 난간에서 말없이 몸을 기울이고 있는 군중에게로 냄새가, 그러니까 리벨라의, 로마 광장의, 전장의 냄새, 싱공과 실패의 냄새가 올라오고 있었다. 하지만 이 냄새는 새빨간 핏빛에 비하면 그다지 심한 것도 아니었다. 그들은 시신들을 배에 쌓고 짚으로 덮었다.

"결국 저들은 개죽음을 당한 거로군요."

아르망이 말했다.

나는 태양 빛깔 짚더미를 바라보았다. 그 아래에서 구더기가 득실득실한 인간의 살들이 부패하고 있었다. 인류, 자유, 진보, 행복을 위해 죽은 자들, 카르모나를 위해, 제국을 위해 죽은 자들, 그들의 것이 아닌 어느 미래를 위해 죽은 자들, 항상 죽고야 말기 때문에 죽은 자들, 아무것도 아닌 것을 위해 죽은 자들. 그러나 나는 내 입술로 올라오는 말을 하지 않았다. 나는 그들에게 말하는 법을 터득한 상태였다.

"그들은 내일의 혁명을 위해 죽었어요. 이 사흘 동안, 민중은 자신의 힘을 발견했죠. 민중은 아직 그것을 사용할 줄 모르지만, 내일이면 알게 될 거예요. 당신들이 쓸데없이 순교에 몸을 던지지 말고 미래를 준비하는 작업을 한다면 말이에요."

내가 말했다.

"맞아요. 공화국에 필요한 것은 순교자들이 아니죠."

그가 말했다.

잠시 그는 눈을 장의선葬儀船에 고정한 채 난간에 팔꿈치를 기대고 있다가 몸을 돌렸다.

"신문사에 들르고 싶군요."

"같이 가요."

내가 말했다.

우리는 강변을 떠났다. 길모퉁이에서 한 남자가 벽보를 붙이는 중이었다. 크고 검은 글씨로 '오를레앙 공작은 부르봉 혈통이 아니라, 발루아 혈통이다'라고 쓰여 있었다. 조금 멀리 있는 울타리에서 우리는 찢어진 공화국 선언문을 보았다.

"아무것도 할 수 없다니! 어제 우리는 모든 걸 할 수 있었는데!"

아르망이 말했다.

"참아요. 당신 앞에는 한평생이라는 시간이 있어요."

내가 말했다.

"그래요, 당신 덕분에."

그는 내게 미소 지으려고 애썼다.

"어떻게 짐작했죠?"

"당신이 권총을 장전하는 것을 봤어요. 당신의 마음을 읽는 것은 어렵지 않죠."

길을 건너면서 아르망이 혼란스럽다는 듯이 나를 응시했다.

"당신이 왜 이렇게 정성스럽게 나를 보살피시는지 의아해요."

"얘기했잖아요. 난 당신의 어머니를 아주 사랑했어요. 그녀 때문에 당신은 나한테 소중한 사람이 되었죠."

그는 대답하지 않았지만, 우리가 총탄에 의해 별 모양으로 손상된 유리 진열창 앞을 지나갈 때 나를 세웠다.

"우리가 서로 닮았다는 것을 전혀 눈치채지 못하셨나요?"

그가 말했다.

나는 우리 두 사람의 모습을 바라보았다. 수 세기 전부터 나의 것이던 이 변함없는 얼굴과, 긴 검은 머리, 구레나룻, 정열적인 눈을 가진 때 묻지 않은 그의 모습. 우리는 똑같은 코, 포스카가의 코를 가졌다.

"무슨 생각을 하는 기죠?"

내가 물어보았다.

그는 주저했다.

"나중에 말할 기회가 있을 것 같아요."

우리는《프로그레스(진보)》신문사의 사옥 앞에 도착했다. 누더기를 걸친 사람들 한 무리가 인도에 몰려, 잠긴 문에 어깨를 거세게 부딪치고 있었다. 그들은 외쳤다. "우리는 공화주의자들을 쏴 죽이고 싶다!"

"아! 바보들!"

아르망이 말했다.

"뒷문으로 들어가죠."

내가 말했다.

우리는 건물이 밀집한 구역을 우회해서 문을 두드렸다. 쪽창이 열렸다가 이어서 문이 반쯤 열렸다.

"빨리 들어와요."

부아롱이 말했다.

그의 셔츠는 땀이 송골송골 맺힌 가슴까지 풀어 헤쳐져 있었고, 손에 총을 들고 있었다.

"가르니에에게 도망치라고 설득해봐. 사람들이 그를 죽이고야 말 거야."

아르망은 계단을 뛰어 올라갔다. 가르니에는 편집실의 탁자 끝자리에 앉아 있었는데, 그를 중심으로 청년들이 모여 있었다. 그들은 무장하고 있지 않았다. 현관에서 올라오는 문 두들기는 소리와 죽이라는 외침이 들렸다.

"대체 어쩌려고들 이래요? 쪽문으로 빠져나가요."

아르망이 말했다.

"아니. 나는 저들을 만나고 싶어."

가르니에가 말했다.

그는 두려워하고 있었다. 나는 그의 입가와 오그라든 손가락에서 그의 두려움을 읽을 수 있었다.

"공화국에 필요한 것은 순교자가 아니야. 살육당하려고 들지 말라고."

아르망이 말했다.

"저들이 내 인쇄기를 부수고, 원고를 태우는 것을 원치 않아. 나는 저들을 만날 거야."

가르니에는 말했다.

그의 목소리는 확고했고, 눈빛은 준엄했다. 그러나 나는 그의 안에 있는 두려움을 느꼈다. 만일 그가 두려워하지 않았다면, 아마 그는 떠나는 데 동의했을 것이다. 그는 큰소리로 덧붙였다.

"나는 아무도 붙잡지 않아."

"그건 사실이 아니죠. 당신은 이 젊은이들이 당신을 떠나지 않으리라는 것을 잘 알잖아요."

내가 말했다.

그는 주위를 바라보더니 주저하는 듯했다. 그 순간 층계에서 뭔가 깨지는 큰소리와 고삐 풀린 듯이 돌진하는 소음이 들렸다. 사람들이 외치고 있었다. "공화주의자들을 죽여라!" 유리문이 열리고, 사람들이 총검을 앞세우고 들어왔다. 술에 반쯤 취한 모습들이었다.

"뭘 원하는 겁니까?"

가르니에가 냉정한 목소리로 말했다.

그들은 주춤했다. 그들 중 하나가 외쳤다.

"우리는 더러운 공화주의자인 너의 껍질을 원해."

그가 달려들었지만 간발의 차로 나는 가르니에 앞에 몸을 던져 가슴 한복판으로 총검을 받아냈다.

"당신들 뭐야, 살인자들이야?"

가르니에가 소리쳤다.

그의 목소리가 아주 멀리서 들려왔다. 나는 셔츠를 적시는 내 피를 느꼈고 주위가 안개처럼 흐릿해졌다. 나는 생각했다. '어쩌면 이번에는 정말로 죽겠지. 어쩌면 나는 그걸 해낸 거야!' 그런 후, 나는 하얀 천으로 가슴을 감고 탁자에 누워 있었다. 가르니에는 여전히 말하고 있었고, 사람들은 문으로 물러서고 있었다.

"움직이지 마세요. 제가 의사를 불러올게요."

아르망이 내게 말했다.

"그럴 필요 없어요. 칼이 뼈에 부딪혀 튕겼어요. 아무렇지도 않아요."

내가 말했다.

길에서, 창문 아래에서 그들은 계속 외쳐댔다. "공화주의자들을 총살하라." 그러나 이쪽 사람들은 발길을 돌려 계단을 내려갔다. 나는 일어나 셔츠를 여미고 저고리 단추를 채웠다.

"제 목숨을 구해주셨군요."

가르니에가 말했다.

"삶이 당신한테 준비해둔 것이 무엇인지 알기 전에 나한테 감사하지 마요."

나는 생각했다. '이제 이 사람은 여러 해 동안 두려워하며 살아

야겠군.'

"집에 가서 쉬렵니다."

내가 말했다.

아르망은 나와 함께 계단을 내려왔다. 우리는 얼마간 말없이 걸었다. 그러다가 그가 말했다.

"당신은 죽을 수밖에 없었는데."

"칼이 튕겨 나갔다고……."

그는 내 말을 가로막았다.

"정상적인 사람이라면 그런 일격을 받은 뒤에 일어서지 못할 거예요."

그는 내 손목을 잡았다.

"진실을 얘기해주세요."

"무슨 진실을?"

"왜 저를 보살피시죠? 왜 우리가 서로 닮았죠? 어떻게 당신은 칼이 튕겨 나간 게 아닌데도 죽지 않았죠?"

그는 열에 들뜬 목소리로 말하면서 떨리는 손가락으로 내 팔을 움켜쥐었다.

"오래전부터 혹시나 했어요……."

"뭘 말하고 싶은지 모르겠네요."

"어렸을 때부터, 내 선조 중에 결코 죽지 않는 한 사람이 있다고 들었어요. 어렸을 때부터 그분을 만나고 싶었어요……."

"당신의 어머니가 나한테 그 전설에 대해 얘기해줬죠. …… 그 얘길 믿을 수 있나요?"

내가 말했다.

"전 항상 믿었어요. 그리고 만일 그가 내게 조그만 우애를 품고 있다면, 우리는 함께 어떤 큰일을 할 수 있을 거라고 늘 생각했죠."

그가 말했다.

그의 눈은 빛났다. 그는 강렬한 열의를 품고 나를 바라보았다. 고개를 돌린 카를의 아랫입술은 처져 있었고 늘어진 눈꺼풀 아래의 눈은 죽어 있는 듯했는데 나는 약속했다. 우리는 큰일을 할 것이라고 말이다. 내가 말없이 있자 아르망은 초조해서 말했다.

"비밀인가요? 왜 그리 신비한 거죠?"

"당신은 나를 불멸자라고 믿으면서도 두려움 없이 바라볼 수 있다는 거죠?"

"뭐 끔찍할 게 있나요?"

그의 얼굴이 미소로 환해졌다. 갑자기 그가 아주 젊어 보였고, 무엇인가가 내 가슴속에서 움직였다. 그것은 아주 오래 묵은 약간 썩은 향수처럼 역했다. 분수들이 노래하고 있었다.

"당신이죠, 아닌가요?"

"맞아요."

"이제 미래는 우리 거예요. 목숨을 구해주셔서 고마워요!"

그가 말했다.

"기뻐하지 마요. 필멸할 인간들이 내 곁에서 사는 것은 위험해요. 그들에게는 자신의 존재가 갑자기 너무 짧게 보여서 자신의 계획들이 헛된 듯 보이죠."

내가 말했다.

"제 앞에 그저 한 인간의 일생이라는 시간이 있다는 걸 잘 알아요. 당신이 있다고 해서 바뀌는 것은 아무것도 없어요."

그가 말했다.

그는 마치 나를 처음 만난 듯이 바라보면서 자신에게 주어진 특별한 기회를 이용하는 데 벌써 열을 올리고 있었다.

“얼마나 많은 것을 보셨을지! 대혁명을 목격하셨죠?”

“그래요.”

“이야기해주세요.”

그가 말했다.

“난 거기에 크게 참여하지 않았어요.”

“아!”

그는 약간 실망한 태도로 나를 보았다.

나는 불쑥 말했다.

“이제 집에 다 왔네요.”

“잠깐 댁에 올라가면 방해될까요?”

“아무런 방해도 되지 않아요.”

나는 서재 문을 열었다. 마리안이 타원형 액자 한복판에서 웃고 있었다. 그녀는 젊은 어깨가 드러난 파란 드레스를 입고 있었다.

“이 사람이 당신 어머니의 할머니예요. 내 아내였죠.”

내가 말했다.

“아름다우셨네요.”

아르망이 공손하게 말했다. 그는 방을 둘러보았다.

“이 책을 다 읽으셨어요?”

“거의.”

“대단한 학자시겠군요.”

“이제 과학에 흥미가 없어요.”

나는 마리안을 바라보았다. 나는 그녀에 대해 이야기하고 싶었다. 오래전에 그녀는 죽었다. 하지만 아르망에게는 바로 오늘 그녀가 존재하기 시작했다. 그녀는 그의 아름답고, 젊고, 뜨거운 심장 속에서 되살아날 수 있었다.

"그녀는 과학을 믿었죠. 당신처럼 진보, 이성, 자유를 믿었어요. 그녀는 열정적으로 인류의 행복에 헌신했어요."

내가 말했다.

"당신은 그걸 안 믿으시나요?"

그가 물었다.

"물론. 하지만 그녀는 달랐어요. 그녀는 생기가 넘쳤죠. 그녀가 만지면 모든 것이 살아났죠. 꽃, 생각……."

내가 말했다.

"여자들은 흔히 우리보다 더 관대해요."

아르망이 말했다.

나는 대답 없이 커튼을 치고 등을 켰다. 마리안은 그에게 무엇일까? 수백만 죽은 사람들 중 한 명. 타원형 액자 한복판에서 그녀는 멈춰버린 미소를 짓고 있었다. 그녀는 결코 다시 태어나지 못하리라.

"왜 과학에 흥미가 없어지신 거죠?"

아르망이 물어보았다.

그는 피곤해서 비틀거렸고 눈꺼풀은 깜박였지만, 나를 활용할 방법을 찾아내기 전에는 나를 놔줄 생각이 없는 것 같았다.

"과학은 사람이 스스로에게서 벗어나도록 해주지 못해요."

내가 말했다.

"사람이 거기서 벗어나야 할 필요가 있을까요?"

"아마 당신에게는 그럴 필요가 없겠죠."

그리고 나는 불쑥 덧붙였다.

"당신 좀 쉬어야겠어요. 탈진한 모습이에요."

"사흘간 조금밖에 못 잤어요."

그는 미안하다는 미소를 지었다.

"같은 날 죽었다가 다시 살아나는 일은 힘든 시련이죠. 그러니 저 긴 의자에 누워 자요."

내가 말했다.

그는 푹신한 긴 의자에 몸을 던졌다.

"조금만 잘게요."

그가 말했다.

나는 긴 의자 옆에 서 있었다. 밤이 내리고 있었다. 저쪽에서는 축제의 함성이 황혼 속으로 올라가고 있었지만, 커튼이 쳐진 이 서재 안에는 아르망의 가벼운 숨소리 외에 다른 소리는 들리지 않았다. 벌써 그는 잠들어 있었다. 나흘 만에 처음으로 그는 공포로부터, 희망으로부터 해방되어 잠들었지만, 유리창 너머에서 무겁게 끝나가는 이날의 무게를 심장으로 느끼며 지새운 것은 바로 나였다. 페르골라의 황량한 광장, 피렌체의 범접 못 할 황금빛 둥근 지붕들, 카르모나의 발코니에서 마신 무미건조한 포도주 맛……. 그는 승리의 도취, 말라테스타의 커다란 웃음, 죽어가던 안토니오의 미소 역시 알고 있었다. 카를리에는 이죽거리면서 누런 강물을 바라보았다. '난 여기에 도착했어.' 그리고 나는 두 손으로 내 셔츠를 찢어버렸고, 삶이 내 숨을 죄었다. 그리고 그의 가슴속에는 희망, 눈처럼 하얀 하늘 깊숙이 있는 붉은 태양, 평야 끝에서 파란 언덕들이 그리는 지평선, 지구의 보이지 않는 곡선에 잡혀 수평선 아래로 사라지는 돛들도 있었다. 나는 아르망에게 몸을 수그리고, 검은 머리카락들로 덮인 그의 젊은 얼굴을 내려다보았다. 그는 무슨 꿈을 꾸고 있을까? 그는 탄크레디, 안토니오, 카를, 카를리에가 잤

듯이 자고 있었다. 그들은 모두 서로 닮았다. 그러면서도 각자에게 삶은 혼자만 아는 특유한 맛을 가지고 있었다. 결코 다시 시작되지 않는 삶이기에 삶은 각자에게 하나 가득이었으며 하나 가득 새로웠던 것이다. 그는 페르골라의 광장에 대해, 큰 누런 강에 대해 꿈꾸지 않았다. 그는 내가 가장 작은 조각도 빼앗을 수 없는 자신만의 꿈을 갖고 있었기에 나는 결코 나 자신으로부터 탈출하는 데도, 그 꿈 중 하나 속으로 미끄러져 들어가는 데도 성공하지 못할 것 같았다. 나는 그 꿈을 이용해보려 할 수 있지만 그의 눈으로 보지도 그의 가슴으로 느끼지도 못한 채, 영영 붉은 태양, 진흙투성이 강의 요동, 페르골라의 증오스러운 고독을 뒤에 끌고 다닐 것 같았다. 나의 과거를! 나는 아르망에게서 물러섰다. 그에게서도, 다른 누구에게서나 마찬가지로 내가 기대할 것이 아무것도 없었다.

♦

연기가 누런 대기 속에 파르스름한 원을 그렸다. 이어서 그 원은 늘어져 끝이 뾰족해졌다가 깨졌다. 어디에서인가, 어느 은빛 해변에서는 종려나무 그림자가 하얀 조약돌을 향해 기어가고 있었다. 나는 그 해변에 누워 있고 싶어졌다. 그들의 언어로 말할 수밖에 없을 때마다 공허와 피로를 느꼈으니까.

"저술의 인쇄와 출판에 관한 경우, 현행범이란 사전에 당국이 그런 용도의 장소로 인지한 곳에서 반란 선동물이 인쇄되는 때에만 실재한다. 한 달 전부터 구류장에 의거해 체포된 작가들 중 단 한 사람도 실제로 범죄의 실행 중에 잡히지 않았다."

옆방에서 아르망이 큰 목소리로 내 논설을 읽고 다른 사람들은 듣고 있었다. 가끔 그들은 즐겁게 박수를 쳤다. 박수는 쳤지만 만일 내가 문을 열고 들어선다면, 그들의 표정은 굳어질 것이다. 밤새도록 그들과 함께 일하고 그들이 내게 바라는 글을 쓰고 해봤자, 나는 여전히 그들에게 낯선 사람으로 남아 있었다.

"나는 천명한다. 무고한 사람을 거처에서 끌어내 불법적인 기소로 여러 주 동안 구금한 끝에, 그가 절망과 분노에 몰려 당신네 법관들에게 한마디 쓴소리를 내뱉었다는 구실로 감히 그에게 유죄를 선고하는 당신들은 프랑스 민중이 피의 대가로 얻은 신성한 권리를 짓밟고 있다."

내가 써준 말들이어서 나는 생각했다. '마리안은 나한테 만족하겠지.' 그러나 이미 나는 그것들을 내 것들로 여기지 않고 있었다. 내 속에는 침묵만이 있었다.

"이런 게 바로 소란을 일으킬 논설이라고."

가르니에가 말했다.

그는 내게 다가와 초조히 입을 비틀면서 나를 바라보았다. 그는 내게 호의적으로 뭔가를 말하고 싶었을 것이다. 그는 나를 두려워하지 않을 만한 유일한 사람이었다. 하지만 우리는 서로 소통하는 데 전혀 성공하지 못하고 있었다.

그가 마침내 말했다.

"논쟁이 벌어지겠죠. 하지만 우리가 이길 거예요."

문이 활짝 열리더니 스피넬이 들어왔다. 그의 얼굴은 장밋빛이었고, 그의 곱슬머리에는 추위와 어둠이 묻어 있었다. 그는 목도리를 의자에 던졌다.

"이브리에서 폭동이 일어났어. 노동자들이 직조기를 부쉈지. 진압군이 총검으로 사람들을 공격했어."

그는 말을 너무 빨리하느라 더듬었다. 그는 노동자들, 부서진 기계들, 흘린 피에는 개의치 않고 신문사에 중요한 소식을 가져왔기 때문에 기뻐하고 있었다.

"사망자는 있었어?"

가르니에가 물었다.

"세 명. 그리고 부상자 몇 명."

"사망자 세 명……."

가르니에의 얼굴이 긴장되었다. 그 역시 이브리에서, 비명에서, 습격에서 아주 멀리 떨어져, 굵은 활자로 된 제목을 상상하고 있었다. '총검으로 노동자들을 공격하는 진압군.' 벌써 그는 기사의 첫 마디를 재고 있었다.

"기계를 부수다니! 그런 짓은 어리석다고 그들에게 설명해야만 할 것 같은데……."

아르망이 말했다.

"그게 뭐 중요해? 폭동이 발생했다는 사실이 중요해."

가르니에가 말했다.

그는 스피넬 쪽으로 돌아섰다.

"조판실에 내려간다. 같이 가자."

그들이 나가자 아르망은 내 맞은편 의자에 앉아 깊이 생각했다.

그가 말했다.

"가르니에가 잘못 생각하고 있어요. 이런 소요는 어디에도 도움이 안 돼요. 먼저 민중을 교육해야 한다고 한 당신이 옳았어요."

그는 어깨를 으쓱했다.

"그들이 기계를 부숴야 할 지경에 이르렀다고 생각하면!"

나는 대답하지 않았다. 그는 대답을 기다리고 있지 않았다. 그는 난감한 듯 나를 살펴보았는데, 나는 그가 내 얼굴을 통해 어떤 생각을 이어가는지 짐작할 수 없었다.

그가 말했다.

"상황을 어렵게 하는 것은 그들이 우리를 경계한다는 사실이죠. 야학, 공개 집회, 전단, 이런 식으로는 그들에게 영향을 줄 수 있을 것 같지 않아요. 우리의 말은 정곡을 찌르지 못하고 있어요."

그의 목소리에는 어떤 호소가 있었다. 나는 미소를 지었다.

"나한테 뭘 기대하는 거죠?"

"그들을 선도하려면, 그들 사이에서 살아야 하고, 그들과 함께 일해야 하고, 그들의 편에 서서 투쟁해야만 할 것 같아요. 그들 중 한 사람이 되어야 하죠."

"당신은 내가 노동자가 되기를 원하나요?"

"예, 당신은 엄청난 일을 해내실 수 있어요."

그가 열에 들떠 나를 바라보자 나는 그 시선에 안도감을 느꼈다. 나를 그저 이용할 힘으로만 보는 시선. 나는 그에게 공포의 대상도 우정의 대상도 아니었다. 그는 나를 활용하는 것일 뿐이었다.

"그것은 필멸할 인간 누군가에게 요구하기에는 큰 희생이죠. 그러나 당신에게는 10년이나 15년의 삶, 그건 별게 아니에요."

"사실 그건 별일 아니에요."

내가 말했다.

그의 얼굴이 환해졌다.

"그러면 승낙하시는 거예요?"

"해볼 수 있어요."

"오! 그건 어렵지 않아요. 당신은 하기만 하면 성공할 거예요."

그가 말했다.

내가 말을 받았다.

"해볼게요."

나는 개미집 근처에 누워 있었는데 그녀가 왔다. 나는 일어났고, 그녀는 내게 말했다. '사람들 사이에서 한 사람으로 남아 있으려고 노력해.' 나는 아직 그녀의 목소리가 들려서 사람들을 바라보며 생각하고 있었다. '저들은 사람이야.' 그러나 밤이 내리는 작업장에서, 축축한 종이 두루마리들을 빨간색, 노란색, 파란색으로 덧칠하는 동안, 나는 내게 말하는 다른 목소리를 덮을 수 없었다. '도대체 사람이란 뭐지? 그들이 나를 위해 무엇을 할 수 있지?' 우리 발밑에서는 기계들이 웅웅거리는 소리가 마루를 흔들고 있었다. 그것은 서버린 시간의 쉼 없는 진동 자체였다.

"아직 한참 더 있어요?"

아이가 말했다.

사다리 위에 서서 아이는 절구 안의 안료를 갈고 있었다. 나는 그의 등 저림, 마비된 다리, 그리고 너무도 멍하고 너무도 무거워서 그를 땅바닥으로 잡아당기는 머리를 느꼈다.

"피곤하니?"

아이는 대답조차 없었다.

"잠시 쉬어."

내가 말했다.

아이는 사다리의 가장 높은 발판에 앉아 눈을 감았다. 아침부터 물감을 바른 붓들이 종이 두루마리들을 쓸어댔다. 아침부터 똑같은 흐린 빛, 도료 냄새, 고르면서도 율동 있는 중얼거림이 있었다. 언제나, 언제나 그랬다. 아침부터, 세계의 첫날부터, 언제나 권태, 피로, 그리고 시간의 진동이 있었다. 기계가 웅웅거렸다. 언제나,

언제나, 베틀의 북이 왔다—갔다—왔다—갔다 하던 카르모나의 길을 가로질러, 겐트의 길을 가로질러서 말이다. 집들이 불타고, 노래가 화염 한복판에서 올라가고, 피가 도랑의 보랏빛 물과 섞여도 기계는 집요하게 웅웅거렸다. 언제나, 언제나 그랬다. 손들이 붉은 유지 속에 붓을 담갔다가 붓을 종이에 짓이기고 있었다. 아이의 머리가 가슴 쪽으로 기울어져갔다. 아이는 자고 있었다. 그들에게 산다는 것, 그것은 단지 죽지 않는다는 것이었다. 40년 혹은 50년 동안 죽지 않기. 그러다가 결국 죽기. 벗어나려 애써봐야 좋을 것이 뭐 있을까? 어쨌든 곧 그들은 풀려날 것이다. 각자 자기 차례가 되면 그들은 죽을 테니까. 저기 저쪽에, 종려나무 그림자 하나가 하얀 조약돌을 향해 기어가고, 바다는 해변을 때리고 있었다. 나는 이 문을 넘어가 돌멩이들 사이에서 한 돌멩이가 되려 애써보고 싶었다.

아이가 눈을 떴다.

"종 안 울렸어요?"

"5분 안에는 울릴 거다."

아이는 미소를 지었다. 나는 그 미소를 절절히 내 가슴속에 넣어뒀다. 아이의 얼굴에 떠오른 그 빛 때문에 기계의 웅웅 소리, 도료 냄새, 그 모든 것이 바뀌어 시간은 더 이상 편편한 덮개가 아니었다. 땅에는 희망과 후회가 있고, 증오와 사랑이 있었다. 결국 죽겠지만 우선 그들은 살고 있었다. 개미도 돌도 아닌 사람들이었다. 그 미소를 통해 마리안이 다시 내게 신호하고 있었다. '그들을 믿고, 그들과 함께 있고, 사람으로 남아 있어.' 나는 아이의 머리에 손을 얹었다. 얼마 동안이나 더 이런 목소리를 들을 수 있을까? 그리고 그들의 미소와 그들의 눈물이 더 이상 내 속에 어떤 메아리도 일으키지 못할 때, 나는 무엇이 될까?

♦

"임종하셨습니다."

내가 말했다.

남자는 의자 끝에 걸터앉은 채로 있었다. 그는 베개에 놓인 파란 얼굴을 얼이 나간 모습으로 응시하고 있었다. 한 여자는 죽었고, 7층의 다른 여자는 목숨을 건졌다. 그 반대가 될 수도 있었다. 그것은 내게 아무런 차이가 없었다. 그러나 이 남자에게 죽은 사람은 바로 그녀, 자신의 아내였다.

나는 그 방을 떠났다. 전염병이 시작될 때부터 나는 간호원으로 등록해서 발포약을 발라주고 거머리를 붙여주며[54] 밤을 보냈다. 그들은 병을 고치고 싶었고, 나는 그들을 고쳐주려고 노력했다. 나는 그들에게 봉사하려고, 그리고 나 자신에게 질문하지 않으려고 노력했다.

길은 황량했지만 오른쪽에서 커다란 쇳소리가 들렸다. 대포용 수레였는데, 이즈음 관들을 나르는 데 쓰이고 있었고 나아갈 때에는 요동을 쳐댔다. 수레가 요동쳐서 자주 관의 널빤지가 뜯겨나가 시신들이 포도에 흩어지고, 포도가 내장으로 얼룩졌다고들 이야기했다. 분홍빛 골목길 안에서, 사람들이 요나 널빤지로 검은 점들이 아롱진 흰 시체들을 날라다가 구덩이에 뒤죽박죽 던졌다. 달아날 수 있던 모든 자들은 달아났다. 그들은 걸어서, 말을 타고, 노새의

54. 일종의 민간요법._옮긴이

등에 올라 성문을 넘어갔다. 합승마차로, 수레로, 사륜마차를 타고 질주하듯 파리 경계를 넘어갔다. 상원의원, 대부르주아, 관료, 국회의원, 모든 부자들이 도망쳤고, 죽음을 선고받은 자들은 밤에는 버려진 궁전에서 춤을 추고, 아침에는 광장에서 설교하는 검은 옷차림에 키가 큰 수도사의 목소리를 들었다. 가난한 사람들은 도망칠 수 없어서 전염된 도시에 머물렀는데, 얼음장이 되어 혹은 신열에 불타, 파란 가리개를 쓴 거뭇한 얼굴로 몸은 어두운 반점 투성이가 된 채 침대에 드러누워 있었다. 아침에 사람들이 문 앞에 시신들을 늘어놓으면 죽음의 냄새가 파란 하늘을 향해 무겁게 올라갔다. 잿빛 하늘 아래에서 사람들은 중환자들을 병원으로 옮겼고, 병원 문들은 그들의 단말마를 안으로 가둬버렸다. 헛되이 그들의 부모, 친구들이 그들의 마지막 숨결을 놓치지 않으려고 철책에 달라붙었다.

나는 문을 열고 들어갔다. 아르망은 침대 끝에 걸터앉아 있었고, 가르니에는 촛불이 타는 탁자 근처에 서 있었다.

"왜들 왔어요? 이게 무슨 경솔한 짓입니까! 나를 못 믿어요?"

내가 말했다.

"우리는 그를 외로이 죽게 두지 않을 거예요."

아르망이 말했다.

가르니에는 아무 말도 하지 않았다. 그는 두 손을 주머니에 깊이 찌른 채 침대에 누워 있는 형체를 뚫어지게 보았다. 나는 스피넬에게 몸을 수그렸다. 그의 피부는 쪼그라들어 뼈에 붙어 있었다. 파르스름한 거죽 아래 이미 사색이 깃들어 있었다. 그의 입술은 희고, 시린 땀이 이마를 덮었다. 나는 그의 손목을 만져보았다. 손목은 차갑고 물기가 배어 있었고, 맥은 이제 거의 뛰지 않았다.

"아무것도 할 수 없나요?"
아르망이 물었다.
"다 시도해봤어요."
"이미 죽은 사람 모습 같아요……."
"스무 살인데. 그렇게도 삶을 사랑했는데……."
가르니에가 말했다.
두 사람 모두 왜소해진 그 얼굴을 절망적으로 바라보았다. 그들에게는 이 삶이, 소멸하게 될 이 삶, 스무 살인 그들의 친구 스피넬의 이 삶이 유일한 것이었다. 그것은 사이프러스나무가 서 있는 산책길에서 춤추던 금빛 반점 하나하나처럼 유일한 것이었다. 나는 베아트리체를 바라보며 스스로에게 물었다. '그녀는 저 하루살이 곤충들과 똑같을까?' 나는 그녀를 사랑해서 그녀를 다르게 보았다. 그러나 나는 이제 그녀를 사랑하지 않아서 그녀의 죽음은 하루살이의 그것보다 더 무게가 나가지 않았다.
"아침까지 버티면, 아직 목숨을 건질 수 있어요."
내가 말했다.
나는 홑이불 밑으로 손을 넣어 천천히, 세차게, 그의 얼어붙은 몸을 문지르기 시작했다. 앞서 나는 그를 내 외투 위에 눕히고 두 손으로 그의 싱싱한 근육을 주물러 그를 두 번째로 세계에 태어나게 했는데, 그는 배 한가운데에 구멍을 하나 안고서 이 세계를 떠나고 있었다. 전에 나는 그에게 옥수수와 말린 고기를 갖다 주었는데, 그는 배가 너무 고파 죽어가고 있었기 때문에 자기 머리에 총을 한 발 쐈다. 긴 시간 동안 그를 주무르자 다시 그의 심장에서 내 손가락 아래로 약한 열기가 올라왔다.
"견뎌낼 수도 있겠어요."

내가 말했다.

밖에서, 창문 아래로 사람들이 뛰어 지나갔다. 아마 그들은 붉은 등이 켜져 있는 길모퉁이 초소에 도움을 청하러 갔을 것이다. 그 후 다시 침묵이었다.

"당신들은 여기서 떠나야 해요. 당신들은 이 사람에게 아무런 도움을 줄 수 없어요."

내가 말했다.

"우리는 여기 있어야만 해요. 난 내가 죽을 때 친구들이 곁에 있으면 좋겠어요."

아르망이 말했다.

그는 다정하게 스피넬을 바라보았다. 그리고 나는 그가 죽음을 두려워하지 않는다는 것을 알고 있었다. 나는 가르니에 쪽으로 돌아섰다. 그는 나를 궁금하게 했다. 그의 눈에 다정함이란 없었고 그저 두려움만 있었다.

"잘 생각해봐요. 전염의 위험이 매우 커요."

그는 약간 입을 비틀었는데, 내가 보기에 이번에도 그는 내게 뭔가 말하고 싶었지만, 자신의 벽에 갇혀 있었다. 사람들은 그가 웃는 것을 거의 보지 못했고, 아무도 그가 무엇을 생각하는지 몰랐다. 그는 갑자기 창문으로 걸어가더니 문을 열었다.

"무슨 일이지?"

커다란 아우성이 길에서 올라왔다. 사람들은 매일 저녁 공기를 정화하려는 희망으로 교차로에서 불을 지폈다. 그 불빛으로, 우리는 초라한 차림으로 수레를 끌고 광장을 가로지르는 남녀의 무리를 볼 수 있었다. 그들은 외치고 있었다. "착취자들을 죽여라!"

"넝마주이들이군요."

가르니에가 말했다.

넝마주이들이 재활용품을 수집하기에 앞서 야간에 쓰레기를 수거하라는 행정령이 내려졌다. 궁지에 몰린 그들은 외쳤다. "착취자들을 죽여라!" 그들은 외쳤다. "악마의 자식들!" 그리고 그들은 침을 뱉었다.

가르니에가 창문을 다시 닫았다.

아르망이 말했다.

"우리에게 지도자들이 있다면! 민중은 혁명을 할 정도로 무르익었어."

가르니에가 말했다.

"잘해야 소요를 일으킬 정도겠지."

"우리에게 소요를 혁명으로 바꿀 능력이 있어야 하는데."

"우리는 너무 분열되었어."

그들은 이마를 유리창에 대고 소요와 살인을 꿈꿨다. 나는 이해가 되지 않아 그들을 바라보았다. 내가 보기에 사람들은 죽음이 숙명적으로 파괴할 목숨에 때로 기막힌 값어치를 부여했다. 왜 그들이 그렇게 절망적으로 스피넬을 바라보았지? 또 다른 때에는 영원히 사라지는 것을 아주 가볍게 받아들였다. 왜 이 전염된 방에 쓸데없이 머물러 있지? 왜 유혈 소요를 획책하는 거지?

중얼거리는 소리가 났다. '아르망!'

스피넬이 눈을 떴다. 녹아버렸다고 할 만큼 푹 팬 눈구멍 속의 동공은 풀려 있는 것처럼 보였다. 그러나 살아 있는 동공이었고, 보고 있었다.

"나 죽는 거야?"

"아냐. 마음 편히 자. 넌 살았어."

아르망이 말했다.

그의 눈꺼풀이 감겼다. 아르망이 나를 향해 돌아섰다.

"정말이죠? 살아난 거죠?"

나는 스피넬의 손을 잡았다. 손은 시리지 않았고, 맥이 뛰고 있었다.

"밤을 넘겨야 해요. 잘하면 이 사람은 밤을 넘기겠어요."

내가 말했다.

벌써 새벽이 가까워졌다. 검게 칠한 커다란 운반마차가 이 집 저 집에서 관들을 거둬들여 장례 휘장 아래 쌓고 창 아래로 지나가고 있었다. 분홍빛 포석이 깔린 오르막길을 따라 수레들이 이 집 저 집을 다니고 있었고, 방수막 아래에는 시신들이 쌓여갔다. 아르망은 눈을 감고 의자에 앉아 자고 있었는데 가르니에는 굳은 표정으로 벽에 기대서 있었다. 교차로의 장작불은 꺼졌고, 넝마주이들은 흩어지고 없었다. 긴 시간 동안 광장은 빈 채로 있었다. 이어서 수위 한 명이 광장 문턱에 나타나더니 미심쩍다는 태도로 포석을 점검했다. 가끔 아침에 건물들의 현관 아래에서, 알 수 없는 손이 던져놓은 고깃덩어리와 수상한 당과가 보였다는 소문이 떠돌고 있었다. 누군가 샘터와 푸줏간의 고기에 독을 탔다, 어떤 엄청난 음모가 민중을 위협한다는 이야기들도 했다. 내가 악마와 계약을 맺었다는 소문이 돌아서 사람들은 내가 지나갈 때 역겹다는 듯이 침을 뱉고는 했다.

가르니에가 중얼거렸다.

"밤을 넘겼군요."

"그래요."

스피넬의 뺨에 살짝 핏기가 돌았다. 그의 손은 미지근했고 맥이 뛰고 있었다.

"살아났어요."

내가 말했다.

아르망이 눈을 떴다.

"살아났어요?"

"거의 확실해요."

아르망과 가르니에는 서로를 바라보았다. 나는 눈을 돌렸다. 그들은 이런 시선으로 서로에게 자신의 가슴속에서 막 솟아오른 기쁨을 선사했다. 그들이 죽음에 맞서야 할 이유와 살아야 할 이유를 발견하는 것은 바로 이와 같은 승리에 찬 교류 속에서였다. 왜 나는 눈을 돌려야 했을까? 나는 스피넬의 얼굴이 나를 도와주기를 바랐다. 그는 스무 살이었고, 인생을 사랑했기에 나는 그의 빛나던 눈과 더듬거리던 젊은 목소리가 기억났던 것이다. 나는 그를 구한 적이 있었고, 나는 얼음 같은 호수를 헤엄쳐 가서 그를 강가로 끌어내어 두 팔에 안은 적이 있었고, 나는 그가 기쁘게 웃으며 삶킬 옥수수와 고기를 찾으러 인디언 마을로 갔던 것이다. 배에 난 구멍 때문일까, 관자놀이에 난 구멍 때문일까, 대체 이 사람은 어떻게 죽게 될까? 내 심장 속에는 기쁨의 불꽃 하나 없었다.

♦

"그래서요?"

가르니에가 말했다.

《프로그레스》 지 편집실에서, 중앙위원회와 인권협회의 각 부서장들이 늙은 브루소 주위에 모여 있었다. 그들은 모두 근심 어린 표정으로 나를 쳐다보았다.

"그래서 나는 갈리아협회나, 조직위원회와는 합류하는 데 성공하지 못했죠. 나는 '인민의 벗들'만 접촉했어요. 그들은 봉기 쪽으로 기울어 있습니다. 하지만 아직 아무것도 결정하지 않았어요."

내가 말했다.

"우리의 결정을 모르면서 그들이 어떻게 결정할 수 있겠습니까? 그리고 우리가 어떻게 그들 없이 결정하겠습니까?"

아르망이 말했다.

침묵이 흐른 뒤 가르니에가 말했다.

"결정해야만 합니다."

"우리는 우리 노력을 조직화하는 데 성공하지 못하고 있는 까닭에 빠지는 게 상책이오. 이런 상황에서 진정한 혁명을 일으키는 건 불가능하죠."

늙은 브루소는 느리게 말했다.

"모르는 일 아닙니까?"

아르망이 말했다.

"설령 그저 한 차례 소요에 불과한 봉기라 해도 무용한 일이 되지는 않을 것 같습니다. 항거 때마다 민중은 자신의 힘을 더욱 자각하게 되고, 민중과 통치자 사이의 틈새는 더 깊게 갈라지죠."

가르니에가 말했다.

방 안이 술렁거렸다.

"많은 피를 흘릴 위험이 있습니다."

누군가의 목소리가 말했다.

"많은 피, 그리고 헛된 피를 흘리게 되죠."

또 다른 목소리가 말했다.

그들은 한동안 시끄럽게 토론했다. 아르망은 내게 낮은 목소리로 물어보았다.

"어떻게 생각하세요?"

"나는 의견이 없어요."

"경험이 없으시지 않잖아요. 뭔가 의견이 있으셔야죠……."

나는 고개를 흔들었다. 어떻게 내가 그들에게 충고할 수 있겠는가? 그들의 눈에 삶, 죽음이 가치 있는지 내가 알기나 할까? 결정자는 바로 그들이었다. 만일 산다는 것이 다만 죽지 않는 것이라면 왜 살아가야 하는가? 그러나 삶을 구하기 위해 죽는다는 것, 그것은 가장 나쁜 기만이 아닌가? 그들을 위해 선택하는 일은 내 소관이 아니었다.

"분명히 돌발 사태가 생길 겁니다. 봉기를 일으키고 싶지 않다면 적어도 봉기가 일어날 경우를 위해 대책을 세웁시다."

아르망이 말했다.

"맞는 이야기입니다. 행동 개시를 명하지는 말고 준비는 갖추도록 합시다. 만일 민중이 전진하기 시작한다면 민중과 함께 전진합시다."

가르니에가 말했다.

"나는 그들이 승산을 따지지도 않고 앞으로 나가버릴까 봐 걱정이오."

브루소가 말했다.

"아무튼 공화당이 그들을 지지해야 합니다."

"그와 반대로……."

다시 목소리들이 뒤섞였다. 그들은 소리 높여 말했고, 그들의 눈은 빛났으며, 그들의 목소리는 떨렸다. 벽 너머 저쪽에는, 지금 이 순간 빛나는 눈동자로 말하는 수백만 명의 떨리는 목소리들이 있었다. 그리고 그들이 말하는 동안 봉기, 공화국, 프랑스, 세계의 미래가 거기, 그들의 손안에 있었다. 어쨌든 그들은 그렇게 믿고 있었던 것이다. 그들은 인류의 운명을 자신들의 가슴에 껴안고 있었다. 한 도시 전체가, 아무도 신경 쓰지 않는 라마르크 장군의 유해가 안치된 영구대 주위에서 끓어오르고 있었다.

우리 누구도 그날 밤에 잠을 못 잤다. 대로를 따라서 다른 단체들과 연락망을 세우는 작업을 했다. 만일 봉기가 성공을 거둔다면, 정권을 인수하라고 라파예트를 설득하려 노력해야 할지도 몰랐다. 라파예트만이 자신의 명성으로 군중을 동조하게 할 수 있는 유일한 사람이었기 때문이다. 가르니에는 아르망에게, 봉기가 성공할 경우에 공화당의 주요 지도자들과 협상하라는 임무를 맡겼다. 가르니에는 오스테를리츠 다리에서 사람들을 끌어모으고 생마르소 지역 사람들로 하여금 봉기하도록 해보겠다고 자청했다.

"그러나 협상은 자네가 해야지. 자네 목소리가 내 것보다 더 무게가 있어. 그리고 오스테를리츠 다리는 우리보다 노동자들과 더 가까운 포스카가 지킬 거야."

아르망이 말했다.

"아니. 난 살아오는 동안 말은 충분히 많이 했네. 이번에는 싸우고 싶어……."

가르니에가 말했다.

"그러다가 죽게 된다면, 그거 재미있겠군. 신문은 뭐가 되고?"

스피넬이 말했다.

"자네들은 나 없이도 아주 잘 해나갈 수 있어."

"아르망이 옳아요. 난 생마르소의 노동자들을 알아요. 내가 봉기를 조직하도록 해줘요."

내가 말했다.

가르니에가 냉담하게 미소 지었다.

"당신은 내 목숨을 한 번 구해줬어요. 그것으로 충분하죠."

나는 초조한 입, 미간에 있는 두 주름, 약간 피하는 듯한 딱딱한 눈을 가진 번민하는 얼굴 전체를 보았다. 그는 지평선을 응시하고 있었다. 그 너머에 요동하는 강이 숨어 있고, 키 큰 갈대 꼭대기에서 푸른 술이 살랑이며, 앨리게이터들이 뜨거운 진흙 속에서 자고 있는 지평선을 말이다. 그의 말은 이랬다. '나는 내가 살아 있다고 느껴야만 해. 그것으로 인해 내가 죽는다 해도.'

아침 열 시에 인권협회와 '인민의 벗들'의 모든 회원, 의과대학생들, 법과대학생들이 루이 15세 광장에 집합했다. 이공과대학 학생들은 모임에서 빠졌다. 그들이 외출 금지를 당했다는 소문이 돌았다. 머리 위로 단체 깃발, 삼색기, 푸른 나뭇가지들이 떠 있었다. 각자 손에 손팻말을 들고 있었는데 어떤 사람들은 무기를 쳐들고 있었다. 하늘은 흐리고 이슬비가 내렸다. 그러나 희망의 핏빛 연기가 그들의 심장을 태우고 있었다. 무슨 일인가가 그들에 의해 일어날 것이었다. 그들은 그럴 것이라고 믿었던 것이다. 그들은 자신들이 무엇인가를 할 수 있다고 믿고 있었다. 권총의 손잡이를 손으로 움켜쥔 채, 그것을 확신하기 위해 죽을 준비가 되어 있었고, 자신들의 삶이 지상을 무겁게 누르고 있었다는 것을 명확히 밝히기 위해 자신들의 삶을 바칠 준비가 되어 있었다.

영구차는 청년 여섯 명이 끌고 라파예트는 관을 덮은 천의 끈을 잡고 있었는데, 시 경비병 만 명으로 구성된 두 부대가 뒤따랐다. 정부는 경비병들을 도로 전체에 줄지어 배치해둔 상태였다. 이런 엄청난 병력 배치는 민심을 안심시키기는커녕, 소요의 위험을 더 피부로 느끼게 했을 뿐이다. 군중이 연도에, 창가에, 나무 위에, 지붕 위에 몰려들었다. 발코니들에는 이탈리아, 독일, 폴란드의 국기가 펄럭이고 있었다. 그것들은 프랑스 정부가 대항해 싸울 줄 몰랐던 폭군들의 존재를 떠올리게 했다. 민중은 행진하면서 혁명가를 불렀다. 아르망도, 내가 콜레라에서 목숨을 구해준 스피넬도 노래하고 있었다. 용기병龍騎兵들이 보이자 가슴속에 분노가 인 사람들은 지나가면서 무기로 사용하기 위해 나뭇가지나 돌을 뽑아냈다. 우리는 방돔 광장 앞을 지나갔고, 영구차를 끌던 청년들은 예정된 길에서 방향을 돌려, 탑 주위를 한 바퀴 돌기 위해 나아갔다. 어떤 사람이 내 뒤에서 소리쳤다. “우리를 어디로 데려가는 거야?” 그러자 한 목소리가 대답했다. “공화국으로.” 나는 생각했다. ‘이들은 소요로, 죽음으로 나아가고 있어.’ 대체 그들에게 공화국이란 정확히 무엇일까? 그들 누구도 어떤 목적으로 투쟁을 준비했는지 말할 수 없을 것이다. 하지만 그들은 그 목적에 커다란 가치가 있다고 확신했다. 자기들의 피를 대가로 사려고 하기 때문이다. 나는 말했다. ‘리벨라가 무엇인가?’ 안토니오가 탐냈던 것은 리벨라가 아니라 그 자신의 승리였다. 그는 그 승리를 위해 죽었고, 흡족하게 죽었다. 그들은 자신들의 삶이 인간적인 삶일 수 있도록 삶을 내던졌고—개미, 날벌레, 돌덩어리가 아닌 우리는 우리를 돌로 바꿔버리도록 가만있지 않을 것이다—, 화형대가 타오르자 그들은 노래했다. 그리고 마리안은 말했다. ‘사람들 사이에서 한 사람으로 남아 있어.’ 그러나 어쩌겠는가? 분명히 나는 그들 옆에서 걸을 수는 있었어도 그들의 삶과 함께 내 삶을 걸 수가 없었다.

바스티유 광장에 도착했을 때, 우리는 모자를 쓰지 않고 옷을 아무렇게나 입은 이공과대학 학생들이 우리를 향해 달려오는 것을 보았다. 그들은 외출 금지령을 무릅쓰고 도망쳐 나온 것이다. 군중은 외치기 시작했다. "이공대 만세, 공화국 만세!" 영구대 앞에 가던 악대가 〈라 마르세예즈〉[55]를 연주하기 시작했다. 제12연대의 한 장교가 학생들에게 '나는 공화주의자요'라고 말했다는 소문이 돌았고, 그 소식은 입에서 입으로 행렬 전체에 퍼져나갔다. '군은 우리 편이다.'

오스테를리츠 다리에서 행렬이 멈춰 섰다. 연단이 마련되어 있었는데 라파예트가 연설을 하기 위해 거기에 올라갔다. 그는 우리가 장례를 지내는 중이던 라마르크 장군에 대해 이야기했다. 다른 사람들이 그에 이어서 이야기했다. 그러나 아무도 연설 내용에 대해, 죽은 그 군인에 대해 신경 쓰지 않았다.

"가르니에가 저쪽 다리 끝에 있어."

아르망이 말했다.

그의 시선이 군중 속을 뒤졌지만 얼굴을 분간해낼 수 없었다.

"이제 곧 무슨 일이 일어날 거야."

스피넬이 말했다.

사람들 모두 기다리고 있었지만 정확히 무엇을 기다리는지는 몰랐다. 갑자기 붉은색 혁명단원 모자가 매달린 붉은 깃발을 든 검은 옷을 입은 사람이 말을 타고 지나가는 것이 보였다. 웅성거리는 소리가 났다. 사람들은 주저하면서 서로를 바라보았고 여러 목소리가 외쳐댔다. "붉은 깃발을 치워!"

55. 프랑스대혁명 직후 군가로 만들어지고 국가로도 제정되었지만, 나폴레옹 제정 때와 제2왕정복고 당시에는 금지곡이었다._옮긴이

"저건 조작이야, 저건 배반이라고. 저들은 민중에게 겁을 주려고 해."

스피넬이 화가 나서 더듬거리며 말했다.

"당신도 그렇다고 믿나요?"

"그래요. 군과 시 경비병들은 붉은 깃발을 무서워해요. 그리고 군중은 분위기가 급변하는 걸 느끼고 있어요."

아르망이 말했다.

어쨌든 우리는 잠시 기다렸고, 그가 불쑥 말했다.

"여기서는 아무 일도 안 일어날 거예요. 가르니에를 찾아가 직접 신호를 보내라고 말씀하세요. 《나쇼날(국민)》 신문사로 나를 찾아오세요. 공화당 지도자들을 모아보겠어요."

나는 군중을 헤치고 나아갔다. 나는 우리가 지난밤에 정해둔 장소에서 가르니에를 찾아냈다. 그는 총을 어깨에 비스듬히 둘러메고 있었다. 그의 뒤쪽 거리에는 사람들의 어두운 형체가 가득했는데 그들 중 많은 사람이 총을 들고 있었다.

"다 준비됐어요. 사람들은 소요를 일으키기에 충분히 무르익었어요. 아르망은 당신이 신호를 하라고 했어요."

내가 말했다.

"알았어요."

나는 말없이 그를 훑어보았다. 여느 저녁처럼, 여느 낮처럼, 그는 두려워하고 있었고, 나는 그것을 알았다. 자신의 의지와 상관없이 자신에게 달려들어 자신을 먼지로 만들 죽음에 대한 두려움이었다.

"용기병들이다!"

검은 덩어리를 이룬 군중 저쪽에서 용기병들의 군모와 총검이 빛나는 것이 보였다. 그들은 모를랑 둔치로 쏟아져 나와 다리 쪽을 향했다. 가르니에가 외쳤다. "저들이 우리를 덮친다!" 그는 총을 잡고 쐈다. 그러자마자 그의 인근에서 총성들이 터졌고, 고함 소리가 들렸다. "방벽을 쳐라! 무기를 들어라!"

방벽이 세워지기 시작했다. 옆으로 난 길 전체에서 무장한 사람들이 몰려들었다. 엄청난 무리의 앞에 서서 가르니에는 포팽쿠르 거리에 있는 병영 쪽으로 향했다. 우리가 쳐들어가자 군인들은 큰 저항 없이 굴복했다. 우리는 총 1200자루를 거둬들여 봉기군에게 나눠주었다. 가르니에가 그들을 생메리 수도원으로 이끌고 가서, 그들은 거기에서 방어전을 하게 되었다.

"아르망한테 우리가 이 외곽 전체를 지키고 있다고 알려주세요. 그리고 필요한 만큼 오랫동안 이 지점을 지키고 있겠다고 알려주세요."

가르니에가 내게 말했다.

민중은 도처에 방벽을 치고 있었다. 사람들은 톱으로 나무를 베어 도로에 깔았다. 다른 사람들은 철제 침대, 탁자, 걸상을 집 밖으로 끌어냈다. 아이들과 여자들은 길바닥에서 포석을 뜯어내어 날랐다. 모두 노래하고 있었다. 기쁨의 화톳불 둘레에서, 잉골슈타트 농민들이 노래하고 있었다.

나는 《나쇼날》 신문사에서 아르망을 만났다. 그의 눈은 기쁨으로 반짝이고 있었다. 반란자들이 도시의 절반을 장악하고 있었다. 병영과 탄약고를 공략한 상태였다. 정부는 군대를 출동시키기로 결정했지만, 군대가 정부에 충성할지는 확실하지 않았다. 공화당의 지도자들은 라파예트를 수반으로 앉힐 임시 정부를 구성하려 했다. 국가방위군은 전직 사령관인 라파예트에게 동조할 터였다.

"내일 공화국이 선포될 겁니다."

아르망이 말했다.

나는 가르니에에게 보급할 식량과 군수품을 생메리 수도원으로 운반하는 임무를 맡게 되었다. 거리에는 총알이 휙휙 날아다녔다. 사람들이 교차로에서 나를 제지하려고 소리쳤다. "거기로 가지 마요! 저지선이 있어요!" 나는 지나갔다. 총알 하나가 내 모자를, 다른 총알이 내 어깨를 관통했다. 그러나 나는 계속해서 질주했다. 내 머리 위에서 하늘이 달아났고, 내 말의 발굽 아래에서 땅이 튀어 올랐다. 나는 질주하면서 과거로부터, 그리고 미래로부터, 나로부터, 그리고 또 내 입 속의 권태의 맛으로부터 풀려났다. 결코 아직까지 존재한 적이 없었던 무엇인가가 존재했다. 열광에 들뜨고, 피와 희망에 부푼 이 도시와 이 도시의 심장이 내 가슴속에서 고동쳤다. 나는 순간적으로 생각했다. '나는 살아 있어.' 그리고 곧 이런 생각이 들었다. '이번이 어쩌면 마지막이야.'

가르니에는 돌, 나무, 가구, 포석, 그리고 흙주머니 더미 뒤쪽에서 그가 이끌던 사람들 한복판에 앉아 있었다. 그들은 방벽 위에 푸른 나뭇가지들을 꽂아뒀다. 그들은 한창 탄약을 만들던 중이었는데, 자신들의 셔츠와 벽에서 떼어낸 게시물 조각들을 충전물로 사용했다. 모두가 웃통을 벗고 있었다.

"탄약을 가져왔어요."

내가 말했다.

그들은 열광의 환호를 지르며 탄약 상자들로 달려갔다. 가르니에가 놀라서 나를 보았다.

"어떻게 뚫고 올 수 있었죠?"

"뚫고 왔잖아요."

그는 입술을 꽉 물었다. 그는 나를 부러워하고 있었다. 나는 그에게 말하고 싶었다. '아니요, 이건 부당하죠, 나는 용감할 수도 비겁할 수도 없어요.' 그러니 나에 대해서도 그에 대해서도 이야기할 때가 아니었다. 나는 말했다.

"임시 정부가 밤에 선포될 겁니다. 당신이 아침까지 지켜주기를 요청하더군요. 만일 파리 전체가 봉기하기를 원한다면, 물러서지 말고 항거해야 합니다."

"우리는 지킬 겁니다."

"힘들죠?"

"군대가 두 번 공격했어요. 우리가 그들을 물리쳤죠."

"많이 죽었나요?"

"안 세어봤어요."

잠깐 나는 그의 옆에 앉아 있었다. 그는 이로 흰 천 조각을 찢어 탄피 밑바닥에 쑤셔 넣는 데 열중했다. 손놀림이 아주 능숙하지는 않았다. 그는 탄약을 만들기보다 이야기를 하고 싶었고, 나는 그것을 알았다. 그러나 내가 일어날 때까지, 우리는 한마디도 주고받지 않았다.

"우리가 밤새 지킬 거라고 전해주세요."

"그들에게 전할게요."

다시 나는 벽을 따라 미끄러져 가서 건물들 현관 아래 숨었다가 총탄 사이로 달렸다. 땀을 흘리면서 《나쇼날》 신문사에 도착했을 때 내 옷은 피에 젖어 있었다. 나는 아르망의 미소를 생각했다. '가르니에가 튼튼하게 외곽을 지키고 있다고 말하면 그의 눈은 기쁨으로 빛날 테지.'

"가르니에를 봤어요. 그들은 지켜낼 거예요."

아르망은 미소 짓지 않았다. 그는 사무실 문 앞에 서 있었다. 작은 요새의 문간에 서서 허공을 응시하던, 배 안에 앉아서 북쪽에서 남쪽으로 흐르는 누런 강을 응시하던 카를리에. 나는 그 시선을 알아보았다.

"무슨 일이죠?"

내가 물었다.

"그들은 공화국 같은 것을 원하지 않아요."

"누가요?"

"공화당 대표들이 공화국 같은 것을 원하지 않아요."

그의 얼굴이 참으로 절망적이었기 때문에 나는 내 속에서 한 번의 메아리, 한 가지 기억을 일으키려 애써보았다. 그러나 나는 냉담하고 공허했다.

"왜?"

"그들은 두려워해요."

"카렐이 감행하지 못하고 있어요. 그는 충성스러운 군대와 마주해서 민중은 아무것도 할 수 없다고 말했어요."

스피넬이 말했다. 그의 음성은 잠겨 있었다.

"만일 카렐이 선언한다면 군은 우리 편이 될 거예요."

"그들이 두려워하는 것은 실패가 아니에요. 그들은 승리를, 민중을 두려워하는 거예요. 그들은 스스로를 공화주의자라고 말하지만, 그들이 바라는 공화국은 이 썩은 군주국과 다르지 않아요. 그들은 아직 우리가 세우려 하는 공화국보다 루이 필리프를 더 좋아해요."

아르망이 말했다.

"정말로 희망이 없나요?"

내가 물어보았다.

"우리는 두 시간 이상 토론했어요. 전부 잃었어요. 라파예트, 군과 함께 우리는 승리지였죠. 그러나 우리는 파리로 진군해 오는 군대에 대항해서 싸울 수는 없어요."

"그러면 당신들은 어떻게 할 거죠?"

침묵이 흐른 뒤 스피넬이 말했다.

"우리는 파리의 절반을 장악하고 있어요."

"우리는 아무것도 장악하고 있지 않아. 우리의 대의를 지킬 지도자들도 없는 데다가 그 대의 자체가 부정되고 있어. 모두가 결국 아무것도 아닌 것을 위해 자신들의 목숨을 바치는 중이라고. 이 학살을 중단시키는 수밖에 없어."

아르망이 말했다.

"그러면 내가 가르니에한테 즉시 무기를 내려놓으라고 말하러 갈게."

스피넬이 말했다.

"포스카가 갈 거야. 그가 너보다 훨씬 잘해낼 거야."

그때가 저녁 여섯 시, 밤이 내리고 있었다. 모든 교차로에 시 경비병과 군인들이 있었다. 새로 부대가 속속 도착해서 맹렬하게 방벽들을 공격했다. 시신들이 길모퉁이에 널려 있었고, 부상자들을 들것에 실어 나르는 사람들이 지나가는 것이 보였다. 도로에는 빨간 웅덩이들이 있었다. 봉기는 꺾이기 시작했다. 몇 시간 전부터 민중은 희망적인 말을 한마디도 듣지 못한 상태였고 왜 싸워야 했는지도 이제 잘 몰랐다. 얼마 전까지 반란자들이 지키고 있던 많은 길이 이제 빨간 제복으로 가득 차 있었다. 나는 멀리 가르니에가 수비하는 방벽이 아직 서 있는 것을 보았다. 나는 사방에서 날아와 내 귀에 날카로운 소리를 질러대는 총탄들 속에서 그 방벽으로 달려갔다. 가르니에는 회반죽을 담은 자루 더미에 등을 기대고 있었다. 드러난 그의 어깨는 피에 젖은 붕대로 감겨 있었고 얼굴은 화약으로 더러워져 있었다.

"무슨 소식이죠?"

"그들은 합의에 이르지 못했어요."

내가 말했다.

"그럴 줄 알았어요."

그가 무심하게 말했다.

내가 그의 침착함에 깜짝 놀라자 그는 미소를 지을 뻔했다.

"군은 우리한테 동조하지 않을 거예요. 이제 이기리라는 희망은 전혀 없어요. 아르망은 항전을 멈추라고 했어요."

"항전을 멈추라고요?"

그는 이번에는 분명히 미소를 지었다.

"우리를 보세요."

나는 보았다. 가르니에 주위에는 한 주먹 정도에 불과한 사람들만 남아 있었다. 그들의 얼굴은 피범벅에 숯덩이 같았다. 모두가 부상당했다. 웃통이 벗겨진 시신들이 벽 앞에 가지런히 누워 있었는데, 사람들은 그들의 눈을 감겨주고 그들의 손을 가슴 위에 십자 모양으로 얹어놓았다.

"깨끗한 손수건 없어요?"

나는 주머니에서 손수건을 꺼냈다. 가르니에는 새카매진 얼굴과 손을 닦았다.

"고마워요."

그의 시선이 내게 쏠렸다. 그리고 내 모습에 깜짝 놀란 듯했다.

"아니 당신, 부상당했네요."

"찰과상이에요."

침묵이 흐르고 나서 나는 말했다.

"당신의 목숨을 아무것도 아닌 것을 위해 바치게 돼요."

그는 어깨를 으쓱했다.

"뭔가를 위해서만 자신의 목숨을 바치는 걸까요? 생명에 무슨 가치가 있나요?"

"아! 그렇게 생각합니까?"

"당신은 안 그런가요?"

나는 주저했다. 그러나 나는 내가 생각하는 바를 결코 말하지 않는 습관이 있었다.

"내가 보기엔 때때로 유익한 결과에 이르기도 해요."

"그렇게 생각해요?"

가르니에가 말했다.

그는 한동안 입을 다물었다. 그리고 갑자기 그의 속에서 무엇인가 실마리가 풀렸다.

"협상이 잘 이뤄졌다고 가정해보죠. 당신은 우리의 승리가 유익했을 거라고 생각하나요? 당신은 공화국이 해나가야 했을 임무에 대해 생각해봤어요? 다시 세워야 할 사회, 조정해야 할 정당, 만족시켜야 할 민중, 복종시켜야 할 부유한 계급 등등. 그리고 유럽이 곧 우리한테 맞서게 될 테니 유럽 전체를 이겨내야 하죠. 이것들 전부에 더해서, 우리는 그저 소수에 지나지 않고 정치적인 경험이 부족해요. 어쩌면 공화국이 오늘 승리하지 않은 것이 행운이죠."

나는 놀라서 그를 바라보았다. 나는 자주 그런 것 전부를 생각한 바 있었지만, 이들 중 누군가가 그런 것을 스스로 인식했으리라고는 생각하지 않았다.

"그러면 이 봉기는 왜 일으킨 거죠?"

"우리는 미래가 우리 행위에 어떤 의미를 부여하기를 기다릴 필요가 없죠. 안 그러면 모든 행동이 불가능할 거예요. 우리가 끌어가기로 결정한 대로 우리 싸움을 끌어가야 합니다. 그게 전부죠."

나는 카르모나의 성문을 닫아건 채 아무것도 기대하지 않았다.

"난 그 점에 대해 많이 심사숙고했어요."

그가 덤덤하게 웃으면서 말했다.

"그러니까 당신이 죽기를 택하는 것은 결국 절망 때문이군요?"

"아무것도 희망하지 않았기 때문에 나는 절망하지 않아요."

"희망 없이 살아갈 수 있을까요?"

"예, 만일 어떤 확신을 가지고 있다면요."

"나는 어떤 확신도 가지고 있지 않아요."

내가 말했다.

"나에게는, 한 인간이 된다는 것이 대단한 일이죠."

그가 말했다.

"사람들 사이에서 한 사람이 된다는 거."

내가 말했다.

"예. 그걸로 충분하죠. 그걸로 살아갈 만해요. 그리고 죽을 만하기도 해요."

"당신의 동료들도 당신처럼 생각한다고 확신해요?"

"그러면 그들한테 항복하라고 해보세요! 너무 많은 피를 흘렸어요. 이제 우리는 싸움의 끝까지 가야 하죠."

그가 말했다.

"하지만 그들은 협상이 이뤄지지 않았다는 사실을 몰라요."

"원한다면 그들한테 이야기해요. 그들은 아랑곳하지 않아요. 나는 그들의 의결, 결정, 번복에 아랑곳하지 않아요. 우리는 외곽을 수호하기로 맹세했고, 수호할 거예요. 그게 다예요."

그가 화난 말투로 말했다.

"당신의 싸움은 이 방벽 위에서만 벌어지는 게 아니에요. 싸움을 끝까지 끌어가려면, 당신은 살아야 해요."

그는 일어서더니 허술한 엄폐물에 팔꿈치를 괴고 황량한 거리를 살폈다.

"어쩌면 인내심이 부족해서겠죠."

그가 말했다.

나는 아주 빠르게 말했다.

"당신의 인내심이 부족한 건 당신이 죽음을 두려워하기 때문이에요."

"그건 사실이죠."

그가 말했다.

그는 갑자기 내게서 멀어졌다. 그의 눈은 길의 깊숙한 곳에 고정되어 있었다. 조금 있으면 죽음이, 그가 선택한 죽음이 불쑥 나타날 그곳에 말이다. 화형대는 불타고, 바람은 두 아우구스티누스회 수도사의 재를 흩뜨리고 있었다. '오직 한 가지 선이 존재할 뿐이고, 그것은 자신의 양심에 따라 행동하는 것입니다.' 침대에 누워 안토니오는 미소 짓고 있었다. 그들은 오만한 사람이나 미친 사람이 아니었다는 것을 나는 이제 이해했다. 그들은 자신들의 삶과 죽음을 선택함으로써 인간이라는 운명을 실현하려 한 사람들, 자유로운 사람들이었다.

가르니에는 첫 번째 일제 사격 때 쓰러졌다. 그날 아침, 봉기는 진압되었다.

♦

아르망은 내 침대의 가장자리에 앉아 있었다. 그리고 내 어깨에 올려진 그의 손은 무거운 느낌이었다. 그는 수척한 얼굴을 내게 수그렸다.

"얘기해주세요."

그의 윗입술은 붓고, 관자놀이에는 파란 멍이 있었다. 나는 물어보았다.

"그들이 당신을 강제로 법정으로 끌고 간 게 사실이군요?"

"사실이에요. 말씀드릴게요……. 그러나 우선 얘기해주세요."

나는 천장에서 흔들거리는 노란 등을 응시했다. 공동 침실은 비어 있었다. 유리잔들이 부딪치는 소리, 웃음소리들, 축제 중인 목소리들이 들려왔다. 스위스 용병들이 노동자들에게 만찬을 베풀고 있었던 것이다. 조금 있으면 죄수들은 음식, 음료수, 호의, 웃음에 반쯤 취해서 공동 침실로 돌아와, 침대를 방벽 삼아 혁명 놀이를 하고, 저녁 기도 대신에 무릎을 꿇고 〈라 마르세예즈〉를 부를 것이다. 나는 이런 의식들에 익숙해져 있었기에 천장에서 흔들거리는 노란 등을 바라보면서 이 침대에 누워 있는 것이 편했다. 왜 과거를 일깨울까?

"항상 같아요."

내가 말했다.

"어떻게 된 거죠?"

나는 눈을 감았다. 나는 애써 내 뒤에 까마득하게 펼쳐져 있던 그 길고 어지러운 밤 속으로 잠겨 들어갔다. 피, 불, 눈물, 노래가 있었다. 그들은 도시로 빠르게 달려 들어와 집집에 불붙은 횃불을 던졌고, 그들의 말은 이이들의 골, 여자들의 가슴을 깨부숴서 말발굽들에 피가 묻어 있었다. 개 한 마리가 죽어라 짖어댔다.

"여자들은 참살당하고, 아이들은 벽에 던져져서 골이 깨져요. 포도는 빨갛게 물들고, 살아 있는 사람들이 있던 곳, 그곳에는 이제 시신들뿐이에요."

"아니 4월 13일, 트랑스노냉 거리에서 어떻게 되었던 거죠? 내가 알고 싶은 건 그거예요."

트랑스노냉 거리, 4월 13일. 왜 하필 그때 그 기억일까? 3개월 된 과거는 400년 된 과거보다 안 잊혔나?

내가 말했다.

"우리는 그 거리로 들어섰죠. 우리는 티에르가 직접 연단에서 리옹 시 봉기의 승리를 알렸다고 들은 상태였거든요. 그래서 우리는 방벽을 세웠죠. 모두가 노래하고 있었어요."

그들은 광장에 모였다가 외치면서 거리를 돌아다녔다. "악마의 자식을 죽여라!" 그들은 노래하고 있었다.

"그래서요?"

아르망이 물었다.

"아침에 군대가 공격했죠. 그들은 방벽을 쓸어버리고 집 안으로 들어가 사람들을 손에 잡히는 대로 모두 죽였어요."

나는 어깨를 으쓱했다.

"말했잖아요. 그건 항상 같다고요!"

잠시 침묵이 흐르고 나서 아르망이 말했다.

"당신은 어째서 그게 함정이라는 걸 알아차리지 못했죠? 12일 저녁에 티에르는 봉기가 진압되었다는 걸 알고 있었어요. 그리고 그가 소요를 야기했을 땐 모든 지도자들이 체포되어 있었고, 나도 이미 체포되어 있었어요……."

"우리는 나중에야 그걸 알았죠."

내가 말했다.

"그러나 당신한테는 경험이란 게 있잖아요. 당신은 위험을 감지하고 봉기를 막았어야죠."

"그들은 거리로 나아가기를 원했어요. 나는 그들과 함께 갔죠."

아르망은 초조해서 어깨를 으쓱했다.

"당신은 그들을 따르는 게 아니라 그들을 일깨워줘야 했어요."

"하지만 나는 그들을 대신해서 명료하게 볼 안목은 없어요."

내가 말했다.

그가 짜증이 난 듯 나를 보았지만 나는 말했다.

"나는 나한테 해달라고 부탁하는 일을 할 능력은 있어요. 그러나 어떻게 내가 그들의 입장에서 결정을 내릴 수 있겠어요? 그들이 자신들에게 좋은 일이라고 생각하는지 아니면 나쁜 일이라고 생각하는지 어떻게 압니까?"

안토니오는 스무 살에 죽었는데도, 웃고 있었다. 가르니에는 길모퉁이를 돌아오는 자신의 죽음을 잡으려고 벼르고 있었다. 그리고 베아트리체는 자신의 필사본들 위에 그 침울하고 통통한 얼굴을 수그리고 있었다. 그들만이 결정을 내릴 수 있었다.

"당신은 그들이 그런 학살을 원한다고 생각했어요?"

아르망이 사정없이 말했다.

"그것이 그다지도 잘못된 일일까요?"

내가 말했다.

죽은 사람들은 죽었고, 살아 있는 사람들은 살아갔다. 죄수들은 감옥을 싫어하지 않았다. 그들은 힘겨운 일로부터 풀려나 드디어 웃고, 쉬며, 한가로이 얘기할 수 있었던 것이다. 죽기 전에 그들은 노래를 불러봤던 것이다…….

"여러 달 동안 감옥 생활을 한 것이 당신을 지치게 하지 않았는지 걱정이네요."

아르망이 말했다.

나는 창백해진 그의 얼굴을 응시했다.

"당신은 안 피곤한가요?"

"그 반대예요."

그의 목소리에는, 내가 안주하던 조용한 안개를 뚫어버릴 정도로 큰 정열이 있었다. 나는 불쑥 일어서서, 몇 발 걸었다.

"조직 전체의 주력이 제거되었군요, 안 그래요?"

"그래요. 우리 잘못이에요. 말간 대낮에 반역을 도모하지 않는 법이죠. 우리한테 유익한 교훈이에요."

"언제 쓸 교훈이죠? 그들은 당신한테 10년이나 20년을 구형할 거예요."

내가 말했다.

"20년이면 저는 마흔네 살밖에 안 돼요."

아르망이 말했다.

나는 말없이 그를 바라보았고, 말했다.

"당신이 부럽네요."

"왜요?"

"당신은 죽을 거니까요. 당신은 결코 나와 비슷해지지 않겠죠."

"아! 나는 죽고 싶지 않아요."

그가 말했다.

"그래요. 나도 그런 식으로 말했어요."

내가 말했다.

나는 파르스름한 병을 손에 움켜쥐고 생각했다. '얼마나 많은 일을 할 수 있을까!' 마리안은 빠른 걸음으로 방 안을 왔다 갔다 하며 말했다. '내 앞에 남아 있는 시간은 아주 짧아.' 나는 처음으로 이렇게 생각했다. '이 사람은 우리 자식이야.' 내가 말했다.

"당신을 여기서 빠져나가게 할게요."

"어떻게 하실 거죠?"

"밤에는 마당에 경비원이 둘밖에 없어요. 그들은 무장하고 있죠. 그러나 총탄을 두려워하지 않는 사람이라면 충분한 시간 동안 그들의 주의를 흩뜨릴 수 있어요. 민첩한 사람이 벽을 기어오를 만한 시간 정도는요."

아르망은 고개를 흔들었다.

"나는 지금 탈출하고 싶지 않아요. 우리는 우리 재판이 얻을 수 있는 반향에 대한 기대가 커요."

"하지만 우리는 언제라도 헤어질 수 있어요. 우리가 다시 만난 건 큰 행운이에요. 그 기회를 어서 이용하라고요."

"아니요. 나는 남아 있어야 해요."

그가 말했다.

나는 어깨를 으쓱했다.

"당신 역시!"

"나 역시라뇨?"

"당신도 가르니에처럼 순교를 택하는 거죠?"

"가르니에는 쓸데없는 죽음을 택했어요. 그래서 내가 그를 책망하는 거예요. 나는요, 어디에서도 이곳에서만큼 좋은 일을 할 수 없다고 생각해요."

그는 비어 있는 넓은 공동 침실을 보았다. 저쪽에서, 그들은 잘 차려놓은 식탁 주위에서 아주 크게 웃으며 축배의 노래를 하고 있었다.

"생트펠라지에서는 규율이 아주 자유롭다고 들었는데?"

"사실이에요. 그리고 부르주아들은 독방을 갖기까지 하죠. 이 공동 침실은 노동자들의 것이고……."

"그럼 좋죠! 답이 나오잖아요. 만날 수 있고, 토론할 수 있으니, 얼마나 좋은 기회예요! 내가 여기서 나가기 전에 단결해야 해요."

"당신은 10년이나 20년 동안 감금되는 게 두렵지 않나 봐요?"

그는 짧게 웃었다. 그렇다고 얼굴이 밝아지지는 않았다.

"그건 다른 문제예요."

평원의 제노바 사람들이 붉은 천막들 주위에서 북적거리는 것이 보였다. 먼지가 쌓인 길에는 아무도 없었다. 나는 눈을 돌렸다. 내게 묻는 것은 내 일이 아니었다. 나는 카르모나의 문을 잠가두고 있었다……. 그랬던 사람이 나였지만 나는 더 이상 그 사람을 이해하지 못했다.

"왜 당신은, 사람이 자기 자신의 운명보다 대의를 우선 받들어야 한다고 단정하죠?"

그는 깊이 생각했다.

"나는 두 가지를 구분하지 않아요."

"그렇군요."

내가 말했다.

나는 문을 닫아걸고 있었다. 나는 말했다. '카르모나는 피렌체와 동등해질 거야.' 나는 다른 미래를 갖지 않았다.

"기억나네요."

"기억이 난다고요?"

"나는 당신과 같은 나이였어요, 아주 오래전이죠……."

섬광 같은 호기심이 그의 잔잔한 눈동자 속을 지나갔다.

"이제는 안 그런가요?"

나는 미소를 지었다.

"완전히 그렇지는 않죠."

"하지만 당신의 운명은 인류의 운명과 완전히 섞일 거예요. 당신은 인류만큼이나 오래 살 테니까요."

"어쩌면 더 오래요."

내가 말했다. 나는 어깨를 으쓱했다.

"당신이 옳아요. 감옥에 있어서 지친 거예요. 곧 괜찮아져요."

내가 말했다.

"분명히 곧 괜찮아져요. 그리고 당신은 우리가 어떤 훌륭한 일을 하게 될지 아시게 될 거예요."

그가 말했다.

공화당 안에는 상반된 두 파벌이 있었다. 어떤 자들은 부르주아의 기득권에 집착했다. 그들은 자유를 요구하면서도 그저 자기들만을 위해서 그것을 주장했다. 정치적 개혁만을 원할 뿐 사회적 통제에 관한 모든 발상을 거부했는데, 그들이 거기서 본 것은 단지 새로운 형태의 속박뿐이었기 때문이다. 아르망과 그의 친구들은 그 반대로 자유란 한 계급의 전유물일 수 없으며 오직 사회주의의 도래만이 노동자들에게 자유를 누리게 하리라는 견해를 지지했다. 이런 분열보다 더 심각하게 혁명의 성공을 위태롭게 하는 것은 없었다. 그래서 나는 아르망이 그토록 정열적으로 단결을 이루려고 애쓰는 데 의문을 갖지 않았다. 그러나 나는 그의 끈질김에는 경탄했다. 며칠 만에 그는 감옥을 정치적 회합장으로 바꿔놓았다. 아침부터 저녁까지, 밤에는 오랜 시간 동안, 이 방 저 방에서 그리고 공동 침실에서 토론이 진행되었다. 토론은 결코 결론이 나지 않았지만 아르망은 결코 실망하지 않았다. 그렇지만 일주일에 몇 번씩 헌병들이 그와 그의 동료들을 틀어잡고 감옥의 복도로 끌어내 질질 끌고 갔다. 아르망과 그 동료들의 머리는 이따금 포석과 계단에 처박혔다. 그는 웃으면서 법정에서 돌아왔다. "우리는 아무 말도 안 했어요." 하지만 어느 날 저녁 그가 들어왔을 때, 그의 방에서 그를 기다리던 나는《나쇼날》신문사 앞에서 그가 나를 돌아보았을 때와 똑같은 얼굴을 보았다. 그는 말없이 앉아 있다가 긴 시간이 지나고 나서 말했다.

"리옹 사람들이 입을 열어버렸어요."

"아주 심각한가요?"

내가 물었다.

"그들은 우리 침묵의 효과 전부를 없애버렸어요."

그는 머리를 두 손에 묻었다. 그가 다시 나를 바라보았을 때, 그의 표정은 단단했지만 목소리는 떨렸다.

"우리는 미끼에 걸려들면 안 돼요. 이 재판은 길게 계속될 거고, 우리는 바라던 효과를 못 얻을 거예요."

"내가 당신한테 제안한 것을 기억하죠?"

내가 말했다.

"예."

그는 일어나서 이리저리 초조하게 걸어 다녔다.

"나 혼자만 가버리고 싶지 않아요."

"당신들 모두가 탈출할 수는 없어요……."

"왜 안 되죠?"

사흘이 채 안 되어, 아르망은 동료들과 함께 생트펠라지에서 떠날 방법을 찾아냈다. 마당으로 난 문의 맞은편에 지하 창고가 하나 열려 있었는데, 감옥에서 보수 작업을 하던 노동자들이 아르망에게, 그 지하 창고를 통해 이웃의 정원으로 나갈 수 있다는 사실을 가르쳐줬다. 지하 통로를 뚫어보자는 결정이 났다. 그 문 앞에는 경비원이 한 명 있었다. 다른 사람들이 작업할 동안 일부 수감자들이 마당에서 공놀이를 하면서 경비원의 주의를 빼앗고, 보수 작업의 소음으로 우리의 망치 소리를 덮기로 했다. 엿새 만에 통로가 거의 다 파였다. 얇은 흙 한 층만이 빛을 가리고 있었다. 4월 13일의 체포망을 빠져나갔던 스피넬이 탈출 당일 밤에 무기들과, 우리가 정원의 벽을 넘어갈 수 있도록 사다리를 갖다 줘야 했다. 수감자 24명이 그렇게 감옥을 빠져나가 영국으로 갈 준비를 했다. 그러나 우리 중의 누군가는, 자유에 대한 모든 희망을 포기하고, 순찰을 도는 경비원을 붙잡아두기 위해 희생할 필요가 있었다.

"그건 내가 할게요."

내가 말했다.

"안 돼요. 제비뽑기를 해요."

아르망이 말했다.

"내게 20년의 감옥 생활이 대체 뭐겠어요?"

"문제는 그게 아니에요."

"알아요. 당신은 내가 다른 누구보다 더 도움이 되리라고 믿죠. 당신의 착각이에요."

"당신은 우리한테 큰 도움을 주셨어요."

"그러나 내가 계속 그러리라는 것은 확실하지 않아요. 나를 여기에 남겨둬요. 난 여기가 더 편해요."

우리는 그의 방 안에 마주 앉아 있었는데, 그는 그 4년 동안에 한 번도 보이지 않았던 정도의 주의를 기울이며 내 얼굴을 바라보았다. 오늘 그에게는 나를 이해하는 것이 필요해 보였다.

"왜 이렇게 나태하죠?"

나는 웃기 시작했다.

"조금씩 그렇게 됐어요. 600년……. 당신 그게 며칠이나 되는지 아나요?"

그는 웃지 않았다.

"600년 동안 나라면 투쟁을 계속할 거예요. 당신은 오늘 땅에서 할 일이 예전보다 더 적다고 생각하세요?"

"땅에서 할 일이 뭐가 있나요?"

이번에는 그가 웃었다.

"그런 것 같은데요."

"궁극적으로, 왜 당신은 그토록 자유를 원하죠?"

내가 물었다. 그가 불을 뿜듯 말했다.

"난 태양이 빛나는 게 좋아요. 나는 강과 바다가 좋아요. 당신은 인간 안에 있는 이 훌륭한 힘이 질식해버리는 것을 받아들일 수 있나요?"

"인간은 그 힘으로 뭘 할까요?"

내가 말했다.

"뭘 하든 어때요! 사람은 그 힘으로 자기 마음에 드는 뭐든지 하겠죠. 먼저 그 힘을 발산해야 해요."

그는 내 쪽으로 몸을 수그렸다.

"사람들은 자유로워지고 싶어해요. 그들의 목소리가 당신한테는 안 들리나요?"

나는 그녀의 목소리를 들었다. '한 사람으로 남아 있어.' 그들의 눈 속에는 똑같은 신념이 들어 있었다. 나는 아르망의 팔에 내 손을 얹었다. 내가 말했다.

"오늘 저녁, 나는 당신 말을 듣고 있어요. 그래서 당신한테 말하는 건데, 내 제안을 받아들여요. 어쩌면 이것이 마지막 저녁이에요. 매일 저녁이 마지막 저녁일 수 있어요. 오늘 저녁, 나는 당신한테 도움이 되고 싶지만, 어쩌면 내일은 내가 당신한테 내줄 것이 아무것도 없을 수도 있죠."

아르망은 나를 뚫어져라 보았다. 그의 얼굴은 흔들렸다. 그는 결코 고려해본 적이 없어서 그를 약간 두렵게 하는 무엇인가를 갑자기 발견한 듯했다.

"받아들이죠."

그가 말했다.

♦

등을 대고 누워, 언 진창에, 바닥 널빤지에, 은빛 모래 해변에 누워, 나는 돌 천장을 응시하며 내 주위 회색 벽들을, 내 주위의 바다, 평야, 그리고 지평선의 회색 벽들을 느끼고 있었다. 몇 년이 흐른 후였다. 수 세기 후, 수 세기처럼 긴 몇 년 후, 몇 시간처럼 짧은 몇 년 후, 나는 이 천장을 응시하며 부르고 있었다. '마리안.' 그녀가 말한 적이 있었다. '당신은 나를 잊을 거야.' 그 몇 세기와 시간에 대항하여, 나는 그녀를 생생하게 간직하고 싶었다. 천장을 응시하고 있노라면 때때로 그 영상이 내 눈 깊숙이 자리를 잡았다. 항상 같은 영상이었다. 파란 드레스, 드러난 어깨, 그녀와 닮지 않았던 초상. 나는 계속 기억해보려고 애썼다. 섬광 같은 순간 동안 거의 미소에 가까웠던 무엇인가가 내 안에서 움직였지만, 그것은 바로 꺼져버렸다. 그래서 좋을 게 뭐 있을까? 이 얼어붙은 지하실 깊숙한 곳의 내 심장 속에 방부 처리되어 있는 그녀는 그녀의 무덤 속에서와 마찬가지로 죽어 있었다. 나는 눈을 감았지만, 나는 이제 꿈에서조차 탈출할 수 없었다. 안개, 유령, 모험, 변신에서도 썩은 맛이 났다. 내 침의 맛, 내 생각의 맛.

뒤에서 문이 삐걱 열렸다. 손 하나가 내 어깨를 건드렸고, 아주 멀리서 그들의 말이 들렸다. 나는 생각했다. '이런 일이 생기게 마련이었어.' 그들은 벗은 내 어깨를 건드리며 말했다. '우리와 함께 가시죠.' 그리고 종려나무 그림자는 자취를 감췄다. 50년, 혹은 하루, 혹은 한 시간이 지나 그런 일은 항상 생기고야 말았다. '마차가 준비되었습니다, 주인님.' 눈을 떠야 했다. 내 주위에 여러 사람들이 있었는데, 그들은 내가 자유의 몸이 되었다고 말했다.

나는 그들을 따라 복도를 지나갔고 그들이 하라고 지시하는 모든 것을 했다. 나는 서류에 서명하고 나서 그들이 위세 좋게 내 손에 넘겨준 꾸러미를 들었다. 그런 후 그들은 나를 어떤 문으로 데려갔는데, 그 문은 내 뒤에서 다시 닫혔다. 이슬비가 내리고 있었다. 썰물 때여서 섬 주위로 까마득히 잿빛 모래만 보였다. 나는 자유의 몸이 되었다.

나는 한 걸음, 그다음 한 걸음을 내디뎠다. 어디로 가려고? 초원에서 골풀들은 약한 한숨과 함께 물방울을 뱉어내고, 나는 한 걸음 또 한 걸음, 걸음을 내디딜 때마다 뒤로 물러서는 지평선을 향해 나아갔다. 지평선에 눈을 고정한 채 나는 제방 위로 다리를 올렸다. 그리고 나는, 몇 미터 떨어진 곳에서 내게 손을 내밀며 웃는 그를 보았다. 그는 이제 청년이 아니었다. 그는 넓은 어깨와 수북한 수염으로 인해 나만큼이나 나이가 들어 보였다. 그가 말했다.

"모시러 왔어요."

그의 굳고 따뜻한 손이 내 손을 꼭 쥐었다. 강의 다른 쪽에서 불빛이 하나 빛났고, 불빛 하나가 마리안의 눈에서 빛났다. 아르망은 내 팔을 잡고 이야기했는데 그의 목소리는 장작불 같았다. 나는 그를 따라갔다. 나는 생각하면서 한 걸음, 그다음 한 걸음을 내디뎠다. '다시 시작될까? 그래서 계속될까? 하루 또 하루, 언제나, 언제나 계속해서 다시 시작되는 건가?'

나는 그의 뒤에서 어떤 길을 쭉 따라갔다. 도로가 이어졌다. 어디에도 이르지 않는 도로들. 그런 후 우리는 합승마차를 탔다. 아르망은 계속 이야기했다. 10년이 지나 있었다. 그의 삶의 커다란 부분 전체가 말이다. 그는 나에게 자기 이야기를 했고, 나는 그의 이야기를 들었다. 낱말들은 아직 의미가 있었어도 그 의미는 늘 같았으며, 항상 같은 낱말이었다. 말들은 달려갔다. 밖에는 눈이 내렸다. 겨울이었던 것이다. 사계절, 일곱 가지 빛깔. 밀폐된 공기에서는 오래된 가죽 냄새가 났다. 내가 아는 냄새들이 맡아졌다. 사람들이 차에서 내리자 다른 사람들이 탔다. 오랫동안 나는 그렇게 많은 얼굴을 못 보고 지냈다. 그렇게 많은 코, 그렇게 많은 입, 그렇게 많은 한 쌍의 눈. 아르망은 이야기했다. 그는 영국, 사면, 프랑스 귀환, 내 감형을 얻으려 그가 기울인 노력들, 그리고 마침내 그가 그것을 얻었을 때의 기쁨에 대해 이야기했다.

그가 말했다.

"오랫동안 나는 당신이 탈출하시길 바랐어요. 그건 어려운 일이 아니었을 텐데요."

"시도하지 않았어요."

내가 말했다.

"아!"

그는 나를 바라봤다가 눈을 돌렸다. 그는 내게 묻지 않고 다시 말하기 시작했다. 그는 스피넬, 그리고 영국에서 만난 한 여자와 함께 파리의 작은 아파트에서 살고 있었다. 그들은 내가 자신들과 한 지붕 아래 살기를 바랐다. 나는 동의했고 물어보았다.

"당신 아내인가요?"

"아니요. 그저 친구일 뿐이죠."

그가 무뚝뚝한 목소리로 말했다.

우리가 파리에 도착한 것은 하룻밤이 다 지나서였다. 아침이었고, 길은 눈으로 덮여 있었다. 그것 역시 오래된 배경의 하나였다. 마리안은 눈을 좋아했다. 갑자기 내게 그녀는 지하 감옥의 구석에서보다 더 가깝고 더 상실된 듯했다. 그 겨울 아침에 그녀를 위한 자리가 하나 있었는데 그 자리는 비어 있었다.

우리는 한 층 올라갔다. 10년 동안, 5세기 동안 사물들은 변하지 않았다. 머리 위에는 항상 천장이 있었고, 주위에는 침대, 탁자, 걸상, 벽에는 올리브 녹색이나 편도나무 녹색 벽지가 있었다. 이 벽들 사이에서 그들은 죽기를 기다리면서 살고 있었고 인간의 꿈들을 어루만지고 있었다. 외양간 안, 따뜻한 푸른빛 배와, 여물과 녹색 초원의 꿈이 무한히 반사되던 커다란 금빛 눈을 가진 암소들.

"포스카!"

스피넬은 내 손을 꼭 쥐고 내 얼굴을 보며 웃었다. 그의 모습은 아주 그대로였다. 기껏해야 표정이 약간 딱딱해진 정도였다. 그리고 그날 밤 이후, 나는 내가 항상 알던 그대로인 아르망의 얼굴을 다시 보게 되었다. 나는 그들과 바로 전날 밤에 헤어진 듯한 느낌이었다.

"이 사람이 로르입니다."

아르망이 내게 말했다.

그녀는 신중한 모습으로 나를 바라보더니 미소도 짓지 않고 아주 작은 거칠고 뻣뻣한 손을 내밀었다. 그녀는 그리 젊지 않았다. 그녀의 허리는 가냘팠고, 눈은 커다랗고 짙었으며 얼굴은 황록색이었다. 그녀의 머리는 긴 술이 달린 숄이 감싼 어깨까지 검은 고리를 그리며 늘어뜨려졌다.

"시장하시겠어요."

그녀가 말했다.

그녀는 우유를 탄 커피가 담긴 큰 잔들과 버터를 발라 구운 고기 접시를 식탁에 올려놨다. 식사를 하며 아르망도 스피넬도 활발하게 이야기했는데, 그들은 나를 다시 보게 되어 아주 행복해 보였다. 나는 커피만 몇 모금 마셨다. 감옥에서 나는 먹는 습관을 잃었던 것이다. 나는 그들에게 답하고 미소 지으려 애썼다. 그러나 내 심장은 식은 용암 밑에 묻혀 있는 것 같았다.

"며칠 안에 당신을 위한 축하연이 열릴 거예요."

아르망이 말했다.

"축하연?"

"주요 노동자 단체 지도자들이 올 거예요. 당신은 우리의 영웅 중 한 사람이에요……. 4월 13일의 봉기, 10년간의 투옥……. 당신의 이름이 오늘날 어떤 무게를 지니고 있는지 상상도 못 하실 거예요."

"그랬군요."

내가 말했다.

"축하연을 베푼다는 생각에 놀라셨죠."

스피넬이 말했다.

나는 고개를 흔들었지만 그는 기세에 차 말했다.

"제가 설명할게요."

그는 여전히 목소리가 좋았고 말을 더듬거렸다. 그는 내게 이제 봉기 전술은 포기되었다고 설명하기 시작했다. 폭력은 혁명이 진정으로 일어날 그날을 위해 보류되었다. 그날을 기다리면서 시도해야 할 것, 그것은 모든 노동자를 거대한 동맹 안에 모이게 하는 일이었다. 런던의 망명자들은 그쪽에서 노동조합의 중요성을 배웠다. 축하연은 이런 연대감을 표명하는 기회였는데, 그런 축하연이 프랑스 전체에 걸쳐 늘어나고 있었다. 그는 한참 동안 이야기했다. 종종 로르의 동의를 청하듯이 그녀에게 몸을 돌리면 그녀는 고개를 끄덕거렸다. 그가 이야기를 끝냈을 때, 나는 말했다.

"알겠어요."

침묵이 흘렀다. 나는 내가 태도를 드러내지 않고 있음을 알아차렸다. 나는 사람들이 내게 기대하는 말을 하지 않았다. 그러나 나는 그것들을 만들어낼 능력이 없었다. 로르가 일어나서 말했다.

"가서 쉬지 않으실래요? 여행이 아주 피곤하셨을 게 분명해요."

"그래요, 자고 싶습니다. 그쪽에 있을 때는 잠을 많이 잤어요."

"방을 보여드릴게요."

나는 그녀를 따라갔다. 그녀가 문 하나를 밀어 열고 말했다.

"멋진 방은 아니지만, 마음에 드시면 정말 좋겠어요."

"마음에 들 겁니다."

그녀는 문을 다시 닫았다. 그리고 나는 침대에 누웠다. 의자 위에 새 침구와 옷들이, 선반에는 책들이 있었다. 밖에서 사람들의 목소리, 발소리가 들려왔다. 가끔 수레가 지나갔다. 그것은 파리였고, 그것은 세계였다. 나는 자유로웠다, 지상과 하늘과 지평선의 회색 벽들 사이에서 자유로웠다. 변두리 생앙투안 지역에서 기계들이 웅웅거리고 있었다. 언제나, 언제나. 병원에서 아이들이 태어나고, 노인들은 죽고 있었다. 눈처럼 흰 하늘 깊숙이 붉은 태양이 있었다. 어딘가에 이 태양을 바라보던 한 청년이 있었는데, 무엇인가가 그의 심장 속에서 터졌다. 나는 두 손으로 내 심장을 눌렀다. 심장은 언제나, 언제나 뛰고 있었고, 바다는 해변을 때리고 있었다. 언제나, 언제나. 그것은 다시 시작되었고, 계속되었고, 계속해서 다시 시작하겠지. 언제나, 언제나.

밤이 깊어진 지 오래되었을 때 누군가 부드럽게 내 방문을 두드렸다. 로르였다. 그녀는 손에 등을 들고 있었다.

"저녁 식사를 여기로 갖다 드릴까요?"

"수고하지 않아도 돼요. 배가 안 고파요."

그녀는 등을 내려놓고 침대로 다가왔다.

"어쩌면 당신은 감옥에서 나오고 싶지 않으셨나 봐요."

그녀가 말했다.

그녀의 목소리는 쉰 듯했고, 약간 힘이 없었다. 나는 팔꿈치로 짚고 몸을 일으켜 세웠다. 여자. 따뜻한 살 아래 뛰는 심장, 싱싱한 이, 삶을 찾는 눈, 그리고 그 눈물의 냄새. 계절처럼, 시간처럼, 빛깔들처럼, 여자들은 그 모습 그대로 남아 있었다. 그녀가 말했다.

"우리는 잘하는 일이라고 생각했어요."

"잘했어요."

"결코 알 수 없죠."

그녀는 내 얼굴, 내 손을 바라보았고, 소곤거렸다.

"아르망이 저한테 말했어요……."

나는 일어나서 거울을 한 번 들여다보고 유리창에 이마를 댔다. 가로등이 켜져 있었다. 사람들은 집 안에서 탁자 주위에 모여 있었다. 영원한 세기 동안 먹고, 자고…….

"제 짐작에 다시 살기 시작한다는 건 피곤하겠죠."

그녀가 말했다.

나는 그녀 쪽으로 돌아서 내가 이미 했던 말을 했다.

"내 걱정은 하지 마세요."

"저는 모든 것을 걱정하고 모두에 대해 걱정해요. 저는 그렇게 생겨먹었어요."

그녀는 문 쪽으로 걸어갔다.

"그렇다고 우리를 탓하시면 안 돼요."

"난 당신들을 탓하지 않아요. 나는 아직 내가 당신들한테 유용하기를 바라죠."

"하지만 그 누구도 당신에게 유용하지 않겠죠?"

그녀가 물었다.

"무엇보다, 애쓰지 마세요."

내가 말했다.

♦

“인상적인 집회가 될 거야.”

스피넬이 말했다.

의자 위에 발을 올려놓고, 그는 붉게 빛나는 한쪽 구두를 힘차게 솔질하고 있었다. 로르는 탁자 위에 몸을 수그리고서 남자 윗옷을 다림질하고 있었다. 그녀가 중얼거렸다.

“내가 아는 한 이런 연회보다 더 맥이 풀리는 건 없어요.”

“유용한 모임이에요.”

아르망이 말했다.

“나도 그러기를 바라죠.”

그녀가 말했다.

아르망은 약한 불이 타오르는 벽난로의 대리석 상판에 흩어져 있는 서류들을 검토했다.

“말씀하셔야 할 것이 무엇인지 대충 아시죠?”

“대충.”

내가 열의 없이 말했다.

스피넬이 말했다.

“내가 당신 대신에 이야기할 수 없어서 정말 유감이에요. 나는 오늘 저녁 영감을 받은 느낌이 든다고요.”

로르가 미소를 지었다.

“당신은 항상 영감을 받는군요.”

그가 그녀 쪽으로 획 돌아섰다.

“지난번 내 연설이 별로였나요?”

“내 말은요, 당신의 연설이 항상 훌륭하다는 거예요.”

벽난로 안에서 장작이 하나 무너졌다. 스피넬은 다른 쪽 구두를 열심히 닦기 시작했다. 로르는 하얀 리넨 옷을 다리고 있었다. 아르망은 책을 읽고 있었다. 그리고 커다란 괘종시계의 추는 평화롭게 흔들리고 있었다. 똑딱, 똑딱. 나는 그 소리를 듣고 있었다. 나는 뜨거운 옷감 냄새를 맡고 있었다. 나는 로르가 꽃병에 꽂아둔 꽃들, 마리안이 예전에 그 이름을 알려줬던 꽃들을 보고 있었다. 나는 그 방의 모든 가구, 벽지의 노란 줄무늬를 보고 있었다. 그들 얼굴의 모든 흔들림, 그들 목소리의 모든 억양을 식별하고 있었다. 나는 그들이 말하지 않는 말까지 듣고 있었다. 그들은 유쾌하게 이야기를 나누고 함께 일했으며, 각자가 자신의 삶을 다른 사람들의 그것을 위해 내줄 수도 있었다. 그런데도 그들 사이에서는 비극이 진행되고 있었다. 그들은 그들의 삶 속에 비극을 만들 만한 여건을 항상 갖추고 있었다……. 스피넬은 로르를 사랑했다. 그런데 그녀는 그를 사랑하지 않았고, 아르망을 사랑하거나 적어도 이제 그를 사랑하지 않는다는 사실을 후회하고 있었다. 그리고 아르망은 멀리 있거나 그를 사랑하지 않는 어떤 여자를 꿈꾸고 있었다. 나는 엘리아나에게 등을 돌리고 베아트리체를 바라보면서 생각했다. '그녀가 저런 눈빛으로 바라보는 것이 왜 하필 안토니오일까?' 로르의 손이 미끈한 천 위를 왔다 갔다 했다. 윤기 없는 아주 조그마한 상앗빛 손이었다. 왜 아르망은 그녀를 사랑하지 않을까? 그녀는 거기 있었고, 그를 사랑했다. 한 여자, 분명히 한 여자였던 것이다. 다른 여자, 그녀 역시 한 여자에 지나지 않았다. 왜 로르는 스피넬을 사랑하지 않으려 할까? 아르망과 스피넬 사이에 그렇게 많은 차이점이 있나? 한 사람은 갈색 머리, 다른 사람은 밤색 머리, 한 사람은 신중하고 다른 사람은 유쾌하지만, 두 사람 모두 가지고 있는 보는 눈, 흔들리는 입술, 움직이는 손…….

그들은 모두 비슷한 눈, 입술, 손을 갖고 있었다. 그들은 족히 백여 명 정도 되었는데, 술병과 먹을거리가 그득한 식탁이 차려진 헛간 안에 있었다. 그리고 그들의 시선이 바라보는 것은 바로 나였다. 그들 중 몇몇은 나를 알아보았다. 그들은 내 어깨를 치거나, 내 손을 꽉 쥐거나, 웃고 있었다. "자네 안 변했군." 스피넬의 침대 머리맡에서 그들은 서로를 바라보았고, 그들의 심장에서 기쁨의 물줄기가 뜨겁게 솟구쳤다. 나는 그들이 부러웠다. 오늘 그들은 바로 나를 바라보고 있었지만, 그들의 시선은 내게 와 닿지 않았다. 내 심장에는 불씨 하나 없었던 것이다. 식은 용암 밑에, 잿더미 밑에 파묻힌 오래된 화산은 달의 분화구들보다 더 죽어 있었다.

나는 그들 옆에 앉았다. 그들은 먹고 마셨고, 나도 그들과 함께 먹고 마셨다. 마리안이 그들에게 미소를 지었고, 교현금을 타는 여자가 노래하자 모두가 합창으로 후렴을 메겼다. 노래해야만 해서 나도 노래한 것이었다. 한 명씩 일어서더니 그들은 나의 건승을 위해 건배했다. 그들은 지난 시절에 대해 이야기했다. 가르니에의 죽음, 트랑스노냉 거리, 생트펠라지 그리고 몽생미셸의 지하 감옥에서 내가 겪었던 10년간에 대해서였다. 그들의 인간적 언어로, 그들은 노래보다 더 자신들을 열광케 하는 윤색된 전설을 만들어냈다. 그들의 목소리는 감동으로 떨렸고 여자들의 눈에는 눈물이 괴었다. 죽은 사람들은 죽어 있었어도, 산 사람들은 죽은 과거로 타는 듯한 현재를 만들며 살아가고 있었다.

또한 그들은 미래, 진보, 인류에 대해서도 이야기했다. 아르망이 자리에서 일어나 말했다. 그는 만일 노동자들이 단결할 수 있고, 의지를 발휘할 수 있다면, 그들은 그들이 예속되어 있는 기계의 주인이 될 것이라고, 기계는 언젠가 그들에게 해방의 도구, 행복의 도구가 될 것이라고 말했다. 그는 철로를 달리는 급행열차들이 각 국가의 이기주의적인 보호무역주의에 의해 세워진 장벽을 깨뜨릴 것이라고 지적했다. 지구는 그때 모든 사람이 제약 없이 이용할 수 있는 거대한 시장이 될 것이고……. 그의 목소리가 헛간을 가득 채웠다. 그들은 이제 먹지도 마시지도 않고 듣고 있었다. 두 눈 가득히 그들은 헛간 벽 저 너머의, 황금 열매, 젖과 꿀이 흐르는 시냇물을 보고 있었다. 서리가 덮인 창 너머를 마리안은 바라보았고, 그녀는 미래의 따뜻하고 무거운 무게를 배 속에 느끼며 미소를 지었다. 여자들이 비명을 지르면서 무릎을 꿇고 자신들의 옷을 찢자, 남자들이 그녀들을 밟아댔다. 광장에서, 상점 골방에서, 들판 한가운데서 예언자들이 설교하고 있었다. 정의의 시대, 행복의 시대가 올 것이다. 이번에는 로르가 일어섰다. 그녀 역시, 그녀도 열렬하고 쉰 목소리로 미래에 대해 말했다. 피가 흐르고, 집들은 불에 탔으며, 외침, 노래가 공기를 찢어도 미래의 푸른 초원에서는 흰 어린양들이 풀을 뜯고 있었다. 그 시대가 올 것이다……. 나는 그들의 가쁜 숨소리를 들었다. 자 이제 그 시대가 왔고, 바로 오늘이 그 미래였다. 불에 타서 숯이 된 순교자들, 목이 잘린 농부들, 열렬한 목소리로 말하는 설교자들의 미래, 마리안이 원한 미래, 그것은 바로 기계들의 웅웅거리는 소리에 박자가 지워진, 아이들의 기나긴 고통, 감옥, 빈민굴, 피로, 배고픔, 권태 등등의 날들이었다.

"당신 차례예요."

아르망이 소곤거렸다.

나는 일어섰다. 나는 아직 그녀에게 복종하고 싶었다. '한 사람

으로 남아 있어.'

나는 손으로 탁자를 짚었다. 내가 말했다.

"다시 여러분과 함께하게 되어 행복합니다."

그리고 내 목소리는 목구멍 안에서 말라버렸다. 나는 그들 사이에 있지 않았다. 미래, 그들에게는 순수하고 매끈하며 쪽빛 하늘처럼 들어갈 수 없는 미래가 내게는 하루 또 하루 피로와 권태 속에서 살아가야 할 현재가 될 것이다. 1944년, 나는 다른 사람들이 경탄하는 눈으로 2044년, 2144년……을 응시할 때 달력에서 이 날짜를 읽을 것이다. '한 사람으로 남아 있어.' 그러나 그녀는 이렇게도 말했다. '우리는 같은 세계에 살고 있지 않아. 당신은 어느 다른 시간의 깊은 곳으로부터 나를 보고 있어.'

두 시간 후, 나 혼자 아르망과 다시 마주하게 되었을 때, 내가 그에게 말했다.

"유감이네요."

그는 내 어깨에 손을 올렸다.

"그러실 것 없어요. 당신의 침묵은 긴 연설보다 더 압도적이었어요."

나는 고개를 흔들었다.

"내가 유감스러운 건 더 이상 당신과 함께 일할 수 없다는 것을 알았기 때문이에요."

"어째서요?"

"피곤해서라고 해두죠."

"그 말은 아무런 의미가 없어요. 진짜 이유가 뭐죠?"

그가 따져 물었다.

"뭐 좋을 게 있겠어요?"

내가 말했다.

그는 약간 신경질적으로 어깨를 으쓱했다.

"설득할 자신이 없으신가요? 지나치게 소심하시군요."

"오! 나는 당신이 악마나 신 앞에서도 머리를 꼿꼿이 세울 능력이 있다는 것을 잘 알아요."

"그렇다면 설명해보세요."

그는 미소를 지었다.

"어쩌면 당신을 설득할 사람은 바로 저예요……."

나는 꽃병 안의 꽃들, 벽의 노란 줄무늬를 바라보았다. 시계추는 똑같이 고른 박자로 흔들거렸다. 나는 말했다.

"나는 미래를 믿지 않아요."

"어쨌든 미래는 오게 되죠."

"그러나 당신들은 모두 미래를 마치 낙원처럼 이야기해요. 낙원은 없을 거예요."

"물론이죠."

그는 내 얼굴을 살폈다. 내 얼굴에서 내게 해야 할 말을 찾는 듯했다.

"우리가 낙원처럼 묘사하는 것, 그것은 오늘날 우리가 꾸는 꿈들이 실현될 그 순간이죠. 장차 또 다른 사람들이 새로운 것들을 요구하게 되리란 것을 우리는 잘 알아요……."

"인간은 결코 만족될 수 없다는 것을 알면서, 어떻게 당신들은, 그게 무엇이든, 욕망할 수 있죠?"

그는 특유의 확신에 찬 미소를 지었다.

"욕망이 뭔지 모르시나요?"

"그래요. 내게도 욕망이 있었어요. 알죠."

나는 주저했다.

"하지만 단순히 욕망의 문제가 아니에요. 당신들은 다른 사람들을 위해 투쟁하고, 그들의 행복을 바라고 있어요……."

"우리는 함께 투쟁해요, 우리를 위해서."

그는 계속해서 주의 깊게 나를 살폈다.

"말씀하셨죠, '인간'이라고. 당신은 그들을 낯선 눈으로 바라봐요. 만일 내가 신이라면, 내가 사람들을 위해 이렇게 저렇게 할 아무런 이유를 찾지 못할 거예요. 하지만 나는 그들 중 한 명이에요. 나는 그들과 함께, 그들을 위해, 다른 게 아닌 어떤 것을 원하는 거예요. 바로 오늘 그것을 원하는 것이고……."

"나는 과거에 카르모나가 자유로워지기를 원했어요. 하지만 내가 피렌체와 제노바의 속박으로부터 카르모나를 구했기 때문에, 카르모나는 피렌체, 제노바와 함께 패망했어요. 당신들은 공화국과 자유를 원하죠. 그런데 그 결과가 가장 나쁜 폭군의 등장으로 이어지지 않는다고 대체 누가 장담할 수 있죠? 만일 인간이 충분히 오래 산다면, 인간은 모든 승리가 어느 날 패배로 변한다는 것을 알게 돼요."

내가 말했다.

내 말투에 화가 났는지 그가 맹렬하게 말했다.

"오! 저도 역사를 겉핥기 정도는 알아요. 당신에게서 제가 뭘 배우겠어요. 만드는 것 모두가 해체되고야 말죠. 나도 알아요. 그리고 태어나는 그 순간부터 죽어가기 시작하고야 말죠. 그러나 탄생과 죽음 사이에는 삶이 있어요."

그의 목소리가 부드러워졌다.

"우리 사이에 커다란 차이점이 있다면, 그건 인간의 운명, 덧없는 운명이 당신의 눈에는 중요해 보이지 않는다는 거라고 저는 생각해요."

"실제로 그래요."

내가 말했다.

"당신은 이미 미래의 저 먼 곳에 있어요. 그리고 당신은 이 순간들을 마치 이미 과거의 것이라는 듯이 바라보죠. 만일 과거의 모든 시도를 두고 그저 죽어버린, 화석이 된 겉모습만을 본다면, 그 시도는 쓸모없어 보일 거예요. 카르모나가 200년 동안 자유롭고 위대했던 것, 그건 오늘날 당신에게 그다지 큰 감동을 주지 않죠. 하지만 당신은 카르모나를 사랑하던 사람들에게 카르모나가 무엇이었던가를 알고 있어요. 나는 당신이 제노바에 대항해서 카르모나를 지킨 것이 잘못이라고 생각하지 않아요."

그가 말했다.

분수들이 노래하고 있었다. 하얀 윗저고리 하나가 어두운 주목들에 대비되어서 빛나고 있었고 안토니오는 말했다. '내 조국은 카르모나예요…….'

"당신의 논리에 따르면, 가르니에가 생메리 수도원을 지킨 것은 왜 잘못된 거죠? 그는 그곳을 지키고 싶어서 그곳을 지켰어요."

"그것은 내일이 없는 행동이었어요."

아르망이 말했다. 그는 곰곰 생각했다.

"제 의견으로는, 우리는 우리 손안에 있는 미래에 대해서만 걱정해야 해요. 그러나 미래에 대한 우리의 영향력을 가능한 한 최대로 넓히려고 노력해야 하죠."

"당신은 당신이 비판한 내 행동을 그대로 하고 있어요. 당신은 가르니에의 행동에 참여하지 않으면서 그의 행동을 관망해요."

내가 말했다.

"어쩌면, 아마도 저는 그를 심판할 권리가 없어요."

아르망이 말했다.

침묵이 흘렀다. 내가 말했다.

"당신은 다만 한정된 미래를 위해서 일할 뿐인 것을 인정하죠."

"한정된 미래, 한정된 삶, 그게 우리 인간의 몫이에요. 그것으로 충분해요. 만일 50년 내에 공장에서 어린이를 고용하는 것이 금지되고, 사람들에게 열 시간 이상 일을 시키는 것이 금지되고, 인민이 대표자들을 선택하고, 언론이 자유로워진다고 생각하면, 저는 만족해요."

그의 시선이 다시 내게 놓였다.

"당신은 노동자들의 상황이 참담하다고 보시죠. 당신이 알았던 사람들, 다만 그 사람들에 대해서만 생각해보세요. 그들의 운명이 바뀌도록 돕고 싶은 욕구가 없나요?"

"언젠가 한 아이가 미소 짓는 걸 봤어요. 그 아이가 종종 미소를 지을 수 있다는 것이 내게는 아주 중요해 보였죠. 그래요. 자극을 주는 순간이 있어요."

나는 그를 바라보았다.

"하지만 모든 것이 꺼져버리는 순간도 있어요."

그는 일어나서 손을 내 어깨에 얹었다.

"만일 모든 것이 꺼진다면, 당신은 무엇이 될까요?"

"모르죠."

내가 말했다.

꽃, 괘종시계, 노란 줄무늬 벽지……. 만일 내가 이 물건들을 버린다면, 나는 어디로 가게 될까? 만일 내가 그것들에 더 이상 온순하게 복종하지 않는다면, 나는 무엇을 할 수 있을까?

"현재를 살아가야 해요, 포스카."

그가 간곡한 목소리로 말했다.

"우리와 함께, 우리를 위해서요. 그건 또한 당신을 위한 일이기도 하죠. 당신에게는 현재가 중요해야 해요."

"그러나 내 입안에서 말이 말라버려요. 내 가슴속에서 욕망이 말라버리고, 내 손끝에서 움직임이 말라버려요."

내가 말했다.

그의 눈 속에서, 내가 잘 알던 명확하고 실용적인 그 시선을 다시 만났다.

"어쨌든 우리가 당신을 이용할 수 있도록 허락해주세요. 너무나 큰 명성이 당신의 이름, 당신이라는 인물에 딸려 있어요. 축하연에 참석하고, 회합에 모습을 나타내주세요. 로르와 함께 지방에 다녀주시고요."

나는 입을 다물고 있었다. 그가 말했다.

"그러실 거죠?"

"내가 거절할 이유가 뭐 있을까요?"

내가 그에게 말했다.

♦

로르가 말했다.

"한 달에 2프랑입니다. 그러면 제사 공장의 모든 노동자가 질병, 실업, 노후의 빈곤 상황에서 보호받을 수 있을 겁니다. 여러분은 파업을 하는 것이 좋겠다고 판단되면 며칠간 작업을 멈출 수도 있습니다."

그들은 지루하고 피곤한 표정으로 듣고 있었다. 기껏 한 주먹 정도 되는 수의 사람들. 모든 도시에서 마찬가지였다. 그들은 저녁 식사와 수면 외의 다른 장래를 바랄 힘을 가지기에는 매일매일의 노동으로 너무나 탈진해 있었다. 그리고 노동자의 부인들은 두려워하고 있었다.

"그 돈을 다 누가 갖고 있게 되죠?"

그들 중 하나가 말했다.

"여러분이 위원회를 발족하시면 그 위원회가 여러분에게 매달 회계를 보고하게 됩니다."

"아주 막강한 위원회가 되겠군요."

"지출 명세를 여러분이 통제하실 겁니다."

"누가 통제한다고요?"

"회합에 올 모든 사람이죠."

"그거 액수가 상당해지겠는데요."

남자가 되풀이했다.

그들은 기꺼이 매달 2프랑씩 희생하고 싶었지만, 구호 기금으로 말미암아 그들 중 누군가의 손에 떨어질 불분명한 힘을 무서워했다. 그들은 새로운 지배자가 생길까 봐 두려웠다. 로르는 열렬하고 쉰 목소리로 권유했지만, 그들의 얼굴은 닫혀 있었다. 우리가 회합 장소에서 나왔을 때, 로르는 한숨을 쉬면서 내게 말했다.

"우리를 경계하고들 있어요."

"그들 자신을 경계하는 거죠."

"그렇죠. 그건 놀라운 일이 아니에요. 그들은 자신들의 약점만 들어왔으니까요."

그녀는 어깨에 두른 숄을 조였다. 날씨는 따뜻했지만 이슬비가 내리고 있었다. 우리가 루앙에 도착한 때부터 그치지 않고 이슬비가 오거나 비가 내렸다.

"감기가 들었어요."

"집으로 돌아가기 전에 따뜻한 그로그[56]를 마시러 갑시다."

그녀의 숄은 너무 얇았고, 그녀의 신발에는 물이 배어 있었다. 로르가 긴 가죽 의자에 앉았을 때, 나는 그녀의 눈 밑 주름들, 빨개진 코를 보았다. 그녀는 난롯가에 조용히 앉아 쉴 수도 있었고, 밤새 오래 잘 수도 있었고, 아름답고 우아하게 지낼 수도 있었고, 분명히 사랑받을 수도 있었다. 그런데 그녀는 뛰듯이 길을 돌아다녔고, 제대로 못 먹었고, 조금밖에 못 잤고, 얼굴은 되는 대로 내버려뒀고, 신발과 기력을 소비했다. 무엇을 얻으려고?

"당신은 지나치게 스스로를 지치게 해요."

그녀가 어깨를 으쓱했다.

"좀 더 자신을 보살펴야 합니다."

"스스로를 보살필 수는 없죠."

그녀가 말했다.

그녀의 목소리 속에 아쉬움 같은 것이 있었다. 아르망은 그녀를 잘 돌보지 않았다. 그리고 스피넬은 잘못 돌보아서 그녀를 짜증나게 했다. 내 경우 나는 그녀를 따라 프랑스 전역의 도시를 다녔어도 그녀에게 거의 말을 걸지 않았다.

그녀가 말했다.

"아르망은 놀라워요. 그에게는 대단한 힘이 있죠. 결코 의혹을

56. 럼에 뜨거운 물을 탄 술._옮긴이

품지 않는다고요."

"당신은 의혹이 드나요?"

그녀는 잔을 내려놨다. 김이 오르는 술이 윤기 없는 그녀의 뺨에 약간 핏기가 오르게 했다.

"그들은 우리가 하는 이야기를 들으려는 욕구가 없어요……. 가끔 저는 그들이 평화롭게 살다가 죽도록 두는 게 더 낫지 않을까 해요."

"그렇게 되면 당신은 뭘 할 거죠?"

그녀는 살짝 미소를 지었다.

"저는 열대지방으로 돌아가서 살 거예요. 저는 거기서 태어났거든요. 종려나무 그늘 밑 그물침대에 누워 모든 것을 잊겠어요."

"왜 그렇게 안 하죠?"

내가 물어보았다.

"그럴 수 없어요. 정말로 잊을 수가 없어요. 세상에는 비참하고, 고통스러운 일이 너무 많아요. 그걸 결코 참을 수가 없어요."

"설령 당신은 행복하다 해도요?"

"전 행복해할 수 없을 것 같아요."

우리 앞의 누렇게 바랜 유리에서, 나는 그녀의 얼굴, 검은 헝겊 모자 아래의 축축한 머리, 그리고 피곤한 얼굴의 벨벳 같은 눈을 보았다.

"어쨌거나, 우리는 쓸모 있는 일을 하고 있어요, 안 그래요?"

그녀가 물었다.

"물론이죠."

그녀는 나를 바라보고는 어깨를 으쓱했다.

"왜 생각하는 바를 결코 말씀하시지 않죠?"

"아무 생각이 없어서예요."

"그건 사실이 아니에요."

"진정으로 말하는 겁니다. 나는 무엇도 생각할 능력이 없어요."

"왜죠?"

"나에 대해서는 이야기하지 맙시다."

"오히려 해야죠."

"말의 의미가 당신과 나에게 같지 않아요."

"알아요. 언젠가 아르망한테 당신은 이 세계 사람이 아니라고 말씀하셨죠."

그녀의 시선이 내 손에 머물다가 내 얼굴로 올라왔다.

그녀가 말했다.

"하지만 그건 사실이 아니에요. 당신은 이렇게 제 옆에 앉아 있고, 우리는 이야기하고 있어요. 당신은 사람이에요. 이상한 운명을 가진 사람이지만, 어쨌든 이 땅의 사람이에요."

그녀의 목소리는 간절했다. 어루만짐과 호소가 있었던 것이다. 아주 멀리 차가운 재와 굳어 버린 용암 밑에서, 아주 깊은 곳에서 무엇인가가 흔들렸다. 내 뺨에 닿은 나무의 거친 껍질, 산책길 끝에서 사라지던 자홍색 옷자락. 그녀는 말했다.

"원하신다면 제가 당신의 친구가 될 수도 있어요."

"당신은 이해하지 못해요. 아무도 내가 어떤 사람인지 이해할 수 없어요."

내가 말했다.

"설명해보세요."

나는 고개를 흔들었다.

"당신은 가서 자야 합니다."

"자고 싶지 않아요."

그녀의 손은 얌전하게 탁자 위에 펼쳐져 있었지만, 그녀의 손톱 끝은 대리석을 긁고 있었다. 그녀는 내 옆에서 혼자, 동행들 옆에서 혼자, 세계에서 혼자 있었다. 그녀가 어깨에 짊어진 고통의 무게 전체와 함께.

"당신은 행복하지 않아요."

그녀가 말했다.

"그래요."

"봐요, 맞죠!"

그녀가 갑자기 열렬하게 말했다.

"당신 역시 사람들의 세계에 속한 사람이라는 것을 당신은 잘 알아요. 사람들은 당신한테 불평을 들을 수도 있고, 당신을 사랑할 수도 있고……."

그녀는 웃으면서 장미와 보리수 꽃의 냄새를 들이마시고 있었다. '당신이 불행한 사람이라는 것을 잘 알고 있었어요.' 그리고 나는 두 팔로 나무둥치를 꽉 끌어안았다. 나는 다시 살아 있는 자가 될까? 식은 용암 밑, 뜨거운 증기가 진동했다. 오래전부터 그녀는 나를 사랑했고, 나는 그것을 알고 있었다.

내가 말했다.

"언젠가 당신은 죽을 거고 나는 당신을 잊을 겁니다. 그게 모든 우정을 불가능하게끔 하지 않나요?"

"아니요. 설령 당신이 저를 잊는다 해도 우리의 우정은 존재한 거예요. 미래는 그것을 어떻게 하지 못할 거예요."

그녀는 눈을 들었다. 그녀의 시선이 그녀의 얼굴을 강하게 했다.

"당신이 나를 잊을 미래 전부, 내가 존재하지 않았던 과거, 나는 그것들을 받아들여요. 그것들은 당신의 일부예요. 그런 미래와 그런 과거와 함께 거기 있는 것이 바로 당신이죠. 난 그것에 대해서 자주 생각했죠. 그리고 나 자신에게 말해왔어요. 시간은 우리를 떼어놓을 수 없다고, 그저 만일……."

그녀의 목소리가 잦아들면서 그녀는 아주 빠르게 말을 끝냈다.

"……그저 만일 당신이 제게 우정을 갖고 계시다면요."

나는 한 손을 뻗었다. 그녀의 사랑의 힘으로, 이제 수 세기 만에 처음으로, 과거에도 불구하고, 미래에도 불구하고, 나는 완전하게 실재했고, 완전하게 살아 있었다. 나는 거기에 있었다. 한 여자가 사랑하는 한 남자, 이상한 운명을 가진 사람이지만 이 땅의 사람이었던 것이다. 나는 그녀의 손가락을 만졌다. 오직 한마디, 그러면 이 죽은 껍데기에 금이 갈지도 모른다. 새로이 삶의 뜨거운 용암이 분출하고, 세계는 다시 얼굴을 되찾고, 거기에는 기다림, 기쁨, 눈물이 있겠지.

그녀가 아주 낮게 말했다.

"당신을 사랑하게 해주세요."

며칠, 몇 년일지라도. 그런데 그녀가 나타났다. 그 쪼그라든 얼굴로 침대에 누워 있던 그녀가. 모든 빛깔이 흐려졌고, 하늘은 꺼지고 향기는 얼어붙었다. '당신은 나를 잊을 거야.' 그녀의 형상은 타원형 액자 한가운데 고정되어 있다. 그녀가 여기에 없어, 라고 말할 수조차 없다. '어디에' 그녀가 없다는 건가? 내 주위에서 빈 곳이라고는 한 곳도 내게 안 보이는데 말이다.

내가 말했다.

"아니요. 그건 부질없어요. 모든 게 부질없어요."

"저는 당신에게 아무것도 아닌가요?"

나는 그녀를 바라보았다. 그녀는 내가 불멸한다는 것을 알기에 그 말의 의미를 헤아려보았고, 그래도 나를 사랑했다. 그녀는 그 같은 사랑의 능력을 가지고 있었다. 만일 아직 내가 사람의 말을 사용할 줄 안다면, 이렇게 말하리라. '내가 알아온 모든 여자들 중에서, 그녀가 가장 관대하고 가장 열정적이며, 그녀가 가장 고귀하고, 가장 순수하다.' 하지만 이 모든 말은 이제 내게 아무 의미가 없었다. 로르는 이미 죽어 있었다. 내 손은 그녀의 손에서 멀어졌다.

"예. 당신은 이해할 수 없어요."

그녀는 긴 의자에 웅크리고 앉아 유리에 비친 자신의 모습을 응시했다. 그녀는 혼자였고, 피로했다. 그녀는 혼자서 그리고 피로하게 늙어가야 했다. 요청받지도 않은 것을 대가도 없이 아낌없이 주면서, 그들을 위해 투쟁하면서, 그들 없이, 그들을 상대로, 그들에 대해 회의하면서, 그리고 그녀 자신에 대해 회의하면서 말이다. 내 심장 속에서 무엇인가가 여전히 흔들렸다. 동정심 같은 것. 나는 그녀를 그녀의 삶에서 떼어낼 수 있고, 내 옛 재산에서 남은 돈이면 그녀를 열대지방으로 데려가기에 충분하니 그녀는 종려나무 그늘의 그물침대에 누워 있게 되겠지. 그렇게 되면 나는 그녀에게 사랑한다고 말하겠지.

"로르."

그녀가 수줍게 미소 지었다. 아직 그녀의 눈에 조그마한 희망이 남아 있었다. 그리고 베아트리체는 빨간색과 금색이 칠해진 필사본으로 침울하고 통통한 얼굴을 기울이고 있었다. 나는 이런 말을 했지. '당신을 행복하게 해주고 싶어!' 그런데 나는 그녀를 잃고 말았다. 안토니오를 잃은 것보다 더 확실하게 말이다. 그녀는 미소 짓고 있었다. 왜 그녀의 눈물보다 그녀의 미소를 더 좋아하는 거지? 아무도 아무것도 여자들에게 줄 수 없었다. 여자들과 더불어 자기 자신을 위해 아무것도 바라지 않는다면, 아무것도 여자들을 위해서 바랄 수 없었다. 그녀를 사랑해야 했을 것이다. 하지만 나는 그녀를 사랑하지 않았다. 나는 아무것도 바라지 않았다.

"자야 하니까 돌아갑시다. 시간이 많이 늦었네요!"

내가 말했다.

♦

사이프러스나무가 늘어선 산책길에서 금빛 반점들이 올라갔다 내려갔다, 보이지 않는 실로 당겨지듯이 내려갔다 올라갔다 내려갔다 하고 있었고, 물방울들이 솟구쳤다 다시 떨어졌다 하고 있었다. 항상 같지만 항상 다른 거품. 그리고 개미들은 왔다 갔다 하고 있었다. 천 마리 개미가, 한 마리 개미가 천 번을. 그들은《레포름(개혁)》 신문 사무실에서 왔다 갔다 하고, 창에 다가섰다 멀어졌다 하고, 서로 어깨를 두드려주고, 앉았다 일어섰다 하고, 계속 중얼거리고 있었다. 비가 세차게 창을 두드리고 있었다. 일곱 가지 빛깔, 사계절. 그리고 그들 모두가 동시에 말했다. 이것이 혁명인가? 혁명의 성공에 절대 필요한 것은……. 이탈리아의 이익, 카르모나의 이익, 제국의 안전, 그들은 웅성거리고 있었는데, 손으로 그들의 칼집을, 권총의 손잡이를 꽉 쥐고, 이것이 혁명이라고 확신하기에 죽을 준비가 되어 있었다.

"무슨 일이 있는지 보러 가고 싶어요. 괜찮다면 함께 가주시겠어요, 포스카?"

로르가 말했다.

"당연히 그러죠."

거리는 사람들로 가득 차 있었다. 빗줄기가 비스듬히 도로와 지붕을 때리고 있어서 우산 몇 개가 머리 위에 펴져 있었지만, 대부분의 사람들은 아랑곳하지 않고 비에 젖은 밤을 가로질러 행진하고 있었다. "영광의 날이 왔다." 그들은 깃발과 횃불을 흔들면서 노래하고 있었다. 집집마다 불빛이 환했는데, 담벼락에는 사람들이 초롱불, 호롱불을 걸어둔 상태였고 교차로에서는 커다란 성화가 바람과 빗물에 맞서고 있었다. "무기를 드십시오, 시민 여러분!" 그들은 노래하고 있었다. 선술집들에서는 축제의 외침, 죽음의 아우성, 노랫소리가 싸우는 소리와 함께 커져갔다. 정의의 날이 왔으니, "무기를 드십시오!" 그들은 거리로 쏟아져 나와 기쁨의 화톳불 주위에서 춤추며 횃불을 흔들었다. 항상 같지만 항상 다른 거품. 그들은 외쳤다. "기조[57]를 타도하라!" 그들 중에서 특히 많은 사람이 총을 어깨에 비스듬히 둘러메고 있었다. 로르의 입술에 기이한 미소가 떠올랐다. 그녀는 내가 보지 못하는 어떤 것을 멀리 바라보고 있었다. 잔잔한 물의 한복판에서 배 안에 앉아, 그는 마르베르메호로 흘러들어 가는 강(이 강이 거기로 흘러들지 않나?)의 보이지 않는 어귀를 멀리 응시하고 있었다.

"그쪽으로 가지 마세요!"

문틀 안에 숨어 있던 여자가 우리에게 길을 되돌아가라는 신호를 했다. 우리 앞의 거리는 텅 비어 있었는데 총성이 한 차례 쏟아졌다. 사람들이 멈춰 섰다. 로르가 내 팔을 잡더니 나를 끌고 주저하는 군중 사이를 가로질러 갔다.

57. 루이 필리프 입헌왕정 정부의 장관직을 역임하고 총리로 재임한 프랑수아 기조(1787-1874)._옮긴이

"괜찮겠어요?"

내가 물었다.

"무슨 일이 일어나는지 알고 싶어요."

우리가 발견한 첫 번째 사람은 작업복을 입은 남자였다. 그는 얼굴을 땅에 대고, 마치 죽음 속으로 미끄러져 들어가기 전에 포도에 매달리고 싶었던 것처럼 팔을 뻗치고 있었다. 두 번째 사람은 눈을 크게 뜨고 하늘을 바라보고 있었다. 아직 신음하던 다른 사람들도 있었다. 들것을 든 사람들이 인근 거리에서 도착했다. 그들의 횃불이 붉은 포도를 비추었다. 거기에는 시신과 부상자들과 함께 우산, 지팡이, 모자, 찢어진 등, 구겨진 깃발들이 널려 있었다. 로마의 광장은 붉었고, 길가의 도랑에서는 개들이 빨간색과 흰색의 이상한 것들을 두고 서로 싸웠고, 개 한 마리가 죽어라 짖어댈 때 여자들도 아이들도 말발굽에 으깨진 얼굴을 달을 향해 드러내고 있었고, 대나무 오두막집들 사이로 다져진 땅에 길게 널린 시신들 주위에는 파리 떼가 붕붕거렸고, 무장한 사람들의 발길에 자욱하게 일어난 먼지 속에서 신음이 흘러나왔다. 20년이나 60년간 죽지 않기. 그러다가 결국 죽기.

"바스티유로!"

이제 광장에는 많은 사람들이 있었다. 그들은 화물차를 한 대 세워두고 그곳에 시신들을 쌓고 있었다. 그들은 외쳤다. "바스티유로!" 또한 그들은 외쳤다. "복수합시다! 민중이 학살당하고 있습니다!" 로르는 완전히 창백해졌다. 그녀의 손가락들이 내 팔 위에서 오그라들고 있었다. 그녀는 중얼거렸다. "지금, 이게 바로 혁명이에요!" 경보를 울리며 화물차가 움직였다. "바스티유로! 복수합시다!" 죽은 자들은 아직 따뜻했고, 포도에서 그들의 피는 굳지 않았다. 그러나 그들은 이미 영영 죽은 자들이었고, 산 자들은 마치 결코 죽지 않을 사람들처럼 계속 살아 있었다. 그들은 평생 저항 없는 시체들을 날라왔다. 경보가 울리자 골목골목에서 사람들이 무리무리 쏟아져 나와 깃발과 횃불을 흔들어댔다. 횃불들이 비에 젖은 포도를 붉게 밝혔다. 행렬은 시시각각 커져, 큰 거리는 검은 밀물에, 항상 그렇듯이 견고하고 완전무결하며 거대한 인간의 밀물에 잠겼고, 물 한 방울 모자라지 않았다. 페스트는 지나갔고, 또 콜레라, 기근, 화형, 학살, 전쟁, 혁명이 지나갔다. 하지만 그 밀물은 여전히 거기에 있었고, 죽은 자들은 땅 속에, 살아 있는 자들은 땅 위에, 같은 거품이지만……. 그들은 행진하고 있었다. 바스티유 광장을 향해, 혁명을 향해, 미래를 향해 행진해 갔다. 폭정이 제압될 것이었으니 곧 빈곤도, 계급도, 국경도, 전쟁도, 살인도 사라질 것이다. 그것이 정의, 우애, 자유일 것이다. 곧 이성이 세계를, 나의 이성을 다스리게 된다. 하얀 돛배는 수평선 너머로 빨려 들어갔고 사람들은 여가와 번영을 얻게 될 것이니, 땅에서 그 부富를 길어낼 것이며, 크고 밝은 도시들을 건설할 것이다. 나는 나무를 베어내 미개간지를 개간했다. 내 손에 들려 있던 파랑, 노랑, 초록 점들이 찍힌 지구 위에 사방으로 길이 났다. 태양은 흰옷을 입은 사람들이 평화의 입맞춤을 나누는 새 예루살렘을 가득 채웠다. 그들은 기쁨의 화톳불 주위에서 춤췄고, 어두운 상점 골방에서 발을 굴렀고, 향기로운 안방에 앉아 이야기했고, 강단 높은 곳에서 절도 있는 목소리로, 낮은 목소리로, 높은 목소리로 이야기했고, 외쳤다. "복수합시다!" 저기 저편 컴컴한 대로 깊숙이에서 붉은 금빛 낙원이, 행복이 분노의 구릿빛 섬광을 발하는 낙원이 열리고 있었는데, 바로 이 낙원을 향해 그들은 한 걸음 한 걸음 행진해 다가가고 있었다. 나로 말하자면, 나는 밋밋한 평원을 걸어갔고, 골풀들은 내가 지나갈 때 물방울을 뱉어냈다. 나는 한 발 한 발 나아갔다. 걸음걸음마다 뒤로 물러서고 매일 저녁 똑같은 태양이 지는 지평선을 향해.

"《레포름(개혁)》 만세!"

그들은 신문사의 유리창 아래에 멈춰 섰다. 아르망이 발코니에 나타나 쇠난간을 두 손으로 꽉 잡고 몇 마디를 외쳤다. 멀리 교회가 하나 불타고 있었고, 폭죽은 큰 광장의 동상들을 붉은색으로 물들였다. "안토니오 포스카 만세!" 지붕과 나무 위에 올라서서 그들이 외쳤다. "루터 만세!" 술잔들이 서로 부딪혔다. 카를로 말라테스타는 웃고 있었고, 삶은 불타고 있었다. 삶은 카르모나에서, 보름스에서, 겐트에서, 뮌스터에서, 파리에서, 바로 여기 살아 있는 사람들의, 필멸할 사람들의 심장에서 이 순간 불타고 있었다. 그런데 나는 밋밋한 평원에서 언 땅을 발로 더듬으면서 주춤주춤 걷고 있었다. 겨울도 꽃도 없는 사이프러스나무처럼 눈이 먼 나, 나그네인 나, 주검인 나.

그들이 다시 행진하기 시작하자 나는 마음속으로 불렀다. '마리안!' 그녀는 눈으로 보고 귀로 들었을 터이니, 그녀의 심장은 뛰었을 것이다. 그녀에게도 역시 검은 길들의 깊은 곳에서 미래가 타오르며 빛을 발했을 것이다. 자유, 우애가. 눈을 감자 그녀가 내게 나타났다. 내가 이미 오래전에 잊어버렸던 그대로, 홍색과 검정 줄무늬가 있는 드레스, 고리처럼 돌돌 말려 잘 정돈된 머리, 차분한 미소를 띠고서. '마리안.' 나는 그녀를 보고 있었다. 아, 그런데 그녀는 공포에 질려 나를 꽉 껴안았다. 그녀는 무질서, 폭력, 외침을 싫어해서, 머리가 헝클어진 이 여자들을 멀리했을 것이고, 야만적인 아우성을 듣지 않으려고 귀를 막았을 것이다. 그녀가 꿈꾼 것은 합리적인 혁명이다. '마리안.' 나는 생각하려 애썼다. 오늘 그녀는 달라져 있어서, 이 민중을 알고, 사랑하고, 화약과 죽음의 냄새에 익숙하리라고 말이다. 나는 로르를 바라보았다. 풀리고 젖은 머리 그대로, 그녀는 어깨를 두른 숄을 조이고, 눈에 빛을 발하고 있었다. 그녀는 로르였지 마리안이 아니었다. 이곳에, 내 옆에 서 있으려면, 마리안은 자기 자신이기를 그만둬야 했을 것이다. 그런데 그녀는 과거의 깊은 곳에 고정되어 있어서 나는 영상으로조차 그녀를 내 곁에 부를 수 없었다.

나는 눈을 들어 달이 없는 하늘, 환한 건물들의 정면, 나무들, 그리고 내 주위에 무리 지은 사람들, 그녀의 동류들을 보았다. 그리고 나는 나를 세계에 붙들어두던 마지막 끈이 막 끊어졌다는 것을 알았다. 이것은 더 이상 마리안의 세계가 아니었던 것이다. 나는 더 이상 그녀의 눈으로 세계를 관조할 수 없었다. 그녀의 시선은 꺼지고야 말았다. 내 심장 속에서조차 그녀의 심장 박동은 그쳐 있었다. '당신은 나를 잊을 거야.' 내가 그녀를 잊은 것이 아니었다. 그녀가 세계의 밖으로 미끄러져 나간 것이었다. 영원히 이 세계 안에 있는 나의 밖으로 그녀는 미끄러져 나간 것이었다. 하늘에도, 물에도 땅에도 아무 흔적이 없었고, 심장 어디에도 아무 흔적이 없었다. 어떤 공허도, 어떤 부재도 없이 모든 것이 가득 차 있었다. 같은 거품이지만 항상 다른 거품. 물 한 방울도 빠져 있지 않다.

그들은 행진하고 있었다! 바스티유가 가까워지자 행렬은 거대하게 일렁이는 한 줄기 강물이 되어 있었다. 행렬은 모든 길로부터, 대로의 깊숙한 곳으로부터 그곳으로 왔고, 그들은 시대의 깊숙한 곳에서 왔다. 카르모나의 거리들, 겐트, 바야돌리드, 뮌스터의 거리들을 거쳐, 독일, 플랑드르, 이탈리아, 프랑스의 수많은 길에서, 걸어서, 말을 타고, 등거리를 입고, 작업복을 입고, 비단옷을 입고, 혹은 쇠사슬 갑옷으로 방비한 채 그들은 다가오고 있었다. 농민, 노동자, 부르주아, 유랑자들이, 희망, 분노, 증오, 기쁨에 차, 눈을 미래의 낙원에 고정한 채. 그들은 땀과 피의 자취를 뒤에 남기며 나아갔고, 그들의 발은 길의 자갈에 찢겨 나갔고, 그들이 한 발 한 발 내밀면 매일 저녁 같은 태양이 지는 지평선은 한 걸음마다 한 걸음씩 뒤로 물러났다. 내일, 앞으로 100년 동안, 20세기 동안, 그들은 여전히 행진할 것이다. 같은 거품이지만 항상 다른 거품. 여전히 지평선은 매일, 언제나, 언제나, 그들 앞에서 물러날 것이다. 수없이 많은 세기 동안 검은 평원에 발을 구르던 그들은 수없이 많은 세기 전부터 그랬듯이 그 평원을 디디고 있었다.

그렇지만 그날 저녁, 나는 언 땅에 배낭을 던져놓고 불을 피우고 드러누웠다. 나는 이튿날 다시 떠나기 위해 드러누웠다. 그들도 종종 멈춰 섰다. 그들은 시청 광장에서 멈춰 외치며 총을 공중에 쐈고, 한 여자가 대포 포신 위에 서서 〈라 마르세예즈〉를 노래했다. "공화국 만세!" 왕이 막 퇴위하여 그들은 손안에 승리를 쥐었다고 생각했다. 그들은 웃었다. 카테리나가 미소를 지었고, 말라테스타가 웃었고, 페르골라의 성벽은 기쁨의 아우성 한가운데에서 무너져 내렸고, 피렌체의 둥근 지붕들은 햇빛에 반짝 빛났고, 성당의 종들은 승리를 울렸다. 카르모나는 해방되어 평화로웠다. 아르망은 발코니로 다가섰다. 커다란 현수막에 그들이 굵은 글씨로 써 둔 글귀가 있었다. '공화국 만세!' 그들은 현수막을 창 앞에 펼치고 공약과 희망의 말이 적힌 종이를 뿌렸다. 군중은 환호했다. "공화국 만세!" "카르모나 만세!" 그런데 카르모나는 패망했고, 전쟁이 일어났고, 우리는 들어갈 수 없었던 피렌체에 등을 돌렸고, 미어지는 가슴으로 버려진 페르골라를 떠났고, 잉골슈타트 농민들은 자신들이 피워낸 불 속에서 고통으로 몸을 비틀었다……. 나는 아르망의 손이 내 어깨에 닿는 것을 느꼈다.

"당신이 뭘 생각하는지 알아요."

그가 말했다.

잠시 우리는 움직이지 않고 나란히 서서 열광하는 군중을 바라보았다. 그들은 토마호크로 커다란 붉은 기둥을 쳐대며 야만스러운 외침을 내질렀고, 춤췄고, 벽에 대고 신생아들의 머리를 깨버렸고, 폭죽들이 밤을 환하게 밝혔다. 그들은 횃불을 궁전 안에 던졌고, 포석들은 빨개졌고, 수를 놓은 깃발들이 창에서 나부꼈고, 발코니와 채광창에 매단 시신들이 흔들거렸다. 공포의 외침, 기쁨의 외침, 장송곡, 평화의 찬가, 부딪히는 잔들의 소음, 무기들의 소음, 신음과 웃음이 함께 하늘을 향해 올라갔다. 그다음에는 다시 침묵이 뒤덮었다. 잘 문질러 닦아낸 광장에서 아낙네들이 일용할 물을 길러 다녔고, 여자들은 갓 태어난 아기들을 품에 안고 얼렀고, 베틀들이 다시 쿵쿵 소리를 내기 시작했고, 베틀의 북이 왔다 갔다 했고, 죽은 자들은 죽었고, 산 자들은 살아갔고, 카르모나는 바위 위에, 커다란 버섯처럼 움직이지 않고 그대로 있었고, 권태는 하늘을 막고 새로운 불이 노호할 때까지 땅을 짓눌렀다. 새로운 목소리, 언제나 같고 언제나 다른 목소리가 밤중에 울려 퍼졌다. "공화국 만세!" 대포의 포신 위에 서서 여자가 노래하고 있었다.

"내일 또 투쟁해야만 하겠죠. 하지만 오늘은 우리가 승리자예요. 무슨 일이 닥쳐오더라도, 이건 승리예요."

아르망이 말했다.

"그래요."

나는 그를 바라보았다. 나는 스피넬과 로르를 바라보았다. 오늘. 그 말은 그들에게 어떤 의미가 있었다. 그들에게는 과거, 미래가 있었다. 현재가 있었던 것이다. 남북으로—혹은 동서로?—흐르는 강의 한가운데에서 그는 웃고 있었다. 나는 이 시간이 좋아! 이사벨라는 느린 걸음으로 정원을 걸었고, 태양은 아름답고 고색창연한 가구에 반사되고 있었는데 그는 미소를 지으면서 자신의 비단 같은 수염을 쓰다듬었다. 광장에는 군중이 둘러싼 가운데 복판에 화형대가 세워져 있었고 그들은 노래하면서 다가가며 그들의 과거 전부를 심장에 꽉 껴안았다. 민중은 외친 적이 있었다. "공화국을 타도하자!" 그러면서 민중은 울고 말았다. 하지만 민중은 울고 말았기 때문에, 이 순간에 민중은 미소를 짓고 있었기 때문에, 민중의 승리는 진정한 승리였고, 미래는 그 승리에 반대하는 그 어떤 것도 할 수 없었다. 민중은 내일 원해야 하고, 거부해야 하고, 다시 투쟁을 시작해야 하리라는 것을 알고 있었다. 내일 민중은 다시 시작하리라. 오늘 민중은 승리자였다. 그들은 서로를 바라보았고, 함께 웃었다. 그들은 서로에게 우리는 승리자라고 말했다. 그리고 그들은 서로를 바라보며 말했기에, 자신들이 날벌레나 개미가 아니라 사람이라는 것, 그리고 살아가는 것과 승리자가 되는 것이 중요하다는 것을 알고 있었다. 그들은 그것을 확신하고자 위험을 무릅썼고, 생명을 바쳤다. 그리고 그들은 확신했다. 거기에는 다른 진실이 없었던 것이다.

나는 문을 향해 걸어갔다. 나는 무릅쓸 생명의 위험도 없고, 그들에게 미소를 지을 수도 없고, 결코 내 눈에 눈물도 없고 내 심장에 불꽃도 없었다. 어디에도 속하지 않고, 과거도, 미래도, 현재도 없는 한 사람. 나는 아무것도 원하지 않는 자, 그 누구도 아닌 자였다. 나는 한 발 한 발 내밀었다. 걸음걸음마다 뒤로 물러서는 지평선을 향해. 물방울이 솟구쳤다가 다시 떨어졌고, 순간은 순간을 파괴했고, 내 손은 영영 비어 있었다. 낯선 사람, 죽은 사람. 그들은 사람들이어서 살아가고 있었다. 나, 나는 그들의 일원이 아니었다. 나는 희망할 것이 아무것도 없었다. 나는 문을 넘어섰다.

에필로그

이야기를 시작하고 나서 처음으로 포스카의 목소리가 떨렸다. 그는 고개를 숙였다. 그의 손은 파란 그릇 양쪽으로, 밀랍을 바른 식탁보 위에 놓여 있었다. 그는 마치 못 알아보겠다는 듯이 그 손들을 보았다. 그는 먼저 오른손의 검지를, 그다음 왼손의 검지를 움직여보았다. 그러더니 그의 손가락들은 다시 움직이지 않았다. 레진은 눈을 돌렸다. 날이 훤해졌다. 식탁에 둘러앉은 농민들은 수프를 먹고 백포도주를 마시고 있었다. 사람들의 세계에서 새로운 하루가 시작되었다. 창 저편의 하늘이 파랬다.

"그러면 문 저편에 아직 무엇인가가 있었나요?"

레진이 물었다.

"예. 시청 광장, 파리였죠. 그리고 다음에 길이 있었죠. 시골로, 어느 나무숲, 어느 덤불숲, 잠으로 향하는 길이요. 나는 60년 동안 잠을 잤어요. 그들이 나를 깨웠을 때, 세계는 60년 전과 완전히 같았어요. 나는 그들에게 이렇게 말했죠. '나는 60년 동안 잠을 잤습니다.' 그랬더니 그들은 나를 어느 정신병원에 넣어버렸어요. 나는 그곳이 싫지 않았어요."

"너무 빨리 이야기하지 마요."

레진이 말했다.

그녀는 문을 응시하며 생각했다. '그가 이야기를 끝마치면 이 문을 넘어가야 할 것이고, 그 뒤에 다시 또 무엇인가 있겠지. 나는 잠들 수도 없을 거고, 죽을 용기도 못 갖겠지.'

포스카가 말했다.

"더 할 이야기가 없어요. 매일 태양은 뜨고 또 졌어요. 나는 정신병원에 들어갔고, 거기서 나왔죠. 전쟁이 있었고. 전쟁 후에 평화, 평화 후에 다른 전쟁이 일어났죠. 매일 사람들이 태어나고, 다른 사람들은 죽어요."

"그만해요."

그녀가 말했다.

그녀는 두 손으로 자신의 입을 막았다. 불안이 그녀의 목구멍으로부터 심장으로, 그녀의 배 속으로 내려왔다. 그녀는 소리치고 싶었다. 잠시 뒤 그녀가 물어보았다.

"이제 당신은 뭘 할 거죠?"

포스카는 주위를 둘러보았고 갑자기 그의 얼굴이 수그러졌다.

"모르겠어요."

"잘 건가요?"

그녀가 물어보았다.

"아뇨. 이제 잘 수가 없어요."

그는 목소리를 낮췄다.

"악몽을 꿔요."

"당신이요? 악몽을요?"

"더 이상 사람들이 없는 꿈을 꿔요. 사람들은 모두 죽었어요. 땅은 하얗죠. 아직 하늘에 달이 있고 달은 아주 하얀 땅을 비추고 있어요. 나는 혼자예요, 생쥐와 함께요."

그는 아주 낮게 말했다. 그의 시선은 아주 늙은 사람의 그것이었다.

"생쥐라뇨?"

"저주받은 작은 생쥐요. 사람들은 이제 없어질 텐데 생쥐는 영원 속에서 계속 빙빙 돌 거예요. 생쥐에게 그런 저주를 내린 게 바로 나예요. 그것이 나의 가장 큰 죄예요."

"생쥐는 모르죠."

레진이 말했다.

"바로 그거예요. 생쥐는 모르고 빙빙 돌아요. 그리고 어느 날 이 지상에는 이제 생쥐와 나밖에 없게 되겠죠."

"나는 땅 속에 있고요."

레진이 말했다.

그녀는 입술을 악물었다. 비명이 배에서 심장으로, 심장에서 목구멍으로 올라오고 있었다. 그녀의 머릿속에서, 밤보다 더 캄캄하게 만드는 커다란 빛이 타오르며 파동하고 있었다. 소리 지르지 말아야 했다. 하지만 그녀는 만일 소리를 지른다면 무엇인가가 일어날지도 모른다는 생각이, 어쩌면 찌르는 듯한 이 경련이 멈추고 빛이 꺼지리라는 생각이 들었다.

"가봐야겠어요."

포스카가 말했다.

"어디로 갈 건가요?"

"아무 데나요."

"그럴 거라면 왜 떠나죠?"

"내 다리에는 떠나고 싶은 욕망이 있어요. 이런 욕망을 이용해야만 해요."

그가 문을 향해 걸어가자 그녀는 그를 따라갔다.

"그럼 나는요?"

그녀가 말했다.

"오! 당신은!"

그는 어깨를 으쓱했다.

"곧 끝나겠죠."

그는 문 앞에 있는 두 계단을 내려가더니 마을 밖으로 벗어나는 길을 따라 성큼성큼 걸어갔다. 마치 저기 저쪽 지평선 깊은 곳에 무엇인가가 그를 기다리고 있다는 듯이 아주 빠르게. 사람도 삶도 없는, 빙하에 파묻힌 하얗고 헐벗은 세계가. 그녀는 두 계단을 내려왔다. '정말 떠나는 거야!' 그녀는 생각했다. '정말 영영 사라지는 거야!' 그녀는 그가 멀어지는 것을 바라보았다. 마치 그가 그 자신과 함께, 그녀에게서 존재를 박탈해버린 저주를 모두 안고 가버릴 수 있다는 듯이 말이다. 그가 모퉁이로 사라졌다. 그녀는 한 걸음 내디뎠다가 그 자리에 못 박힌 듯 멈춰 섰다. 그는 사라졌지만, 그녀는 그가 만들어놓은 그대로, 한낱 풀잎, 한낱 날벌레, 한 마리 개미, 한 방울 물거품이 되어 남아 있었다. 그녀는 주위를 둘러보았다. 어쩌면 출구가 하나 있었던 것이다. 그리고 눈 깜박임처럼 짧은 무엇인가가 그녀의 심장을 스쳤는데 그것은 희망도 아니었다. 그리고 이미 그런 일은 사라져버리고 없었다. 그녀는 너무나 지쳐 있었다. 그녀는 두 손으로 입을 짓눌렀고, 머리를 수그렸다. 그녀는 패배하여 두려움 속에서, 무서움 속에서, 죽을 때까지 날벌레, 거품, 개미가 되는 변신을 받아들이고 있었다. 그녀는 생각했다. '이건 시작일 뿐이야.' 그리고 그녀는 마치 시간을 속일 수 있는 것처럼, 시간이 계속해서 흐르는 것을 막을 수 있는 것처럼 움직이지 않고 있었다. 하지만 그녀의 두 손은 오그라든 입술 위에서 뻣뻣해져갔다.

그녀가 첫 비명을 지른 것은 정각을 알리는 종이 울리기 시작한 바로 그때였다.

인간의 필멸성과 불멸성의 역설

이 작품은 20세기 프랑스를 대표하는 여성 작가인 시몬 드 보부아르의 *Tous les hommes sont mortels*(Gallimard, coll. Folio, 1946)을 우리말로 옮긴 것이다.

보부아르는 이 소설에서, 어쩌면 인간에게 가장 중요한 문제로 꼽을 수 있는 죽음의 문제를 심도 있게 제기한다. 인간에게 주어진 숙명적 조건 중 하나가 분명 죽음이다. 인간으로 태어났다는 것은 언젠가 죽을 수밖에 없다는 선고宣告를 받은 것과 같은 말이다. 하이데거의 표현대로 인간은 "죽음을 향한 존재Sein zum Tode"다. 인간은 자신이 필멸할 존재라는 사실로 인해 종종 절망한다. 하지만 인간은 유한성이라는 도저히 피할 수 없는 실존적 조건에 굴하지 않고 그것을 극복하고자 불가능한 시도를 하기도 한다. 요컨대 인간은 불멸하는 존재가 되고자 하는 것이다.

그런데 신神의 부재를 가정할 경우, 이와 같은 인간의 소망은 실현 가능할까? 가능하다면, 어떻게? 그리고 과연 불멸하는 존재가 된 인간은 마냥 행복할까? 반대로, 인간은 죽음을 피할 수 없다는 사실 때문에 마냥 불행할까? 인간은 죽음이라는 '매듭'이 지어지는 삶을 영위하기 때문에 오히려 그 삶에 더 큰 의미가 있는 것은 아닐까? 다시 말해 인간은 필멸하는 존재이기 때문에 오히려 그 자신에게 삶의 매 순간이 유일하며 절대적인 의미를 갖게 되는 것은 아닐까?

보부아르는 이 작품의 주인공인 레진과 포스카를 통해 이 문제를 본격적으로 제기한다. 연극배우로 이름을 날리면서 레진은 자기 주위에 있는 사람들에 의해 이루어지는 영광을 점차 하찮은 것으로 여기게 된다. 자신의 삶이 처한 숙명적 조건에 대한 자각의 시작이다. 그녀가 누리는 영광은 필멸할 존재에 불과한 자들로부터 오는 영광이며, 따라서 그것은 덧없는 것으로 여겨진다. 그녀 자신 역시 필멸할 존재다. 이것은 가혹하기 그지없는 실존적 조건이며, 그녀는 그러한 조건에서 벗어나고자 몸부림친다. 물론 초월적 존재인 신에 의지해서는 아니다. 그녀는 신의 존재를 믿지 않기로 결심해버렸기 때문이다. 그렇다면 그녀가 원하는 불멸성을 획득할 수 있는 방법은 어떤 것이 있을까? 그녀가 고안해낸 방법은 의외로 간단하다. 불멸성을 획득한 인간에게 의지하는 방법이 그것이다. 다만 문제는 그런 인간이 이 세상에 있느냐 하는 것이다.

레진이 우연히 만난 포스카에게 극도로 중요한 의미를 부여하는 이유가 바로 거기에 있다. 포스카는 불사의 약을 마시고 불멸성을 획득한 인간이다. 그가 불멸하는 인간이라는 것을 알게 된 레진은 그를 자신에게 불멸성을 가져다줄 유일한 기회로 생각한다. 자신이 죽고 난 뒤에도 영원히 살아갈 그의 기억 속에 오롯이 남게 될 거라는 추론에서다. 하지만 포스카는 자기의 과거를 들려주면서, 불멸성이 축복이 아니라 저주라는 사실을 그녀에게 알리고자 한다. 포스카는 자기 자신이 겪은 이야기를 통해 자기 주위에서 펼쳐졌던 모든 것이 '반복'에 불과하다는 사실을 납득시키고자 한다. 또한 그는 자신이 불멸하기 때문에, 자신의 삶을 필멸하는 인간에게 의존할 수밖에 없음을 그녀에게 납득시키고자 한다. 정확히 이런 이유로 포스카는 자신을 무한정 흘러가는 시간의 노예로 여기게 되며, 궁극적으로 그런 삶을 권태로운 것으로 여기기에 이른다. 다시 말해 포스카는 의미 없는 불멸성보다 죽음을 통해 매듭이 지어지는 삶, 곧 유한한 삶을 원하는 것이다.

이런 사실을 알게 된 레진은 급기야 불멸성 획득을 포기하게 된다. 하지만 그렇다고 해서 그녀가 불멸하는 존재가 되는 꿈을 영원히 포기했다고 할 수 있을까? 그렇지는 않을 것이다. 바로 거기에 이 작품 전체를 관통하는 의미 중 한 가지가 자리한다고 할 수 있다. 레진을 위시해 모든 인간에게, 죽지 않고 영원히 산다는 것은 결코 포기할 수 없는 광기 어린 꿈이다. 이와 관련해서, 마지막에 종탑에서 종이 울리는 순간 레진이 자기도 모르게 비명을 지르는 장면은 의미심장하다 하겠다. 그도 그럴 것이 종소리가 나는 것은 '시간'이 흘러가고 있다는 것을 여실히 보여주기 때문이다. 이 세계에 있는 모든 존재를 파괴하면서, 그 무엇도 저항할 수 없는 폭력으로 그것들을 할퀴어 생채기를 내고 무화시켜버리면서 흘러가는 시간이 남기는 가장 잔혹한 흔적이 바로 죽음 아닐까? 요컨대 레진이 지른 이 비명은 결국 죽음을 향해 걸어가야만 하는 숙명적 실존 조건 속에 살고 있는 우리 모두의 비명이 아닐까 한다.

이 작품의 가치를 재평가하고 번역 출간을 결정해주신 삼인출판사, 여러 차례에 걸쳐 원고를 꼼꼼하게 읽어주신 편집 담당자에게 감사의 말씀을 전한다. 또한 많은 조언을 해준 성범, 그리고 늘 그렇듯 참고 견뎌준 익수와 윤지에게 고마움의 인사를 전한다.

2014년 10월

시지프 연구실에서

옮긴이 씀

작가 소개

시몬 드 보부아르는 회고록을 여러 권 썼다. 이들 회고록을 통해 그녀가 직접 우리에게 그녀의 삶, 그녀의 작품을 알려준다. 1958년부터 1972년까지 네 권이 출간되었다. 《얌전한 처녀의 회고록*Mémoires d'une jeune fille rangée*》, 《나이의 힘*La force de l'âge*》, 《사물의 힘*La force des choses*》, 《결국*Tout compte fait*》이 그것이다. 그리고 1964년에 쓴 《아주 편안한 죽음*Une mort très douce*》도 이들 회고록을 보완하는 작품이다. 이토록 방대한 자전적 작업의 당위성과 가치는, 이 작가의 다음과 같은 근본적 모순에서 찾을 수 있다. 그녀에게, 삶의 행복과 글쓰기의 필요성 사이에서 양자택일하기란 항상 불가능했다는 것이 그것이다. 한쪽은 부차적인 호사였고, 다른 한쪽은 구원을 위한 가혹함이었다. 자기 자신의 삶을 글쓰기의 대상으로 삼는 것, 그것은 부분적으로 이와 같은 딜레마에서 벗어나기 위함이었다.

시몬 드 보부아르는 1908년 1월 9일 파리에서 태어났다. 그녀는 대학 입시를 치르기까지 정통 가톨릭계인 데지르 학교Cours Désir를 다녔다. 1929년, 곧 장폴 사르트르를 만난 그해에 철학교수자격시험에 합격하고, 마르세유, 루앙, 그리고 파리에서 1943년까지 학생들을 가르쳤다. 《영적인 것이 앞서는 때*Quand prime le spirituel*》는 1939년 전쟁(2차 세계대전)이 일어나기 훨씬 전에 완성되지만 1979년에 출간되었다. 그녀의 진정한 데뷔작으로 여겨야 할 작품은 바로 《초대받은 여자*L'invitée*》(1943)다. 이어서 《타인의 피*Le sang des autres*》(1945), 《모든 인간은 죽는다*Tous les hommes sont mortels*》(1946), 1954년에 그녀에게 공쿠르 상을 안겨준 《레 망다랭*Les mandarins*》, 《아름다운 영상*Les belles images*》(1966), 그리고 《위기의 여자*La femme rompue*》(1968)가 출간되었다.

1949년에 출간되어 세계 여성주의 운동의 참고서가 된 명저《제2의 성*Le Deuxième Sexe*》 외에도 시몬 드 보부아르의 이론적 저작으로 많은 철학적, 또는 논쟁적 에세이가 있다. 예컨대《특권*Privilèges*》(1955)과《노년*La Vieillesse*》(1970)이 그러하다.《특권》은 제1장의 제목을 따서《사드를 불태워야만 하는가*Faut-il brûler Sade?*》라는 제목으로 재간되었다. 그리고 그녀는 희곡《군식구*Les Bouches inutiles*》(1945)를 썼다.《미국에서의 나날*L'Amérique au jour le jour*》(1948)과《대장정*La longue marche*》(1957)은 여행기다.

사르트르가 죽은 뒤, 시몬 드 보부아르는《이별 예식*La cérémonie des adieux*》과 사르트르로부터 받은 방대한 편지의 일부를 모은《비버에게 보낸 편지*Lettres au Castor*》를 출간했다(비버는 사르트르가 보부아르에게 붙인 별명이다). 1986년 4월 14일 임종 때까지, 그녀는 사르트르와 함께 창간한 잡지《현대*Les Temps modernes*》에 적극적으로 협력했다. 그리고 다양하고 셀 수 없이 많은 형태로, 여성주의에 완전한 연대감을 표명했다.

책 소개

1311년, 라이몬도(레몽) 포스카는 이탈리아의 공작령 도시인 카르모나의 군주가 된다. 그는 자신의 공국을 위해 '행복'과 '영광'을 열렬히 갈망한다. 하지만 그는 곧바로 깨닫게 된다. 시간적, 공간적으로 한정된 자신의 행동 방식이 자신이 의도한 결과를 변질시키고, 게다가 파괴한다는 것을 말이다. 카르모나의 운명을 다스리려면 차츰 이탈리아 전체를 지배해야만 한다. 그리고 광대한 기독교 세계를 통솔해야만 한다. 다시 말해 알려진 세계 전체로 자신의 발판을 넓혀야만 한다. 그제야 그의 행동은 의미와 결실을 찾을 수 있으리라. 필멸하는 존재인 인간에게는 지나친 야망이지만, 불멸하는 존재에게는 과연 어떨까? 그래서 불사의 영약을 마실 기회가 주어지자, 다시 말해 인간 조건의 보잘것없고 실망스러운 한계를 벗어날 기회가 주어지자, 포스카는 거의 망설이지 않는다. "나는 생각했다. '얼마나 많은 일을 할 수 있을까!'"

이 소설은 포스카의 환상이 느리지만 냉혹하게 부서져가는 과정을 담은 이야기다. 독자는 점차 포스카와 함께, 인간이 불멸의 차원에 이르는 것을 이롭기만 한 일로 믿는 것은 비극적 환상이라는 것을 깨닫게 된다.

포스카는 자신의 사랑을 실현하고 정치적 계획을 완성하고자 뛰어든다. 그는 카르모나의 번영을 위해 열광적으로 열심히 일하지만, 프랑스 왕의 업적에 기여하게 될 뿐이다. 쇠퇴한 채 침략당한 이탈리아를 단념하고서 그는 합스부르크가의 조력자로 들어가 카를 5세 궁정의 막후 실력자가 된다. 하지만 그는 곧 구세계에 만족할 수 없게 된다. 16세기에 그는 대서양을 건너고, 17세기에는 아메리카에서 생말로 출신인 피에르 카를리에와 동행하며 새로운 땅을 발견한다.

1세기 후에 프랑스로 돌아온 포스카는 백과사전파에 가까운 계몽주의자들과 교류한다. 1830년, 1848년에는 혁명에 참여한다.

하지만 포스카는 무감각에 시달린다. 항상 상대적인 까닭에 하찮은 모든 행위의 의미는 불사하는 그의 시선 아래에서 녹아버린다. 야망, 희망은 더 이상 아무런 의미가 없다. 계속되는 사랑들은 뒤섞여버린다. 그의 우정들은 그것에 의미를 부여할 만한 생기 있고 특별한 공감이 없어서 죽어버린다. 시간적 한계를 상실함으로써 그의 실존은 인간성을 잃는다. 특권처럼 보이던 불멸성은 저주임이 드러난다. 그 때문에 그는 영원히 인간적 조건 밖으로 내던져진 것이다.

"그의 시선에 세상은 황폐해진다. 신의 시선인 것이다. 즉 내가 열다섯 살 때 거부했던 그것이다. 모든 것을 초월하고 모든 것을 납작 눌러버리고, 모든 것을 알고 모든 것을 할 수 있고, 그리고 인간을 땅바닥 지렁이로 바꿔버리는 '그자'의 시선이다."

포스카의 불멸성은 순전히 영원한 형벌과 같다. 요컨대 그를 둘러싼 인간 세계에서 우주 공간으로부터 떨어진 운석만큼이나 낯선 불멸성, 그것은 이 한정된 세계의 진실, 곧 모든 일시적 인식의 절대성을 결코 포착하지 못하도록 하는 단죄다. 닿으려고 해도 닿을 수 없는 어떤 불멸성에 대한 이런 공상을 통해, 헤겔에서 마르크스주의로 상속되어 마침내 완성된 '인류'에 대한 신화에 문제가 제기된다.